오늘 밤만
재워줘

해번 장편소설

2

도서출판 청어람

오늘 밤만 재워줘 2

초판 1쇄 찍은 날 | 2022년 11월 29일
초판 1쇄 펴낸 날 | 2022년 12월 9일

지은이 | 해번
펴낸이 | 서경석

편 집 책 임 | 강다윤, 민선준

펴 낸 곳 | 도서출판 청어람
등록번호 | 제387-1999-000006호
등록일자 | 1999. 5. 31
어람번호 | 제11-0104호

주소 | 서울 구로구 디지털로 272 한신IT타워 404호 (우) 08389
전화 | 02-6956-0531 팩스 | 02-6956-0532
E—mail | roramce@naver.com

ⓒ 해번, 2022

ISBN 979-11-04-92465-1 04810
ISBN 979-11-04-92464-4 (SET)

오늘 밤만
재워줘

해번 장편소설

2

CHUNGEORAM

ROMANCE

STORY

도서출판
청어람

목 차

10. 그녀의 선택

　이른 새벽. 빌라 주차장 안으로 깜찍한 소형차 한 대가 들어섰다. 조수석에서 내린 강희는 늘어지게 기지개를 켜며, 운전석에서 내리는 규현에게 말했다.
　"우리 집 오랜만이다. 그치?"
　"그러게, 일주일 만인가?"
　"열흘은 됐을걸?"
　양평에는 규현의 어머니는 물론, 자식들이 어렸을 때부터 친하게 지냈던 강희네 부모님도 살고 계셨다. 강희네 아버지께서 퇴직하신 후 전원생활을 계획하고 있을 때, 규현의 어머니가 양평에 내려가면서 자연스럽게 그 근처로 알아보게 된 것이었다. 규현과 강희의 사고(?) 소식에 양쪽 집 모두 놀라긴 했지만, 누구 하나 싫어하는 기색은 없었다. 양쪽 어른들이 만나면 은근히 강희와 규현을 엮어 주려고 한 적도 있는 모양이었다. 물론 아이부터 덜컥 생길 줄은 상상도 못 했지만 말이다.
　"규리는 아직 자겠지?"
　"시간이 몇 신데, 자겠지."

"반찬 어떡하지?"

강희는 양쪽 집에서 바리바리 싸주신 반찬을 보며 중얼거렸다.

"우리 집 냉장고에는 다 안 들어갈 거고, 그냥 뒀다간 쉴 텐데."

"뭘 고민해? 깨워."

"역시 현실 남매. 새벽 4시에 누나 깨우는 패기 좀 보소. 쯧쯧."

아무렇지도 않게 말하는 규현을 보고 혀를 끌끌 차던 강희는 가득히 쌓여 있는 반찬을 보며 어쩔 수 없다는 듯 고개를 끄덕였다.

"그래. 깨우자."

"깨울 거면서 고민은."

"올라갑시다. 서방님."

"어어? 들지 마. 우리 색시는 몸만 올라오세요."

대놓고 챙겨 주는 규현이 귀여운지, 강희는 그의 엉덩이를 톡톡 치고는 앞서 걸었다. 빌라 정문을 밀며 안으로 들어가던 강희는 고개를 갸웃대더니, 다시 뒷 걸음쳐 주차장으로 나왔다.

"뭐야?"

"뭐가?"

"우리 빌라에 저런 좋은 차가 있었나?"

주차장 저쪽에 아주 고급스러운 차가 나란히 주차되어 있었다. 한 대는 투박 해 보이지만 엄청 비싸 보이는 SUV였고, 또 한 대는 할리우드 영화에서나 나 올 법한 스포츠카였다.

"모르는 차야?"

"어. 저런 차 한 대면 이 빌라를 통으로 사고도 남을 것 같은데."

두 대의 차를 바라보는 강희의 눈빛이 아주 매서웠다.

"혹시 이 빌라 통으로 샀다는 건물주 왔나?"

"이 시간에?"

"그럼 규리 집 하우스 메이트들이 엄청 부잔가?"

"엄청 부잔데 왜 여길 들어와?"

"아, 궁금해. 빨리 올라가자."

"천천히 가. 조심히!"

규리는 자신이 없는 동안 하우스 메이트를 구했다고 했고, 어떤 사람인지 꼬치꼬치 묻는 강희에게 만나면 말해 주겠다고만 했다. 이따 천천히 물어봐야겠다고 생각하고 있었는데, 주차장에 떡하니 서 있는 고급스러운 차를 보고 있자니 기다릴 수가 없었다.

"근데 저 차, 어디서 많이 본 것 같은데?"

계단을 올라가던 강희는 SUV를 떠올리며 중얼거렸다. 어느덧 규리의 집에 다다라 규리에게 전화를 걸려는데, 그녀의 뒤를 따라오던 규현이 다리를 배배 꼬았다.

"나 화장실."

"그럼 우리 집으로 가."

"응. 얼른 주고 내려와."

규현이 내려가고 다시금 전화를 걸려는데, 규리네 집 현관문이 살짝 열려 있었다.

"어머! 얘가 미쳤나 봐! 여자들끼리 있으면서 문도 안 닫고 자?"

놀란 강희가 얼른 문을 열고 안으로 들어갔다. 평소 같았으면 난리를 치며 잔소리를 쏟아부었겠지만 처음 보는 하우스 메이트에게 괜한 트집 잡히고 싶진 않아 규리의 방으로 직진하려는데, 발밑에 뭔가가 걸리적거렸다.

"뭐야?"

아래를 내려다봤지만, 아직 해도 뜨지 않은 시각이라 집 안은 어두컴컴했다. 강희는 핸드폰 손전등을 켜서 자신의 발에 걸리는 것을 확인했다. 규리였다.

"헐. 감규리 이것이 또 술 먹고 뻗은 거야? 근데 뭐 이렇게 다리가 길어?"

강희는 육감적으로 뭔가 이상하다는 것을 눈치챘다. 이상하리만치 긴 다리에 튼실한 말 근육 허벅지만 봐도 놀라 자빠질 지경인데, 다리가 자그마치 여섯이다! 짤따란 규리의 다리가 둘, 내 신랑 다리보다 튼실한 다리가 넷!

"허! 뭐야? 남자?"

강희는 재빨리 핸드폰으로 규리 옆에 있는 사람들을 비추었다. 맞다. 남자. 그것도 '둘'이 확실했다! 어찌나 놀랐는지, 강희는 떡 벌어진 입을 다물지도, 그렇다고 규리를 깨울 생각도 하지 못했다. 그저 어떻게 이런 일이 일어났는지, 자신 앞에 누워 있는 여자가 감규리가 확실한지, 얼굴만 들여다볼 뿐. 혹시 새로 들어온 하우스 메이트의 사생활이 아주 문란해서 남자를 막 끌어들이는 건 아닌가, 아주 꼼꼼하게 여자의 얼굴을 확인했지만. 세상모르고 잠들어 있는 여자는 규리가 확실했다.

"그럼 저 남자 '둘'은…… 누구지?"

강희는 규리의 어깨에 얼굴을 폭 묻고 잠든 한 남자의 몸을 슬쩍 건드려 보았다. 그러자 남자가 몸을 움직이며 잘생긴 얼굴을 드러냈다.

"헉! 계명석 피디?"

얌전한 고양이 인덕션에 먼저 올라간다더니, 믿었던 감규리가 부뚜막에 먼저 올라갈 줄이야!

'잠깐! 그럼 저쪽 남자는?'

강희는 설마 하는 마음으로 재킷을 뒤집어쓴 채 잠든 남자에게 슬며시 다가갔다. 그리고 뒤집어쓴 재킷을 슬쩍 들자, 얼굴에서 웬 광채가 쏟아져 나오는 게 아닌가!

"허어억! 오레오!"

레오의 얼굴을 본 순간 터져 버린 소리가 너무 커서, 강희는 제 입을 틀어막아 버렸다. 역시 연예인은 연예인이다. 계 피디가 아무리 잘생겼다고 해도, 레오 앞에선 그냥 일반인이구나.

'아, 우리 규현이는 여기 있음 완전 오징어겠다.'

넋 놓고 두 남자를 번갈아 쳐다보고 있을 때, 누군가 계단을 올라오는 소리가 들려왔다. 퍼뜩 정신을 차린 강희가 문틈 사이로 밖을 내다보자, 규현의 머리가 보이는 게 아닌가! 강희는 반찬 꾸러미를 안으로 옮겨 놓고, 재빠르게 밖으로 나가 문을 닫아 버렸다.

"하하. 우리 신랑 벌써 볼일 다 봤어?"

"어. 근데 왜 나와?"

'지금 너희 누나가 남자 둘이랑, 그것도 오레오와 계명석이랑 같이 자고 있어!'라는 말은 차마 못 하겠고.

"하하하. 그럼 나와야지. 이 새벽에."

"왜? 누나한테 인사라도 하고 가자."

얘는 왜 또 인사성이 밝아졌어?

"너는 참 눈치도 없어."

"응? 뭐가?"

"하우스 메이트들이 죄다 여잔데, 새벽 댓바람부터 남자가 막 들어오고 그럼 좋겠니?"

이게 말인지 방구인지. 강희는 그냥 입에서 나오는 대로 떠들어 댔다. 누나가 남자 둘과 쓰러져 잠든 모습을 규현에게는 차마 보일 수 없어서.

"아. 그렇겠구나. 내가 생각이 짧았네."

"그래. 어서 내려가자. 어서."

규현의 등을 떠미는 강희는 가슴을 쓸어내리며 아래층으로 내려갔다.

＊

끈질기게 울어 대는 핸드폰 벨소리에 규리가 눈을 떴다.

"아침부터 누구야?"

핸드폰 화면에 강희의 이름이 떠 있는 걸 확인한 규리는 사납게 짖어 대는 핸드폰의 통화 버튼을 옆으로 밀었다.

"정강희 아침부터 왜에?"

[너 지금 당장 우리 집으로 뛰와!]

"나 졸려. 더 잘 거야."

[뛰어오라면 뛰어와!]

강희는 그렇게 소리만 치고 전화를 뚝 끊어 버렸다. 아직 사태 파악을 하지 못한 규리는 비몽사몽 중에 상체를 일으켰다.

"아. 진짜 귀찮게. 자기가 올라오든가!"

그렇게 중얼거리며 일어서기 위해 바닥에 팔을 뻗는데, 양옆으로 뭔가 단단한 것이 잡혔다.

"뭐야? 어머!"

한쪽은 레오의 팔뚝을, 또 한쪽은 명석의 복근을 누르고 있는 게 아닌가! 규리는 그제야 어제 옥상에서 벌어졌던 일이 떠올랐다. 두 남자에게 이제부터 본격적으로 재겠다고 선언한 것, 술에 취해 쓰러진 두 남자를 끙끙대며 업고 내려온 것. 그리고 힘에 부쳐 자신도 쓰러지듯 잠든 것이 말이다.

"어떻게 여기서 잠들었냐? 아! 허리야."

잘 땐 몰랐는데, 일어나 보니 삭신이 쑤시고 결리고 말도 아니었다. 규리는 서로 바라보는 자세로 자는 두 남자를 깨울까 하다가, 강희에게 전화가 오는 바람에 서둘러 집을 빠져나갔다. 그리고 얼마 후. 가운데 누워 있던 규리가 사라지자, 잠결에 뒤척이던 두 남자의 간격이 점점 좁아졌다. 손이 닿고, 다리가 엉키고, 허리를 감싸더니, 결국 두 남자는 서로를 껴안고 난 뒤에야 편안해진 듯 미소를 지었다.

그렇게 얼마나 흘렀을까. 뭔가 기분 나쁜 듯 레오의 눈썹이 움찔거렸고, 반듯한 명석의 미간에 깊게 주름이 파였다. 그리고 동시에 눈을 뜨는 순간!

"으악!"

"악!"

자신이 껴안고 있는 상대가 누구인지 확인하자, 두 남자는 벌레 보듯 진저리를 치며 자리에서 벌떡 일어났다.

"네가 왜 내 품에 있어? 너, 소문이 진짜야?"

"진짜는 무슨!"

"아니면 왜 내 품에 아기처럼 기대서 잠든 거냐고!"

"그런 거 아니거든요! 전 규리인 줄 알고."

"감귤이면 더 안 되지! 아! 머리야."

명석과 레오는 동시에 관자놀이를 주무르며 주위를 휘 둘러보았다. 도톰하게 이불까지 깔아 놓은 방을 놔두고, 왜 신발도 안 벗고 현관 앞에서 잠든 건지. 그러고 보니 어젯밤 기억이 가물가물하다.

"어제 옥상에서 어떻게 내려왔지?"

"기억이 안 나요. 감독님이랑 술 마신 건 기억나는데."

머릿속을 헤집고 있을 때, 규리의 목소리가 저 멀리서 들리는 것만 같았다.

"내일 일어나기만 해애. 하아. 가만 안 둘 거야."

"둘 다. 하아. 그냥 죽여 버릴 거야. 하아."

"으아악! 내가 감귤한테 업히다니!"

"업어주지는 못할망정 내가 무슨 짓을 한 거야!"

명석과 레오는 어젯밤의 흑역사를 떠올리며 괴로워했다.

*

아래층으로 내려간 규리가 늘어지게 하품을 하며 초인종을 누르려는 찰나, 갑자기 문이 열리고 강희의 손이 불쑥 튀어나왔다.

"언제 왔······?"

그리고 인사를 건네기도 전에 규리의 손을 확 낚아채고 그녀를 안으로 잡아당겼다.

"아야! 아침부터 왜 이렇게 힘이 넘쳐?"

규리가 손을 만지작거리며 물었지만, 강희는 두 손을 허리춤에 올린 채 그녀를 째려볼 뿐 아무 말이 없었다. 하지만 제대로 잠을 못 자 피곤했던 규리는 안으로 들어와 소파에 벌러덩 누워 버렸다.

"언제 왔어?"

강희는 대답 없이 규리의 머리맡에 서서 그녀를 내려다볼 뿐이었다.

"규현이는?"

"……."

"엄마는 뭐라셔? 아줌마도 많이 놀라셨지?"

"……."

"아저씨한테 규현이 한 대 맞은 거 아냐?"

"……."

아무리 질문을 던져도 말이 없자, 규리는 그제야 이상한 낌새를 알아차리고 강희와 눈을 마주쳤다.

"뭐야? 왜 대답이 없어?"

규리는 대답을 기다렸지만, 강희는 도리어 질문을 던졌다.

"너. 나한테 할 말 없어?"

"할 말? 무슨 할 말?"

규리가 되묻자 강희의 눈이 가늘어진다.

"왜? 뭐가 궁금한데?"

"나 봤어."

그렇게 말하는 강희의 눈이 매섭게 빛났다.

"보다니? 뭘?"

"나 아까 너희 집에 올라갔다 왔어."

"그러니까 우리 집에서 뭘 봤다는 거야…… 헉!"

아까 양옆에 누워 있던 두 남자를 떠올린 규리는 소파에서 벌떡 일어나 강희를 쳐다봤다.

"봐, 봤어?"

"누가 너더러 연애 고자래?"

"다 본 거야?"

"순진했던 내 친구 감규리는 어디 가고, 웬 꼬리 아홉 달린 불여시가 앉아 있지?"

"그, 그게……"

안 그래도 강희한테는 말하려고 했다. 어차피 아래윗집에 살면서 언제까지 감출 수 있는 것도 아니고, 또 그녀들 사이에 비밀은 오래가지 않으니까. 하지만 막상 말을 하려니 입이 떨어지지 않았다.

"어…… 저기. 규현이는?"

"학교 갔어. 말해."

"음…… 집에 청심환 있나?"

"나 임신부야."

"아, 그렇지. 그럼 물이라도 마셔."

규리는 강희가 받을 충격을 대비해, 냉장고에서 생수병을 꺼내 오고 그녀를 소파 위에 앉혔다.

"후우. 강희야. 놀라지 마."

"더 놀랄 일이 있니? 나 방금 네가 양쪽에 남자 끼고 자는 걸 목격했는데, 이보다 더 쇼킹한 게 있냐고?"

"내가 무슨 남자를 끼고……! 하아. 그래. 잤다. 잤어."

"말해 봐. 더 쇼킹한 일이 뭔데?"

규리는 생수병 뚜껑을 열어 강희 앞에 둔 뒤에 크게 숨을 내쉬었다.

"하우스 메이트. 구했어."

"알아. 근데 그게 어젯밤 네가 남자 둘과 잔 거랑 무슨 상관인데?"

"그게…… 하우스 메이트가 팀장님이랑 레오야."

"그래, 그러니까 그게……! 뭐어?"

놀랄 줄 알았다. 규리는 토끼 눈을 뜨고 입을 다물지 못하는 강희에게 생수를 쥐어 주었다.

"마셔. 놀랄 거라고 했잖아."

생수병을 주자, 강희는 벌컥벌컥 물을 마셨다.

"너희 양평 간 날부터 같이 지냈어."

강희는 그 말에 막장 드라마 속 한 장면처럼, 마시고 있던 물을 줄줄줄 뱉어 냈다. 규리가 휴지로 물을 닦아 주자, 강희가 그녀의 손을 잡았다.

"그러니까 내가 알고 있는 그 오레오랑, 그 계명석이 너랑 같이 '동거'를 한단 말이지? 그것도 열흘 전부터?"

"으응."

"대애박."

강희는 한동안 대답을 하지 못했다. 아마도 지금 이게 무슨 상황인지, 정리를 하고 있는 모양이었다. 그리고 얼마 후. 정리를 끝낸 강희는 손을 들어 규리의 등짝에 스매싱을 날렸다.

"일처다부제 같은 년! 지금 네가 사는 시대가 조선인 줄 알아? 네가 조선 시대 왕이야, 양반이야?"

"아야!"

"미쳤어, 미쳤어! 또 나 없는 사이에 사고를 쳐?"

"야, 누가 들으면 네가 우리 엄마라도 되는 줄 알겠다."

"말해 봐. 어쩌자고 그런 어마어마한 일을 벌인 거야?"

규리는 그동안의 일을 강희에게 말해 주었다. 하우스 메이트를 구한다는 글을 올린 날 두 남자가 찾아왔고, 오도 가도 못하는 그들이 딱해 보여 함께 살자고 제안을 했다고.

"오지랖도 참 태평양이다. 그 남자들이 정말 갈 데가 없어서 여길 왔겠어?"

"나도 안 된다고 했어. 처음엔."

"근데?"

"근데 내가 그렇게 하고 싶더라."

차분한 규리의 목소리에 강희는 흥분을 가라앉히고 그녀의 얘기를 들었다.

"알다시피 나 제대로 된 사랑 따위 해본 적 없잖아. 그래서 연애 쪽에는 자신감도 낮고, 평생 혼자 늙어 죽나 그런 생각도 했었어."

베프한테 제대로 된 사랑 한 번 못 해봐서 자기 이해 못 한다는 소리까지 듣고 말이다.

"근데 그런 나한테 두 남자가 한꺼번에 고백해 오는데, 정신을 못 차리겠더라."

좋았다. 나도 누군가에게 사랑받을 수 있는 사람이라는 걸 알게 되어.

"그때 넌 나한테 사랑에는 공식이 없다고 말했고, 또 규현이는 왜 남들과 똑같이 살아야 하냐고 묻더라."

아마도 그때였을 거다. 규리가 견고하게 세워 두었던 삶의 방식이 와장창 무너진 건.

"남들이 세워둔 공식 따위 신경 안 쓰고, 내 방식대로 사랑해 보고 싶었어."

둘 중 한 사람은 상처받을 거 안다. 하지만 그건 명석과 레오가 같은 날 고백해 왔을 때부터 정해진 일이다. 아예 기회조차 주지 않는 것보다 낫다고 생각했다.

"너 이거 어장 관리야. 양손에 맛있는 떡 쥐고 뭐 먹을까 저울질하고 있는 거라고!"

"알아."

"이게 더 달콤한가, 저게 더 쫄깃한가. 어떤 남자가 더 나을까 재고 있는 거라고!"

"안다고."

"아는데 그래? 사람 마음 가지고 장난치는 거 아니야!"

"누가 장난이래!"

날카로운 규리의 말에 강희가 입을 다물었다.

"내 마음이 장난이라고 누가 그래?"

단 한 번도 장난이었던 적 없다. 아니, 도리어 그 어느 때보다 진지했다. 진지하게 그들의 제안을 받아들였고, 또 두 남자를 대하는 마음은 진심이었다.

"규리야. 난 그저 너 상처받을까 봐, 사람들한테 욕먹을까 봐 걱정돼서……."

"알아. 네가 뭘 걱정하는지."

평범한 사람들이 아니다. 연애 사실이 알려지는 것만으로도 큰 파장을 일으킬 거라는 거, 규리 자신이 누구보다 더 잘 알고 있다.

"하지만 내가 나쁜 짓 한 건 아니잖아."

하늘을 우러러 한 점 부끄러움 없다. 두 남자 몰래 다른 사람을 만나는 것도 아니다. 양다리에 문어발까지 걸치는 사람도 있지만, 그런 것도 아니다. 남들은 만난 지 하루 만에 온갖 스킨십에 아무 감정도 없이 원나잇도 한다는데, 그런 것도 아니다. 그저…… 선택이 느릴 뿐. 그리고 그것만으로 나쁜 년이라 손가락질 받는다면, 미친년이라고 욕한다면, 그건 감내하기로 했다.

"나 나쁜 년 되기 싫다고 그 남자들 진심을 무시할 순 없잖아."

"그래도 이건 아니지. 여태까지 끌면 안 되지. 빨리 결정했어야지."

"곧. 곧 할 거야. 결정……."

"하아."

강희의 입에서 긴 한숨이 새어 나왔다. 이기적이라는 거, 자신의 상황을 합리화시키고 있다는 것도 잘 안다. 하지만 일은 이미 벌어졌고, 시간은 지금까지 흘러왔다. 다시 시간을 되돌릴 수도, 상황을 물릴 수도 없다. 최대한 빠른 시일 안에 마음의 결정을 내리는 수밖에.

"알지?"

강희가 물었다.

"시간을 끌면 끌수록 너만 나쁜 년 되는 거?"

"응."

"규리야."

"……?"

"좋다고 다 가질 순 없어. 알지?"

규리는 대답 없이 고개만 끄덕였다.

*

강희와 대화를 끝낸 규리는 집으로 돌아왔다. 명석과 레오가 그녀를 기다리고 있었지만, 규리는 그들과 눈도 마주치지 않고 자신의 방으로 들어갔다. 불과 몇 달 전까지만 해도 이런 일이 자신에게 벌어지리라고는 생각도 하지 못했다. 규리는 어제 그들에게 선물받은 옷을 꺼내 바닥에 내려놓았다. 그리고 그들이 고백하면서 주었던 손수건과 핫팩도.

"알아, 나도. 다 가질 수 없다는 거."

하지만 그들이 자신에게 주는 사랑은 너무도 달콤했고, 뭐 하나 선택할 수 없을 정도로 감미로웠다.

"나도 이런 내가 싫다."

연애 고자에, 선택 장애에 이어 어장 관리까지. 이미 스스로도 인지하고 있었다. 아니라고, 안 된다고, 빨리 결정해야 한다고 채찍질을 했지만, 결정은 쉽지 않았다.

"아빠. 나 욕심쟁이지?"

규리는 책상 위에 놓인 아빠 사진을 보며 물었다. 하지만 아빤 언제나처럼 대답 없이 웃기만 했다.

"치. 맨날 웃기만 하고."

규리는 사진을 흘겨본 뒤, 옷장 안에서 박스 하나를 꺼내 왔다. 그리고 그 안에 핫팩과 레오가 주었던 옷을 집어넣었다.

"이제 정말…… 정말 결정할 거야."

규리는 그렇게 중얼거리며 상자 뚜껑을 닫았다.

고급스러운 호텔 카페에 은은한 클래식 음악이 흘러나왔다. 제작 발표회를 마친 지연은 곧장 이곳으로 향했다. 오늘은 신 국장의 주선으로 마련된 맞선이 잡혀 있는 날이었다. 두바이에 건물을 세웠다는, 바빠서 여자 만날 시간 따위 없다는 워커 홀릭 재벌남과 말이다. 이런 자리는 딱 질색이었지만, 승후가 보고 있는 바람에 어쩔 수 없이 신 국장과 약속을 잡아 버렸고, 또 어쩔 수 없이 계획에도 없는 맞선을 보게 되었다.

그래도 맞선 효과가 있긴 있는 모양이었다. 제작 발표회가 끝난 뒤 지연이 어딜 갈지 알고 있어서 그런지, 승후는 오늘 하루 종일 낯빛이 어두웠다. 그녀와 눈을 마주치면 곧 시선을 피했고, 얼굴에 단 한 번도 미소를 걸지 않았다.

"너무 상처받는 건 아니겠지?"

잘 웃기로 소문난 놈이 요즘 통 웃지도 않았고, 반질반질한 피부도 퍼석해 보였다. 또 며칠 전에는 늦게까지 술을 먹었는지 아침에 술 냄새가 나는 것 같기도 했고, 그리고 또…….

"어머. 내가 미쳤나 봐! 걔 걱정을 왜 해?"

술을 마시든 말든, 살이 빠지든 말든, 피골이 상접하든 말든!

"내가 무슨 상관이라고!"

지연은 자꾸 승후가 떠올랐지만, 도리질 치며 그를 머릿속에서 쫓으려고 노력했다. 요즘 지연은 저도 모르는 사이 버릇이 하나 생겼다. 밥 먹을 때나, 회의할 때, 그리고 퇴근할 때. 문득 고개를 들어 누군가를 찾았다. 안 보이면 보일 때까지. 끝까지 안 나타나면 물어서라도. 그가 어디 있는지 알아야지만 안심이 되었다. 지연은 승후를 향한 자신의 마음이 어떤 상황인지 객관적이고 냉정하게 알고 있었다. 말로는 아니라고 하면서, 끌리고 있는 이중적인 마음.

그녀는 이중적이고 이기적인 자신의 연애 세포를 가차 없이 비웃었다. 마흔

이 된 지금에서야 알게 된 게 하나 있다. 사랑에는 용기가 필요하다는 것. 하지만 그녀는 용기를 내기엔 너무 많이 지쳤다. 지연이 생각에 잠겨 있을 때, 누군가 그녀 앞에 다가왔다.

"차지연 씨?"

"김민우 씨?"

"늦어서 죄송합니다."

"아니에요. 저도 방금 왔어요."

남자는 그녀를 향해 고개를 숙인 후, 맞은편에 가 앉았다.

그는 신 국장의 말처럼 훤칠한 키에 서글서글한 인상을 가진 남자였다. 소파에 깊숙하게 몸을 기대고 다리를 꼬는 모습이 썩 겸손해 보이지는 않았다. 차를 주문하고 이런저런 대화가 이어졌다. 일에 관련된 이야기가 주를 이뤘고, 질문은 줄곧 저쪽에서 던져왔다.

방송 일은 어떻게 시작했느냐, 일하는 건 재미있느냐, 촬영 시작하면 집에는 언제 들어가느냐 등등. 이런 자리에 나오면 으레 하는, 재미없고 따분한 이야기가 이어졌다. 쓸데없는 얘기만 주고받았는데, 벌써 한 시간이 훌쩍 지났다.

피곤한 지연이 대충 자리를 정리하고 일어나야겠다고 생각하는 찰나, 그녀의 심기를 거스르는 질문이 던져졌다.

"결혼하면 일은 그만둘 거죠?"

순간 지연의 표정이 굳어졌다. 저 남자 입장에서 그녀의 직업을 어떻게 생각할진 모르지만, 어렵게 올라온 자리였다. 밤을 새가며, 연예인들 비위를 맞춰가며, 전국 팔도는 물론 세계 각국을 돌아다니며 쌓아온 커리어였다. 그런데 그만둘 거냐는 말을 저렇게 쉽게 묻다니!

하지만 남자는 지연의 표정을 보지 못한 건지, 봤는데 모른 척하는 건지 말을 계속 이어나갔다.

"나이도 있으니 아이는 바로 갖는 게 좋고. 그러려면 일보다는 가정에 집중하는 게 맞다고 생각합니다."

결혼은커녕 다음에 만나겠다는 말조차 하지 않았는데, 상대는 드럼통으로 김칫국 드링킹 중이시다.

"사실 집에서는 젊은 여자를 원합니다."

"……!"

"아무래도 2세를 위해서라면 20대의 젊고 건강한 여자가 좋겠죠."

아무래도 네 목숨을 위해서라면 지금 당장 그 입을 닥치는 편이 좋을 텐데?

"하지만 전 어린 여자는 싫습니다. 말도 안 통하고, 제 고집만 피우거든요."

"저기요, 김민우 씨."

지연이 정색하며 그의 말을 끊었지만, 그는 개의치 않고 계속 주절거렸다.

"유치하고, 충동적이고, 감정적이죠. 젊은 혈기에 앞뒤를 안 가리거든요."

넌 젊지도 않은데, 왜 앞뒤를 못 가리니?

"그래서 전 차지연 씨가 마음에 듭니다."

어쩌냐? 난 너 마음에 안 드는데!

"나이는 꽤 많아도 아이는 낳을 수 있을 정도의 신체와 지성, 그리고 미모를 겸비한 여자."

그는 아마 인생의 동반자가 아니라 2세를 낳아 줄 대리모와 길러 줄 보모, 그리고 그의 옆에 서 있을 인형을 구하러 온 모양이었다. 더는 듣고 싶지도, 앉아 있고 싶지도 않았던 지연은 주섬주섬 가방을 챙겼다. 성격 같아서는 얼굴에 뜨거운 물이라도 확 끼얹고 싶었지만, 신 국장 체면을 생각해서 꾹 눌러 참았다.

"일 그만두고, 병원 다니면서 검사부터 하는 게 좋을 것 같은데."

남자의 무례함이 도를 지나치고 있을 때, 누군가 지연의 손을 낚아챘다.

"일어나요."

순간 놀란 지연은 물론, 남자까지 고개를 들어 낯선 손의 주인을 확인했다. 승후였다.

"네가 어떻게 여길……?"

그녀는 놀랐고, 남자는 지연의 손을 잡고 있는 승후를 보고 눈살을 찌푸렸다.

"뭡니까, 이 남자?"

남자가 눈을 가늘게 뜨며 물었지만, 지연은 뭐라 대답해야 할지 정신이 없었다. 회사 후배라고 말해야 할까, 아니면 썸 타고 있는 연하남이라고 할까?

"그게, 그러니까……."

"왜 이딴 새끼가 하는 말을 듣고만 있어요?"

"뭐? 이딴 새끼?"

남자가 두 눈을 부라리며 소리치자, 승후가 서늘한 눈으로 그를 보며 말했다.

"이 여자, 너 따위 놈한테 그딴 소리 들을 여자 아니야!"

"……!"

승후의 말에 남자는 약이 바짝 오른 모양이었다. 그의 속을 긁을 말을 단번에 찾아낸 것을 보면.

"후훗. 급 떨어지게 어디서 저런 양아치 같은 놈을."

"……."

"끼리끼리 논다고, 맞선 시장에 나가면 취급도 안 해주는 퇴물이랑……."

퍽! 말릴 사이도 없이 승후의 주먹이 그의 얼굴을 강타했다. 승후의 가격에 소파에서 반쯤 굴러떨어진 남자는 입가에 흐르는 피를 닦아 냈다.

"너 이 새끼. 내가 누군 줄 알고 까부는 거야?"

"왜? 내가 알아야 하는 놈이신가?"

"허! 이 어린놈의 새끼가 쓴맛을 봐야 정신을 차리겠군!"

그가 버럭 소리를 치며 자리에서 일어나려고 하자, 승후가 그의 어깨를 짓눌렀다.

"큭."

승후는 손에 약간의 힘만 주었을 뿐인데, 맞선남은 얼굴을 찌푸리며 고통스러워했다.

"너…… 사람 봐가면서 까불어."

"입 다물어. 입에서 쓰레기 뱉어내지 말고."

"크흡. 너 나중에 후회한다."

남자의 눈이 매섭게 빛났지만, 승후는 전혀 움츠러들지 않았다.

"누가 후회할지는 두고 보자고."

승후는 그의 주머니에 명함을 찔러 넣었다.

"진단서 끊으면 전화해. 치료비 보낼 테니까."

승후는 볼일이 끝났다는 듯 몸을 일으켜, 다시 지연의 손을 잡았다.

"가요."

승후는 강하지만 부드럽게 그녀의 손을 잡고 호텔 밖으로 나갔다. 얼마쯤 걸었을까. 지연이 그의 손을 뿌리치며 외쳤다.

"박승후! 너 저 사람이 누군지 알아?"

"……"

화를 내고는 있지만, 지연은 사실 걱정됐다. 우리나라에서 꽤 큰 건설 회사 회장의 아들이라고 했다. 뉴스에 나오는 악독한 재벌처럼 조폭이라도 끌고 와 승후에게 해코지하면 어쩌나, 지연은 그게 가장 무서웠다. 앞길 창창한 애가 괜히 인생에 흠집이라도 생긴 게 아닌가, 걱정되고 또 염려스러웠다.

"가자. 가서 잘못했다고 사과하자."

지연은 잘 안다. 세상은 생각만큼 만만하지 않다는 걸. 동화처럼 아름답지도, 드라마처럼 로맨틱하지도, 영화처럼 따뜻하지도 않다는 걸, 꽤 많은 사람들을 겪으면서 배웠다. 그러니까 지금은 자신을 대리모에 보모 취급했던 남자한테 가서 넙죽 엎드려야 한다. 잘못했다고 싹싹 빌어야 한단 말이다.

"승후야. 빨리 가자. 그 사람이 손쓰기 전에 가자고."

"작가님."

"고집부리지 말고, 빨리!"

"전 잘못한 게 없어요!"

지연이 그의 팔을 붙잡고 끌었지만, 승후는 꼬떡도 하지 않았다.

"잘못한 게 왜 없어?"

"제가 뭘 잘못했는데요?"

"거기서 왜 끼어들어! 아니, 애초부터 왜 거길 찾아와? 네가 뭐라고!"

"그럼, 작가님이 그딴 새끼한테 그런 말을 듣고 있는데, 참고만 있으라고요?"

승후가 소리쳤다. 지연의 눈동자에 미친 듯이 화가 난 그의 모습이 고스란히 비쳤다.

"난 못 참아요! 왜 작가님이 그딴 놈한테 모욕적인 말을 들어야 하는 건데요!"

난 닳을까 봐 얼굴도 제대로 못 보는데. 난 아까워서 말도 잘 못 붙이는데. 더 멀리 달아날까 봐 손도 제대로 못 내미는데! 그딴 새끼가 뭐라고, 그런 말을 듣고 있느냐고요!

활활 타오르는 그의 눈빛이 그렇게 외치는 것만 같았다. 아아, 그런데.

'이 와중에 얘 왜 이렇게 멋있니?'

평소에는 잘 차려입는 그였지만, 슈트를 입은 건 처음 봤다. 훤칠한 키에 완벽한 비율, 거기에 자신을 위해 저렇게 화내 주었던 남자가 있었던가? '좋은 게 좋은 거야'라면서, '왜 귀찮게 일을 벌이냐?'면서, 참고 또 참기를 강요할 뿐이었지.

자신을 위해 씩씩거리는 승후의 모습을 보고 있자니, 지연은 실로 오랜만에 가슴이 두근거렸다. 하지만 이러면 안 된다. 이러면…… 안 돼. 지연은 벅차오르는 마음을 진정시키고, 담담하게 물었다.

"사과 안 할 거니?"

"안 해요!"

"저 사람이 너 해코지하면 어쩔 건데?"

"상관없어요."

역시 어리다. 앞뒤 안 보고, 물불 안 가리고, 생각 없이 덤비고, 뒷일은 걱정조차 안 하는 어린애.

"후우."

지연은 뒤로 돌았다. 신 국장한테 잘 얘기해 두면 별일 없겠지. 정말 무슨 일이라도 생기면 시사 프로그램에 있는 작가한테 제보해야겠다. 머릿속에 이런저런 생각이 뒤엉켰다.

재벌, 폭행, 해코지, 고소, 경찰, 재판…… 등등. 아니다. 사실 이런 생각은 억지로 떠올리는 거다. 그녀의 머릿속을 둥둥 떠다니는 거대한 놈, 그놈 생각을 지우기 위해. 억지로.

"미쳤군. 차지연."

사랑…… 할 만큼 해봤다. 스물, 순정을 바쳤던 남자는 성공을 위해. 스물여덟, 결혼을 약속했던 남자는 자기 일을 포기하는 가정적인 여자한테. 나이가 드니, 결국은 젊은 여자 찾아 떠나가더라. 그래서 사랑 따위 안 믿는다. 결국 내 옆에 있는 건 일이었고, 나한테 상처 안 주는 건 돈뿐이었다. 남자 따위 다 필요 없다고 생각했는데, 그렇게 몇 년을 아무렇지 않게 살았는데. 이제 막 사회생활 시작한, 아무것도 가진 것 없는, 나이조차 가지지 못해 12살이나 어린 너한테……. 왜 하필 너한테 흔들리는 거니?

또각또각 소리를 내며 걷던 지연의 발이 멈췄다.

'이러면 안 돼. 너한테 흔들리면 안 되는 거라고!'

스스로에게 그렇게 말하면서도, 지연의 몸이 획 돌아섰다. 그리고 그를 향해 달리기 시작했다.

"박승후!"

그녀의 부름에 승후가 엉겁결에 손을 내밀었다. 그러자 와락! 지연이 그에게 안겨, 입을 맞췄다. 승후는 마치 기다렸다는 듯이 그녀의 숨결을 자신의 폐부 깊숙이 집어삼켰다. 부드러운 촉감이 거칠게 밀려 들어왔고, 승후는 그대로 받아들였다. 두 사람의 날숨과 들숨은 거칠게 엉겨 붙어 떨어질 줄을 몰랐다. 바람결에 지연의 머리카락이 사방으로 흩날렸다. 사랑에는 용기가 필요하다. 그리고 지연은 인생 최대의 용기를 내보았다.

띠동갑 연하남과 연애할 용기를.

*

파라도로 향하는 배 안.

"오빠?"

가을이 레오의 옆자리로 와 앉으며 그를 불렀다.

"오빠, 자요?"

잠든 척 눈을 감고 있는데, 그가 눈을 뜨기 전까지 말을 계속 시킬 모양이다. 레오는 긴 속눈썹을 들어 눈을 떴다. 배 안은 따뜻했고, 또 조용했다.

"그동안 잘 지내셨어요?"

가을이 캔 커피를 건네며 안부를 물었다. 싱긋 웃는 가을의 얼굴을 보니 제작 발표회 때의 일이 떠올랐다. 가을이 규리에게 퍼부었던 가시 돋친 말들, 규리의 머리카락을 타고 흘러내리는 커피, 그리고 차마 얼굴도 들지 못한 채 그 자리를 벗어났던 규리의 뒷모습까지. 웬만하면 가을과는 말도 섞기 싫었지만, 며칠 동안 얼굴 맞대며 촬영할 사이에 무작정 무시할 수만도 없었다. 레오는 그녀가 내미는 커피를 받으며 애써 침착하게 대답했다.

"응. 넌?"

"저야 늘 똑같죠. 안무 연습에 예능 출연에. 너무 바빴어요."

"그래."

"근데 오빠. 혹시 저한테 화난 건 아니죠?"

레오는 '오빠'라는 호칭이 계속 거슬렸다. 선배라고 부르라고 주의를 줬건만, 가을은 그런 말은 들은 적 없다는 듯 자연스럽게 오빠라고 부르고 있었다. 가을에게 한마디 하려는 그때, 저쪽에 앉아 있던 명석이 자리에서 일어나는 게 눈에 들어왔다.

"가을이는 오빠가 화난 것 같아서 얼마나 마음을 졸였는지 몰라요……."

가을이 뭐라 앙알거리는 소리가 들렸지만, 명석의 모습을 밟는 레오에게는 그녀의 목소리가 귀에 들어오지 않았다. 자리에서 일어난 명석은 밖으로 나갔고, 그제야 레오는 규리가 선실 안에 없다는 걸 깨달았다.

*

오랜만에 배를 타서 그런지 아니면 오늘은 붙이는 멀미약을 안 붙여서 그런지, 규리는 속이 좋지 않았다. 게다가 오늘따라 배에 공사 차량을 싣는 바람에 출발이 점점 미뤄져, 거의 한 시간가량 배에서 대기를 해야 했다. 넘실거리는 바다 위에 떠 있어서인지, 속이 더 메스꺼웠다. 출연자와 대부분의 스태프들이 기다리다 지쳐 잠들어 있는 걸 확인한 규리는 조심스럽게 선실에서 나왔다.

"후우. 죽겠다."

바람을 쐬니 그나마 나아졌지만, 이마저도 잠깐뿐일까 봐 무서웠다. 규리는 배 끄트머리로 걸어가 난간 앞에 섰다. 날씨가 급격하게 추워져서 그런지, 선상에 나와 있는 사람은 규리밖에 없었다. 커다란 배와 바다가 만나 하얀 물거품을 만들어 냈고, 배가 지나가는 길목을 따라 물거품이 파르르 일었다가 사라졌다. 옥상에서 두 남자에게 선전포고를 던진 후, 그리고 강희에게 속마음을 퍼부은 후, 규리의 마음은 편치 않았다. 마치 뱃멀미로 고생하는 지금처럼, 속은 울렁거렸고 답답한 마음을 잠재울 수 있는 방법을 찾지 못했다.

'나 미쳤나 봐. 어떻게 감당하려고 이런 큰일을 벌인 걸까?' 하고 스스로를 원망도 해보고. '그 남자들도 그래! 내가 제정신이 아닌 것 같으면, 자기들이라도 정신을 똑바로 차렸어야지!' 하고 남 탓으로 돌려보기도 하고. '하늘도 무심하지. 난 결국 아무도 선택 못 할 거야. 난 또 혼자 남겠지.' 하고 애먼 하늘을 탓하기도 했다. 하지만 결국 생각의 끝은 하나였다. 반드시 둘 중 한 명을 선택해야 한다는 것. 내가 정말 좋아하는 남자를 가려야 한다는 것. 그게 며칠 남지 않은 시간 동안 규리가 해야 할 일이었다.

"내가 누구를 좋아하고 있다는 거, 어떻게 확신해?"

규리가 물었을 때, 강희는 이렇게 대답했다.

"그 남자 옆에 누가 있는지를 봐봐."
"그게 무슨 말이야?"
"그 남자 옆에 웬 여자가 있어. 근데 둘이 사이가 좋아 보여. 그때 네 감정을 잘 들여다봐."

강희의 입술이 옆으로 늘어졌다 다시 모였다.

"질투. 딴 여자랑 있는데, 막 화가 나고 괜히 열 받고 그러면 좋아하는 거지."
"질투……?"
"응. 그리고 정 모르겠으면 키스라도 해보든가."

고민하는 규리에게 강희는 그렇게 말했고, 규리는 그녀의 등짝을 소리 나게 때렸다.
"키스는 무슨…… 하아."
규리의 작은 입술 사이로 뜨거운 입김이 새어 나와 차가운 바람과 부딪쳤다. 겨울옷을 챙겨 오지 못했는데, 생각보다 추위가 더 빨리 찾아왔다. 큰일이다. 남쪽이라 서울보다 따뜻할 줄 알았는데, 찬 바람 부는 바닷가라는 생각을 못 했다. 벌써부터 몸이 으슬으슬 떨려온 규리는 다시 선실 안으로 들어가기 위해 몸을 돌렸다.
"앗!"
발걸음을 옮기려던 찰나, 무언가 굉장히 탄탄한 것과 부딪히고 말았다.
"팀장님?"
"나한테 하려는 거야?"

"네?"

무슨 말인가 싶어 눈을 깜빡거리자, 예상치도 못한 말이 떨어졌다.

"키스."

"예에? 아니에요! 정말 아니에요!"

아마 그녀가 중얼거리는 말을 들은 모양이었다. 규리가 손사래를 치자, 명석이 피식 웃으며 그녀에게 무언가를 툭 던졌다.

"이게 뭐예요?"

"너 또 얇게 입고 왔지? 바들바들 떠는 게 저 끝에서도 다 보인다."

그가 준 건 다름 아닌 기름 충전식 손난로였다.

"이건 한 번 쓰고 버리는 거 아니야. 기름 충전하면 계속 쓸 수 있어."

"아…… 고맙습니다. 따뜻해요."

"식으면 찾아와. 다시 따뜻하게 데워줄 테니까."

규리가 피식 웃자, 명석이 무언가를 또 내밀었다.

"멀미하지?"

귀 밑에 붙이는 멀미약이었다.

"챙겨준다는 거 깜빡했다. 촬영 준비하느라 정신이 없어서."

그랬을 거다. 수십 명에 달하는 스태프들 관리에 장비와 촬영 내용까지 살피느라, 그는 오늘 새벽까지 며칠간 잠도 제대로 자지 못했으니까. 그래서 서운하지는 않았다.

"근데 이거 왜 다 주세요?"

바빠서 챙겨 주지 못한 건 서운하지 않은데, 멀미약을 박스째로 주니 어쩐지 서운했다.

"촬영 끝나고 갈 때도 붙여야지."

사람들 많아서 챙겨 주는 것도 눈치 보이고. 명석이 선실을 힐끔 보며 말끝을 흐렸다. 규리는 자신의 손에 쥐어진 약을 쳐다보았다. 뱃멀미를 한다는 건 자신이 더 잘 알고 있었다. 그게 얼마나 고통스러운지도. 그리고 붙이는 약이 효과가 좋다는 것도. 그런데 나는 왜 미리 사 오지 않았을까? 약국 갈 시간 정도는 충분히 있었는데……. 한동안 생각에 잠겨 있던 규리는 멀미약을 뜯어 자신의 귀 밑에 붙이고, 나머지 약은 다시 명석에게 내밀었다.

"왜? 갖고 있지."

지금은 모르겠다. 하지만 확인하고 싶었다.

"팀장님이 주셔야 효과가 좋은 것 같아서요."

왜 서운한 기분이 드는지를.

*

오랜만에 들어가는 촬영이라 합을 맞추고 장비 세팅하는 데에 시간이 꽤 오래 걸렸다.

"막내 작가님! 큐 시트 좀 미리미리 챙겨줘라."

"아이고. 죄송합니다. 감독님. 여기요."

"막내야. 여기 소품 정리 좀 해."

"예. 작가님!"

"야, 감귤! 여기 좀 치우라니까, 좀!"

"예. 갑니다. 가요!"

배에서 내리자마자 여기저기서 불러 대는 통에 규리는 메고 있는 가방을 내려놓지도 못하고, 숨 쉴 틈도 없이 여기저기 불려 다녔다. 생각지 못한 곳에서 시간이 지체되는 바람에 촬영은 지연됐고, 그와 동시에 스태프들은 점점 날카로워졌다. 그리고 막내라는 이유로 그들의 스트레스 쓰레기통이 된 규리는 쓰레기를 주워 담느라 정신이 없었고 말이다.

"후우. 죽겠다."

선배들의 온갖 뒤치다꺼리를 겨우 끝낸 규리는 구석에 쪼그리고 앉아 숨을 돌렸다. 배에서 내린 후 어딘가에 엉덩이를 걸치지 못해 두 다리가 아팠다. 규리는 주먹으로 콩콩콩 다리를 두드렸다. 앞으로 며칠간 쉬지 못할 다리야, 네가 고생이 많다. 그렇게 두드리고 있을 때, 마당 저편에서 웃음소리가 들려왔다. 고개를 들자, 레오와 서준 그리고 가을이 대화를 나누는 것이 보였다. 예쁘고 잘생긴 얼굴을 보고 있자니 딴 세상 사람들 같다. 어쩐지 그들과 나 사이에는 안 보이는 커다란 벽이 가로막고 있는 기분이 들었다.

"치. 뭐 얼마나 재미있는 얘기를 하길래 저런데?"

서준의 말끝마다 가을의 웃음소리가 까르르 울려 퍼졌고, 웃음 뒤에는 어김없이 그녀의 손이 레오의 팔뚝을 때린다.

"왜 가만히 있는 거야?"

규리는 레오를 노려보며 중얼거렸다. 그 자리에서 조금만 뒤로 물러서도 가을이 저 앙큼한 것의 손아귀에서 벗어날 수도 있을 텐데, 레오는 요지부동이다.

"즐기는 건가?"

어쩐지 기분이 썩 유쾌하지 않다. 계속 여기 쪼그리고 앉아 있다 보면, 기분은 더 안 좋아지겠지? 근데 왜 자꾸 보는 거지?

"잠깐. 이거 질투야?"

강희가 말했던 질투가 이런 기분인 건가? 다른 여자랑 있는 게 신경 쓰이고, 기분 나쁘고, 유치하게 괜히 화가 나고……? 그런데 증상이 비슷하기는 한데, 마음이 아프지는 않았다. 이게 정말 질투라는 감정일까?

규리가 이런저런 생각에 잠겨 있을 때, 그녀 앞에 검은 그림자가 드리워졌다. 슬며시 고개를 드니 은설이 그녀 앞에 버티고 서 있었다.

"아, 언제까지 저러고 있을 거야."

신경질적으로 중얼거리는 은설의 얼굴은 폭발 직전의 복어 같았다. 규리는 혹시나 괜한 불똥이 자신에게 튈까 봐 조용히 몸을 일으켰다. 그리고 살금살금 자리를 피하려는데, 은설의 신경질적인 목소리가 그녀의 발목을 잡았다.

"감규리 씨."

"예. 선배."

"가을이 지금 어디 있어요?"

잉? 여태 여기 서서 가을을 쳐다보고 있었으면서, 왜 묻지?

"가을이 지금 어디 있냐고요!"

"아. 저기……."

규리는 마당 한가운데서 파라도가 떠내려갈 듯 크게 웃고 있는 가을을 가리켰다.

"가서 방에 카메라 설치한다고 말해요."

그제야 규리는 은설이 왜 저렇게 화가 났는지 알 것 같았다. 촬영 팀은 도착하자마자 집 안에 카메라 설치부터 했다. 레오와 서준의 방, 주방과 거실, 그리고 마당 곳곳에 말이다. 하지만 가을은 옷을 갈아입어야 한다며 자신의 방에 카메라 설치를 미뤘고, 세월아 네월아 하며 저렇게 수다를 떨고 있었던 것이다. 그리고 그 때문에 은설은 누군가에게 혼이 난 것 같았다. 가서 말은 해야겠는데 가을이 앞에서 입은 떨어지지 않고, 만만한 게 후배라고 괜히 규리에게 짜증을 내며 자기가 할 일을 미루는 것이다.

"뭐 해요? 빨리 가서 말하지 않고?"

은설이 날카롭게 쏘아붙이자, 규리는 엉덩이를 털며 자리에서 일어나 가을에게 다가갔다.

"저기 가을 씨."

규리가 부르자, 가을은 물론 옆에 있던 레오와 서준도 그녀에게 시선이 꽂혔다. 가을은 레오를 힐끔 보더니, 눈을 아래로 깔며 규리를 쳐다봤다.

"왜요?"

"지금 방에 카메라 설치한다고 하셔서요."

"그래서요?"

가을의 말투가 곱지 않았지만, 규리는 신경 쓰지 않고 말했다.

"옷 갈아입을 거면 지금 갈아입으시라고요."

규리는 빙긋 웃으며 최대한 친절하게 말하며 돌아섰다. 그리고 발걸음을 떼려는데, 가을이 그녀를 불렀다.

"막내 작가님?"

"예?"

"나 옷 갈아입는 것 좀 도와줄래요?"

예쁘게 웃는 가을의 미소가 왜 무섭게 느껴지는지, 규리는 알 수 없었다.

*

무슨 중세 시대 귀족 아가씨 옷 갈아입는 거 도와주는 하녀도 아니고, 내가 꼭 있어야 돼? 뭐 얼마나 대단한 옷이기에 혼자서도 못 갈아입느냐고. 등짝에 대단히 긴 지퍼 달린 드레스라도 입는 모양이지? 아니면 단추가 수백 개 달린 옷인가? 그거 입고 낚시도 하고, 소풍도 치우면 시청률 대박 잘 나오겠네!

규리는 속으로 구시렁대며 가을의 뒤를 따라 방으로 들어갔다. 방에는 아까 규리가 끙끙대며 들고 온 가을의 커다란 캐리어가 놓여 있었다. 도대체 저 안에서 어떤 옷이 나올까 궁금했던 규리가 캐리어를 유심히 쳐다보고 있을 때, 가을이 말했다.

"나 옷 갈아입을 동안, 방 청소 좀 해놔요."

"예?"

가을의 입에서 튀어나온 말이 너무 황당해서 규리의 표정이 자연스럽게 굳어 버렸다. 옷 갈아입는 거 도와달라고 해서 들어왔더니, 방 청소를 하라고? 그것도 '부탁해요.'도 아닌, '해놔요.'라니?

아무리 규리 자신이 이 팀의 막내이고, 가을이 잘나가는 연예인이라고 해도 이건 너무하다 싶었다. 게다가 가을보다 한참 선배인 서준과 레오는 도착하자마자 자신들이 묵을 방 청소를 끝낸 상태였다. 그 누구에게도 시키지 않고 본인들이 직접! 그런데 가을은 작가들을 꼭 자기 개인 고용인처럼 부려 댔다. 아까 배에서 내리자마자 자신한테 가방을 들어달라고 하질 않나, 은설에게 온갖 잡다한 심부름을 시키질 않나. 그런데 이젠 방 청소까지? 속에서는 부글부글 끓어올랐지만, 규리는 최대한 화를 가라앉히고 말했다.

"가을 씨. 청소는 제가 아까 미리 다 해놨어요."

그래도 며칠 동안 출연자들이 묵을 곳인데, 아주 더러운 상태로 두진 않았다. 촬영장에 도착하자마자 규리가 쓸고 닦아 놓았으니 말이다. 하지만 가을은 그녀의 말을 듣는 둥 마는 둥 하더니, 검지를 펼쳐 손가락으로 바닥을 훑었다. 그리고 규리의 눈앞에 자신의 손가락을 내밀며 말했다.

"청소한 게, 이 꼴인가요?"

"손가락이 아주 깨끗한데요?"

"이게 깨끗해요? 얼마나 더럽게 살았으면 이게 깨끗하대?"

"뭐라고요?"

겨우 화를 참아 내고 있는데, 규리 앞에 뭔가 툭 던져졌다. 물티슈였다.

"그걸로 다시 다 닦아요. 나 이런 데서 못 자니까."

순간 머리에 열이 확 솟구쳐 올랐다. 얼굴에 경련이 이는 것 같았다. 도대체 얘는 날 어떻게 봤기에 지가 갖고 온 캐리어보다 취급이 그지 같은 건지. 그래, 오늘 너 죽고 나 죽자. 도저히 못 참겠다.

"서가을 씨!"

규리가 확 몰아붙이려는 찰나, 밖에서 가을을 재촉하는 은설의 목소리가 들려왔다.

"가을아. 옷 다 갈아입었어?"

가늘게 떨리는 직속 선배의 목소리를 듣고 있자니, 화가 치밀어 오르면서도 얼마나 가을의 눈치를 봤기에 저렇게 풀이 죽었나 싶다.

"가을아. 나 지금 피디님한테 계속 혼났어. 빨리 좀 나오면 안 될까?"

"잠깐 기다려."

은설은 거의 애걸하는 목소리로 물었지만, 가을은 전혀 개의치 않았다.

"막내 작가가 안 도와줘서 시간이 좀 걸리네?"

오히려 규리 탓을 하며 빙긋 웃을 뿐.

"허!"

규리가 어이없다는 듯 콧방귀를 뀌자, 가을이 그녀에게 가까이 다가와 속삭였다.

"시간 더 딜레이되면 난 네 탓 할 거야."

"뭐?"

"내가 도와달라고 사정하는데도, 네가 날 돕지 않아서 늦어졌다고 말할 거거든."

"나한테 왜 이렇게까지 하는 건데?"

굳이 이렇게까지 할 이유가 없었다. 규리는 가을을 친절하게 대했고, 뭐든 그녀가 원하는 대로 해줬으니까.

"이유가 뭐냐고?"

"이유? 없어. 그냥 네가 재수 없어."

예쁜 목소리로 그렇게 속삭인 가을은 뒤로 물러나며 어서 방을 닦으라고 눈짓했다. 그러니까 그냥 괴롭힌다는 거였다. 아무 이유도 없이. 깽판을 놓을까 잠깐 고민하던 규리는 바닥에 떨어진 물티슈를 주웠다. 그러자 가을이 규리를 내려다보며 피식 웃었다. 그래봤자 넌 내 뒤치다꺼리나 하는 신세일 뿐이라는 듯. 규리는 무릎을 꿇고 방 청소를 시작했다. 여기까지 오느라 다들 피곤할 텐데, 괜히 자존심 챙긴다고 촬영을 더 지연시킬 수는 없었다. 빨리 청소만 해주고 나가면 되니까. 빨리 끝내자. 빨리.

속으로 그렇게 중얼거리며 손을 놀리고 있을 때, 방문이 벌컥 열렸다.

"오빠?"

가을의 목소리는 사시나무처럼 흔들렸고, 뒤를 돌아본 규리의 눈은 커졌다.

"감규리. 일어나."

방으로 들어온 레오는 규리의 손을 붙잡고 그녀를 일으켰다.

"네가 청소를 왜 해?"

"잠깐 이 손 좀 놓고……."

"네가 왜 애 앞에서 무릎을 꿇고 있느냐고!"

규리는 그의 목소리가 밖으로 새어 나갈까 무서워 안절부절못하며 검지를 자신의 입술에 대며 조용히 하라는 신호를 보냈다. 하지만 레오는 멈출 생각이 없어 보였다.

"서가을. 네가 말해봐. 애가 왜 네 방 청소를 하고 있어?"

"오빠. 왜 이렇게 흥분했어요?"

"대답하라고!"

평소와 180도 다른 레오의 모습에 가을은 물론 규리까지 깜짝 놀라고 말았다.

"아니…… 청소 정도는 해줄 수 있는 거 아니에요?"

"뭐?"

"제작진이 출연자 챙기는 건데, 그게 왜요?"

"서가을!"

가을을 노려보는 레오의 눈빛에 살기까지 가득해 보였지만, 그녀는 말을 멈추지 않았다.

"전 오빠가 더 이상해요. 왜 갑자기 들어와서 화를 내는 건데요?"

울먹이는 척 불만을 토해 내던 가을의 눈이 돌연 가늘어졌다.

"오빠 설마……?"

제작 발표회 때 의심스럽긴 했다. 사사건건 막내 작가가 눈에 거슬리긴 했다. 해연 작가의 말을 듣고 수상하게 여기기도 했다. 그래도 혹시나 했다. 그런데 설마……?

"막내 작가 좋아해요?"

가을이 질문한 지 1초도 지나지 않아 레오의 목소리가 들려왔다.

"어. 그런데 왜?"

당당한 그의 대답에 가을의 입이 벌어졌고, 규리는 입술을 깨물었다. 레오를 바라보는 가을의 눈동자는 마치 지진이라도 난 것처럼 크게 흔들렸다. 제작 발표회 때 시밀러룩을 입고 있는 그들을 보고도 아닐 거라고 생각했다. 저 옷이 요즘 핫하다고 하니 우연이겠지, 그렇게 생각하려고 했다. 규리에게만 오레오 과자를 선물했다는 말을 듣고도 아닐 거라고 여겼다. 계속해서 이상한 촉이 발동했지만, 아닐 거라고 생각한 이유는 딱 하나였다.

설마 레오 오빠 눈이 저렇게 낮을까? 그런데 뭐? 좋아한다고? 그것도 내 앞에서 저렇게 손까지 잡고? 나한테 온갖 창피를 줘가면서?

가을은 제 귀를 의심했다.

"오빠. 지금 제 말뜻을 잘 이해 못 한 모양인데……."

"아니. 이해 못 한 건 너야."

단호한 레오의 대답에 가을의 예쁜 얼굴에 주름이 생겼다.

"나, 감규리 작가님 좋아해."

"……!"

"감규리 작가님이 바로 내 첫사랑이고."

"허!"

가을은 못 믿겠다는 듯 헛웃음을 터뜨렸다. 설마 했던 예상이 맞았다니. 저 여자가 레오의 첫사랑이라니. 기가 막혔다. 20년 동안 한 사람만 바라보았다던, 천하의 오레오의 순정의 주인공이 저 하찮은 여자라니!

가을은 꽤 충격을 받았다. 저깟 여자가 뭐라고. 생긴 건 길에 밟히는 그냥 그런 여자들처럼 평범했고, 몸매는 자신의 발끝에도 미치지 못했다. 그렇다고 금수저 물고 태어난 것 같지도 않았다. 대단한 실력이 있어 작가로서 승승장구하는 타입도 아닌, 그저 나이 많은 막내 작가일 뿐인데. 왜? 왜 레오 오빠는 나보다 저 여자를 좋아하는 거지? 왜 내 손이 아닌 저 여자 손을 잡고 있는 거냐고! 단지 첫사랑이라서? 빌어먹을 첫사랑이라서?!

"그러니까 함부로 대하지 마."

가을에게 레오는 그냥 찔러본 감이었다. 잘 익었나, 맛이 있나 없나, 떫은가 달콤한가, 하고 그냥 찔러본 감. 그런데 왜 생각지도 못한 찰나에 훅 들어와 자신의 마음에 자리를 잡고 이렇게 흔들어 대는 건지. 그리고 난 또 왜 여기서 악역이나 하고 있는 건지!

가을은 심통이 났다.

"이 여자 네가 함부로 대해도 되는 그런 사람 아니니까."

레오 오빠의 손을 잡고 있는 여자가 나였으면 좋겠다.

"또다시 이러면 그땐 진짜 가만 안 둬."

살벌한 눈빛을 남긴 레오가 규리의 손을 잡고 밖으로 나가려고 할 때.

"오빠, 잠깐만요!"

가을이 그를 불렀다.

"오빠 연예인이에요. 여기서 스캔들 터지면 배우 인생 끝이라고요! 그런데 그 여자 손, 잡고 나갈 거예요? 밖에 보는 눈이 수두룩한데?"

그렇게 말하는 가을의 입술에 경련이 일었다. 정말 레오를 걱정해서 하는 말인지, 화가 나서 아무 말이나 던지는 건지, 그녀의 속내를 알 순 없었지만⋯⋯ 레오는 매우 언짢았다. 보는 눈이 수두룩한 걸 알면서도 규리를 곤경에 빠지게 하다니.

"서가을."

그녀의 이름을 부르는 레오의 목소리는 차갑다 못해 서늘했다.

"네가 나한테, 충고할 만한 위치에 있다고 생각하니?"

"⋯⋯!"

여전히 느릿하고 억양 없는 말투였지만, 가을은 순간 등골이 서늘해졌다. 잊고 있었다. 같은 프로그램에 출연하고 있다고 하더라도 자신과 레오는 비교 자체를 할 수 없는 '급'이라는 걸. 저 착한 얼굴에, 해맑은 미소에, 그의 친절에 취해. 가을은 레오가 자신과 비슷한 급이라고 착각하고 있었던 거였다.

"그리고 네 눈엔 내가 스캔들 한 번에 휘청거릴 사람으로 보여?"

건방지게. 레오가 날 선 눈으로 가을을 노려보며 중얼거렸다. 이 또한 착각했다. 레오는 스캔들 하나로 연예인 인생 접을 만한 위치에 있는 배우가 아니었다. 지금 이 사건이 밖으로 새어 나가면, 매장당할 사람은 오히려 가을 자신이었다!

−유명 걸 그룹 A 씨! 막내 작가에게 갑질!

−무릎을 꿇고 청소를 하게 만들었다.

−갑질 부리다 프로그램에 차질을 빚어 하차!

−A 씨가 속해 있는 걸 그룹, 앞으로 활동 미지수!

만약 조금 전의 일들이 알려지기라도 하면, 어떤 기사들이 쏟아지고 어떤 댓글이 달릴지 눈에 선했다. 자신이 남의 스캔들 운운할 처지가 못 된다는 걸 뒤늦게 깨달은 가을은 레오를 향해 고개를 숙였다.

"죄송합니다. 선배님."

아까까지 해도 잘만 부르던 '오빠'라는 호칭이 쏙 들어가 버렸다. 가을의 얼굴은 하얗게 질렸고, 손까지 좀 떨고 있었다. 하지만 레오는 거기서 멈추지 않았다. 서늘한 눈으로 그녀를 쳐다보더니, 냉정하게 입을 열었다.

"네가 죄송해야 할 사람은 내가 아닌 것 같은데?"

그러자 가을의 입에서 '아……' 하고 작은 탄성이 흘러나왔다. 고개를 들어 규리를 쳐다본 가을이 아랫입술을 꽉 깨무는 걸 보아하니, 그녀에게 사과하기는 싫은 모양이었다. 하지만 레오가 저렇게 버티고 있는 이상 안 할 수는 없었다. 완벽한 전세역전이다. 가을은 규리를 향해 뻣뻣하게 고개를 숙였다.

"미안합니다. 작가님. 앞으로 이런 일 없도록 조심하겠습니다."

규리는 억지로 하는 사과라는 걸 알고 있었지만, 무시할 수도 없었다.

"아…… 예."

규리가 대답하자, 레오가 그녀의 손을 잡아끌었다.

"가자."

레오가 싸늘한 눈빛만 남기고 밖으로 나가자, 가을은 그대로 자리에 주저앉아 버렸다. 온몸에 힘이 쑥 빠져나가는 기분이었다.

"망할 첫사랑. 촌스럽게."

가을은 멀어져 가는 규리의 뒷모습을 보며 입술을 깨물었지만.

"언제 적 첫사랑을 여태 좋아하는 거야."

그녀가 부러웠다. 규리를 싫어하는 가을이 봐도 그녀가 얼마나 많은 사랑을 받고 있는지 눈에 선했으니까.

*

가을의 방에서 빠져나온 레오는 규리의 손을 붙잡고 촬영장 밖으로 향했다. 다행인지 불행인지 밖에는 은설 외에 아무도 없었다. 은설이 레오의 손에 잡혀 있는 규리를 놀란 토끼 눈으로 쳐다봤다. 그녀와 눈이 마주친 규리가 손을 빼려고 했지만, 레오는 더 힘주어 그녀의 손을 잡았다. 촬영장을 빠져나와 바닷가에 이르러 주변에 아무도 없자, 규리가 소리쳤다.

"레오야!"

"……."

"오레오!"

그러자 정신없이 앞만 보며 걷던 레오가 그녀를 향해 돌아보았다.

"……아파."

"어?"

규리가 그에게 잡힌 손목을 보며 인상을 찌푸리자, 레오는 정신이 돌아온 듯 그제야 그녀의 손을 놓았다.

"아, 미안. 많이 아파?"

"괜찮아."

규리는 괜찮다고 말했지만, 가느다란 그녀의 손목은 붉게 달아올라 있었다. 그걸 본 레오는 안절부절못하며 울상을 지었다.

"어떡해……."

아까 가을을 향해 차갑게 굴던 오레오는 어디 가고, 어디서 이런 순둥이가 튀어나온 건지. 그 모습을 보자 규리의 얼굴에 스멀스멀 웃음꽃이 피었다.

"안 되겠다. 약국이라도 갔다 와야지."

"됐어. 이거 가지고 무슨 약국씩이나."

"아프잖아."

"괜찮거든요?"

규리가 보란 듯이 손목을 돌리자, 레오의 걱정이 조금은 가신 듯했다.

"아프면 말해."

"응. 걱정 마. 근데 레오야."

"응?"

"아까 왜 그랬어?"

"미안. 나도 모르게 힘이 너무 많이 들어가서……."

"아니. 가을이한테 왜 그랬냐고 묻는 거야."

규리의 목소리가 그 어느 때보다 차분했다. 바닷가라 그런지 바람이 더 차다. 레오는 입고 있던 점퍼를 벗어 규리의 어깨 위에 걸쳐 주었다. 그의 온기가 남아 있는 점퍼와 닿자, 싸늘하게 식었던 그녀의 몸이 녹아내리는 것 같았다.

"나한테, 화가 났었어."

"너한테?"

의외의 대답에 규리가 눈을 동그랗게 떴다. 규리는 그가 가을에게 화가 난 줄 알았다. 자신에게 막 대하는 가을에게 화가 나서 그녀에게 소리를 지르고, 은설이 보는 것도 개의치 않고 자신의 손을 잡고 여기까지 온 줄 알았다. 그리고 만약 자신의 생각이 맞다면, 레오에게 잔소리를 퍼부을 생각이었다. 너 보통 사람 아니라고. 널 보는 눈과 귀가 몇 개인데, 정말 스캔들이라도 터지면 어쩌려고 내 손을 잡는 거냐고. 난 잃을 게 없지만, 넌 잃을 게 많은 사람이라고. 그렇게 화라도 낼 작정이었다. 그런데 자신한테 화가 났다니. 왜?

"사실 제작 발표회 때, 밖에서 다 들었어."

"……?"

"가을이가 너한테 했던 말들."

"아……."

규리는 그날 가을이 제게 했던 말을 떠올려 보려고 했다.

'무슨 말을 했더라?'

자신이 단순한 건지, 상처 주는 가을의 내공이 부족한 건지. 분명 기분 나쁜 소리를 듣긴 했는데, 기억에 남은 건 딱히 없었다. 당사자인 자신은 이렇게 멀쩡한데, 어째 레오의 표정은 그렇지 않았다.

"그때 생각했어. 만약 내가 네 남자친구라면, 가만히 있진 않을 거라고."

가을이 던진 커피를 고스란히 맞고 있는 규리를 보며, 레오는 그녀에게도 똑같이 해주고 싶었다. 아니, 그보다 더 나쁜 생각도 했었다. 처음엔 가을에게 화가 났지만, 돌이켜 생각해 보면 그가 화난 진짜 이유는 따로 있었다.

"널 지켜줄 명분이 없는 게 화나더라. 난 네 남자친구도 아니고, 섣불리 다가갈 수 있는 직업을 가진 것도 아니고……."

그의 말에 규리가 일순 숙연해졌다. 배우라는 직업까지야 그녀가 어찌해 줄 순 없지만, 마음을 일찍 결정했으면 레오가 저런 고민을 하지 않았을 수도 있다. 레오를 선택하거나, 그를 거절하거나 했으면 말이다. 그녀의 표정이 좋지 않은 걸 본 레오가 얼른 분위기를 환기시켰다.

"규리야."

"응?"

"나, 축하받을 일 있는데."

"뭔데?"

축하라는 말에 뭔지도 모르면서 규리의 표정이 활짝 폈다.

"나 할리우드에서 영화 출연 제의가 왔어."

"뭐? 진짜? 대박! 축하해!"

규리는 어찌나 좋은지, 자리에서 콩콩 뛰며 기쁜 마음을 표현했다. 한국에서도 이미 갓레오로 불리며 배우로서 입지를 단단히 굳히는 중이었다. 그런데 할리우드 진출이라니! 규리는 진심으로 제 일처럼 좋아하며, 한껏 들뜬 얼굴로 질문을 던졌다.

"영어는? 영어는 어떡하지? 배워야 하나?"

"픕."

레오가 웃자, 규리가 자신의 머리를 콩 때렸다.

"아, 맞다. 너 미국에서 살다 왔지. 그럼 미국 생활하는 건 어렵지 않겠다. 어떤 영화야? 액션? 로코? 멜로? 휴먼?"

"액션."

"오! 그럼 막 하늘 날아다니고, 그러는 거야? 히어로?"

"응. 주인공은 아닌데, 꽤 많이 나올 거야. 조연급."

"대박. 내 친구가 할리우드 배우라니! 나 꿈꾸는 것 같아."

자신의 일은 아니었지만, 규리는 생각만 해도 기분이 좋았다. 함께 나오는 배우들이 누군지는 모르겠지만, 어쩐지 레오 옆에 레오나르도 디카프리오가 서 있을 것만 같은 기분이 들었다. 왠지 모르게 규리가 구름 위에 떠 있는 기분이다.

"자세히 얘기 좀 해봐. 어떻게 섭외된 거야?"

"좋아하는 감독님이 아시아 배우 찾는다는 소식 듣고 오디션 본 적이 있었어. 예전에."

"와! 멋있다."

멋있다는 말에 레오가 슬며시 미소를 지었다.

"나도 조금 전에 연락받았어."

"그럼 나한테 처음 말한 거야?"

"응. 규리 너한테 제일 먼저 축하받고 싶어서."

"정말 축하해. 레오야. 넌 잘할 수 있을 거야."

두 주먹 불끈 쥐며 파이팅을 외치는 규리가 어찌나 귀여운지. 사랑스러운 규리의 모습을 두고두고 보고 싶었던 레오는 용기 내어 입을 열었다.

"그래서 말인데, 규리야."

"응!"

"나랑. 같이 가자. 미국."

＊

촬영장 한구석. 이어폰을 끼고 오디오 점검을 하고 있던 명석의 얼굴이 일순 찌푸려졌다. 어디 먼 곳에 가 있는지, 레오의 오디오 상태가 좋지 않다. 지지 직— 하고 잡음이 계속 들려왔다.

"뭐야? 어디에 있기에 잡음이 이렇게 심해?"

명석은 고개를 들어 촬영장을 살폈다. 자신이 정신없는 사이에 무슨 일이 있 었는지 촬영장 분위기가 싸늘했다. 그때 다시 지지직거리는 소리와 함께 누군 가의 목소리가 들려왔다.

[다시는 가을이한테 그러지 마.]

규리의 목소리였다. 왜 그녀의 목소리가 레오의 마이크를 타고 들려오는지, 명석은 오래 생각하지 않아도 되었다. 그의 눈앞에 규리와 레오가 보이지 않았 으니까.

'그런데 뭘 그러지 말라는 거지?'

[어쨌든 이건 내 일이야. 내가 알아서 하는 게 맞는 거고.]

[하지만 규리야…….]

[걱정 마. 가을이가 또 그러면 내가 제대로 한번 손봐줄 테니까.]

으득, 치아를 꽉 깨무는 소리가 들리자 명석은 낮게 웃었다. 씩씩하고 혼자 땅굴 파지 않는 그녀가 좋았다. 하지만 흐뭇하게 웃는 것도 잠시. 명석은 규리 와 레오가 촬영장이 아닌 다른 곳에서 왜 저런 대화를 나누는지, 그 이유에 대 해 유추해 보기 시작했다.

'그러니까 서가을이 내 감귤을 괴롭혔고, 오레오가 백마 탄 왕자님처럼 짠 하고 나타나서 감귤을 구해줬다? 허!'

갑자기 속에서 열불이 치솟았다. 제작 발표회 때에도 규리를 그렇게 괴롭히더니, 촬영장에서도? 그럼 저번 촬영 때에도 괴롭혔다는 건데! 사사건건 내 감귤을 괴롭히는 가을이, 오레오에게 백마 탄 왕자님 역할을 하게끔 상황을 만든 가을이 왜 이렇게 미운지!

명석은 고개를 들어 툇마루에 앉아 있는 가을을 쳐다봤다.

'그래! 너 오늘 강행군이다!'

제작 발표회 때에 그냥 넘어간 것도 두고두고 마음에 걸렸는데, 오늘만큼은 그냥 넘길 수가 없다.

"촬영 시작하지."

"오 배우가 없는데요?"

스태프 한 명이 말하자, 명석의 눈이 가늘어졌다.

"언제부터 셋 다 있을 때만 촬영 시작했나?"

"아, 예. 스탠바이 하겠습니다."

찬바람 쌩쌩 부는 명석의 말 한마디에 스태프들은 바짝 긴장했고, 그 원인이 된 가을은 안절부절못한 채 명석의 눈치만 살폈다.

"오늘 저녁은 굴 요리로 하죠?"

명석이 말하자, 서준이 물었다.

"그럼 굴 따 와야 하는 거잖아? 레오는 어디 간 거야?"

서준은 당연히 레오가 가야 한다고 생각했는지, 단번에 레오부터 찾았다. 굴 딸 사람은 따로 있는데 말이다.

"레오는 다른 곳에서 촬영하고 있어요."

"그래? 그럼 굴은 누가 따?"

서준이 묻자, 명석이 사악한 미소를 지으며 말했다.

"가을이가 따죠."

＊

난생처음 굴이라는 것을 캐본 가을은 지금 딱 죽고 싶은 심정이었다. 명석은 굴 따러 가면 옷이 더러워질 테니 갈아입으라며 그녀에게 옷을 갖다 주었다. 옷을 본 순간 가을은 경악을 금치 못했다. 패션 피플 가을에게 몸뻬 바지는 웬 말이며, 얼굴을 다 가리는 데다가 꽃무늬 가득한 촌스러운 아줌마 모자는 웬 말이란 말인가!

가을은 굴 따러 가기 싫다며 고집을 부리고 싶었지만, 카메라 앞에서 소란을 피울 수 없었다. 이렇게 된 이상 빨리 굴을 캐고 쉬어야겠다고 생각한 가을은 쉴 새 없이 손을 움직였다. 그런데 뭔 놈의 굴밭이 그림자 하나 없는 땡볕에 발이 쑥쑥 빠지는 갯벌에 있는 건지! 거기에 칼바람이 살을 에고, 허리는 아파 죽을 것 같고, 태양은 너무 뜨거워 얼굴이 다 따끔거렸다. 가을은 패션 생각해서 요란한 모양의 모자를 숙소에 두고 온 걸 땅을 치며 후회했다.

결국 가을은 가부키 화장을 한 사람처럼 선크림을 덕지덕지 바르고 굴을 캐기 시작했다. 얼마나 시간이 흘렀을까. 가을은 얼굴과 머리카락에 진흙을 잔뜩 묻히고 굴 캐는 데에 정신이 없었다. 허리를 펴기 위해 자리에서 일어나다가 그만.

"꺄악!"

발이 미끄러지는 바람에 콰당, 엉덩방아를 찧고 말았다. 가을이 된통 당하는 모습을 보자, 명석의 얼굴에 희미한 미소가 걸렸다.

'감히 내 감귤을 괴롭힌 벌이다.'

농땡이 피우지 못하게 가을을 감시하고 있을 때, 지지직대던 이어폰에서 레오의 목소리가 들려왔다.

"아, 내가 이걸 여태 끼고 있었나?"

중간에 소리가 끊겨 이어폰을 끼고 있는 줄도 몰랐다. 명석은 레오와 규리가 무슨 이야기를 나누고 있는지 궁금했지만, 남의 대화를 엿듣는 건 예의가 아닌 것 같아 이어폰을 빼려고 했다.

[할리우드에서 출연 제의가 왔…… 지지직.]

오디션 봤다는 얘긴 들었는데, 결과가 나온 모양이었다.

"축하할 일이 생겼군."

비록 지금은 라이벌 관계지만, 축하는 해줘야겠지? 그렇게 생각하며 이어폰을 빼려고 할 때, 이어서 들려오는 레오의 말에 명석의 손이 움찔댔다.

[……같이 가자. 미국.]

머리카락이 쭈뼛 서고, 등골 사이로 식은땀이 흘러내렸다. 규리가 뭐라고 대답할지 궁금해 미칠 것 같은데, 그녀의 목소리 대신 지지직대는 소음만 들려왔다. 미친 듯이 심장이 뛰고, 입이 바짝바짝 말랐다. 아무것도 눈에 들어오지 않았고, 아무 소리도 귀에 들리지 않았다. 결국 궁금증을 참지 못하고 자리를 박차고 일어나려고 할 때. 이어폰 저편에서 규리의 목소리가 들려왔다.

[……그래. 같이 가자.]

웃음기 가득한 규리의 음성에 명석은 굳은 듯 제자리에 서버렸다. 함께 미국에 가자는 레오의 질문에 규리는 같이 가자고 대답했다. 그 말은 곧.

'결정을 한 건가? 내가 아닌…… 레오를?'

규리는 촬영이 끝나면 둘 중 한 명을 선택하여 말해 준다고 했다. 그래서 명석은 촬영 기간 동안 어떻게든 그녀의 마음을 얻겠다고 결심했다. 물론 레오도 그랬겠지만. 하지만 그는 새벽부터 지금까지 규리의 마음을 얻기는커녕, 그녀의 얼굴을 볼 틈조차 없을 정도로 정신없었다. 그리고 그사이 생각지도 못한 가을이 끼어들어 레오에게 백마 탄 왕자님이 될 기회를 만들어 주었고, 레오는 기회를 놓치지 않고 규리에게 거침없이 돌진했다.

"최악이군."

왕자 놈은 공주님을 백마에 태우고 함께 미국으로 떠나자고 속삭이고 있는데, 난 악역을 붙들고 굴 캐는 걸 감시나 하고 있다니. 거기에 이런 식으로 남의 대화나 엿듣다가 실연당한 걸 알게 되기까지. 정말 모든 게 최악이었다.

'감귤이…… 한국에 없다?'

상상이 되지 않았다. 그녀를 만나고 난 뒤, 여태까지 줄곧 그녀가 없는 세상을 생각해 본 적이 없었다. 출근만 해도 그녀의 예쁜 얼굴을 볼 수 있었고, 고개만 돌려도 그녀의 해맑은 웃음과 마주할 수 있었다. 그녀는 그의 전부였다. 그런데 이젠…… 떠나보내야 하는 건가?

"하아."

명석의 입에서 땅이 꺼질 듯 한숨이 새어 나가자, 그의 눈치를 살피고 있던 가을이 슬그머니 다가왔다.

"감독님."

"왜?"

"이 정도면 저녁 먹을 수 있겠죠?"

가을은 끙끙대며 굴이 담긴 어망을 힘겹게 들어 명석에게 보여 주었다. 어망에는 출연자 셋이 굴 파티를 하고도 남을 만큼 많은 양의 굴이 담겨 있었지만, 명석은 싸늘하게 대답했다.

"턱도 없어. 더 캐!"

"히잉."

가을이 몸을 배배 꼬며 애교를 부렸지만, 명석에겐 씨알도 먹히지 않았다. 백마 탄 왕자 새끼 앞에서 공주님을 괴롭힌 벌은 가혹했다. 그리고 홀로 남겨진 자의 쓸쓸함은 그의 몫이 되겠지. 레오를 결정한 거라면, 그래서 함께 미국에 가기로 결심한 거라면 규리는 오늘 안으로 제게 말을 걸어올 거다. 명석은 쩍쩍 갈라진 손으로 마른세수를 하며, 다른 곳에 있는 마음을 애써 다잡으며 촬영에 집중했다.

*

"나랑. 같이 가자. 미국."

"어?"

갑작스러운 레오의 제안에 규리의 눈이 커졌다. 레오가 같이 가자고 한 것도 놀랄 지경인데, 그곳이 미국이란다. 그것도 할리우드! 비록 규리가 영화 쪽 일을 하는 건 아니었지만, 같은 영상 쪽 일이라서 그런지 그녀의 호기심이 발동했다. 할리우드에서는 배우들 캐스팅은 어떻게 하며, 시나리오 작업은 어떻게 하고, 또 촬영은 어떻게 하는지, 모든 게 궁금해졌다. 게다가 그녀에게 외국은 초저가 땡처리 여행이 전부이지 않았던가? 그런데 미국이라니! 할리우드라니! 어쩐지 화려하기만 할 것 같은 할리우드를 떠올리자, 규리의 가슴이 콩닥콩닥 뛰었다.

"규리 너한테도 좋은 기회가 될 것 같아."

"좋은 기회?"

"예전에 너 시나리오 쓰고 싶다고 했잖아."

지금은 아니지만, 어렸을 때 레오에게 영화 시나리오를 쓰고 싶다고 말한 적이 있는 모양이었다.

"그쪽 시스템 배우는 것도 좋을 것 같은데. 내가 자리 마련해 놓을게."

"아……."

달콤한 유혹이다. 달콤하다 못해 지금 당장 녹아내릴 것만 같았다. 미국에 함께 가자는 말만으로도 구름 위를 걷는 느낌인데, 자신을 생각해 공부할 수 있는 자리까지 마련해 놓는다니. 눈물 나게 고마운 배려였다. 아주 고급스러운 드레스와 빛나는 구두를 신고 화려한 거리를 걷는 기분이 들었다.

"올해 안으로 갈 거야."

"어?"

사뿐사뿐 구름 위를 걷던 규리는 순간 현실로 돌아왔다.

"그렇게 빨리?"

"내년 초에 촬영이 시작되거든."

지금이 벌써 11월이다. 그런데 올해 안에 간다면 한국에서의 생활은 두 달도 채 남지 않았다는 뜻이 된다.

"가서 이것저것 준비도 하고 적응도 해야 하니까."

"아…… 그렇겠구나."

구름 위에서 내려오니, 누군가의 얼굴이 자꾸만 아른거렸다. 잠깐이지만, 조금 전 미국 생활을 상상하며 마음이 들떴던 규리는 모든 걸 현실적으로 돌아보기 시작했다. 그녀가 돈을 벌지 않으면 엄마의 생활비는 어떻게 되며, 강희와 규현이의 결혼 준비는 또 누가 할 것이고, 방송국에서 쌓은 내 커리어는 어떻게 되는 걸까? 그리고, 그리고…… 팀장님은?

"일단 집을 하나 구하려고 해. 마당에 작은 정원이 있고, 수영장이 딸린 집이 어떨까? 여름에 친구들 초대해서 수영장에서 파티하면 좋을 것 같은데."

레오는 잔뜩 들떠서 말했지만, 규리는 더 이상 대꾸를 할 수 없었다. 자꾸만 누군가가 떠올라서…….

"그리고 올 크리스마스 때 마당에 커다란 트리도 세워놓자. 어때, 규리야? ……아."

뒤늦게 규리의 표정을 본 레오가 말을 멈췄다. 아까와는 달리 규리의 표정이 밝지가 않았다. 마치 큰 근심에 휩싸인 사람처럼, 그녀의 얼굴은 어두웠다. 아직 둘 중 누군가를 결정한 것도 아닌데 불쑥 떠나자는 말을 하니, 규리가 부담을 느낀 모양이었다. 지금 당장 그녀의 대답을 원한 건 아니었지만, 밝지 않은 규리의 표정을 보고 있자니 레오의 마음이 좋지 않았다. 레오는 애써 얼굴에서 서운한 기색을 지우고 그녀에게 말했다.

"내가 혼자 너무 앞서갔다. 그치?"

"당장 대답 못 해서 미안."

"아니야. 내가 너무 섣불렀어."

그녀가 망설이는 이유가 명석 때문이라는 생각이 들어서일까? 어쩐지 레오의 마음에 알 수 없는 마음이 불쑥 솟구쳤다. 질투인지, 심술인지, 조바심인지. 자신도 알 수 없는 불쾌한 기분을 참지 못해, 레오는 평소와 달리 그녀를 자극했다.

"아직 선택받은 것도 아닌데, 괜히 나 혼자 들떴네."

레오답지 않게 비아냥거리는 말투에 놀란 규리가 그를 쳐다봤다.

"너. 나한테 미안하지?"

레오가 그녀 앞에 얼굴을 불쑥 내밀며 묻자, 규리가 고개를 끄덕였다.

"하긴 나 같아도 되게 미안할 것 같다."

되게, 아주 많이, 엄청나게 미안해하는 중이긴 한데, 저렇게 대놓고 얘기하니 뭐라 대답해야 할지 모르겠다.

"얼굴 잘생겨, 키 커, 여자들한테 인기 많아, 돈도 잘 벌어, 거기에 지고지순하게 20년이나 너만 좋아해. 그런데 결정 못 하면, 나 같아도 미안하겠어."

며칠 뒤에 얘기해 주겠다고 했는데 그걸 못 기다리나 싶다가도, 얼마나 답답하고 기다림에 지쳤으면 순둥이 레오 입에서 저런 말이 나올까 싶다.

"미안. 엄청 미안해. 되게 미안해."

"그렇게 미안하면 나 따라해 봐."

뭘 따라 하라는 건지, 규리가 두 눈에 물음표를 띠고 레오를 쳐다보자 그가 입을 열었다.

"정말."

"……?"

"왜 안 따라해? 따라 하라니까. 어서."

"정말."

"미안합니다."

"미안합니다."

"촬영 끝나면 꼭 결정해서 말하겠습니다."

"촬영 끝나면 꼭 결정해서 말하겠습니다."

"오빠."

"오빠…… 뭐? 이씨. 이게 죽을라고!"

규리가 레오의 멱살을 쥐자, 그가 웃음을 터뜨렸다.

"풉. 하하하. 웃겨."

"뭐야! 난 진짜 화난 줄 알았잖아."

배우라서 그런지 얼굴색 싹 바꾸고 정색하니까 깜빡 속아 버렸다.

"화나긴. 이제 며칠 남지도 않았는데."

"그래도 미안. 어쨌든 둘 사이에서 저울질하고 있는 건 사실이잖아."

"우리가 모르는 것도 아닌데, 뭘."

이렇게 말해 주니 고마우면서도, 또 한편으로는 가슴 위에 돌덩이를 올려놓은 듯 마음이 무거웠다.

"사실 둘만 있는 거 보면 질투도 나고, 날 선택하지 않으면 어쩌나 조바심도 들어. 하지만 이건 우리 셋이 합의하에 결정한 일이잖아. 그러니까 너무 마음 쓰지 마."

"……"

"저울질하는 너도, 저울에 달려 있는 우리도. 각자 감당해야 할 무게야."

레오의 말에 규리가 고개를 끄덕였다.

"그리고 당연히 신중해야지. 평생 같이 살 남자 고르는 일인데."

"평생 같이……?"

규리가 눈을 동그랗게 뜨고 묻자, 레오의 눈이 점점 가늘어졌다.

"뭐야, 너? 설마 연애만 하고, 결혼은 제삼의 남자랑 하려고 그랬어?"

"아, 아니. 난 그냥 일단 연애 먼저 해보고……."

"와. 감규리! 너 그렇게 안 봤는데 실망이다."

안절부절못하는 규리를 보자 레오의 뇌리에 제삼의 인물이 스쳐 지나갔다. 그동안 정신이 없어서 잠시 잊고 있었는데, 볼 때마다 규리에게 눈웃음 살살 치며 꼬리치던 승후의 얼굴이 번뜩 떠오른 것이었다.

"안 돼!"

좀처럼 흥분하지 않는 레오가 두 주먹을 불끈 쥐며 소리쳤다.

"응? 뭐가?"

"남자 마음 이렇게 설레게 했으면 책임져야 하는 거야!"

"레, 레오야?"

"둘 중 한 명 선택하면 그 남자랑 결혼이야! 알았지?"

"어, 어. 그럴게."

규리는 얼떨결에 그러겠노라 대답하고 말았다. 사실 규리도 둘 중 누군가와 본격적인 연애를 하게 되면 그 후엔 결혼해야지, 하고 생각하고 있었다. 하지만 그건 어디까지나 혼자만의 생각이었고, 또 너무 앞서가는 건 아닌가 싶었다. 그런데 레오도 그렇게 생각하고 있었다니.

"충분히 고민해."

"응. 알았어."

"머리 부서질 때까지 저울질하고."

"응. 그럴게."

"그리고 고민 끝엔 날 결정했으면 좋겠고."

"응. 어?"

진지한 표정으로 진심을 전했던 레오는 다시금 장난스러운 미소를 지었다.

"이제 이 얘긴 그만하자."

안 그래도 지금 규리 머리가 복잡할 텐데 자꾸 부담을 주는 것 같아, 레오는 얼른 화제를 돌려 버렸다.

"아참. 아저씨는 잘 계셔?"

"아저씨? 아저씨 누구?"

"너희 아버지."

"……!"

순간 규리는 심장이 뜀박질을 멈춘 것처럼, 온몸이 차갑게 식어 버렸다. 어렸을 때 레오와 가깝게 지냈다고는 하나, 그의 입에서 돌아가신 아빠에 대한 질문이 나올 줄은 꿈에도 생각하지 못했다.

"네가 어떻게 우리 아빠를 알아?"

"왜 몰라? 우리 어렸을 때, 아저씨 도장에서 자주 놀았잖아."

"아……."

규리의 아버지는 살아계실 때, 태권도 도장을 하셨다. 그 덕에 규리는 태권도는 물론 유도와 합기도 등 다양한 운동을 접할 수 있었다. 그런데 레오에게 아빠에 대한 질문을 들으니 뭐라고 대답해야 할지 난감했다. 좋은 소식도 아니었고.

"예전에 학교 끝나고 도장 가면 아저씨가 나 태권도 알려주고 그러셨는데. 라면도 끓여주시고."

그때를 추억하는 레오의 눈동자에 별이 박힌 듯 반짝였다.

"아저씨는 도장 계속하고 계셔?"

"어? 아…… 어."

규리는 저도 모르게 거짓말을 하고 말았다. 이제 아빠의 죽음을 받아들일 수 있을 정도의 시간도 흘렀고, 마음이 아프긴 하지만 굳이 숨길 만큼 레오가 먼 사이도 아니었다. 게다가 그는 살아생전의 아빠를 기억하고 있지 않은가. 그때를 추억하며 보고 싶은 아빠를 잠시 떠올려도 됐을 텐데.

'나 왜 거짓말을 한 거지?'

한참을 생각해도 규리는 그 이유를 알 수 없었다.

"그때 생각하니까 떡볶이집 또 가고 싶다. 언제 한번 갈까?"

"……그래. 같이 가자."

레오의 말에 규리는 빙긋 웃으며 대답했다.

*

촬영장으로 향하던 규리는 어깨에 걸쳤던 옷을 벗어 레오에게 주었다.

"조금 더 입고 있어. 너 아직 입술 파래."

"그래도. 사람들 볼까 봐."

규리는 자꾸 몸을 움츠리며 주위를 살폈다. 기자들처럼 아예 작정하고 스캔들을 캐려는 사람은 없었지만, 스태프들만 해도 거의 백 명에 가까웠다. 누구 하나 사진을 찍어 SNS에 올리기만 하면, 그날로 포털 사이트 실검 1위는 따 놓은 당상이었다.

"마을 들어서면 그때 줘."

레오의 고집에 규리는 가볍게 고개를 끄덕였다.

"근데 가을이는 괜찮을까?"

"뭐가?"

아까부터 계속 마음에 걸렸다. 가을이 앞에서 자신이 레오의 첫사랑이라는 것을 밝혔고, 또 손까지 잡지 않았는가. 얼마나 놀랐는지 가을의 얼굴에 경련이 이는 걸, 규리는 똑똑히 봤다.

"다른 데 소문내지 않을까? 이를테면 기자들한테?"

안 그래도 가을은 자신을 싫어하는데, 잘 걸렸다고 생각하며 소문이라도 낼까 싶어 무서웠다. 하지만 돌아온 대답은 의외였다.

"걱정 마. 그러진 않을 거야."

"왜 그렇게 생각해?"

"가을이. 걔도 연예인이잖아."

레오의 대답은 단순했지만, 어쩐지 쉽게 수긍되었다. 연예인들과 함께 일하고 있지만, 방송 작가인 규리가 봐도 그들은 그들만의 세상이 있었다. 나도 모르는 사이 불특정 다수에게 떠벌려지는 치부, 연예인이기에 당연시되는 사생활 공개와 도를 지나친 악플들. 화려함 뒤에 감춰진 아픔은 당사자가 아닌 이상 알 수 없는 것들이었다. 그나마 같은 연예인끼리는 서로의 아픔을 알기에 괜한 상처를 헤집지 않을 뿐. 아마도 레오는 가을이 그럴 거라고 믿고 있는 모양이었다. 규리는 마음에 좀 걸리긴 했지만 이쯤에서 그냥 넘기기로 했다.

"우리 농땡이 피웠다고 혼나겠다. 얼른 가자."

빙긋 웃으며 고개를 돌리는데, 그녀 앞에 그림자가 드리워졌다.

"팀장님?"

언제부터 서 있었는지, 팔짱을 낀 명석이 그들을 쳐다보고 있었다. 명석은 얼굴에 아무런 표정을 담고 있지 않았지만, 규리는 그가 화났다는 걸 단번에 알 수 있었다.

"죄송합니다. 팀장님. 촬영 중에 자리를 비워서……."

규리는 어깨에 걸쳐져 있는 옷을 얼른 벗으며 사과했지만, 명석의 시선은 그녀의 손에 들린 옷에 꽂혀 있었다.

"오레오."

명석은 그녀의 말을 무시한 채, 레오에게 다가갔다.

"다들 너 찾고 난리였어."

"죄송합니다. 감독님. 작은 소란이 있어서 규리를 진정시킨다는 게, 그만."

"공은 공이고, 사는 사야. 말없이 촬영장 이탈하지 마."

명석은 그렇게 말하고 뒤돌았을 뿐이었다.

※

다시금 촬영이 시작됐다. 30분가량 자리를 비웠을 뿐인데, 규리를 바라보는 선배들의 눈초리는 매의 눈보다 날카로웠다. '막내가 빠져서 농땡이나 치고! 정신 똑바로 차려!'라는 잔소리를 듣긴 했지만, 다행히 그뿐이었다. 아침에 가을과 있었던 일이나, 레오와 관련된 말은 어디에서도 들리지 않았다. 정말 레오의 말처럼 가을이 입을 다문 모양이었다. 촬영 중간중간 그녀를 노려보는 걸 보아하니, 규리 때문에 조용히 있는 것 같진 않았다. 이유야 뭐가 됐든 규리는 다행이라고 생각했다. 그녀에겐 신경 써야 할 사람이 따로 있었으니까.

"선배. 이건 제가 할게요."

규리는 소품 정리를 하고 있는 은설에게 말했다. 그러자 은설은 그녀를 힐끔 쳐다보더니 손에 들고 있던 소품을 휙 던져줄 뿐, 아무런 말도 하지 않았다. 규리는 은근히 그녀의 눈치를 살피며 소품 정리를 했다. 레오의 말처럼 가을야 연예인이니까 그들에 대한 소문을 내지 않을 수도 있지만, 은설은 아니었다. 그녀야말로 규리의 오리지널 천적이었고, 친하게 지내는 기자들도 많았다.

"어어. 설거지 그냥 두세요. 제가 할게요."

규리는 부디 은설이 입을 다물기를 바라며 그녀가 해야 할 온갖 일들을 대신 떠안았다.

"으쌰!"

그릇이 그득하게 담긴 설거지통을 들고 수돗가를 향해 몸을 휙 돌리는데, 누군가와 몸이 부딪히고 말았다.

"죄송합니다."

규리가 고개 숙여 사과했지만, 상대는 대답이 없었다. 고개 숙인 규리의 눈에 상대의 바지가 젖은 게 눈에 들어왔다. 설거지통에 있던 물이 넘친 모양이었다.

"옷이 젖어서 어떡하…… 어. 팀장님?"

그녀와 부딪힌 사람은 다름 아닌 명석이었다. 안 그래도 아까 레오와 함께 있는 것을 본 뒤로 그의 표정이 좋지 않았는데, 또 이렇게 실수를 하고 말다니.

"갈아입을 옷 가져다 드릴까요?"

"됐어."

규리가 걱정스럽게 물었지만, 명석은 싸늘하게 대답할 뿐이었다. 규리는 제가 한 짓도 있고, 또 무엇보다 그가 걱정돼 명석의 앞을 가로막으며 말했다.

"그래도 젖은 옷 입고 계시다가 감기라도 들면 어떡해요. 제가 옷 갖다 드릴게요."

설거지통을 내려놓고 숙소로 향하려고 하자, 명석이 그녀의 팔을 붙잡았다. 어쩐지 그의 눈빛은 몇 개월 전 그녀에게 불같이 화를 내던 그때로 돌아간 듯, 냉정하고 낯설었다. 떨리는 눈동자로 명석을 올려다보자, 차갑게 식은 그의 목소리가 그녀의 귓가에 닿았다.

"버릴 거면 빨리 버려."

버릴 거면 빨리 버리라니. 도대체 뭘? 규리가 놀란 눈으로 명석을 올려다봤다. 그를 안 지 고작 몇 개월밖에 되지 않았지만, 저렇게 무서운 눈을 한 건 처음이었다. 그는 가슴에 품고 있는 뾰족한 가시를 모두 꺼내 규리의 심장에 던지기로 작정한 듯, 날 선 눈빛으로 그녀를 바라보고 있었다.

분명 오늘 아침까지만 해도 세상 다정한 남자였다. 멀미하는 그녀를 위해, 추위를 잘 타는 그녀를 위해, 멀미약과 손난로를 챙겨온 남자가 아니던가? 그런데 왜 갑자기 이렇게 변한 거지? 왜 이렇게 날 대하는 거지?

규리는 저도 모르게 덜컥 겁이 났다. 단순하게는 덩치 큰 남자에게 느끼는 물리적인 두려움이었고, 복잡하게는 혹시 그의 마음에 무슨 큰 변화가 생긴 건 아닌가 하는 불안감 때문이었다. 도대체 그가 버리라고 하는 건 대체 뭘까? 규리의 머릿속에 수만 가지의 생각이 오갔다. 하지만 생각은 깔끔하게 정리되지 않았고, 오히려 참지 못할 정도의 궁금증만 만들어 냈다. 규리는 말을 돌리지 않고 직접적으로 물었다.

"뭘…… 버리라는 거예요?"

떨리는 그녀의 음성이 둘 사이에 울려 퍼지자, 명석의 눈동자가 잘게 흔들렸다. 그제야 그녀를 쏘아보던 그의 눈빛이 수그러들었고, 그녀의 팔을 잡았던 손에 힘이 빠졌다.

"팀장님."

"……."

"뭘 빨리 버리라는 거예요?"

규리가 재촉하며 묻자, 맥없이 풀려 버린 그의 시선이 갈 길 잃은 사람처럼 허공을 두리번거렸다.

"팀장님?"

"물."

"예?"

"여기저기 흘리지 말고 빨리 버리라고."

"아⋯⋯."

명석은 그렇게 둘러대고 규리를 지나쳐 버렸다. 그가 할 수 있는 최선의 대답이었다.

*

규리는 온종일 기분이 영 찜찜했다. 아까 그 사건이 있고 나서 명석이 자꾸만 신경 쓰였다. 명석이 빨리 버리라고 말한 대상은 설거지통 안에 든 '물'이었지만, 어쩐지 그게 아닐 것 같은 기분이 자꾸만 들었다. 그렇다고 '물' 외에 다른 게 떠오르지도 않았다. 아니, 사실 떠올랐지만 차마 인정하고 싶지 않았는지도 모른다. 규리는 촬영하는 내내 명석의 얼굴을 살폈지만, 그는 전과 다름없었다. 여전히 밝은 모습으로 출연자들과 대화를 나눴으며, 때론 시크하게 또 때론 장난스럽게 스태프들을 대했다. 달라진 건 아무것도 없었다.

'내가 괜히 찔려서 그런 걸까?'

아무래도 그런 것 같았다. 아까 레오와 단둘이 있었던 게 마음에 걸려서. 바닷가에서 레오와 이야기를 마치고 돌아오는 길, 명석과 마주쳤을 때 그의 표정은 좋지 않았다. 전에 그가 신신당부하지 않았던가.

"약속해. 나 혼자 두고⋯⋯ 둘이 어디 가지 마."

어쩔 수 없이 단둘만 있게 되면 어떻게 하느냐는 질문에는 이렇게도 말했다.

"도망쳐. 그리고 혼자 있어. ⋯⋯내가 올 때까지."

그렇게까지 말했는데, 단둘이 있는 걸 본 데다 레오의 옷까지 걸치고 있었으니, 당연히 그의 기분이 안 좋을 수밖에.

"후우."

규리가 지금 할 수 있는 거라고는 아무것도 없었다. 그저 그의 화가 풀어지기를 기다릴 뿐.

*

그날 밤. 촬영은 거의 마무리됐고, 출연자들의 식사는 자연스럽게 술자리로 이어졌다. 레오는 술자리에서 빠지고 싶어 하는 눈치였지만, 술꾼인 서준은 좀처럼 그를 놓아주지 않았다. 촬영 후 규리를 따로 만날 생각을 하고 있던 레오의 눈길이 자꾸만 그녀에게 닿았다. 하지만 피곤함과 배고픔에 지친 규리는 뒷정리하는 데에만 정신이 팔려 있었고, 레오의 속내를 눈치챈 가을은 그녀를 못마땅한 눈으로 쳐다봤다. 그사이 스태프들의 밥차가 도착했다. 꽤 늦은 저녁 식사였기에 허기졌던 스태프들은 재빨리 움직였다. 하루 온종일 제대로 된 식사를 하지 못했던 규리도 얼른 줄을 서려고 할 때, 은설이 그녀를 불렀다.

"규리 씨는 뒷정리하고 와요."

은설은 규리의 대답을 듣지도 않은 채, 그녀 옆을 지나쳐 밥차 앞에 섰다. 규리는 가을과 은설이 서로 눈빛을 주고받으며 킥킥거리는 것도 모르고, 몸을 돌려 촬영장을 둘러보았다. 출연자들이 사용했던 각종 소품들과 스태프들이 먹다 남은 음료수 캔과 과자 봉지 등이 마구 널브러져 있었다.

"이왕 이렇게 된 거 청소부터 하자."

어차피 밥 먹고 치워야 할 거였으니, 기다리는 김에 치우는 것도 나쁘지 않을 것 같았다. 밥 먹고 나면 졸음이 쏟아질 테니까. 열심히 마당을 치우고 있을 때, 무언가가 규리의 후각을 자극했다.

'이 냄새는…… 닭볶음탕?'

청소하다 말고 밥차를 휙 돌아보자, 사람들 식판 위에 맛깔스럽게 양념된 닭볶음탕이 놓여 있는 게 눈에 들어오는 게 아닌가? 꼬륵꼬륵 꼬르륵! 닭볶음탕을 보자 갑자기 규리의 배에서 천둥 치는 소리가 났고, 빠르게 머리가 굴렀다. 먹성 좋은 감독님들이 한두 번 리필하다 보면, 닭 다리는커녕 닭 모가지도 손에 넣지 못하고 감자나 먹고 있을 게 뻔했다. 규리는 닭볶음탕을 먹기 위해 잽싸게 손을 움직였다. 닭 다리는 못 먹을지라도 닭 가슴살이라도 먹자는 일념하에 열심히 움직이고 있을 때, 저 멀리서 해연 작가의 목소리가 들려왔다.

"팀장님. 같이 먹어요."

명석을 부르는 그녀의 다정한 목소리를 듣는 순간 규리의 손이 멈칫거렸다. 해연은 명석의 옆에 서서 자연스럽게 식판을 건네고 있었다.

"여기 젓가락이랑 숟가락이요."

평소에 별로 상냥하지도 세심하지도 그렇다고 자상하지도 않던 해연이 오늘따라 유난히 다정하게 굴었으며.

"우리 여기 앉아요."

"그러지."

명석은 고분고분 그녀의 말을 잘도 따랐다. 오늘 촬영 내내 규리에게 눈길 한 번 안 주던 명석이 지금은 시종일관 해연과 눈을 마주친다. 서로 마주 보고 앉아 대화를 나눴고, 그녀에게 물을 떠다 줬으며, 상냥하게 냅킨을 건네기도 한다. 그가 눈가에 주름을 만들었다. 수염 사이로 그의 붉은 입술이 미소 짓는 게 보였고, 호탕한 그의 웃음소리가 들려왔다. 규리는 어쩐지 속에서 뭔가가 울컥울컥 올라왔다. 눈이 세모 모양이 되는 것도 같고, 입술이 삐죽 튀어나오는 것도 같고, 숨이 거칠어지는 것도 같다.

"치. 나한테는 하루 종일 웃어주지도 않았으면서."

왜 해연 선배한테만 저렇게 웃는 거야? 규리는 환하게 웃고 있는 명석을 보며 입술을 꾹 깨물었다. 배는 고픈데 입맛이 사라졌다. 방금 전까지 뱃속에서 드럼을 치던 허기는 물러가 버렸고, 알 수 없는 기분이 자꾸만 그녀의 기분을 침잠시켰다. 한동안 명석을 바라보던 규리는 홱 몸을 돌려 버렸다.

＊

"이것 좀 드세요."

해연이 자신의 식판에 있던 닭 다리를 집어 명석의 밥 위에 얹어 주었다. 명석은 뜬금없는 해연의 행동에 낯설어하며 그녀를 물끄러미 쳐다보았다. 해연은 자신을 바라보고 있는 그의 시선을 느꼈지만, 대수롭지 않게 넘겼다.

"오늘 촬영하느라 피곤하셨죠?"

"매번 똑같지, 뭐."

"우리 프로그램 시즌 2 갈 것 같죠?"

"지금 시청률이 유지되면 시즌 2는 당연히 가겠지?"

명석은 시즌 2를 제작하게 되더라도 출연자와 제작진을 모두 그대로 데려가고 싶었다. 하지만 레오가 할리우드에 가게 되면 출연자는 다시 섭외해야 할 거고, 또 규리가 그를 따라가게 되면 막내 작가 또한…… 하아. 왜 자꾸 생각의 끝은 한숨으로 마무리가 되는 건지.

레오와 규리의 대화를 들은 후로 그는 무던히도 노력했다. 다른 생각은 하지 않기로. 일하는 동안만이라도 규리 생각은 하지 않기로. 질투로 들끓는 가슴을 진정시키고 제발 일만 하자고, 그렇게 스스로를 달래고 또 달랬다. 그런데 뭘 해도 규리가 자꾸 떠오른다. 지금도 보라. 〈오늘 밤만 재워줘〉 시즌 2에 대해 얘기하다가 갑자기 규리가 떠오르지 않았는가? 뭔 놈의 생각이 기승전감귤이고, 뭔 놈의 감각들이 그녀를 향해서만 촉을 세우는 건지.

"시즌 2는 바로 들어가나? 아니면 좀 쉬었다가 가나?"

"좀 쉬지 않겠어?"

밥알을 세고 있는 건지 깨작거리는 해연을 보고 있자니, 또 명석의 머릿속에 규리가 떠올랐다. 먹는 속도가 좀 느리기는 하지만, 규리는 뭘 먹어도 참 맛깔스럽게 잘 먹었다. 그러고 보니 눈앞의 반찬도 닭볶음탕이다. 얼마 전, 그녀와 커플 앞치마를 하고 다정히 만들었던 음식인데, 뜬금없이 신해연과 먹으려니

영 맛이 없다. 젠장.

"잘됐다. 쉬는 동안 미국 여행이나 좀 다녀와야겠네."

미국이라는 말에 명석의 눈이 세모로 변했다. 미국의 '미' 자만 들어도 속에서 열불이 났다. 레오 자식! 갈 거면 혼자 갈 것이지, 왜 일 잘하는 감귤을 꼬셔서는!

부들부들. 숟가락을 쥐고 있는 명석의 손에 힘줄이 솟아올랐다.

"로스앤젤레스 한 바퀴 돌고 와야겠다."

"잘 갔다 와."

망할 미국.

"할리우드도 갔다 올 건데……."

"흥. 너도 나도 할리우드구만. 젠장."

할리우드라는 말이 등장하자 명석이 어금니를 꽉 깨물고 중얼댔다. 미국도 싫어 죽겠는데, 할리우드? 할리우드가 바로 옆 동네도 아니고, 왜들 할리우드에 못 가서 안달인 거야? 갑자기 열불이 확 솟구친 명석이 물을 벌컥벌컥 마시고 있을 때, 해연의 차분한 목소리가 들려왔다.

"같이 갈래요, 우리?"

*

정리는 대충 다 끝냈고, 이제 설거지만 하면 된다.

"설거지하기 전에 밥부터 먹을까?"

규리는 힐끔 밥차를 쳐다봤다. 이제 줄은 없었고, 다들 식사를 하는 중이었다. 그녀는 뭔가를 찾기라도 하듯 까치발은 물론 목까지 빼고 주위를 살폈다. 그러자 저 끝에 나란히 앉아 있는 명석과 해연이 보였다. 가로등 대신 조명 팀의 고급 조명을 받고 있으니, 꼭 드라마 속 남녀 주인공 같았다.

"예쁘다. 해연 선배."

두꺼운 점퍼에 목도리를 칭칭 감고 있는 규리와 달리, 해연은 핑크색 밍크코트에 딱 달라붙는 가죽 바지, 거기에 무릎까지 오는 부츠를 신고 있었다. 꾸미지 않은 털털한 명석 옆에 화려한 해연이 앉아 있으니, 어쩐지 잘 어울리는 한 쌍 같았다. 다시금 입맛이 뚝 떨어졌다. 규리는 설거지나 하고 얼른 숙소에 들어가 잠이나 자야겠다고 생각하며 발걸음을 돌렸다. 설거지통을 들고 수돗가로 발걸음을 옮기는데, 왜 이렇게 스스로가 비참하고 작게 느껴지는지.

"아니, 잠깐. 내가 왜 피해? 그리고 밥을 왜 안 먹어? 열심히 일했으면 밥 먹는 게 당연한 거 아니야?"

규리는 설거지통을 바닥에 내려놓고 밥차로 향했다. 누구 하나 같이 먹자고 하는 사람은 없었지만, 상관없었다. 하루 종일 열심히 일한 자신에게 닭 다리로 보상해 주면 되니까.

"닭볶음탕 많이 주세요."

식판 가득 밥과 반찬을 퍼온 규리는 빈자리를 찾아 주위를 두리번거렸다. 그런데 왜 하필 명석과 해연의 옆 테이블만 비어 있는 것인지! 되도록 그 자리는 피하고 싶어 계속 두리번거렸지만, 남는 자리는 하나도 없었다. 규리는 어쩔 수 없이 명석의 눈에 띄지 않도록 조심스럽게 움직여 가서 앉았다. 의자를 뒤로 빼는 것도, 테이블 위에 식판을 내려놓는 것도, 밥을 먹는 것도. 규리는 최대한 모든 소음을 내지 않도록 조심했다. 겨우 자리를 잡고 막 밥을 한술 뜨는 순간, 해연의 목소리가 들려왔다.

"잘됐다. 쉬는 동안 미국 여행이나 좀 다녀와야겠네."

잘산다더니, 정말인 모양이다. 방송 작가 월급으로는 저렇게 온몸을 명품으로 휘감기도 쉽지 않을 텐데, 쉴 때마다 해외여행이라니. 어쩜 같은 나이인데 사는 게 이렇게나 다를까? 규리는 그들의 대화를 듣기 싫었지만, 바로 옆이라 어쩔 수 없이 대화 내용이 들렸다.

"할리우드도 갔다 올 건데……."

그들의 대화를 듣지 않기 위해 다른 생각을 하며 밥을 먹고 있을 때, 다시금 해연의 목소리가 그녀의 귀에 박혀 들어왔다.

"같이 갈래요, 우리?"

순간 놀란 규리가 고개를 번쩍 들어 명석을 쳐다봤다. 그도 꽤 놀랐는지 한동안 아무 말도 못 한 채 해연만 쳐다볼 뿐이었다.

"난 같이 가고 싶은데. 여행."

그의 대답을 재촉하기라도 하듯 해연이 다시금 입을 열자, 명석이 어이없다는 듯 헛웃음을 터트렸다.

"신해연. 너 지금……."

당돌한 해연을 꾸짖으려던 명석의 시야에 뭔가가 걸렸다. 낯설지 않은 실루엣에 놀란 명석이 고개를 돌렸고, 그를 쳐다보고 있는 규리와 눈이 마주쳤다. 튀어나올 것처럼 커진 규리의 눈을 보자, 명석은 그녀가 자신과 해연의 대화를 들었다는 걸 알 수 있었다. 어이없는 이 상황에 화가 난 명석은 미간에 주름을 잡으며 두 주먹을 불끈 쥐었다.

"왜요? 싫어요?"

"그만해."

"뭐가 싫은데요?"

"그만하라고."

"여행이? 아니면 내가?"

그만하라고 말렸지만, 해연은 멈추지 않았다.

"신해연, 그만하라고!"

결국 명석이 큰소리를 쳤고, 그제야 해연은 입을 다물었다. 하지만 해연은 시한폭탄 같은 여자였다.

"어머. 규리 씨. 언제부터 거기 앉아 있었어요?"

남의 눈치를 보지 않는 그녀는 언제나 솔직했고, 모든 상황에 당당했다.

"나 쉬는 동안에 여행 가려는데, 팀장님이랑……."

"일어나!"

결국 명석은 아슬아슬 터질 것 같은 해연의 손을 붙잡고 자리에서 일어나야
만 했다.

＊

고무장갑을 끼려는데, 점퍼가 너무 뚱뚱했다. 낑낑거리던 규리는 하는 수 없
이 점퍼를 벗어 나뭇가지에 걸어 두고 고무장갑을 꼈다. 날이 너무 추웠지만,
후드 티 안에 넣어둔 손난로 덕에 그래도 견딜 만했다.

"전생에 설거지 못 하고 죽은 귀신이 붙었나. 뭔 놈의 설거지를 하루 종일 하냐?"

규리는 해도 해도 줄지 않는 설거짓거리를 타박했다가.

"별은 더럽게 많네."

검은 하늘을 빼곡하게 수놓은, 반짝이는 별을 노려봤다가.

"아, 저놈의 바다. 언제까지 시끄럽게 할 거야?"

분위기 있게 파도치는 먼바다를 매섭게 째려봤다. 반할 만큼 예쁘고 아름다
운 광경에 괜한 화를 내는 이유는 하나뿐이었다. 이렇게라도 하지 않으면, 자
꾸만 아까 그 장면이 떠올랐으니까. 함께 여행을 가자고 당당하게 말하는 해연
의 말이 규리의 가슴을 옥죄었고, 그녀의 손을 붙잡고 가는 명석의 뒷모습이
규리의 심장을 바짝 조였다.

'해연 선배는 무슨 생각으로 팀장님한테 같이 여행을 가자고 했을까?'

생각은.

'팀장님은 무슨 대답을 하려고 했던 걸까?'

꼬리에.

'두 사람은 지금…… 어디서 뭘 하고 있을까?'

꼬리를 물었다.

상상이 커지면 커질수록 규리의 마음은 물먹은 솜처럼 축축 가라앉았다.

"아니야. 그만 생각하자. 그만."

규리는 세차게 고개를 저어 쓸데없는 생각에서 벗어나려고 노력했다. 내일도 일찍부터 촬영이 있을 텐데, 빨리 가서 쉬는 편이 몸과 마음에 좋을 것 같았다. 규리는 설거짓거리를 정리하고 점퍼를 입기 위해 몸을 돌렸다.

"어? 뭐야? 어디 갔지?"

분명 설거지를 시작하기 전에 나뭇가지 위에 옷을 걸어 뒀는데, 감쪽같이 없어졌다.

"이 섬마을에 나무꾼이 있을 리도 없고. 뭐지?"

그렇게 한참 동안 옷을 찾기 위해 두리번거리고 있을 때, 저쪽 어디선가 후다닥 뛰어가는 누군가의 뒷모습이 보이는 게 아닌가. 긴 머리카락을 찰랑거리며 뛰어가는 여자가 둘. 규리는 단번에 남의 옷을 훔치는 선녀와 나무꾼 장난이 누구의 소행인지 알 수 있었다.

"아, 진짜 왜들 저래?"

규리는 옷을 찾기 위해 숲 안으로 들어가기 시작했다. 나무 사이를 헤치고 안으로 더 들어가자, 바닥에 떨어져 있는 규리의 옷이 보였다.

"허. 고딩도 아니고 이게 뭐 하는 짓이야?"

그냥 장난이겠거니 생각하며 옷을 집어 드는데, 옷이 다 젖어 있는 게 아닌가? 점퍼는 이거 한 벌뿐이었다. 최대한 짐을 줄이느라 꼭 필요한 속옷과 양말 정도만 챙겨왔는데. 도를 지나친 은설과 가을의 장난에 머리끝까지 화가 치밀어 올랐다. 그런데 바로 앞에서 부스럭대는 소리가 들려왔다.

"고작 도망간 게 여기야? 다 죽었어."

괴롭히는 것도 한두 번이고, 후배라고 잠자코 참는 것도 하루 이틀이었다. 그쪽에서 이딴 식으로 나온다면 더 이상 참을 이유가 없었다. 이번엔 정말 은설과 가을을 손봐줄 생각으로, 거침없이 앞을 향해 나아갔다. 규리는 그녀의 앞길을 막고 있는 나뭇가지를 향해 손을 뻗었다. 그리고 나무를 헤치고 앞으로 나아가려는 순간, 그녀의 발이 우뚝 멈춰 버렸다. 그녀의 눈앞엔 가을과 은설이 아닌, 명석과 해연이 서 있었다. 그것도 해연이 명석의 품에 안긴 채로. 두 사람을 본 순간 규리의 심장이 바닥으로 곤두박질쳤다. 가슴은 속절없이 뛰었고, 맥박은 미친 듯이 요동쳤으며, 그들을 바라보는 규리의 눈동자에는 맑은 막이 솟아올랐다.

왜 여태 두 사람이 같이 있는 걸까? 그리고 또 해연 선배는 왜 팀장님 품에 안겨 있는 거고? 혹시 해연 선배가 팀장님을 좋아하는 걸까? 그래서 아까 함께 여행 가자고 말한 거고? 그럼…… 팀장님은?

생각이 거기까지 미치자, 낮에 있었던 명석의 행동들이 떠올랐다. 하루 종일 자신과 눈도 마주치지 않던 그가 해연과 마주 보고 앉아 식사를 했으며, 미소를 지었고, 자상하게 그녀의 입가를 닦아 주기까지 했다. 그리고 무엇보다 그 말.

"버리려면 빨리 버려."

온종일 규리의 마음을 괴롭혔던 그 말이 뭘 뜻하는지, 어쩐지 알 것만 같았다. 그가 버리라고 했던 건, 설거지통의 물이 아닌 명석 자신이었던 거다. 왜? 마음이 바뀌어서? 이제는 내가 아닌, 해연 선배를 좋아하게 돼서?

"나, 팀장님 좋아해."

해연의 고백에 놀란 건, 명석이 아닌 규리였다.

"당신은 어때요?"

요염한 해연의 눈길이 명석의 입술에 닿았고, 명석의 눈은 그녀의 얼굴에 꽂혀 있었다. 달빛 아래 서 있는 두 사람의 모습은 아름다운 연인처럼 눈부셨다.

"대답해 봐요."

해연이 두 팔을 들어 명석의 목을 감쌌다.

"신해연, 나 지금 아주……."

명석이 뭔가 말하려는 그때, 해연의 입술이 그의 입술을 덮쳐 버렸다. 놀란 규리는 밖으로 튀어나오려는 소리를 막기 위해 두 손으로 입을 감쌌다. 더 이상 이곳에 있으면 안 된다는 생각이 들었고, 규리는 그대로 몸을 돌려 뛰기 시작했다.

찬 바람이 규리의 얼굴을 매섭게 스쳐 지나갔다. 잔뜩 젖은 점퍼가 찬 바람과 만나자 얼음장처럼 차가워졌다. 물을 얼마나 쏟은 건지, 점퍼에서 물이 뚝뚝 떨어졌다. 손이 꽁꽁 얼었지만, 규리는 점퍼를 놓을 수가 없었다. 하나밖에 없는 옷이었으니까.

*

마을 회관 앞에 도착한 규리는 마음을 진정시켰다. 조금 전 자신이 본 게 도대체 뭔지 너무도 혼란스러웠지만, 생각하고 싶지 않았다. 너무 춥고, 춥고, 추웠다. 몸도…… 마음도. 규리는 꽁꽁 언 손으로 점퍼의 물을 짜기 시작했다. 물에 잔뜩 젖어 있어서 내일까지 마를까 걱정스러웠다.

'숙소 들어가서 수건으로 물을 닦아 내고, 따뜻한 바닥에 두면 좀 낫지 않을까?'

외투 없이 칼바람을 맞고 있던 규리는 오들오들 떨며 숙소로 들어갔다. 안은 벌써 불이 꺼진 상태였다. 1층 거실과 방은 남자 스태프들이 쓰고 있었고, 여자 방은 2층의 제일 큰 방 하나였다. 규리는 핸드폰으로 앞을 비추며 조심스럽게 올라갔다. 여자 방 앞에 서서 문고리를 돌리는데, 문이 잠겨 있는 게 아닌가?

"뭐야? 왜 문이 잠겨 있어…… 설마. 오은설? 허!"

도가 지나치다 못해, 이건 성인이 할 만한 수준의 짓이 아니었다. 뭐가 그렇게 마음에 안 드는지 모르겠지만 말로 할 것이지, 옷을 물에 적셔 놓질 않나 문을 잠가 놓질 않나.

"유치하기는……."

머리끝까지 화가 치밀어 올랐지만, 그렇다고 자고 있는 사람들을 문 열어 달라고 깨울 수도 없었다.

"하아."

규리는 바닥에 주저앉아 버렸다. 모든 게 엉망진창이었다. 회사에서 왕따 당하는 것도 서럽고, 누군가에게 괴롭힘당하는 것도 미친 듯이 마음 아팠다. 그리고 무엇보다…… 해연과 명석이 키스하는 모습이 떠올라 그녀의 마음을 어지럽혔다. 생각하기 싫은데. 아무런 생각도 하지 않고 이대로 그냥 잠들면 좋겠는데. 그런데 자꾸만 떠올랐다. 두 사람이 입 맞추는 그 모습이. 어느새 두 뺨 위로 눈물이 주르륵 흘러내렸다.

"아. 왜 울고 난리야."

규리는 옷소매로 눈물을 닦아 냈지만, 눈물은 그칠 줄 몰랐다. 지금 흘리는 눈물은 선배의 괴롭힘 때문일까? 아니면 명석 때문일까? 명확하게 그 답을 알고 있었지만, 인정하고 싶지 않았다. 그의 마음이 변하지 않았다고 믿고 싶었으니까.

'나…… 질투하는 건가?'

강희의 말이 떠올랐다.

"그 남자 옆에 웬 여자가 있어. 근데 둘이 사이가 좋아. 딴 여자랑 있는데. 막 화가 나고 괜히 열 받고 그러면 좋아하는 거지."

낮에, 레오 옆에 가을이 있을 땐 이렇게까지 화가 나고 마음이 아프지는 않았다. 그런데 지금은 가슴이 찢어질 듯 아팠다. 은설과 가을이 한 짓 때문에 감정이 더 폭발한 건지, 아니면 오로지 질투라는 감정 하나 때문인지, 규리는 알 수 없었다.

"규리야?"

눈물을 훔치며 마음을 진정시키고 있을 때, 화장실 문이 열리더니 승후가 나왔다. 이제 막 씻고 나온 건지, 그의 머리카락에서 물이 떨어지고 있었다.

"왜 거기 앉아 있어?"

승후는 방문 앞에 쪼그리고 앉아 있는 규리를 놀란 눈으로 쳐다보며 물었다.

"아…… 그게. 방문이 잠겼네."

"문이? 왜?"

"모르겠어. 어쩌다 잠겼나 봐."

평소 같았으면 은설과 가을이 한 일을 미주알고주알 다 말했을 테지만 지금은 그럴 상황도, 기분도 아니었다.

"그래서 여기 앉아 있는 거야?"

"잘 데가 마땅히 없어서."

규리의 말에 승후는 주위를 훑어봤다. 하긴 그럴 것이 여자들이 쓰는 방은 큰 방 하나뿐이었고, 나머지 방과 거실은 모두 남자들이 점령하고 있는 상태였으니까.

"내 옆에서 자."

"응?"

규리가 토끼 눈을 뜨고 쳐다보자, 승후가 피식 웃으며 말했다.

"놀라긴. 무슨 생각 했기에 그렇게 놀라?"

"아, 아니야. 생각은 무슨."

"엉큼한 생각 했구만."

"엉큼한 생각이라니……."

"좋아하는 여자가 따로 있어 기대에 부응은 못 하겠지만, 곱게 잘 수 있게 해줄게. 가자."

승후의 농담에 규리는 그를 밉지 않게 흘겨보며 자리에서 일어났다. 승후는 거실 끝에 있는 빈자리를 가리키며 말했다.

"저기서 자자."

그가 말한 자리 주변에는 남자 스태프들이 서로 뒤엉켜 잠들어 있었다. 어떤 사람은 배를 까고 있었고, 또 어떤 사람은 아예 웃통을 벗고 있기까지 했다.

"네가 창가에서 자. 내가 여기서 잘게."

"응. 고마워."

베개는 없었고 얇은 이불뿐이었지만, 누울 자리가 있는 것만으로도 다행이었다. 승후는 남자 스태프들과 그녀 사이에 누워 벽이 되어 주었다. 그와 나란히 누웠지만, 좀처럼 잠이 오지 않았다.

"무슨 일 있었어? 얼굴이 안 좋아 보이는데?"

승후가 낮은 목소리로 물었다.

"아냐. 일은 무슨. 피곤해서 그래."

촬영 내내 둘 다 바빠서 서로를 챙기지 못하긴 했어도, 아까까지만 해도 그녀의 얼굴이 이렇게 나빠 보이지는 않았다. 걱정이 된 승후가 고개를 돌려 규리를 쳐다봤다.

"피곤해서 그런 게 아닌데?"

"귀신이네."

속 얘기 털어놓고 지내는 사이라 그런지 표정만 봐도 딱 안다. 승후는 그녀가 먼저 입을 열기를 기다렸지만, 규리의 입은 좀처럼 열리지 않았다. 아마도 마음에서 정리가 되지 않은 모양이었다.

"말하기 싫으면 하지 마."

"미안. 나도 내 감정을 어떻게 표현해야 할지 몰라서."

승후는 그녀가 뭘 고민하고 있는지 어렴풋하게 예상하고 있었다. 재채기와 사랑은 감출 수 없다는 말은 정말 맞는 모양이었다. 그녀를 바라보는 명석과 레오의 눈에서 항상 꿀이 떨어지고 있었으니까. 마치 승후가 지연을 바라볼 때처럼. 그녀의 마음이 어떤지는 모르겠지만, 어쨌든 잔잔한 호수에 두 남자가 돌을 던졌으니 마음 어지러운 것만은 사실일 거다.

"규리야."

승후가 따뜻한 목소리로 그녀를 부르자, 규리가 고개를 돌려 그를 쳐다봤다.

"복잡하게 생각할 것 없어."

그는 규리가 뭘 고민하고 있는지 다 알고 있는 사람처럼 말했다.

"그냥 네 스타일대로 해. 그게 뭐든."

승후의 반짝이는 눈이 그녀에게 정답을 말해 주는 것 같았다.

"감귤 스타일로."

내 스타일이 뭘까? 잠깐 생각에 잠겼던 규리는 고개를 끄덕였다.

"응. 그렇게. 고마워."

"어서 자자. 내일도 새벽부터 움직여야 하니까."

"으응."

승후는 피곤했던 모양인지 눈을 감았고, 곧이어 쌔근쌔근 숨소리가 들려왔다. 규리는 자리에서 일어나 발밑에 점퍼를 깔아 두었다. 제발 내일까지 마르기를 바라며. 다시 자리에 눕자 창문 틈 사이로 바람이 들어왔다. 규리는 얇은 이불을 턱밑까지 끌어당기고, 후드 티 주머니에 손을 넣었다. 주머니 안에서 뭔가가 만져졌다. 명석이 준 손난로였다.

"따뜻하다."

하루 종일 그녀의 몸을 훈훈하게 해주었던 손난로가 아직까지 온기를 품고 있었다. 규리는 손난로를 두 손에 꼭 쥐고 스르륵 눈을 감았다.

*

명석은 자신에게 입을 맞추고 있는 해연을 거세게 뿌리쳤다.

"너 이게 뭐 하는 짓이야?"

살갑게 대할 때부터 거슬렸는데, 여행을 가자는 둥 규리 앞에서 이상한 말을 해 이곳으로 끌고 온 거였다. 그런데 갑자기 이런 짓을 할 줄이야.

"나 팀장님이 좋은데."

허. 이 당돌한 녀석을 좀 보게? 신 국장의 딸인 해연을 처음 본 건 작가와 피디로서가 아니었다. 신 국장과 개인적인 만남이 있을 때 작가 지망생이라는 해연을 처음 보았고, 그 후로 가끔씩 그녀를 만나 진로에 대한 조언을 해 주곤 했다. 그런데 그런 그녀가 자신을 좋아하고 있었다니. 그리고 고백을 하며 이런 잔망스러운 짓을 하다니!

"그래서 뭐, 연애라도 하자고?"

"그럼 안 되나?"

솔직하고 당당한 그녀가 여태까지 그 마음을 감추고 있었던 건지, 요즘 와서 그런 감정이 싹튼 건지는 모르겠지만 그건 안 된다.

"안 돼."

"왜요? 지금 솔로잖아."

명석은 좋아하는 여자가 있다고 말하려다 입을 다물었다. 지금은 아직 아무것도 결정되지 않은 상태다. 규리는 이번 촬영 이후 마음을 정리해서 말해 준다고 했다. 명석은 그때까지는 최대한 셋의 관계를 숨기는 게 좋다고 생각했다. 레오와 자신이 규리를 좋아하고 있다는 게 소문나면 결국 사람들의 입방아에 오르내리는 건 규리가 될 게 뻔했기 때문이다. 명석은 자신들 때문에 그녀가 상처받지 않기를 바랐다. 그런데 누군가에게 그녀를 좋아한다고 말해 버리면 어떻게든 말이 돌 것이고 그 말은 부풀려져 감당할 수 없는 소문을 만들어 낼 것이었다. 그건 명석이 가장 피하고 싶은 일이었다.

"너 내 스타일 아니야."

명석은 규리를 언급하지 않으면서도 가장 합당한 이유를 대며 그녀의 고백을 거절했다. 그러자 해연의 얼굴이 구겨졌다.

"그럴 리가 없는데?"

"뭐?"

"내가 어디 남자들한테 그런 소리 들을 여자냐고?"

자신감 넘치는 건 알았지만, 이 정도일 줄이야.

"내가 얼굴이 별루야, 학벌이 그닥이야, 집안이 후져? 도대체 팀장님 스타일이 뭔데?"

스타일을 묻는 해연의 말에 명석의 머리에 규리의 얼굴이 두둥실 떠올랐다. 그녀를 떠올리기만 했을 뿐인데, 그의 마음에 웃음이 번진다. 또 생각만으로 그의 가슴에 통증을 만들었고, 그의 심장을 뛰게 했다.

"말해봐. 팀장님은 어떤 여자 좋아하냐고?"

"떠올리기만 해도 내 심장을 뛰게 하는 여자?"

"뭐? 그럼 내 생각하면 심장이 안 뛴다는 거야?"

"어. 안 뛰어. 전혀."

"자존심 상해."

"자존심 상해도 어쩔 수 없어. 사랑은 자존심이 아니니까. 가자."

명석은 어울리지 않게 칭얼대는 해연의 등을 떠밀었다. 사랑은 자존심이 아니다? 명석은 그 말이 해연이 아닌 스스로에게 하는 말일지도 모른다는 생각이 들었다.

*

마을 회관 앞에 도착하자 해연은 명석을 향해 휙 돌아보며 말했다.

"나 생각보다 집착 심해. 이제부터 나 팀장님 집착할 거야."

그렇게 말하더니 후다닥 안으로 뛰어가 버리는 게 아닌가?

"하아. 저게 그냥."

명석은 해연의 뒷모습을 보며 한숨을 내쉬었다가 안으로 들어갔다. 1층을 둘러본 명석은 잘 만한 자리가 없다는 걸 깨닫고, 2층으로 올라갔다. 방문이 열리며 안으로 들어가는 해연의 모습이 보였다.

'규리도 저 방에서 자고 있겠지?'

아까 밥차에서 해연과 있었던 일을 설명해 주어야 할 텐데. 오해라고. 난 다른 여자랑 여행 따위 안 간다고. 내가 여행을 같이 가고 싶은 여자는 너뿐이라고. 그런데 레오와 할리우드에 가기로 한 결정 진심이냐고…… 묻고 싶었다. 명석은 버석거리는 손바닥으로 마른세수를 한 뒤, 2층을 둘러보았다.

'저기서 자면 되겠네.'

창가 쪽에 꽤 넓은 자리가 남아 있었다. 명석은 사람들을 지나쳐 창가로 향했다. 창밖에서 들어오는 달빛 덕에 창가 쪽은 어둡지 않았다. 빈자리에 다다른 명석은 뭔가를 크게 잘못 본 것 같아 그 자리에 굳어 버렸다.

'왜 감귤이 여기에 있는 거지? 분명 여자들 방은 저쪽인데. 자리가 없었나?'

그랬다면 해연이 밖으로 나왔을 텐데 그러지도 않았다. 명석은 의문 가득한 눈으로 규리를 내려다보았다. 무슨 꿈을 꾸고 있는지, 규리의 표정이 왔다갔다 이리저리 변한다. 얼굴을 잔뜩 찌푸렸다가, 뭔가 안심한 듯 폈다가, 그리고 슬며시 미소를 짓는다. 명석은 그녀를 따라 미소를 지었다.

"으음."

한참 규리를 바라보고 있을 때, 옆에 누워 있는 웬 놈이 몸부림을 치며 그녀 쪽으로 다가오는 게 아닌가!

'뭐야? 박승후?'

게다가 그놈이 박승후라니! 옆에 누워 있는 사람이 승후라는 것을 확인한 명석은 그의 엉덩이를 발로 툭툭 걷어찼다. 그러자 승후가 규리와 반대 방향으로 떼구르 굴렀다. 박승후를 해치운 명석은 흡족한 미소를 지으며 규리를 쳐다봤다. 그런데 외풍이 어찌나 세던지, 규리가 작은 몸을 잔뜩 웅크린 채 오들오들 떨고 있는 게 보였다. 그러고 보니 베개도 없이 얇은 이불 하나만 겨우 덮고 맨땅에서 자고 있었다. 명석은 자신이 입고 있는 외투를 벗어 규리의 몸에 덮어 주었다. 그리고 스태프들 사이를 돌아다녔다.

'땀을 그렇게 흘리면서 이불은 왜 덮어?'

명석은 가장 따뜻해 보이는 이불과 두툼한 베개를 뺏어 규리에게 다가갔다. 그리고 그녀의 작은 머리 밑에 베개를 받쳐 주고, 이불을 덮어 주었다. 그러자 규리가 따뜻함을 느낀 모양인지 더 이상 몸을 떨지 않았다. 명석은 만족스러운 미소를 지으며 그녀 옆에 누웠다. 그녀 옆에 누워 규리의 얼굴을 보고 있으니, 처음 답사 왔을 때가 떠올랐다.

그때도 이렇게 함께 누워 넌 세상모르고 잠들었고, 난 가슴 떨려 한숨도 못

잤지. 이렇게 예쁜데. 이렇게 사랑스러운데. 내가 널 어떻게 보내니? 네가 없는 삶을 난 어떻게 견뎌야 할까?

"사랑한다, 감귤."

명석은 잠든 규리를 바라보며 듣지도 못할 사랑 고백을 중얼거렸다.

"버리지 마, 나."

자존심을 버리고, 그녀에게 매달렸다. 물론 잠들어 있는 넌 내 목소리를 듣지도 못할 테지만, 그래도 부디 내 말이 네 꿈속에서라도 들리길. 그래서 네 마음에 변화가 생기길. 날 버리지 않길.

"안 버리면 안 될까? 나."

명석은 잠든 규리를 바라보며 낮게 속삭였다. 그리고 피식. 이게 뭐 하는 짓인가 싶어 몸을 돌려 천장을 바라보며 누운 그때.

"안 버려…… 절대."

"……!"

대답 따위 기대하지 않았다. 그저 답답한 마음에 널 보며 넋두리라도 늘어놓으면 그냥 기분이 좀 풀릴까 싶어 혼자 중얼거렸던 것뿐이다. 그런데 대답을, 그것도 내가 원하는 답을 해주다니. 명석은 순간적으로 규리를 향해 고개를 돌렸다. 그리고 그녀의 얼굴을 보는 순간, 헛웃음을 터뜨려 버렸다. 눈을 감고 있다. 저를 좋아하는 남자가 마음 졸이며 옆에 누워 있는데, 그것도 모른 채 쌔근쌔근 잘도 잔다. 남의 심장은 지옥과 천국을 왕복한 줄도 모른 채 말이다. 당장이라도 맞추고 싶은 그녀의 작은 입술은 왜 그런 말을 내뱉은 걸까?

"음냐. 음냐."

아무래도 잠꼬대를 한 모양이었다. 명석은 씁쓸한 눈으로 규리를 바라보았다. 그는 이미 셋의 관계가 어떻게 끝날지 알고 있다. 레오와 그녀의 대화를 엿들었으니까. 다만 인정하고 싶지 않을 뿐. 버려지고 싶지 않을 뿐. 하지만 그녀의 뜻이 오레오라면, 계명석이 아닌 오레오라면. 그렇다면 여기서 놓아주는 게 맞다. 여기서…….

명석은 그녀의 얼굴을 뚫어지게 쳐다봤다. 그녀를 볼 수 있는 기회가 이게 마지막인 것처럼, 이제 그녀를 보낼 것처럼. 하염없이 그녀를 바라보며 그녀의 모든 것을 마음에 담고 있을 때, 규리의 작은 손에 들려 있는 게 눈에 들어왔다. 손난로였다. 명석은 손난로에 손을 살짝 대보았다. 기름이 다 닳았는지, 차갑게 식어 있었다.

"추운데 왜 이걸 쥐고 자는 거야. 안 그래도 추위도 많이 타는 애가."

중얼거리며 그녀의 손에서 손난로를 빼려고 하자, 규리가 손에 힘을 주는 게 아닌가.

'깼나?'

흠칫 놀라 쳐다보니 깬 것 같지는 않았다. 다만.

"으음. 안 버려…… 안 버려……."

계속 같은 말만 되풀이할 뿐.

"뭘 자꾸 안 버린다는 거야?"

혹시나 아까처럼 대답을 해줄까 싶어 물었다. 비록 그게 잠꼬대일지라도 상관없다는 마음으로. 하지만 규리는 대답이 없었다. 명석은 맥이 풀려, 털썩 자리에 누워 천장을 쳐다봤다. 조금 전까지만 해도 그녀를 놓아주겠다고 마음먹은 그였다. 그런데 그녀의 손에 쥐어 있는 손난로를 보니 언제 그랬냐는 듯 마음이 흔들렸다. 명석은 규리를 향해 옆으로 돌아누웠다. 그리고 그녀가 쥐고 있는 손난로를 빼기 위해 손을 뻗었다. 그녀는 여전히 손에 힘을 준 채로, 버리지 않겠다는 말만 되풀이했다.

'이건 내게 희망일까? 아니면 고문일까?'

잠시 규리의 얼굴을 바라보던 명석은 자리에서 일어나 밖으로 나왔다. 아무래도 그녀의 잠꼬대는 그에게 희망 고문일 가능성이 크겠지만, 그는 그걸 온전한 '희망'으로 만들고 싶었다.

"여보세요."

계명석 인생에 불가능이란 없고.

"자고 있었냐? 나 부탁이 있는데, 지금 가능할까?"

불가능이란 없는 그에게 포기란 단어는 더더욱 있을 수 없으니까.

*

다음 날. 이른 새벽에 눈을 뜬 규리는 뭔가 묵직한 느낌에 미간을 찌푸렸다. 천장의 촌스러운 도배지를 보면 파라도의 마을 회관이 분명한데, 어쩐지 어제와 달리 포근하고 따뜻했다. 이상한 기분이 든 규리는 주위를 두리번거렸다. 옆에는 어제와 똑같이 승후가 누워 있었고, 그 옆에는 수많은 남자 스태프들이 새우처럼 웅크린 채 잠들어 있었다. 어제 잠든 곳이 분명한데, 왜 이렇게 생경한 기분이 드는지 알 수 없었다. 그리고 그녀의 몸을 짓누르는 묵직한 이것은 또 뭐란 말인가?

규리는 있는 힘껏 움직여 자신의 몸 위에 있는 것들을 무너뜨리고 상체를 일으켰다. 그러자 성처럼 쌓여 있던 이불이 우수수 굴러떨어졌다.

"뭐야? 웬 이불들?"

어제 분명 여분의 이불이 없어서 맨바닥에서 얇은 이불 하나만 덮고 잠들었다. 그런데 지금 그녀 밑에는 두툼한 이불이 깔려 있고, 스태프들이 덮고 있던 이불이 죄다 그녀 위에 쌓여 있는 게 아닌가? 그리고 더 이상한 건, 승후와 그녀 사이에 베개가 성처럼 쌓여 있다는 거였다.

"박 군이 이렇게 한 건가?"

뭘 이렇게까지 해주나 싶으면서도 따뜻한 그의 배려가 고마웠다. 웅크려 자고 있는 승후에게 이불을 덮어 주고 있을 때, 잠결에 투덜거리는 스태프들의 목소리가 들려왔다.

"우씨. 이불 어디 갔어?"

"바닥은 왜 이렇게 뜨거워? 누가 보일러 만졌어?"

"외풍 부는데 바닥은 뜨거워 죽겠고. 누굴 통구이 만들 작정이야?"

신경질적인 그들의 불만에 규리는 슬며시 바닥을 만져보았다. 정말 그들의 말처럼 바닥은 데일 듯 뜨거웠고, 창문 틈 사이로 바람이 매섭게 불어왔다. 규리는 두툼한 이불 위에 있어서 바닥이 뜨거운 줄도 전혀 몰랐고, 이불로 온몸이 꽁꽁 싸여 있어서 바람이 부는 줄도 몰랐다. 스태프들에게 미안해진 규리는 슬그머니 이불을 그들 옆에 갖다 두고, 보일러 온도를 조절했다. 승후 덕에 찜질방에서 한숨 푹 잔 사람처럼 온몸이 개운해졌고, 밤새 찾아왔던 감기 기운도 말끔하게 사라졌다. 나중에 꼭 고맙다고 말해야겠다.

　"옷은 다 말랐나?"

　실내가 따뜻해서 다 마를 줄 알았는데, 옷은 아직도 축축한 상태였다. 거기에 밤에는 몰랐는데, 더럽기까지 했다.

　"아, 진짜. 이것들을 어떡하지?"

　어젯밤 그녀의 옷을 훔쳐 도망가는 가을과 은설의 뒷모습이 떠오른 규리는 저도 모르게 주먹을 꽉 쥐었다.

　"그나저나 큰일이네. 하루 종일 밖에서 촬영할 텐데, 옷이 없네."

　규리는 거칠게 파도치는 바다를 내다보며 중얼거렸다. 아무리 옷을 껴입는다 하더라도, 겉옷이 없으면 칼바람이 안으로 들어올 것이었다. 2박 3일 촬영 오면서 옷을 충분히 가져온 사람은 가을뿐이었고, 그녀는 절대 옷을 빌려주지 않을 게 뻔했다. 빌려줄 거면 처음부터 그런 짓을 하지 않았겠지.

　"아, 맞다. 이게 있었지?"

　그때 바닥에 떨어진 손난로가 눈에 들어왔다. 손난로는 아직도 훈훈한 기운을 내뿜고 있었다. 아니, 어쩐지 어제보다 더 따뜻한 기분까지 들었다.

　"이걸로 버티다 보면 마르겠지? 아, 말라야 할 텐데."

　규리는 그렇게 중얼거리며 손난로를 주머니에 넣었다. 그리고 2층으로 올라가려는 순간, 핸드폰이 울렸다. 명석이었다.

＊

명석의 부름을 받은 규리는 밖으로 나왔다. 아직 새벽이라 사방은 푸르스름했고, 공기는 차가웠으며, 오가는 사람은 아무도 없었다. 그는 바다가 내려다보이는 마을 회관 앞 커다란 나무 앞에 서서 그녀를 기다리고 있었다.

"안녕히 주무셨어요."

규리가 다가가 인사를 건네자, 그는 힐끔 그녀를 쳐다보더니 입고 있던 점퍼를 벗어 그녀 어깨 위에 걸쳐 주었다.

"저 괜찮은데……"

규리가 옷을 벗으며 다가갔지만, 그는 뒤돌아 앞서 걷기 시작했다.

"가자."

"네."

왜, 어디로 간다는 말은 없었다. 그저 옮겨야 할 짐이 있으니 나오라고만 했을 뿐. 규리는 쭈뼛거리며 그의 발걸음을 쫓았다. 그의 뒷모습을 보니, 자꾸만 그 장면이 떠올랐다. 해연과 그가 키스를 나누던 그 모습이. 규리는 자신을 괴롭히는 생각을 떨치기 위해 애써 고개를 저었다. 하루 사이, 어쩐지 그가 멀게만 느껴졌다. 규리가 이 팀에 처음 합류했을 때처럼 명석은 차가웠고, 그녀는 그런 그가 낯설었다. 한집에서 생활하던 사람들이 맞나 싶을 만큼, 명석과 규리 사이는 어색하고 서먹했다. 그간 함께했던 시간들이 신기루처럼 사라진 듯, 둘은 말없이 앞을 향해 걷기만 했다.

그들이 도착한 곳은 선착장이었다. 잠시 후 배가 도착했고, 배에서 승합차가 한 대 내렸다. 명석은 운전석으로 가 웬 남자와 인사를 나눴다.

"급하게 연락했는데, 다행히 시간이 맞았네."

"배 시간 맞춰 오느라 똥줄 탔어요. 도대체 누굴 입히려고 그 밤에 난리를……"

"그 입 다물고."

명석은 멀리 떨어져 있는 규리 눈치를 살피며 후배 녀석 입단속을 시켰다.

사실 어젯밤, 명석은 규리의 발밑에서 점퍼를 발견했다. 뭐 때문인지 알 수 없었지만 옷은 물에 젖어 있었고, 규리는 오들오들 떨고 있었다. 이렇게 잠들었다가 덜컥 감기라도 걸리면 어쩌나 싶어 보일러 온도를 높이고, 스태프들의 이불을 죄다 끌어와 그녀의 몸을 덮어 주었다. 승후와 그녀 사이에 베개로 성을 쌓고 나서 다시 옷을 확인했지만, 마를 기미가 보이지 않았다. 규리가 걱정됐던 명석은 파라도 인근 도시에서 옷 가게를 하는 후배 녀석에게 전화를 걸었다. 규리에게만 옷을 사주면 주변에서 알아챌까 봐, 백여 명의 스태프 옷을 동시에 주문했다.

"부탁한 옷."

명석이 무뚝뚝한 얼굴로 손을 내밀자, 남자가 조수석에 두었던 쇼핑백을 그에게 내밀었다.

"나머지 옷은 마을 회관 앞에 내려두고."

"나중에 한턱 제대로 쏘셔야 해요."

"알았어. 오늘 고마웠다."

"촬영 잘하시고요."

볼일을 끝낸 승합차는 마을 회관으로 떠났고, 규리는 어리둥절한 표정으로 명석을 쳐다봤다.

"짐 옮기러 온 거 아니었어요?"

"받아."

명석은 쇼핑백을 툭 던지고, 그녀의 어깨에 걸쳐져 있는 자신의 옷을 걷어 갔다.

"이게 뭐예요?"

"보면 몰라? 옷이잖아."

"옷인 건 아는데, 이걸 왜 저한테……."

'옷 한 벌 받는 것도 부담스러운 건가? 그 자식이랑은 할리우드까지 가기로 해놓고.'

그런 생각이 드니 명석은 어쩐지 기분이 씁쓸해졌다.

"너한테만 주는 거 아니니까 괜한 부담 갖지 말고 입어."

"예?"

"스태프들한테 다 돌리는 거라고."

"아…… 예. 감사히 잘 입겠습니다."

모두에게 돌리는 거라고 하자, 규리가 그제야 옷을 입었다. 그녀가 입은 옷은 검정색 롱 패딩이었다. 발목까지 내려오는 길이에 모자까지 달려 있어, 머리부터 발끝까지 따뜻해 보였다. 그녀에게 해줄 수 있는 마지막 선물이라는 생각이 들자, 왜 이렇게 입이 쓰게 느껴지는지. 그러면서도 포근해 보이는 규리를 보자 미소가 지어졌다.

'하아. 정말 널 어쩌면 좋겠냐? 보고만 있어도 이렇게 좋은데.'

그의 시선은 고정이라도 된 듯, 꼼짝도 하지 않고 규리만 바라보았다.

'그리고 난 어쩌면 좋냐? 널…… 못 보낼 것 같은데.'

아무리 생각해도 그녀 없는 세상은 상상할 수가 없었다. 똑똑한 머리로 스스로를 이해시켜도 봤고, 그녀를 만나기 전의 삶을 떠올려 보기도 했지만, 아무것도 떠오르지 않았다. 명석은 마지막으로 확인하고 싶은 게 있었다.

"저……."

"저기……."

둘이 동시에 서로를 불렀다.

"먼저 말해."

"아, 아니에요. 팀장님 먼저 말씀하세요."

"아냐. 너부터 해."

또다시 '팀장님 먼저 하세요'라고 말했다간 그 말만 무한 반복할 것 같았다. 규리는 어제부터 그녀의 마음을 괴롭히던 질문을 꺼내기로 마음먹고, 크게 숨을 들이마셨다.

"저어. 어제 봤어요."

무턱대고 봤다는 규리의 말에 명석은 빠르게 입을 열었다.

"밥차에서의 일은……."

"해연 선배랑 키스하는 거."

"뭐?"

전혀 예상치 못한 말에 명석은 놀란 눈으로 규리를 쳐다봤다. 밥차 앞에서 해연이 했던 말은 언젠가 변명해야겠다고 생각했지만, 키스 장면을 봤을 줄이야.

"그래서 궁금한 게…… 팀장님 혹시, 해연 선배랑……."

규리는 어떻게 물어야 할지 몰라 띄엄띄엄 말했지만, 명석은 질문도 채 끝나기 전에 용케 알아듣고 대답했다.

"아니! 전혀! 네가 생각하는 그런 거 절대 아니야. 신해연 그게 정말."

그는 이 상황이 당혹스러우면서도 답답해 미칠 지경이었다. 가뜩이나 레오 자식이랑 미국으로 가겠다고 결심한 그때, 신해연은 왜 하필 그런 짓을 해서.

"그럼 왜 키스……하셨어요?"

규리는 '키스'라는 단어에 힘주어 물었다. 명석은 잠시 머릿속을 정리했다. 그는 어제 해연과의 일을 입 밖으로 꺼내지 않으려고 했다. 사람들 사이에서 괜한 말이 도는 걸 좋아하지 않거니와 그게 상대방에 대한 예의였으니까. 하지만 규리에게 말하지 않을 수가 없었다. 그녀의 오해를 풀어줄 수 있는 건, 솔직함밖에 없을 테니까.

"신해연이 나 좋대."

"아……."

예상은 했지만, 막상 그의 입을 통해 직접 들으니 미친 듯이 가슴이 아팠다. 어제 있었던 그의 모든 행동이 자꾸만 해연과 연관이 있는 것만 같고, 그래서 이제 그에게 자신은 필요 없는 사람인 것 같고, 또 그래서 버리라는 말을 한 게 아닐까 싶고…….

"그래서 팀장님은요? 팀장님 마음은 어떤데요?"

"당연히 난 아니지."

그녀의 걱정이 무색할 정도로 단호한 대답이었다.

"내 마음 알잖아?"

알지. 날 좋아하는 팀장님 마음을.

"그러는 넌?"

그러게. 그러는 난? 내 마음은 팀장님이야? 아니면 레오야?

"미국, 갈 거야?"

"웬 미국이요? 미국은 해연 선배가 팀장님이랑 가고 싶다고 한 거잖아요."

"레오도 그랬잖아. 너한테. 같이 가자고."

"그걸 어떻게······?"

순간 규리의 머리가 복잡해졌다. 시간 순서상 보자면 레오와 그 애길 주고받은 후부터 명석의 태도가 이상해졌다.

'그럼 해연 선배 때문이 아니라, 그 애길 듣고?'

"하아."

"왜 웃어?"

"갑자기 친구 말이 떠올라서요."

"무슨 말?"

심각하게 얘기하다가 왜 갑자기 친구 얘길 꺼내는 건지. 명석은 규리의 대답이 너무도 궁금했다. 정말 레오와 미국에 갈 건지, 그녀의 입을 통해 확실히 듣고 싶었다. 그런데 규리는 지금 그 대답을 하고 싶지 않은 모양이었다. 말을 계속 돌리는 걸 보니.

"팀장님."

"왜."

"저 지금 뭐 하려고 그러는데, '돼, 안 돼' 중에 하나만 골라주세요."

"뭘 하려고 그러는데?"

"그냥 대답만 하세요. 돼, 안 돼 중에 하나만."

그녀가 뭘 하려는 건지 모르는 명석은 신중할 수밖에 없었다. 잠시 망설이던 명석이 조심스럽게 입을 열었다.

"돼."

그의 말이 끝나기 무섭게 규리가 까치발을 들어 입술을 포개어 왔다. 놀란 명석이 얼떨떨해하고 있을 때 촉촉한 것이 그의 입술을 점령했고, 부드러운 촉감은 딱딱하게 굳은 그의 마음을 녹여 버렸다. 차가운 바닷바람이 두 뺨을 스쳐 지나갔지만, 입술에서 번진 뜨거움 덕에 온몸이 후끈해졌다.

"하아."

규리는 그에게서 입술을 떼고, 들었던 까치발을 내렸다. 강희는 스스로를 연애 박사라고 칭했다. 틀리진 않는 모양이다.

"질투. 딴 여자랑 있는데, 막 화가 나고 괜히 열 받고 그러면 좋아하는 거지."

규리는 강희 덕에 제 마음을 확인할 수 있었다.

"그리고 정 모르겠으면 키스라도 해보든가."

그녀에게는 자신의 마음을 확인할 수 있는 시간이었지만, 명석에게는 너무도 짧은 시간이었다. 규리의 뜻 모를 입맞춤에 대한 불안감은 아쉬움과 더해져 그에게 용기를 불어넣었다.

"나도 질문한다."

명석이 잔뜩 가라앉은 목소리로 말했다.

"돼, 안 돼?"

둘 사이의 짧은 거리에서 속을 알 수 없는 눈빛이 오고 갔다. 그리고 잠시 후, 규리의 작은 입술이 움직였다.

"……돼요."

명석은 거침없이 규리의 여린 허리를 감싸 안았고, 그녀의 입술에 입을 맞췄다. 패딩을 입고 있긴 했지만, 그가 잡고 있는 건 엄연히 허리였다. 남자의 손이 몸에 닿는 것 자체가 거의 처음인지라 깜짝 놀란 규리는 흡, 하고 숨을 참아 배를 집어넣으려고 애썼다. 그가 잡은 곳은 분명 허리인데, 왜 이렇게 아랫배가 신경 쓰이는 건지. 하지만 신경 쓰이는 건 그곳만이 아니었다. 방금 전 규리가 명석에게 했던 것은 키스가 아닌 입맞춤. 그러니까 만나면 반갑다고, 헤어지면 또 만나자며 하는 뽀뽀 정도였다. 규리도 입술과 입술이 닿는 것이 키스가 아니라는 것쯤은 각종 매체와 강희의 경험담을 통해 알고 있었다.

그런데 이건……! 살면서 이렇게 생경한 감촉과 낯선 느낌은 처음이었다. 심장이 미친 듯이 뛰었다. 몸의 모든 신경이 입술에만 집중되어 있는 것처럼, 입술의 감각만 남아 있는 기분이 들었다. 명석이 슬며시 고개를 틀었다. 키스의 각도다.

'나도 같이 고개를 돌려야 하나? 왼쪽? 오른쪽?'

어찌해야 할지 모르는 규리는 고개를 돌리는 대신 눈을 감아 버렸다. 그녀의 떨리는 심장처럼 눈꺼풀이 파르르 떨렸다. 그녀의 입술 위로 부드러운 것이 와 닿았다. 몇 번의 두드림이 있었지만, 키스가 처음이었던 규리는 그게 무슨 뜻인지 몰라 입술을 꾹 다물었다. 하지만 두드림은 집요하고 또 끈질겼다.

"하아."

그사이 숨이 차오른 규리의 입술이 작게 벌어졌고, 명석은 기다렸다는 듯 안으로 들어갔다. 너무도 낯선 느낌에 규리는 눈을 크게 떴지만, 곧 스르륵 눈을 감아 버렸다. 두둥실 구름 위를 걷는 느낌 같기도 하고, 달콤한 초코 아이스크림을 먹는 것 같기도 하고, 또 아예 하늘을 나는 듯한 기분이 들기까지 했다.

'키스란…… 이런 거구나. 어른의 입맞춤은 이런 느낌이었어.'

규리는 이 순간이 계속되길 바랐지만, 키스가 처음인 그녀는 숨을 제대로 쉴 수 없었다. 그의 넓은 가슴을 작은 두 손으로 밀어낸 규리는 참았던 숨을 뱉었다.

"하아. 하아."

"하아……."

두 사람의 입에서 끈적한 숨소리가 새어 나왔다.

"싫어?"

명석이 불안한 눈으로 쳐다보며 물었다. 아마도 그녀가 싫다는 뜻으로 그를 밀어냈다고 생각한 모양이었다.

"아, 아뇨. 그게 아니라……."

규리는 키스가 처음이라는 말은 하고 싶지 않았다. 어쩐지 자존심 상하는 기분이 들었기 때문이다. 키스에 서툴다는 걸 내색하고 싶진 않았지만, 그녀의 대답이 늦어질수록 명석의 표정이 어두워졌다.

"싫으면 그만할게."

"아뇨!"

명석의 말에 규리가 소리쳤다. 싫은 게 아니라는 건지, 그만한다는 말에 아니라고 대답한 건지 알 수 없었지만, 명석은 어느 때보다 당돌한 그녀의 대답이 마음에 들었다.

"그럼 왜?"

"숨을! 숨을 못 쉬겠어요."

"뭐?"

"숨 막혀 죽을 것 같다고요."

그러자 명석의 입에서 풉— 하고 짧은 웃음소리가 들려왔다.

"왜 웃으세요?"

규리가 입술을 삐죽이며 묻자, 명석이 그녀를 사랑스러운 눈초리로 쳐다보며 말했다.

"귀여워서."

"치."

규리가 토라진 듯 몸을 핵 돌리자, 명석이 그녀의 손목을 잡아 자신의 품 안으로 끌어당겼다. 그러자 규리가 눈을 동그랗게 뜨며 그를 올려다보았고, 그는 그윽한 눈으로 그녀의 입술을 바라보았다.

"높은 코 놔두고 왜 입으로 숨을 쉬어?"

이번엔 쉽게 놔주지 않겠다는 듯, 명석은 친절하게 숨 쉬는 방법을 말해준 뒤 다시금 그녀의 입술을 머금었다. 갑작스러운 그의 행동에 규리가 흠칫 놀라긴 했지만, 입술을 살짝 여는 건 잊지 않았다. 그녀의 입술 안쪽 살갗이 너무도 연하고 부드러워, 명석은 자꾸만 그곳을 품게 되었다. 그는 이 순간이 꿈만 같았다. 아까까지만 해도 그녀를 다른 남자에게 보내야 한다는 생각에 괴로웠는데, 지금은 그녀가 내 품 안에 들어와 있다니.

명석은 규리의 손을 놓고, 두 손으로 자신의 패딩을 양옆으로 벌렸다. 그리고 그 안에 쏙, 규리를 넣었다. 입에서는 그녀의 보드라움이 느껴졌고, 코에서는 그녀의 머리카락에서 풍기는 향긋한 샴푸 향이 스쳤으며, 그의 가슴엔 그녀의 몸이 닿아 있었다. 그것도 작은 틈도 없이 아주 가까이. 행복했다. 앞으로 풀어야 할 일이 산더미였지만, 명석은 지금 이 기쁨을 만끽하고 싶었다. 그는 커다란 손에 힘을 주어 그녀를 더욱 자신의 품 안으로 끌어안았고, 그의 부드러움은 그녀의 입속 더 깊은 곳으로 파고들었다. 영하의 날씨, 파라도에는 강풍이 불었지만 그들은 전혀 춥지 않았다.

11. 계 팀장이 수염을 깎은 이유

커다란 손이 불쑥 튀어나오더니 금세 규리의 작은 손을 점령했다. 놀란 규리
가 그를 올려다보자, 그는 모른 척 앞만 쳐다보며 그녀의 손에 깍지를 꼈다.

"그렇게 쳐다봐도 소용없어. 이제 이건 안 놓을 거니까."

그러더니 아예 그의 주머니 속에 손을 쏙 집어넣어 버렸다. 새로 사준 패딩
에 주머니가 몇 개인데, 두 개의 손이 한 주머니를 같이 사용하다니. 규리는 지
금 명석의 행동이 합리적이지 않아 보였지만, 어쩐지 그녀도 비합리적으로 굴
고 싶었다. 오랜 고민의 마침표를 이렇게 찍게 될 줄은 규리도 생각하지 못했
다. 질투 그리고 키스가 남녀 관계에 이렇게 큰 영향을 끼칠 줄이야.

레오 옆에 가을이 있을 땐 심통이 나긴 해도 마음이 아프진 않았다. 하지만
명석 옆에 해연이 있을 땐 가슴이 찢어지는 느낌이었다. 심장이 아파 눈물이
날 정도였다. 왜 그런 기분이 드는지는 규리도 알 수 없었다. 하지만 입맞춤을
하고 난 뒤엔 알 수 있었다. 막연한 떨림만이 가득했던 레오의 입맞춤과 달리
명석의 것은 멈추고 싶지 않았다. 이 남자가 내 남자였으면, 내가 이 남자의 여
자였으면 하는 바람이 샘솟았으니까. 규리는 명석의 커다란 손을 꽉 움켜잡았

다. 아직 이른 새벽이라 촬영 시간까지는 여유가 좀 있었다. 명석은 규리를 이끌고 바닷가로 향했다.

"옷은 왜 그렇게 젖어 있었던 거야?"

"아, 일이 좀 있었어요."

규리의 쓸쓸한 표정을 보니 누가 한 짓인지 알 것 같았다.

'이놈의 서가을, 굴을 아직 덜 캤나? 오늘 마을에 굴 잔치를 열어봐?'

명석이 속으로 씩씩대고 있을 때, 규리가 그를 쳐다봤다.

"왜?"

"설마 저 때문에 그 많은 옷을 다 산 건 아니죠?"

규리는 승합차 안에 들어 있던 옷 박스들을 떠올리며 물었다. 방송국 차원에서 나온 것 같지는 않았다. 그렇다고 자신의 옷이 젖어 있었다는 것만으로, 명석이 그 많은 옷을 사는 어리석은 짓을 할 것 같지도 않았다. 설마 하고 물었는데, 헉 소리 나는 대답이 들려왔다.

"그럼 내가 미쳤다고 시키면 놈들 예뻐서 샀겠어?"

"하나만 사서 나한테만 주면 되잖아요?"

그 많은 옷이면 돈이 다 얼마야?

"너한테만 몰래 주다 걸릴 것 같아서."

"지금도 몰래 잘 줬잖아요?"

새벽에 몰래, 옷 주다가 키스……까지 해 놓고.

"너만 주면 네가 안 받을 줄 알았어."

"제가요? 왜요?"

안 그래도 옷이 없어 너무 고마운데. 왜 그런 생각을 했을까?

"네가 레오를 선택한 줄 알았거든."

"아……."

명석의 입에서 레오의 이름이 흘러나오자, 규리는 죄라도 지은 것 같아 고개를 숙이고 그의 주머니 속에 있는 손을 빼려고 했다. 그러자 명석은 그녀를 잡은 손에 힘을 주었다.

"아까 한 말 잊었어?"

"......?"

"이 손, 안 놓는다고 했잖아."

손을 빼려던 규리는 순순히 그의 뜻을 따랐다. 고백 후 몇 달간 얼마나 마음을 졸였으면 이럴까 싶어 미안한 마음이 들었기 때문이다.

"레오가 함께 미국에 가자고 했어요."

이미 그들의 대화를 엿들어 알고 있는 이야기였다. 그때 그녀의 대답까지 들은 명석은 잠자코 그녀의 말을 기다렸다.

"전 생각해 본다고 했고, 레오는 그러라고 했어요."

자신이 들었던 것과 다른 대답에 명석은 눈썹을 찌푸렸다. 규리는 그때 분명 같이 가겠다고 대답했는데 말이다.

"넌 그때 같이 가겠다고 했어."

더 이상 괜한 오해를 불러일으키기 싫었던 명석이 말했다.

"제가요? 아뇨. 그런 얘기 한 적이…… 아. 떡볶이집."

"떡볶이집?"

"예전에 같이 갔던 떡볶이집에 가자고 했거든요."

그러니까 내 감귤은 아예, 애초부터 미국인지 할리우드인지 갈 생각이 없었다는 거군. 명석의 입에서는 안도의 한숨과 함께 승리의 미소가 걸렸다.

"근데 우리 대화는 어떻게 들으셨어요?"

명석은 '우리'라는 단어에 미간을 좁히며 대답했다.

"마이크 찼을 땐 어떤 말이든 조심해야 돼."

"아, 마이크."

그때 레오가 마이크를 차고 있다는 걸 깜빡했다. 그도 그녀도. 이제부터는 정말 시간을 끌면 안 된다. 마음을 결정했으니 레오에게 어서 이야기를 해 주어야 했다. 지금까지 기다려 준 것도 고맙고 미안한데, 여기서 시간을 끌면 레오가 더 상처받을 것이 뻔했다. 규리는 걸음을 멈추고 명석을 쳐다봤다.

"왜?"

"레오한테는 제가 말할게요."

욕심 같아서는 규리를 그와 단둘이 두고 싶지 않았다. 결과가 어찌 됐든 레오는 그녀를 사랑하는 남자고, 규리 또한 레오를 좋아했을 테니까. 하지만 사랑에도 그러했듯 헤어짐에도 시간이 필요하고, 대화가 절실한 법이다. 둘만의 대화가 필요할 거다. 규리에게도 레오에게도. 내키지는 않았지만, 그렇다고 그가 거부할 수 있는 것도 아니었다.

"으응. 그렇게 해."

그런 그의 마음을 눈치채기라도 한 듯, 규리가 말했다.

"레오한테 말할게요. 제 저울이 팀장님한테 기울었다고."

어느 때보다 믿음직한 그녀의 얼굴에 명석은 미소를 지었다. 기분이 좋았다. 감귤이 내 여자가 되다니. 내가 감귤의 남자가 되다니! 밥을 안 먹어도 배가 불렀고, 잠을 못 잤는데도 정신이 맑았으며…….

"소똥 좀 치워줘."

……소똥을 치워도 냄새가 나지 않, 응?

생각에 잠겨 있던 명석은 난데없는 소똥 타령에 정신을 차렸다. 언제부터인지, 이장님이 촬영장 마당에 서 계셨다.

"이장님. 언제 오셨어요?"

"방금."

"아침부터 무슨 일로 오셨어요? 날도 추운데."

"다른 게 아니라 오늘 우리 목장에 와서 소똥 좀 치워줘."

이장님은 마을에서 가장 큰 한우 목장을 운영하고 있었다.

"소똥이요?"

"전에 부탁할 일 있으면 하라면서?"

그런 얘기를 한 적이 있었다. 낚시든 농사든 필요한 일이 있으면 맡겨만 달라고 말이다.

"왜? 더러운 건 싫어?"

"아뇨. 당연히 가서 해야죠."

명석은 웃으며 대답했다. 말끔한 출연자 셋 중 누가 가더라도 소똥을 치우는 모습은 재미있는 그림이 될 테니까.

"일 잘하면 한우 쏠 테니까 그렇게 알라고."

"감사합니다. 이장님."

이장님은 허허 웃으며 집으로 돌아갔고, 그들의 대화를 들은 출연자 셋은 세모눈을 하고 명석을 노려봤다.

"미쳤냐? 난 못 해."

서준이 선수를 쳤고.

"전 어제 굴 따느라 손에 물집이 다 잡혔어요."

가을이 칭얼거렸으며.

"저는……."

레오는 선수를 칠 만큼 얍삽하지도, 물집 생겼다고 칭얼거릴 만큼 일을 많이 하지도 않았다.

"그럼 레오 네가 가."

소똥은 레오의 몫이 되어 버렸다.

*

"어쩜 저렇게 입어도 빛이 나냐?"

"저게 사람이야, 천사야?"

"오늘만큼은 내가 소똥이고 싶다."

여자 스태프들이 소똥을 치우기 위해 옷을 갈아입고 나온 레오를 보며 저마다 한마디씩 던졌다. 체크무늬 몸빼 바지에 커다란 꽃이 프린트된 셔츠, 거기에 무릎까지 오는 노오란 장화까지. 딱 봐도 촌스러움 그 자체였지만, 패션의 완성은 뭐니 뭐니 해도 얼굴이었다. 얼굴 하나로 촌스러움을 이겨 버린 레오가 일하러 갈 준비를 하고 있을 때 명석이 다가왔다. 노란 장화에 울긋불긋 화려한 몸빼 바지, 거기에 챙이 넓은 모자까지. 레오와 같은 패션이었다.

"감독님 차림이 왜 그러세요?"

"졌어."

"뭘요?"

"가위바위보."

출연자들끼리 서로 소똥 안 치우겠다고 눈치 싸움을 하고 있을 때, 촬영 팀에서는 가위바위보를 하고 있었다. 지는 사람이 단독으로 촬영을 맡기로.

"감독님이 촬영도 하세요? 카메라 잡은 걸 본 적이 없는데."

레오가 의심 가득한 눈초리로 묻자, 명석이 싸늘한 눈으로 그를 바라보았다.

"스티븐 스필버그가 촬영을 못 해서 감독을 하는 게 아니야. 연출이 오만 배는 더 훌륭하니까 카메라 대신 메가폰을 잡은 거지."

명석은 그렇게 말하고는 카메라를 들고 먼저 앞서 걷기 시작했다. 레오는 그의 뒷모습을 보며 피식 웃었다. 목장에는 명석과 레오 외에는 어느 누구도 동행하지 않기로 했다. 특별한 이유가 있는 건 아니었다. 그저 냄새나고 더러우니 그렇게 하기로 결정을 내린 것뿐.

명석과 레오는 멀찍이 떨어져 걷기 시작했다. 얼마쯤 걸었을까. 저만치 앞에 규리가 보였다. 이장님과 촬영에 대해 이야기를 하고 오는 모양이었다. 어제 바닷가에서 대화한 이후로 그녀를 보지 못했던 레오는 얼굴에 미소를 띠며 규리를 쳐다봤다. 그리고 반갑게 손을 흔들려는 순간, 달뜬 표정인 그녀의 얼굴이 눈에 들어왔다. 좋아하는 사람을 만나기라도 한 듯, 수줍은 미소를 짓고 있는 그녀가 부끄럽게 눈빛을 건넨 사람은 다름 아닌, 명석이었다. 순간 레오의 발걸음이 멈췄다.

"어디 갔다 와?"

"이장님 댁에요."

오고 가는 그들의 인사가 왜 저렇게 정답게 들리는지. 처음 보는 규리의 살가운 눈빛에 온몸의 피가 거꾸로 솟는 것 같았다. 그녀와 그는 제게 아무런 말도 하지 않았지만, 레오는 눈빛만으로 모든 상황을 알 수 있었다. 뭔지 모를 감정이 울컥울컥 치밀어 올랐고, 가슴속의 불안함이 혈관을 타고 심장을 뛰게 했다.

'아니겠지? 아닐 거야.'

눈앞의 상황을 부정하고 싶었지만, 혼자 부정한다고 해서 사실이 거짓이 되는 건 아니었다. 명석과 대화를 마친 규리가 그를 향해 다가왔다. 자신을 바라보는 규리의 눈에는 명석을 보던 눈과는 달리, 미안함이 가득 담겨 있었다. 레오는 저도 모르게 뒷걸음질을 쳤다.

"저기…… 레오야."

그녀가 무슨 말을 하기 위해 자신에게 다가오는지 알 것 같았다. 그래서 듣고 싶지 않았다. 들을 수가 없었다.

"나 잠깐 할 얘기가 있는데……."

"촬영……."

"어?"

레오는 그녀의 이야기를 듣지 않기로 마음먹었다.

"지금 바빠. 촬영하러 가야 돼."

"저기, 잠깐이라도……."

"할 말 있으면 나중에 해."

레오는 싸늘하게 말한 뒤, 규리와 명석을 지나쳐 앞서 걸었다. 그녀가 대답해 주기로 약속한 시간은 아직 하루나 남았고, 그 안에 그녀의 마음을 돌리면 된다. 그 전까지는 절대 그녀의 말은 듣지 않을 거다. 내가 아닌 다른 남자를 선택했다는 말은, 절대로.

＊

서울의 한 고급 빌라 앞.

"젠장. 개미 새끼 한 마리 안 보이는군."

신 기자는 검게 선팅된 승용차 안에 탄 채 빌라를 올려다보며 중얼거렸다. 제작 발표회 이후 벌써 며칠째, 후배들 기사 날치기한다는 말에 잔뜩 열 받은 신 기자는 레오의 집 앞에서 뻗치기 중이었다. 레오가 자신의 심기를 거스르는 말만 하지 않았어도 이렇게 독기를 품고 그의 스캔들에 혈안이 되지는 않았을 거다. 어렸을 때부터 미국에서 주로 생활해 온 레오는 회사에서 지급한 집 외에는 머물 곳이 없었다. 레오는 촬영 때를 제외하고는 거의 집에 붙어 있는 집돌이라고 알려져 있었다. 그 나이 남자들이 자주 찾는 클럽도, 술집이나 연예인들의 홈 파티에도 가지 않았다.

그래서 집에 처박혀 있는 건 이상한 일이 아니었다. 하지만 거의 몇 주 동안 집 밖으로 안 나오는 건 좀 이상했다. 아무리 집돌이라도 집 앞 편의점 정도는 갈 텐데 말이다. 그런데 어제 확실히 이상하다는 촉이 왔다. 어제는 〈오늘 밤만 재워줘〉 촬영이 시작되는 날이었다. 그런데 짐을 싸들고 빌라 밖으로 나와야 할 레오가 아무리 기다려도 나오지 않은 것이다. 물론 매니저도 오지 않았고 말이다. 그래서 신 기자는 하나의 결론에 도달했다.

"레오는 이 집에서 살지 않는다."

한국에는 가족도 친구도 없다고 했다. 그나마 레오와 친하게 지내는 연예인들은 스케줄에 치일 정도로 바빴다. 고로 그는 지금 가족도 친구도 동료도 아닌 다른 사람의 집에 머물고 있다. 그리고 그곳은 바로.

"첫사랑의 집."

꼬리에 꼬리를 물던 신 기자의 생각이 거기에 닿았을 때, 전화벨이 울렸다. 회사 후배 녀석이었다.

"왜?"

[선배. 제보 게시판 보셨어요?]

후배의 목소리가 다급했다. 대단한 특종이라도 잡았다는 듯.

"뭔데?"

[사이트 접속해서 직접 보세요.]

"왜 이렇게 급해?"

[한 시간 뒤에 제보자 만나기로 했으니까 그쪽으로 오세요. 위치, 문자로 보내놓을게요.]

얼마나 대단한 제보인지, 후배 녀석은 다급하게 전화를 끊었다. 신 기자는 곧장 제보 게시판에 접속했다. 관리자 아이디와 비밀번호를 누르고 잠시 기다리자, 한 줄짜리 제목이 그의 시선을 사로잡았다.

—우리 동네에서 오레오를 목격했어요. 동영상 有

오레오 동영상? 무슨 동영상일까?

게시 글을 클릭하는 잠깐 사이 신 기자의 목울대가 크게 울렁였고, 그는 빠르게 글을 읽어 내려갔다.

—얼마 전부터 우리 동네에 엄청 좋은 차가 돌아다니기에 뭔가 함. 근데 그냥 좋은 차가 아니라 영화 트랜스포머에 등장할 만한 그런 차임. 직접 보면 눈 돌아감.

글은 차에 대해 꽤 길게 설명을 하고 있었고, 신 기자는 그 차의 주인이 레오라는 걸 쉽게 알 수 있었다.

—근데 그 차에서 오레오가 내림. 실물은 생각보다 별로였음. 암튼 각설하고. 그날 밤에 시끄러워서 밖에 나가보니 오레오가 글쎄 웬 집에서……! 이제부터는 말로 설명 못 함. 동영상 ㄱㄱ

글을 끝까지 읽은 신 기자는 궁금증이 치밀어 올라 두 손에 땀이 솟기까지 했다. 그는 빠르게 영상을 플레이시켰고, 잠시 후. 그의 눈은 튀어나올 듯 커졌다. 오레오가 이런 발칙한 짓을 하고 돌아다녔다니! 신 기자는 서둘러 후배가 보내준 주소를 내비게이션에 찍고 시동을 걸었다.

"오레오. 이제 넌 내 발바닥 밑이다."

액셀을 밟는 신 기자의 얼굴에는 승리의 미소가 걸려 있었다.

*

목장으로 향하는 길. 규리를 만난 이후 레오는 아무 말도 없이 앞서 걷기 시작하더니, 이젠 명석과 꽤 거리가 벌어져 있었다. 그를 불러 함께 걸어갈까 고민하던 명석은 그냥 두기로 했다. 이제는 레오와 좋은 관계를 유지하는 게 불가능하다고 느꼈기 때문이다. 솔직히 레오와 자신은 이상하리만치 사이가 좋았다. 한 여자를 사이에 둔 남자들로서는 있을 수 없는 관계였다. 으르렁거리면서도 서로를 걱정했고, 투닥거리면서도 같은 처지의 상대를 위로했다. 하지만 이젠 그 관계도 끝을 내야 한다.

규리의 마음은 정해졌고, 자신은 선택을 받았고, 레오는 버림을 받을 테니 예전과 같은 관계는 유지될 수 없다. 이젠 자신과 레오는 같은 처지가 아니니까. 목장으로 향하는 레오의 뒷모습을 촬영하며 따라가고 있을 때, 저 앞에 스태프들이 보였다. 외부 촬영 팀들이었다. 명석이 다가가 인사를 건네려는데, 그들이 속닥거리는 소리가 들려왔다.

"그 얘기 들었어?"

"무슨 얘기?"

스태프는 아주 대단한 비밀 이야기라도 하려는 듯, 목소리를 낮추고 속삭였다.

"오레오 첫사랑이 막내 작가래."

순간 명석의 머리카락이 쭈뼛 섰다.

"에이, 아니야. 신해연 작가가 첫사랑이라던데?"

"아니라니까. 어제 서가을이 막내 작가한테 자기 방 청소를 시켰대."

"그런데?"

"그런데 오레오가 들어와서 그걸 왜 애한테 시키냐면서 난리난리 치더니, 결국 막내 작가 손을 잡고 나가 버렸다는 거야!"

"정말?"

"나가면서 레오가 직접 말했대. 자기가 막내 작가 좋아하니까 함부로 대하지 말라고."

"와. 오레오 박력 쩌는구만."

"야, 근데 막내 작가 대단하지 않냐? 순진해 보이더니 뒤로 오레오를 만나고 다니고?"

"그러게. 걔 별로 예쁘지도 않던데. 돈이 많은가?"

그들의 이야기를 들은 명석은 두 주먹을 꽉 쥐었다. 명석은 틈만 나면 레오에게 조심하라고 말했다. 레오는 행동 하나에, 오가는 대화 한마디에, 하물며 스치는 눈빛 하나만으로도 스캔들을 만들 수 있는 사람이었으니까. 그런 그가 첫사랑을 공개한 것만으로도 기자들이 눈에 불을 켜고 달려들고 있는데, 스태프들 앞에서 규리의 손을 잡았다니! 좋아하는 사람이라고 공개를 해버렸다니!

이렇게 된 이상, 소문이 도는 건 시간문제였다. 그리고 소문의 핵심은 레오가 아닌 규리가 될 것이었다. 지금도 저들의 입방아에 오르내리는 건 레오가 아닌 규리였다. 아무리 스태프들에게 입단속을 시킨다고 해도 소용없는 짓일 거다. 소문은 삽시간에 퍼질 거고, 있지도 않은 사실이 보태져 온 세상에 까발려질 거였다. 그렇다고 저들을 가만히 보고만 있을 수도 없었다. 명석은 신나게 수다를 떨고 있는 스태프들에게 다가갔다.

"어? 피디님?"

"프로그램 잘되고 있는데, 괜한 헛소문 퍼뜨리지 마."

"예? 아, 저희 얘기 들으셨구나. 근데 헛소문 아니에요. 오 작가가 직접 본 ……."

"감귤 남자친구 따로 있어."

"진짜요?"

순간 스태프들의 눈이 커졌다.

"그러니까 쓸데없는 소리 떠들지 마."

명석은 저 멀리 걷고 있는 레오를 사납게 노려보며 발걸음을 옮겼다.

＊

촬영을 시작한 지 한참이 지났지만 분위기는 살벌했다. 레오는 말없이 일만 했고, 명석은 인터뷰도 없이 주구장창 촬영만 했다. 평소 같았으면 명석에게 징징대며, '감독님이 좀 하세요. 체인지!'라며 장난을 쳤을 테지만, 지금은 그럴 기분이 아니었다. 레오의 머릿속에는 아까 규리의 모습으로 가득 들어차 있었다. 복숭앗빛으로 물든 두 뺨, 수줍음을 한껏 머금은 미소, 그리고 보석같이 반짝이는 두 눈동자까지. 레오는 그렇게 예쁜 규리의 얼굴은 처음 보았다. 그런데 왜 그 얼굴은, 그 미소는, 그 눈동자는 자신이 아닌 명석을 향하고 있는 것일까?

화가 났다. 질투가 났다. 분노가 치솟았다. 20년을 한결같이 너만 사랑했는데, 왜 너의 선택은 내가 아닌 저 남자란 말인가? 레오는 부정하고 있었다.

'아냐. 규리가 그럴 리가 없어. 그리고 난 아직 아무 말도 못 들었잖아?'

그녀에게 그 어떤 말도 듣지 못했지만, 또 그 어떤 말도 듣고 싶지 않았다. 레오는 천연덕스럽게 촬영만 하는 명석을 죽일 듯 쏘아보았다. 순 제멋대로에, 성격도 더럽고, 수염도 거지 같은 남자가 뭐가 좋다고! 도대체 내가 계 감독님한테 밀리는 게 뭐라고! 왜 내가 아닌 계 감독님인 거야! 계 감독님만 없었어도! 자신과 규리 사이에 계 감독님만 튀어나오지 않았어도 이런 일은 없었을 거다! 지금쯤 규리와 행복한 시간을 보내고 있을 텐데!

어느새 레오의 숨소리가 거칠어졌다. 삽을 들고 있는 레오의 손에 힘이 잔뜩 들어갔다. 그리고 퍽! 소똥을 가득 푼 삽이 삐끗하더니 명석의 발에 소똥이 툭 떨어졌다. 명석은 살벌한 눈으로 발밑에 떨어진 소똥과 레오를 번갈아 쳐다봤지만, 레오는 쳐다보지도 않고 삽질만 계속했다. 실수였겠거니, 그렇게 생각하며 촬영을 이어가는데. 다시금 소똥이 날아오더니, 이번에는 명석의 바지를 더

럽히는 게 아닌가?

"오레오. 이게 뭐 하는 짓이야?"

어쩐지 실수가 아니라는 생각이 들어 쏘아붙이자 레오가 대수롭지 않다는 듯 어깨를 으쓱이며 말했다.

"실수예요. 삽질을 하도 했더니, 손이 다 후들거려서."

"흐음."

평소 같지 않게 불만 가득한 말투에, 하늘로 치솟은 눈초리. 딱 봐도 고의성이 다분해 보였지만, 대놓고 실수라고 말하는데 뭐라고 더 따질 수도 없었다. 명석은 대충 옷을 털고 다시 촬영에 집중했다. 그런데 그때 레오가 들고 있던 삽이 하늘을 향하더니, 삽 위에 잔뜩 쌓여 있던 소똥이 명석의 머리 위로 날아오는 게 아닌가! 그리고 철퍼덕— 소똥과 오줌 그리고 흙과 톱밥이 섞인 불순물이 명석의 머리카락을 타고 내려와 그의 얼굴을 더럽혔다.

"하!"

명석은 제 눈을 가리고 있는 소똥을 닦아 내고 레오를 노려봤다. 그러자 레오가 자신을 보며 씨익 웃는 게 아닌가! 안 그래도 아까 스태프들의 이야기를 듣고 레오에게 화가 나 있는 상태였다. 그걸 꾹꾹 참고 촬영에만 집중하고 있었는데, 감히 날 도발해?

"지금 이게 뭐 하는 짓이야!"

"제가 뭘요?"

"나한테 지금 똥 던졌잖아!"

"전 그런 적 없어요. 왜 하필 거기 서 계셔서."

"뭐? 사과해."

"잘못한 게 없어서 사과를 못 하겠네요."

"이 자식이!"

결국 화를 참지 못한 명석이 레오를 향해 주먹을 날렸다. 그러자 퍽— 레오가 그대로 바닥으로 꼬꾸라져 버렸다. 바닥에 쓰러진 레오가 매서운 눈으로 명석을 쏘아보았다. 온몸에 소똥이 묻고 지린내와 구린내가 동시에 진동했지만, 레오는 그딴 것 따위 신경 쓰지 않고 자리에서 일어나 명석에게 향했다.

"야아압!"

그리고 퍽! 레오는 자신이 맞았던 주먹을 그대로 대갚음해 주었다.

"해보자는 거냐?"

소똥 위에 쓰러진 명석이 레오를 날카롭게 노려보며 물었다.

"하아. 시작은 감독님이 하셨잖아요."

"말은 똑바로 해라. 시작은 네가 했지. 어제부터. 하압!"

명석의 주먹이 레오를 향했고, 명석은 소똥 덩어리에 쓰러진 레오의 몸 위에 올라탔다. 그리고 퍽– 퍽– 퍽– 레오를 향해 주먹을 날렸고, 레오는 필사적으로 그의 주먹을 막아 냈다.

"너 이 자식! 내가 행동 조심하라고 했지! 너 때문에 지금……!"

"이야아아!"

명석이 말하는 사이. 레오가 그를 넘어뜨렸고, 이번엔 레오가 그의 몸 위에 올라탔다.

"감독님이 뭔데 저한테 훈계질입니까!"

퍽! 퍽! 퍽! 레오의 주먹이 명석의 얼굴을 강타했고, 다시금 명석이 레오의 몸 위에 올라탔다.

"네가 어제 한 짓 때문에, 네 첫사랑이 누군지 알려졌다고!"

빙그르– 또다시 레오가 명석의 배를 깔고 앉았다.

"잘됐네요! 이제 남들 눈치 안 보고 규리한테 다가가도 되니!"

"뭐라고!"

명석이 퍽– 레오의 가슴을 밀쳐 내자, 레오가 끄응 소리를 내며 소똥 위에 벌러덩 쓰러졌다.

"넌 네 감정만 중요하고, 규리 입장은 생각도 안 하는 거냐?"

명석은 레오의 멱살을 쥐고 물었다.

"네! 전 제 감정이 더 중요합니다!"

"뭐? 이 자식이!"

"저한텐 규리가 제 여자가 되는 게 더 중요하다고요!"

"개새끼!"

명석은 부들부들 떨릴 정도로 꽉 쥔 주먹을 그에게 날렸다. 두 남자는 엎치락뒤치락하며 소똥 위를 굴렀고, 한 무리의 소들은 음메음메 울어 대며 그들의 쌈박질을 구경했으며, 저 멀리까지 진동하는 소똥 냄새를 맡은 누렁이는 왈왈 사납게 짖어 댔다. 그때였다. 저 멀리 규리를 비롯해 서준과 지연 그리고 승후가 축사를 향해 달려오고 있었다.

"계명석! 오레오! 큰일 났어!"

서준이 외쳤지만, 주먹다짐을 하고 있는 명석과 레오에게 그 소리는 전혀 들리지 않았다. 축사 앞에 도착한 그들은 소똥 위를 뒹굴며 치고받는 두 사람을 보고 깜짝 놀라고 말았다.

"야! 계명석, 오레오! 지금 뭐 하는 짓들이야?"

서준이 외치고,

"계 팀장, 오 배우! 그만두지 못해?"

지연이 말리고,

"팀장님, 오 배우님, 지금 이러고 있을 시간이 없다고요!"

승후가 소리쳐도 서로에게 들러붙은 명석과 레오는 떨어질 줄 몰랐다. 멀쩡하게 싸우고 있으면 달려붙어 말리기라도 할 텐데, 왜 하필 소똥을 뒤집어쓰고 저러는 건지. 하늘같이 존경하는 선배라지만 승후는 오물을 뒤집어쓴 명석을 말리지 못했고, 애지중지 아끼는 후배라지만 서준은 구린내가 진동하는 레오 옆에 가고 싶지도 않았다.

"싸우려면 밖에 나와서 싸우지, 왜 소똥 위에서 저 지랄들이야!"

서준이 소리치고 모두 발만 동동 구르고 있을 때, 수도에 연결되어 있는 호스를 발견한 규리가 후다닥 뛰어갔다. 규리는 수도꼭지를 돌려 물을 튼 후, 두 남자를 향해 물을 뿌렸다. 쏴아아아— 호스 끝에서 물줄기가 시원하게 뻗어나 갔고, 갑작스러운 물벼락에 두 남자는 싸움을 멈췄다.

"뭐야?"

"누구야?"

두 남자가 서로의 몸에서 떨어져 나가자, 규리는 물을 잠그며 외쳤다.

"지금 싸우고 있을 때가 아니라고요!"

규리의 외침에 얼굴에 소똥범벅을 하고 있는 두 남자가 눈을 깜빡였다. 까만 소똥을 뒤집어써서 하얀 눈동자만 얼굴에 둥둥 떠다니고 있었다.

"오레오! 너 스캔들 터졌어!"

서준의 말에 놀란 레오와 명석이 동시에 규리를 쳐다봤다. 그러자 규리가 얼굴 가득 걱정스러운 표정을 담고 고개를 끄덕였다. 그렇게 꽁꽁 싸맸던 것이, 그렇게 걱정했던 일이 결국은 터져 버리다니.

"하아."

"젠장."

명석과 레오는 허공을 향해 낮게 중얼거렸다.

"신 기자가 결국 터트렸어."

규리 옆에 서 있던 서준이 한마디 했다.

망할 놈의 신 기자! 그렇게 조심했는데, 도대체 어떻게 안 거지? 스캔들이 터져도 스태프들 입소문에서 번질 줄 알았는데, 예상치 못한 신 기자를 통해서 라니!

레오는 걱정스러운 눈으로 규리를 바라보았다. 안절부절못하는 그녀를 보자 후회가 밀려왔다. 더 조심했어야 했는데. 더 신경 썼어야 했는데! 너무 자신의 감정만 생각했다.

"지금 실검에 오르고 난리도 아냐."

"방송국 홈피도 마비됐대요."

"동영상까지 떠서 빼도 박도 못하게 생겼는데, 이 일을 어쩔 거야?"

지연과 승후가 순서대로 상황을 말해 주었다. 동영상이라는 말에 레오가 눈을 동그랗게 뜨고 서준을 쳐다봤다.

"동영상이라뇨? 무슨 동영상이요?"

그런 게 있을 리가 없지 않은가? 아무리 기억을 되짚고, 생각에 생각을 해보려고 해도 동영상이 될 만한 건 떠오르지가 않았다. 그나마 의심이 가는 건, 제작 발표회가 끝난 후 규리에게 입맞춤한 것뿐이었다. 하지만 그때 신 기자는 신문사에 있었고, 그곳에는 아무도 없었다. 동영상이라는 말에 명석은 죽일 듯이 레오를 노려봤고, 레오는 걱정스러운 눈으로 규리를 바라보았다. 그리고 그때.

"너희들 이제 어떡하냐?"

서준이 말했다. '레오'와 '명석'을 번갈아 쳐다보며 말이다. 명석은 서준의 시선 처리가 어쩐지 마음에 걸렸다. 그리고 왜 저런 기분 나쁜 눈빛으로 쳐다보는 건지.

"너희들이라니? 그게 무슨 소리야?"

서준의 말을 이해하지 못한 명석이 묻자, 그가 과장된 몸짓을 하며 말했다.

"일하다가 정들 수도 있어. 요즘 그거 흠 아니다? 사람들 인식도 많이 바뀌었잖아?"

"흠? 인식? 뭔 소리야?"

"괜찮아. 이미 다 알려졌고, 우린 다 이해해. 그러니까 우리한테까지 숨길 필요 없어."

"선배님. 그게 무슨 말씀이신지."

"나 그렇게 꽉 막힌 사람 아니야. 여기서까지 연기할 필요 없다니까."

레오와 명석이 영문을 모르겠다는 눈으로 쳐다보자, 서준이 말했다.

"너희 둘이 사귄다며?"

서준의 손가락이 정확히 '레오'와 '명석'을 가리키자.

"미쳤어? 내가 얘랑 사귄다고?"

명석이 식겁했고.

"선배님! 저 여자 좋아하거든요!"

레오가 기겁했다.

"그리고 감독님은 제 취향 아니에요!"

"넌 뭐 내 취향이냐?"

서로 으르렁대자 서준이 고개를 갸웃대며 말했다.

"그럼 그 동영상은 뭐지?"

서준은 핸드폰을 꺼내 동영상을 플레이시켰고, 동영상을 확인한 두 남자는 할 말을 잃고 말았다.

※

밤하늘에 휘영청, 달이 참 예쁘게도 떴다. 감성 돋는 빨간색 타프가 바람결에 펄럭였고, 꼬마전구가 빌라 옥상을 밝게 수놓고 있었다. 사랑 고백하기 딱 좋은 분위기. 그 분위기에 취한 듯, 레오가 외쳤다.

[제가 더 사랑해요!]

그의 열렬한 사랑 고백을 듣고 있는 사람은 다름 아닌 명석이었다! 충격적인 사랑 고백에 놀랐을 만도 한데, 명석은 차분하게 그의 고백을 받아들인다.

[웃기지 마. 내가 더 사랑해.]

감미로운 그의 목소리는 밤바람과 어우러져 묘한 분위기를 자아냈고, 두 남자 사이에 끈적한 눈빛이 오고 갔다. 레오가 명석을 애처롭게 바라보았다. 레오는 명석을 안고 싶기라도 한 듯, 손을 들었다. 하지만 닿으면 금방 사라지는 신기루라도 되는 듯, 가느다란 손은 선뜻 그를 잡지 못하고 허공을 맴돌았다. 결국 닿을 수 없음을 깨달은 손은 털썩 바닥을 향해 곤두박질쳤다.

[착각하지 마세요. 제가 더 사랑해요.]

읊조리는 그의 목소리는 슬픔에 잠겨 있었다. 마치 이루어질 수 없는 사랑을 알기라도 한 듯. 하지만 슬픔도 잠시. 명석이 확신이 가득 들어찬 두 눈으로 레오를 바라보며 외쳤다.

[내 마음 들어가 봤어? 내가 더 사랑한다고!]

세상이 허락지 않은 사랑! 그러나 명석은 사람들의 눈총과 손가락질을 모두 막아줄 듯, 든든한 눈빛으로 레오를 바라보았다.

"레오는 엷게 미소를 지었고, 명석은 만족스럽다는 듯 고개를 끄덕였다……."

레오와 명석은 동영상을 보는 내내 혼자 심취해 내레이션을 까는 서준을 노려봤다.

"자! 이걸 보고도 너희가 그런 사이가 아니라고 발뺌할 거야?"

서준은 확신에 찬 목소리로 물었고, 명석과 레오는 어이가 없어 헛웃음만 흘렸다. 동영상은 〈오늘 밤만 재워줘〉 첫 방송 때, 규리네 빌라 옥상에서 명석과 레오가 투덕거리는 장면을 찍은 것이었다. 각도를 보아하니 반대편에 있는 건물에서 그들을 목격하고 찍은 것 같은데, 규리를 사이에 두고 '내가 더 사랑해!'라며 싸우던 장면이 어떻게 두 남자의 가슴 절절한 사랑 고백으로 둔갑할 수 있는 건지, 그저 놀라울 따름이었다.

"형. 이거 몰카야? 가을이랑 짰어?"

명석이 보기엔 몰카에 가까운 상황. 어떻게 고작 이런 영상 하나로 실검 1위를 차지하고, 레오와 자신이 그렇고 그런 사이로 오해받을 수 있단 말인가?

"몰카 같은 소리 하고 있네. 지금 아주 그냥 난리가 났다고."

서준이 더 설명할 필요도 없었다. 지연의 핸드폰이 요란하게 울렸기 때문이다.

"흠. 국장님이야."

심각한 지연의 표정을 보자 그제야 사태 파악이 된 명석의 얼굴이 굳어졌다.

"뭐야. 설마 선배도 나랑 얘랑 그런 사이라고 생각하는 건 아니죠?"

명석이 물었지만, 지연은 그를 아래위로 쳐다보기만 할 뿐 대답이 없었다.

"선배!"

"알았어. 암튼 아니라는 거지?"

"당연하죠!"

"그렇게 보고할게. 전화받는다? 예. 국장님."

지연은 전화를 받으며 축사를 빠져나갔고, 명석은 그런 지연의 뒷모습을 보며 억울함에 가득 차 손짓을 해댔다.

"이게 어딜 봐서 애랑 나랑 스캔들 날 영상인데?"

명석이 묻자 서준이 '질문 한번 잘했다'라는 표정을 지으며 말했다.

"이것 봐봐. 이 눈빛! 레오를 보는 네 눈에서 꿀이 뚝뚝 떨어지잖아?"

하아, 정말! 한 대 털려서 피가 뚝뚝 떨어져 봐야 정신 차리나?

"형. 안과 가 봐야 하는 거 아냐? 적목 현상 때문에 눈만 동동 떠다니는데, 무슨 꿀이 떨어져?"

명석이 논리적으로 타박했지만, 서준은 멈추지 않았다.

"그럼 이건 어떻게 설명할 건데? 오레오! 너 이 손길. 닿을 듯 말 듯, 간절하게 명석을 향하는 네 손길 어떻게 설명할 거냐고?"

이게 무슨 말인지 방귀인지. 서준 선배 왜 이래?

"선배님! 이게 무슨 간절한 손길이에요. 한 대 확 치고 싶어 하는 손길이지."

명석이 노려보자, 두 남자 사이에 다시금 스파크가 파바박 일었다. 서준은 그 장면을 놓치지 않고 지적했다.

"이것 봐! 지금도 서로 눈빛 교환하는 거!"

"그런 거 아니래도 그러네!"

"아, 정말 아니라니까요! 선배님!"

명석과 레오가 거칠게 항의하자, 서준은 눈을 가늘게 뜨며 옆에 있던 승후에게 말했다.

"너희는 먼저 돌아가."

"예? 같이 안 가시고요?"

"난 애들이랑 얘기 좀 하고 갈게. 아주 솔직하고 진솔하게."

서준은 명석과 레오가 후배들 앞이라 마음을 터놓지 않는다고 생각하고, 승후와 규리를 먼저 돌려보냈다.

"아, 그럼 저희 먼저 가보겠습니다. 가자, 규리야."

승후가 규리의 소매를 끌어당기자 명석의 눈에 불이 활활 타올랐고.

"으응. 그럼 얘기 나누고 오세요. 아이쿠."

걸음을 옮기다 삐끗한 규리가 승후의 손을 잡자, 레오의 주먹이 불끈거렸다. 승후가 규리를 붙잡고 축사에서 나가자, 서준이 그들을 돌아보며 속삭였다.

"자, 이제 허심탄회하게……."

"허심탄회는 개뿔!"

"선배님, 자꾸 이러시는 거 불쾌합니다!"

두 남자는 동시에 꽥 소리를 질러 버렸다.

*

"정말 아니라는 거지?"

"아니래도! 진짜 몇 번을 묻는 거야? 물이나 좀 뿌려봐."

명석이 웃통을 벗으며 말하자, 서준이 호스의 물을 틀었다.

"그러니까 명석이 넌 정말 아니……."

"아냐! 아냐! 아니라고!"

"아니면 아니지 왜 소리는 지르고 지랄이야!"

사실 지금 명석의 귀에는 서준의 말 따위 들리지 않았다. 오로지 승후에게 에스코트를 받으며 축사를 빠져나가는 규리의 뒷모습만 아른거릴 뿐. 소똥 밭을 구르는 장면을 보여준 것만으로도 쪽팔려 죽겠는데, 난데없이 스캔들까지 터졌다. 그것도 오레오와 말이다. 그 사실만으로도 미치고 팔짝 뛰겠는데, 내 감귤이 승후의 손을 잡고 가다니! 박승후 이 자식을 가만두나 봐라!

명석은 지금 당장 규리에게 달려가 모든 상황을 설명하고, 그녀를 꼭 껴안고 싶은 마음뿐이었다. 그런데 현실은 소똥 목욕. 내 몸은 이미 소똥 냄새로 가득! 일단 씻고 움직일 생각으로 샤워를 시작했다. 이 추운 초겨울, 축사에서, 소들이 보는 앞에서 옷을 훌훌 벗어 던지고 말이다.

"저 성격 더러운 자식. 선배한테 소리나 꽥꽥 지르고, 아래위도 없는 놈. 야, 레오야. 넌 솔직히 말해야 된다. 계명석 저 싸가지 없는 자식이랑 무슨 사이냐?"

서준이 묻자, 레오가 냉정하게 대답했다.

"선배님. 저희 회사 법무팀 실력을 시험하게 하지 마세요."

레오의 싸늘한 말에 서준은 눈을 흘기며 물을 뿌렸다. 축사에는 물 뿌리는 소리만 들렸고, 서준은 웅얼거리며 후배 녀석들을 노려봤으며, 명석과 레오는 말없이 몸을 닦았다.

"그렇게 닦아서 피부 벗겨지겠냐? 더 빡빡 밀어라, 빡빡."

저기압인 후배님들께서 아무런 대꾸도 없으시자, 괜히 심통이 난 서준은 저 구석의 송아지를 불러와 대화를 하기 시작했다.

"아이구. 이 자식들 때문에 집에도 못 들어가쪄요? 아이고 억울해라."

아까는 소똥을 치운다는 핑계로, 이번에는 자기들 목욕한다는 이유로 소를 구석에 몰아 두니 집에 못 들어간 소들이 음메음메 울어 댔다.

"이것들이 송아지 목욕은 못 시켜줄망정 자기들이 목욕하고 앉았쪄?"

아무것도 모르는 송아지는 그들 곁에 다가와 맑고 깊은 눈동자로 목욕하는 몸을 훑어보기까지 했다.

"그러니까 미리미리 연애 좀 하지. 여자를 하도 안 만나니까 그런 소문이 도는 거지. 그치? 송아지야, 너는 나중에 크며 좋은 암컷 만나렴."

서준은 명석과 레오의 몸을 힐끔 쳐다보며 송아지에게 말했다.

"저 형아들처럼 물건 썩히지 말고. 아니. 보기만 멀쩡한 건가?"

"형!"

"선배님!"

"왜? 뭐? 내가 틀린 소리 했어? 사내자식들이 클 만큼 컸으면 연애도 좀 하고, 좋은 사람도 만나고 해야지!"

그는 명석과 레오의 하체를 쳐다보며 당당하게 외쳤다.

"특히 오레오, 너! 넌 그 비주얼에 연애 안 하는 거 반칙이야! 그 얼굴로 연애 안 할 거면 나 줘."

서준이 계속 쓸데없는 소리를 해대자, 레오가 촉촉하게 젖은 머리를 뒤로 넘기며 발걸음을 옮겼다.

"야! 넌 하늘 같은 선배님 말씀을 귓등으로도 안 듣냐? 그 얼굴 안 쓸 거면 나 달라고!"

레오는 서준의 말은 들은 척도 하지 않고 축사 밖으로 나가 버렸고, 명석은 그런 녀석의 뒷모습을 매섭게 쳐다봤다.

"야, 쟤 뭔 일 있냐?"

그제야 분위기가 이상하다는 걸 눈치챈 서준이 물었다.

"뭔 일은."

"너희는 왜 싸운 거야?"

"몰라도 돼."

"설마 사랑싸움을 한 건……."

"아니라니까! 그만 좀 해!"

"알았어. 왜 신경질이야. 근데 그럼 왜 싸운 건데?"

아무리 친한 형이라고 해도 왜 싸웠는지 말할 수는 없었다. 명석이 입을 닫아 버리자, 그의 성격을 잘 알고 있는 서준이 말을 돌렸다.

"너도 이 자식아, 연애 좀 해."

"해. 할 거야."

이제 막 연애를 시작했지만, 그래서 모르는 사람을 붙잡고 '내 여자가 감귤이다!'라고 외치고 싶은 심정이었지만 그럴 수 있는 입장이 아니었다. 아직 규리와 레오의 사이가 정리되지 않았으니까. 레오는 아직 홀로 될 마음의 준비가 되지 않았고, 규리는 그런 레오에게 자신의 마음을 억지로 뱉어 내고 싶지는 않을 거였다. 그래서 명석은 기다려 주기로 했다. 그것이 남겨질 자에 대한 예의인 것 같아서 말이다.

"하긴. 그 수염 깎기 전까진 연애는 꿈도 못 꾸겠지만."

난데없는 수염 공격에 명석의 반듯한 이마에 주름이 잡혔다.

"무슨 소리야?"

"몰랐어? 여자들 수염 기르는 남자 싫어해."

"말도 안 되는 소리."

'내 감귤은 좋아만 하던데?'

명석은 그렇게 생각하며 서준을 비웃었다.

"얘가 여자를 몰라도 한참 모르네. 여자들은 수염 있는 남자 싫어해. 극혐한다고."

"글쎄 아니라니까."

"아이고. 이러니 연애를 못하지. 열이면 아홉은 수염 싫어해."

"왜? 왜 싫어하는데?"

명석이 자신감 충만한 투로 물었다. 사실 이렇게까지 말하고 싶진 않았지만, 어쨌든 그는 수염이 있는 상태로 얼굴 천재 오레오를 이긴 남자였다. 그러니 자신만만할 수밖에. 의기양양하게 서준을 쳐다보자, 그가 아주 명쾌하게 대답했다.

"키스할 때 따갑거든."

"……!!!"

순간 명석의 뒷골이 띵해졌다. 키스할 때 따갑다니! 몰랐다! 전혀 생각지도 못한 이유였다! 이런 멍청한 놈! 매너라고는 눈곱만큼도 없는 놈!

"나 예전에 수염 길렀을 때, 만나던 여자가 키스를 못 하게 하더라고."

"왜?"

"수염이 까슬까슬해서 아프다고."

"까슬? 아파?"

"남자는 모르는데, 여자들은 피부도 약하고. 암튼 싫어하더라고. 그것도 엄청."

명석은 오늘 새벽 규리와 나눴던 키스를 떠올려 보았다. 생각만 했을 뿐인데, 심장이 몽글몽글해지고 두둥실 꽃길 위를 걷는 기분이 들었다. 그녀가 앞에 있으면 당장 입을 맞추고 싶을 정도로. 그런데 그때, 규리가 숨을 못 쉬겠다며 자신을 밀어 냈다.

'설마. 그래서 아까 날 밀쳐 낸 건가? 수염이 너무 까칠하고 싫어서? 감귤의 그 여린 피부에 내가 무슨 짓을 한 거야! 이 수세미 같은 수염이 도대체 무슨 짓을 한 거냐고!'

이제부터 감귤이 키스하기 싫다고 하면? 키스를 거부하면……?

"그래서?"

"뭐가?"

"그래서 그 여자랑 어떻게 됐냐고?"

"어떻게 되긴, 헤어졌지."

남녀 사이에 키스가 어쩌고저쩌고. 다 큰 성인이 키스 없이 어떻게 뽀뽀만으로 사느냐 어쩌고저쩌고. 서준의 연애론이 펼쳐졌지만, 명석의 귀에는 하나도 들리지 않았다.

"그럼 난 어떡해? 수염 있으면 키스도 못 하는 거야?"

"뭐…… 한 번은 할 수 있지 않을까? 여자가 잘 몰랐으면?"

규리는 첫 키스 같던데. 그럼 한 번이 아까 그 한 번?

"안 돼!"

"깜짝이야. 왜 소리는 지르고 난리야?"

"형!"

"왜!"

매력 포인트는 개뿔! 남성미는 쥐뿔!

"면도기 있어?"

명석은 오늘부로 5년 넘게 애지중지 길러온 수염과 이별하기로 했다. 감귤과의 키스를 막는 수염 따위는 전혀 필요가 없으니까.

＊

축사에서 나온 레오는 곧장 촬영장으로 향했다. 차가운 바람이 그의 젖은 몸을 훑고 지나갔지만, 레오는 추위 따위 느끼지 못했다.

"네가 어제 한 짓 때문에, 네 첫사랑이 누군지 알려졌다고!"

자신의 다그치는 명석의 목소리가 아직도 그의 귓가를 맴돌았고.

"잘됐네요! 저한텐 규리가 제 여자가 되는 게 더 중요하다고요!"

이기적인 자신의 대답이 그의 심장을 고통스럽게 내리찍었다. 아니다. 진심에서 나온 말이 아니다. 욱해서, 자신을 타박하는 명석의 태도에 욱해서 튀어나온 말이다. 규리를 두고 내가 그런 생각을 했을 리가 없다. 너의 마음보다 내마음이 더 중요하다고 생각한 적 없다. 널 갖고 싶어 하는 내 마음이, 그를 갖고 싶어 하는 너의 마음보다 위에 있다고 여긴 적은 결코…….

"하아."

긴 한숨 끝에 하얀 입김이 새어 나와 차가운 공기와 맞부딪쳤다.

"거짓말은 하지 말자, 오레오."

스스로를 속이고 싶지 않았다. 규리의 마음보다, 자신 마음이 우선이었다. 겉으로는 그녀의 마음을 존중하고 그녀의 상황을 배려하고 있는 것처럼 보였지만, 그 안에는 '결국 네 고민의 끝은 나야.'라는 오만이 깔려 있었다. 인정하고 싶지 않았지만…… 결국 인정할 수밖에 없는 일. 그녀의 마음이 내가 아닌 다른 남자를 향했다는 것. 아무리 고집을 부려봐야 달라질 건 없을 거다. 이미 규리의 눈은 이별을 말하고 있었으니까.

생각에 잠겨 걷고 있던 레오가 주춤 걸음을 멈췄다. 한 아름의 수건을 들고 이쪽을 향해 걸어오는 규리의 모습이 보였기 때문이다. 그녀는 단지 수건을 들고 있을 뿐인데, 왜 이렇게 마음이 요동치듯 흔들리고 질투하듯 타오르는 것인지. 레오는 격렬하게 흔들리는 마음을 붙잡고 그녀 앞에 섰다.

"레오야. 괜찮아?"

규리는 그를 걱정스러운 눈으로 바라보며 수건을 건넸다. 레오는 그녀가 내민 수건을 물끄러미 쳐다보았다. 빨래를 마친 새 것을 가져온 것인지 수건은 뽀송뽀송했고 좋은 향기가 풍겼다.

새하얀 수건을 보고 있는데, 왜 이렇게 시커먼 생각이 몰려오는 건지. 그녀는 분명 자신을 걱정해서 수건을 가져다주는 수고를 한 것인데, 마음 깊숙한 곳에서 울컥울컥 질투가 치밀어 올랐다. 조금 전까지는 그녀의 선택을 인정하려고 했는데 말이다.

"감기 걸리겠다. 어서 닦아."

규리가 다시 수건을 권했으나 레오는 그녀의 손을 뿌리쳤다. 그녀가 놀란 눈으로 쳐다봤지만, 레오는 아랑곳하지 않고 냉정하게 말했다.

"감독님이나 갖다 드려. 네가 걱정하는 건 내가 아니라 감독님이잖아."

"레오야!"

규리가 부르는 소리가 들려왔지만, 레오는 뒤도 돌아보지 않고 걸어갔다. 스스로 생각해도 비겁한 행동이었다.

＊

가을은 방에 앉아 핸드폰으로 뭔가를 골똘히 보고 있었다. 기사를 클릭하더니 눈이 커졌고, 뭔가를 더 찾아보았다. 그러고는 피식 비웃고 핸드폰을 바닥에 휙 던져 버렸다.

"놀고들 있네. 이걸 믿다니."

가을이 이불 위에 벌러덩 누워 버리자, 은설이 다가와 물었다.

"그럼 넌 아니라고 생각해?"

"언니는 이게 말이 된다고 생각해?"

"그럴 수도 있지 않나?"

"아, 이렇게 몰라서 방송 생활은 어떻게 하나 몰라."

은설은 대놓고 자신을 무시하는 가을의 말투에 기분이 상했지만 크게 내색할 수는 없었다. 촬영하면서 서로 가깝게 지내고 은밀한 비밀을 공유하고는 있지만, 그건 어디까지나 표면적인 것이었다. 촬영할 때가 아니면 가을은 은설에게 일체 연락도 하지 않았고, 밖에서 식사나 커피를 같이하지도 않았다. 속으로 더 들어가 보면 가을은 은설에게 명령을 내리고 은설은 가을의 말에 따르는 묘한 상하 관계가 존재했다. 예를 들어 어젯밤 규리의 옷을 훔쳐와 물에 적시라고 했다든가, 방문을 잠그고 열어 주지 말라고 했다든가. 그런 것들은 거의 가을의 머리에서 나온 일들이었다. 물론 가을이 규리를 싫어하게 된 건 은설 때문이라, 그 부분에 대해서 별 불만은 없지만 말이다. 그래도 나이 어린 가을에게 명령을 받을 때마다 속에서 울컥거렸지만, 처음부터 그렇게 설정된 관계를 뒤집기란 여간 어려운 게 아니었다.

"그럼 오 배우가 걔를 좋아하는 게 맞아?"

사람들이 대박 스캔들이라며 호들갑을 떨었지만, 가을은 눈도 꿈쩍하지 않고 대답했다.

"백 퍼 확실."

"어떻게 확신하는데?"

은설이 묻자 가을이 생각에 잠긴 듯 천장을 뚫어지게 쳐다보며 대답했다.

"눈빛."

"눈……빛?"

"어제 걔 보는 레오 오빠 눈빛만 봤어도 이딴 기사 쓰지도 못했을걸."

신동우 기자 망해라. 가을은 그렇게 중얼거리며 어제 일을 떠올려 보았다.

"나, 감규리 작가님 좋아해. 감규리 작가님이 바로 내 첫사랑이고."

레오는 확신에 찬 얼굴로 말했다. 스캔들이 나도, 세상에 알려져도 상관없다는 듯 당당하게.

"그렇게 좋은가?"

가을은 규리를 꼭 잡고 있던 레오의 손을 떠올리며 시무룩하게 중얼거렸다.

"그러니까 함부로 대하지 마. 이 여자 네가 함부로 대해도 되는 그런 사람 아니니까!"

그러던 그녀는 발로 뻥! 하늘을 향해 하이킥을 날리더니 자리에서 벌떡 일어났다.

"흥! 함부로 대하는 게 어떤 건지 보여줘?"

어제는 규리에게 미안하다고 사과를 하긴 했지만 진심은 아니었다. 더 함부로 대하고 싶었지만, 그랬다가는 레오에게 혼날 것 같고. 레오는 무서웠다.

"으. 짜증 나. 왜 하필 감독님은 그때 패딩을 돌리신 거래?"

달랑 한 벌 들고 온 옷이 물에 흠뻑 젖었으니 오늘은 고생 좀 하겠지, 하고 생각하며 고소해했는데. 갑자기 명석이 옷을 돌릴 줄은 몰랐다. 처음엔 새 옷을 입고 있는 규리를 발견하고 명석도 그녀를 좋아하는 건 아닌가 하는 추측을 했다. 스태프들 모두에게 돌린 것이라는 걸 알고는 괜한 상상을 접었지만 말이다.

"미워. 미워. 미워 죽을 것 같아!"

규리를 미워하기 시작한 건, 은설 때문이었다. 하지만 어느새 감정이 동화된 가을은 진심으로 규리를 미워하게 됐다. 그리고 거기에 기름을 부은 건 레오였고. 레오가 규리를 아끼면 아낄수록 그녀를 괴롭히고 싶었다.

"언니!"

"응? 왜?"

가을의 부름에 은설이 무릎을 꿇은 채로 다가가자, 가을이 눈을 가늘게 뜨며 물었다.

"스태프 숙소에 걔 가방 있지?"

"어. 있지. 왜?"

"그것 좀 갖고 나와."

뭐라도 하지 않으면 답답해 미칠 지경이었다.

＊

규리는 터덜터덜 길을 걸었다. 레오와 헤어진 지 한참이 지났지만, 아직도 그의 싸늘한 음성이 귓가를 맴돌았다.

"감독님이나 갖다 드려. 네가 걱정하는 건, 내가 아니라 감독님이잖아."

자신을 바라보는 그의 눈동자는 빙하처럼 차갑게 식어 있었다. 돌아서는 그를 보며 규리는 깨달았다. 이제 레오와는 전처럼 지낼 수 없다는 걸. 규리는 아무런 말도 하지 않았지만 레오는 이별을 예감했고, 이별이란 벽은 거대한 얼음으로 만들어졌는지 마음이 시리도록 차가웠다. 고백을 거절하는 마당에 전처럼 살갑고 다정한 레오를 기대한 건 아니었지만 그래도 자신의 말을 들어줄 줄 알았다. 사랑스럽게 눈을 마주치며 고개를 끄덕여 줄 수는 없어도, 어렴풋한 미소로 서로의 미래를 응원하며 헤어질 줄 알았다. 연애 고자 규리는 그게 이별인 줄 알았다. 이별도 사랑처럼 아름답고 애틋한 거라고 어렴풋하게 상상해 왔으니 말이다. 하지만 쿨한 척 시원하게 헤어질 수 있다는 건 덜 사랑하는 사람의 변명인 모양이다. 명석과의 이별을 생각했을 땐 아예 쿨할 수조차 없었지만, 레오에게는 그나마 마음이 덜 아팠으니까.

"하아. 그래도 말은 해야 할 텐데."

얼굴을 보고 결정했다는 말을 전해야 하는데, 저렇게 피하기만 하니 어떻게 해야 할지 몰랐다. 마음 아파하는 레오를 보면 가슴이 찢어질 것 같지만, 그 또한 규리가 견뎌야 할 몫이었다. 두 달 넘게 고백에 대한 답을 미뤘던 벌. 두 남자를 두고 저울질했던 벌. 규리는 지금 그 벌을 받는다고 생각하며 레오를 기다리기로 했다. 축사 앞에 도착한 규리는 조심스럽게 안을 들여다보며 명석을 불렀다.

"팀장님. 저 수건 갖고 왔는데, 들어가도 돼요?"

그러자 뭔가 급히 치우는 소리와 함께 다급한 명석의 목소리가 들려왔다.

"안 돼! 조금만 기다려."

규리는 그가 몸을 씻어 내고 옷을 입는 모양이라고 대수롭지 않게 생각했다. 그런데 생각보다 시간이 오래 걸렸고, 밖에서 기다리느라 발이 시렸다. 그리고 규리는 뒤늦게 '발'만 시린 이유를 깨달았다.

"이 옷 되게 따뜻하다."

명석이 새벽같이 배달시켜 준 옷 덕분이었다. 거기다 주머니엔 그가 준 손난로까지. 정말이지 그 없이 이 추위를 어떻게 버텼을지. 주머니 속에서 손을 꼼지락대고 있을 때, 축사 문이 열리며 명석이 나왔다.

"제가 들어가려…… 어? 팀장님?"

규리는 명석의 얼굴을 보고 깜짝 놀라고 말았다.

"수염이……?"

없다! 계명석하면 수염이 떠오를 정도로 수염은 그의 트레이드마크였다. 그런데 수염은 온데간데없었고, 말끔한 명석의 얼굴만 보이는 게 아닌가?

"수염 깎으셨어요?"

"어."

"아……."

명석은 뜨뜻미지근한 규리의 반응에 어쩐지 불안해졌다. 서준은 백 퍼센트 확신에 찬 얼굴로 말했다. 여자의 99퍼센트는 수염 기른 남자를 싫어하고, 특히 키스할 때 더더욱 싫어한다고! 그의 말을 덜컥 믿고 수염을 깎았는데, 규리의 표정은 왜 저런 걸까? 혹시 규리는 1퍼센트의 취향을 가진 게 아닐까? 수염 기른 내 모습에 반했다가 깎은 걸 보고 실망한 걸까? 역시 내 매력은 수염이었던 건가?

"이상……해?"

명석이 가슴을 졸이며 묻자, 규리가 뒤로 한 발자국 물러났다.

'그렇게 보기 싫은가? 내 곁에서 물러나고 싶을 정도로? 송서준! 죽여 버릴 거야!'

어금니를 꽉 깨물고 두 주먹을 불끈 쥐고 있을 때, 규리의 밝은 목소리가 들려왔다.

"아뇨. 멋있어요."

"어?"

"깔끔하고 보기 좋아요, 팀장님."

"지, 진짜? 난 좀 어색한데. 정말 괜찮아?"

"팀장님이 이렇게 잘생기신 줄은 몰랐어요."

규리가 입가에 미소를 잔뜩 머금으며 말했다.

'아아, 이런 송서준 형님. 언제 한 번 크게 쏴야겠군. 정말 좋은 형님을 내가 몰라보다니.'

잘생겼다는 말은 예전부터 귀에 딱지가 앉도록 들어왔던 말인데, 규리가 해 주니 왜 이렇게 좋은지. 명석의 얼굴에 피어오른 미소는 시들 줄 몰랐다.

"근데 수염은 왜 갑자기 깎으신 거예요?"

규리가 순진한 얼굴을 하고 묻자, 무장 해제된 명석이 저도 모르게.

"아, 그게 키스……."

사실대로 말할 뻔했지만, 곧 자신의 입을 틀어막았다.

"아니 그냥 좀…… 관리하기 귀찮아서."

"아, 그러셨구나."

'키스, 너랑 키스하고 싶어서. 키스할 때 내 수염 때문에 네가 아플까 봐. 그

래서 깎았어. 그러니까 이제······.'

"여기 수건 갖고 왔어요."

명석이 하고 싶은 말을 있는 힘을 다해 참아 내고 있을 때, 규리가 수건과 함께 앙증맞은 혀를 살짝 내밀었다. 그러자 명석은 선홍빛 그녀의 입술에 입을 맞추고 싶다는 강한 욕망에 사로잡혔다. 도저히 참을 수 없는 욕망에 규리의 손을 덥석 잡으려고 하는 순간.

"여어!"

눈치가 드럽게도 없는 송서준 형님 새끼가 슬렁슬렁 걸어오는 게 아닌가!

"막내 작가 왔구나. 너희 팀장 어때? 수염 깎으니까 훨씬 낫지?"

"네. 깔끔해 보여서 좋아요."

"그렇지? 내 그럴 줄 알았어."

서준은 이 순간이 뿌듯했고, 명석은 눈치 없이 이 타이밍에 등장한 그의 명치를 때리고 싶었다.

"가서 다른 사람들한테도 보여주자. 가자."

"어? 저기 잠깐······."

명석은 규리와 더 있고 싶었지만 서준이 헤드록을 거는 바람에 아쉽게도 자리를 옮겨야만 했다. 홀로 남은 규리는 이장님과 이야기를 나눈 뒤 촬영장으로 이동했다. 한참을 걸어 마을 회관 앞을 지나는데, 낯설지 않은 여자 둘의 뒷모습이 규리의 눈에 들어왔다.

"서가을이랑 오은설이잖아?"

오늘 새벽부터 정신이 없었던 타라 그녀들이 한 짓을 잠시 잊고 있었다. 그런데 저런 수상한 모습을 보니 왠지 불길한 기분이 드는 게 아닌가!

"별일 아니겠지?"

어서 촬영장에 복귀하는 게 우선이다 싶어 발걸음을 옮기려는데, 서가을이 들고 있는 가방이 어쩐지 낯설지가 않았다.

"뭐야? 저거 내 가방이잖아!"

그때 왜 하필 축축하게 젖은 점퍼가 머릿속을 스쳐 지나가는 것인지!

"에이씨! 저것들 다 죽었어!"

규리는 손에 있던 것들을 다 팽개치고 전속력으로 뛰기 시작했다. 자신의 가방으로 뭘 하려는 것인지, 가을과 은설은 바닷가 쪽으로 달리고 있었다. 처음에는 거리 차이가 꽤 있었지만 규리가 속도를 내자 점점 가까워졌다. 가을과 은설은 규리가 따라오는 줄도 모르고 바다 한가운데로 뻗은 방사제로 향했다. 그리고 철퍼덕 자리에 앉더니 규리의 가방을 뒤지기 시작했다.

"뭐야? 가방에 든 것도 없네."

"그래도 지갑은 빼놓는 게 좋지 않을까? 신분증도 있을 텐데."

은설의 말에 가을은 가방 속에 손을 넣고 지갑을 찾았다.

"으. 촌스러워. 요즘 누가 이런 지갑을 갖고 다녀?"

"얼굴만큼 촌스럽다."

"뭐야. 돈도 없는데? 그냥 버려도 되겠다."

가을이 지갑을 휙- 바다에 던지려는 순간.

"동작 그만!"

규리가 소리쳤다. 그러자 가을과 은설이 저승사자라도 본 것처럼 화들짝 놀랐다.

"지금 니들 뭐 하냐?"

"니, 니들? 감규리 씨 지금 뭐라고 그랬어? 다시 말해봐!"

은설이 선배랍시고 눈을 부라리며 큰 소리로 외쳤다.

"오은설, 서가을. 지금 니들 뭐 하냐고 물었다. 왜?"

"오, 오은설?"

"서가을? 야! 너 이제 아래위도 없냐?"

예전 같았으면 더러워서 참고 치사해서 참았을 규리였지만, 어제 그 일이 있고 나서부터는 그녀도 눈에 뵈는 게 없었다. 참고 봐주면 고마운 줄 알아야지, 끝까지 가려고 하다니.

"누가 아래고, 누가 위인데?"

규리가 그녀들을 꼬나보며 위협적으로 다가가자, 가을과 은설이 슬그머니 뒷걸음질을 쳤다.

"가, 감규리 씨! 그래도 내가 선배인데 이래도 되는 거야?"

"선배애? 그래! 너 말 잘했다!"

규리는 본격적으로 따질 생각으로 소매를 걷어붙이고 두 손을 허리춤에 얹었다.

"톡 까놓고 말해서 네가 나한테 가르쳐 준 게 뭔데?"

"뭐, 뭐, 뭐?"

"나한테 섭외하는 법을 가르쳐 줬어, 글 쓰는 법을 알려줬어?"

"그, 그건……."

"나, 너한테 배운 거라고는 후배 괴롭히는 방법밖에 없어."

"내가 언제 그런 걸 알려줬다고 이래……요?"

뻔뻔스러운 은설의 말에 규리는 코웃음을 쳤다. 그리고 그동안 당해 왔던 울분을 모아 그녀에게 쏟아 냈다.

"제작 발표회 때! 옷 차려입고 오라는 거 전달 안 해주고 메인 작가님한테는 전달했다고 거짓말한 것!"

"그, 그건!"

"입 다물어! 이제 시작이니까!"

은설은 규리의 몸에서 뿜어져 나오는 카리스마에 압도당해 입을 감쳐물었다.

"어제 내 옷 훔쳐다가 물에 담가놓은 것! 숙소 방문 잠가서 나 잘 곳 없게 만든 것! 그리고 또 내 가방까지 훔친 것! 이게 선배가 후배한테 할 짓이야? 이러고도 네가 선배냐고!"

지금 당장 생각나는 게 이것뿐이지, 예전 일까지 들춰내면 정말 끝도 없었을 거다. 하지만 규리는 거기까지만 말하고 은설을 쳐다봤다. 그녀는 평소와는 너무 다른 규리의 모습에 바짝 쫀 모양인지 아무 말도 못 하고 있었다. 그 모습을 본 가을이 같은 편이랍시고 은설을 두둔했다.

"그래도 그렇지! 선배한테 이러는 건 너무 예의 없는 짓 아냐?"

그러자 규리가 이번에는 가을을 노려보며 그녀를 몰아세웠다.

"예의? 너희는 나한테 선배로서의 예의는 지켰니?"

"선배가 후배한테 무슨 예의를 지켜?"

"아. 그래서 나한테 커피 던지고, 방 청소하라고 갑질했니?"

"뭐? 야! 너 존댓말 안 쓸래? 내가 연습생부터 시작하면 이 바닥에서 경력이 ……."

"야! 그렇게 말하면 나도 유치원 때부터 글 쓰는 연습했어! 연습생 경력 좋아하시네!"

규리가 소리를 치며 그녀들을 압도하자, 은설과 가을이 입을 꽉 다물어 버렸다. 사실 가을과 은설은 논리적으로 따지면 할 말이 없었다. 그저 선배라는 감투를 쓰고 위에서 누르기 바빴으니까. 선배의 자격도 없는 것들이 말이다.

"이제 할 짓이 없어서 남의 가방까지 손을 대냐?"

규리는 가을의 손에 들려있는 가방을 휙 낚아채며 소리쳤다.

"누가 그깟 가방에 손을 댔다고 그래?"

"그럼 이게 뭐 하는 짓인데?"

버럭 소리를 지르기는 했지만, 현장에서 딱 들켜 버렸으니 변명할 여지가 없었던 가을은 입을 딱 다물고 규리만 째려봤다.

"대답해 봐! 내 가방으로 뭐 하려고 했어?"

"……."

"어제 내 옷 적셔놓은 것처럼, 아예 바다에 버리려고?"

마음 같았으면 정신 차리라고 등짝을 세게 때리고 싶었지만, 뭐가 됐든 간에 폭력은 쓰고 싶지 않았다. 규리는 그녀들을 보며 한숨을 푹 내쉬고 가방을 챙겼다.

"다시는 이딴 짓 하지 마라."

이 정도 했으면 알아듣겠지 싶어 뒤돌아서는데, 뭔가 바람을 가르며 그녀의 뺨 가까이 다가왔다. 규리는 본능적으로 손을 뻗었고, 그녀에게 잡힌 건 은설의 손이었다.

"오은설. 내가 충고했을 텐데? 손 함부로 올리지 말라고."

"으으윽."

"너 나한테 안 돼. 그러니까 괜한 힘 빼지 마."

규리는 은설의 손을 패대기쳐 버리고 걸음을 옮겼다. 오늘은 어째 그냥 지나가나 했더니 저것들이 몰래 이런 짓을 하고 있었을 줄이야. 어제는 저들의 행동에 인내심의 한계가 왔고, 오늘은 참을 수가 없었다. 이건 명백한 범법 행위였으니까. 규리는 이제 더 이상 후배라는 이유로 그냥 참고 넘어가지 않기로 했다. 나중에 자신에게 해가 될까 싶어 참았더니, 지금 당장에 독이 되니 말이다. 방사제를 걸어 막 모래사장에 발을 딛자, 꽥꽥거리는 가을의 목소리가 들려왔다.

"야! 너 내가 가만 안 둬! 너 지금 레오 오빠 믿고 이렇게 설치나 본데……."

"아, 저게 또 뭐라는 거야?"

"언제까지 레오 오빠 믿고 나댈 수 있는지…… 어? 어? 꺄아아!"

이번엔 또 무슨 쇼를 하려고 저러나, 규리는 걸음을 멈추고 뒤를 돌아보았다. 그러자 두 명이 있어야 할 방사제 위에 은설만 보이는 게 아닌가?

"오은설! 서가을 어디 있어?"

그러자 은설이 눈물이 그렁그렁한 눈으로 바다를 가리키며 소리쳤다.

"바다에…… 바다에 빠졌어!"

"뭐? 이런 젠장!"

은설의 외침과 동시에 규리는 달리기 시작했다.

"뭐 해? 빨리 안 구하고!"

규리는 이제 방사제를 향해 뛰고 있었지만, 은설은 바로 손만 뻗으면 됐다. 하지만 은설은 뭐가 그렇게 무서운지 고개만 절레절레 흔들 뿐, 아무것도 하지 않는 것이었다.

"살려…… 어푸. 살려주어!"

바닷물에 휩쓸려 가는 가을의 목소리가 들려왔지만, 은설은 벌벌 떨기만 할 뿐 꿈쩍도 하지 않았다.

"이씨! 저걸 그냥!"

규리는 가방과 패딩을 차례로 벗어 던졌다. 신발도 벗고 싶었지만, 그럴 시간이 없었다. 바다에 빠져 생사의 기로에 서 있는 사람이 바로 눈앞에 있었으니까. 빠르게 방사제까지 달려온 규리는 그대로 풍덩- 바닷속으로 뛰어들었다.

"가만히 있어!"

살기 위해 허우적거리는 가을의 힘이 어찌나 강한지, 규리는 몇 번이나 바닷물을 먹어야만 했다. 하지만 가을은 규리의 말을 듣지 않고 계속 발버둥을 쳤다. 안 되겠다 싶었던 규리는 물속으로 완전히 잠수해 가을의 몸 뒤로 다가가 그녀의 목을 확 낚아챘다. 몸이 물 위로 뜨자 가을은 몸에서 힘을 뺐고, 규리는 그녀를 무사히 바다 밖으로 건져낼 수 있었다.

"푸하. 하아. 하아. 서가을! 괜찮아?"

다행히 가을은 고개를 끄덕이며 괜찮다는 표시를 해주었다. 해도 해도 너무했다. 바다에 가방을 못 빠뜨리게 뺏었더니, 결국 나를 빠지게 하다니. 정말 대단한 서가을이다. 온몸에 힘이 빠진 규리가 바닥에 쓰러졌다. 그때, 사람들이 이쪽을 향해 달려오는 소리가 들려왔다. 아마도 근처를 지나고 있던 스태프들인 모양이었다. 그나마 다행이었다. 안 그래도 너무 추웠다. 바닷물은 차가웠고, 온몸은 덜덜 떨려왔으며, 아래윗니가 서로 부딪쳐 딱딱 소리를 냈고, 의식은 점점 사라지고 있었는데. 딱 좋은 타이밍에 사람들이 구해주러 왔다. 다행이다. 참 다행이야.

"뭐야? 서가을 왜 이래? 규리는 또 왜 이러고?"

지연의 목소리가 들려왔다. 그리고 무언가로 그녀의 몸을 덮어 주었는지, 몸이 조금 따뜻해졌다.

"감귤!"

팀장님이다…… 팀장님이 왔다. 자신을 어루만지는 명석의 손길이 느껴지자, 무거운 눈꺼풀이 스르륵 감겼다.

"오은설! 말해봐! 얘네 왜 이래?"

지연이 다시 묻자, 은설이 떨리는 목소리로 말했다.

"그게…… 규리 씨가 가을이를 바다에 밀어버렸어요."

은설의 말에 사람들이 동요했다.

"막내 작가가 가을이를 밀었대."

"왜? 둘이 사이가 안 좋았나?"

"하긴, 전에 방 청소 때문에 둘이 싸웠다잖아."

"아무리 그래도 그렇지. 그렇다고 사람을 바다에 빠뜨려? 이 추운 날?"

"근데 만약 진짜면, 그거 살인 미수 아니냐?"

스태프 한 명의 격한 표현에 일순 주위가 조용해졌고, 이를 지켜보던 명석이 소리쳤다.

"다들 입 다물지 못해!"

그러자 사람들이 입을 다물며 명석의 눈치를 살폈다. 수십 명의 사람들이 모여 있었지만, 모두 은설의 말을 믿는 눈치였다. 명석만 빼고 말이다.

"일단 가을이랑 규리 옮겨."

"그래. 따뜻한 데로 옮기는 게 우선인 것 같다."

명석의 말에 지연이 상황 정리를 하자, 한 스태프가 가을을 들쳐 업고 의료진이 있는 스태프들 숙소를 향해 뛰기 시작했다. 그리고 또 다른 스태프가 규리를 업으려고 하자, 명석이 나섰다.

"비켜. 내가 업을 테니."

"팀장님이 직접요? 옷 젖으실 텐……."

명석은 스태프를 밀어 내고, 그녀를 등에 업었다. 그녀를 업자마자 차가운 기운이 온몸으로 퍼져 나갔고, 그 서늘함이 명석의 심장까지 얼리는 듯했다.

'제발 무사해라. 감귤. 아무도 널 안 믿어도, 난 믿을 테니.'

규리를 업은 명석은 바닷가와 가까운 출연자 숙소로 향했다. 의료진이 마을 회관에 상주하고 있었지만, 규리를 빨리 따뜻한 곳으로 옮겨야 한다는 생각 때문에 그 사실을 까맣게 잊고 있었다. 출연자들 숙소에 도착한 명석은 따뜻한 방 안에 규리를 눕혔다. 어찌나 빨리 달려왔는지, 그의 입에서는 거친 숨이 터져 나왔고 심장은 터질 듯 고통스러웠다. 하지만 그는 그런 감각을 인지할 겨를이 없었다. 그의 머릿속은 오로지 규리의 걱정으로 가득 차 있었으니까.

"감귤. 눈 떠봐."

명석의 손이 그녀의 뺨을 부드럽게 두드렸지만, 규리는 꿈쩍도 하지 않았다. 파랗게 굳어 버린 입술을 덜덜 떨기만 할 뿐. 방 안은 땀이 날 정도로 더운데, 왜 이렇게 떨기만 하는 건지.

"아!"

이불을 덮어 주려던 명석은 물이 뚝뚝 흐르는 옷을 본 후에야 그녀가 떠는 이유를 알 수 있었다. 운동화와 양말을 벗기자 새하얗게 질린 발이 드러났다. 명석은 수건으로 발을 닦아준 뒤, 다급하게 손을 위로 옮겼다. 지퍼를 내리고 겉옷을 벗겨 내자, 축축하게 젖은 티셔츠가 보였다. 다급하게 티셔츠를 벗기려던 명석의 손이 주춤했다. 셔츠를 걷으려고 하자, 규리의 하얀 속살이 보였던 것이다. 순간 머릿속에 수많은 생각이 스쳐 지나갔다. 규리가 깨어나면 기분 나빠 할 수도 있고, 다른 사람들이 보면 오해를 할 수도 있었다. 하지만 무엇보다 그녀의 몸이 우선이었다.

"미안. 감귤."

판단을 끝낸 명석은 그녀의 셔츠를 벗겼다. 물에 젖은 셔츠와 바지가 바닥으로 툭툭 떨어졌고, 그와 함께 규리의 뽀얀 속살이 드러났다. 차마 속옷까지는 벗길 수 없었던 명석은 재빨리 그녀의 몸에 이불을 덮어 주었다.

"감귤. 눈 좀 떠봐. 응? 제발."

귓가에 속삭였지만, 그녀는 눈을 뜨는 대신 작게 중얼거렸다.

"추……워."

"추워? 알았어."

명석은 이불을 더 끌어와 그녀의 몸을 이불로 꽁꽁 감쌌고, 아궁이에 땔나무를 더 넣어 방을 데웠다.

"어때? 좀 괜찮아?"

추위가 좀 가셨을까 싶어 물었지만 규리는 대답이 없었다. 그저 식은땀을 흘리며 몸만 덜덜 떨 뿐.

방바닥은 손이 데일 정도로 뜨거웠고, 방 안은 이렇게나 훈훈한데 왜 이렇게 몸을 떠는 건지. 명석은 화가 났다. 규리가 저렇게 아파하는데, 자신이 할 수 있는 일이라고는 이불을 덮어 주는 것밖에 없어서 말이다. 안타깝게 규리를 지켜보던 명석은 무슨 생각이라도 났는지, 입고 있던 점퍼와 셔츠를 벗어 던졌다. 그리고 규리가 덮고 있는 이불 안으로 들어가 그녀의 몸을 끌어안았다.

규리의 몸에서 전해지는 차가운 기운이 그대로 느껴져 그의 온몸에 오소소 소름이 끼쳤다. 바닷물이 얼마나 차가웠는지, 규리의 몸은 좀처럼 따뜻해지지 않았다. 명석은 자신의 온기를 모두 나눠주기라도 하려는 듯, 그녀의 몸에 자신의 몸을 최대한 밀착시켰다. 작은 틈도 없을 만큼 가까이, 아주 가까이.

"제발. 제발 눈 좀 떠줘……."

명석은 꼭 끌어안은 규리의 작은 얼굴에 입맞춤을 하며 그녀가 깨어나길 기도했다. 난 네가 없으면 잠시도 살 수가 없어. 네가 조금이라도 아프면 널 지켜보는 난 죽을 듯이 아프니까. 그러니까 내 허락 없이 아프지 마. 내 허락 없이 슬프지도 말고. 내 허락 없이 어디 가지도 마.

할 수만 있다면 규리가 바다에 빠지기 전으로 시간을 되돌리고 싶었다. 그녀가 아프지 않았던 그때로, 자신을 보며 방긋방긋 웃었던 그때로 말이다. 얼마나 시간이 흘렀을까. 그의 바람이 이뤄지기라도 한 듯, 규리의 떨림이 차츰 잦아졌고 식은땀도 멈췄다. 차갑게 식었던 몸도 어느 정도 체온이 돌아온 것 같았다. 명석은 안도의 한숨을 내쉬며 그녀의 이마에 입술을 맞췄다.

"도대체 바다에는 왜 뛰어든 거야?"

규리의 몸이 어느 정도 돌아오자, 아까 은설이 했던 말이 떠올랐다.

"규리 씨가 가을이를 바다에 밀어버렸어요."

그럴 리가 없다. 아무리 가을과 사이가 좋지 않다지만, 규리가 그런 짓을 할 리가 없었다. 그리고 규리가 가을을 밀었다면, 규리는 왜 바다에 빠졌겠는가? 하지만 규리가 그런 짓을 하지 않았다고 해도 증명할 방법이 없었다. 가을과 은설이 입을 맞추고 규리를 몰아가면 꼼짝없이 당할 수밖에 없을 것이다. 제작 발표회 때처럼 말이다. 명석은 꼭 끌어안고 있던 규리에게서 몸을 떨어뜨렸다. 마음 같아서는 이대로 그녀의 곁을 지키고 싶었지만, 그럴 여유가 없었다. 이번 엔 제작 발표회 때와 달리 그냥 넘어가지 않을 작정이었다. 이제 규리의 남자로서 그녀를 지킬 명분이 생겼으니 말이다.

*

가을을 업은 스태프는 의료진이 있는 마을 회관에 도착했다. 혹시 모를 일을 대비해 제작진과 함께 왔던 의료진은 가을에게 링거를 놔주었다.

"잠시 안정을 취하면 괜찮아질 거예요."

"근데 왜 안 일어나는 거죠?"

지연이 걱정스럽게 묻자, 의료진이 빙긋 웃으며 대답했다.

"걱정 마세요. 잠든 거니까."

"하아."

어찌나 염려가 됐는지, 괜찮다는 말에 참았던 숨을 뱉어 냈다.

"같이 물에 빠졌다는 스태프는요? 그 친구도 주사 좀 맞아야 할 텐데."

"출연자들 숙소에 있을 거예요."

"그럼 전 그쪽으로 가봐야겠네요."

"수고하세요."

의료진이 방을 나가자, 지연은 가을을 물끄러미 바라보았다. 도대체 바닷가에서는 무슨 일이 벌어졌던 걸까? 무슨 일이 있었기에 가을이와 규리가 바다에 빠져 정신까지 잃은 걸까? 그리고 은설의 말이 정말 맞는 걸까? 지연은 머릿속이 복잡했다. 이 사고로 인해 촬영이 미뤄졌고, 그와 동시에 어마어마한 제작비를 손해 봤고, 아끼던 후배에 대한 신뢰가 깨졌다.

"정말 규리가 널 민 거니?"

자신이 책임지고 있는 후배가 이런 끔찍한 일을 벌였다는 사실에 지연은 충격을 받은 상태였다. 규리는 일도 잘했고, 깍듯했으며, 무엇보다 인성이 좋았다. 궂은일도 먼저 하겠다고 나섰고, 팀원들과 사이도 좋았고, 뭐든 믿고 맡길 수 있을 정도로 듬직했다. 그런데 왜 그런 참혹한 짓을 벌였는지. 생각에 잠겨 있을 때, 전화벨이 울렸다. 신 국장이었다.

"예. 국장님."

[이게 도대체 무슨 일이야! 가을이가 바다에 빠지다니!]

누가 벌써 연락을 한 모양인지, 신 국장은 이곳에서 있었던 일을 빠삭하게 꿰고 있었다.

[막내 작가가 밀었다면서? 차 작가! 후배 관리를 도대체 어떻게 한 거야?]

"아직 확실한 건 아닙니다."

[확실하지 않다니! 목격자가 있었다면서?]

"그렇긴 하지만, 당사자들이 깨지 않아서……."

[뭐? 가을이 혼수상태야? 어허. 이거 참 큰일이네. 가을이 어떤데?]

신 국장은 막내 작가의 상태는 전혀 걱정되지 않는 모양인지, 가을의 상태에 대해서만 꼬치꼬치 캐물었다.

"혼수상태가 아니라 잠에서 깨어나지······."

[그게 그거지! 가을이 밀었다는 그 작가 누구야?]

"······."

[왜 대답이 없어? 차 작가. 설마 후배랍시고 감싸는 거야?]

지연은 들리지 않게 한숨을 내쉬며 아랫입술을 꽉 깨물었다.

"누가 그랬는지, 왜 바다에 빠졌는지, 아직 확실한 건 아무것도 없습니다. 그러니······."

[됐어! 그 작가 바로 아웃시켜! 그리고 그 작가에 대해서는 방송국 법무팀이 움직이지 않을 거니까 그렇게 알아.]

"국장님!"

[그리고 가을이 털끝 하나라도 문제 있기만 해봐! 그땐 차 작가도 무사하지 못할 거야!]

신 국장은 협박인지 걱정인지 알 수 없는 말을 끝으로 전화를 끊어 버렸다. 파라도만큼이나 서울의 상황도 심각한 모양이었다. 신 국장의 말에 따르면, 가을의 소속사에서는 규리를 살인 미수로 고소하겠다고 나섰고 개인 스태프를 동반하지 못하게 한 제작진에게 책임을 묻겠다고 으름장을 놓았다고 했다. 그리고 신 국장은 이 상황을 개인적 원한으로 몰고 가며 규리에게 모든 책임을 떠넘기려는 것 같았다. 아직까지 언론에 새어 나가지 않았지만, 만약 그렇게 되면 걷잡을 수 없게 된다. 규리는 회사를 그만둬야 하는 것도 모자라 사회에서 매장될 수도 있다. 확실한 건 하나도 없는데, 그렇게 둘 수는 없었다. 지연은 은설이 있는 2층으로 향했다. 방문을 벌컥 열고 들어가자, 이불을 뒤집어쓰고 있는 은설의 모습이 보였다.

"자, 작가님."

"나랑 얘기 좀 하자. 오은설."

지연은 따뜻한 차를 한 잔 타와 그녀 앞에 내밀었다. 감사합니다, 하고 중얼거리는 은설이 왜 이렇게 낯설고 멀게 느껴지는지 지연은 알 수 없었다. 매일같이 보는 후배였지만, 은설은 규리와는 다른 느낌의 아이였다. 매사에 뭔가 쫓기는 듯했고, 사람들의 눈치를 봤으며, 항상 누군가와 스스로를 비교했다. 조용했고, 소심했으며, 그럼에도 불구하고 규리 앞에서는 선배 노릇을 톡톡히 했다. 소심한 성격이라 나이 많은 후배의 기에 눌릴까 싶어, 지연은 은근히 은설을 챙겼다. 그리고 은설도 지연이 자신에게 호의적이라는 걸 알고 있었고 말이다.

"무슨 일이 있었던 거야?"

지연이 묻자, 은설이 좌우로 눈동자를 굴리며 불안한 표정을 지었다. 지연은 그녀를 재촉하지 않고 기다리는 쪽을 선택했다. 그러자 얼마 지나지 않아 은설이 입을 열었다.

"가을이랑 규리 씨는 사이가 안 좋았어요."

입봉한 지 얼마 안 된 은설에게 처음으로 후배가 생겼다. 처음엔 잘해 주고 싶었다. 뭐든 다 알려 주고 싶었다.

"왜인지는 모르겠지만, 그냥 규리 씨가 싫다고 했어요."

그런데 후배는 자신보다 무려 다섯 살이나 많았다. 그것만으로도 불편하고 싫었는데, 가르쳐 주지 않아도 뭐든 척척 잘하는 게 아닌가?

"보기만 해도 재수 없다고 그랬어요."

선배들은 자신이 아닌 규리를 더 찾았고, 그녀를 더 의지했으며.

"규리 씨도 그걸 알는지, 가을이한테 무뚝뚝하게 대했어요."

규리는 자신의 비위를 맞추지 않았다. 직속 선배인 자신의 기분을 살피지 않았고, 눈치를 보지 않았다.

"그래서 가을이가 규리를 괴롭혔니?"

"아뇨!"

후배는 당연히 선배한테 혼나면서 성장하는 거다. 그래서 혼냈고, 충고했다. 그러면 고개를 숙일 거라고 생각했기에. 그런데 규리는 꼿꼿했다. 밟아도 밟아도 다시 일어났고, 괴롭혀도 울지 않았고, 큰소리를 치면 맞섰고, 감히 선배 앞에서 자기주장을 펼쳤다. 그래서, 더 싫었다.

"어제 작은 다툼이 있었어요. 근데 가을이는 그게 신경 쓰였나 봐요. 이제부터 규리 씨랑 잘 지내고 싶다고. 그래서 규리 씨 가방에 몰래 편지를 넣으려고 했던 것뿐인데……."

지연을 올려다보는 은설의 눈동자가 불안한 듯 잘게 떨렸다.

"그런데 규리 씨가 무슨 오해를 했는지, 갑자기 가을이를 밀어버렸어요."

결국 은설의 눈가에 그렁그렁 눈물이 맺혀 버렸다.

"규리는?"

"예?"

"규리는 가을이를 밀었다면서? 근데 왜 걔가 물에 빠진 건데?"

"아…… 그게. 뒤, 뒤늦게 바다에 뛰어들었어요. 가을이가 허우적대는 걸 보더니 놀랐는지……."

생각지 못한 질문에 더듬더듬 대답한 은설은 지연의 눈치를 살폈다.

거짓말은.

"사실이야?"

"네. 사실이에요."

더 큰 거짓말을 낳았고.

"지금 네가 한 말에 책임질 수 있지?"

"네. 물론이죠."

은설은 자기가 만든 거짓말의 소용돌이 속으로 점점 휩쓸려 가고 있었다.

"가을이 소속사에서 고소를 할 모양이야."

"예?"

고소라는 낯설고도 무서운 말에 은설이 떨리는 눈으로 지연을 쳐다봤다.

"누가 가을의 소속사에 이야기를 전한 모양이야. 방송국에는 물론."

"누가요?"

은설이 다급하게 물었다. 누가 벌써 이야기를 전했다니. 은설은 일이 이렇게 커질 줄은 몰랐다. 규리가 사람들한테 혼나고 쩔쩔매는 모습이 보고 싶었던 것뿐이다. 그럼 가을이 규리를 용서하는 정도에서 마무리될 줄 알았다. 그런데 가을이는 깰 기미가 보이지 않고, 벌써 소속사에서 고소를 준비한다고 했다니!

"글쎄, 그건 나도 잘 모르겠어."

"……."

"어쨌든 은설이 네가 한 말은 사실이라는 거지?"

"네? 아, 네……."

거짓말이라고 말하고 싶지 않았다. 아직은 시간이 있으니까, 그러니까…….

"저, 작가님."

"응?"

"가을이한테 가봐도 되나요?"

"그래. 내려가 봐."

가을이랑 입을 맞추면 될 거다. 그녀가 깨면 모두 말해줘야지. 그럼 가을이는 알겠다고 할 거다. 가을이도 규리 씨를 싫어하니까.

"그럼 먼저 나가보겠습니다."

은설은 지연의 눈치를 살피더니, 조심스럽게 자리에서 일어났다. 다행히 지연은 의심하지 않는 것 같았다. 방에서 나온 은설은 서둘러 계단을 내려갔다. 그리고 가을이 있는 방으로 들어가려는 순간.

"오은설 작가."

등 뒤에서 서늘한 음성이 들려왔다. 언제 온 건지, 그녀 뒤에는 명석이 서 있었다.

"메인 작가님은 2층에 계세요. 그럼 전 이만……."

본능적으로 피해야 한다는 생각에 은설이 재빨리 방으로 들어가려고 하자, 명석이 그녀 앞을 가로막았다. 평소에도 차갑고 무뚝뚝한 그였지만, 어쩐지 지금은 더 그렇게 느껴졌다. 자신을 바라보는 눈빛은 매서우면서도 경멸이 들어차 있었고, 꾹 다문 입술은 진실을 알고 있는 것 같았다.

"티, 팀장님. 왜 이러세요?"

"확실해? 감귤이 가을이를 밀었다는 거."

"네, 네. 화, 확실해요. 제가 봤어요."

한번 시작한 거짓말은 멈출 수가 없었다. 은설이 벌벌 떨며 대답하고 있을 때, 2층에서 지연이 내려왔다.

"계 팀장. 은설이랑은 내가 얘기했어."

좋은 타이밍이다. 은설은 지연의 등장에 안심하고 마음을 놓았다. 하지만 그 것도 잠시.

"이야기는 제가 다시 하겠습니다."

명석의 고집에 은설은 다시금 길이 막혀 버렸다.

"계 팀장! 내 후배들 사이에서 있던 일이야. 그러니 내가 책임지고……."

"내 팀입니다!"

명석의 외침에 지연이 놀란 듯 그를 쳐다봤다. 단 한 번도 자신에게 소리친 적 없던 그였다. 연출과 작가의 선이 확실했던 그였고.

"선배의 후배들이기 전에 내 팀원들입니다."

"……."

"그리고 내 팀원들은 내가 책임집니다."

팀장이 저렇게 단호하게 나오니, 지연도 더 이상 할 말이 없었다.

"오은설 작가. 다시 한번 묻지."

"……."

"감귤이 가을이를 미는 거, 확실히 봤어? 정확하게 얘기해 줘."

명석이 다가오며 묻자, 은설은 분위기에 압도되어 숨이 멎을 것만 같았다. 하지만 지독히도 무서운 그의 카리스마에 눌려 대답을 할 수밖에 없었다.

"네. 화, 확실합니다."

이 상황만 넘기면 된다, 이 상황만. 은설이 그렇게 생각하며 대답을 한 순 간, 그녀 앞에 뭔가가 툭 떨어졌다.

"이건 다른 말을 하고 있던데?"

명석의 말에 자신의 발밑에 떨어진 물건을 확인한 은설은 너무 놀란 나머지 다리가 풀려 버렸다. 그녀의 발 아래로 액션 캠 한 대가 툭 떨어졌다. 카메라를 본 순간 은설의 눈이 튀어나올 듯 커졌다. 근처에 스태프는 아무도 없었다. 그리고 카메라가 설치된 것도 보지 못했고 말이다. 그런데 카메라가 어디에 있었던 걸까? 저 작은 카메라에 도대체 뭐가 찍혀 있을지 상상하자, 은설의 가슴이 미친 듯이 요동쳤다.

"다시 한번 더 묻지."

규리의 남자가 아닌, 팀장으로서 그가 은설에게 줄 수 있는 마지막 기회였다. 명석은 팀을 꾸릴 때 사람을 허투루 받아들이지도 않았지만, 또 함부로 내치는 스타일도 아니었다. 거짓말하는 은설이 괘씸했고, 자신이 좋아하는 여자를 괴롭히는 게 진절머리 날 정도로 싫었지만, 그래도 기회는 줘야 한다고 생각했다. 사람은 누구나 실수를 할 수 있다. 하지만 그게 두 번, 세 번 반복되면 그건 실수가 아닌 인성이 되고 그 사람 자체가 된다. 명석은 자신의 팀원이 마지막 기회를 놓치지 않길 간절히 바라며 물었다.

"정말 감규리 작가가 가을이를 밀었나?"

그의 매서운 눈빛에 은설의 동공이 지진이라도 난 것처럼 크게 흔들렸다. 왜 상황이 이 지경까지 된 건지, 어쩌자고 그렇게 거짓말을 했는지, 은설은 후회가 됐다.

'지금이라도 사실대로 말할까?'

도대체 카메라 안에는 무슨 장면이 담겨 있을까? 가을이 혼자 헛디뎌서 바다에 떨어진 것? 그래서 규리가 가을이를 구하기 위해 바다에 뛰어든 것? 아니면 아무것도 안 하고 넋 놓고 있던 자신의 모습?

'아무래도 말해야겠어. 무서워. 지금이라도…….'

그때. 고민하던 은설의 눈이 지연과 마주쳤다. 설마 하는 눈으로 자신을 바라보는 지연을 보자, 알 수 없는 감정이 들끓었다. 실망시키고 싶지 않았다. 자신도 규리처럼 지연에게 칭찬받고 싶었다. 믿음직한 후배로, 뭐든 잘하는 후배로 남고 싶었다. 지금도 이렇게나 자신을 믿어 주는데, 그녀에게 절대 실망감을 안겨주고 싶지 않았다.

"네. 규리 씨가 가을이를 밀었어요."

끝까지 밀어붙여야 한다. 어차피 근처에는 카메라가 없었고, 그렇다면 액션 캠에 찍힌 건 멀리서 찍힌 화면 정도일 거다. 그리고 나머지는 가을이가 깨어나면 그녀와 입을 맞추면 된다. 그러면 완벽한 거짓말이 될 수 있을 거다. 은설의 대답에 명석은 실망한 듯 말이 없었다. 그리고 은설을 바라보는 그의 눈빛에서 매서움과 서늘함이 사라져 버렸다. 아니, 아예 감정이 사라진 사람처럼 그녀를 쳐다보았다. 이제 그녀와 자신은 아무런 관련이 없다는 것처럼, 다시는 안 볼 사람처럼 말이다.

"은설이는 아까부터 일관성 있게 대답했어."

지연은 은설을 믿는 듯했다. 아니, 믿고 싶은 것일지도 모른다. 규리가 그런 짓을 했다는 것도 충격이지만, 사실이 아닌 걸 저렇게 태연하게 대답하는 건 더 충격일 테니까.

"카메라에 뭐가 찍혔는데?"

지연의 질문에 명석은 대답 없이 캠을 TV와 연결 시켰다. 은설은 꼴깍 침을 삼키며 TV 화면을 응시했다. 심장은 미친 듯이 뛰었고, 두 손은 축축할 정도로 땀이 배어났다. TV 화면은 부스럭대는 소리와 함께 바다의 전경이 펼쳐졌다. 아마도 바닷가 근처에 오가는 사람들을 스케치하기 위해 설치한 카메라인 모양이었다.

"하아."

TV 화면을 본 은설은 놀란 가슴을 진정시켰다. 다행히도 카메라 방향은 '그 일'이 있었던 곳을 향하고 있지 않았다. 저 방향이라면 가을이 바다에 빠지는 장면은 물론, 세 사람이 있는 것도 촬영되지 않았을 거다. 은설이 낮은 소리로 안도의 한숨을 내쉬고 있을 때, 스피커에서 북적거리는 소리가 들렸다.

"무슨 소리가 들리는데? 계 팀장. 볼륨 좀 높여봐."

지연의 말에 명석이 최대한 볼륨을 높였지만, 파도 소리와 소음만 가득할 뿐 대화 소리는 들리지 않았다. 다행이었다. 은설은 은근히 미소를 지으며 끝까지 밀어붙이길 잘했다고 생각했다. 한참 동안 같은 화면만 계속됐다. 푸른 바다에 파도가 쳤고, 반짝이는 바다 위로 통통배가 오갔으며, 누군가의 발이 보였고, 모래 위에 갈매기가 앉았다. 지루할 정도로 같은 화면이 펼쳐지고 있을 때였다. 누군가 달려오는 발자국 소리가 들렸다. 한 명이 아니었다. 아마도 가을과 은설이 규리의 가방을 들고 뛰어가는 중인 것 같았다. 은설은 가슴을 졸이며 들려오는 소리에 집중했다. 다행히도 그녀들이 나누는 대화는 파도 소리에 묻혔고, 화면에는 그녀들이 보이지 않았다.

잠깐 긴장했던 은설이 마음을 놓으려는 순간! 카메라가 누군가의 발에 걸려 순식간에 방향이 바뀌어 버리는 게 아닌가! 부스럭대는 소리와 함께 넘어져 버린 카메라는 정확히 방사제 위를 향했고, 거기엔 규리의 가방을 뒤지는 가을과 은설이 고스란히 찍혀 있었다. 순간 은설은 얼굴이 하얗게 질려 버렸고, 피가 거꾸로 솟는 것 같았다. 거짓말이 들켰다는 두려움이 그녀의 가슴을 옥죄었으며, 이 상황을 모면하기 위한 새로운 거짓말로 머리가 어지럽게 뒤엉켰다.

규리의 가방에서 지갑을 꺼내고, 온갖 잡동사니를 꺼낸 뒤 가방을 던지려고 할 때, 규리가 등장했다. 허리에 두 손을 얹고 싸우는 규리와 그녀에게 맞서는 두 사람이 보였다. 소리는 들리지 않았지만, 그녀들의 행동만 봐도 대충 어떤 일이 벌어지고 있는지 짐작할 수 있었다. 규리가 가방을 낚아채고 방향을 틀었다. 몇 걸음 걸어가자, 규리는 화면 밖으로 사라져 버렸다.

"아직까진 아무도 바다에 빠지지 않았어."

지연이 화면을 가리키며 말했다.

얼마 후, 방사제 위에서 방방 뛰며 뭐라고 소리치는 가을이 보였다. 그리고 그대로 풍덩! 가을이 사라져 버렸다. 곧 규리가 방사제를 향해 달려왔고, 바다로 뛰어드는 장면이 이어졌다. 규리와 가을이 바닷속에서 허우적댈 동안 은설은 신고조차 하지 않고 멀뚱히 바다를 바라보기만 했고, 가을을 구해 뭍으로 올라온 규리는 그대로 쓰러지고 말았다. 은설을 믿었던 지연은 진실을 마주하고 너무 놀란 나머지 경멸에 찬 눈으로 그녀를 쳐다봤다.

"오은설! 너 어떻게 그런 끔찍한 거짓말을 할 수가 있어!"

지연의 호통에 은설은 궁지에 몰린 쥐처럼 벌벌 떨었다. 지금이라도 사실대로 말하면 좋으련만, 은설은 끝까지 거짓말을 늘어놓았다.

"아, 아니에요! 들리지는 않지만 화면 밖에서 규리 씨가 가을이를 계속 도발했어요."

이미 가을이 혼자 바다에 빠지고 규리가 구하는 장면을 다 함께 봤는데도 은설은 변명을 계속 늘어놓았다. 명석은 물론 지연도 그녀의 말을 믿지 않았지만, 은설은 거짓을 쥐어짜느라 무척이나 애쓰고 있었다.

"가만 안 두겠다고, 때리겠다고 하니까 가을이가 무서워서 뒷걸음질 치다가 그만……"

"거짓말!"

그때였다. 누군가의 외침에 은설은 말을 멈추고 뒤를 돌아보았다.

"가, 가을아?"

"그만해. 이제."

"뭐, 뭘 그만해? 아까 있었던 일 사실대로 다 말씀드려야지. 그렇지?"

"언니!"

"맞잖아. 규리 씨가 괴롭혀서 너 바다에 빠진 거. 응?"

은설은 동의를 구하는 눈짓과 몸짓을 보냈지만, 가을의 표정은 싸늘하기만 했다.

"서가을. 뭐가 사실이지?"

명석이 묻자, 가을이 대답했다.

"카메라에 찍힌 그대로예요."

"가을아!"

"저 혼자 바다에 빠졌고, 감규리 작가님이 절 구해주셨어요."

"서가을! 너 왜 거짓말해? 규리 씨 때문에 네가 바다에 빠진 거잖아. 그런 거잖아?"

은설이 눈물을 흘리며 매달렸지만, 가을은 꿈쩍도 하지 않았다.

"지긋지긋해! 이제 거짓말 좀 그만해!"

"뭐?"

"규리 작가님이 언니 괴롭힌다는 말도 거짓말이지?"

"......!"

"후배 주제에 나이 많다는 이유로 언니 부려 먹는다는 말도, 일도 못 하는데 알랑방귀 뀌면서 선배들에게 예쁨받는다는 말도!"

가을의 폭로에 은설은 물론 명석과 지연도 놀란 눈치였다. 은설과 규리의 사이가 좋지 않다는 건 어렴풋하게 알고 있었지만, 가을과 규리 사이를 이간질까지 했을 줄이야.

"가을아. 너 나한테 왜 이래?"

같이 괴롭혔잖아. 공범이잖아, 우리. 은설의 눈은 그렇게 말하고 있었다.

"저도 감규리 작가님 괴롭혔어요. 갑질도 하고. 그래서 사과하려고요."

그녀의 말에는 진심이 담겨 있었다. 가을은 그동안의 자신의 행동이 잘못됐다는 걸, 바다에 빠진 직후에 알았다. 그렇게 괴롭혔던 사람이, 자신을 구하러 올 줄은 꿈에도 생각하지 못했으니까.

"서가을. 날 배신하겠다는 거야?"

은설이 믿을 수 없다는 눈으로 가을을 쳐다봤다. 하지만 반응은 참담했다.

"배신은 언니가 먼저 한 거 아니야?"

"뭐? 내가 언제?"

"사람이 살려달라고 그렇게 소리쳤으면, 손이라도 뻗어야 하는 거 아니냐고!"

바다에 빠진 가을은 은설을 향해 목이 쉬도록 소리쳤다. 제발 살려달라고. 난 수영을 못 한다고. 팔만 뻗어도 되는 거리에 은설이 있었다. 하지만 은설은 애써 눈을 피했고, 살려달라는 그녀의 외침을 듣기 싫다는 듯 귀를 막았다. 온몸에 힘이 빠져 가는 걸 느꼈을 때, 가을은 결심했다. 살아서 나간다면 절대로 오은설과 상종도 하지 않겠다고.

"······널 구하다가 내가 죽을 순 없잖아."

"허!"

가을은 은설을 날 선 눈빛으로 노려본 뒤, 명석과 지연에게 또박또박 말했다.

"어쨌든 전 혼자 바다에 빠졌고, 절 구해준 건 감규리 작가님이세요. 그리고 오은설 작가는 제가 바다에 빠졌을 때 손도 쓰지 않았고, 당사자들이 혼수상 태인 상황에서 규리 작가님이 절 밀었다고 거짓말을 했고요. 그게 팩트예요."

마치 신곡 발표 때 무대 인사를 하듯, 깔끔하고 귀에 쏙 들어오는 마무리였다.

*

규리의 눈꺼풀이 천천히 열렸다가 다시 닫혔다. 얼마나 누워 있었는지 초점은 맞지 않았고, 희미한 불빛만이 눈앞에 아롱아롱거렸다. 눈을 몇 번 깜빡이자 팔에 꽂힌 링거가 희미하게 보였다. 아까까지는 손가락 움직일 힘도 없었는데, 주사를 맞은 덕에 좀 나아진 모양이었다. 온몸에 있는 땀이라는 땀은 쭉 빠진 듯 개운한 느낌이 들었다.

그때, 누군가가 그녀의 이마에 놓여 있던 수건을 걷어 갔다. 수건을 물에 몇 번 휘휘 젓더니, 다시금 그녀의 이마에 수건을 얹어 주었다. 차가운 기운이 몸에서 올라오는 열기를 식혀 주는 것 같았다. 규리를 간호하는 정성스러운 손은 쉬지 않고 계속해서 움직였다. 방바닥이 따뜻한지 이불 밑으로 손을 넣었고, 때때로 링거에서 약이 잘 떨어지는지 체크했으며, 그녀의 이마를 짚으며 열이 있는지 없는지 수시로 확인했다. 규리는 마치 집에 있는 것처럼 포근하고 따뜻함을 느꼈다.

'누구지······?'

'누가 이렇게 자신을 위해 정성껏 간호를 해주는 걸까?' 하고 궁금해하던 규리는 저도 모르게 피식 웃어 버렸다. 여긴 집이 아닌 파라도이고, 그렇다면 여기서 자신을 간호해 줄 사람이 한 명 말고 또 있겠는가 말이다.

'아까 바다에서 팀장님 목소리를 들었는데……'

바다에서 나와 긴장했던 규리는 명석의 목소리를 듣는 순간 긴장이 풀렸고, 곧바로 정신을 잃고 말았다. 아마도 믿을 수 있는 누군가가 왔다는 사실에 마음이 놓인 모양이었다. 규리가 힘겹게 눈을 뜨자 누군가의 인영이 눈앞에 아른거렸고, 누군가의 손이 그녀의 얼굴을 부드럽게 쓸어내렸다. 따뜻하고도 보드라운 손이었다. 명석이 곁에 있다는 사실이 이토록 안정감을 줄 수 있다니. 규리는 편안하고 포근한 기분에 취해 배시시 웃으며 사랑스러운 목소리로 그를 불렀다.

"팀장님……."

"어? 언니!"

'언니? 웬 언니? 뭔 언니? 그리고 팀장님 목소리가 왜 이렇게 예뻐?'

놀란 규리가 눈을 번쩍 뜨자, 가을이 자신을 걱정스럽게 내려다보고 있는 게 아닌가?

"언니이!"

'왜 네가 여기 있는 거야?'라는 질문을 던지기도 전에 가을이 규리를 와락 껴안았다.

"언니 안 깨어나서 내가 얼마나 걱정했는지 알아?"

"어, 언니?"

"응. 언니."

애가 언제부터 날 언니라고 불렀지? 기분 안 좋을 때는 '야, 너'라는 호칭도 서슴없이 쓰던 애가, 웬 언니?

"너…… 뭐 잘못 먹었냐?"

규리가 몸을 뒤로 빼며 묻자, 가을이 생글생글 웃으며 대답했다.

"아니."

"근데 왜 이래?"

"그럼 생명의 은인한테 그전처럼 못되게 굴라고?"

틀린 말은 아니었지만, 갑자기 사람이 바뀌니 적응이 되지 않았다.

"언니, 조금 더 누워 있어. 방금 의사 선생님 다녀가셨는데, 내가 몸에 좋다는 주사는 다 놔달라고 그랬어. 잘했지? 히히."

"어…… 그래. 고맙다."

고맙긴 한데, 왜 이렇게 불안하지? 저렇게 잘해주다가 갑자기 뒤통수를 후려치는 건 아닐까? 아니면 이번엔 가방이 아니라 더한 거라도 바다에 던져 버리려고? 규리는 의심스러운 눈초리로 가을을 살폈다. 하지만 그것도 잠시.

"언니. 미안해."

전혀 예상치 못한 말이 가을의 입을 통해 들려왔다.

"뭐?"

"오늘 나 구해줘서 고맙고, 그동안 언니 괴롭혀서 미안해."

눈빛을 보니 진심인 것 같았다.

"내가 어릴 때 데뷔해서 사람을 잘 못 믿어. 특히 여자는 더. 주변에 질투하는 애들이 너무 많았거든. 실력도 없는데 자기보다 일찍 데뷔한다고."

걸 그룹으로 살아남기 위해 서로 경쟁해야 하니, 비슷한 또래들의 질투를 많이 받은 모양이었다.

"그래서 사람들 보면 일단 경계부터 하는 편이야. 언니한테는 특히 더 그랬고."

그건 아마도 은설의 영향이 컸을 테지. 규리는 대충 어떤 상황인지 짐작할 수 있었다.

"그렇다고 사람을 그렇게 괴롭히면 안 되지."

"응. 그래서 사과하는 거야. 정말 미안했어. 앞으로 안 그럴게."

진심을 다해 하는 사과를 떨칠 수는 없었다. 규리는 고개를 끄덕이며 그녀의 사과를 받아주었다.

"그럼 나 받아주는 거다?"

"그래. 받아줄게."

"히히. 아, 맞다. 언니 옷 입어. 내 옷 빌려줄게."

"옷? 아, 젖었겠구나."

"아니. 옷을 안 입고 있던데?"

"뭐?! 네가 내 옷 벗겼어?"

놀란 규리가 묻자, 가을은 고개를 저었다.

"그럼 누가 벗긴 거야?"

"언니가 벗은 거 아니야?"

규리는 기억을 돌이켜 보았다. 바다에 빠졌고, 정신을 잃었다. 누군가의 등에 업혔던 것 같기도 하고, 그리고, 그리고……!

"제발. 제발 눈 좀 떠줘……."

어렴풋하게 명석의 목소리가 들려오는 것 같았다.

"그럼 설마……."

팀장님이 내 옷을 벗긴 거야?

"꺄악!"

＊

가을은 밤이 깊도록 규리를 간호했다. 규리 얼굴 보겠다는 사람들이 몇 명 다녀갔지만, 가을은 절대 안정을 외치며 모두 문전 박대를 해버렸다. 문병객 중엔 명석도 있었지만, 가을의 철통 보안에 두 손 두 발 다 들고 물러날 수밖에 없었다. 늦은 밤이 되자 규리 옆에 이불을 깐 가을도 잠이 들었고, 그제야 규리는 자리에서 일어날 수 있었다. 슬그머니 일어난 규리가 찾은 곳은 화장실이었다. 옛날 집을 수리해서 만든 곳이라 화장실은 실내가 아닌 실외에 있었다. 규리는 잠든 사람들에게 피해가 가지 않도록 살금살금 움직여 화장실로 향했다.

"아, 화장실 무섭다……."

차라리 마을 회관에서 잤으면 마음이라도 편했을 텐데, 가을의 고집이 어찌나 세던지. 화장실까지 쫓아오는 게 아닌가.

"서가을. 이제 보니 완전 금사빠야."

가을은 좋아하는 사람한테 풍덩 빠지면 앞뒤 안 재는 스타일 같았다. 그게 여자일지라도 말이다.

"계속 그러진 않겠지?"

중얼거리며 손을 닦고 들어가려는데, 누군가 그녀의 손목을 잡아끌었다.

"엄마야!"

"쉿!"

커다란 손으로 그녀의 입술을 막은 사람은 다름 아닌 명석이었다. 그는 걱정스러운 표정을 하며 물었다.

"몸은 좀 괜찮아?"

"네. 안 주무시고 왜 오셨어요?"

"잠이 와야 말이지."

명석은 패딩을 벗어 규리의 어깨에 걸쳐 주며 말했다.

"설마 저 나올 때까지 기다리신 거예요?"

"잠깐 걸을 수 있겠어?"

명석은 대답 대신 늦은 밤의 데이트를 신청했고, 두 사람은 자연스럽게 바닷가로 향했다.

"걱정했어. 많이 앓을까 봐."

"가을이가 온갖 주사를 놔달라 해줘서 쌩쌩해요."

"서가을 때문에 내가 들어가지도 못하고."

생각만으로도 분한지 으드득거리던 명석의 손이 예고 없이 규리의 손을 품었다. 그리고 쏙, 그녀의 손은 명석의 주머니 속으로 모습을 감춰 버렸다. 규리는 연애를 시작한 게 겨울이라서 참 좋았다. 이렇게 아무렇지 않게 그의 손을 잡고 또 그의 주머니 속에 손을 넣을 수 있었으니까. 파도는 절벽에 부딪혀 하얀 거품을 만들어 냈고, 바다 위에는 한 폭의 그림처럼 보름달이 활짝 피어 있었다. 그리고 달빛에 비친 명석의 얼굴이 어찌나 멋있어 보이는지.

"팀장님, 수염 깎으니까 다른 사람 같아요."

"좋은 뜻이야?"

"음. 더 멋있어졌어요."

규리는 부끄러워하며 웃더니, 분위기를 바꾸기 위해 물었다.

"근데 수염은 왜 깎으신 거예요? 되게 오래 기르지 않으셨어요?"

"하고 싶은 게 있어서."

규리는 자신이 무슨 질문을 한 건지도 모르고, 눈을 순진하게 뜨며 명석을 올려다봤다.

"하고 싶은 게 뭔데요?"

"이거……."

대답과 함께 명석의 입술이 다가왔고, 깜짝 놀라 동그랗게 떴던 규리의 눈이 스르륵 감겼다. 차가운 입술 사이로 뿜어져 나오는 숨결은 무척이나 뜨거웠다. 마치 그들의 마음처럼. 겨울 바다는 살이 에일 정도로 추웠지만, 남자친구와 함께하는 겨울 바다는 전혀 춥지 않았다. 아니, 오히려 따뜻했다. 예상치도 못하게 부딪혀 온 그의 입술은 불에 덴 듯 뜨거웠고, 꼭 끌어안은 넓은 그의 가슴은 그가 준 손난로처럼 따뜻했다.

이래서들 연애하는가 보다. 추운 겨울, 할머니 댁 아랫목에 버금가는 따뜻함을 선사해 주는 사람이 내내 곁에 있어서. 따뜻하기만 한 게 아니라 심심하지도, 외롭지도 않게 해줘서. 그래서 다들 연애하는 모양이다. 연애라는 거…… 참 좋다. 규리는 이런 게 연애고 사랑이라면 백 번이고 천 번이고 하고 싶었다. 서로의 입술이 떨어지자, 뿌연 입김이 까만 밤공기와 부딪혔다 사라졌다. 명석은 아쉬움 가득한 눈동자로 규리를 사랑스럽게 내려다보더니, 그녀를 조심스럽게 끌어안았다. 여기가 파라도가 아니었으면. 아니, 답사 때처럼 단둘만 있었으면 얼마나 좋았을까? 그럼 남의 눈치를 볼 필요도 없이 하루 온종일 그녀를 품에 안고 있었을 거다. 아쉽고, 아쉽고, 또 아쉽기만 한 명석이었다.

"근데 이거랑 수염이랑 무슨 상관이에요?"

규리가 궁금증 가득 담긴 눈으로 물었다. 도대체 키스랑 수염이랑 무슨 관계가 있다고 애지중지 기르던 수염을 깎았는지, 규리는 선뜻 이해가 되지 않았다.

"수염 기른 남자, 여자들이 싫어한다면서?"

'그런가? 난 별로 상관없는데?'

규리는 수염에 대한 편견도 없었고, 명석이 수염을 잘 관리했기에 그의 수염이 싫다거나 지저분하게 느껴지지도 않았다. 그리고 그의 수염은 나름 섹시하기도 했다.

"그런데 수염 기른 남자를 왜 싫어한대요?"

"음…… 여러 가지 이유가 있겠지만, 내가 들은 바에 의하면……."

무슨 대단한 이유이기에 저렇게 뜸을 들이는 건지.

"의하면?"

"……키스할 때 까슬까슬하다고."

명석은 어울리지 않게 얼굴이 홍시처럼 빨개져 대답했다. 민망해하는 그 모습이 어찌나 귀여운지, 규리는 그를 놀려 주고 싶었다.

"아…… 저런."

"저, 저런?"

예상치 못한 단어가 규리의 입에서 튀어나오자, 명석은 당황했다.

'저런'이라니! '저런'은 딱한 일을 봤을 때 내뱉는 감탄사가 아닌가? 예를 들어 '저런, 쯧쯧쯧.' 아니면 '저런, 안 됐다.' 등과 같이 쓰는 말! 그런데 왜? 설마 수염을 좋아했던 건가?

"사실 저 팀장님 수염 보고 반한 거였거든요."

"뭐? 아깐 수염 깎은 게 더 깔끔하다고 그랬잖아."

"에이, 그건 인사치레 같은 거죠. 팀장님이 수염을 깎았는데 어떻게 별로라고 해요."

규리의 천연덕스러운 연기에 명석은 망연자실했다. 깔끔하다고, 멋있다고 할 땐 언제고 이제 와서 별로라니! 하지만 규리가 싫다면 뭐든 바꿀 용의가 있었다. 명석이 진지하게 고민에 빠져 있을 때, 규리가 슬금슬금 뒷걸음질을 치는 게 눈에 들어왔다. 설마 수염 깎은 게 그렇게 별로였나 싶어 명석이 물었다.

"수염, 다시…… 기를까?"

명석이 묻자, 규리는 여전히 뒷걸음질을 치며 해맑게 말했다.

"아뇨! 지금이 훨씬, 휘얼씬 멋있어요!"

"방금 별로라며?"

"장난이에요!"

"뭐?"

장난이라는 말에 명석이 본능적으로 손을 뻗었지만, 규리는 이미 저만치 멀어진 상태였다.

"너 거기 서!"

명석이 서라는 말과 함께 달리자, 규리는 까르르 웃으며 도망치기 시작했다. 별이 총총 떠 있는 바다를 배경으로 규리와 명석은 일명 '나 잡아 봐라' 놀이를 즐겼다. TV에서 연인이 '나 잡아 봐라' 놀이를 할 때마다 유치하다며 혀를 끌끌 찼던 규리였는데, 이게 이렇게 재미있는 줄은 오늘 또 처음 알았다. 연애라는 거, 사랑이라는 거, 생각보다 더 좋았다. 즐겁고, 유쾌하다. 때론 심장이 간질간질했다가 또 때론 가슴이 벅차올랐다가 그리고 또 때론 이렇게 야하기도 한……

"잡았다."

명석은 긴 팔을 뻗어 그녀의 손을 잡더니, 부드럽게 그녀를 끌어당겼다.

"꺅!"

"어딜 도망가?"

간격이라고 할 것도 없이 너무도 가까운 거리.

"하아, 하아."

규리의 벌어진 입술 틈 사이로 가쁜 숨결이 뱉어졌고, 그녀의 뜨거운 숨결은 명석을 자극하기에 충분했다.

"너 이제 나한테 도망 못 가."

"갈 건데, 헵."

규리의 장난기가 또다시 발동했지만, 명석은 허락하지 않았다. 명석은 숨 쉴 틈도 없이 그녀에게 돌진했고, 그대로 그녀의 작은 입술을 삼키듯 잡아먹었다. 그러자 끈적하고 야한 소리가 파도와 함께 화음을 만들어 냈다. 규리의 아랫입술과 윗입술이 벌어지자 자연스레 그가 들어왔고, 그녀는 그를 마다하지 않았다. 그와 그녀는 서로를 부드럽게 쓰다듬었고 또 때론 거칠게 껴안았다. 그와의 연애는 아이 같으면서도 어른 같았다. 전체 관람가처럼 순수하기 그지없다가도, 아슬아슬한 줄을 타며 어느새 15세 관람가로 넘어간다.

'아, 이러다가 청소년 관람 불가까지 가는 건 아니겠지?'

연애 무식자 규리는 키스 중에도 머리가 복잡했다. 미지의 세계에 대해 상상의 나래를 펼치고 있을 때, 명석이 갑자기 그녀에게서 멀어졌다. 놀란 규리가 눈을 동그랗게 뜨고 쳐다보자, 명석이 꽤 힘들어하는 표정을 지으며 그녀를 보고 있었다.

"팀장님, 어디 아프세요?"

그의 표정은 썩 괴로워 보였다. 땀을 흘렸고, 고통스러워하는 표정을 지었으며, 얼굴이 아주 붉게 달아올라 있었다.

"열이 나는 것 같⋯⋯."

규리가 그의 이마에 손을 얹으려고 하자, 명석은 그녀를 품에 안아 버렸다.

"어디 안 좋은 거 아니에요?"

"아냐⋯⋯."

"근데 왜 그러세요? 아프면 의료진이라도⋯⋯."

"아픈 게 아니라……."

"아픈 게 아니면요?"

"너무 건강해서 그런 거야."

"예? 아……."

그의 건강 상태를 알았을 뿐인데, 왜 이렇게 얼굴이 화끈거리는 건지. 규리는 빨갛게 익은 얼굴을 바람에 맡겨 열을 식혔다.

"난 내가 인내심이 되게 많은 사람인 줄 알았는데."

"그런데요?"

"널 만나고 나니까 알겠다."

그는 규리를 더 꼭 끌어안으며 말을 이었다.

"내 인내심이 얼마나 바닥인지."

명석은 32년간 몰랐던 사실을 이제야 깨달았다. 그동안 잠잘 시간, 먹을 시간 줄여가며 일에만 매달렸다. 그래서 인간의 3대 욕구를 잘 참아 낸다고 자만했는데, 아니었다니. 보고만 있어도 만지고 싶고, 만지고 있으면 입 맞추고 싶고, 입 맞추면 또, 또…….

명석은 불쑥불쑥 커져만 가는 자신의 욕망을 꾹꾹 누르며 그녀의 이마에 입을 맞췄다. 예전엔 연애 따위, 결혼 따위 안 해도 잘 살 수 있을 거라고 생각했는데 이제 보니 그 또한 자만이고 오만이었다.

"감귤."

"예?"

"다시는 그러지 마."

"뭘요?"

명석의 품에 안긴 규리가 빼꼼 고개를 들며 물었다. 그 모습이 어찌나 귀엽고 사랑스러운지. 잔소리를 늘어놓으려던 명석은 잠시 말을 멈추고, 넋을 잃은 사람처럼 그녀를 바라보았다.

"뭘 그러지 마요?"

"어, 그러니까……."

아, 예쁘다. 왜 연애하는 친구 놈들이 주머니에 여자친구를 쏙 집어넣고 다니고 싶다는 말을 밥 먹듯이 했는지 알 것 같다. 그놈들 여자친구들은 모르겠지만, 내 감귤은 정말 주머니에 넣고 싶다. 사람이 어쩜 저렇게 예쁘고 사랑스러울 수 있지? 감귤, 혹시 하늘에서 온 천사인가? 그게 아니면 선녀?

명석이 말없이 빤히 쳐다보기만 하자, 규리가 재촉하듯 물었다.

"뭘 그러지 마요?"

"어? 아……."

아무래도 저 얼굴을 보고 있으면 아무 말도 못 할 것만 같았다. 그저 사랑스러워 물고 빨고만 싶을 뿐. 명석은 최대한 절제하며 규리를 자신의 품에 쏙 집어넣었다. 얼굴이 보이지 않으니 그나마 조금 참을 만해진 그는 어렵사리 정신을 차리고 말했다.

"누군가를 구하기 위해 뛰어드는 일, 다시는 하지 마."

결과만 봤을 때, 가을과 규리 둘 다 모두 무사했으니 문제는 없었다. 하지만 그렇지 않았다면? 특히 물은 더 위험했다. 물에 빠진 사람을 구하기 위해 뛰어들었다가 둘 다 위험에 빠지는 경우가 대다수였기 때문이다. 낮에 바닷가에 쓰러져 있는 규리를 보는 순간, 명석의 심장은 그대로 멎어 버렸다. 사랑하는 여자가 그런 상태로 정신을 잃고 있는데, 제정신일 남자가 누가 있겠느냐 말이다.

"설령 그게 나일지라도."

다시는 그런 모습을 보고 싶지 않았다. 내 여자가 아픈 것은 물론, 위험한 일에 얽히는 것조차 싫었으니까. 그의 말에 규리의 가슴이 두방망이질했다. 코끝이 찡했고 눈시울이 붉어졌다.

"감귤. 대답해."

"네에……."

물기 가득한 그녀의 대답에 이상함을 느낀 명석이 품에 안겨 있는 규리를 떼어 냈다. 어느새 그녀의 눈에 눈물이 맺혀 있었다. 보석이 박혀 있는 두 눈에서 또르륵 눈물이 떨어져 내리며, 하얀 두 뺨 위에 눈물 선을 그었다.

"왜, 왜 울어?"

갑작스러운 그녀의 눈물에 명석은 당황했다. 걱정스러워서, 그래서 함부로 뛰어들지 말라고 한 거였는데, 기분 나쁘게 들렸나? 아니면 서운해서? 그것도 아니면…… 뭐지?

"……제가 우리 아빠한테 했던 말이에요."

"아빠?"

"차갑게 식은 우리 아빠한테 했던 말……."

그녀의 말뜻을 전혀 이해하지 못한 명석이 눈썹을 찌푸리자, 규리가 눈물을 훔치며 말했다.

"나 대학생 때, 아빠가 돌아가셨어요."

그녀에게 아버지가 안 계시다는 건 어렴풋하게 알고 있었다. 면접 때 가족은 어머니와 남동생뿐이라고 말했으니까. 아빠가 안 계시는 건 여러 가지 이유가 있을 테지만, 괜한 슬픔을 끄집어내기 싫었던 명석은 굳이 묻지 않았다.

"사고였어요. 퇴근하고 집으로 오던 길에 횡단보도에서 한 학생을 구해주고 돌아가셨어요."

사람들은 아빠를 영웅이라고 불렀다. 아빠는 의롭게 죽었으며, 아빠의 숭고한 희생정신을 본받아야 한다고 말했고, 아빠로 인해 생명을 구한 학생은 고맙다고 고개를 숙였다. 남들은 다 아빠에게 박수를 보냈지만, 정작 그녀의 가족들은 그럴 수가 없었다. 잉꼬부부라고 소문났던 엄마도, 이제 막 고3이 된 동생도, 그리고 딸바보 아빠의 사랑을 듬뿍 받고 자란 규리도, 그를 보낼 준비가 되어 있지 않았으니까. 규리는 울부짖었다.

"아빠가 왜 남을 위해 죽느냐고, 왜 우리가 아닌 남 때문에 죽어야 하느냐고, 전 아빠를 원망했어요. 우리를 두고 먼저 가는 아빠는 우리에겐 영웅이 아니라 배신자 같았거든요."

가장의 자리는 누군가 채우면 그만이었다. 하지만 한 여자가 사랑했던 남자의 자리, 그리고 두 자식들이 존경해 마지않았던 아빠의 자리는 그 누구도 채울 수 없었다. 한 줌의 재가 된 아빠를 바다에 뿌리며 규리는 마음속으로 간절히 말했다.

"다시 태어나면 누군가를 위해 목숨을 걸지 말라고. 그건 사랑하는 사람한테 못할 짓이라고. 그런데 제가 아빠랑 똑같은 행동을 했네요……."

명석은 아무 말 없이 그녀를 품에 안았다. 그리고 토닥토닥. 따뜻한 손길로 그녀를 위로했다. 규칙적인 간격으로 그녀의 등을 두드리는 그의 손길은 열 마디 말보다 더 위안이 되었다. 아빠가 돌아가신 후, 규리는 생각했다. 사랑한다면, 과거의 추억이 아닌 현재와 함께해야 한다고. 지금 함께하지 않는 건 사랑이 아니라고. 아빠 가족들에게 수많은 행복한 추억을 남겼고, 가족들은 그 추억을 파먹으며 현재를 견뎌야만 했다. 또 앞으로도.

규리는 그게 싫었다. 아빠의 첫 번째 제사 때는 제주도 가족 여행을 갔던 걸 떠올리며 펑펑 울었고. 두 번째 제사에는 규리가 어렸을 때 아빠를 따라 남탕에 가서 물에 빠졌던 얘기를 하며 깔깔 웃었으며. 세 번째 제사 때는 군 입대를 앞둔 규현이와 함께하지 못한다는 사실에 눈물을 훔쳐 내야만 했다. 규리는 그간의 일들로 인해 절실히 깨달았다. 과거의 행복한 추억 백 가지를 떠올리는 것보다, 지금 한 가지 추억을 함께 만드는 게 더 행복한 것이라는 걸. 어쩌면 그래서 레오보다 명석이 더 좋았는지도 모른다. 그녀의 선택은 단순한 질투에서 온 감정이 아닌, 겹겹이 쌓여 있는 그녀의 내면이 결정한 것인지도 모른다.

때때로 레오에게 자신은 추억 속에 박제된 인물 같았다. 그는 종종 자신은 기억하지 못하는 추억을 되짚었고, 그때마다 규리는 레오에게 미안했고 그를 기억하지 못하는 게 민망했다. 규리는 그와 현재를 즐기고 싶었지만, 레오는 그녀와 과거를 추억하고 싶어 했다. 그 때문에 레오 앞에서 아빠의 이야기를 선뜻 꺼내지 못했는지도 모른다. 그녀는 무언가를 추억하는 것보다, 추억을 만들고 싶었다. 그게 그녀가 꿈꿔 왔던 연애였다.

늦은 밤의 데이트는 짧게 끝났다. 규리는 괜찮다고 했지만, 명석은 그녀의 몸 상태가 좋지 않을까 염려가 되었다. 그리고 중간에 가을이 깨면 한바탕 소란이 날 것도 눈에 선했고.

"와. 근데 서가을이 그렇게 변할 줄은 몰랐다?"

"서울 가면 만나자고 난리도 아니에요."

규리의 말에 명석이 얼굴을 잔뜩 찌푸린 채 물었다.

"그래서? 만날 거야?"

"뭐, 나쁜 뜻으로 만나자고 그런 것도 아닌 것 같은데. 한 번은 만나겠죠?"

그러자 명석이 발걸음을 멈추고 불만 섞인 얼굴로 규리를 바라보았다. 맞잡은 두 손은 여전히 따뜻한데, 갑자기 저러니 규리는 어떻게 반응해야 할지 몰랐다.

"서울 가면 너 바쁘잖아."

"그렇겠죠?"

"근데 왜 바쁜 시간을 쪼개서 서가을을 만나? 날 만나야지."

"풋!"

진지한 표정을 지으며 난데없는 질투를 쏟아 내자, 규리의 입에서 저도 모르게 웃음이 터져 버렸다. 이 남자, 보면 볼수록 귀여운 구석이 있다. 멋있다가 갑자기 이렇게 귀여울 수 있는 건가?

"뭐야? 그냥 웃음으로 때우는 거야?"

"뭘 어떻게 하면 될까요?"

규리는 그의 귀여움에 두 손 두 발 다 들고 일단은 맞춰주기로 했다. 그러자 명석은 언제 그랬냐는 듯, 얼굴을 활짝 펴고 당당하게 말했다.

"서울 가서 제일 먼저 만나는 사람은 나여야 해."

"네. 그럴게요."

"내일 저녁에 맛있는 거 먹자. 우리, 단둘이서."

정식 데이트 신청이었다. 그를 선택함과 동시에 첫 키스를 나누고 바닷가 데이트를 즐기기는 했지만, 그가 정식으로 데이트 신청을 한 건 이번이 처음이었다. 규리는 어쩐지 가슴이 두근거렸다. 다른 사람들처럼 예쁘게 차려입고 근사한 곳에서 저녁을 즐기는 데이트. 그런 데이트는 어떤 기분일지 몹시 궁금했기 때문이다. 사랑이 처음이니 하고 싶은 일이 너무도 많았다.

'하나부터 차근차근 해 나가야지. 데이트도 하고, 놀이공원도 가고, 그리고 또…… 꺄!'

갑자기 왜 머릿속에 청소년 관람 불가 장면이 떠오르는지.

'아직 아니야. 아직. 차근차근.'

훅 달아오른 얼굴을 식히고 있는데, 명석이 미간을 모으고 저 멀리의 무언가를 골똘하게 보는 게 아닌가?

"뭘 그렇게 보세요?"

"쉿."

규리는 몸을 낮추고 그가 보는 방향을 유심히 쳐다보았다.

"저거 박승후 아니야?"

"박 군이요? 박 군이 왜 이 밤에…… 헉!"

저 멀리 커다란 나무 뒤에 승후의 얼굴이 보였고, 그 앞에는 웬 여자의 머리카락이 보였다. 규리는 여자의 얼굴을 보지 않았지만, 그녀가 누군지 단번에 알 수 있었다. 그리고 그들이 나무 아래에서 뭘 하고 있는지도 대충 예상이 됐고.

"가, 가요. 뭐 하러 보고 있어요."

규리가 명석의 팔을 끌어당겼지만, 그는 움직이지 않았다.

"잠깐. 박승후 앞에 누가 있는데?"

"누구랑 얘기 중인가 보죠, 뭐."

"새벽 1시에 누구랑 얘기를 해? 잠깐! 여잔데?"

웬만했으면 명석도 그냥 지나쳤을 거다. 게다가 이 밤에 남녀가 만나서 뭘 하겠는가? 썸을 타든 연애를 하든 둘 중 하나일 거다. 그렇다면 더더욱 자리를 비켜 주는 게 맞지만, 명석은 그냥 물러설 수 없었다. 저기 서 있는 남자가 다름 아닌 박승후 그 자식이었기 때문이다! 박승후 때문에 가슴앓이했던 지난 나날을 떠올리면 자다가도 벌떡 깨곤 했으니까. 명석은 여자의 얼굴을 확인하기 위해 고개를 쭉 뺐고, 그 순간! 가로등 불 밑에 있는 여자의 얼굴이 그대로 드러났다.

"차, 차 선배?"

여자의 얼굴을 확인한 명석은 너무 놀란 나머지 말을 더듬고 말았다. 지연의 얼굴을 확인한 순간, 명석은 뒤통수를 얻어맞은 것처럼 머리가 띵해졌다.

세상에, 차지연과 박승후라니! 그는 단 한 번도 두 사람의 가능성을 생각해 본 적이 없었다. 왜? 박승후는 감귤을 좋아하니까. 감히 내 감귤을 넘보고 있었으니까! 사무실에서는 물론 사무실 밖에서도 규리에게 접근하는 걸 여러 번 목격한 그였다. 그런데 뜬금없이 지연과 이 야심한 시각에 당산나무 아래에서 은밀한 데이트를 즐기고 있다니!

"말도 안 돼."

보고도 믿기지 않는 장면에 명석은 저도 모르게 중얼거렸다.

"감귤, 저게 말이 돼……?"

너무도 황당해 질문을 던지던 명석은 그녀의 표정을 보고는 말끝을 흐릴 수밖에 없었다. 규리가 먼 산을 본 채 그의 말을 못 들은 척하고 있었으니 말이다.

"설마. 알고…… 있었어?"

명석이 묻자, 규리는 척 하고 고개를 들어 밤하늘의 별을 쳐다봤다.

"저기 좀 보세요. 오늘따라 별이 반짝반짝. 정말 예쁘네요. 역시 섬이라서 그런가?"

별처럼 예쁜 그녀가 왜 이렇게 얄밉게 느껴지는지. 그는 규리가 승후와 같이 있는 것만 봐도 경계했다. 그런데 알고 보니 박승후는 지연과 사귀고 있었고, 규리는 그걸 다 알고 있었다니. 갑자기 배신감이 밀려왔다.

'그럼 그동안 나랑 오레오는 삽질을 했던 거야?'

영화관에서 규리와 단둘이 있던 박승후, 다정히 규리의 어깨에 손을 올리던 박승후, 마을 회관에서 규리 옆에 딱 달라붙어 잠들었던 박승후! 한 대 치고 싶을 정도로 얄미웠던 박승후의 모습들이 명석의 머릿속에 주마등처럼 스쳐 지나갔다.

'잠깐! 그럼 그때 옥상에서 소리는 왜 지른 거지?'

규리가 재벌을 좋아한다고 선언했던 날, 승후는 성난 야수처럼 포효했다. 그 모습을 보고 레오와 명석은 승후가 규리를 좋아한다고 완전히 확신했고 말이다.

'가만. 그럼 그때 감귤이 아니라, 차 선배 때문에 그런 건가?'

그러고 보니 신 국장이 그날 지연에게 맞선을 주선했던 것도 같다. 내 여자가 아니라 관심이 없어서 기억은 잘 나지 않지만.

"감귤. 저 둘 사이는 언제부터 알았어?"

"만나고 있는 걸 안 건 얼마 안 됐고……."

"안 됐고?"

"박 군이 좋아하는 건 좀 된 걸로 알아요."

"좀? 얼마나?"

명석은 성격상 남의 사생활 따위 조금도 궁금해하는 편이 아니었지만 이건 꼭 알고 싶었다.

"제가 알게 된 건 9월 9일이었고요."

그날은 그와 레오가 규리에게 답변을 듣기 위해 옥상에 올라간 날이었다.

"박 군은 그전부터 작가님을 좋아하고 있었던 걸로 알고 있어요."

"뭐? 그전부터?"

그녀의 말에 명석은 놀랄 수밖에 없었다. 규리를 좋아하다가 지연과 그런 사이가 됐나 싶어 물었는데, 시간을 따져보니 애초부터 규리를 좋아하지 않은 것 같았다. 하지만 아직까지 추론에 불과했다. 명석은 좀 더 확실히 하기 위해 다시 물었다.

"그럼 너희는 왜 그렇게 붙어 다닌 거야?"

"네? 그건 갑자기 왜……?"

지연과 승후에 대해 묻던 명석이 질문의 방향을 틀자 규리가 물었다. 하지만 명석은 질문은 안 받겠다는 듯, 손사래를 치며 말했다.

"내 질문에 대답 먼저."

"둘이 친하니까요?"

"그러니까 왜 친하냐고?"

"막내들끼리 친한 게 당연하죠. 게다가 저희는 동갑이니까. 서로 힘든 얘기도 하고 선배들 흉도 보면서 자연스럽…… 아차."

선배들 흉 봤다는 말에 규리는 재빨리 입을 다물며 명석의 표정을 살폈지만, 그는 딴생각에 잠긴 듯 아무 말이 없었다. 그러니까 정리를 해보면. 감귤 옆에 알짱거리던 박승후 자식은 사실 감귤이 아닌 차 선배를 좋아했다. 그리고 감귤과 박승후는 그저 순수한 마음으로, 남녀가 아닌 동료로서 서로 가깝게 지냈을 뿐이다. 고로 요 몇 달 사이 박승후를 견제하고, 시기하고, 시샘했던 나계명석은 사상 최대의 폭설이 내렸던 군 생활 때보다 더 큰 삽을 들고 삽질을 했던 것이다?

아, 이런! 삽질을 봤나. 화가 난 것도 잠시. 생각이 완전히 정리되자, 명석의 입에서 너털웃음이 터져 버렸다.

"하하하하하."

그러고 보니 승후는 일편단심 차지연이었을 뿐, 규리를 좋아한 게 아니었다. 이제 보니 박승후 저 자식 아주 진국이다, 진국.

"자식, 착한 놈. 내가 저렇게 좋은 후배를 두고. 하하. 하하하."

"팀장님?"

명석의 의식의 흐름을 전혀 알지 못하는 규리는 갑자기 웃음을 터뜨리는 그를 이상한 눈초리로 쳐다봤다. 하지만 명석은 웃음을 멈출 수가 없었다. 기특한 후배놈이 어찌나 예뻐 보이는지, 서울 올라가면 밥 좀 사줘야겠다. 그것도 아주 맛있는 걸로.

"하하하하하!"

"그만 좀 웃으세요. 들리겠어요."

명석은 터져 버린 웃음을 멈출 수가 없었고, 옆에서 지켜보는 규리는 저들에게 들킬까 봐 마음이 조마조마했다.

"뭐가 그렇게 웃겨?"

"아, 깜짝이야. 선배?"

한참을 웃고 있을 때, 싸늘한 목소리가 들려왔다. 언제 왔는지, 지연이 규리와 명석 앞에 서 있었다.

"계 팀장. 말해봐. 뭐가 그렇게 웃긴지."

지연은 주머니에 손을 꽂은 채로 명석을 노려보며 말했다. 그녀에게서 뿜어져 나오는 카리스마가 어찌나 강한지, 옆에 서 있던 규리는 슬그머니 뒤로 빠져 버렸지만 명석은 전혀 굴하지 않고 대답했다.

"감귤과 대화 중이었어요."

"이 밤에?"

"네. 이 꼭두새벽에요."

"분위기 좋아 보인다?"

"선배 분위기도 나빠 보이진 않는데요?"

명석이 힐끔 승후를 쳐다보며 말하자, 지연이 잠시 말을 끊었다. 그리고 잠시 후.

"나, 얘랑 사귀어."

"……!"

지연의 폭탄 고백에 옆에 있던 승후는 물론, 명석과 규리도 놀라고 말았다. 사귀는 건 눈치챘지만 숨기거나 아니라고 발뺌할 줄 알았는데, 이렇게 당당하게 말해 버리다니.

"나, 박승후랑 사귄다고."

"저도 감귤이랑 사귀어요."

명석도 지지 않겠다는 듯, 규리와의 관계를 밝혔다.

"역시. 긴가민가했는데, 그랬구나."

다른 스태프들을 다 뿌리치고, 쓰러진 규리를 업고 뛰었을 때부터 의심스럽긴 했다.

"나, 뭐 하나 물어봐도 돼?"

지연이 뭔가 말을 꺼내려고 하자, 승후가 그녀를 말렸다.

"그걸 왜 물어요. 우리 둘이 얘기해요. 죄송합니다. 팀장님. 규리야, 미안해."

승후가 흥분한 지연을 끌고 가려고 했지만, 지연은 꿈쩍도 하지 않았다.

"뭐 어때?"

"우리 문제잖아요."

"다른 사람들은 어떻게 생각하는지 궁금하지 않아?"

"안 궁금해요."

"난 궁금해."

무슨 문제가 있는지는 모르겠지만 지연과 승후는 꽤 날을 세우고 있었고, 그들 사이에 낀 명석과 규리는 그들의 눈치를 살피기에 바빴다. 팽팽하게 의견을 주고받던 중에 지연이 두 사람을 발견하고 이쪽으로 온 모양인데.

'둘이 싸우는 것까지야 어쩔 수 없지만, 그걸 왜 우리 앞에서……'

감귤과 꽁냥꽁냥 데이트 즐길 시간도 없어 죽겠는데, 왜 하필 지금 딱 걸려서 오도 가도 못하는 신세가 됐는지. 명석은 슬쩍 빠지자고 규리에게 눈짓을 보냈고, 그걸 알아챈 규리는 작게 고개를 끄덕였다. 고래 싸움에 괜히 새우 등 터지기 싫었던 두 사람이 조용히 빠지려던 그때!

"계명석!"

지연이 명석의 이름을 불렀다. 같이 일하면서 직접적으로 그의 이름을 부르는 건 처음이었다.

"네 생각은 어때?"

"뭐가요?"

"솔직히 얘기해 봐. 규리 너도."

지연이 명석과 규리를 번갈아 쳐다보면서 물었다.

"여자친구의 남사친, 어떻게 생각해?"

"절대 안 되죠."

"그게 왜요?"

지연의 질문에 명석과 규리가 동시에 대답했다. 하지만 두 사람의 대답은 전혀 달랐고, 서로의 대답을 듣는 동시에 지연과 승후 커플의 싸움이 고스란히 이쪽으로 옮겨와 버렸다.

"감귤. 정말 그렇게 생각해?"

"네. 남사친이 뭐 어때서요? 그냥 친구잖아요."

"남자 여자 사이에 친구가 어딨어?"

"왜 없어요?"

회사에서만 봐도 피디, 작가 등등 여자 사람 친구가 많았던 명석이었다. 퇴근 후 그가 여자들과 카페에 같이 있는 것도, 여자와 단둘이서 술 마시는 것도 종종 봤던 규리였고. 그런데 안 된다고 딱 선을 그어 버리다니. 규리는 황당했다.

"팀장님, 여자 사람 친구 많잖아요."

"이제부터 절교할 거야."

"왜요?"

"왜긴. 네가 있으니까."

"그러니까, 제가 왜요?"

규리는 연애로 인해 주변 사람들을 정리하는 건 옳지 않다고 생각했다. 여태 잘 지내다가, '나 이제 연애하니까 너랑 안 만나.'라고 하면 얼마나 황당할까?

하지만 명석의 생각은 달랐다. 비록 친구라는 이름으로 관계를 설명하고는 있어도, 한 치 앞을 모르는 게 남녀 사이라고 생각했다. 그렇기에 연애와 동시에 그의 화려한 여사친들을 차단한다는 건데, 순진한 규리는 그 의미를 잘 모르는 것 같았다. 둘 사이의 의견이 좁혀지지 않고 있을 때, 승후가 불난 집에 기름을 들이부었다.

"팀장님. 그럼 남사친과 여행은 어떻게 생각하세요?"

"여어행?"

여행이라는 말이 나오자, 명석의 입이 떡 벌어졌다.

"선배. 남자랑 여행 갑니까?"

"남자가 아니라, 남사친. 그리고 예전부터 여행계 들었던 친구고, 너 만나기 전에 예약도 다 끝냈다고."

지연은 몇 년 전부터 친구와 여행계를 부었고, 1년에 한 번씩 그와 함께 여행을 다녀오곤 했다. 그런데 여태 잘 가던 여행에 승후로 인해 브레이크가 걸린 것이었다.

"어떻게 남자랑 여행을 가죠?"

"다른 건 그렇다 쳐도 여행은 정말 말도 안 된다."

"팀장님도 그렇게 생각하시죠?"

"당연하지. 남자랑 여행이라니."

승후와 명석은 함께 분개했고.

"왜 자꾸 남자래? 나한테 걔는 '남자'가 아니라, '친구'라고, 친구!"

"게다가 예약까지 했으면 취소하기도 그렇잖아요."

"규리, 너도 그렇게 생각하지?"

"예."

지연과 규리는 그들에게 맞섰다. 어쩌다 보니 네 사람은 2대 2로 나뉘어 서로 싸우는 구도가 되었고, 쉽게 끝날 것 같지 않았던 싸움은 마을 어르신의 등장으로 급마무리가 되었다. 지연과 승후는 마을 회관으로 향했고, 명석은 규리를 출연자 숙소까지 데려다주었다. 출연자 숙소에는 레오가 있어서 마음에 걸리긴 했지만, 마을 회관은 너무 좁아 몸이 좋지 않은 규리가 편하게 잘 수 없을 것 같았다. 그리고 가을이 깼을 때 규리가 없으면 난리 칠 게 뻔했고.

"감귤. 정말 그렇게 생각해?"

숙소 근처에 다다르자, 명석이 물었다.

"뭘요?"

"남자 사람 친구 말이야."

"또 그 얘기세요?"

규리는 대수롭지 않게 물었다. 어차피 그건 지연과 승후의 이야기였고, 규리 자신에게는 남사친이 별로 없었다. 끽해봐야 승후 정도인데 왜 저렇게 걱정을 하는지, 규리는 그 이유가 짐작도 되지 않았다.

"전 상관없어요."

둘 사이에 믿음이 있으면, 남사친이며 여사친이 무슨 대수일까? 규리는 상대를 믿어 주는 게 중요하다고 생각했다.

"난 상관있어."

그래서 명석의 대답이 실망스러웠다.

"난 싫어. 남사친, 여사친 그런 거."

"왜 그렇게까지 싫어하시는지 모르겠어요."

명석은 걸음을 멈추고 규리를 품에 안았다. 아마도 그녀는 자신의 불안함을 알지 못하는 듯했다.

"엄밀히 말하면, 박 군도 제 남사친이잖아요?"

……레오도 남사친이지. 그리고 초등학생 때부터 널 마음에 품었던 남자이기도 하고.

"그러면 박 군이랑도 연락하지 말아요?"

내가 옹졸한 거 아는데, 네 결정을 레오에게 말한 뒤에는 레오와 안 만났으면 좋겠어. 친구로든, 출연자로든, 뭐든 간에 연락도 만남도 없었으면 좋겠어.

"전 팀장님 믿어요. 저도 믿어주시면 안 돼요?"

"나도 너 믿어."

다만 레오를 못 믿을 뿐이지. 하지만 이런 그의 심정을 그녀에게 말할 수는 없었다. '때가 되면 규리도 알겠지.' 하고 그냥 넘길 뿐.

"하아. 헤어지기 싫다."

"내일 일찍 일어나야 하잖아요."

내일이면 서울로 떠난다. 서울에 도착하면 규리는 레오에게 자신의 결정에 대해 말할 것이다. 명석은 어서 빨리 레오와의 관계가 깔끔하게 정리되길 바랐다. 아직 둘 사이에 레오가 껴 있어, 마음껏 연애하기가 애매한 상황이었다. 하지만 모든 게 정리되면, 그때는 매일 밤 규리를 놓아주지 않을 생각이었다. 언제까지나 이렇게 품에 안고만 있어야지.

"내일 저녁 약속 잊지 않았지?"

"그럼요. 저 집에 가서 옷 갈아입고 와도 돼요?"

명색이 첫 번째 데이트인데, 후줄근한 옷을 입고 만나고 싶지 않았다. 비싸고 눈에 띄게 예쁜 옷은 없지만, 그래도 깔끔하게 꾸미고 나오고 싶었다.

"그래. 그럼 나도 집에 들렀다 와야겠다."

명석은 데이트 약속으로 아쉬움을 달래며, 겨우 규리를 안으로 들여보냈다.

*

명석은 첫 데이트에 대한 기대감으로 쉽사리 잠을 이루지 못했다. 자리에 누워 몇 번 뒤척이던 그는 핸드폰을 꺼내 '데이트 맛집'을 검색했다. 그러자 근사한 레스토랑과 먹음직한 음식 사진이 쏟아져 나왔다. 명석은 많은 양의 사진과 후기를 훑어보며, 규리에게 뭘 먹고 싶은지 묻지 않은 걸 후회했다. 평소 일인일 닭을 외치는 걸 보면 닭을 좋아하긴 하는 것 같은데, 첫 데이트 때 치킨을 뜯고 싶지는 않았다.

'문자를 보내 볼까?'

─감귤. 내일 데이트 때 뭐 먹고 싶어? 예약해 놓…….

여기까지 문자를 작성하던 명석은 시간을 보고 핸드폰을 닫았다. 벌써 새벽

5시였다. 살면서 여자를 안 만나본 건 아니었는데, 이런 감정은 처음이었다. 천하의 계명석이 데이트 하나 때문에 설레서 잠을 설치다니. 그는 살면서 자신에게 이런 날이 올 거라는 생각은 단 한 번도 해본 적이 없었다. 부모님의 강요로 선을 보기도 했고, 자신을 쫓아다니는 여자들을 만나보기도 했지만, 그때마다 별다른 감흥은 없었다. 그래서 평생 혼자 사나, 하고 막연히 생각했는데 데이트 생각에 잠까지 설치다니.

"일어나야겠다."

슬슬 서울 갈 준비를 해야 하기도 했지만, 그 전에 규리 얼굴을 한 번 더 보고 싶었다. 배에 타면 다른 일에 신경 쓰느라 얼굴도 제대로 못 볼 테니까. 명석은 샤워를 마치고 바깥 날씨를 살폈다. 하늘은 청명했고, 바람이 불지 않아서 그런지 꽤 포근했다.

'그래도 손난로에 기름은 채워줘야겠지?'

추위를 워낙 잘 타는 데다 어제 바다에 빠지기까지 했으니, 명석은 규리의 건강이 염려스러웠다. 손난로를 채울 기름과 멀미약을 챙긴 명석은 출연자 숙소로 향했다. 규리를 만난다는 생각에 발걸음은 가볍고, 기분은 상쾌했다. 평소 같지 않게 콧노래까지 흘러나왔다. 얼마나 규리가 보고 싶었는지, 벌써 숙소 앞에 도착했다. 코너를 돌아 마당으로 들어서려는 순간 명석의 눈에 레오의 뒷모습이 들어왔다.

'벌써 깼나?'

싸움 후 서로 얼굴을 마주치지 않은 상태였지만 굳이 피할 이유는 없었다. 못 올 곳에 온 것도 아니었고, 별 신경 쓰지 않고 안으로 들어가려는데, 레오 앞에 누군가 보였다. 실루엣만 봐도 그게 누군지 단번에 알 수 있었다. 규리는 레오의 품에 안겨 있었고, 그녀를 볼 생각에 고조되었던 명석의 마음은 바닥으로 곤두박질쳤다.

12. 이별을 준비하는 자세

규리는 새까만 어둠 속을 달렸다. 아주 커다란 뱀이 혀를 날름거리며 그녀를 쫓아왔다. 쉬익— 쉬익— 하고 뱀의 입에서 나는 소리가 어찌나 소름이 끼치는지, 규리는 뒤도 돌아보지 않고 뛰었다. 미친 듯이 뛰었지만 그녀와 뱀의 거리는 좀처럼 멀어지지 않았다. 아니, 오히려 더 가까워지는 것만 같았다.

"아아악!"

돌부리에 걸린 규리는 끝이 보이지 않는 낭떠러지로 떨어졌다.

"아, 아파."

온몸이 욱신거리고 아팠지만, 스산하고 소름끼치는 느낌에 아픈 곳을 돌아볼 여유 따위는 없었다. 핸드폰으로 주위를 밝혔다. 어둠이 걷히자 주위가 조금씩 보이기 시작했다. 그녀가 빠진 곳은 다름 아닌 뱀의 소굴이었다. 수백 마리의 뱀들이 그녀의 발밑과 머리 위에 우글거렸고, 사납게 치켜뜬 눈으로 일제히 그녀를 노려보고 있었다. 소리를 질러 누군가에게 도움을 청하고 싶었지만 입이 떨어지지 않았다. 커다란 뱀이 그녀를 위협했고 두 다리에 힘이 빠진 규리는 힘없이 주저앉고 말았다. 그녀가 쓰러지자 수백 수천 마리의 뱀들이 기다렸다는 듯 그녀를 향해 달려들었다.

"꺄아악!"

비명을 지르며 꿈에서 깬 규리는 자리에서 벌떡 일어나 주위를 살폈다. 뱀은 없고, 몸부림친 가을의 다리가 그녀의 배 위에 얹혀 있을 뿐이었다.

"하아. 왜 이런 꿈을 꾼 거야."

어찌나 꿈이 무서웠던지, 온몸이 식은땀으로 차갑게 젖어 있었다. 규리는 가을의 다리를 밀어내고 자리에서 일어나 밖으로 나왔다. 물이라도 한 잔 마셔야 놀란 속이 좀 진정될 것 같았다.

"뱀 꿈은 무슨 꿈이지? 태몽인가? 아냐. 태몽이 그렇게 기분 나쁠 리가 없어."

꿈에 대해 골똘히 생각하며 물을 마시고 다시 방으로 들어가려는데, 웬 커다란 그림자가 그녀 앞에 어른거렸다. 레오였다.

*

명석이 준 패딩과 손난로를 챙긴 규리가 마당 평상 위에 앉자, 잠시 후 레오가 부엌에서 따뜻한 차를 들고 밖으로 나왔다.

"마셔."

"고마워."

며칠 전까지만 해도 그와 함께 있는 게 전혀 어색하지 않았는데, 오늘은 왜 이렇게 낯설고 어색하게만 느껴지는지. 규리는 애먼 종이컵만 만지작거렸다.

"어제, 사고가 있었다면서?"

레오는 그때 서준과 뒷산에서 촬영 중이었는데, 늦은 밤이 되어서야 바다에서 일어난 사고 소식을 들을 수 있었다.

"몸은 좀 괜찮아?"

"응. 괜찮아. 가을이도 그렇고."

규리가 미소를 지으며 대답했지만, 레오의 눈빛에는 걱정이 가득했다. 그녀에 대한 걱정. 사고가 터졌을 때 곁에 있어 주지 못한 것에 대한 미안함. 그리고 다른 사람이 채웠을 자신의 빈자리. 그로 인해 횡하게 뚫려 버린 가슴 한구석. 걱정 가득했던 레오의 얼굴이 어느새 슬픔으로 물들어 버렸다. 그런 그의 표정을 보니 규리의 마음도 편하지는 않았다.

그녀는 사랑과 동시에 이별을 해야만 했다. 애초부터 셋이 시작한 관계였기에 누군가와의 이별은 당연한 일이었다. 그런데 그게 이렇게 가슴 아픈 것일 줄이야. 하지만 이 또한 그녀가 선택한 일. 규리가 견뎌 내야 했다. 규리는 차갑게 식어 버린 녹차를 후루룩 마신 뒤 용기를 내어 그를 불렀다.

"레오야……."

하지만 그녀의 용기는 아직 그녀를 놔줄 생각 없는 그의 마음에 의해 차단되어 버렸다.

"규리야."

"어?"

"서울 올라가면 우리 밥 먹자."

아무렇지도 않은 건지 아니면 그런 척을 하는 건지, 레오는 꽤 밝은 목소리로 말했다.

"떡볶이도 좋고. 전에 네가 얘기한 소금구이 집도 가보고 싶은데."

"……."

"아니다. 우리 초등학교 때 피자 자주 먹었는데, 기억나? 피자 먹으러 가자. 이태원에 정말 맛있는 데가 있는데, 치즈가 진짜 끝내줘."

"레오야……."

"아니면 청담동에……."

"레오야!"

"밥!"

씁쓸하게 이야기를 듣고만 있던 규리가 그의 말을 끊으려고 하자, 다시금 레오가 그녀의 말을 막아섰다.

"밥…… 먹으면서 얘기하자, 우리."

너 지금 나한테 이별을 고하려는 거잖아. 나 말고 감독님이 좋다고, 내가 아닌 감독님을 선택했다고, 그 말을 하려는 거잖아. 그럼 우린 정말…… 끝인 거잖아. 어떻게 그래. 내가 널 얼마나 좋아했는데. 내가 어떻게 사랑한 너인데. 20년을 그리워했던 너를, 그토록 어렵게 찾은 너를, 어떻게 이렇게 덜렁 보내. 나, 아무것도 담겨 있지 않은 빈속에 네 슬픈 이별을 담을 용기가 없어. 까슬거리는 허한 내 뱃속에 밥이라도 꾸역꾸역 밀어 넣을게. 내 속에 들어 있는 게, 밥인지 반찬인지 아니면 네가 고한 이별인지 구분 못 하게. 그러니까 우리…….

"밥 먹으면서 얘기하자. 천천히. 조금만 천천히."

"……레오야."

"나한테 그 정도 시간은 줄 수 있잖아?"

레오는 하얀 치아가 드러나게 웃으며 물었지만, 맑은 두 눈은 너무도 슬퍼 보였다. 순간 머릿속에 명석의 얼굴이 스쳐 지나갔다. 하지만 규리는 그의 부탁을 매몰차게 거절할 수는 없었다. 어쨌든 그는 친구였으니까.

"그래. 그러자."

규리가 허락하자, 레오의 얼굴이 한층 밝아졌다.

"그럼 오늘 저녁 어때? 이따 서울 가면……."

"아, 오늘은 안 돼. 선약이 있어서……."

규리는 명석과의 데이트를 떠올리며 말했다. 레오와 관계를 정리하는 것도 중요했지만, 그와 한 약속이 먼저였다.

"아…… 그렇구나."

서운해하는 레오를 보는데, 불현듯 명석이 한 말이 떠올랐다.

"난 싫어. 남사친, 여사친 그런 거."

그가 그 말을 할 때에는 '왜 저렇게 꽉 막힌 말을 하실까?'하고 생각했는데,

이제 보니 왜 그런 말을 했는지 알 것 같았다. 규리는 명석이 견제한 '남사친'이 승후가 아닌 레오라는 걸 뒤늦게 깨달았다. 이토록 자신을 좋아하는 레오를 경계하고 한 말인 줄도 모르고, 남사친이 뭐 어떠냐는 말을 아무렇지도 않게 했다니. 자신의 그 말에 명석은 얼마나 마음이 쓰였을까?

규리는 마음 같아서는 지금 모든 걸 털어 버리고 싶었다. 미안하지만 나는 팀장님이 좋다. 너도 이미 눈치채지 않았느냐? 그러니 우리 여기까지 하자. 정말 미안하고, 고마웠다고. 하지만 그건 또 레오에 대한 예의가 아니었다. 둘을 두고 저울질하고 간을 봤던 자신이, 한 명을 선택했다고 다른 한 명에게 그따위로 이별을 말할 수는 없었다. 레오를 신경 쓰고 있을 명석에게는 미안했지만, 규리는 자신을 배려해 준 레오에게 최대한 상처를 주고 싶지 않았다.

"오늘 말고 내일은 어때?"

"그래…… 그러자, 내일."

규리의 선약 상대가 누구인지 빤히 아는 레오는 씁쓸하게 대답했다. 함께 있는 지금 이 순간까지 그를 떠올리는 규리가 야속하기도 했고, 그녀의 머리를 가득 채우고 있는 명석이 밉기도 했다. 그리고 그를 이길 수 없는 자신이 너무도 초라하게 느껴졌다. 레오는 이 처참한 기분을 규리에게 들키고 싶지 않아 서둘러 자리에서 일어났다.

"추운데 들어가자. 올라갈 준비도 해야지."

"그래. 시간이랑 장소는 내일 따로 연락할게."

연락……이라. 그 말은 오늘부터 그녀의 집에 오지 말라는 말로 들렸다. 같은 집에 함께 있으면 따로 '연락' 따위 하지 않아도 되는 거였으니까.

"……그래."

서운함을 애써 숨기며 뒤를 돌아 안으로 들어가려던 그때, 이쪽으로 향하는 명석이 레오의 눈에 들어왔다. 레오는 저도 모르게 규리를 향해 몸을 돌렸다. 어떠한 상황을 예상하거나 의도해서 한 행동은 아니었다. 다만 지금 명석이 온다면, 그녀의 머릿속에 남아 있을 오레오라는 남자가 순식간에 사라져 버릴 것 같아 두려웠다. 조금이라도, 아주 잠시만이라도 자신을 생각해 주길 바라며 한 행동이었을 뿐이다. 레오가 갑자기 몸을 돌리자, 그와 동선이 겹친 규리는 균형을 잃고 휘청거렸다.

"어어, 어?"

레오는 뒤로 넘어지려는 규리의 허리를 감싸 안았다. 누가 보면 오해하기 딱 좋은 자세였고, 안타깝게도 그 장면을 명석이 보고야 말았다.

"아, 고마워."

규리가 어색해하며 말했지만, 레오는 그녀를 놓아주지 않았다. 그저 힐끔, 고개를 돌려 명석의 낯빛을 살폈을 뿐.

"레오야, 나 좀 놔줄래?"

놔달라는 규리의 말에도 그녀를 놓지 않던 레오는, 얼굴빛이 파리해진 명석의 발걸음 소리가 꽤 멀어진 후에야 그녀를 놓아주었다.

*

"언니. 언니! 오늘 서울 가면 뭐 할 거야?"

아침에 눈을 뜬 가을은 규리에게 찰싹 달라붙어 떨어질 줄을 몰랐다. 아침 식사를 할 때, 규리의 숟가락 위에 손수 생선을 발라 올려줄 때는 '얘가 날 정말 좋아하나?'라는 의심이 들며 은근 소름이 돋을 정도였다. 정말이지 가을은 한번 마음을 주면 그대로 직진인 모양이었다. 하지만 지금 규리에게 가을은 전혀 반갑지가 않았다. 그녀 때문에 지금껏 명석과 눈인사조차 제대로 하지 못했으니까. 아까 소품 챙기라며 손난로 기름과 멀미약을 주었을 때도 규리는 명석과 잠깐의 대화도 나누지 못했다. 가을이가 하도 달라붙어 있어서!

이제 곧 배는 선착장에 정박할 거고 그 후 바로 서울로 올라가는 버스에 몸을 실을 예정이었다. 그러면 또 서너 시간 동안 명석과 눈도 못 마주칠 텐데. 데이트 시간과 장소는 문자로 얘기하면 되지만, 사실 규리는 그가 보고 싶었다. 창밖에 넘실대는 파도를 봐도, 끼룩끼룩 우는 갈매기를 보고 있어도 자꾸만 그의 얼굴이 떠올랐다. 저만치에 그가 있는데, 그래서 그의 얼굴을 힐끔힐끔 엿보고 있는데도 그가 보고 싶은 건 또 무슨 이유인지. 아마도 이렇게 멀리서 훔쳐보는 게 아니라, 좀 더 가까이서 보고 싶은 모양이었다.

예를 들어 그의 주머니에 손을 쏙 집어넣고 아래에서 위로 올려다본 모습이라든가, 두 눈을 감고 얼굴을 비스듬하게 기울이며 내게 다가오는 모습이라든가! 그것도 아니면 붉게 상기된 얼굴로 날 사랑스럽게 내려다보는 모습이라든가!

혼자 상상의 나래를 펼치던 규리는 저도 모르게 떠오른 엉큼한 생각에 얼굴이 뜨거워졌다. 왜 멀쩡한 그의 얼굴은 안 떠오르고, 하나같이 야릇한 표정을 짓고 있는 얼굴만 떠오르는 건지.

'감규리! 아주 그냥 음란 마귀가 친구 하자고 덤비겠네!'

규리는 도리질을 치며 정신을 차리려고 애썼다.

"언니. 오늘 뭐 하냐니까?"

명석 생각에 잠겨 있느라 가을이 뭐라 말하는 것도 못 듣고 있었다.

"어? 아. 오늘 약속 있어."

"약속? 그럼 내일은?"

"내일도."

규리의 말에 가을은 입술을 삐죽였다.

"힝. 그럼 언제 시간 되는데?"

가을이 만날 시간에 명석의 얼굴 한 번 더 보면 좋겠지만, 미루기만 한다고 그냥 넘어갈 것 같지는 않았다.

"내가 시간 되면 문자 보낼게."

"정말이지?"

약속이 확정된 것도 아니었는데, 가을은 뛸 듯이 기뻐했다.

"그렇게 좋아?"

"그럼. 내 생명의 은인한테 맛있는 식사라도 대접해야지."

해맑게 웃는 가을을 보자, 규리의 얼굴에 저도 모르게 미소가 걸렸다. 서가을과 이런 관계가 될 줄은 꿈에도 생각하지 못했다. 언제나 자신을 괴롭히려고 두 눈 시퍼렇게 뜨고 있던 애가 밥 사주고 싶어 하며 안달이 나다니. 역시 세상 오래 살고 볼 일이었다.

"뭐야, 저건?"

생각에 잠겨 피식 웃고 있을 때, 가을이 창밖을 내다보며 중얼거렸다.

"뭐가?"

"내 팬들인가?"

"네 팬?"

"아니, 잠깐! 저거 취재 차량 아니야?"

가을의 말에 배 안이 술렁거렸고, 사람들은 창가에 붙어 바깥 동태를 살폈다. 선착장에는 수십 대에 달하는 각종 취재 차량이 빼곡하게 주차되어 있었고, 배가 들어오는 걸 보자 일제히 차 문이 열리며 수십 명의 사람들이 뛰쳐나왔다. 카메라를 든 사람들은 배를 향해 연신 플래시를 터뜨리며 카메라 셔터를 눌렀다. 그들의 앵글 속에 누가 잡혀 있는지 규리는 전혀 감을 잡지 못했지만, 옆에 있는 가을은 달랐다.

"우리 촬영 끝난 거 취재하려고 여기까지 온 건 아닐 테고……."

"그럼 뭐 때문에 왔을까?"

"레오 오빠 취재하러 온 것 같은데?"

"레오?"

순간 규리의 손에 촉촉하게 땀이 배었다. 제작 발표회 때, 집요하게 레오에게 질문을 던지던 신 기자의 얼굴이 떠올랐다.

"레오 오빠랑 감독님 스캔들 확인 사살하러 온 것 같은데……."

연예인이라서 그런지, 가을의 촉은 예리했다. 그나마 다행이었다. 명석과 레오의 스캔들 때문에 온 거라면 자신을 캐려고 하지는 않을 테니까. 그리고 그들의 스캔들은 터무니없는 것이니 금방 넘어갈 수 있을 거였고. 그렇게 안심하고 있을 때, 가을이 갑자기 모자를 꺼내더니 규리의 머리에 씌웠다.

"모자는 왜?"

"언니도 조심해."

"내가? 왜?"

규리가 묻자, 가을이 낮은 목소리로 대답했다.

"레오 오빠 첫사랑이 언니라는 게 알려져 봐. 그럼 끝이야."

"……!"

"기사 한번 나가 봐. 얼굴 알려지면 인터넷에 신상 까발려지는 건 시간문제라고."

"하지만 난……."

"레오 오빠랑 아무 사이도 아니라고?"

규리가 고개를 끄덕이자, 가을이 피식 웃으며 대답했다.

"그런 건 중요하지 않아. 사람들은 그저 물어뜯을 누군가가 필요할 뿐이니까."

자신이 레오의 첫사랑인 건 사실이지만, 명석으로 마음을 굳힌 이상 이제 더는 기자나 사람들의 시선에 얽매일 일이 없을 거라고 예상했다. 그런데 아직 끝난 게 아니라니.

"언니. 내 옆에 딱 붙어 있어."

"어. 알았어."

"누가 물으면 제작진이라고 하지 말고, 내 코디라고 해."

가을이 이렇게 든든하게 느껴지는 날이 올 줄이야. 규리는 살짝 미소를 띠며 창밖의 기자들을 내다보았다. 기자들의 날카로운 눈빛이 마치 꿈에서 보았던 뱀처럼 느껴져 소름이 돋았다. 제발 뱀 소굴에 던져지는 일은 일어나지 않기를……. 규리는 크게 숨을 내쉬며 기자들 사이를 지나갈 마음의 준비를 했다.

＊

가을의 예상대로 그들이 노린 건 명석과 레오였다. 톱 배우와 유명 피디의 스캔들이 터졌는데 방송국과 소속사에서는 아니라는 답변만 돌아왔다. 섬으로 촬영 간 그들을 직접 취재할 수 없었던 기자들은 답답함에 발만 동동 구르다가 이쪽으로 달려온 것이었다.

"두 분, 정말 아무 사이가 아니신가요?"

"그렇다면 영상 속 장면은 어떻게 찍힌 건가요?"

"그날 함께 있던 장소는 어디며, 동영상에서 말하는 사랑하는 대상은 누구인가요?"

레오와 명석이 배에서 내리자 기자들이 달려들었다. 수많은 질문이 쏟아졌고, 레오와 명석이 차례로 자신들의 입장을 밝혔다.

"그 기사는 사실이 아니며 공식 입장은 소속사를 통해 배포하도록 하겠습니다."

"거짓 루머를 만들어낸 신문사 그리고 당사자에게 사실 여부도 묻지 않고 기사를 작성한 기자에게 법적으로 강력하게 대응할 예정입니다."

두 사람이 간단한 인터뷰로 상황을 정리하고 자리를 뜨려고 할 때였다. 어디선가 비열한 목소리가 들려왔다.

"오레오 씨가 말한 첫사랑은 본인의 성적 취향을 감추기 위한 페이크였습니까?"

스태프들의 엄호를 받으며 기자들 사이를 지나치던 레오는 마지막 질문에 발걸음을 멈췄다. 그리고 그와 눈이 마주친 건, 신동우 기자였다. 레오는 신 기자를 무섭게 노려봤지만, 그는 아랑곳하지 않았다. 오히려 레오에게 다가와 그를 더 자극할 뿐. 레오의 불끈 쥔 주먹 위로 파란색 핏줄이 선명하게 드러났다.

"대답해. 오레오."

"……."

"사실 첫사랑이라는 그 여자, 네 취향을 숨기기 위한 도구였지?"

신경을 거스르는 신 기자의 야비한 질문에 레오는 저도 모르게 이성의 끈을 놓을 뻔했다. 하지만 겨우 안정을 취한 레오는 입가에 미소를 띠며 빈정댔다.

"천하의 신 기자님이 급하긴 많이 급하셨나 봅니다?"

"······?"

"기레기도 아니고, 쓰레기 같은 기사를 쓰신 걸 보면."

"뭐?"

"그렇게 원하시니, 제가 대단한 기삿거리 하나 드리죠."

신 기자의 귓가에 중얼거리던 레오는 모든 기자들 앞에서 크게 말했다.

"사실 전 얼마 전에 첫사랑에게 고백을 했습니다."

난데없는 그의 발표에 명석의 눈이 커졌다. 하지만 말릴 사이도 없이 레오는 계속 말을 이었다.

"그리고 곧 그녀의 대답을 받을 예정입니다."

어느새 레오의 시선은 규리에게 꽂혀 있었고, 너무 놀란 규리는 발에 못이라도 박힌 듯 꿈쩍도 하지 못했다.

"조만간 그녀의 대답을 여러분께 공개하겠습니다."

레오의 깜짝 발표에 기자들은 기다렸다는 듯, 카메라의 플래시를 팡팡 터뜨렸다.

"그 말은 여기 있는 누군가에게 고백을 했다는 말씀이신가요?"

어느 기자의 질문에 사방은 조용해졌고, 규리의 얼굴은 파리하게 변했다. 백여 명이 넘는 사람들의 시선은 일제히 레오에게 꽂혔고, 레오의 시선은 멀찍이서 있는 규리에게 꽂혀 있었다. 잔뜩 겁에 질린 규리의 눈은 말했다. 아니라고, 그렇지 않다고 대답하라고!

여기서 괜히 그녀의 존재를 밝히면, 레오가 아닌 명석을 선택한 그녀는 난처하게 된다. 세상에 '오레오의 첫사랑'으로 얼굴이 밝혀질 테니. 하지만 다행히도 레오와 규리는 눈이 마주쳤다. 그리고 레오는 떨리는 그녀의 눈빛이 무얼 말하는지 정확히 파악한 듯했고 말이다. 정말이지 다행이었다. 지금이라도 기자들에게 둘러댈 수 있어서. 말이 헛나왔다, 말실수였다. 뭐 어떤 핑계든 둘러대면 그만이었다. 그렇게 생각한 규리가 안도의 한숨을 내쉬고 있을 때, 레오의 외침이 들려왔다.

"예. 그렇습니다! 제 첫사랑이 바로 여기 있습니다!"

"……!"

규리는 순간, 모든 것이 내려앉는 기분이 들었다. 분명 레오는 자신과 눈이 마주쳤다. 안 된다고 고개를 흔드는 자신의 몸짓에, 아주 살짝이었지만 고개까지 끄덕였던 그였다. 그런데 왜! 규리가 원망 섞인 눈으로 레오를 쳐다봤지만, 그는 이내 사람들 무리 속으로 사라져 버렸다.

＊

레오의 대답에 기자들은 들썩였고, 그들은 곧 제작진들을 향해 뛰었다. 그의 첫사랑을 찾기 위해서였다. 제작 발표회 때 당한 것이 있어서인지, 기자들은 이곳에 내려오기 전에 레오의 첫사랑으로 추정되는 제작진에 대해 대략적인 조사를 하고 온 모양이었다. 레오와 동갑인 여자 제작진만 쏙쏙 붙잡아 인터뷰를 시도하는 걸 보니 말이다. 아수라장이 따로 없었다. 기자들은 앞뒤를 가리지 않고 셔터부터 눌러 댔고, 갑자기 벌어진 상황에 놀란 제작진들은 그들에게 둘러싸인 채 허둥지둥했다. 그나마 명석과 지연이 상황을 정리하려고 했지만, 여의치 않아 보였다. 특종을 잡기 위해 안달이 나 있는 기자들을 막을 수 있는 건 아무것도 없었다. 제작 발표회 때 당한 것으로 인한 독기에, 레오가 퍼부은 기름이 더해져 그들의 취재력은 더욱더 활활 불타올랐으니까.

"어쩌려고 일을 이렇게 크게 벌이실까?"

레오 앞에 서 있던 신 기자가 비꼬며 말했다. 사실 그는 어느 쪽이든 상관없었다. 레오가 만나는 사람이 계명석 피디든, 첫사랑 그녀든. 물론 전자 쪽이 조금 더 자극적으로 사람들 이목 끌기에 딱이었지만, 후자여도 크게 문제가 되진 않았다. 어쨌든 신 기자가 노리는 건 오레오의 스캔들, 그 자체였으니까.

"일 커지면, 감당할 수 있겠어?"

"신 기자님이야말로 절 감당할 수 있을지 모르겠네요."

"뭐 이렇게 당당해? 기사 한 번 나가면 금방 꼬꾸라질 텐데."

신 기자의 질문에 레오가 피식 웃었다. 그러자 기세등등했던 동우의 얼굴에 주름이 잡혔다.

"웃어?"

"우습잖아요."

"뭐?"

"신 기자님 특종 잡고 싶어 하는 건 알겠는데……."

"……?"

"제가 스캔들 하나에 훅 갈 만큼 그냥 그런 연예인도 아니고."

"……!"

"요즘 팬들은 쿨해서 스캔들 신경 안 써요. 오히려 응원해 주지."

팽팽하게 신경전을 벌이던 두 사람의 표정은 서로 바뀌어 있었다. 레오는 여유가 넘쳤고, 신 기자의 얼굴은 점점 굳어갔다.

"절 꺾고 싶으면 더 그럴싸한 걸 갖고 오셔야 될 겁니다."

레오는 신 기자 곁으로 다가가 낮게 속삭였다.

"제 스케일이 워낙 커서, 그딴 일에는 끄떡도 안 하거든요."

말을 마친 레오는 빙긋 웃으며 신 기자의 어깨를 툭툭 두드리고는 걸음을 옮겼다. 그의 뒷모습을 빤히 쳐다보던 신 기자는 속에서 끓어오르는 기운을 모두 모아 퉤하고 침을 뱉었다.

"건방진 새끼. 언제까지 그럴 수 있나 두고 보자고."

여기 더 있어봤자 소득이 될 만한 '거리'는 없을 거라는 걸 본능적으로 느낀 신 기자는 자신의 차로 향했다. 운전석에 올라탄 그는 시동을 켜고 히터를 틀었다. 바닷가라 그런지 바람이 꽤 매서웠다. 그는 바람보다 냉랭한 눈으로 바깥 상황을 지켜보았다. 밖은 전쟁터가 따로 없었다. 기자들은 특종을 잡겠다며 제작진들 뒤꽁무니를 따라다녔고, 어떤 제작진들은 그들과 싸웠고, 레오의 첫사랑으로 몰린 몇몇 제작진들은 그들을 피해 다니느라 바빴다.

아이러니하게도 이 상황을 만든 건, 다름 아닌 레오였다. 보통의 연예인이라면 숨기고 감추는 것이 일반적인 반응이었다. 그런데 레오는 오늘 정반대로 행동했다. 기자들 앞에서 첫사랑에게 고백했다는 사실을 말했고, 또 그 결과를 밝히겠다고까지 했다. 신 기자의 도발에 넘어갔다고 하기에는 너무 앞서 나간 발언이었다. 게다가 계속해서 약을 올리는 말에는 눈도 꿈쩍하지 않았고.

"이상해. 이상해도 너무 이상해."

레오의 행동에는 거침이 없었다. 마치 기자들이 그의 첫사랑을 찾아 주길 바라기라도 하는 듯, 그는 조금씩 힌트를 주고 있었다. 세상에 그녀를 알리고 싶기라도 한 듯 말이다!

"이유가 뭘까?"

자신의 추측이 맞는다면 그냥 밝히면 될 일이었다. 천하의 오레오가 세상에 자기 여자를 알린다는데, 마다할 기자들은 없을 테니까. 그런데 왜 이렇게 돌아서 가려는 걸까?

"여자 쪽에서 밝히는 걸 꺼리나?"

신 기자는 그쪽에 무게를 두었다. 비연예인이라면 공개 연애를 꺼리는 게 대부분이니까. 하지만 또 그렇게 결론짓기에는 레오의 행동이 이상했다. 여자 쪽에서 싫다고 했으면 공개를 안 하면 그만일 텐데, 굳이 알리고 싶어 하는 걸 보면 말이다. 도저히 감이 잡히지 않았다. 레오가 감추고 싶은 건 무엇이고, 알리고 싶은 건 무엇인지. 그리고 그 사이에서 레오는 뭘 얻게 되는지.

"하아. 복잡하네."

알 듯 말 듯한 게, 신 기자의 속만 타들어 갔다. 답답한 마음에 담배를 찾고 있을 때, 누군가 다가와 창문을 두드렸다. 창문을 내리자 바람과 함께 낯선 여자의 향수 냄새가 훅 하고 들어왔다.

"신동우 기자님, 맞으시죠?"

여자는 주위의 눈치를 살피며 조심스럽게 그에게 말을 걸었다.

"맞는데, 누구십니까?"

예쁘장하게 생긴 여자는 긴 머리카락을 귀 뒤로 넘기며 불안한 눈빛으로 말했다.

"오레오 씨 관련해서 제보를 좀 하고 싶은데요."

제보라는 말에 신 기자의 눈빛이 반짝였다. 신 기자는 운전석에서 내려 차 뒷문을 열어 주었다. 하지만 여자는 뭔가 걸리는 듯 망설이며 물었다.

"차에 타기 전에 확실히 하고 싶은 게 있는데."

"말씀하시죠."

"제가 누군지, 비밀 보장해 주실 수 있나요?"

그러자 신 기자는 알겠다는 듯, 여자를 아래위로 훑으며 물었다.

"제작진입니까?"

"네. 정확히는 제작진이었죠."

✳

사람들에게 휩쓸려 이리저리 끌려다니던 규리는 어느새 가을이와도 떨어지고 덩그러니 홀로 남아 버렸다. 그녀는 레오의 폭탄 발언의 충격에서 좀처럼 헤어나지 못했다. 규리는 기자들 앞에서 레오가 왜 그런 말을 했는지 도저히 이해할 수가 없었다. 게다가 말하지 말라며 고개를 젓는 자신과 눈까지 마주치지 않았는가! 그런데 살포시 미소까지 지으며 당당하게 말하다니. 자신이 알고 지내왔던 오레오가 맞나 의심이 될 만큼 다른 사람 같았다.

거기에 고백에 대한 자신의 대답을 공개하겠다고까지 했다. 아직 직접적으로 말을 하지는 못했지만, 레오는 이미 자신의 대답을 알고 있었다. 그런데 왜 그렇게까지 말한 걸까? 그의 마음을 받아 주지 않은 것에 대한 복수? 아니면 명석을 향한 질투? 그것도 아니라면 자신을 놓지 않겠다는 집착? 치졸하기 짝이 없는 단어들이 그녀의 머리를 가득 메웠다.

'아니야. 레오가 그럴 리가 없어. 그럴 리가.'

하지만 규리는 이내 고개를 저으며 마음속에서 치솟는 생각의 뿌리를 잘랐다. 레오가 그런 감정 때문에 이런 말도 안 되는 일을 저질렀다고 믿고 싶지 않았다. 규리가 아는 오레오는 그런 남자가 아니었으니까. 그때, 기자들 무리 뒤로 버스가 보였다. 버스에 올라타 문을 닫고 있으면 그나마 안전할 것 같았다. 규리는 모자를 푹 눌러 쓰고 기자들을 피해 버스를 향해 걷기 시작했다. 금방 도착할 것만 같은 버스는 왜 이렇게 멀게만 느껴지는지. 버스를 향해 걷는 내내 규리의 머릿속은 복잡했다. 알 수 없는 레오의 행동은 어떻게 이해해야 하는 것이며, 앞으로 이 사건은 어떻게 해결될지, 또 저 기자들은 돌아가서 어떤 기사를 써낼지. 걱정이 꼬리에 꼬리를 무는 와중에…… 명석이 보고 싶었다. 너무도 그가 보고 싶어 저도 모르게 눈물이 왈칵 쏟아질 것만 같았다.

'팀장님은 어디서 뭘 하고 있을까? 혹시나 레오의 말에 상처받은 건 아니겠지?'

그가 걱정이 되면서도.

'차라리 아까 말할걸 그랬어. 내 마음이 팀장님이라고 확실히 말했더라면, 레오가 이런 일을 저지르지는 않았을 텐데.'

아까의 일을 후회하기도 했다. 하지만 후회해 봐야 소용없는 일이었다. 이미 일은 터졌고, 지금 당장 그녀가 할 수 있는 거라고는 버스 안에 숨는 것뿐이었으니까.

'지금은 아무 생각 말고 빨리 걷기나 하자.'

좀비 떼처럼 달려드는 기자들에게 벗어나는 게 급선무였던 규리는 잰걸음을 옮겼다. 그런데 그때, 누군가가 그녀 앞을 막아섰다. 덩치가 꽤 큰 남자였는데 손에 녹음기가 들려 있는 걸 보아하니 기자인 것 같았다.

"혹시 〈오늘 밤만 재워줘〉 제작진인가요?"

"예?"

무방비 상태였던 규리는 너무 놀란 나머지 잔뜩 겁먹은 얼굴을 하고 말았다. 그러자 기자는 두 눈 가득 의심을 품고 규리를 빤히 쳐다봤다.

"〈오늘 밤만 재워줘〉 제작진이시냐고요."

"아. 죄송하지만, 전 기자님이 찾는 사람이 아닙니다."

뒤늦게 정신을 차린 규리가 딱 잡아떼며 자리를 피하려고 했지만, 그 전에 기자가 그녀의 손목을 낚아챘다. 순간 기분이 나빠진 규리가 눈을 치켜뜨며 물었다.

"이게 뭐 하는 짓이죠?"

"질문이 아직 안 끝났습니다만."

"전 아니라고 대답했는데요."

"아닌 게 아닌 것 같아서요."

기자는 의심스러운 눈초리로 그녀를 쳐다보며 말했다.

"제작진 맞죠?"

확신에 찬 얼굴로 물으니, 규리는 당황했다. 하지만 그렇다고 여기서 맹하니 손 놓고 당할 수만도 없었다.

"질문하실 거면 손은 놓고 하시죠."

규리는 시간을 끌며 변명 거리를 쥐어짰다.

"그건 안 되겠는데요."

"뭐라고요?"

"도망갈 것 같아서요."

"허! 세상 무서운 줄 모르시네요? 놔달라는데도, 덥석덥석 남의 손을 잡는 걸 보면?"

"전 알 권리가 우선이라."

규리는 주변을 둘러보았지만, 도움을 청할 만한 사람도 없었고, 그럴 분위기도 아니었다. 아마도 기자는 그걸 알고 그녀의 손을 놓지 않는 모양이었다.

"이름이 뭔가요? 제작진 맞으시죠? 피디? 작가? 성함이 어떻게 되시죠? 오레오 씨와 동갑인 제작진은 조사해 왔는데."

막상 기자의 질문이 쏟아지자, 규리의 머리가 멍해졌다. 머릿속은 온통 안개에 휩싸인 듯 희뿌옇기만 했고, 죄를 지은 사람도 아닌데 입술이 떨어지지 않앉다. 그때, 불현듯 가을이 한 말이 떠올랐다.

"누가 물으면 제작진이라고 하지 말고, 내 코디라고 해."

이럴 때 가을이 도움이 될 줄이야. 규리는 마음속으로 가을에게 감사를 전하며 당당하게 외쳤다.

"저는 제작진이 아닌데요?"

"네? 그럼……?"

"전 서가을 씨 코디네이터예요."

그리고 찌릿! 자신의 손목을 잡고 있는 기자의 손을 노려보자, 그의 손에서 힘이 스르륵 빠져 버렸다.

"아…… 죄송합니다."

"저 아니라고 했죠? 왜 사람 말을 못 믿어."

"제가 그만 실례를 범했네요."

규리가 매섭게 그를 노려보며 재빨리 자리를 피하려고 할 때, 기자의 목소리가 다시 들려왔다.

"잠깐! 근데 출연자들은 촬영 때 매니저는 물론 코디도 동반하지 않는다고 들었는데?"

옘병. 그건 또 어떻게 알아서! 뜨끔한 규리가 당황하자, 기자가 누군가에게 소리쳤다.

"김 기자! 여기 카메라!"

카메라라는 말에 규리의 심장은 속절없이 뛰었다. 얼마 전에 한 보이 그룹의 아이돌이 비연예인과의 열애가 공개된 적이 있었다. 반나절. 그때 딱 반나절 걸렸다. 비연예인인 그녀의 신상과 과거 사진, 그것도 모자라 그녀의 가족들의 직장과 SNS 주소가 공개된 것이 말이다. 두려웠다. 무서웠다. 나도 모르는 사람들 앞에 발가벗겨진 채 서 있는 기분이 들었다. 난 저들을 모르는데, 저들에게 어떤 악감정도 없는데, 사람들은 날 손가락질할 것만 같았다. 오레오의 첫사랑이라는 이유로.

"솔직하게 말씀하세요. 제작진 맞으시죠? 피디? 작가?"

기자의 질문이 쏟아졌다. 올라간 입꼬리를 보아하니, 그는 규리가 레오의 첫사랑이라는 걸 확신하는 듯했다. 규리가 그를 피하려고 하자, 기자는 길을 막으며 그녀의 손을 낚아챘다.

"어허. 어딜 가시려고."

"이거 놔요!"

규리는 기자의 손아귀에서 벗어나기 위해 안간힘을 썼지만, 작정하고 붙잡고 있는 남자의 힘을 당해낼 재간이 없었다. 남자는 그녀의 손목이 아릴 정도로 꽉 움켜쥐고 있었다. 그때였다.

"그 손 놓지?"

서늘한 음성이 기자와 규리의 사이를 막아선 것은! 커다란 그림자에 규리는 물론 기자도 고개를 들어 상대방의 얼굴을 확인했다.

"왜 내 식구 손을 함부로 붙잡고 있는 거지?"

"계, 계명석 피디?"

"내 말이 안 들리나? 그 손 놓으라고 했을 텐데!"

자신을 내려다보는 명석의 눈빛이 어찌나 매섭고 무서운지, 바짝 긴장한 기자는 한 마디 말도 못 하고 규리의 손을 놓았다.

"괜찮나?"

"네. 괜찮아요."

날카로운 눈빛은 온데간데없어지고, 명석은 걱정스러운 눈길로 규리를 바라보았다. 차마 사람들이 있어 그녀의 부은 손목을 어루만지지는 못했지만.

"어서 버스에 타. 곧 출발할 거야."

"네."

상황을 정리하고 뒤를 돌아서는데, 기자가 다시금 말을 걸어왔다.

"근데 여자분, 제작진 맞으시죠?"

"맞으면 뭐?"

규리 대신 명석이 대답하자, 기자가 물었다.

"그런데 왜 서가을 씨 코디라고 거짓말을 한 거죠?"

규리를 쳐다보는 그의 눈에는 확신에 차 있었다. 오레오의 첫사랑이라는 확신. 비열한 기자의 눈동자가 규리의 몸을 훑자, 명석이 그녀를 자신의 등 뒤로 감추며 대답했다.

"내가 그렇게 하라고 시켰거든."

"예? 왜죠?"

예상치 못한 대답에 기자는 두 눈을 크게 떴다.

"오레오와 나이가 같다는 이유로 내 여자가 괴롭힘을 당하는 걸 볼 수 없었으니까."

거침없는 그의 대답에 기자는 물론 규리까지 놀라고 말았다.

"내…… 여자?"

"그래, 내 여자. 앤 내 여자니까, 오레오가 어쩌고 하는 그딴 질문 하지 마."

놀란 눈을 하고 쳐다보는 기자에게 명석은 또박또박 말했다.

"듣는 감규리 남자 기분 나쁘니까."

가슴이 세차게 뛰었다. 누군가의 무엇이 된다는 건 이런 기분이구나. 내 여자라니…… 그리고 또 감규리의 남자라니. 어쩜 얼굴색 하나 안 변하고 저런 낯뜨거운 말을 할 수 있는 건지!

규리는 '내 여자'와 '감규리의 남자'라는 말이, 무뚝뚝의 결정체인 명석의 입에서 나왔다는 사실이 믿기지 않았다. 그런데 더 믿을 수 없는 건 자신의 감정이었다. 손발이 오글거리다 못해 소멸될 것 같으면서도 왜 이렇게 입꼬리가 씰룩쌜룩 춤을 추는 건지. 아마도 다른 사람들은 알지 못하는 계명석이라는 남자에 대해 알았다는 기쁨 때문인 모양이다. 팀원들에게는 무서운 팀장으로, 방송국 임원들에게는 다루기 힘든 부하 직원으로 통하는 명석이지만, 그녀 앞에서는 마치 딴 사람 같았다.

오글거리는 멘트도 서슴지 않게 할 줄 아는, 여친 바보랄까? 단언컨대 그를 아는 사람들 중, 그가 이런 손발 오글거리는 말을 할 수 있을 거라고 생각하는 사람은 아무도 없을 것이다. 그래서 기분이 좋았다. 자신만이 아는 계명석이라는 남자가 있다는 게, 남들이 모르는 그의 한 부분을 나만 알고 있다는 것이. 그 사실만으로도 가슴이 콩닥콩닥 뛰어 미치겠는데, 명석은 거기서 멈추지 않았다. 그는 규리의 손을 덥석 잡더니, 보란 듯이 기자 앞에서 깍지를 끼었다! 규리의 손가락 사이로 명석의 커다란 손가락이 들어가는 장면을 보자, 기자의 눈은 놀란 듯 튀어나왔다. 그도 그럴 것이 기자는 오레오와 계명석의 조합, 그게 아니면 오레오와 눈앞에 서 있는 제작진의 조합을 예상했다. 그런데 뜬금없이 명석이 튀어나오더니, '내 여자'라는 멘트를 날리고 또 서슴없이 깍지까지 끼었으니 놀랄 만도 했다.

"지금 때가 어느 때인데, 기자라는 사람이 남의 몸에 터치를 막 하는 거지?"

터치라는 말에 기자의 얼굴이 사색이 되어 버렸다.

"터, 터치라뇨? 제가 언제……."

"아니라고? 그런데 왜 내 여자가 손 놓으라는 말을 했을까?"

"그, 그게……."

기자는 명석의 날카로운 눈빛에 안절부절못하며 눈동자만 굴렸다. 명석의 말마따나 그는 규리의 손을 잡았고, 놔달라는 말에도 '알 권리'가 먼저라면서 그녀의 손을 놓아주지 않았다. 그때는 규리가 레오의 첫사랑이라는 확신에 차 있었기에 그것만 밝혀지면 이런 사소한 것은 전혀 문제되지 않을 거라고 생각했다. 그런데 갑자기 왜 명석이 튀어나와 저런 말을 하는 건지.

"감귤. 어떡할까? 지금이라도 경찰 불러?"

명석은 자신의 선에서 끝내지 않고, 규리의 의사를 물었다. 그러자 잔뜩 겁먹은 기자가 초조한 눈빛으로 규리를 바라보았다. 결정권이 누구에게 넘어갔는지 파악했기 때문이다. 규리는 약자인 자신이 소리칠 땐 아랑곳하지 않던 기자가 명석의 한마디에 돌변하는 모습에 화가 났지만, 또 한편으로는 그가 우스웠다. 더 이상 상대할 가치를 못 느낀 규리가 말했다.

"아니요. 저는 괜찮아요."

규리가 대답하자, 명석이 다시 물었다.

"정말 괜찮아? 원한다면 경찰은 물론 지금 당장 내 개인 변호사를 불러도 돼."

경찰에 변호사까지 등장하자, 기자의 낯빛은 점점 어두워지며 애처롭게 규리를 쳐다봤다.

"됐어요. 그럴 가치도 없어요."

규리가 기자를 노려보며 말하자, 명석은 알겠다는 듯 고개를 끄덕였다.

"다행인 줄 알아. 또 그랬다간 내 개인 변호사랑 마주 앉게 될 거야!"

"예, 예. 죄송합니다."

"사과는 내가 아니라 이쪽!"

매서운 명석의 다그침에 기자는 잔뜩 겁먹은 얼굴을 하고 규리를 향해 허리를 굽혔다.

"죄, 죄송합니다. 다시는 이런 일 없도록 하겠습니다."

그는 몇 번이나 고개를 조아린 뒤에야 그들에게서 멀어졌다.

"괜찮아? 정말 어디 다치거나 그런 거 아니야?"

"괜찮아요."

"손목 좀 봐봐."

명석은 걱정스러운 눈을 하고는 조심스럽게 규리의 소매를 올렸다. 어찌나 손을 꽉 잡았는지, 규리의 손목이 붉게 달아올라 있었다.

"이런! 저 새끼를 내 가만 안 둬!"

규리의 손목에 선명하게 남아 있는 손자국을 본 명석이 기자를 뒤쫓아 가려고 하자, 그녀가 그를 붙잡았다.

"어디 가요?"

"저 자식 내가 죽여 버릴 거야."

"이깟 자국 금방 없어질 텐데, 뭘 그렇게까지 해요."

"금방 없어지는 게 문제야? 나는 혹시나 부러질까 봐 제대로 잡지도 못하는 손인데, 왜 이런 상처를 남기냐고? 지가 뭔데?"

명석이 씩씩거리며 분노를 토하자, 규리가 피식 웃었다.

"왜 웃어?"

"저 궁금한 게 있는데요."

"뭔데?"

"그런 말은 어디서 배우셨어요?"

"무슨 말?"

"내 여자다, 난 감규리의 남자다, 뭐 이런 말이요."

규리가 묻자, 명석의 얼굴이 굳어졌다. 저도 모르게 나온 말이었다. 그녀가 자신의 여자가 되길, 자신이 그녀의 남자가 되길 바라고 또 바랐으니까. 그리고 규리가 자신을 선택한 이후로는 '감귤은 이제 내 여자다!', '나는 감귤의 남자다!'라고 소문내고 싶었다. 가능하다면 세상 모든 사람들이 알기를 바랐다. 다만, 아직 해결되지 않은 부분이 있어서 참고 있었던 것뿐이지.

"미안해."

갑자기 튀어나온 말에 규리는 무슨 뜻이냐는 듯 두 눈을 동그랗게 떴다. 사실 명석은 오늘 새벽 레오의 품에 안겨 있는 규리를 보고 불길한 기분이 들었다. 혹시 규리의 마음이 바뀐 건 아닐까? 다시 생각해 보니 내가 아닌 레오가 더 좋았던 것은 아닐까? 그래서 은연중에 남사친에 대해 그렇게 말한 것은 아닐까……?

오늘 하루 종일 그 장면이 떠올라, 명석은 아무 일도 할 수 없었다. 그녀에게 인사조차도 하지 못하고 말이다. 그런데 이렇게 불쑥, 그녀와 상의 한마디 없이 기자에게 그들의 관계를 말해 버리다니. 명석은 지금 규리가 자신을 나무라는 거라고 생각했다.

"뭐가 미안한데요?"

"네 허락 받지도 않고 내 마음대로 밝혀서 미안해."

그 얘기가 아닌데. 규리는 명석이 왜 저런 말을 하는지 이해할 수 없었다.

"나, 네 의견 존중해."

"무슨 말씀하시는 거예요?"

무뚝뚝한 내 남자의 새로운 면을 발견해서 재미있다고 생각하던 참이었는데, 왜 갑자기 이런 말을 하는 건지 모르겠다.

"만에 하나 네 선택이 바뀌거나, 네 마음이 내가 아니라면, 지금이라도 말해줘. 그럼……."

"그럼 뭐요? 제 선택이 바뀌고, 제 마음이 팀장님이 아니면요? 그러면 뭐요?"

규리는 울컥하고 말았다. 좋다고 속삭이던 남자가 왜 하루아침에 저런 말을 하는 건지. 규리는 너무 서운해서 저도 모르게 눈물이 그렁그렁해졌다. 그러자 명석이 안절부절못하며 그녀를 달래기 시작했다.

"감귤, 왜 울어? 난 그저 네 뜻을……."

"그런 건 내 뜻, 내 의견 무시해 버리면 안 돼요?"

"……?"

"만에 하나, 천만에 하나, 제가 그런 말을 했다 하더라도 나 잡아주면 안 되냐고요!"

"……!"

"내 마음 바뀌길 기다렸다는 듯, 바랐다는 듯, 그렇게 미련 없이 보낼 거예요?"

결국 규리의 눈에서 툭 하고 커다란 눈물방울이 떨어졌다. 오늘 하루 종일 눈도 안 마주치고, 인사할 겨를도 없어서 아쉬웠는데. 그러다가 거머리 같은 기자 놈 만나 난처해하고 있을 때, 그가 나타나 너무도 반가웠는데. 평소에 하지 않던 낯간지러운 말에 씰룩씰룩 입꼬리가 춤을 췄는데, 왜 갑자기 이런 맥 빠지는 말을 하는 건지 알 수 없었다.

"왜요? 왜 그런 얘길 하는 거예요?"

규리가 쏘아붙이자, 명석이 꾹 다물었던 입술을 어렵게 열었다.

"사실, 오늘 새벽에 너한테 아침 인사하러 출연자 숙소에 갔어."

규리는 전혀 몰랐던 사실이었다. 그러면 왜 만나지 않고 그냥 간 거지?

"레오와 같이 있는 널 봤어."

"아…… 얘기 좀 하느라."

"레오한테 안겨 있더라고. 네가."

"네? 그게 무슨……! 아, 그걸 보셨구나!"

그걸 봤다고 말하는 걸 보면, 뭔가 있긴 있었던 건가? 짧은 순간에 수만 가지 생각이 명석의 머릿속을 스쳐 지나갔다.

"제가 넘어지려는 걸 레오가 잡아줬어요."

"뭐?"

"그뿐이에요. 아무 일도 없었어요."

"하아. 난 그것도 모르고."

오해였구나. 남사친이 뭐 어떠냐는 네 말도, 새벽의 그 장면도 다 오해였어. 바보처럼 내가 널 오해했어.

명석은 규리를 와락 껴안아 자신의 품 안에 가두었다. 그러자 규리가 눈을 세모로 뜨고는 그를 노려봤다.

"팀장님 저 의심한 거예요?"

"미안. 미안해……."

명석은 자신에게 사과를 하고 있었지만, 규리는 알고 있었다. 지금 미안해해야 할 사람은 그가 아닌 자신이라는 걸. 이 사람이 왜 그런 말을 했는지, 그의 불안함이 어디서 오는 것인지 말이다.

"지금 보니 확실히 해야 할 게 있는 것 같네요."

"뭘?"

규리는 명석을 슬그머니 밀어낸 뒤, 허리에 손을 얹고 말했다.

"계명석 씨!"

"계, 계명석 씨?"

규리가 명석을 부르는 호칭은 단 하나뿐이었다. 팀장님. 그런데 갑자기 계명석 '씨'라고 부르니 당연히 명석이 놀랄 수밖에. 게다가 저 단호한 눈빛에, 앙다문 입술 하며, 어떤 의지든 관철시키겠다는 듯 허리에 얹은 손까지. 뭘 생각하고 있는지는 모르겠지만, 지금 규리는 매우 확고해 보였다.

"우리 사귀어요."

"이미 사귀는 거 아니었나?"

"그러니까 확실히 하자고요. 계명석 씨는 나 좋다고, 사귀자고 고백했죠?"

"그랬지."

"이번엔 제가 할게요. 나 계명석 씨가 좋아요."

좋아한다는 말, 우리 한번 만나보자는 말. 규리는 그에게 그 말을 들었지만, 생각해 보면 그녀가 그에게 말해준 적은 없었다. 그러니 불안했겠지. 거기에 자신의 결정을 아직 레오에게 말하지 못했으니, 명석이 저렇게 불안해하는 건 어쩌면 당연한 것인지도 몰랐다.

"앤 확실히 계명석 씨가 좋다고 하는데, 계명석 씨는 어때요?"

규리가 자신의 심장을 가리키며 말하자, 명석의 눈가에 생기가 돌았다.

"나 한 번 튕겨도 돼?"

장난기 가득한 그의 말에, 규리가 그의 옷깃을 잡아당겨 눈높이를 맞췄다.

"아뇨. 이제 우리 사이에 튕기는 건 없어요. 사랑할 시간도 모자라거든요."

귓가를 간질이는 달콤한 속삭임에 명석은 온몸이 사르르 녹는 것만 같았다.

"대답 안 해줘요?"

"내 대답은 이거."

자신을 생각해 주는 그 마음이 너무 예쁘고 사랑스러워서 명석은 어쩔 줄 몰랐다. 잠깐이나마 입술이라도 맞춰야지. 명석의 입술이 부드럽게 쪽 하고 규리의 입술에 닿았다 떨어졌다. 그러자 규리의 반짝이는 입술이 예쁜 호선을 그었다.

"저 유치한 짓 하나 해도 돼요?"

"뭐?"

"우리 오늘부터 1일 해요."

중학교, 고등학교 때. 친구들은 남자친구가 생겼다며 오늘부터 1일이라는 말을 입에 달고 다녔다. 그럴 때마다 규리는 남 이야기처럼 부러워만 했고. 뒤늦게 시작한 연애지만, 그리고 또 이 나이에 1일 따위 챙기는 거 유치하지만, 그런 거 다 해보고 싶었다. 그녀에게 연애는 이게 처음이었으니.

규리가 간절한 눈빛으로 바라보자, 명석이 싱긋 웃으며 대답했다.

"그래. 감귤 하고 싶은 거 다 해."

*

"먼저 버스에 올라가 있어."

"팀장님은요?"

버스 앞까지 규리를 데려다준 명석은 저 멀리 기자들을 쳐다보며 말했다.

"상황 정리하고, 빠뜨린 거 없나 확인 좀 하고 탈게."

같이 가고 싶었지만 지금은 그를 놔줄 수밖에 없었다. 규리는 알겠다고 고개를 끄덕였고, 명석은 아직도 정신없는 기자들 틈 속으로 들어갔다. 버스에 올라타려고 할 때, 누군가가 그녀를 불렀다.

"언니! 규리 언니!"

가을이었다.

"하아. 하아. 여기 있었구나. 얼마나 찾았는데."

그녀는 정말 규리를 여기저기 찾아 헤매기라도 했는지, 이 추위에 땀을 뻘뻘 흘리고 있었다.

"언니, 별일 없었어?"

"어. 없었어."

"몸은 괜찮고?"

"어. 괜찮아."

"내가 얼마나 걱정했는데. 전화는 왜 안 받아?"

"전화했었어? 아, 배터리가 없었네."

"으이그. 일루 와."

가을은 마치 말썽꾸러기 아이를 다루듯 규리를 대했다.

"어디 가려고? 나 버스 탈 건데."

"잠깐만 와봐."

가을은 규리의 손을 붙잡고 그녀를 어딘가로 끌고 갔다. 예전 같았으면 당장에 그녀의 손을 뿌리쳤겠지만, 이토록 자신을 챙기니 이젠 걱정되지 않았다. 가을과 함께 간 곳에는 연예인 밴이라고 불리는 차가 한 대 서 있었다.

"와. 차 멋있다. 이거 너희 회사 차야?"

"아니."

"그럼 누구 차인데?"

가을은 규리의 질문에 대답 없이, 차 창문에 노크했다. 그러자 차 문이 열렸고, 레오가 보였다. 그와 눈이 마주친 규리의 눈매는 매서워졌고, 그런 그녀를 본 레오는 덤덤했다.

"짜잔! 제가 누굴 데려왔게요? 언니, 이거 레오 오빠 차야."

가을이 칭찬해 달라는 듯 두 사람을 번갈아 보며 빙긋 웃었지만 그럴 기분이 아니었다. 하지만 또 가을을 탓할 수도 없었다. 그녀는 레오와 자신이 좋은 관계를 유지하는 줄로 알고 있을 테니 말이다.

"서가을. 왜 또 쓸데없는 짓을 해?"

레오가 무표정한 얼굴로 가을을 나무랐다. 아마도 규리 자신의 굳은 얼굴을 보고 그렇게 말하는 것 같았다.

"네? 전 두 분이 할 말이 있을 것 같아서……."

"남의 일에 간섭하지 마. 그리고 규리 넌 버스로 돌아가는 게 좋겠다."

레오가 냉랭하게 말하며 차 문을 닫으려고 하자, 규리가 차 문을 붙잡았다.

놀란 레오와 가을이 규리를 쳐다봤지만, 그녀는 눈도 꿈쩍하지 않고 말했다.

"잘됐네. 안 그래도 나, 레오한테 할 말이 있었거든."

그제야 면이 선 가을의 얼굴이 밝아졌고, '할 말'이라는 게 뭔지 알고 있는 레오의 표정은 차갑게 굳었다.

"나 잠깐 타도 되지?"

규리의 질문에 레오는 대답 없이 자리를 내어 주었다.

"가을아, 고마워. 얘기 끝내고 갈게."

"응! 언니 좋은 시간 보내!"

가을은 금방 퇴장했고, 단둘이 남겨진 차 안에는 싸늘한 공기만 맴돌았다. 규리가 무슨 말을 할지 알고 있는 레오는 입안이 바짝바짝 타들어 가는 기분이었다. 지금 이 순간을 피하고 싶었지만, 더 이상 둘러댈 핑계가 없었다. 잠시간 침묵을 유지하던 규리가 결심한 듯 입을 열었다.

"레오야."

"규리야. 우리 서울 가서, 내일 밥 먹으면서 얘기하기로……."

"아니! 피하지 말고 들어줘."

규리는 그와 관계를 확실히 해야 했다.

"레오야. 날 좋아해 줘서, 아껴줘서 참 고마워."

"……"

"하지만 내 마음이 네가 아니라, 팀장님이래."

"하아."

레오는 괴로운 듯 두 손으로 머리카락을 흐트러뜨렸다. 말하는 규리도 괴로웠고, 그의 모습에 마음이 약해지기도 했지만…… 멈추지 않았다. 아니, 멈출 수 없었다. 이렇게 하지 않으면 내 남자가 불안해할 테니.

"레오야. 우리 이제 여기서 끝내기로 하자."

또, 이렇게 하지 않으면 네 미련이 계속 날 향할 테니.

그 시각. 신 기자의 차 안. 은설은 핸드폰을 꺼내 사진 한 장을 그에게 보여 주었다.

"이게 누구죠?"

"그 여자가 오레오 씨 첫사랑이에요."

그녀의 말에 신 기자의 미간에 주름이 생겨났다. 그는 사진 속 여자를 꼼꼼하게 살펴보았다. 프로그램 제작 발표회 때에도 전혀 보지 못했던 얼굴이었다. 튀지 않고 수수한 이미지. 언뜻 보기엔 아주 평범한 여자 같았다.

"오레오 첫사랑 제보하려고 온 겁니까?"

"아뇨."

"그럼?"

"사진 속 그 여자, 잘 기억해 두셔야 할 거예요."

신 기자는 은설이 무슨 말을 하나 싶으면서도 규리의 얼굴을 꼼꼼하게 살폈다. 지나가는 길에 우연히 마주치더라도 단번에 알아볼 수 있을 정도로 꼼꼼하게.

"그 여자 계명석 피디를 만나고 있어요."

"그게 무슨! 아까는 오레오 첫사랑이라고 하지 않았습니까?"

신 기자는 은설이 자기에게 장난을 치고 있다고 생각했다. 별 이상한 사람이 다 있다고 생각하며 이만 대화를 마치려는 순간, 은설이 말을 이었다.

"그 여자, 양다리예요."

"……!"

"오레오랑 계명석 피디. 둘 사이에서 양다리를 걸치고 있어요."

"양다리?"

"네."

은설의 단호한 대답에 신 기자는 규리의 얼굴을 더욱 자세히 들여다보았다. 역시 얼굴로 사람 판단하면 안 된다더니. 그렇게 미인도 아니고, 그렇다고 두 남자를 동시에 유혹할 만큼 색기가 흐르는 것 같지도 않은데. 돈이 많은가? 사람 관계를 외모나 배경으로 평가하는 신 기자는 은설의 말에 선뜻 믿음이 가지 않았다. 사실 오레오와 계명석 정도면 잘나가는 연예계의 누구라든가, 재벌 2세 누구의 딸이라든가 하는 아름답고 기품 있는 여자를 만나지, 왜 이런 여자를 만나겠는가? 게다가 양다리? 그러기에는 여자가 너무 처진다.

신 기자는 은설의 말을 신뢰할 수 없었다. 더군다나 오레오와 계명석 게이설을 기사화해 망신을 톡톡히 당했으니 더욱 조심스러울 수밖에 없었다.

"아무리 그쪽이 제작진이라고 해도 내가 그 말만 믿고 무턱대고 기사를 쓸 수는 없어요."

심드렁한 신 기자의 말에 은설은 알았다는 듯 고개를 끄덕이더니, 그의 손에 있던 자신의 핸드폰을 가져왔다. 그리고 핸드폰 앨범 속의 〈감규리〉 폴더를 뒤적거렸다. 폴더 안에는 규리의 사진으로 빼곡하게 차 있었다. 차 안에서 입을 헤 벌리고 자는 모습부터, 선배들에게 혼나는 사진, 밤샘 후 머리도 못 감아 퀭한 얼굴까지. 규리의 허락 없이 몰래몰래 찍어둔 것들이었다. 은설은 폴더 안에서 사진 하나를 골라 신 기자에게 내밀었다.

"이래도 못 믿으실까요?"

자신 있게 내민 사진에는 규리뿐만 아니라 레오가 함께 있었다. 레오의 손에 이끌려 어디론가 가는 그녀의 모습이!

"이건……!"

"그날 오레오 씨가 말하더군요. 그 여자가 자기 첫사랑이라고."

가을이 규리에게 방 청소를 시켜서 한바탕 소동이 있었을 때, 레오가 규리를 데리고 나가는 모습을 몰래 찍은 것이었다. 당시 밖에서 그들의 대화를 엿들은 은설은 너무도 놀랐다. 자신이 그토록 싫어하는 규리가 오레오의 첫사랑이었다니! 잘난 것도 없는 주제에 선배들 사랑 독차지한 것도 모자라, 이제는 오레오까지 넘보다니.

은설은 레오의 첫사랑이 규리라는 사실에 놀라기보다는 화가 났다. 꼴 같지도 않은 게 다 가지려고 하는 게 아니꼬웠다. 그래서 가을의 방문이 열리는 순간 핸드폰을 꺼냈고, 레오 손에 이끌려 나가는 규리의 모습을 카메라로 찍어놓은 것이었다. 분명 어딘가 쓸 데가 있을 거라고 생각하면서. 그날 은설은 가을에게 신문사에 제보하는 건 어떻겠냐고 물었지만, 같은 연예인이라서 그런지 가을은 싫다고 했다. 그리고 은설에게 제보 따위 하지 말라고 단단히 단속했다. 하지만 이제 가을과 완전히 틀어져 버렸으니 그녀의 말을 들을 필요는 없었다.

"이거 흥미롭네요. 계명석 피디 사진도 있습니까?"

사진을 확인한 뒤 구미가 당긴 신 기자는 관심 가득한 눈으로 물었다. 가을은 명석과 규리가 다정하게 바닷가를 거니는 사진을 보여 주었고, 신 기자는 만족스러운 미소를 지었다.

"이거면 충분하겠군요."

"다행이네요."

"사진 좀 전송해 주실 수 있나요?"

신 기자가 묻자, 은설은 그의 손에 들려 있던 핸드폰을 가져와 자신의 가방에 집어넣었다. 의외의 행동에 어리둥절해진 신 기자가 물었다.

"핸드폰은 왜?"

"사진은 보내드릴 수 없어요."

"아니, 왜죠?"

제보까지 한 마당에 사진을 보내줄 수 없다니?

"전 제 신원이 보호받길 원해요."

"보호해 드리겠습니다."

"어떻게요?"

"……."

사실 신 기자는 은설의 신분 노출 따위 별 상관없었기에, 그저 '제보자는 밝힐 수 없습니다.' 그 한마디만으로 끝낼 작정이었다.

"이 사진은 파라도에서 촬영할 때 찍은 것들이에요. 그리고 그때 섬에는 제작진들밖에 없었고요. 그럼 당연히 제작진 중 누군가가 찍은 사진이라고 의심하겠죠?"

그리고 규리와 사이가 좋지 않은 은설이 바로 의심의 대상이 될 것이다. 은설은 〈오늘 밤만 재워줘〉 팀에서는 곧 쫓겨날 예정이지만, 다른 방송국으로 옮겨서 계속 작가 생활을 할 생각이었다. 그런데 같은 팀원의 사생활을 기자에게 제보했다면 어느 팀에서 그녀를 반기겠는가? 가을이 바다에 빠진 사건이야 연예인이 걸려 있으니 되도록 쉬쉬하겠지만, 이번 일은 그것과는 결이 다른 일이었다.

"그럼 사진은 왜 보여주신 거죠?"

"기자님이 믿지 않으시니까요."

"사진 제공은 못 하겠고, 제보만 하겠다?"

"예. 그리고 사진 찍을 기회는 지금도 얼마든지 있을 것 같은데요?"

은설이 창밖을 보며 말하자, 신 기자의 시선이 구석에 서 있는 레오의 차에 닿았다. 차 앞에는 은설이 보여 주었던 사진 속 여자가 서 있었고, 레오가 손짓하자 여자는 못 이기는 듯 차 안으로 올라섰다. 레오는 조심스럽게 주위를 살폈고, 곧 차 문이 닫혔다.

"어때요? 이 정도면 꽤 쓸모 있는 제보 아닌가요?"

"쓸모 있다 뿐인가요. 훌륭합니다."

"도움이 되었다니 다행이네요. 사진은 어떻게 할 생각이신가요?"

은설이 붉은 입술을 움직이며 묻자, 신 기자가 야비한 미소를 지으며 대답했다.

"사진은 전문가가 찍는 게 더 좋겠네요. 좀 더 자극적으로."

＊

차 안에는 무거운 침묵만이 내려앉아 있었다. 이별을 고하는 여자와 이별을 받아들이지 못하는 남자. 그 둘 사이의 간극을 좁힐 수 있는 건 아무것도 없어

보였다. 그녀는 안타까웠고, 그는 참담했다. 그녀는 이 자리가 불편했고, 그는 마지막일지도 모르는 그녀와의 시간을 조금이라도 더 벌고 싶었다. 이렇게 단둘이 있다 보면 그녀의 마음이 조금이라도 달라지지 않을까. 혹시나 나를 돌아봐 주지는 않을까. 그러다가 네 결정이 바뀔 수도 있지 않을까…….

확고한 그녀의 마음을 모른 채, 그는 자꾸만 미련이 남았다. 20년을 품었던 마음을 한순간 무 자르듯 댕강 잘라낼 수도, 색종이 접듯 반듯하게 접어 버릴 수도 없었다. 아직 그녀를 보낼 마음의 준비가 되어 있질 않아서. 아니, 애초부터 그런 건 상상해 본 적도 없었다. 그녀가 없는 세상은 상상조차 할 수 없었으니까. 그런데 그녀가 이별을 고한다. 내가 아닌 다른 남자를 마음에 품었단다. 내가 아닌 다른 남자를…….

"내가 처음부터 내 마음을 잘 알았더라면 이런 일은 없었을 거야."

규리가 입을 열었다.

"너와 팀장님이 고백했던 그 옥상에서. 아니, 그다음 날이라도 내가 내 마음을 알았어야 했는데."

듣고 싶지 않은 말들이 그녀의 예쁜 입술을 비집고 나왔다.

"너무 많은 시간을 기다리게 해서 미안해."

두 달. 가을에서 겨울로 계절이 바뀌는 그 시간 동안, 어쩌면 난 희망 고문을 받으며 지냈는지도 모른다. 너의 남자가 될 수도 있다는 행복한 상상을 하면서도, 버림받을지도 모른다는 생각에 불안함을 온몸으로 끌어안고 얼마나 괴로워했는지. 그래도 그때가 더 좋았던 것 같다. 그땐…… 희망이라도 있었으니까. 너와 함께할 미래를 꿈꿀 수는 있었으니까.

레오는 쓸쓸한 눈을 들어 규리를 바라보았다. 한없이 예쁜 얼굴은 그대로인데, 부드럽게 쓸어 넘기던 머리카락 또한 여전한데, 촉촉하던 입술마저도 그 전과 달라진 게 없는데, 날 보는 네 눈빛은 왜 그렇게 변한 걸까? 다신 안 볼 사람처럼 낯설게……. 마치 딴사람처럼 멀게만 느껴진다.

"너만 좋다면 난 너랑 친구로 지내고 싶어. 20년 전 그때처럼."

규리는 힘겨워하는 레오를 보고 있는 것만으로도 고통스러웠다. 보는 사람도 이런데, 본인은 얼마나 힘들까. 처음엔 두 남자의 고백이 그저 신기하고 두근거리기만 했다. '내게도 이런 날이 오는구나, 감규리 인생에도 꽃이 피는구나!' 그러면서 밤잠 설레었는데. 한 명을 선택하는 일이 이토록 아픈 일일 거라고는 생각하지 못했다. 하지만 끝내야 한다. 그렇지 않으면 내 남자가 계속 불안해할 테니까. 레오가 계속 미련을 가질 테니까. 규리는 아픈 마음을 뒤로하고 그에게 마지막 인사를 고했다.

"나 이만 가볼게. 팀장님이 기다리고 계실 거야."

친구가 되면 우리 그땐 진짜 추억을 만들어 보자. 나도 기억하는 추억을. 이 상처가 모두 아물고 새살이 돋아나면, 그땐 서로 웃으며 볼 수 있을 거야. 아무렇지도 않게 웃으면서.

"안녕. 레오야……."

차에서 내린 규리는 레오를 향해 손을 흔들었다. 어쩌면 마지막이 될 인사였다.

＊

"출발합니다."

마지막으로 명석이 버스에 올라타자 기사 아저씨가 큰 소리로 외쳤다.

"잠시만요."

명석이 버스에 탄 사람들을 확인하려고 하자, 누군가가 큰 소리로 외쳤다.

"거 빨리 출발 안 하냐? 명석아, 형님 힘드시다."

"그래. 계 피디. 우린 내일도 촬영 있어."

"기자들 때문에 지금 시간이 몇 시냐?"

카메라 팀 선배들이 누르고.

"팀장님, 제가 아까 다 확인했으니까 출발해도 돼요."

"네. 개인 차 끌고 온 사람들 빼고 다 탔어요."

연출 팀 후배들이 거드니. 명석은 하는 수 없이 대답할 수밖에 없었다.

"출발하세요."

제일 앞좌석에 앉은 명석은 뒷좌석을 힐끔거렸다. 죄다 자기가 선물한 검은색 패딩에 모자를 꾹꾹 눌러 쓰고 있어서 누가 누군지 당최 분간이 되지 않았다. 그래도 규리를 찾겠다는 신념 하나로 미어캣처럼 고개를 빼꼼 내밀고 주위를 둘러보고 있을 때, 지연의 목소리가 들려왔다.

"뭘 그렇게 찾아?"

명석이 소리를 낮춰 대답했다.

"아까 감귤한테 뭘 좀 맡겼는데, 그것 좀 찾으려고요."

"뭘 맡겼는데?"

대충 둘러댄 명석이 선뜻 대답을 못 하자, 지연이 장난스럽게 말한다.

"혹시…… 사랑?"

"선배!"

"크큭. 그렇게 좋아? 잠깐도 못 참을 정도로?"

명석은 지연의 입부터 막아야겠다고 생각하고 얼른 그녀의 입에 과자를 집어넣었다.

"선배! 누가 들으면 어쩌려고 그래요?"

"듣긴 누가 들어? 다들 곯아떨어졌는데."

그녀의 말처럼 버스 안에 수면제라도 뿌린 듯 스태프들은 모두 잠들어 있었다. 하긴 늦게까지 촬영하고, 오늘 새벽 일찍 배 탈 준비를 했으니 잠이 부족할 만도 했다.

"계 팀장. 예전에 제주도 촬영 때, 스태프 한 명 빠뜨리고 비행기 탔던 거 기억나?"

"기억나죠. 어리바리했던 애. 걔 이름이 뭐였더라?"

"암튼 걔. 돈도 한 푼 없었는데, 그때 계 팀장이 뭐라 그랬게?"

"흐흠. 갑자기 왜 옛날 얘기를……."

기억난다. 안 날 리가 없지. 그때 이후로 '계 악마'라는 별명이 생겼으니까.

"헤엄을 치든, 날아서 오든, 알아서 오라고 했잖아?"

그랬다. 명석은 돈 한 푼 없는 스태프에게 알아서 오라고 냉정하게 말하는 사람이었다.

"그 얘기를 하는 저의가 뭡니까?"

명석이 세모눈을 뜨고 묻자, 지연이 어깨를 으쓱이며 대답했다.

"없으면 알아서 올 테니 걱정 말라는 거지."

"선배 일 아니라고 막말하십니다?"

"뭐, 솔직히 내 일은 아니잖아?"

지연이 말하는 게 어찌나 얄미운지! 도저히 참을 수 없던 명석은 지연 옆에 앉아 자고 있는 승후를 향해 소리쳤다.

"박승후! 일어나!"

"예! 팀장님!"

자다 깬 승후는 반사적으로 대답하면서도 어리둥절한 얼굴로 명석을 쳐다봤고, 지연은 도끼눈을 뜨고 명석을 째려봤다.

"자고 있는 애를 왜 깨워?"

"너 내려!"

"예?"

"내리라고!"

"계명석!"

지연이 승후와 명석을 가로막자, 명석이 장난스러운 표정을 지으며 말했다.

"박승후, 제 직속 후밴데."

"오호라. 이렇게 나오시겠다? 그럼 감규리는 누구 직속 후배게?"

결국 명석의 입에서 끄응 하고 앓는 소리가 났고, 지연은 쐐기를 박아 버렸다.

"우리 프로그램 끝날 때까지 매일 밤 야근하는 거 보고 싶지 않으면 이대로 조용히 서울까지 가지?"

"흐흠."

우리 감귤 야근시킬 수는 없지. 암. 절대 안 될 말이지. 살벌한 지연의 협박에 명석은 군소리 없이 자리에 앉을 수밖에 없었다. 계명석 인생에 무서운 사람은 단 한 명도 없었는데, 방금 한 명 생기고 말았다. 감귤의 야근 선택권을 쥐고 있는 차지연! 왜 지금 그녀가 마녀로 보이는지는 모를 일이었다.

'설마 오늘 가자마자 일 시키는 건 아니겠지?'

오늘 저녁 데이트 약속이 있는 명석은 잔뜩 졸아 지연의 눈치를 살필 수밖에 없었다.

*

"30분까지는 버스에 모두 탑승해 주세요!"

휴게소에 버스가 정차했고, 화장실과 간식이 급했던 스태프들이 하나둘 버스에서 내리기 시작했다. 명석은 제자리에 앉아 규리가 나오기만을 기다렸다.

"안 내려?"

"먼저 내리세요."

"같이 가자. 소떡소떡 사줄게."

"박승후랑 맛있게 드세요."

"흥!"

지연과 승후는 물론 모든 스태프들이 내렸지만, 규리는 그 어디에도 보이지 않았다.

"뭐야? 피곤해서 뻗은 건가?"

하긴 새벽 내내 자신의 손에 이끌려 데이트를 했으니 피곤할 만도 했을 거다. 게다가 밤새 나눈 키스는 또 얼마나 열정적이었던가. 어젯밤 그녀와의 키스는 떠올리자, 명석의 얼굴에 홍조가 피어올랐다.

"감귤. 어딨어?"

명석은 버스 뒷좌석을 향해 걸어가며 규리를 찾았다. 그런데 맨 끝자리까지 가도 그녀의 모습이 안 보이는 게 아닌가!

"뭐야? 정말 버스에 안 탄 건가? 아니면 내리는 걸 못 봤나?"

명석은 버스에서 내리며 규리에게 전화를 걸었다.

[전화기가 꺼져 있어 소리샘으로 연결······.]

수화기 저편에서는 전화기가 꺼져 있다는 말만 반복하는 얄미운 목소리만 들려왔고, 규리는 어디에도 보이지 않았다. 불안한 생각이 그의 머릿속에 스며들려고 하는 그때.

"어머! 감독님!"

등 뒤에서 상큼발랄한 목소리가 들려왔다. 가을이었다.

"어. 서가을."

"감독님 휴게소에서 만나니까 더 반갑다. 그죠?"

"그렇게까지 반갑진 않아."

명석은 그녀가 전혀 반갑지도 않았고, 그녀 때문에 시간을 허비하고 싶은 생각도 없었다. 그의 머릿속은 온통 규리를 찾아야겠다는 생각뿐이었으니까.

"아! 버스에 규리 언니 있어요?"

"아니. 없어."

"풋. 역시."

휴게소로 몸을 돌리던 명석은 '역시'라는 말에 가을을 쳐다보며 물었다.

"역시라니? 그게 무슨 말이야?"

그의 질문에 가을은 무슨 비밀이라도 있는 모양인지, 입술을 동그랗게 모으고 대답을 꺼렸다.

"이거 비밀인데."

"지금 사람들이 찾고 난리 났어. 빨리 말해."

"어머! 정말요? 실은 아까 제가 규리 언니, 레오 오빠한테 데려다줬거든요."

"뭐?"

나쁜 예감은 틀리지 않는다더니!

"둘이 화해하라고 자리를 마련해 줬는데, 레오 오빠 차 타고 가려나?"

명석은 다시 핸드폰을 꺼내 규리에게 전화를 걸었지만, 그녀의 폰은 여전히 꺼져 있었다.

"규리 언니한테 전화하신 거예요?"

"어."

"폰 배터리 없다고 그러던데. 레오 오빠한테 한번 해보세요."

"아. 젠장."

명석은 아랫입술을 깨물며 신경질적으로 머리카락을 쓸어 넘겼다. 아무리 스태프가 없어졌다고 한들, 뭘 저렇게까지 오버하면서 걱정을 하는 건지. 그들의 사정을 모르는 가을은 의아하기만 했다.

"감독님, 왜 그렇게 걱정하세요? 규리 언니는 레오 오빠랑 같이 올라오면 되잖아요."

천진난만한 가을의 질문에 명석은 도저히 참을 수가 없어 입을 열었다.

"서가을."

"예?"

"너 입 무겁지?"

"가볍지는 않죠?"

"어디 가서 떠들지 않을 거라고 믿고 말하는 거야."

"네. 말씀하세요."

명석은 여기저기 떠벌리고 싶진 않았지만, 어제부터 규리에게 딱 달라붙어 있는 가을을 보니 말을 안 할 수가 없었다.

"감귤이 만나는 남자, 오레오가 아니라 나야."

"예에?"

가을의 큰 눈이 더 커지는 건 당연한 일.

"내가 감귤의 남자라고. 그러니까 중간에서 괜한 짓 하지 마."

"헐. 그럼 레오 오빠는 뭐지?"

가을이 혼란스러운 듯 중얼거리자, 명석이 명쾌하게 답을 알려 주었다.

"뭐긴 뭐야. 커플 사이에 낀 훼방꾼이지."

                        *

마지막 인사를 건네고 레오의 차에서 내린 규리는 눈앞에 펼쳐진 상황을 도저히 받아들일 수 없었다. 버스가 없다. 아무도 없다. 망할 놈의 기자들까지 단한 명도 없다! 그녀의 가방은 버스 짐칸에 실었는데. 가방 안에 지갑도 있는데! 이런 젠장! 여기서 서울까지 뭐 타고 가? 돈도 없고, 핸드폰 배터리도 없는데!

"아이씨! 이런 젠장!"

입에서 절로 욕이 나오고 있을 때, 드르륵 하고 차 문 열리는 소리가 들려왔다.

"규리야."

그녀를 부르는 레오의 목소리는 왜 이렇게 부드러운지.

"타."

방금 마지막 인사를 건넸는데. 이런 빌어먹을.

"……어."

민망함에 몸서리치던 규리는 어쩔 수 없이 레오의 차에 몸을 실었다. 차 안에는 어색한 침묵이 흘렀다.

'방금 전에 내가 뭐라고 했더라?'

애써 담담한 목소리로 '너만 좋다면 친구로 지내고 싶어.'라고 했나? 세상 슬픈 표정을 지으며 '안녕, 레오야…….'라고도 했던 것 같은데. 난 가슴 아픈 이별을 말했고, 넌 그 이별을 힘들게 받아들였던 것 같은데. 우리 분명 고작 1분 전에 완전히 헤어졌는데. 그런데 왜? 왜 지금 우리는 나란히 앉아 덜컹거리는 비포장도로 위를 달리고 있는 거지? 도대체 왜? 이런 망할! 젠장! 버스 있는지 없는지 확인하고 말할걸. 으! 쪽팔려!

레오의 차에 올라탄 규리는 민망함에 몸서리를 치며 쥐구멍이라도 찾는 심정으로 창밖을 내다보았다. 오늘따라 햇빛은 왜 이렇게 쨍한 건데! 왜 오늘따라 미세먼지는 하나도 없는 건데! 창밖에서 햇빛이 쨍하게 비쳤다. 마치 차 안으로 시선을 돌리라는 듯. 하지만 규리는 인상을 잔뜩 찌푸린 채, 햇빛과 눈싸움 중이었다.

'눈 안 부시다, 안 부시다. 내 눈은 천하무적…… 같은 소리 하고 있네.'

결국 강렬한 빛에 완패한 규리는 눈을 껌뻑이며 고개를 돌리고 말았다.

"아, 마이 아이즈…… 헙!"

두 눈을 비비며 투덜거린 규리는 저도 모르게 레오를 쳐다보았고, 순간 그와 눈이 딱 마주치고 말았다. 레오는 마치 무언가를 엄청나게 참고 있는 듯 콧구멍이 크게 벌렁거렸고, 도톰한 입술은 아래위로 씰룩거리며 춤을 추고 있었다. 그리고 결국.

"풉!"

그의 입에서 웃음이 터지고야 말았다.

'이런 젠장!'

민망함이 쪽팔림이 되어 돌아와 버렸다. 아름답게 이별하고 싶었는데…… 쓸쓸한 모습으로 멀어지고 싶었는데…… 바로 코앞에 앉아 '마이 아이즈!'나 외치고 있다니! 감규리 인생에 멋짐 따위는 없는 모양이다.

"푸하하하하하하!"

분명 조금 전까지만 해도 레오의 눈가가 슬픔으로 촉촉했는데, 지금은 마치 개그 프로그램을 본 사람처럼 눈물을 찔끔찔끔 흘리고 있는 게 아닌가!

"오레오! 그만 웃지?"

"미안…… 흡. 크크크크크큭."

어렵게 웃음을 참았던 레오는 규리와 눈이 마주치자 다시 웃음을 터뜨리고 말았다.

"웃지 말라니까?"

"그게…… 크크큭…… 내 마음대로 안 돼. 하하하하."

"이씨."

규리가 쿠션으로 레오의 입을 틀어막아도 웃음은 끊이지 않았다. 아니, 그의 웃음소리는 갈수록 더 커졌다.

"하나도 안 웃기거든?"

"크크큭. 난 웃겨."

레오는 방금 전 이별을 당한 사람이라고는 생각할 수 없을 정도로 유쾌하게 웃었다. 살면서 한 번도 이토록 웃어본 적 없는 사람처럼 즐겁게 말이다.

규리야. 아마도 난 이런 네 모습을 좋아한 것 같아. 허당미 넘치는 밝고 귀여운 네 모습을. 너는 바쁘다는 이유로 가족조차 방치했던 나를 알뜰히 살펴주었고, 친구 하나 없는 내게 즐거움을 줬잖아. 널 만난 후 내 삶이 달라졌어. 소심했던 내가 사람들과 어울릴 수 있게 되었고, 어두침침했던 내 주위가 네 덕에 밝아졌어. 웃음이 많아졌고, 널 만날 내일이 기다려져 쉽게 잠들지 못했지. 널 만나 행복이라는 게 뭔지 알았어. 규리야. 짧은 내 삶을 돌아보면, 난 널 만났을 때 가장 행복했어. 네가 있어야 내가 비로소 웃을 수 있었고, 네가 있어야 내가 숨 쉬는 의미를 찾을 수 있었거든. 네가 옆에 있으니 행복하다.

"그만 웃어!"

"하아. 하아. 너무 웃었더니 배가 다 아프다."

겨우 웃음을 멈춘 레오가 눈물을 닦으며 말하자, 규리가 도끼눈을 뜨고 그를 노려봤다.

"허! 그래서? 내가 망신당하는 게 그렇게 웃겨?"

"친구끼리 망신은 무슨."

아까와는 사뭇 다른 말투와 '친구'라는 표현에 규리가 흠칫 놀랐다.

"오레오."

"응?"

"방금 뭐라고 그랬어? 친구?"

규리는 혹시 자신이 잘못 들은 게 아닌가 싶어 되물었다. 그러자 레오가 한결 편해진 얼굴로 대답했다.

"왜? 우리 친구 맞잖아."

그의 말에 규리의 얼굴에 미소가 그려졌다. 기자들 앞에서 그런 말까지 했기에 쉽게 마음을 접지 못할 거라고 생각했는데, 이토록 편하게 말해 주니 고마웠다. 다행히 서울로 가는 길이 영 어색하지만은 않을 것 같았다.

"새벽부터 일찍 일어나서 피곤할 텐데, 눈 좀 붙여."

"어. 그럴게."

레오는 친절한 손길로 규리에게 안대를 하나 건넸다. 그리고 그도 피곤했던 모양인지 선글라스를 끼고 시트에 몸을 기대었다. 규리는 그런 그를 물끄러미 바라보았다. 아까까지만 해도 너무 멀게 느껴졌던 레오였다. 제멋대로 기자들에게 이상한 말을 쏟아 냈고, 무표정한 얼굴로 무작정 자신을 피하기만 했으니까. 하지만 이제 그의 마음 정리가 끝난 모양이었다.

규리는 그것만으로도 다행이라고 생각했다. 서울에 올라가면 기자들 때문에 골치 좀 아프겠지만, 그래도 레오의 마음이 다치지 않은 게 더 낫다고 생각했다. 사랑에도 시간이 걸렸듯 이별에도 시간이 걸린 거라고, 규리는 그렇게 생각했다. 마음에 안정이 찾아오자 문득 명석이 떠올랐다.

'나 찾고 계실 텐데.'

선배들이 마을 회관 콘센트를 차지하는 바람에 막내 규리의 핸드폰은 언제나 배터리가 아슬아슬했다. 진작 꺼지지 않은 게 신기할 정도로.

"저기, 매니저님."

규리는 운전하고 있는 레오의 매니저를 향해 조용히 말했다.

"예. 작가님."

"죄송한데, 저 핸드폰 충전 좀 해주실 수 있나요?"

"그럼요. 거기 충전기 줄 보이세요?"

매니저가 눈짓한 곳에 충전기 꼬리가 보였다.

"오! 감사합니다."

규리는 걱정하고 있을 명석에게 문자라도 보낼 생각으로 얼른 충전기를 꽂았다.

"어? 이거……."

"왜요? 기종이 달라요?"

"네."

매니저의 물음에 규리가 작게 대답했다. 그가 준 충전기는 하필 규리의 것과 다른 기종의 것이었다.

"혹시 이거 말고 다른 충전기는 없으세요?"

"이거 어쩌죠? 레오랑 저랑 둘 다 그거 써서 다른 충전기는 없는데."

매니저가 룸미러로 힐끔 규리를 쳐다보며 안타까운 목소리로 말했다.

"급히 연락할 곳 있으면 제 폰이라도 빌려 드릴까요?"

잠시 망설이던 규리는 고개를 저었다.

"아니요. 나중에 하죠, 뭐."

"그럼 가다가 휴게소 들러서 충전하세요. 핸드폰 충전되는 곳 많으니까."

"아. 정말요? 감사합니다."

그제야 규리의 마음이 좀 놓였다. 휴게소에 도착하면 핸드폰 충전부터 해야겠다. 그리고 바로 명석에게 전화해서 오늘 저녁 어디서 만날 건지 물어봐야지. 오늘 저녁 데이트를 떠올리며 히죽거리고 있자, 매니저가 말했다.

"작가님, 피곤해 보이는데 좀 쉬세요."

"매니저님 운전하시는데, 저희 다 자면……."

"전 편하고 좋죠. 누가 뒤에서 눈 뜨고 있으면 감시하는 느낌 들어서 불편합니다."

매니저는 허허, 하고 웃으며 규리를 편하게 쉴 수 있게 해주었다. 안 그래도 새벽 내내 잠도 못 자고, 아침에 기자들에게 쫓겨 다니느라 피곤했던 규리는 길게 하품을 하며 안대를 썼다. 잠시 후. 쌔근쌔근 잠든 규리의 얼굴 위로 레오의 손이 움직였다. 그는 규리가 잠든 것을 확인하고, 한참 동안 그녀를 바라보았다. 고뇌와 망설임이 뒤섞였던 그의 얼굴에 어느새 슬픔이 가득 차올랐다. 레오는 아련한 눈으로 그녀를 하염없이 바라보았다.

＊

달달달달. 명석은 불안한 듯 다리를 떨며 핸드폰을 노려보았다. 핸드폰 스위치를 켰다가 껐다가, 메시지를 열었다가 닫았다가, 어딘가로 전화를 걸었다가 다시 *끄기*를 계속해서 반복하더니 한숨을 푹 내쉬고 신경질적으로 머리를 긁적였다. 벌써 몇 시간째 명석은 똑같은 행동을 되풀이하고 있었다. 모르는 사람이 봤으면 미친놈이라고 욕을 할 정도로 그는 이상해 보였다.

"그래 갖고 핸드폰 닳겠어?"

결국 참다못한 지연이 한마디 하자, 명석이 퀭한 눈으로 그녀를 힐끔 쳐다보았다.

"그렇게 걱정되면 전화하면 되잖아."

"핸드폰이 꺼져 있으니까 그렇죠."

"오 배우 차 타고 오고 있다며?"

"네."

"그럼 오 배우한테 전화하면 되잖아? 전화해서 바꿔달라고 해."

남의 속도 모르고 참 태평한 소리 하시네.

명석은 답답하다는 표정으로 지연을 쳐다보다가 고개를 휙 돌려 버렸다. 그들의 관계에 대해 모르는 지연은 그렇게 말할 수 있지만, 명석의 속은 지금 타들어 가고 있었다. 차라리 규리가 차편이 없어 홀로 남겨졌다고 하면 무슨 수를 써서든 그가 데리러 갔을 것이다. 그런데 레오와 함께 올라오고 있다니. 아까 가을에게 그 말을 들었을 때, 명석은 저도 모르게 그녀에게 화를 낼 뻔했다. 하지만 가을이 무슨 죄가 있느냐 말이다. 그저 규리에게 잘해 주고 싶은 마음에서 그렇게 행동한 것을. 말을 할 수도 없고. 그렇다고 괜찮은 척할 수도 없고. 의도치 않은 상황도 상황이었지만, 무엇보다 답답한 건 명석 자신이었다. 규리는 아까 불안해하는 그에게 사귀자는 말과 함께 '오늘부터 1일'이라는 깜찍한 말까지 했다. 그런데 이런 상황이 벌어졌다고 또 불안해하고 있다니. 규리를 보고 있으면 안심이 됐다가도, 또 안 보고 있으면 불안해 미칠 지경이었다. 무덤덤한 성격으로는 세계 1등 먹을 자신이 있었던 명석이었지만, 사랑 앞에서는 극성맞은 남친이 따로 없었다.

"선배."

"왜?"

"남녀 사이에 친구가 될 수도 있다는 생각, 여전해요?"

명석은 자신의 불안함을 증폭시켰던 '남사친'에 대한 생각을 바꿔보기 위해 지연에게 물었다. 규리는 남녀 사이에 친구가 될 수 있다고 말했고, 지금 그녀는 '세상에서 가장 위험한 남사친'인 오레오와 함께 있다. 하지만 정말 남녀 사이에 친구가 될 수 있다면, 자신은 불안해할 필요가 없는 것이었다. 규리의 생각만 확실하다면 말이다. 지연과 규리는 의견이 같았으니, 지연의 말을 들으면 조금 안정이 될 것 같았다.

"그건 갑자기 왜?"

"그냥요. 말해봐요. 여전히 그렇게 생각해요?"

명석은 '되지, 왜 안 돼?'라는 대답을 기다리며 느긋하게 물었다.

"아니."

"예? 아니, 왜요?"

철석같이 믿었던 지연이 아니라고 하자, 명석은 크게 놀랐고 지연은 어리둥절했다.

"왜 이래?"

"사람이 어쩜 그렇게 생각이 확확 바뀌어요? 굳건했던 그 마음이 어떻게 하루아침 사이에 손바닥 뒤집듯이 그렇게 바뀌느냐고요!"

명석은 씩씩거리며 화를 토해 냈고, 지연은 그런 그를 싸늘한 표정으로 노려보았다. 뒤늦게 아차 싶었을 때, 명석은 그녀가 규리의 시간을 좌지우지할 수 있는 사람이라는 것을 깨닫고 말았다.

"아니, 그냥……."

"오늘 정말 왜 이래?"

"뭐. 여러 가지로 불안해서 그래요."

"뭐가 불안한데? 태어나서 연애 처음 하는 사람처럼."

"아, 뭐……."

명석이 제대로 대답하지 못하자, 지연의 머리 위로 물음표가 떴고 그 뒤에 바로 느낌표가 생겨났다.

"설마…… 처음이야?"

"컥. 쿨럭. 처, 처음이라뇨. 해봤어요, 저도. 연애……."

해봤다는 사람치고는 자신감이 많이, 그것도 매우 많이 부족해 보였다. 그제야 대충 감을 잡은 지연은 속으로 미소를 지었다. 연애가 처음이라고 하니, 그가 왜 저렇게 불안해하는지 알 것 같았기 때문이다. 그리고 지금 그에게 뭐가 가장 필요한지도.

"나, 그 여행 안 가기로 했어."

"정말요? 왜요?"

지연이 남사친과 여행 안 간다는 말에 명석은 제 일처럼 좋아하며 물었다.

"내 남자친구가 싫어하니까."

확신에 찬 지연의 얼굴 위로 '오늘부터 1일'이라고 외친 규리의 얼굴이 묘하게 겹치는 것 같았다.

"생각해 보니까 남자친구가 싫어하는 일을 내가 왜 굳이 하나 싶더라고. 나 여행 가 있는 동안, 걔가 얼마나 끙끙거릴지 생각하니까 여행 가고 싶은 마음이 싹 사라지더라."

모든 사람 관계에서 다 그렇겠지만, 연인들에게 있어서 제일 중요한 건 바로 믿음이었다. 그리고 이제 시작하는 연인이라면 더욱더 그럴 테고.

"괜히 불안할 일 안 만드는 게 좋을 것 같더라고."

지연은 명석이 규리를 믿는 마음이 부족해 저렇게 불안해한다고 생각하지 않았다. 다만 처음이라 모든 게 서툴 뿐인 것이다. 사랑도 믿음도. 하면 할수록 점점 그 마음이 깊어지겠지. 그때까지는 지연 자신이 옆에서 좀 도와야겠다고 생각했다. 연애가 처음이신 우리 팀장님을 위해.

"아마 규리도 그렇게 생각할걸?"

지연이 확신에 찬 표정으로 말하자, 명석의 불안감이 조금씩 해소되는 기분이 들었다. 이미 규리는 오늘 아침 자신에게 확신을 주었다. '좋아한다', '사귀자'라는 말을 했고, 사랑할 시간도 부족하니 튕기지 말라고까지 했다. 그런데 자신은 뭐가 불안해서 이렇게 끙끙거리고 있는 건지. 지연의 말을 듣고 있자니 불안함이 한결 나아졌다.

"선배. 고마워요."

"뭘. 고민 있음 뭐든 말해. 언제든 상담해 줄 테니까."

명석은 자신을 위해 씩씩하게 사랑 고백을 해준 규리에게 좀 부끄럽다는 생각이 들었다.

"뭘 상담까지."

"난 연애 몇 번 해봤거든. 처음은 아니라서."

"저도 처음 아니거든요!"

"근데 왜 얼굴은 빨개지실까?"

명석은 아니라고 대답하면서도 살짝 고민했다. 규리한테 말하지 말라고 부탁할까 말까 하고 말이다.

*

"잠깐 쉬었다 가자."

"네. 형."

"나 급해서 먼저 내린다."

휴게소에 도착한 매니저는 화장실이 급한지, 주차하자마자 곧바로 뛰쳐나가 버렸다. 레오는 아직 자고 있는 규리를 물끄러미 바라보았다. 잠결에 안대는 삐뚜름하게 벗겨져 있었고, 머리카락은 귀신처럼 산발이 되었으며, 헤 벌린 입에서 침이 뚝뚝 떨어지고 있었지만. 예뻤다. 레오의 눈에는 그런 규리조차도 예뻐보였다. 그녀가 뭘 하든 레오 눈에는 반짝이는 보석처럼 보였다. 단, 저 패딩은 빼고. 레오는 세모눈을 뜨고 규리가 덮고 있는 패딩을 노려봤다. 자신이 촬영하는 사이 모든 스태프들에게 쏘는 척, 규리에게 패딩을 선물하다니. 무뚝뚝한 명석의 무심한 듯 통 큰 선물에 크게 당하고 말았다.

"나 같으면 더 예쁜 옷을 사줬을 텐데."

검은색 롱패딩이 뭔가? 패션 감각이라고는 눈곱만큼도 없는 양반이다.

"으음……."

롱패딩 대신 자신의 옷을 덮어 주려던 레오는 규리가 뒤척이자, 아무것도 하지 않은 척 연기했다.

"일어났어?"

"응. 벌써 서울 도착한 거야?"

"아니. 휴게소. 커피 한잔하고 가자."

"아, 그래?"

휴게소라는 말에 규리는 잠이 번쩍 깼다. 빨리 휴대폰 충전하는 곳을 찾아 명석에게 연락해야겠다는 생각뿐이었다. 규리는 서둘러 옷을 입고 나갈 채비를 했다.

"넌. 안 가?"

"가야지."

레오가 차문을 열려고 하자, 규리가 그의 팔을 붙잡았다.

"그러고 나가려고? 미쳤어?"

규리는 뒷좌석에 있는 검은색 마스크를 꺼내 그의 양쪽 귀에 줄을 끼워 주었다.

"넌 어쩜 연예인이 돼서 너무 신경 안 쓴다?"

"좀 알아보면 뭐 어때서?"

"사람들이 널 좀 알아보냐? 엄청 알아보지!"

다시 보니 그것만으로는 모자랄 것 같아 모자까지 꺼내와 그의 머리에 씌워 주었다.

"너 그러면 매니저 오빠만 힘들어요. 알아?"

"알겠어."

모르는 건 규리다. 자신이 이렇게 얼굴도 가리지 않고 그냥 나가면 그녀가 챙겨줄 거라는 걸 잘 알고 있는 레오였다. 레오는 규리의 신경이 온통 자신을 향하고, 그녀의 손길이 자신의 몸을 스칠 때마다 기분이 좋았다. 챙김받는 기분이, 사랑받고 있다는 기분이 들어서.

"자, 다 됐어. 이제 나가자."

"응."

레오는 금방 끝나 버린 시간을 아쉬워하며 차에서 내렸다. 차에서 내린 규리는 걸음을 옮기며 혹시나 하는 마음에 핸드폰부터 켰다. 배터리가 조금 남아 있었는지, 핸드폰이 켜지며 메시지가 도착 알림 소리가 요란하게 울려 댔다. 핸드폰에는 13개의 메시지와 6개의 부재중 전화가 찍혀 있었다. 안 봐도 누가 이렇게 애타게 연락했는지 눈에 선했다. 하지만 그것도 잠시, 야속한 핸드폰은 메시지를 확인할, 잠깐의 시간도 주지 않고 검은 화면으로 변해 버렸다. 그가 어떤 마음으로 6번의 전화를 하고, 13개의 메시지를 남겼을지 생각하니 가슴이 너무 아팠다.

'더 늦기 전에 빨리 연락해야겠다.'

규리는 1분이라도 빨리 그에게 연락하려는 마음에 앞뒤 돌아보지 않고 휴게소를 향해 달리기 시작했다. 빽빽하게 주차되어 있는 자동차 사이를 지나 찻길을 건너고 있을 때, 어디선가 급박한 외침이 들려왔다.

"규리야! 위험해!"

뒤를 돌아보자 자동차 한 대가 클랙슨을 빵빵거리며 그녀를 향해 빠른 속도로 달려오고 있었다. 순간 규리의 머리는 빨리 피해야 한다고 생각했지만, 무슨 조화인지 두 발은 꿈쩍도 하지 않았다. 아주 잠깐 사이에 자동차는 아찔할 정도로 가까이 다가왔고, 너무 놀란 규리가 두려움에 벌벌 떨고 있을 때!

쿵―! 무언가가 크게 부딪히는 소리와 함께 차가 멈춰 섰다.

"레오야!"

규리를 밀치고 차에 치인 레오는 그대로 바닥에 쓰러져 버렸다.

*

규리 앞으로 자동차가 달려오는 걸 보는 순간, 레오의 몸은 본능적으로 움직였다. 말 그대로 동물적인 움직임이었다. 머릿속에는 아무런 생각이 없었다. 오직 규리가 다치면 안 된다는 생각뿐. 채 인지하지 못한 사이, 그는 재빨리 규리를 향해 달렸고 그녀가 당해야 할 사고를 대신 당하고야 말았다.

"레오야!"

자신을 걱정하는 규리의 목소리가 귓가를 파고들었다. 규리가 걱정한다, 나를. 그녀가 나만 바라보며, 나만 챙기고 있다. 챙김을 받는다는 건 참 기분 좋은 일이다. 날 바라봐 주고, 날 걱정해 주고, 날 신경 써주고, 날 보살펴 준다. 그 뒤로 따라오는 그녀의 따뜻한 눈길이 마치 날 사랑하는 것 같은 느낌이 들게 한다.

사랑받는 건 어떤 기분일까? 지금 난 네게 사랑받고 있는 걸까? 아니면 그렇다고 착각하고 있는 걸까? 무엇이어도 상관없다. 어쨌든 지금 넌 내 옆에 있고 …… 난 어떻게든 널 붙잡을 생각이니까. 규리가 뭐라고 말하는 것 같았지만, 그녀의 목소리는 윙윙거리는 소리에 묻혀 전혀 들리지 않았다. 그저 자신의 손을 꼭 붙잡고 있는 그녀의 온기만 느껴질 뿐. 레오는 규리를 향해 미소를 지으며 스르륵 눈을 감았다.

＊

사방이 온통 새하얀 병실 안. 규리는 침대에 누워 있는 레오를 걱정스럽게 내려다봤다. 그의 반듯한 이마에는 하얀 반창고가 붙어 있었고, 오른팔과 오른발에는 깁스가 되어 있었다. 자동차가 달려올 때, 규리를 밀치면서 레오의 오른쪽 몸이 전제적으로 차에 부딪쳤다고 했다. 살갗까지 모두 쓸렸는지, 환자복 안으로 보이는 몸 여기저기에 소독약이 덕지덕지 발려 있었다.

"하아."

레오를 바라보는 규리의 입에서 절로 한숨이 새어 나왔다. 이제 모든 걱정이 끝날 줄로만 알았는데, 난데없이 교통사고라니. 의사는 큰 사고가 아니라 다행이라며 몇 주 동안 깁스만 하고 있으면 말끔히 나을 테니 걱정하지 말라고 했다. 하지만 규리의 마음은 그렇지 않았다. 어쨌든 그는 자신을 구하다가 이렇게 된 거였으니까. 규리는 휴게소에서의 자신의 행동을 자책했다. 그렇게 급하게 뛰어가지만 않았어도, 조금만 조심스럽게 주위를 살폈어도, 레오의 목소리를 듣고 몸을 살짝 움직이기만 했어도, 이런 일은 없었을 텐데. 이 모든 일이 자신 때문에 일어난 것 같아 미안하고, 죄스러웠다.

게다가 레오는 배우다. 대중들 앞에 얼굴을 내보여야 하는 직업을 가졌다. 그리고 곧 할리우드에 진출해 액션물을 찍을 계획이기도 했고. 그런데 괜한 부상으로 그 일에 차질이 생기는 건 아닌지, 너무도 걱정스러웠다. 팔과 다리가 빨리 나아 영화 촬영에 지장 없었으면, 그리고 얼굴의 상처도 흉터 하나 없이 말끔했으면.

"별일 없어야 하는데……."

규리는 레오의 얼굴을 물끄러미 바라보며 중얼거렸다.

"……돼?"

"레오야?"

정신을 잃었던 레오가 깨어났는지, 그의 입이 움직였다.

"정신이 좀 들어? 잠깐만. 의사 선생님 불러올게……."

한참 만에 의식을 차린 레오를 본 규리는 의사를 부르기 위해 급히 자리에서 일어났다. 하지만 그녀는 발걸음을 멈출 수밖에 없었다. 레오가 규리의 손을 잡은 것이었다.

"왜? 필요한 거 있어?"

규리는 다시 의자에 앉으며 그와 눈을 마주치고 물었다.

"나 걱정돼?"

"뭐?"

정신을 잃었다 깨어나서 그런지, 왜 이런 쓸데없는 소리를 하는 건지. 빨리 의사를 불러와 레오가 깨어났다는 것을 알려야 하는데, 그는 규리의 타들어가는 속도 모르고 뜬금없는 질문을 해댔다.

"무슨 소리야. 잠깐 있어봐, 나 빨리 의사……."

"대답해. 나 걱정되냐고."

레오는 규리의 손을 놓지 않고 질문했다. 아마도 대답하지 않으면 하루 종일 그녀의 손을 놓아주지 않을 모양이었다.

"당연히 걱정되지. 그걸 질문이라고 하는 거야?"

왜 저런 신소리를 해대는 건지. 규리가 대답하자, 레오가 방긋 웃으며 말했다.

"그럼 나 간호 좀 해줘."

규리가 황당한 표정을 짓자, 레오가 이불 속에서 잔뜩 웅크리고 얼굴만 빼꼼 내밀며 중얼거렸다.

"나 생명의 은인인데……."

그제야 규리는 레오가 무슨 소리를 하는 건지 대충 알아챌 수 있었다.

"치. 그렇게 생색 안 내도 간호하려고 했거든?"

"정말?"

"나 너무 매정한 사람 만드는 거 아니야?"

규리는 레오를 향해 눈을 흘기며 장난스럽게 말했다. 어쨌든 그는 자신을 구하려고 뛰어들었다가 이렇게 다쳤다. 그런 사람을 두고 그냥 가버릴 수 없었던 규리는 매니저도 먼저 보내고 옆에서 그를 지킨 것이었다. 그런데 생명의 은인 운운하며 간호해 달라는 그를 보자 피식 웃음이 나와 버렸다. 역시 국민 멍멍이가 따로 없다. 이런 모습을 팬들이 봤으면 다들 심장을 부여잡았을 거다.

"나 많이 누워 있었어? 좀 답답하네."

"그래? 바람 좀 쐴래?"

"응. 그러고 싶어."

"잠깐 기다려. 일단 의사 선생님 만나보고 나가자."

규리는 그제야 의사를 부르기 위해 밖으로 나갔고, 레오는 그런 규리의 뒷모습을 하염없이 바라보았다. 팔이 아팠고, 다리가 욱신거렸고, 여기저기 까진 살갗이 따끔거렸다. 하지만 레오는 이렇게 다친 사람이 규리가 아닌 자신이어서 다행이라고 생각했다. 그녀가 병원에 누워 있는 건 상상만 해도 등골이 다 오싹했으니까.

딩동- 우두커니 규리를 보고 있을 때, 어디선가 핸드폰 알림이 들려왔다. 어디서 충전기를 빌려왔는지, 탁자 위에 놓인 규리의 핸드폰 끝에는 충전기 잭이 꽂혀 있었다. 그리고 그녀의 핸드폰을 울리게 한 건, '팀장님'이라는 발신인이었고. 레오는 규리의 핸드폰을 뚫어지게 쳐다봤다. 손이 절로 핸드폰을 향했다. 잠금장치 하나 없는 그녀의 핸드폰은 어느새 그의 손에 들려 있었다.

무슨 문자를 보낸 걸까? 오늘 약속 있다던 규리는 명석과 만나기로 한 것이었을까? 그렇다면 두 사람은 어디서, 뭘 하기로 한 걸까? 혹시 이 문자 속에 약속 장소와 시간이 적혀 있는 건 아닐까? 만약 이 문자를 지우면…… 규리는 오늘 밤새 이곳에 남아 있을까?

수많은 상념이 레오의 속을 어지럽혔다. 문자에 대한 궁금증은 극에 달했고, 레오의 손가락이 핸드폰 액정을 향해 움직였다.

"팔은 미세 골절, 다리는 뼈에 살짝 금이 간 상태입니다."

규리와 함께 병실에 들어온 의사가 레오의 상태를 진찰하더니, 사고 후 그의 몸 상태에 대해 설명해 주었다.

"다 나으려면 얼마나 걸릴까요?"

규리가 걱정스럽게 묻자, 의사는 차트를 보며 대답했다.

"그렇게 심한 상태는 아니라서 휴식만 잘 취하면 뼈는 금방 붙을 겁니다. 이 주 정도 입원하셔서 경과를 지켜보는 게 좋고요."

레오의 회사 측에서는 다 나을 때까지 입원해 있으라고 못을 박은 상태였다. 할리우드에 진출할 소속 배우가 괜히 몸 상할까 걱정도 됐고, 퇴원해 봤자 레오의 집에는 그를 간호해 줄 사람이 아무도 없으니 차라리 병원이 나을 거라고 판단한 것이다.

"웬만하면 움직이지 않는 게 좋아요. 특히 발은 최대한 땅을 딛지 마시고요."

하루 종일 침대에 누워 있을 수도 없는 노릇이고, 화장실이라도 가려면 발을 디뎌야 한다. 팔이라도 괜찮으면 목발이라도 짚고 움직일 텐데, 팔까지 이 모양이니 완전 꼼짝 마 신세가 되어 버렸다.

"팔다리를 동시에 다쳐서 보호자께서 24시간 옆에 계셔야 할 겁니다."

의사의 말에 레오의 얼굴에는 미소가 걸렸고, 규리의 얼굴에는 걱정이 실렸다. 아까는 레오에게 간호를 해주겠다며 당당하게 말했지만, 그 기간이 2주간 하루 온종일 붙어 있어야 할 거라고는 생각도 하지 못했다. 물론 자신을 구해준 레오에게 그 정도 해주는 것쯤은 일도 아니었다. 출근할 동안에는 그의 매니저에게 부탁하고, 퇴근하고 밤새 그를 보살피면 될 일이었다. 자신의 몸이 피곤하거나 잠자리가 불편한 것 따위는 문제가 되지 않았다.

다만, 명석이 마음에 걸렸다. 오늘 레오와 이야기가 끝났고, 불안해하는 명석에게 확신을 주었지만, 계속해서 레오와 붙어 있게 되면 다시금 명석은 불안해할 수밖에 없을 것이다. 솔직히 말해서 자신의 여자친구가 다른 남자를 밤새도록 간호하는 걸 어떤 남자가 좋아하겠느냐 말이다. 게다가 여자친구를 그토록 열렬히 좋아하는 남자라면 더더욱 싫어할 테고 말이다.

"소염제와 진통제 처방해 드렸으니, 혹시라도 통증이 심하면 간호사에게 말씀하세요."

의사는 주의할 점 등을 친절하게 설명해 준 뒤 병실을 나갔다. 규리는 의사에게 감사하다 인사하며 표정을 정리했다. 어쨌든 아픈 사람 앞에서 걱정 가득한 얼굴을 하고 있는 건 예의가 아니었으니까. 게다가 자신을 구해준 사람 앞에서는 더욱더.

"그래도 크게 다치지 않아서 다행이다."

"못 걷게 하니까 막 뛰고 싶네."

"아직도 답답해? 밖에 나갈까?"

레오는 고개를 끄덕였고, 규리는 빌려 온 휠체어를 펼쳤다. 날이 쌀쌀하니 한 번 나가는 것도 시간이 꽤 걸렸다.

"웬 수면 양말이야?"

"매니저님이 필요한 것들 사주고 가셨어."

"그랬구나."

레오가 중얼거리며 손을 뻗었지만, 규리는 양말을 건네지 않고 침대 아래로 다가가 이불을 걷어 젖혔다.

"뭐 하려고?"

"뭐 하긴."

놀란 레오가 물었지만, 규리는 대수롭지 않게 말하며 그의 발에 양말을 신겨주었다. 이런 상황은 전혀 상상도 못 했던 레오는 기분이 좋으면서도 얼떨떨했다. 어쩐지 병원에 있는 2주간 매일매일 외출하고 싶다는 생각이 들 정도였다.

"자, 나한테 기대."

양말을 다 신긴 규리는 휠체어를 침대 앞에 고정해 두고, 레오 앞으로 다가와 어깨를 내밀었다. 자신에게 내민 규리의 작고 가녀린 어깨를 보자 왜 이렇게 기분이 좋은 건지. 레오는 사양하지 않고 그녀의 어깨에 손을 얹었다.

"으쌰."

팔과 다리가 동시에 아프니 일어서서 중심을 잡는 것도 쉽지 않았다. 규리에게 기대어 겨우 휠체어에 앉자, 이번엔 그녀가 그의 어깨에 스웨터를 걸쳐 주었다.

"밖에 좀 쌀쌀해."

단추를 하나하나 잠가 주며 속삭이는 그녀의 목소리는 한없이 따뜻했다. 레오는 지금 이 순간순간이 너무도 행복했다. 이 시간이 영원하길 바랄 만큼, 다치길 잘했다는 생각이 들 만큼. 혹시 사람들이 알아볼까 싶어 모자와 마스크로 완전 무장한 뒤 병원 옥상으로 향했다. 옥상은 환자들의 쉼터로 꾸며져 있었는데, 날이 추워서 그런지 사람은 많지 않았다. 옥상을 둘러보며 바람을 쐬고 있을 때, 레오가 규리를 불렀다.

"나 배고파."

새벽같이 아침을 먹고 나서 저녁이 다 되어가는 지금까지 아무것도 먹지 못했으니 배가 고플 만도 했다.

"뭐 먹고 싶은 거 있어?"

"컵라면."

"라면? 환자가 좀 건강한 거 먹어야 하는 거 아닌가?"

"하아. 컵라면에 삼각 김밥 먹고 싶다."

레오는 세상 다 산 사람처럼 한숨을 푹 내쉬더니, 시무룩한 표정으로 중얼거렸다. 규리는 그의 귀여움에 두 손 두 발 다 들고 편의점행을 택했다. 레오가 먹고 싶다는 라면과 삼각 김밥을 고르고 계산대 앞에 선 규리는 습관처럼 핸드폰을 꺼냈다. 그녀가 읽지 않은 메시지가 도착해 있었다. 명석에게서 온 것이었다. 규리는 아까 핸드폰을 충전하자마자 명석에게 문자를 보냈다. 사고가 났고, 레오가 다쳐서 오늘 데이트는 힘들 것 같다, 미안하다, 라는 내용의 문자였다.

그리고 그 문자에 대한 답장을 이제야 확인하게 된 것이었다.

―그래…… 어쩔 수 없지.

문자를 보는 순간 속에서 뜨거운 것이 울컥 치솟았다. 속이 답답해 미칠 것만 같았다. 규리는 스스로가 우스웠다. 도대체 그에게 뭘 바랐기에 이런 기분이 드는지 스스로도 알 수가 없었다. 어쨌든 이 모든 상황을 만든 건 규리 자신이었다. 휴게소에서 급하게 뛰어가느라 사고가 날 뻔했고, 자신을 대신해 레오가 다쳤고, 그 때문에 데이트가 취소됐다. 모든 원인이 바로 자신에게 있었다. 그런데 명석의 문자를 보자 서운한 감정이 솟은 것이었다. 도대체 그에게 어떤 대답을 바랐기에.

"……그래도 안 된다는 한마디는 할 줄 알았는데. 하아."

그리고 툭 까놓고 말해서 명석한테 빨리 연락하고 싶어 뛰어가다가 이 모든 사달이 난 것이었다. 그런데 뭐 저렇게 냉정한 답장을 보낸 것인지. 질투를 바란 건 아니었지만 막상 이런 상황이 닥치니 섭섭한 건 사실이었다. 규리는 착잡한 기분을 갈무리하고, 라면을 들고 레오에게 향했다. 그는 저 멀리 지고 있는 태양을 바라보고 있었다. 층층이 쌓인 하얀 구름 사이로 노을이 지는 배경 앞에 레오가 앉아 있으니 마치 화보의 한 장면 같았다. 규리는 애써 목소리에 힘을 주어 외쳤다.

"자, 라면 왔습니다!"

"라면 진짜 오랜만이네."

규리는 벤치 위에 라면을 올려놓고, 나무젓가락을 양옆으로 뜯었다. 그리고 레오의 손에 젓가락을 쥐여 주려는데.

"아, 맞다. 오른팔 다쳤지?"

깁스를 차고 있는 그의 팔을 보고 젓가락질을 하지 못한다는 사실을 깨달았다. 이제 보니 걷지 못하는 것도 문제였지만, 밥 먹을 때마다 먹여 줘야 하는 것도 문제였다. 의사가 왜 24시간 붙어 있어야 한다고 말했는지 이제야 알 것 같았다. 규리가 난감한 표정을 짓자, 레오가 왼손을 불쑥 내밀었다.

"왼손으로 먹어볼게."

"뜨거워. 내가 먹여줄게. 기다려."

먹여 준다는 말에 레오는 못 이기는 척, 고개를 쭉 내밀었다. 그러자 규리가 라면을 휘휘 젓더니 후후 불어 레오의 입에 쏙 넣어 주었다. 후루루 넘어가는 면발이 어쩜 이렇게 맛있는지. 라면이 이토록 맛있는 건 오랜만에 먹어서 그런 건 아닐 거다. 아마도 먹여 주는 사람이 그녀라서 맛있는 거겠지. 넙죽넙죽 라면을 받아먹던 레오는 규리를 바라보았다. 그런데 그녀의 표정이 썩 밝지만은 않았다. 아니, 아까와 달리 매우 침울해 보였다. 마치 무슨 고민이라도 있는 사람처럼 우울해 보였다.

"맛있어?"

맛있냐고 묻는 그녀의 얼굴에는 억지웃음이 실려 있었고.

"에고. 흘렸다."

자신의 입가를 닦아 주는 그녀의 손길은 깊은 시름에 잠긴 듯 힘이 없었다.

"규리야."

"응?"

"무슨 일 있어?"

"아니. 왜? 무슨 일은."

"……."

레오는 오롯이 그녀의 챙김을 받고, 그녀의 보살핌을 받고 있는데, 하나도 행복하지가 않았다. 행복은 하나의 마음에서 오는 게 아닌 모양이었다. 같이, 함께해야 비로소 완성되는 감정이지.

"춥다. 들어가자."

슬퍼 보이는 규리의 얼굴을 더는 볼 수 없었던 레오는 휠체어를 돌려 버렸다.

*

병실에 들어서자 규리는 아까처럼 레오를 알뜰하게 챙겨 주었다. 입고 있던 스웨터를 벗겨 주었고, 그의 몸을 일으켜 침대로 옮겨 주었고, 혹시나 답답할까 봐 양말도 벗겨 주었다.

"마실 거 줄까?"

"아냐. 나 좀 쉴래."

"그래. 그럼."

규리는 레오의 턱 밑까지 이불을 덮어 주었다. 레오는 힘없는 규리의 얼굴을 보고 싶지 않아 몸을 돌려 창밖을 바라보았다. 밖에는 벌써 어둠이 찾아왔고, 창문에는 규리의 모습이 비치고 있었다. 레오의 옷을 개켜 놓고, 가습기를 틀고, 휠체어를 정리하는 그녀. 모든 것이 그를 위한 행동이었다. 하지만 그녀는 여전히 힘이 없어 보였다. 레오는 눈을 감고 잠을 청했다. 꿈속에서라도 규리가 웃는 모습을 보고 싶었다.

✳

얼마나 잤을까. 눈을 뜨자 병실은 온통 어둠뿐이었다. 레오는 탁자에 놓인 전등을 켜고 주위를 둘러보았다. 규리가 보이지 않았다.

"규리야."

침울해 보였던 규리가 걱정스러워진 레오는 침대에서 몸을 일으켰다. 하지만 그뿐, 침대에서 내려와 걸을 수는 없었다. 게다가 휠체어는 손에 닿지 않는 거리에 놓여 있었다. 레오는 어떻게든 휠체어까지 뛰어가 볼 생각으로 침대에서 내려와 왼쪽 발을 디뎠다. 끙끙대며 자리에서 일어난 그는 겨우 중심을 잡으며 휠체어를 향해 깨금발로 뛰기 시작했다. 조심스럽게 한 발 한 발 옮기던 찰나. 기우뚱거리며 중심을 잃은 그의 몸이 사정없이 흔들렸다.

"어? 어어어어."

몸이 옆으로 기울며 바닥에 쓰러지려는 순간.

"나이스 타이밍!"

둔탁한 목소리가 그의 귀를 강타했다. 시선을 들어 위를 쳐다보자, 전혀 반갑지 않은 인물이 자신의 몸을 안고 있는 게 아닌가!

"감독님이 왜 여기에……?"

놀란 레오가 눈살을 찌푸리며 묻자, 명석이 빙긋 웃으며 답했다.

"이제부터 오레오는 내가 지킬 거거든."

소름 끼치는 호의였다.

*

서울로 가는 버스 안. 지연과의 대화로 마음의 평안함을 얻은 명석은 저녁에 있을 데이트를 떠올리며 맛집 검색에 열을 올렸다. 그간 여자 사람 친구들과 밥은 수도 없이 먹어 왔다. 하지만 오늘처럼 떨리는 날은 없었을 거다. 저녁 약속에 몇 시간 전부터 들떠 이러고 있으니. 지금까지 명석은 '뭐 먹을까?'라는 질문에 '아무거나'라고 대답하고는 눈에 띄는 곳에서 밥만 먹고 나왔다. 그게 순댓국이든 파스타든 메뉴 따위 가리지 않고 말이다. 굳이 맛집 찾아가는 사람들의 심리를 이해하지 못하던 그가 최고의 맛집을 찾는다. 그것도 아주 열정적으로.

꽤 오랜 시간 각종 SNS를 뒤적거린 결과 두 개의 맛집을 추릴 수 있었다. 하나는 음식 맛이 좋기로 유명한 곳이었고, 다른 하나는 맛은 조금 떨어지지만 분위기가 좋아 연인들이 가기에 딱 좋다는 평이 많았다.

'흠. 어디로 가는 게 좋을까?'

명석은 고민에 빠졌다. 음식의 맛도, 식당의 분위기도 어느 하나 놓치고 싶지 않았기 때문이다. 한참을 고민하고 있을 때, 후기 하나가 명석의 눈에 들어왔다. 그 후기를 읽어 내려간 명석은 망설임 하나 없이 두 번째 레스토랑을 예약했다. 그의 눈길을 사로잡은 건 바로 '키스를 부르는 분위기'라는 후기였다.

마음에 쏙 드는 평가였다. 파라도에서 이미 여러 번의 키스를 나눴지만, 계속하고 싶은 것이 키스였다. 레스토랑에서 나누는 키스는 또 어떤 기분일까. 데이트에 대한 기대감이 갈수록 증폭되고 있을 때, 문자가 도착했다는 알림이 울렸다. 규리에게 온 것이었다. 서울에 도착해 핸드폰 충전을 한 모양이다. 명석은 반가운 마음에 빠르게 문자를 열어 보았다. 그리고 그녀가 보낸 문자를 읽는 순간 얼굴이 일그러져 버렸다.

　-팀장님. 서울 가는 길에 사고가 있었어요.

　사고라니! 규리에게 사고가 있었단 말인가? 참지 못하고 통화 버튼을 누르려는데, 다음 글귀가 눈에 들어왔다.

　-저는 안 다쳤는데, 레오가 좀 다쳤어요.

　"후우."

　명석은 규리가 무사하다는 말에 한 번, 레오가 '조금' 다쳤다는 데에 또 한 번 안심하며 마음을 진정시킬 수 있었다. 하지만 그것도 잠시.

　-그런데 제가 레오 간호를 해야 할 것 같아요. 오늘 약속 못 지킬 것 같은데, 데이트는 다음으로 미룰까요?

　뒤이어 온 문자를 본 순간 명석의 맥이 탁 풀려 버렸다. 오늘 하루 종일 불안함과 기대감이 그의 기분을 들었다 놨다 했다. 그러던 중 지연의 말로 겨우 평정심을 되찾았는데, 규리의 문자 하나로 들떴던 마음이 바닥으로 곤두박질쳐 버렸다. 데이트에 대한 기대감으로 한껏 부풀었던 명석의 기분이 바닥을 기기 시작했다. 다시금 불안감이 고개를 불쑥 들어 올렸고, 수만 가지 상상이 그의 머릿속을 점령하려고 했다. 그때.

　"우리 사귀어요. 나 계명석 씨가 좋아요."

　"이제 우리 사이에 튕기는 건 없어요. 사랑할 시간도 모자라거든요."

　"저 유치한 짓 하나 해도 돼요? 우리 오늘부터 1일 해요."

규리가 제게 했던 말들이 머릿속을 스쳐 지나갔다. 잠시 생각에 잠겼던 명석은 뭔가 결심하고 큰 소리로 외쳤다.

"기사님! 차 좀 세워주세요!"

그의 외침에 운전하고 있던 버스 기사도, 꾸벅꾸벅 졸고 있던 스태프들도 놀란 눈으로 그를 쳐다봤다.

"지금? 상암동까지 가려면 아직 한참 남았는데?"

"급한 일이 생겨서요."

대로 한복판에 서 있던 버스 기사는 난감한 표정을 지었고, 건너편에 있던 지연은 그를 이상한 눈으로 쳐다봤다.

"왜? 무슨 일 있어?"

"나중에 말씀드릴게요. 저 먼저 내립니다."

버스가 갓길에 정차하자, 명석은 재빨리 내려 택시를 잡아탔다.

"○○ 병원으로 가주세요."

목적지를 말한 명석은 규리에게 문자를 보냈다.

─그래…… 어쩔 수 없지.

레오가 사고를 당했다는데, 그래서 아픈 사람 간호하겠다는데, 뭐 어쩌겠는가?

"이 몸이 친히 간호를 해주는 수밖에."

*

"감독님이 왜 거기서 나와요?"

"왜? 안 반갑나?"

"네. 전혀요."

규리와 단둘이 오붓한 시간을 보내고 있는데, 갑자기 튀어나왔으니 당연히 반갑지 않을 수밖에. 하지만 명석은 레오의 기분 따위는 상관없다는 듯, 빙긋 웃으며 대답했다.

"에이. 반가워야 할 텐데."

"제가 왜요?"

"이제부터 내가 널 간호할 테니까."

예상치 못한 대답에 레오의 반듯한 이마에 주름이 그어졌다.

"간호를 하다뇨? 감독님이 왜요?"

"왜? 우리가 그 정도도 안 되는 사이인가?"

"그럼요. 저 아직 감독님한테 맞은 데가 욱신거리거든요?"

레오는 명석과 파라도 소똥밭을 굴렀던 그날을 떠올리며 이를 바득 갈았다. 사실 교통사고도 사고였지만, 그에게 맞은 곳 여기저기가 멍들어 있었고 아직도 통증이 남아 있었다. 그런데 별안간 간호라니! 온몸에 소름이 돋을 정도로 징그러운 말이었다.

"원래 아프면서 크는 법이지."

"전 이미 다 컸습니다."

"왜 이래? 무정하게. 한 이불 덮고 잤던 우리의 지난날들을 기억해 봐."

"왜 이러십니까? 징그럽게. 그리고 이제 저 좀 놔주시겠어요?"

그러고 보니 자세가 영 묘했다. 마치 탱고를 추는 듯, 레오는 허리가 꺾인 채 명석의 품에 안겨 있었다.

"지금 놓으면 더 다칠 텐데."

명석이 은근한 미소와 함께 손에 힘을 빼려고 하자, 레오가 그의 팔을 붙잡았다.

"설마 여기서 놓으려는 건 아니죠? 저 환자입니다!"

"다행히 병원이기도 하지."

서로 팽팽한 눈싸움을 하고 있을 때, 드르륵 문 여는 소리와 함께 규리가 들어왔다.

"어? 팀장님?"

"감귤!"

"규리야!"

"두 분 거기서 뭐 하세요? 서로…… 끌어안고?"

므흣한 두 사람의 포즈에 규리의 눈동자가 심하게 흔들리자, 두 남자가 격하게 부인하고 나섰다.

"아냐! 감귤. 네가 무슨 생각을 하고 있는지 모르겠지만, 그런 거 아니야!"

"그래! 규리야. 신 기자가 첫사랑은 페이크냐고 의심했지만, 우린 정말 그런 사이 아니야."

아주 심각하게 자신들의 관계를 부인하면서도 명석은 레오를 안은 손을 놓지 않았고, 레오는 그의 팔을 힘주어 잡고 있었다. 그 모습이 어찌나 웃긴지, 규리는 저도 모르게 웃음을 터뜨리고 말았다.

"하하하하."

그녀의 웃음소리에 두 남자는 멍해졌고, 그제야 자신들이 규리의 손아귀에서 놀아났다는 걸 깨달았다.

"감귤, 예전엔 순진했는데."

"그러게요. 이젠 저희를 갖고 노네요."

명석은 배꼽 잡고 웃는 규리를 보며 잔잔한 미소를 그렸다. 그녀가 웃는 것만 봐도 좋았다. 그간 불안했던 마음은 싹 지워져 버렸고, 그 위에 행복이 소복소복 쌓이는 기분이었다. 하지만 레오는 그렇지 못했다. 규리는 자신과 함께 있는 오늘 하루, 불안하고 우울해 보였다. 그런데 명석이 오자 언제 그랬냐는 듯 밝게 변했다. 병실에 들어오자마자 명석을 본 규리의 얼굴은 미세하게 밝아졌다. 그런 규리를 보고 있자니 가슴이 미어질 듯 아팠다. 그녀에게 웃음이 되어줄 수 있는 남자는 자신이 아닌 명석이라는 생각 때문에…….

"팀장님, 여긴 어떻게 알고 오셨어요?"

명석이 휠체어를 향해 눈짓하자, 규리가 휠체어를 잡아 주며 물었다.

"지금 오레오 실검 1위야."

"벌써요?"

하긴 휴게소에서 그 많은 사람들이 레오를 봤으니 실검에 뜨는 건 일도 아니었을 거다.

"근데 왜 오신 거예요?"

"내가 여기 있으려고."

"예? 팀장님이요?"

규리가 눈을 동그랗게 뜨고 묻자, 명석이 슬쩍 미소를 지으며 고개를 끄덕였다. 그 미소의 의미를 알아챈 규리는 저도 모르게 입꼬리가 올라갔다. 사실 규리는 아까 그의 문자를 받고 크게 상심하고 있었다. 잘못한 건 자신이라는 걸, 이런 상황을 만든 것 또한 규리 자신이라는 걸 잘 알고 있었지만, 삐쳐 버린 마음은 이성적으로 움직이지 않았다. 그저 토라져 버린 어린아이처럼 명석이 먼저 전화를 걸어 주지 않을까, 질투해 주지 않을까…… 하고 어렴풋하게 기대를 하고 있었다. 그런데 이렇게 직접 나타나 주다니. 병실 안으로 들어오자마자 명석을 본 규리는 기쁜 마음을 감출 수가 없었다. 그래서 그렇게 큰 소리를 내 웃었는지도 모른다. 기대보다 더 적극적인 그의 모습에 은근한 감동을 느껴서.

"필요한 거 있으면 이제 나한테 말해."

명석이 장난기 어린 말투로 말하자, 그들을 지켜보고 있던 레오가 무표정한 얼굴로 대답했다.

"규리야. 잠깐 자리 좀 피해줄래?"

"어? 어. 그래."

심각한 레오의 표정을 확인한 규리는 자리를 피해 주었다. 문이 닫히자 레오와 명석은 고요 속에 남게 되었다. 레오는 휠체어에, 명석은 보호자 소파에 앉아 서로를 마주 보고 있었지만, 둘은 한동안 침묵을 지켰다. 서로 주먹질을 해댈 때보다 더 팽팽한 긴장감이 흐르고 있었다.

"왜 오신 거예요?"

숨 막힐 듯한 침묵을 깬 건 레오였다. 그의 날카로운 눈빛에는 원망이 가득서려 있었다. 규리와의 시간을 방해하는 훼방꾼을 경계하고 있다는 걸, 레오는 숨기지 않았다.

"간호하겠다는 건 핑계잖아요."

레오는 명석의 속을 정확히 꿰뚫고 있었다. 하지만 명석은 자신의 속마음이 들키는 걸 두려워하지 않았다. 그의 말이 틀리지 않았으니까.

"잘 아네. 나, 너 걱정돼서 온 거 아냐."

"……."

"너와 규리 떼어놓으려고 온 거지."

"감독님!"

너무도 솔직한 그의 말에 레오가 소리치자, 명석 또한 언성을 높였다.

"언제까지 이럴 건데? 규리가 누굴 선택했는지 알고 있잖아!"

명석은 불안했다. 규리가 레오에게 흔들릴까 불안한 게 아니었다. 레오를 둘러싸고 있는 수많은 눈들이, 기자들이, 사람들의 시선이, 혹시 규리를 다치게 할까 봐 무섭고 불안했다. 규리가 레오를 간호하고 있는 걸 혹여나 누군가 보게 되면 말이 나오게 될 게 뻔했다. 그리고 그간 레오의 행동을 보면 그는 사람들에게 규리를 자신의 여자라고 밝힐지도 모르고. 그건 가만히 두고 볼 수 없었다.

"규리를 억지로 묶어두지 마."

"……."

"누굴 선택하든 그녀의 결정을 존중하기로 했잖아."

"……!"

그의 말에 레오는 뒤통수를 얻어맞은 기분이 들었다. 존중…….

명석과 레오가 그녀의 집에 함께 살기 시작할 때, 둘은 서로에게 약속한 것이 있었다. 규리가 누굴 선택하든 그녀의 결정을 존중하자고. 누구 한 명은 선택받지 못할 거라는 걸 알고 시작한 관계였다. 그녀의 선택을 받고자 안간힘을 썼고, 열렬히 구애했다. 그녀의 행복을 위해, 그녀와 함께할 미래를 꿈꾸며 말이다. 그런데 어느 순간부터 규리는 전혀 행복해 보이지 않았다. 레오 자신과 함께 있으면 기자들 때문에 불안해했고, 선택한 후에는 웃음조차 짓지 않았다.

레오는 문득 자기가 무슨 짓을 하고 있는지 돌아보게 되었다. 나만 좋다고, 내 감정에 따라 규리를 억지로 옆에 두려고 한 건 아닌지. 그녀는 싫은데, 날 좋아하라고 강요한 건 아닌지. 세상에 다 알려지더라도, 그래서 손가락질을 받더라도 내 옆에 있기를 바란 건 아닌지……. 레오는 가슴속 깊은 곳에서 튀어나온 이기적인 진심과 마주하자, 자신이 무섭게 느껴졌다. 겉으로는 그녀를 위하는 척하며 그녀의 의견을 존중해 준다고 말해 놓고, 속으로는 어떻게든 그녀를 자신의 여자로 만들려는 이중적인 모습에 소름이 끼쳤다.

'내가 원하는 게 이런 거였나?'

세상에 들킬까 봐 불안해 전전긍긍하는 그녀를 곁에 두고, 기자들에게 들키길 바라는 게 과연 규리를 위하는 걸까. 그녀를 사랑하는 남자가 할 짓인가?

레오는 자신이 죽일 듯 미워졌다. 자신을 택하지 않은 규리를 원망하고, 그녀의 선택을 받은 명석을 미워했다. 하지만 정작 원망과 미움을 받아야 할 사람은 바로 자신이었다. 팬이 안티팬으로 돌아서는 게 제일 무섭다더니, 자신의 꼴이 딱 그랬다.

"감독님."

레오는 중얼거리듯 명석을 불렀다.

"규리…… 행복하게 해주실 거죠?"

"……!"

인정하고 나니 갑자기 마음이 편안해졌다. 규리의 웃음소리가 사방에서 들리는 듯했고, 어렸을 때 그녀와 함께 했던 추억들이 주마등처럼 스쳐 지나갔다. 자신을 괴롭히던 녀석들을 물리치던 용감한 소녀의 얼굴이, 입가에 떡볶이 소스를 잔뜩 묻히고 '레오다르도'를 외치던 그녀의 웃음이, 우리 커서 꼭 결혼하자며 분식집 벽에 낙서를 하던 작은 손이……. 사랑하기에 곁에 두고 싶었다. 하지만 그녀 마음에 다른 사람이 있다면 그건 욕심이고 집착인 것을, 왜 난 몰랐을까.

"행복하게 해주세요."

네 웃는 얼굴을 그토록 보고 싶었던 난데. 네 행복을 그렇게 빌었던 난데. 이제 보니 난 네가 아닌, 널 향한 내 마음이 더 중요했나 봐.

"안 그러면 제가 가만 안 둘 겁니다."

이젠 네 행복을 빌어 줄게. 다른 남자에게 널 보내야만 네 웃음을 지킬 수 있다는 게 사무치게 슬프지만, 이젠 안녕.

"규리 눈에 눈물 나게 하면 다시 고백할 겁니다."

"그런 일 없을 테니 꿈도 꾸지 마."

확신에 찬 명석의 얼굴에 레오는 피식 웃어 버렸다. 그제야 예전처럼 돌아간 것 같았다. 처음 명석을 좋아하고 존경했던 오레오로. 잠시 망설이던 명석이 레오에게 물었다.

"……규리 불러줄까?"

"아뇨."

대답하는 레오의 얼굴에 잔잔한 미소가 걸려 있었다.

"인사는 아까 다 나눴어요."

서울로 출발하기 전, 이미 규리는 그에게 이별을 고했다. 헤어짐의 끝을 레오가 억지로 붙잡고 있었던 것뿐.

"그래……."

명석은 레오가 원하는 것 같지 않아 더 권하지 않았다.

"행복……하세요."

규리와 함께. 레오는 진심을 다해 말했다. 그의 맑은 두 눈에 악의가 사라지자, 명석은 비로소 그를 향해 웃을 수 있었다.

*

명석이 병실 밖으로 나오자, 의자에 앉아 있던 규리가 그에게 다가갔다.

"팀장님. 얘기는 다 끝내신 거예요?"

"응."

"잠시만요."

규리가 안으로 들어가려고 하자, 명석이 그녀의 앞을 막았다.

"왜요?"

"레오, 쉬고 싶대."

"그래도 저녁 먹을 거랑 이것저것 챙겨줘야 하는데. 잠시만요."

"감귤."

명석은 아무것도 모르고 안으로 들어가려는 그녀의 손을 부드럽게 잡았다. 그제야 이상한 낌새를 느낀 규리가 그를 올려다봤다.

"인사는 아까 했다면서."

"……?"

"행복하래."

"……!"

순간 코끝이 찡해졌다. 레오가 어떤 마음으로 자신의 행복을 빌었을지 짐작한 규리의 커다란 눈에 눈물이 차올랐다. 명석을 선택했다고 그와 함께한 시간들이 소중하지 않은 건 아니었다. 어렸을 때 친구를 알게 되어 기뻤고, 오레오라는 친구를 다시 만나게 되어 행복했다. 하지만 거기까지. 더 이상의 관계의 발전은 있을 수 없고, 우린 여기서 끝내야 한다. 자신이 선택한 남자가 바로 눈앞에 있으니.

"남자친구 앞에서 헤어졌다고 슬퍼하는 건 아니겠지?"

명석이 그녀를 품에 안으며 말했다. '이제 정말 넌 내 거야.'라고 말하는 듯, 그의 팔에는 잔뜩 힘이 들어가 있었다.

"제 남친이 이 정도도 이해 못 할 만큼 꽉 막힌 사람은 아니라서요."

품에 안긴 규리가 작은 입술을 움직이자, 명석이 못 참겠다는 듯 그녀의 손을 이끌었다.

"빨리 가자."

"어딜요?"

"데이트하러."

"그래도 레오 혼자 두면 안 돼요."

"10분 뒤에 매니저 도착한대."

명석은 뭐가 그렇게 급한지 규리를 이끌었고, 규리는 그런 그를 따랐다.

"근데 우리 어디 가는 거예요?"

"이태원에 우리한테 딱 맞는 레스토랑 예약해 놨어."

"우리한테 딱 맞는 레스토랑이 어떤 건데요?"

레스토랑 분위기가 키스하기에 딱이라더군.

"네? 뭐가 딱인데요?"

"가서 알려줄게."

행동으로.

*

창밖으로 두 손을 잡고 나란히 걸어가는 명석과 규리의 모습이 보였다. 그들의 다정한 모습을 보아도 가슴이 찢어질 정도로 아프지는 않은 걸 보니, 이제 정말 그녀를 보낼 준비가 된 모양이다. 물론 문득문득 그녀가 떠오를 거다. 그녀의 예쁜 미소를 추억하며 베갯잇을 적실지도 모른다. 하지만 이젠 보내야 한다. 그녀의 행복을 위해서.

"규리야. 이제 정말…… 안녕."

레오는 규리의 모습이 완전히 사라질 때까지, 창밖을 바라보았다.

13. 사내 연애는 어려워

"와. 예쁘다."

서울 하늘 아래 이렇게 분위기 끝내주는 곳이 있다는 건 살면서 오늘 처음 알았다. 규리는 지금 당장에라도 핸드폰을 꺼내 여기저기 사진을 마구 찍고 싶었지만, 괜히 촌스러워 보일 것 같아 꾹꾹 눌러 참았다. 레스토랑 내부에는 커다란 크리스마스트리가 놓여 있었고, 연인들은 데이트를 즐기고 있었다. 연인들 데이트하는 곳이야 으레 웃음이 꽃피고 사랑이 넘쳐 난다지만, 이곳은 유독 분위기가 더 좋았다. 포크와 나이프가 접시에 부딪치는 소리, 도란도란 사랑을 속삭이는 소리, 맛있는 음식을 씹는 소리 하나하나에서 즐거움이 묻어났다.

새삼 웃음이 났다. 연애 무식자 감규리가 28년 만에 솔로 탈출하고 커플이 되어 이런 곳에 다 와보다니. 더 이상 크리스마스이브에 혼자 집에 처박혀 '나 홀로 집에'와 '해리포터' 시리즈를 섭렵하지 않아도 된다고 생각하니 어쩐지 기분이 좋아졌다. 다른 테이블에 앉아 있는 연인들처럼, 자신도 데이트하기 위해 이곳에 왔다고 생각하니 왠지 가슴이 벅차오르기까지 했다. 파라도에서는 못 느꼈는데, 서울에 올라와 수많은 연인 틈에 섞이니 이제야 '정말 내가 연애를 하는가 보다' 하는 기분이 들었다.

"미안. 통화가 길었지?"

생각에 잠겨 혼자 큭큭거리고 있을 때, 명석이 그녀의 어깨를 부드럽게 쓰다듬으며 옆자리에 앉았다.

"어?"

"왜? 무슨 문제 있어?"

규리는 맞은편에 앉아도 되는데, 굳이 자신의 옆에 와서 앉는 그가 이상하게 느껴졌다.

"왜 여기 앉으세요?"

"의자가 여기 놓여 있으니까?"

"아……"

그러고 보니 하나뿐인 의자가 규리의 바로 옆에 놓여 있었다. 규리는 그제야 이 레스토랑의 연인들이 유독 사이가 좋아 보이는지 알 것 같았다. 연인들은 나란히 놓여 있는 의자에 바짝 붙어 앉아 사랑을 속삭였고, 상대방의 이야기에 귀를 기울이며, 자연스럽게 스킨십을 나눴다. 여자친구의 머리카락을 만지는 남자, 남자친구의 팔을 때리며 재잘거리는 여자, 서로 손을 마주 잡은 연인. 그리고 진한 키스를 나누는 커플들까지.

'레스토랑에서 키스라니…… 멋있다.'

넋 놓고 사람들을 지켜보고 있을 때, 뭔가가 그녀의 머릿속을 스쳐 지나갔다. 명석은 아까 분명 이곳에 자신을 데리고 오면서 '우리한테 딱 맞는 레스토랑'을 예약했다고 했다. 의기양양하게 말하기에 뭔가 했더니, 레스토랑 자체가 키스를 부르는 분위기였다.

'팀장님 설마, 노리고……?'

자연스러운 스킨십과 진한 키스가 오가는 므흣한 분위기를 노리고 이곳을 택한 느낌이 물씬 풍겼다.

'어머. 팀장님, 엉큼하기도 하셔라.'

예전에는 이렇게 둘만 있는 것만으로도 숨 막혔을 규리지만, 내 남자라고 생각하니 그의 엉큼한 생각까지도 귀엽다는 생각이 들었다. 규리는 속으로 피식 웃으며 속아 줘야겠다고 다짐했다. 어차피 레스토랑에서 할 수 있는 엉큼한 짓이래 봤자, 키스가 최고 수위일 테니 말이다.

"뭐 먹을까? 여기 파스타가 그렇게 맛있대."

명석이 메뉴판을 내밀자, 그의 손이 자연스럽게 규리의 손에 닿았다. 아주 잠깐 그의 손이 스쳤을 뿐인데, 규리의 심장은 크게 요동쳤다.

'뭐야? 나 왜 이렇게 긴장해?'

이미 그의 엉큼한 의도를 눈치채고 그 장단을 맞춰주리라 다짐까지 했는데, 왜 이렇게 떨리는 건지 알 수가 없었다.

"이거 어때?"

명석이 자신의 머리카락을 뒤로 넘기며 규리에게 더 가까이 다가왔다.

'뭐가 저렇게 섹시해?'

이 남자, 평소에도 섹시한 건 알았지만 이 정도일 줄이야. 길게 내려온 검은 머리카락은 물론, 핏줄이 선명하게 도드라진 손등 하며, 코끝을 스치는 청량한 향기까지. 게다가 레스토랑의 조명까지 받은 그는 그 어느 때보다 관능적으로 보였다.

'완전, 무장 해제당할 것 같아.'

규리는 최대한 침착하게, 마치 수능 시험지를 보는 수험생처럼 메뉴판을 뚫어지게 쳐다봤다. 그가 가리키고 있는 건 해산물 파스타였다. 메뉴판에는 각종 해산물이 듬뿍 들어간 파스타로 지중해의 맛을 느낄 수 있다고 설명되어 있었다.

"음. 전 근데 알리오올리오 파스타 먹고 싶어요."

규리가 싱긋 웃으며 말하자 명석이 무표정한 얼굴로 고개를 끄덕였다.

"그래. 그럼 알리오올리오랑 해산물 하나 시키자."

"네. 좋아요."

"음료는? 와인 한잔할까?"

규리가 고개를 끄덕이자, 명석은 직원을 불렀다.

'와인 마시면서 분위기 잡으려는 게 분명해.'

규리는 잽싸게 와인부터 주문하는 명석을 보며 속으로 음흉하게 웃었다. 내심 뭘 기대하고 있는지 입술이 바짝 마른 규리는 물을 한 모금 마시며 주위를 둘러보았다. 오픈형 주방에서 불 쇼와 함께 맛있는 냄새가 훅 풍겨 왔다. 온종일 먹은 게 거의 없어서 그런지 지금 규리의 후각은 거의 강아지 수준이었다.

'이건 알리오올리오 파스타잖아? 으음. 마늘 향 좋다……'

두 눈을 감고 맛있는 냄새에 취해 있던 그때!

'잠깐! 내가 지금 뭐라고 그랬지? 마늘?'

규리는 순간 자신이 고른 메뉴에 크나큰 문제가 있다는 것을 깨달았다.

'마늘이라니! 미쳤어!'

명석은 첫 데이트에 분위기를 잡고 싶어 이곳을 예약한 게 분명했다. 키스를 기대하면서 말이다! 그런데 여자친구가 눈치도 없이 '마늘'이 잔뜩 들어간 파스타를 먹으려고 하다니! 키스하기 전에 양치질은 못할망정, 마늘 냄새를 폴폴 풍기고 싶지는 않았다.

'키스의 기본도 안 된 연애 무식자 같으니라고!'

연애를 시작하면 '무식자' 타이틀에서 벗어나나 했는데, 연애의 길은 멀고도 험했다.

'잠깐. 그러고 보니 아까 알리오올리오 파스타 시키니까 팀장님 표정이 살짝 굳었던 것 같기도 하고……'

하긴 어떤 남자가 마늘 냄새 폴폴 풍기는 여자랑 키스하고 싶겠는가! 반대로 규리 자신도 마늘 냄새 나는 남자와 키스하고 싶지 않았으니 말이다.

"해산물 파스타 하나 하고, 알리오올리오 파스타. 그리고……"

"잠깐!"

규리의 외침에 주문하던 명석과 주문을 받던 직원이 그녀를 동시에 쳐다봤다.

"아하하. 저 다른 거 시킬게요. 갑자기 다른 게 먹고 싶어졌어요."

"그래? 뭐 먹을래?"

명석은 규리에게 다시 메뉴판을 건넸고, 메뉴판을 받아든 규리는 정신없이 눈을 굴렸다.

'마늘 빼고. 양파 빼고.'

규리는 두 눈에 불을 켜고 요리 설명에 마늘, 양파, 고추 등이 들어간 것들을 제외한 메뉴를 손가락으로 가리켰다.

"저 이거 주세요."

"그거면 되겠어?"

"예."

처음 보는 요리 이름이라서 정확히 뭘 시켰는지는 모르지만, 새우가 주재료라고 했으니 아까처럼 마늘 대피령이 떨어지지는 않을 거다. 규리는 그제야 어렵고도 험한 메뉴 선정을 끝내고 겨우 마음의 진정을 찾을 수 있었다.

"여기 분위기 정말 좋네요."

"마음에 들어?"

"네. 아주 마음에 들어요."

규리가 흡족해하자, 명석이 기쁜 듯 활짝 웃었다. 규리는 빤히 자신을 바라보는 눈길이 어색해 두 손을 만지작거렸다. 그러자 명석이 그녀의 손을 부드럽게 잡았다. 파라도에서는 그의 주머니가 내 것인 양 주머니 속에서 두 손을 꼼지락거렸는데, 지금은 왜 이렇게 어색한지. 아마도 이렇게 단둘이 앉아 있었던 적이 별로 없어서 그런 모양이다. 이제 슬슬 이런 어색함도 없애야 한다. 이제 그는 내 남자니까. 규리가 그와 깍지 낀 손을 보며 부끄러워하고 있을 때, 직원이 음식을 들고 다가왔다.

"샐러드와 식전 빵입니다. 맛있게 드십쇼."

허기진 규리는 빵과 샐러드를 보고 군침을 삼켰다.

"와. 맛있겠다."

명석은 규리 앞으로 빵과 소스를 당겨 주었다.

"오늘 하루 종일 못 먹었지?"

"고맙습니다."

그의 세심한 배려도 맛있는 음식도 마음에 쏙 든 규리는 활짝 웃으며 빵 한 조각을 집었다. 그리고 입에 빵을 넣으려는 순간, 어디선가 또 마늘 냄새가 나는 게 아닌가!

'킁킁. 뭐야, 이거? 마늘빵이잖아?'

이런 쌈 싸 먹을 갈릭 같으니라고! 오늘따라 왜 자꾸 마늘이 등장하는 건지! 규리는 배고픔에 눈물을 흘리며 접시에 빵을 내려놓았다.

"왜? 빵 안 먹어?"

"샐러드 먼저 먹고 싶어서요."

"그래? 감귤은 빵보다 샐러드를 좋아하는군."

명석은 기억해 두겠다는 듯 중얼거렸다.

'아뇨! 저 빵 완전 좋아하는데요! 간에 기별도 안 가는 풀때기 말고 설탕 듬뿍 들어간 빵이 좋다고요! 밀가루 중독자라고요!'

규리는 차마 마늘 냄새 때문에 빵을 못 먹겠다는 소리는 못 하고 샐러드를 우걱우걱 씹었다. 다행히 얼마 가지 않아 메인 요리가 나왔다.

"주문하신 요리 나왔습니다. 맛있게 드십쇼."

굶주린 배를 채울 수 있는 요리가 도착하자, 규리는 아우성치는 배를 부여잡고 포크를 집어 들었다. 그리고 포크로 찍은 음식을 입속에 집어넣으려는 순간!

"뭐야, 이거?"

"응? 왜?"

그녀가 시킨 요리는 새우가 반이요, 또 마늘이 반이었다. 규리는 어찌 된 영문인지 물어보기 위해 직원을 불렀다.

"제가 주문한 요리가 이게 맞나요?"

'배고파! 마늘 안 들어간 음식을 먹고 싶다고! 제발 아니라고 해줘요, 제발!'

속으로 그렇게 외치며 물었지만, 직원은 때리고 싶은 미소를 지으며 친절하게 설명해 주었다.

"예. 주문하신 감바스알아히요가 맞습니다."

"감바…… 그게 원래 마늘이 들어가는 건가요?"

"예. 감바스는 올리브 오일과 마늘을 함께 끓이다가 새우와 관자를 넣고 익혀 만든 요리입니다."

이런 망할 감바쓰! 알리오올리오 파스타에 마늘 빵 그리고 감바스까지. 오늘 메뉴 선정이 모두 마늘 냄새 풀풀이다. 옘병.

'마늘 먹고 사람 되라는 것도 아니고! 배고프다고! 배고파!'

요리 설명을 마친 직원이 돌아갔지만, 규리의 분노는 멈추지 않았다. 찍는 음식마다 마늘이 들어간 것도 분노의 원인이 되었지만, 배가 몹시도 고팠다. 성격이 더러워질 만큼.

"감귤, 왜 그래? 요리가 마음에 안 들어?"

"예. 마음에 안 들어요."

방금 전까지만 해도 레스토랑 분위기가 좋다며 흡족해하던 규리가 갑자기 화를 내니 명석은 당황할 수밖에 없었다.

"왜 그래, 갑자기? 뭐가 마음에 안 드는데?"

"시키는 음식마다 마늘이 들어 있잖아요! 팀장님이랑 키스해야 하는데 입에서 마늘 냄새 나면…… 헙."

미친 듯이 배가 고파서 마음의 소리가 입 밖으로 마구 튀어나와 버렸다. 두 손으로 입을 막긴 했지만, 지진이 난 동공은 감출 수가 없었다. 그리고 그녀의 동공지진 난 눈동자에 목젖을 드러내며 웃는 명석의 얼굴이 비쳤다.

"하하하하."

"웃지 마세요!"

"크크크큭."

"웃지 마시라니까요."

규리가 벌게진 얼굴로 그의 웃음을 막으려고 했지만, 쉽지 않았다. 한참 뒤,

겨우 웃음을 멈춘 명석이 규리를 사랑스러운 눈으로 바라보았다.

"감귤."

"왜요."

뾰로통한 저 얼굴까지 왜 이렇게 예쁘고 귀여운지. 명석은 너무도 사랑스러운 그녀를 가만히 두고 싶지 않았다. 아니, 가만히 둘 수가 없었다.

"배 많이 고프지?"

"그걸 말이라고 하세요? 오늘 먹은 거라고는 겨우 이 풀떼기가 다인데."

"그럼 빨리 먹어야겠네."

"네. 그래야겠어요."

아무래도 키스는 다음으로 미뤄야겠다. 도저히 배고픈 건 못 참겠어. 규리는 성화를 대는 굶주린 배를 채우기 위해 마늘 빵을 들었다. 그리고 한입 베어 물려고 하는 순간, 명석이 그녀의 손에서 빵을 빼앗았다.

"왜요?"

"식전 빵 대신, 식전 키스는 어때?"

식전 키스? 그런 메뉴도 있나?

눈을 동그랗게 뜨고 있을 때, 명석의 얼굴이 훅 다가왔다. 그리고 생각지도 못한 사이 그의 입술이 그녀의 입술 위에 포개졌다.

"헙."

잠시 숨이 멎었지만, 규리는 선배의 가르침을 잘 따르는 후배였다. 키스할 때 숨이 막히면 코로 숨을 쉬라는 명석의 가르침에 따라 규리는 자연스럽게 숨을 뱉었다. 그리고 이제 몇 번의 경험으로 알 수 있었다. 키스할 때 꼭 코로만 숨쉬지 않아도 된다는 것을. 규리의 입술이 작게 벌어지자 뜨거운 숨결이 안으로 들어왔다. 하루 사이 얼마나 참았는지, 그의 숨결은 힘차고 또 격정적이었다. 두 입술 사이로 끈적한 소리가 오갔고 뜨거운 열망이 서로의 입안을 헤집었다. 레스토랑 안에는 분명 많은 사람이 있었지만, 규리는 그들의 시선 따위는 신경 쓰이지 않았다. 오로지 자신과 입을 맞추고 있는, 숨결을 나누고 있는 그만 신경 쓰일 뿐.

'아아, 역시 난 아직 멀었어. 음식을 먹기 전에 키스하면 되는걸. 그렇게 고민하다니.'

규리는 어리석은 자신을 비웃으며, 가늘게 떨리는 손으로 명석의 옷자락을 살짝 잡았다. 그러자 명석의 숨결이 거칠어지며 그녀의 깊은 곳으로 더욱더 파고들어 왔다. 규리의 목덜미를 잡고 있던 그의 손에는 더 큰 욕망이 쥐어졌고, 그의 허리춤을 잡고 있던 규리는 손에 힘을 주어 욕망을 허락해 주었다. 두 사람의 입술과 숨결은 마치 하나가 된 듯 움직였다. 설렘과 야릇함이 뒤엉켰다. 두 사람만 있는 게 아닌 것이 몹시도 아쉬울 정도로.

"감귤."

두 숨결이 떨어지자, 명석이 규리의 작은 얼굴을 쓰다듬으며 그녀를 불렀다.

"내가 그 얘기 했던가?"

규리의 눈동자에 꼬마전구가 어지럽게 반짝였다.

"사랑해."

태어나 처음 듣는 사랑 고백이었다. 좋아한다는 말, 사귀자는 말과는 비교할 수 없을 만큼 가슴이 벅차오르는 말이었다. 사랑……. 두 음절이 갖는 커다란 의미가 그녀를 눈물 나도록 행복하게 했다.

"저도…… 사랑해요."

서로의 사랑을 확인한 두 사람은 다시금 입을 맞췄다. 아까보다 더 뜨겁고 더 야릇하게. 나중에 든 생각이었지만, 그와의 키스는 그 어떤 음식보다 맛있었다.

*

식사를 마치고 나온 두 사람은 나란히 길을 걸었다. 이제 완연한 겨울이다. 사람들의 옷은 두꺼워졌고, 바람은 매섭도록 차가웠으며, 남자친구의 주머니

속은 핫팩처럼 뜨거운 걸 보니.

"겨울에 길을 걸으면서 먹는 아이스크림이 얼마나 맛있는지 아세요?"

"이 추운데 아이스크림을 먹자는 건 아니지?"

"빙고."

"감기 걸려, 감귤."

명석은 추위 잘 타는 규리가 혹시나 감기라도 걸릴까 봐 걱정스러운 목소리로 만류했다. 하지만 규리는 아랑곳하지 않고 그의 손을 끌고 아이스크림 가게로 향했다.

"걱정 마세요. 아이스크림 하나로 감기 걸릴 만큼 약하지 않습니다."

"걱정되는데."

"계명석 팀장님. 걱정 마시라니까요."

장난스럽게 웃으며 그의 손을 이끄는데, 명석이 걸음을 멈추더니 길가에 떡 버티고 서버렸다.

"감귤."

"왜요?"

"언제까지 팀장님이라고 부를 거지?"

그의 말뜻을 알아듣지 못한 규리는 또르륵 눈동자를 굴렸다.

"이제 네 입에서 그 호칭은 듣고 싶지 않은데."

"그럼 뭐라고 불러요?"

홍길동도 아니고, 팀장님을 팀장님이라고 부르지 말라는 건가?

"골라봐."

뭘 고르라는 건지, 규리가 고개를 갸우뚱거리자 명석이 마치 준비한 듯 보기를 술술 말했다.

"1번 오빠. 2번 자기야. 3번 여보. 4번 서방님."

"예에? 으. 그 닭살 돋는 말들은 다 뭐죠?"

"왜? 싫어?"

"싫죠. 제가 그렇게 부르면 팀장님 닭 되실지도 몰라요."

"오골계가 돼도 상관없어."

"전 상관있네요. 오글거려서 그렇게는 못 부르겠어요. 팀장님을 어떻게 오빠라고…… 으. 못 해."

규리가 몸을 부르르 떨며 그의 제안을 단번에 거절하고 있을 때였다.

"팀장님!"

"어? 저거 감귤 아니야?"

"여어. 감귤!"

누군가가 그들을 불렀다. 명석과 규리가 뒤를 돌아보자, 피디들이 그들을 향해 우르르 몰려오고 있었다. 그들을 발견한 규리는 명석의 주머니 속에 있던 자신의 손을 잽싸게 빼버렸다. 그녀의 온기를 빼앗긴 그의 손은 언제 그랬냐는 듯 차갑게 식어 버린 듯했다.

"어떻게 여기서 만나네요?"

"밥 먹으러 가?"

"예. 근데 팀장님 아까 버스에서 급한 일 있다고 내리지 않으셨어요? 그런데 왜 규리를 만나고 계세요?"

한 피디가 눈을 반짝이며 날카롭게 질문했다.

"어. 우린 데이트……"

"요 앞에서 우연히 만났어요."

명석이 말을 끝내기도 전에 규리가 그의 말을 끊고 말했다.

"아. 어쩐지. 데이트라도 한 건 아닌가 오해했네."

"에이, 데이트라뇨. 무슨 그런 크나큰 오해를."

명석은 너무 천연덕스럽게 부정하는 규리를 빤히 쳐다봤다.

"팀장님이랑 제가 그럴 리가 없잖아요."

조금 전, 사랑을 속삭이던 그녀가 맞는지. 명석은 어쩐지 규리가 낯설게 느껴져 묘한 기분에 휩싸여 버렸다. 피디들과 헤어진 후, 규리는 언제 그랬냐는 듯 다시 명석의 손을 잡았다. 작지만 따뜻한 그녀의 손이 그의 손안에 들어오자 다시금 그의 마음에 온기가 내려앉았다. 손잡는 것만으로도 이렇게 좋은데, 가능만 하다면 온종일 그녀의 손을 잡고 있고 싶은데, 그런데 규리는 왜 손을 놓아 버린 것일까?

명석은 피디들이 나타나자 기다렸다는 듯 자신의 손을 놓아 버린 규리의 행동이 너무도 서운했다. 예전에야 규리가 마음을 못 정하고, 레오와 자신 사이에서 저울질하던 상태라 최대한 조심했다. 하지만 지금은 그때와 다르다. 완전히 마음을 결정했고, 조금 전에는 서로 사랑 고백까지 하지 않았던가? 그런데 사람들 앞에서 그렇게 손을 놓는 것도 모자라, 아무 사이도 아니라고 딱 잡아떼기까지 하다니.

'감귤은 아직 날 그 정도로 생각하지 않는 걸까? 사람들 앞에 공개하는 걸 꺼릴 정도로?'

명석은 서운했다. 그는 사람들 앞에서 규리와의 관계를 드러내고 싶은데, 그녀의 마음은 그렇지 않은 것 같아서 말이다. 명석이 생각에 잠겨 있던 그때 규리는 앞으로 일어날 일에 관한 생각으로 머리가 복잡했다. 데이트를 끝낸 두 사람은 자연스럽게 규리의 빌라로 향하고 있었다. 한집에서 동거하는 사이니 같은 집으로 가는 건 당연한 일이었다. 하지만 예전과 크게 달라진 것이 있었다. 바로 레오가 없다는 것이다! 그 말은 즉, 집 안에 단둘만 있다는 뜻이기도 했다.

아까 레스토랑에서 나눴던 키스만으로도 얼굴이 빨개지는데, 집에 가서 더 한 것을 하게 되면……? 저도 모르게 든 엉큼한 상상에 귓불까지 빨갛게 익어 버렸다.

'어머! 내가 무슨 생각을 하는 거야?'

어느새 두 사람은 집 앞에 도착했다. 규리는 크게 숨을 내쉬며 마음을 진정시키고 빌라 입구 문을 열었다. 그런데 명석이 우뚝 걸음을 멈추는 게 아닌가? 규리는 왜 이러나 싶어 두 눈을 동그랗게 떴다.

"들어가."

"팀장님은요? 안 들어가세요?"

"난 사무실에 들어가 봐야 해."

"아……."

하긴 내일부터 편집하고 시사 준비하려면 눈코 뜰 새 없이 바쁠 거다. 그래서 오늘은 더욱더 같이 있고 싶었는데……. 아쉬웠지만 어쩔 수 없었다. 바쁜 사람을 붙잡을 수 없었던 규리는 아쉬운 마음을 애써 지우며 고개를 끄덕였다.

"그럼 어서 가보세요. 데려다주셔서 감사해요."

"그래. 잘 자고."

"네. 팀장님도 조심히 가세요."

인사를 마친 규리가 섭섭함을 참으며 몸을 돌려 안으로 들어가자, 명석이 그녀를 불렀다.

"감귤."

자신을 부르는 소리에 규리는 얼른 발걸음을 멈춰 섰다. 그의 부름에 규리는 살짝 웃음을 지었다. 명석은 아마 '아무래도 안 되겠다. 널 두고는 발이 안 떨어질 것 같아. 같이 올라가자.'라며 자신의 손을 잡을 것이다.

'어쩌지? 진도가 너무 빠른 거 아닌가? 아, 몰라! 그런 건 이따 생각하자.'

"왜요?"

기대에 찬 규리가 새초롬한 표정을 지으며 뒤를 돌아서자, 명석이 담백한 목소리로 말했다.

"문 잘 잠그고 자."

"아…… 예."

한껏 부풀었던 규리는 바람 빠진 풍선처럼 축 늘어져 버렸다. 명석은 규리를 향해 잘 가라고 손짓했고, 규리는 고개를 까딱한 뒤 터덜터덜 계단을 올랐다. 집에 들어온 규리는 창문을 열고 밖을 내다보았다. 명석은 어느새 저만치 걷고 있었고, 규리는 한 번도 뒤돌아보지 않는 그가 야속하게 느껴졌다.

"치. 뒤 좀 돌아보시지."

데이트 잘하고 들어와서 왜 이렇게 찜찜한 기분이 드는 건지. 그러고 보니 어느 순간부터 명석이 이상했다. 말도 잘 하지 않고, 농담해도 웃지도 않고.

"왜 그러시지? 혹시 호칭 때문에?"

팀장님이라고 부르지 말라는 그의 말을 단칼에 거절해서 그런 건가 싶었다. 그게 아니면 그가 저렇게 반응할 이유가 없었다.

"그래! 그거네."

"뭐가 그거야?"

"엄마야!"

언제 왔는지, 규리의 뒤에 강희가 서 있었다.

"언제부터 와 있던 거야?"

"방금. 근데 뭘 그렇게 보고 있는 거야?"

강희가 목을 쭉 빼고 창문 밖을 내다보자, 규리가 대답했다.

"내 남자친구."

"뭐? 남친? 뭐야, 뭐야. 마음 정한 거야?"

"응."

좌 레오, 우 명석 사이에서 잠들어 있는 규리를 보고 며칠 동안 걱정이 많았던 강희였다. 그녀는 규리가 빨리 마음의 결정을 내리고 남들처럼 평범한 사랑을 하면 좋겠다고 생각했다. 그런데 드디어 마음을 정했다니. 강희는 마치 자신의 일처럼 좋아했다.

"누구?"

"팀장님."

"오! 계명석 피디가 우리 감규리의 마음을 어떻게 흔드셨을까? 말해봐. 촬영 가서 무슨 일이 있었던 거야?"

강희는 눈을 반짝이며 물었고, 규리는 이야기꽃을 피우기 시작했다. 규리의 이야기에 강희는 '어머!' 하며 감탄사를 내뱉었고, 그와 키스했다는 말에는 '꺄악!'하고 소리까지 질렀다.

"연애하니까 좋아?"

"응. 좋긴 좋은데, 팀장님이 좀 이상해."

이상하다는 말에 순간 개태민을 떠올린 강희가 표정을 싹 바꾸고 물었다.

"뭐가? 혹시 변태 스토커야?"

"아, 그런 거 아냐. 절대."

"놀랐잖아. 말해봐."

"아니 아까 데이트할 때는 사이가 되게 좋았거든. 꽁냥꽁냥하고. 그런데 나 집에 데려다주실 때는 분위기가 냉랭하더라고."

"그사이에 무슨 일 없었어?"

"별일 없었어. 갑자기 왜 그러시는지 모르겠어."

규리가 걱정스러운 표정을 짓자, 강희가 별일 아니라는 듯 그녀의 어깨를 툭 쳤다.

"그거네."

"그거?"

"밀당하는 거야."

"밀당?"

"썸 탈 때만 밀당하는 게 아니거든. 사귈 때도 밀당이 중요한 거야."

이런 쪽으로는 영 젬병인 규리는 강희의 조언이 절실했다.

"그럼 이럴 때는 어떻게 해야 해?"

"너도 밀어."

"나도 밀어내라고?"

"그래야지 저쪽에서 다시 널 끌어당기거든."

자신만만한 강희의 말에 규리는 고개를 갸우뚱댔다. 명석이 밀당 같은 걸 좋아할 타입은 아닌 것 같은데, 연애 고수 강희의 말을 들어야 하나 고민이 되었기 때문이다.

방송국에 도착한 명석은 곧장 숙직실로 향했다. 옷을 대충 벗어 던진 그는 편의점에서 사 온 캔 맥주를 따 벌컥벌컥 들이켰다. 그는 아직도 규리의 행동이 이해가 가지 않았다. 아침에 기자 앞에서는 밝혔을 때는 별 상관하지 않던 규리가 굳이 스태프들에게는 감추는 이유를 알 수 없었다. 명석은 아까 규리가 팀원들에게 한 말을 곱씹었다.

"요 앞에서 우연히 만났어요."

"에이, 데이트라뇨. 무슨 그런 크나큰 오해를."

"팀장님이랑 제가 그럴 리가 없잖아요."

단호한 그녀의 말이 그를 심란하게 만들었다. 규리는 왜 그런 말을 한 걸까? 공개 연애가 부담스러워서? 아니면 규리가 레오의 첫사랑이라는 걸 아는 스태프들이 있어서? 아니면 공개적으로 사내 연애하다가 헤어지게 될까 두려워서? 아마 그 모든 것이 복합적인 이유가 될 것이다. 연애 시작부터 지금까지, 단 한 번도 쉬운 적이 없다.

"하아."

왜 이렇게 불안한 기분이 드는지, 명석의 입에서 긴 한숨이 새어 나왔다.

"어? 팀장님?"

그때 숙직실 문이 열리며 승후가 들어왔다.

"집에 안 들어갔냐?"

"렌더링 걸고 가려고요."

"아. 내일부터 편집이지."

기운 없이 맥주를 들이켜던 명석은 승후에게 물었다.

"박승후. 넌 차 선배랑 연애하는 거, 누구누구 아냐?"

"팀장님이랑 규리요."

"팀원들한테 말 안 할 거야? 둘이 사귀는 거?"

"알리고 싶죠. 근데 곧 자연스럽게 알게 될 거예요."

의미심장한 승후의 말에 명석은 침대에서 벌떡 일어났다.

"그게 무슨 말이야?"

"저희 곧 결혼할 거거든요."

결혼이라는 단어에 명석은 뒤통수를 얻어맞은 듯 띵해졌다. 띠동갑 연상연하 커플이 사귄다는 소식에 깜짝 놀랐던 게 엊그제 같은데, 결혼? 겨얼혼을 한다고? 벌써?

"정말? 언제? 너희 혹시 사고 쳤냐? 아니, 그보다 차 선배가 그렇게 하재? 집에서는? 반대는 없고?"

"어…… 하나씩 질문해 주시면 대답할게요."

"어. 그래."

명석은 잔뜩 흥분했던 마음을 가라앉혔다. 저쪽 커플도 사귄 지 얼마 안 된 것 같은데, 진도 빼는 게 무슨 월반 수준이다. 연애 우수생들이다. 젠장. 얼마나 연애했다고 벌써 결혼을 논하다니! 느려 터진 명석과 규리 커플과는 천지 차이였다.

"질문하세요."

승후는 준비됐다는 듯 말했고, 명석은 진지하게 물었다.

"차 선배가 결혼을 허락했어?"

"예. 사실 우리 요미가 먼저 프러포즈를 해줬어요."

"뭐라고? 다시 말해봐."

"먼저 프러포즈를 했다고요."

"아니, 그 전에. 요…… 뭐?"

"아. 요미."

"그래! 요미. 그게 뭐야?"

명석은 외계어라도 들은 듯 귀를 쫑긋 세웠다.

"이거 말하면 요미한테 혼날 텐데."

"차 선배한테 혼나기 전에 나한테 맞게 될 거야."

명석은 험악한 말투로 승후의 대답을 종용했다.

"그게…… 귀요미라는 뜻이에요."

"우웩!"

요미의 뜻을 안 명석은 얼굴을 찡그리며 온몸의 닭살을 털어 냈다. 속이 니글거려 1.5리터 사이다가 절실했지만, 명석은 질문을 멈추지 않았다.

"선배는? 차 선배는 너한테 뭐라고 불러?"

"아, 그게……."

승후가 망설이자 명석이 인상을 팍 쓰며 말했다.

"빨리 대답해라."

명석의 강요에 못 이긴 승후가 조심스럽게 대답했다.

"애기야……."

"우웨웩! 둘 다 미쳤어? 미치지 않고서야 어떻게 그런 호칭을."

말은 그렇게 해도 부러웠다. 부러워 미칠 지경이었다. 저 커플은 '요미야', '애기야' 하며 소름 돋는 호칭으로 결혼 문턱 앞에 서 있는데, 우리는 이게 뭔지! 나도 진도 빼고 싶다! 우리 사귄다고 동네방네 떠들고 싶다! 내 여자라고 소리치고 싶다! 그리고 나도…… 결혼하고 싶다. 규리와 결혼이라니. 규리의 선택에만 너무 집중해서 결혼은 감히 생각도 못 했다. 그런데 후배 놈이 결혼 이야기를 꺼내니 미친 듯이 결혼하고 싶어졌다.

아침에 눈 뜨면 규리의 얼굴이 보이고, 함께 아침 식사 준비하고, 같이 출근해서 일하다가, 저녁에 퇴근 후 맛있는 음식을 먹고. 그리고 같이 한 침대에 누워…… 음. 생각만으로 흐뭇하군.

명석의 마음의 소리가 승후에게 들렸는지, 그가 조심스럽게 물었다.

"팀장님은 규리랑 요즘 어떠세요?"

레오와 명석 그리고 규리의 사이를 대충 눈치채고 있던 승후였다. 규리의 마음이 명석에게 기운 건 확실한데, 레오는 어떻게 됐는지 궁금했다. 하지만 대놓고 물어볼 수는 없고, 대신 규리와의 관계에 대해 물었다.

"후우."

승후의 질문에 명석은 한숨부터 뱉었다. 역시…… 연애 무식자와의 연애가 쉽진 않겠지. 그렇다고 하나부터 열까지 가르쳐 줄 수도 없고. 옆에서 보는 승후도 답답했다.

"둘이 있을 땐 좋은데, 사람들 앞에서는 티를 안 내려고 그래."

"아무래도 사내 연애니까, 조심스럽긴 하겠죠."

"근데 난 소문내고 싶어. 우리가 사귄다고 방송이라도 하고 싶다니까."

"그럼 규리 마음을 돌리는 게 중요하겠네요."

"무슨 방법 없을까?"

규리 못지않게 연애 못하는 명석은 승후의 조언이 절실했다. 하지만 그라고 지금 당장 기발한 생각이 날 리가 없었다.

"제가 규리랑 얘기 한번 해볼게요."

"그래주겠어?"

"예. 방법을 찾아볼게요."

"그래. 너만 믿는다, 박승후!"

명석은 승후의 손을 꽉 잡았다. 과거, 승후도 규리를 좋아하는 건 아닐까 하며 그를 경계했지만, 어느새 그는 든든한 조력자가 되어 있었다.

*

다음 날. 원래 방송국에서는 아는 체도 안 하던 해연이 직접 신 국장을 찾아갔다. 해연은 낙하산이네 뭐네 하는 구설에 오르기 싫어 신 국장이 자신의 아버지라는 걸 비밀로 하고 있었다. 명석을 비롯해 아는 사람들만 몇몇 알고 있는 상태였고, 방송국에서 신 국장을 마주쳐도 사무적으로 인사만 나눌 뿐이었다. 하지만 아버지의 힘이 절대적으로 필요해진 그녀는 국장실을 찾을 수밖에 없었다.

"웬일이냐, 네가? 여길 다 찾아오고?"

"어제 말하려고 했는데, 아빠 너무 늦게 퇴근하셔서 여기까지 찾아왔잖아요."

"오늘 저녁에 말하면 되지."

"그때까지 못 참을 것 같아서요."

"이번엔 또 뭔데?"

도대체 무슨 말을 하려고 저러나. 신 국장은 은근히 겁이 났다. 무남독녀 외동딸이라 집에서 오냐오냐하며 다 해줘서 그런지, 해연은 원하는 거는 뭐든 다 가져야만 했다. 그게 물건이든 사람이든, 뭐든 간에 말이다. 그렇지 않으면 몇 날 며칠 신 국장을 쫓아다니며 졸라 대니, 아주 귀찮아 죽을 지경이었다.

"아빠. 딸 소원 하나만 들어줘요."

"내가 너 키우면서 수없는 소원을 들어줬어."

"이번이 마지막이에요."

"그 말을 나한테 믿으라고 하는 거냐?"

"나 결혼하면? 그럼 아빠 대신 남편이 내 소원을 들어주지 않을까요?"

결혼이라는 말에 심드렁하던 신 국장의 표정이 묘하게 변했다.

"결혼?"

"응. 결혼. 나 결혼하고 싶어요."

"만나는 남자는 있고?"

"아니. 이제부터 만나야지."

"난 또. 남자도 없으면서 무슨 결혼이야?"

"그러니까 아빠 도움이 필요하다는 거죠."

뭔 뜬금없는 소리를 이렇게 하는 건지. 신 국장은 테이블에 놓인 잔을 들어

호로록 녹차를 마셨다.

"아빠. 나 계명석 피디랑 결혼할래요."

"뭐어? 콜록. 콜록."

어찌나 놀랐는지, 입으로 들어가던 녹차가 입 밖으로 내뿜어졌다.

"그러니까 아빠가 다리 좀 놔줘요."

신 국장은 당황을 넘어 황당했다. '둘이 사귀고 있으니 결혼을 허락해 주세요'도 아니고, 결혼하고 싶으니 다리를 놔달라니.

"지들끼리 연애하다가 결혼하겠다고 허락받는 게 보통인데, 어쩜 내 딸은 보통인 적이 없냐?"

"나 차였단 말이에요."

"뭐? 계명석 그 자식이 내 딸을 찼다고?"

조금 전까지 해연을 나무라던 신 국장이었지만, 막상 딸이 차였다고 하니 속에서 천불이 났다. 이렇게 예쁘고 착하고 똑똑하고 교양 넘치는 내 딸을! 찰 데가 어디 있다고!

"지가 뭐라고 감히 내 딸을 차? 불면 날아갈까 쥐면 꺼질까, 애지중지 귀하게 키운 내 딸을 지가 뭐라고 차? 응? 내 이 자식을 그냥!"

신 국장은 소매까지 걷어 가며 씩씩거리자, 해연이 눈웃음을 살살 치며 애교를 부렸다.

"에이, 진정해요. 아빠. 아빠도 명석 오빠 좋아하잖아요?"

"그 자식이 사람은 좋은데, 너무 뻣뻣해. 어른들 말을 귓등으로도 안 듣고!"

"그래서 싫어요? 사위로?"

사위라는 말에 신 국장의 눈빛이 반짝거렸다. 사람이 뻣뻣하고 융통성 없기는 하지만, 능력 하나는 최고였다. 그리고 그 정도면 인성도 좋고 믿음직한 녀석이기도 했고. 다만 해연이 더 좋아하는 게 마음에 걸렸다. 뭐니 뭐니 해도 결혼은 남자가 더 좋아해야 여자가 행복한 법이라고 생각하는 그였다. 딸의 행복을 바라는 신 국장은 고민에 빠져 고개를 갸웃거렸다.

"아빠아. 나 내년이면 스물아홉이야. 내년에는 결혼해야 후년에 손주를 볼 거 아니야? 응?"

손주라는 말에 신 국장의 뇌는 일시 정지해 버렸다. 꼬물꼬물 귀여운 손주를 품에 안는 게 꿈이었던 그는 망설임 없이 전화를 들었다.

"어. 계 팀장. 오늘 저녁에 나 좀 보지."

표면상은 프로그램 상의를 위한 저녁 식사였지만, 사실 해연과 데이트 약속을 잡아 주는 신 국장이었다.

＊

아침 일찍 출근한 규리는 커피를 마시기 위해 탕비실로 향했다. 오랜만에 집에서 혼자 자서 그런지, 고민이 많아서 그런지 한숨도 자지 못했다. 길게 하품하며 커피를 내리고 있을 때, 다른 팀 스태프들이 우르르 들어와 수다를 떨기 시작했다.

"야. 너도 가입했다면서?"

"계사모? 당연히 했지."

'개사모? 개를 사랑하는 모임인가? 다들 강아지 키우나 보네. 많이들 키우네.'

속으로 그렇게 생각하며 커피를 들고 밖으로 나가려는 순간.

"오늘 계 팀장님 봤어?"

"봤지. 봤지. 새벽에 사우나 갔다 왔는지, 얼굴이 뽀송뽀송 장난 아니더라?"

그녀들의 말에 규리는 얼어붙은 듯 자리에 서버렸다.

'뭐야? 개사모가 아니라 계사모였어? 계 피디를 사랑하는 모임?'

어느새 규리의 귀는 당나귀처럼 커졌고, 그녀들의 말 한 마디 한 마디에 집중하게 되었다.

"그리고 수염 깎았더라. 완전 멋있어."

네 눈에 멋있으라고 깎은 거 아니거든? 나랑 키스하려고 깎은 거라고!

"수염 깎으니까 입술이 더 촉촉해 보이더라."

"그 촉촉한 입술에 입맞춤하면 어떤 기분일까?"

이런! 그걸 왜 네가 상상하는데? 그 입술 내 꺼거든!

"우리 가만있지 말고 팬 미팅 하자고 건의하자."

"계 피디님 모시고?"

"당연하지. 계 피디님이랑 토크도 좀 하고 술도 한잔 마시고."

"우리 회원이 다 몇 명이지? 백 명은 넘지?"

"넘은 지가 언젠데. 방송국 홀 빌려서 하자."

"너무 좋다. 언제 할까?"

"크리스마스이브 어때?"

백 명이 넘는 여자들에게 둘러싸여 있는 명석을 상상하자, 규리의 속이 부글부글 끓었다. 그동안 명석과 레오의 구애를 동시에 받느라 정신없어서 신경 쓰지 못한 것이 있었다. 바로 명석도 레오 못지않은 인기를 끌고 있다는 것이다! 그런데 저 많은 여자가 좋다고 매달리면 천하의 계명석도 흔들리는 게 아닐까? 불안해진 규리는 넋 놓고 가만히 있을 수가 없어 소리를 꽥 질렀다.

"계 팀장님 여자친구 있거든요! 크리스마스이브 때 저랑 데이트할 거거든요!"

"아, 깜짝이야. 혼자 모노드라마 찍어?"

"예? 다 어디 갔지?"

혼자 생각에 잠겨 있는 사이 계사모들은 모두 빠져나가고 지연과 승후가 탕비실에 들어와 있었다. 멋쩍어진 규리가 머리를 긁으며 밖으로 나가려고 하자, 승후가 지연의 옆구리를 툭 쳤다. 서로 눈빛 교환을 마친 지연은 알았다는 듯 씩 웃으며 고개를 끄덕였다.

"하긴. 계 팀장이 예전부터 인기가 참 많았지."

지연의 입에서 명석의 이야기가 나오자, 규리의 발이 멈췄다.

"쫓아다니던 여자만 해도 한 트럭은 될걸?"

"와. 그렇게 많았어요?"

"너희는 잘 모르겠지만, 계 팀장 인기가 웬만한 신인 아이돌 정도는 될 거야. 다른 방송국에도 계사모 있을 거고, 시청자 중에도 팬카페가 있다는 모양이던데."

지연의 말을 듣는 동안 규리의 얼굴이 붉으락푸르락했다. 이 마성의 남자 같으니라고! 내 사랑만 받으면 됐지, 세상 여자들 사랑을 한 몸에 받고 있었다니! 질투심이 폭발 직전인데, 지연과 승후가 탕비실을 나가며 불난 집에 차례로 부채질과 기름을 쏟아부었다.

"우리 규리 어떡하나? 신경 좀 쓰이겠네?"

"규리야. 힘내. 설마하니 팀장님이 바람피우시겠어?"

1차 폭발 직전.

"야, 그건 모르는 일이다?"

"그런가?"

"그 노래 몰라? '영원한 건 절대 없어. 결국에 넌 변했지!' 영원한 건 없는 거야. 원래 인간은 움직이는 동물이거든."

2차 폭발 경보가 요란하게 울렸지만, 지연과 승후는 멈추지 않았다.

"규리야. 남친 관리 잘해. 아까 보니까 너보다 예쁜 애들이 수두룩하더라."

으득. 규리는 차마 하늘 같은 선배를 때릴 수는 없어 어금니를 꽉 깨물며 억지 미소를 지었다.

"그래. 팀장님이 우직한 성격이긴 해도, 사람 앞길은 아무도 모르는 거니까. 크리스마스이브 약속 예약해 놔야겠다."

빠직. 차마 하늘 같은 선배의 남자친구를 한 대 칠 수 없어 규리는 두 주먹을 불끈 쥐었다. 지연과 승후가 악마 같은 미소를 지으며 탕비실을 나가자 홀로 남은 규리는 울분을 토했다.

"자기가 연예인도 아니면서 왜 팬클럽이 있냐고!"

잘생기고, 키 크고, 일 잘하고, 멋있는 것만으로도 충분히 불안한데, 여자들한테 인기까지 많다니. 그 많은 사람들을 일일이 찾아다니면서 여자친구 있다고 말해줄 수도 없고, 그렇다고 손 놓고 있자니 불안해 미칠 것만 같았다. 안 그래도 어제 그렇게 헤어져서 기분도 찜찜했는데, 계사모니 뭐니 하는 말에 지연의 이야기까지 들으니 기분이 더 심란해졌다. 승후의 말처럼 크리스마스이브에 계사모들에게 명석을 빼앗기는 건 아닐까? 정말 예약이라도 해둬야 하나?

"좋은 방법이 없을까?"

규리는 한 방에 계사모를 물리칠 방법이 없을까 고민하며 머리를 쥐어짰다.

*

편집실. 승후가 커피를 타러 나간 사이, 편집 영상을 보고 있던 명석의 핸드폰이 울렸다. 신 국장이었다. 명석은 심드렁한 얼굴로 전화를 받았다.

"계명석입니다."

[어. 계 팀장. 오늘 저녁에 나 좀 보지.]

"무슨 일이십니까?"

[저녁에 일 끝나고 해연이랑 셋이 밥이나…….]

"바쁩니다."

[어허! 이 사람이.]

"바빠서 이만 전화 끊겠습니다."

전화기 너머로 신 국장의 화난 목소리가 들려왔지만, 명석은 냉정하게 전화를 끊어 버렸다.

"바빠 죽겠는데, 저녁은 무슨. 데이트할 시간도 없어 죽겠구만."

바쁜 것도 바쁜 거지만, 그런 자리에 괜히 나갔다가는 규리한테 오해 사기 딱 좋다. 게다가 규리는 파라도에서 해연이 자신에게 키스하는 것까지 보지 않았는가! 명석은 쓸데없는 일로 괜한 오해를 사고 싶지 않았다.

"아, 신해연 이게 그냥. 난데없이 키스하더니, 이제 국장님까지 움직여?"

"키스요?"

"아, 깜짝이야!"

뒤를 돌아보니 두 손에 커피를 든 승후가 서 있었다.

"간 떨어질 뻔했잖아!"

"해연 작가랑 키스했다고요?"

"묻지 마라."

"말씀해 주세요. 진짜 해연 작가랑 키스하신 거예요?"

"박승후. 내가 묻지 말라고 했지?"

말 전하고 다니는 걸 극도로 싫어하는 명석은 승후의 궁금증을 전면 차단해 버렸다.

"좋은 아이디어가 떠오를 것 같아서 그랬는데. 아니면 됐어요."

그런데 승후가 묘한 뉘앙스를 풍기는 게 아닌가?

"좋은 아이디어?"

"네. 근데 팀장님이 싫으시다면 제가 굳이……."

"말해봐. 응?"

전세가 역전되자 승후가 미소를 지으며 편하게 질문을 던졌다.

"해연 작가가 팀장님 좋아해요?"

"너만 알고 있어라?"

승후가 고개를 끄덕이자 명석이 어렵게 입을 열었다.

"걔가 국장님 딸인 건 알아?"

"정말요? 몰랐는데."

어찌나 치밀하게 비밀에 부쳤는지, 방송국 내에서는 해연과 신 국장의 관계를 모르는 사람이 대부분이었다.

"암튼 국장님 통해서 해연이 안 지는 오래됐어. 걔 대학생 때부터 알았으니까. 근데 그것이 좋다고 고백을 하더라고."

"와. 규리도 알아요?"

"응. 어떻게 하다 보니 알게 됐어."

"근데 국장님을 움직인다는 게 무슨 말이에요?"

"내가 고백 거절하니까 국장님 통해서 약속 잡으려고 하더라고. 오늘 저녁 먹자고. 해연이 그것이 아빠를 구워삶았겠지. 딸내미 애교에 끔뻑하시니까."

순간 승후의 머리가 빠르게 돌아갔다. 해연 작가는 명석을 좋아하고, 그 사실을 규리가 알고 있다. 얽히고설킨 이 관계를 조금만 이용한다면 명석이 원하는 걸 얻을 수 있지 않을까?

"그래서 나가기로 하셨어요?"

"미쳤어? 내가 거길 왜 나가."

잠시 고민하던 승후가 씩 웃으며 말했다.

"나가세요."

"뭐? 왜?"

"연인 사이에 질투만큼 좋은 자극제가 되는 건 없거든요."

*

일을 마친 규리는 힐끔 명석의 자리를 쳐다봤다. 어제 자신을 집에 데려다준 뒤, 규리는 오늘 온종일 그의 얼굴 한 번 볼 시간 없이 바쁘게 일만 했다. 그건 명석도 마찬가지였고. 규리는 퇴근하고 명석과 같이 저녁을 먹으면서 어제 무슨 일이 있었는지 살짝 물어볼 생각이었다. 그리고 크리스마스이브 약속도 잡아 두고. 규리는 계사모인지 냥사모인지를 어떻게 차단할까 고민하며 명석에게 문자를 보냈다.

－팀장님, 저녁 식사 같이하실래요?

문자를 보내고 명석을 쳐다보자 그가 문자를 확인하는 모습이 보였다.

'뭐 먹을까?'

저녁 메뉴를 머릿속에 떠올리고 있을 때, 명석에게 답장이 왔다.

－오늘은 선약이 있어.

간결하고 냉정한 문자였다. 당연히 좋다고 대답할 줄 알았던 그가 냉정하게 나오자, 규리는 멍한 눈으로 그를 쳐다봤다. 정리를 마친 명석은 옷을 챙겨 입고 휭하니 사무실을 나가 버렸다.

"누굴 만나러 가는데 저렇게 멋있게 차려입었지?"

주야장천 패딩에 점퍼만 입던 그가 오늘은 어쩐 일인지 슈트에 코트까지 쫙 빼입었다. 기운 빠진 규리는 일을 정리하고 사무실을 빠져나왔다. 근사한 데이트를 기대했는데, 집에 가서 고추장에 참기름 듬뿍 넣어서 비빔밥이나 해 먹어야겠다. 쓸쓸하게 엘리베이터를 기다리고 있을 때, 승후가 그녀에게 다가왔다.

"퇴근?"

"응. 넌 야근하겠네?"

"편집할 땐 어쩔 수 없지. 데이트?"

"아니."

"왜? 팀장님 아까 나가시던데. 데이트하는 거 아니었어?"

승후는 슬슬 '질투 작전'에 시동을 걸었다.

"아니. 선약 있으시대."

"아, 거기 가시기로 했나 보네……. 아차."

규리에게 해서는 안 될 말을 하기라도 한 듯, 승후는 입을 막으며 그녀의 눈치를 살피는 척했다. 그러자 규리가 눈을 동그랗게 뜨며 물었다.

"거기? 거기가 어디야?"

"아, 그게……."

"박 군. 말해. 빨리."

'오케이! 걸려들었어!'

흥분한 규리를 보아하니 낚시질에 성공한 듯 보였다. 승후는 절대 발설해서는 안 될 비밀이라도 되는 듯, 안절부절못하며 입을 열었다.

"말하면 안 되는데. 나도 아까 지나가다가 언뜻 들은 건데……."

"뜸 들이지 말고 빨리 말해라."

"신 국장님 딸이 해연 작가래."

처음 듣는 얘기라 놀라긴 했지만, 그게 지금 일과 무슨 상관이란 말인가? 규리는 신해연 작가의 가족사는 전혀 관심 없었다. 다만 명석이 지금 어디서 누굴 만나고 있을지가 궁금할 뿐!

"근데?"

"근데 신 국장님이 해연 작가랑 팀장님을 이어주려고 하나 봐."

"뭐?"

그제야 사태 파악을 마친 규리의 얼굴이 심하게 일그러졌다. 해연은 파라도에서 명석에게 고백하며 키스까지 했다! 나보다 먼저! 그렇게 찐하게! 그런데 국장님까지 나서서 둘 사이를 이어 주려고 한다고?

"국장님은 저녁 식사에 팀장님 불러다가 해연 작가랑 이어주고 빠지실 모양인 것 같더라고."

"어디야?"

"응?"

"거기가 어디냐고!"

모르면 몰랐지, 이렇게 알게 된 이상 가만히 있을 수는 없었다! 고백하다가 키스까지 한 해연이다. 그렇게 저돌적인 성격이면 밥 먹다가 무슨 짓을 할지 모르는 일이었다.

"어딘지는 나도 잘……."

"이런 옘병!"

규리는 엘리베이터 버튼을 신경질적으로 눌렀다. 퇴근 시간에 걸린 엘리베이터는 거북이걸음이었고, 마음이 급해진 규리는 엘리베이터를 버리고 계단을 향해 달리기 시작했다.

"규리야, 어디 가?"

"내 남자 지키러!"

"오. 감규리, 저돌적인데?"

승후는 빠르게 달리는 규리의 뒷모습을 보며 명석에게 전화를 걸었다.

"팀장님. 규리 지금 나갔습니다. 거리 두고 천천히 가세요."

＊

방송국에서 빠져나온 규리는 주위를 둘러봤다. 다행히 명석은 멀리 가지 못했고, 저 멀리 그의 모습이 보였다.

"흥! 내 남자는 절대 안 뺏겨."

규리는 명석을 향해 힘차게 달리기 시작했다. 명석은 한 레스토랑 앞에 서더니, 그 안으로 쏙 들어갔다. 겨우 그를 따라잡은 규리는 헉헉거리며 레스토랑을 살폈다.

"이씨. 분위기 드럽게 좋네."

전에 자신과 데이트를 즐겼던 곳보다 더 고급스럽고 분위기도 더 좋아 보였다. 물론 장소는 신 국장이 정했겠지만, 왠지 모를 질투심이 화르르 피어올랐다. 명석을 지키겠다는 의지로 활활 타오른 규리는 비장한 표정을 지으며 레스토랑 안으로 들어갔다.

"몇 분이십니까?"

"일행이 안에 있어서요."

명석이 앉아 있는 자리를 단번에 찾은 규리는 그를 향해 직진했다. 그러고 보니 명석은 오늘따라 더 잘생겨 보였다. 오뚝한 콧날에 날카로운 턱선, 그리고 카리스마 넘치는 눈빛까지.

'하긴 저렇게 잘생겼으니 해연 선배가 눈독을 들이지.'

게다가 오늘은 평소에 잘 입지 않던 슈트에 코트를 차려입어서 멋짐이 폭발한 상태였다.

'그래. 저렇게 멋있으니까 국장님도 사위 삼고 싶어 하는 거고.'

아무리 생각해도 위험했다. 항상 뭘 골라도 고급스러운 것만 고르던 신해연 작가가, 까다롭기로 유명한 신 국장이 콕 집어 노리는 남자가 바로 내 남자라니! 전에 없던 불안함이 규리를 감쌌다. 이대로 있다가는 100명 넘는 여자들이 차례로 명석에게 고백할지도 모른다. 그리고 오늘처럼 자신과 데이트해야 할 시간에 다른 여자를 만나는 상황이 벌어질지도 모르고.

"내가 그 꼴은 절대 못 보지."

규리는 두 주먹을 불끈 쥐고, 명석과 해연이 앉아 있는 테이블로 향했다.

"오빠, 뭐 먹을까?"

콧소리 잔뜩 들어간 해연의 목소리가 들려왔다.

'오빠아? 허! 누구더러 오빠래?'

규리는 콧방귀를 뀌며 그들 테이블 앞에 가서 섰다. 메뉴판 위로 인영이 지자, 해연이 고개를 들었다.

"어? 규리 씨?"

규리를 먼저 발견한 건 해연이었고, 명석은 새어 나오는 웃음을 감추기 위해 물을 마셨다.

"여기 어쩐 일이에요? 밥 먹으러 왔어요?"

"아뇨. 제 남자친구가 보여서 따라 들어왔어요."

"어머! 규리 씨 남자친구 있었구나? 어디 있어요? 소개해 줘요."

아무것도 모르는 해연은 주위를 둘러보며 규리의 남자친구를 찾았다. 그러자 규리가 콧소리 잔뜩 들어간 목소리로 말했다.

"자기야. 인사해요."

"풉!"

물을 마시던 명석은 '자기야'라는 호칭에 물을 뿜었고, 해연은 어리둥절한 얼굴로 규리를 쳐다봤다.

"규리 씨, 지금 뭐라 그랬어요? 명석 오빠한테 자기야……?"

"네. 선배. 팀장님이랑 저 사귀거든요. 그렇죠? 자기야?"

규리는 자신만만한 미소를 지으며 명석을 쳐다봤고, 명석은 너무도 깜찍한 규리를 확 깨물어 주고 싶은 걸 꾹 참았다. 평소 규리가 밝고 명랑한 건 알고 있었지만, 이렇게나 애교가 많은 줄은 전혀 몰랐다. 명석은 처음 보는 여자친구의 애교에 온몸이 살살 녹아내리고 있었다.

"팀장님이랑 저 사귀거든요. 그렇죠, 자기야?"

눈웃음을 살살 치며 '자기야'라고 부르는 규리의 애교에 명석은 넋 빠진 사람처럼 그녀의 얼굴을 바라보았다.

'자기야라니, 자기야라니! 귀여워. 귀여워 죽을 것 같아!'

명석은 너무도 예쁜 규리에게 시선을 빼앗겨 버렸다.

'잠깐, 그런데 오늘따라 왜 이렇게 예쁜 거지? 옷도 화장도 평소와 똑같은데, 그저 애교 하나 늘었을 뿐인데 더 예뻐질 수 있는 건가?'

명석이 꿀 떨어지는 눈으로 규리를 쳐다보고 있자, 애가 탄 해연이 버럭 소리를 질렀다.

"오빠! 정말 규리 씨랑 사귀어?"

"어?"

그제야 해연이 함께 있다는 걸 깨달은 명석은 정신을 차리고 대답했다.

"아, 어."

"어? 오빠 방금 '어'라고 그랬어? 아니지? 내가 잘못 들은 거지?"

전혀 예상치 못한 대답에 해연의 얼굴이 심하게 일그러졌다. 아버지인 신 국장을 달달 볶아 겨우 명석과 데이트할 자리를 만들었는데, 여자친구가 있었다니? 게다가 자기야라니? 그렇게 부를 정도면 사귄 지 꽤 오래됐다는 증거가 아닌가! 해연은 명석의 입에서 '규리가 이상한 소리를 하네'라는 대답이 나오길 간절히 바라며, 애처로운 눈으로 그를 쳐다봤다. 그러자 명석이 사랑스럽게 규리를 바라보던 표정을 지우고, 냉철한 얼굴로 해연을 쳐다보았다.

"네가 들은 거 다 맞아."

"뭐? 그럼 정말 규리 씨랑 사귄다는 거야?"

해연이 못 믿겠다는 표정을 짓자, 명석은 옆에 서 있는 규리의 손을 덥석 잡았다.

"오, 오빠?"

명석의 커다란 손이 규리의 손을 잡는 장면을 목격한 해연은 자신의 목덜미를 잡고 싶은 심정이었다. 대학생 때부터 지금까지 마음에 담아 두었던 남자였다. 물론 중간중간 다른 남자들도 만났지만, 결혼은 꼭 명석과 하리라 마음을 먹고 있던 터였다. 애송이 같은 남자들은 따분했고, 말도 통하지 않아 시답잖았다. 하지만 명석은 볼 때마다 새로웠고 그녀를 흡족하게 했다. 책임감 있고, 자기 분야에서 획을 그은, 그러면서도 다른 남자들처럼 자기한테 매달리지 않는 도도함이 마음에 들었다. 이제 놀 거 다 놀았고 슬슬 결혼할 나이가 되었으니 그를 내 남자로 만들려는데, 난데없이 훼방꾼이 나타나다니! 그동안 여자한테 눈길 한 번 안 주기에 연애나 결혼 따위에는 관심 없는 줄 알았다. 그런데 연애를 하고 있어? 그것도 사내 연애를? 등잔 밑이 어둡다더니, 둘 사이를 눈치채지 못했다니!

"너한테 이 얘기 하려고 나온 거야."

"……?"

"나 임자 있는 몸이니까 넘보지 말라고."

"허!"

해연은 기가 막힌다는 듯 헛웃음을 쳤고, 명석은 그런 그녀에게 쐐기를 박아 버렸다.

"지켜보는 내 여보 기분 나쁘니까. 그렇지, 여보?"

명석이 눈짓을 보내며 묻자, 규리가 그에게 팔짱을 끼며 대답했다.

"기분 나쁘냐뇨. 우리 자기가 이렇게 인기 많은 남자라는 게 오히려 기분 좋은걸요? 대신……."

"대신?"

규리가 말끝을 흐리자, 명석과 해연이 그녀를 쳐다보았다.

"제가 긴장 좀 해야겠네요. 괜한 오해 안 사게 철벽 방어를 좀 해야겠어요."

규리는 눈웃음을 치면서도 해연을 향해 강렬한 눈빛을 발사했다. 마치 그녀를 철벽 방어하겠다는 듯. 두 여자 사이에 파바박 스파크가 튀기고 있을 때.

"여보가 왜 긴장해. 긴장은 내가 해야지."

명석이 어울리지 않는 애교를 부렸다. 무뚝뚝한 말투에 중저음의 목소리는 그대로였지만, 그의 말속에 들어 있는 의미와 규리를 바라보는 눈빛은 애교 그 자체였다.

"우리 여보가 얼마나 인기가 많은데. 그리고 난 여보가……."

"그만! 알아들었으니까 그만해!"

명석이 더 기막힌 애교를 선보이려고 할 때, 해연이 두 팔로 닭살을 쓸어 내며 그를 막았다. 자신이 아닌 규리를 위해 애교 부리는 그를 보고 싶지 않았다.

"둘이 연애하는 거 잘 알겠어. 앞으로 명석 오빠, 아니, 팀장님께 데이트의 '데' 자도 안 꺼낼게."

해연이 쿨하게 물러서자, 규리가 그녀를 향해 미소를 지으며 인사했다.

"고마워요, 해연 선배. 선배 너무 멋있어서 걱정했는데."

"왜, 내가 질척댈까 봐요?"

"아니, 뭐……."

"아쉽긴 해도 뭐 어떡해. 이미 둘이 사귄다는데."

다행히 해연은 질척대는 스타일은 아니었다. 무언가를 갖기 위해 온갖 방법을 다 동원해 최선을 다하지만, 안 되겠다는 느낌이 오면 빠르게 포기하는 편이기도 했다. 그동안은 명석이 아무 이유 없이 튕기는 것으로 생각해 아빠까지 동원해 밀어붙인 것이었다. 그런데 여자친구가 있다면 말이 달라졌다. 해연은 임자 있는 남자한테 꼬리치는 여자는 아니었다.

"그런데 규리 씨!"

웃으며 마무리하려는 그때, 해연이 규리를 불렀다.

"나 궁금한 게 있어요."

숱한 사람들이 해연에게 물어왔다. 혹시 오레오의 첫사랑이 아니냐고. 그때마다 아니라고 대답하던 해연은 머릿속에 규리를 떠올렸다. 아마 레오의 첫사랑은 규리가 아닐까 추측하며 말이다.

"오 배우의 첫사랑, 규리 씨 맞죠?"

해연의 갑작스러운 질문에 규리는 잠시 망설였다. 이미 다 끝난 일을 괜히 들쑤시는 건 아닌가 하는 생각이 들었기 때문이다. 하지만 망설임은 길지 않았다.

"네. 맞아요."

"내 예상이 맞았네요. 그런데 왜 오 배우가 아니라 팀장님이 규리 씨 옆에 있는 거죠?"

해연의 질문에 규리는 알 수 없는 미소를 지으며 대답했다.

"선배 덕분에?"

레오와 명석 사이에서 쉽사리 결정을 내리지 못할 때, 결정적인 역할을 해준 사람이 있었다. 그건 다름 아닌 해연이었다. 규리는 파라도에서 해연이 명석에게 키스하는 모습을 본 후, 자신의 마음이 누굴 향했는지 확신할 수 있었으니 말이다.

"예? 그게 무슨?"

"더 알면 다치실 거예요."

규리가 싱긋 웃으며 대답하자, 해연이 더는 묻지 않겠다는 듯 고개를 끄덕였다.

"나 질문 하나 더. 이건 두 사람 모두한테."

"말해."

"이 연애, 공개 연애입니까?"

명석은 어제 규리의 행동이 떠올라 대답이 망설여졌다. 하지만 그가 망설이는 사이, 규리가 대답했다.

"예. 공개 연애입니다."

"감귤……?"

명석이 당황한 표정으로 규리를 바라보았다. 어제 스태프들 앞에서 손을 빼던 행동과는 180도 다른 모습이었기에 놀랄 수밖에 없었다.

"우리 공개해요, 팀장님."

규리는 가능하면 사람들에게 알리고 싶지 않았다. 하지만 계사모니 뭐니 하는 모임을 본 이상 공개 연애는 필수 불가결이었다. 제2, 제3의 신해연이 또 안 나온다고 보장할 수는 없을 테니 말이다!

"오케이. 거기까지."

꿀이 뚝뚝 떨어지는 두 사람을 더는 보고 싶지 않았던 해연은 이쯤에서 마무리를 지어 버렸다.

"행복들 하세요. 난 이제 안 끼어들 테니."

"고마워요, 선배."

"고맙다. 해연아."

"됐어. 그렇게들 서 있지 말고 빨리 꺼져 버려."

"왜? 같이 밥이나 먹자."

"셋이? 와, 계 팀장님 완전 센스 꽝이구나? 나 방금 차였거든? 그것도 댁한테?"

그러고 보니 그랬다. 해연이 하도 쿨하게 나와서 미처 인지하지 못했을 뿐.

"혼자 있고 싶어. 커플들 꺼져."

"어, 그래. 그럼 우린 간다."

"선배, 내일 봐요."

해연은 인사는 그만하고 빨리 꺼지라는 듯, 손을 휘휘 저었다. 홀로 남은 해연은 멀어져 가는 두 사람의 뒷모습을 보며 한숨을 푹 내쉬었다.

"그러고 보니 잘 어울리는 것 같기도 하고……."

가슴은 찢어질 듯 아프지만, 인정할 건 인정하자.

해연은 그렇게 자신의 쓰린 속을 달래며 핸드폰을 꺼냈다. 그리고 '계명석을 사랑하는 모임'에 접속해 공지를 올리기 시작했다.

─오늘부로 계사모는 해체합니다.

카페 매니저 해연은 '계명석에게 사랑하는 사람이 생기면 모임은 해체한다.'라는 계사모 제1원칙을 사유로 계사모를 해체시켰다.

　밖으로 나온 명석은 아무 말 없이 규리의 손을 잡고 한참을 걸었다. 조금 전 레스토랑에서와는 전혀 다른 모습이었다. 화가 난 것 같기도 하고, 뭔가 불만스러운 것 같기도 하고. 도통 이유를 알 수 없었던 규리는 아무 말 없이 종종걸음으로 그의 속도에 맞춰 걸었다.

　얼마쯤 걸었을까. 성큼성큼 걷던 명석이 갑자기 걸음을 멈추더니, 규리의 작은 어깨를 잡았다. 정말 화가 난 모양이다. 평소보다 더 무표정한 얼굴에, 미간에 주름까지 잡혀 있었다.

　'근데 왜? 국장님이 마련한 자리에 내가 갑자기 나타나서? 아니면 내 마음대로 공개 연애하자고 결정해서?'

　규리는 겁먹은 표정으로, 잔뜩 화가 나 보이는 명석의 얼굴을 올려다봤다.

　"불러 봐."

　"예? 뭘요?"

　"나 불러 보라고."

　"팀장님을요? 팀장님?"

　"아니, 아까처럼 나 불러 봐."

　"아까……?"

　도통 무슨 말을 하고 있는지 모르겠다는 표정을 짓자, 명석이 얼굴을 붉히며 설명했다.

　"아까 신해연 앞에서 불렀잖아. 나한테 자기야 라고."

　"아니, 그건……."

　아까는 눈에 뵈는 게 없어 '자기야'라는 말이 술술 나왔지만, 막상 명석과 마주 보고 있으니 민망해 죽을 지경이었다. 하지만 명석은 규리의 손을 잡고 놓아주지 않았다. 그녀의 작은 입술에서 흘러나오는 '자기야'라는 말이 듣고 싶어서.

"불러줘."

"아후……."

규리가 못 하겠다는 듯 도리질을 쳤지만, 명석은 애절한 눈빛으로 고집을 부렸다. 결국, 이기지 못한 규리는 어금니를 꽉 깨물고 복화술 하듯 말했다.

"자, 자기야."

"뭐라고?"

"자기야."

"안 들려."

"자기야, 자기야!"

명석이 환희에 찬 눈으로 규리를 바라보더니, 결국 참을 수 없었던 그의 입술이 그녀의 입술을 덮어 버렸다. 어쩜 이렇게 사랑스러울 수가, 또 어쩜 이토록 예쁠 수가 있을까. 명석은 커다란 두 손으로 규리의 작은 얼굴을 감싸고 그녀의 입술을 머금었다. 입술 안의 부드러운 살갗이 혀끝에 닿자, 티라미수가 녹아내리듯 입안이 달콤함으로 가득 차 버렸다. 행복이 있다면 바로 이런 게 아닐까? 하루 사이 쌓였던 오해와 서운함이 눈 녹듯 사라지고, 한순간 멀게만 느껴졌던 그녀가 더욱 가까워지는 이 순간. 명석은 고민이 해결돼 행복을 느낀 동시에 앞으로는 애초부터 이런 일을 만들지 말아야겠다고 다짐했다.

"여보."

얼굴에 붉어진 규리가 말끝을 흐리며 대답했다.

"우리 둘이 있을 땐, 그렇게 불러줘. 팀장님 말고. 알았지, 여보?"

"네."

규리가 고개를 끄덕이자 명석은 만족스럽다는 듯 미소를 짓더니, 다시금 표정을 갈무리하며 물었다.

"나 궁금한 게 있어. 어제 우리 팀원들 봤을 때, 왜 내 손 놓은 거야?"

"아. 사람들한테 알려지면 팀장님, 아니, 자기가 곤란해질까 봐요."

"내가? 왜?"

명석은 규리가 알리기 싫은 줄 알았다. 앞으로 관계를 언제까지 이어갈지도 모르는데 사람들한테 알리는 게 부담스러워서 손을 놓아 버린 줄 알았다. 그런데 나 때문이라니?

"어쨌든 서방님은 우리 팀 팀장님이고, 전 막내잖아요. 예전과 똑같이 대한다고 해도 다른 사람들 눈에는 그렇게 보이지 않을 거라고 생각했어요. 전 괜찮지만, 팀장, 아니 서방님이 불편할 것 같아서요."

'아, 이런 바보.'

규리가 이렇게까지 자신을 생각하는 줄도 모르고, 어제 하루를 버렸구나. 명석은 바보 같은 자신을 채찍질하며 다시 규리의 손을 잡았다.

"가자."

"어디요?"

"집에."

오늘은 정말 편집 때문에 밤을 새워야 하지만, 규리를 홀로 보낼 수 없었던 명석은 택시를 잡았다.

*

집 앞에 도착한 두 사람은 택시에서 내렸다. 몇몇 집에서는 벌써 크리스마스를 준비하는 모양인지, 꼬마전구가 어지럽게 빛을 내고 있었다. 규리는 반짝이는 전구를 쳐다보며 말했다.

"안 데려다주셔도 되는데."

어제야 촬영 후 바로 올라온 날이라 피곤한 몸도 좀 쉬고 휴식을 취할 수 있었지만, 오늘부터는 편집이 본격적으로 시작되는 날이다. 그 말은 곧 명석부터 승후까지, 연출팀은 편집실에 처박혀 밤샘 작업을 해야 한다는 뜻이었다. 그렇게 바쁜 사람이 자기 때문에 괜히 여기까지 온 게 미안하면서도 고마웠다.

"저녁 식사를 못 해서 어떡해요."

"그럼 밥 좀 주든가."

명석은 그렇게 말하며 빌라 안으로 성큼성큼 걸음을 옮기는 게 아닌가? 자신만 데려다주고 곧장 다시 방송국으로 돌아갈 거라고 생각했던 규리는 깜짝 놀라 그의 앞길을 막아섰다.

"어디 가세요?"

"어딜 가다니? 당연히 집에 가지."

"그러니까, 왜요?"

"왜라니? 내가 집에 가는 게 이상해?"

'이상하죠! 지금 가면 우리…… 둘밖에 없는데.'

규리가 당황해 말을 잇지 못하는 사이, 명석은 계단을 오르기 시작했다. 뒤늦게 그를 따라 올라갔지만, 명석은 이미 현관문 앞에 서서 비밀번호를 누르고 있었다.

"팀장님!"

"둘이 있을 땐, 뭐라고 부르기로 했지?"

단호한 그의 지적에 규리는 빠르게 호칭을 정정했다.

"자기야. 저 무사히 잘 들어갈 테니, 이만 돌아가세요."

"그럼 안녕히 가세요." 하고 고개까지 숙여 인사했지만, 명석은 꿈쩍도 하지 않았다.

"안 가세요?"

"여기가 내 집인데, 자꾸 어딜 가라는 거야?"

'내 집이라니! 그렇게 말하니까 꼭 결혼이라도 한 사이 같잖아요!'

내 집이라는 말 한마디에 귀까지 벌게진 규리가 안절부절못하는 사이, 명석은 집 안으로 들어갔다. 그리고 잠시 후, 쿵—! 명석과 규리를 집어삼킨 현관문이 닫혀 버렸다. 명석은 너무도 자연스럽게 집 안으로 들어가 코트와 재킷을 벗으며 넥타이를 풀었다. 오늘따라 펌핑이 잘된 그의 상체 근육은 금방이라도 셔츠를 찢을 듯 야성적이었고, 단단한 그의 허벅지는 왠지 모르게 그녀를 도발하는 듯했다. 현관문 앞에 선 규리가 일단 문은 닫았으나 차마 들어가지도 그렇다고 밖으로 나가지도 못한 채 안절부절못하고 있을 때, 중저음인 명석의 목소리가 들려왔다.

"뭐 해? 안 들어오고."

낮은 짧고 밤은 긴 계절, 겨울. 이른 저녁, 이제 막 사랑을 시작한 남녀가 한 집에 머물게 되었다. 그것도 단둘이.

14. 널 갖고 싶어. 날 가져줘

'분명 여긴 내 이름으로 내가 계약한 내 집인데, 팀장님이 더 자연스러워 보이는 이유는 뭘까?'

규리는 현관문 앞에서 우물쭈물하며 신발조차 벗지 못하고 있었지만, 명석은 아주 여유롭게 집 안으로 들어가 코트를 벗고 있었다. 빌라는 오늘도 고요했다. 초저녁잠이 많으시다는 옆집 할머니는 벌써 주무시는 듯했고, 1층 승무원은 비행을 나간 것 같았고, 강희와 규현은 아직 귀가 전이었으며, 3층은 여전히 빈 집이었다. 무겁게 내려앉은 적막 속에서 규리의 귀를 강타한 건, 명석이 옷 벗는 소리였다. 코트를 벗어 던진 명석은 야성적으로 넥타이까지 풀어 헤쳤다. 그리고 빳빳한 옷깃과 손가락이 쓸리는 소리가 들리더니, 이내 재킷이 스르륵 미끄러지며 그의 몸에서 떨어져 나왔다.

꿀꺽. 고작 재킷 하나 벗었을 뿐인데, 왜 이렇게 긴장이 되는 건지. 규리는 셔츠만 입고 있는 명석을 보고 저도 모르게 침을 삼켰다. 오늘따라 딱 달라붙은 셔츠를 입은 걸까? 아니면 오늘따라 그의 근육이 잔뜩 성이 난 걸까?

셔츠 앞섶은 명석이 숨 한 번 크게 쉬기만 해도 단추가 떨어져 터질 것처럼 벌어져 있었고, 셔츠 어깨선은 운동으로 다져진 넓은 어깨 덕에 주름 하나 없이 팽팽하게 각져 있었다. 단추 푸는 모습마저 뇌쇄적으로 보이는 그때, 명석이 섹시한 눈빛으로 규리를 바라보며 말했다.

"뭐 해? 안 들어오고."

"네? 아, 네."

내 집인데. 들어오라는 말도 내가 하는 게 맞는데. 주객이 전도됐다는 말은 딱 지금 쓰라고 만든 말인 모양이다. 쭈뼛대며 안으로 들어가자 어색한 기운이 맴돌았다.

"왜 그러고 서 있어?"

"아, 그게."

"안 벗어?"

"네, 네, 네?"

뭘 벗어? 왜 벗어? 뭐 하려고 벗어?

"뭐, 뭘 벗으라는 거예요?"

규리가 가슴께를 여미며 묻자, 명석이 아무렇지도 않게 대답했다.

"코트."

"예?"

"코트, 계속 입고 있을 거야?"

"아…… 그렇지. 벗어야지."

그러고 보니 규리는 코트에 목도리까지 온몸을 칭칭 싸매고 있었다. 그래서 이렇게 땀이 났다. 규리는 애써 마음을 진정시키며 목도리를 풀었다.

"저 옷 좀 갈아입고 나올게요."

규리가 자신의 방으로 걸음을 옮기며 말하자.

"굳이 안 갈아입어도 되는데."

명석이 작게 중얼거리는 소리가 들려왔다.

"예?"

"응? 뭐가?"

"지금 방금 뭐라고 하지 않으셨어요?"

규리가 두 눈을 크게 뜨며 물었지만, 명석은 심드렁하게 대답했다.

"아니. 아무 말도."

"아, 제가 잘못 들었나 봐요."

규리는 쿵쿵거리는 가슴을 진정시킬 새도 없이 후다닥 방으로 들어와 버렸다. 방에 들어온 규리는 문을 잠그고 침대 위에 앉아, 방금 자신이 들은 말을 곱씹어 보았다. 분명 옷을 안 갈아입어도 된다고 말한 것 같은데, 왜 아무 말도 안 했다고 하지?

"잘못 들은 건가?"

하긴, 옷을 안 갈아입을 이유가 없긴 했다.

"아니지. 벗어야 한다면 굳이 갈아입을 이유가 없…… 어머!"

규리는 자신이 한 말의 의미를 떠올리고는 얼굴이 확 달아올라 버렸다.

"그럼 설마 오늘……?"

연애 고수 강희는 말했다. 어른의 연애에서는 피할 수 없는 관문이 세 가지가 있다고. 첫째는 키스, 둘째는 스킨십, 그리고 마지막 세 번째는……!

"어떡해! 오늘 하려나 봐!"

강희의 이야기를 들으며 또 각종 영화를 보며 나름 은근한 상상의 나래를 펼치긴 했지만, 막상 명석과 그럴 것이라고 상상하니 가슴이 미친 듯이 뛰었다. 연애 고자 감규리가 연애하는 것만으로도 세상이 놀랄 일인데, 키스에 스킨십에 그리고 함께 사랑을 나누기까지 하다니! 머리에 과부하가 걸린 듯 아무 생각도 들지 않았다. 그리고 드는 생각.

"꼭 해야 하나……?"

연애한다고 해서 다 육체적 사랑을 나눌 필요는 없지 않나? 혼전 순결을 지키는 커플도 있다고 들었고, 또 그 타이밍을 서로 상의하에 정해도 되는 거고……

"아니야! 하고 싶어!"

이런저런 생각이 머릿속을 어지럽혔지만, 하고 싶었다. 그것도 꼭. 그의 너른 품에 안겨 그의 숨결을 느끼고 싶었다. 그럼 둘 사이의 모든 불안함도 사라지고, 또 그와 더 가까워질 것이다. 그리고 무엇보다도 그와 하나가 되고 싶었다. 그와 진정한 하나가 되어, 그의 몸에 나를 새기고 나의 마음에 그를 새기고 싶었다.

"하지만…… 그게 없잖아."

결심과 동시에 마음이 흔들리고 있을 때, 똑똑 하고 노크 소리가 들려왔다.

"나 들어가도 돼?"

"예? 잠시만요!"

규리는 어지럽혀진 방 안을 대충 치우고 문을 열었다.

"들어오세요."

키 큰 명석이 방으로 들어오자, 좁은 방이 꽉 들어찬 기분이 들었다. 처음이었다. 규리와 명석이 단둘이 그녀의 방에 들어간 건. 방에는 작은 장롱과 화장대가 있고, 책상이 있었으며 또 침대가 있었다.

"배, 안 고파?"

"네. 전 별로. 팀장, 아니, 자기는 배고프세요?"

"아니. 나도 별로."

자기라는 말에 명석의 입가에 미소가 번졌다. 어쩜 저렇게 말도 잘 듣는지. 예쁜 감귤. 오늘따라 더 사랑스럽다.

"여기 잠깐 앉아도 돼?"

명석이 침대를 가리키며 묻자, 규리가 흠칫 놀랐다.

'드디어 때가 온 건가? 팀장님도 마음의 결심을 하고……?'

규리는 떨리는 마음을 가라앉히며 겨우 대답했다.

"네. 앉으세요."

책상 앞에 의자가 하나, 화장대 앞에 의자가 또 하나. 방 안에 의자가 버젓

이, 그것도 둘씩이나 있는데, 굳이 침대에 앉겠다는 건 무슨 의미일까? 혹시 그 대로 침대에 눕겠다는 뜻? 설마 나랑 같이?

명석은 규리의 속도 모른 채, 두 팔을 침대에 얹고 기대듯 앉았다. 그의 셔츠의 단추는 두 개나 풀려 있었고, 그 사이로 탄탄한 속살이 보였다. 쿵! 쿵! 쿵! 언제부터 규리의 가슴속에 커다란 북이 들어 있었는지, 둥둥둥 북 치는 소리가 들려왔다. 북소리는 진동을 만들었고, 진동은 혈관을 통해 온몸으로 전이되어 그녀의 가슴을 떨리게 했다.

초콜릿색인 그의 피부를 보자, 규리의 머릿속이 하얗게 변해 버렸다. 어쩐지 사방이 야릇한 핑크빛으로 변하는 것 같기도 하고, 방 안의 습도와 온도가 심히 높게 느껴졌다. 아무것도 하지 않았는데 숨은 왜 이렇게 차오르고 몸은 또 왜 이렇게 더운 건지. 규리는 기모 안감으로 된 원피스를 괜히 입었다고 생각했다. 옷이 너무 길고 따뜻해서 집이 덥게 느껴지는 모양이었다.

"방에 이렇게 둘이 있는 건 처음이네."

명석의 목소리가 좁은 방의 벽과 부딪쳐 규리의 귀에 와 꽂혔다. 좋은 목소리. 폭 안기고 싶도록 적당히 굵고 적당히 포근한 음성이다. 이제 하다 하다 목소리로 유혹을 하다니.

"아, 네. 그렇죠?"

규리가 어색하게 대답하자, 명석이 자신의 옆자리 그러니까 침대 위를 톡톡 치며 말했다.

"왜 그렇게 서 있어. 앉아."

그의 눈빛이 꽤 고혹적이었다. 마치 오늘은 네 침대에서 같이 자고 싶다는 듯, 그녀를 보채고 유혹하는 듯했다. 이제는 결정해야 할 때가 왔다. 이대로 그와 함께 사랑을 나눌지, 아니면 다음으로 미룰지. 사실 규리는 그와 모든 걸 나누고 싶었다. 침대든 체온이든 사랑이든. 하지만 마음에 걸리는 게 하나 있었다. 아주 현실적이고, 매우 중요한 것. 바로 피임이었다.

강희와 규현은 계획에 없던 아이가 생겨 결혼을 준비하는 중이다. 물론 두 사람의 앞길에, 몇 달 후면 태어날 조카의 미래에 행복을 빌어주고 있다. 하지만 규리는 두 사람처럼 행동하고 싶지는 않았다. 무엇보다 아이는 충분한 상의를 거쳐, 철저히 계획한 후에 갖고 싶었다. 그런데 지금은 너무 갑작스러웠다. 마음의 준비야 지금이라도 할 수 있지만, 몸의 준비야 지금도 서로 원하고 있다지만, 피임은 지금 당장 준비할 수는 없었다.

현실적인 문제에 부딪히자, 규리의 마음이 굳어졌다. 사랑은 다음에 나누어야지. 그렇게 결심한 규리는 명석의 옆자리 대신 책상 앞에 놓인 의자에 앉으며 말했다.

"저 할 말이 있어요."

"그래? 말해."

비스듬히 몸을 기대고 있던 명석이 그녀의 말을 경청하기 위해 규리를 향해 몸을 기울였다. 자신의 말에 귀를 기울이는 그의 작은 배려에 규리는 가슴이 뭉클해졌다. 처음엔 무뚝뚝하고 냉정하다고 생각했는데, 알고 보니 그는 굉장히 배려심 많은 사람이었다. 그러니 이런 이야기를 해도 이해해 주겠지.

"저기……."

규리는 선뜻 말을 꺼내기가 어려워 조금 망설였다. 하지만 둘 사이에 괜한 오해는 만들고 싶지 않았다. 이런 일로 고민하고 싸우는 커플들을 종종 봐왔으니까. 마음을 굳게 먹은 규리는 어렵게 입을 열었다.

"우리…… 천천히 해요."

명석은 그녀의 말이 무슨 뜻인지 선뜻 이해가 가지 않는 듯, 눈살을 찌푸렸다.

"음, 그러니까…… 자는 거 말이에요."

직접적인 단어에 명석의 눈이 살짝 커졌다.

"천천히, 충분한 준비를 갖고 하고 싶어요."

"충분한 준비?"

"그러니까 철저하게 피임을 하고 싶어요."

규리는 명석의 눈치를 살폈다. 다행히 기분이 나쁘지는 않은 모양인지, 그는 고개를 끄덕이고 있었다. 규리는 그의 반응에 용기를 내어 계속해서 말을 이었다.

"예를 들어 콘돔이라든가, 그런 거요. 사실 동생이 사고 친 후로 그쪽으로 좀 민감해질 수밖에 없더라고요."

규리는 말을 멈추고 조심스럽게 그를 쳐다보았다.

"기분…… 나쁜 거 아니시죠?"

기다리고 있었을 거다. 어쩜 오늘 같은 날이 오길 손꼽아 기대하고 있었을지도 모른다. 그래서 실망했을 수도, 어쩌면 불쾌했을 수도 있다. 하지만 명석은 규리의 생각과 달리 미소를 지으며 그녀를 바라보았다.

"기분 나쁘다니. 전혀."

"정말이죠?"

"난 네가 싫다면 아무것도 안 해. 손을 잡는 것도, 키스하는 것도. 그러니까 걱정하지 마. 우리 뭐든 서로 이야기하고 상의하고 결정하자."

규리는 기뻤다. 자신을 이해해 주는 그가 고맙다 못해 더 좋아질 정도였다.

"이해해 주셔서 감사해요."

"근데 나 부탁할 게 있는데."

"뭔데요?"

규리는 뭐든 다 들어줄 것처럼 두 눈을 반짝이며 물었고, 명석은 어렵게 대답했다.

"너무 천천히는 안 돼."

"아……."

"아무리 내가 널 이해하고 배려한다고 해도, 내 몸은 그렇지 않거든."

명석이 자신의 가슴을 툭툭 치며 말하자, 규리가 얼굴을 붉히며 미소 지었다.

"그러니까 되도록 빨리, 가능하다면 일찍이었으면 좋겠어."

그는 지금 참고 있다. 규리가 몸과 마음의 준비를 마칠 때까지. 규리는 그의 배려에 고마워 선심 쓰듯 말했다.

"걱정하지 마세요. 전 그 문제만 해결되면 언제든……."

부끄러워 차마 말을 다 잇지 못하자, 명석이 채근하듯 물었다.

"해결되면 언제든 뭐?"

"언제든…… 괜찮아요."

"정말이지?"

"네."

대답하고 나자 얼굴이 불이 난 듯 화끈거렸다. 살짝 상상했다. 그와 침대에 누워 뜨거운 밤을 맞이하는 것을. 은근히 설렜고, 그날이 기대되었다. 언제가 될지 모를 그날이…….

"그럼 우리 저녁 먹을까요?"

"배 안 고프다면서?"

"고파졌어요."

"그래, 그러자."

규리는 먹을 게 있나, 하고 중얼거리며 자리에서 일어났다. 며칠 동안 집을 비웠으니 냉장고는 텅텅 비어 있을 게 뻔했다. 그럼 나가서 먹어야 하나, 아니면 뭘 시킬까? 이런저런 생각을 하며 주방으로 나가려는 그때.

"으아아악!"

규리의 발이 치렁치렁한 원피스 끝에 걸렸고, 그녀의 손이 형광등 스위치를 껐으며, 그녀의 몸이 명석의 몸 위로 쓰러지고 말았다. 침대에 앉아 있던 명석은 규리의 몸과 포개지며 그대로 뒤로 넘어졌다. 털썩— 두 사람의 무게에 침대는 크게 출렁거렸고, 그와 동시에 규리의 입에서 작은 신음이 터져 나왔다.

"아야."

아…… 옳지 않다.

조금 전 규리에게 기다려 준다고 말했는데. 애석하게도 규리의 입이 명석의 귓가에 거의 닿아 있었다. 하여 그녀의 신음이, 그녀의 숨결이 그를 뜨겁게 달아오르게 했다. 거기다가 규리가 조금씩 움직일 때마다 명석의 가슴께로 뭉클한 촉감이 느껴졌다. 명석은 살면서 감성이나 욕구에 단 한 번도 휘둘린 적이 없었다. 모든 건 이성으로 억누를 수 있었으니까. 그런데 32년을 살면서 처음으로 위기가 찾아왔다.

"팀장님, 괜찮으세요?"

귓가에 닿아 있는 규리의 입에서 뜨거운 숨결이 뿜어져 나왔다. 그저 그가 괜찮은 건지 확인하는 것뿐인데, 그의 심장은 크게 요동쳤다. 내가 조금 전에 뭐라고 했더라? '네가 싫으면 아무것도 안 해'라고 했던가? 그냥 한다고 할걸. 하자고 할걸. 후회가 쓰나미처럼 밀려왔다. 하지만 이미 한 약속을 뒤집을 순 없었다. 피임 없이는 아무것도 하지 않겠다는 규리의 말을 따라주고 싶었으니까.

"이게 천천히 하자는 사람의 태도인가?"

"예? 아, 그게…… 죄송해요. 옷에 발이 걸려서 그만."

당황한 규리가 탁자를 짚으며 상체를 일으키는 순간, 뭔가가 바닥으로 툭 떨어졌다. 두 사람의 시선이 자연스럽게 바닥으로 향했고, 떨어진 물건의 정체를 파악한 규리와 명석의 표정이 극명하게 바뀌었다. 사각형의 비닐 속에 동그란 모양이 선명하게 보이는 것, 그건 바로 콘돔이었다!

"아, 아니 왜 저게 여기서 나와?"

자신의 탁자에서 떨어진 콘돔을 본 규리는 화들짝 놀라며 그걸 줍기 위해 몸을 날렸고, 그와 동시에 명석이 그녀의 손을 끌어당겼다. 아까와는 뒤바뀐 자세. 명석은 규리의 손목을 잡은 채로 그녀의 몸 위에 올라탔고, 규리는 떨리는 눈동자로 자신의 몸을 지그시 누르고 있는 명석을 쳐다보았다. 명석은 바닥에 떨어진 물건을 주워 규리의 눈앞에 보여 주며 물었다.

"이게 왜 여기 있는 거지?"

"그러게요. 그게 왜 여기 있을까요? 그게 여기에 있을 이유가…… 아!"

순간 강희가 이사 가던 날이 떠올랐다.

"난 몇 달 동안 이거 필요 없겠다. 너 가져."

"내가 이걸 어디에 써?"

"언젠간 쓰일 날이 오지 않겠어?"

의미심장한 미소를 짓던 강희한테 웬 쓰레기를 투척하냐며 잔소리했는데. 그게, 왜, 지금, 이 타이밍에 튀어나오는 건지. 누가 보면 오해하기 딱 좋을 물건이었다. 규리는 혹시 명석이 연애 한 번 안 해본 자신을 경험 많은 여자로 오해할까 싶어 격하게 부인하고 나섰다.

"그거 제 것 아니에요. 친구가 주고 간 거예요."

"친구?"

"네. 아래층에 사는 친구가."

아래층 친구라는 말에 명석이 알겠다는 듯 고개를 끄덕였다. 이제 오해는 풀렸으니 팔도 풀어주면 좋겠는데, 명석의 몸은 꿈쩍도 하지 않았다. 마치 오늘이 위에서 내려오지 않겠다는 듯, 그의 눈에 서서히 확신이 차올랐다.

"아까 네가 한 말 기억해?"

"예? 아, 그게. 무슨 말을 했더라?"

기억난다. 그것도 선명하게. 하지만 규리가 모른 척 눈동자를 굴리자, 명석이 아까 그녀가 했던 말을 또박또박 되새겨 주었다.

"피임만 확실하다면 언제든지 괜찮다고 했던 말."

하얀색 시폰 커튼 사이로 달빛이 은은하게 들어왔다. 벌어진 셔츠 사이로 초콜릿 빛 근육질 가슴이 보였고, 자신을 짓누르는 적당한 그의 무게가 규리의 정신을 아득하게 만들었다.

"오늘, 널 갖고 싶어."

중저음의 목소리가 규리를 유혹하듯 속삭였다. 하지만 규리가 아무런 반응을 보이지 않자, 명석이 다시 그녀를 유혹했다.

"오늘, 날 가져줘."

명석은 초조한 마음으로 규리를 빤히 바라보았다. 이번에도 거절하면 애초에 그랬던 것처럼 천천히 그녀를 기다려 줄 생각이었다. 명석은 그녀와의 처음을 일방적으로 시작하고 싶지 않았다. 물론 참을 수 없는 욕구가 그의 온몸에 들끓었고 도저히 견딜 수 없는 욕정이 그를 사로잡았지만, 그녀를 위해 참기로 했다. 이번에도 거절하면 그녀의 두 손을 움켜쥐고 있는 자신의 손에 힘을 풀어야지, 그렇게 다짐했다. 그런데 그녀가 반응했다. 두 손을 들어 자신의 목을 끌어안은 것이다. 정말 자신을 가질 마음의 준비라도 한 모양인지, 그녀의 표정은 꽤 담대했다.

그렇다면, 네 뜻이 정 그렇다면, 그렇게 해줄게. 명석은 자신을 끌어당기는 그녀의 작은 힘에 몸을 움직여 주었다. 이게 모두 그의 계략인지도 모른 채, 규리는 그를 리드하고 있다고 착각했지만. 스르륵 감기는 눈은 무척이나 요염해 보였고, 반쯤 열린 입술은 그를 미치게 했다. 참지 못한 명석은 촉촉하게 젖어 있는 그녀의 입술 사이로 들어갔다. 그의 혀끝에 부드러운 촉감이 느껴졌다. 어찌나 그 감촉이 좋은지, 명석은 그녀의 입안을 계속해서 탐닉했다.

"으음."

그녀의 입에서 작은 탄성이 새어 나왔다. 너무도 야릇한 자신의 소리에 놀란 규리는 두 눈을 동그랗게 뜨고 명석을 올려다봤지만, 그는 여전히 입맞춤에 집중하고 있었다. 아니, 그의 움직임이 아까와는 조금 달라졌다. 마치 자신의 미묘한 소리에 자극이라도 받은 듯, 그의 입맞춤은 조금 거칠었고 또 거침이 없었다. 규리는 그를 방해하고 싶지 않았다. 그가 주는 모든 즐거움을 있는 그대로 느끼고 싶었다. 그녀는 동그랗게 떴던 눈을 지그시 감고 그와 자신의 피부가 닿는 느낌에 집중했다.

그는 담배를 완전히 끊은 것 같았다. 자신의 입 안을 헤집는 그의 숨결에 조금의 담배 냄새도 나지 않는 것을 보면. 아니, 오히려 그의 몸 구석구석과 입에서는 아주 청량한 향이 맴돌고 있었다. 그가 처음 담배를 끊겠다고 했을 땐, 그저 자신의 환심을 살 핑계로 그냥 던진 말이겠거니 했다. 그런데 이렇게 약속을 잘 지키고 있었다니. 규리는 명석의 머리를 부드럽게 쓰다듬었다. 그런데 그게 무슨 신호라도 되는 듯, 그의 손이 천천히 움직이기 시작했다. 그의 한 손은 아직도 규리의 두 손을 움켜쥐고 있었고, 다른 손은 아래의 어딘가를 더듬거렸다.

A라인 원피스는 이미 규리의 몸을 온전하게 덮어 주지 못하고 있었다. 너풀거리는 재질의 원피스 자락은 그녀의 무릎 위까지 올라가 있었고, 더듬거리던 명석의 손이 그녀의 피부를 살짝 건드렸다.

"허업."

그의 손이 허벅지를 스쳤을 뿐인데, 규리의 입에서 신음이 절로 터져 나왔다. 어느 정도 나이를 먹은 후로 엄마도 만지지 않았던 곳이었다. 그러니 낯선 손길에 놀랄 수밖에.

"긴장돼?"

규리의 몸이 아까와 달리 잔뜩 움츠러들자, 명석이 걱정스러운 얼굴로, 그러나 한없이 따뜻한 눈빛으로 그녀를 바라보았다.

"……조금요."

사실 거짓말이었다. 그의 살갗과 닿아 있는 피부는 온 신경이 다 쓰이도록 곤두서 있었고, 그가 내뿜는 숨결에 온몸이 뜨겁게 달아올랐으며, 그의 눈길이 스친 곳마다 타들어 갈듯 부끄러움이 샘솟았다. 자신 외에는 아무도 보지 않은 곳, 아무도 만지지 않은 곳을 그가 보고 만진다는 생각이 들자 온몸의 세포가 민감하게 반응하고 있었다. 발가락 끝까지 힘을 주며 잔뜩 오므리고 있을 만큼. 하지만 멈추고 싶지 않았던 규리는 '조금' 긴장했다고 거짓말을 해버렸다.

"걱정하지 마."

명석이 그녀를 안심시키기 위해 부드러운 음성으로 속삭였다. 매혹적인 그의 음성이 귓가에 닿자, 규리는 온몸을 파르르 떨었다. 귀라는 신체 기관은 듣는 것만 할 줄 안다고 생각했는데, 그건 규리만의 오해였다. 자신의 귀가 이토록 야릇하고도 간질간질한 촉감을 느낄 수 있다는 걸 28년 만에 처음 알았다.

"아프지 않게 할게."

"하아……."

"그러니까 긴장 풀어."

"하읏."

그는 그저 귓가에 속삭였을 뿐인데, 규리의 입에서 농염한 소리가 튀어나왔다. 묘한 기분이었다. 빠른 속도로 떨어져 심해의 밑바닥까지 밟고 그대로 튕겨 올라온 기분. 그야말로 처음 맛본 느낌이었다. 사랑을 나누는 것이 이토록 기분 좋은 일이란 말인가. 그렇다면 정말…… 끝까지 가봐야겠다.

잔뜩 달아오른 열기를 식힐 틈도 없이, 그는 규리의 손을 자신의 가슴에 갖다 대었다. 마치 둘 사이를 가로막고 있는 셔츠를 벗겨 달라는 듯. 그는 아무 말도 하지 않았지만, 규리는 자신이 해야 할 일이 무엇인지 본능적으로 알았다. 다만 연애 무식자인 만큼 손을 움직이는 건 영 부자연스러웠지만 말이다.

"음. 잘 안 되네."

뭐가 그렇게 겁이 나고 무서운지, 단추를 잡은 규리의 손이 파들거렸다. 하지만 앙다문 입술을 보아하니 제 손으로 단추를 풀겠다는 의지는 강해 보였다. 그 모습이 어찌나 귀여운지, 명석은 그대로 그녀를 안고 싶은 것을 어렵게 참아 냈다. 톡, 톡, 톡, 톡. 셔츠의 단추가 그녀의 손을 떠날 때마다 그의 상체가 조금씩 드러났고, 규리의 깊은 곳에 잠들어 있던 음란 마귀가 늘어지게 기지개를 켰다.

단추를 모두 풀자, 명석이 숙이고 있던 몸을 일으켜 셔츠를 벗었다. 창문 틈으로 새어 들어오는 달빛을 고스란히 머금은 그의 몸은 훌륭한 조각상처럼 음영이 졌다. 그의 몸을 감상하며 저도 모르게 침을 꼴깍 삼키고 있을 때, 명석이 야릇한 미소를 지었다. 내 몸을 잘 감상했느냐는 뜻 같기도 하고 보기에 만족스럽냐고 묻는 것 같기도 했지만, 명확한 의미를 알 수는 없었다. 그가 이 말을 하기 전까지는.

"나도 보고 싶어."

그의 말에 규리의 머리 위로 물음표가 떴다.

'보고 싶다니, 뭐가?'

규리의 눈이 물었지만, 그는 말 대신 행동으로 대답했다. 그의 커다란 손이 규리의 가슴께에 있는 원피스 끈을 잡아당겼다. 그러자 원피스가 힘없이 벌어졌고 그와 동시에 규리의 하얗고 동그란 어깨선이 선명하게 드러났다.

"거, 거긴……!"

놀란 규리가 두 손으로 옷을 잡으며 가슴께를 가리자, 명석이 부드럽게 그녀의 손을 잡았다.

"나도 보게 해줘."

그는 망설이는 그녀에게 부탁했고, 달랬고, 또 타일렀다. 이미 불은 꺼져 있는데, 왜 이렇게 밝은 건지. 규리는 조금이라도 밝음을 피하고 싶어 달빛이 새어 들어오는 창문을 가리키며 말했다.

"커튼 좀……."

하지만 명석은 그녀의 부탁을 들어주지 않았다. 대신, 그녀를 채근했다.

"널 온전히 보고 싶어."

잠시 망설이던 규리는 가슴을 가리고 있던 손을 내렸다. 그러자 그녀의 뽀얀 속살이 고스란히 드러났다. 그녀를 바라보는 명석의 눈빛이 크게 일렁거렸다.

"왜 그렇게 빤히 봐요. 창피하게."

규리가 다시 손을 올리려고 하자, 명석이 그녀의 손을 포박하며 중얼거렸다.

"예뻐."

아니, 예쁘다는 말로는 다 표현할 수 없었다. 뽀얗다 못해 투명한 피부, 동그란 어깨선, 당장이라도 머금고 싶을 정도로 봉긋하게 솟은 가슴 그리고 부끄러워 붉게 물든 살결까지. 예쁜 걸 넘어 아름다웠다. 명석은 아주 조심스럽게 규리의 어깨를 훑었다. 그러자 규리가 움찔거리며 그에게 잡힌 손을 빼내려고 했다.

"놀라지 마. 아직 시작도 안 했으니까."

더 이상 그에게 남은 인내심은 없었다. 이렇게 아름다운 주제에, 이렇게 달큼한 체취를 풍기고 있다니. 그러니 어찌 참겠는가!

"하웃……."

뜨거운 그의 숨결이 닿을 때마다 규리의 작은 입에서 환희에 찬 탄성이 흘러나왔다. 입맞춤만으로 몸이 이렇게 뜨거워질 수 있다니. 규리는 차가운 두 손으로 야릇하게 붉어진 두 뺨의 열기를 식히려 했고, 명석은 더욱더 그녀의 몸을 뜨겁게 데웠다. 어깨에서 시작된 그의 입맞춤은 점점 그녀의 심장으로 다가갔다. 부드러운 그의 키스는 둥근 어깨선을 지나 곧게 뻗은 쇄골을 스쳐 봉긋하게 솟아 있는 둔덕 위에 머물렀다. 그녀의 몸에서는 달콤한 꿀이 흐르는 것 같았다. 아무리 머금고 핥고 빨아도 질리지 않는 달콤함이 그를 유혹했다.

"하아. 하아."

작게 열린 입술 사이로 자꾸만 야릇한 소리가 흘러나왔다. 그게 너무 생경해 멈추고 싶었지만, 제 마음대로 되지 않았다. 규리는 작은 손으로 이불을 꼭 말아 쥐며 고개를 들었다. 그러자 반쯤 내려온 눈꺼풀 사이로 그의 얼굴이 보였다. 제 몸 위에 얼굴을 묻고 있는 그는 무척이나 조심스럽게 가슴을 할짝거리고 있었다. 그의 행동은 조심스러우면서도 매우 저돌적이었다. 혀끝으로 조심스럽게 그녀를 핥았지만, 집요하게 그녀를 흥분시켰다.

"널 갖고 싶어."

그녀의 허락이라도 받겠다는 듯 말했지만, 말투는 단호했다. 이제부터 진짜로 널 갖겠으니 준비 단단히 하라는 선전포고 같기도 했고, 너무 놀라지 말라는 다독임 같기도 했다. 마음의 준비를 한 규리는 작게 고개를 끄덕였고, 명석은 다시금 그녀에게 키스를 퍼부었다. 둔덕에서 막혔던 입맞춤은 조금씩 아주 조금씩 아래로 향했다. 그의 입술이 움직일 때마다 온몸에 솜털이 곤두서며 짜릿한 전기가 흘렀다. 너무도 낯설고 생경한 느낌에 규리는 저도 모르게 발가락을 오므렸다. 그러자 명석이 커다란 손을 들어 그녀의 손을 덮었다. 그의 손길에 흠칫흠칫 놀라던 규리의 몸이 차차 안정되었다.

"내게 와주어서 고마워."

기다림은 처절하도록 힘들고 괴로웠다. 그녀의 선택이 내가 아니면 어쩌나 하는 불안함으로 매일 밤낮을 고통스러워했다. 내가 아닌 다른 남자의 여자가 되는 건 아닐까. 더 이상 네 미소를 그리워하면 안 되는 걸까. 널 다른 남자에게 보내야 하는 걸까.

그렇게 몇 달을 초조해했다. 기다림에 애가 탔다. 힘없고 가느다란 외줄 위에 선 기분으로 위태롭게 몇 달을 기다려야만 했다. 사실 그 기분은 그녀의 선택이 끝난 후로도 계속됐다. 여전히 불안하고 두려웠다. 다시금 자신의 품에서 훨훨 날아가 버릴 것만 같아서. 그런데 오늘, 해연 앞에서 보인 그녀의 행동은 여태껏 그가 품었던 불안이라는 감정을 한 방에 날려 버렸다. 당당하게 자신의 감정을 표현해 준 그녀가 너무도 예쁘고 사랑스러웠다. 이토록 단단히 끌어안지 않으면 견딜 수 없을 정도로. 명석은 너무도 귀엽고 깜찍한 그녀의 행동에 절제력을 잃어버렸다.

"네 선택, 후회하지 않게 해줄게."

뜨겁게 사랑할 거다. 앞으로 네 인생에 눈물 따원 없도록, 아픔 따윈 없도록, 내가 널 행복하게 해줄 거야. 변하지 않을 거야. 무슨 일이 있어도 널 사랑하는 내 마음은 식지 않을 거다. 지금처럼, 아니, 지금보다 더 너를 사랑할게.

명석은 마음속으로 약속했고.

"내게 와줘서 고마워."

"아뇨. 기다려 줘서 내가 더 고마워요."

규리는 그를 반기듯 두 팔을 벌렸다.

"아플지도 몰라."

"괜찮아요."

"힘들면 말해."

명석의 배려에 규리는 고개를 끄덕였다. 두 사람 사이를 막고 있던 얇은 천이 사라졌고, 명석은 탁자 위에 올려놓았던 무언가를 찾았다. 그리고 잠시 후, 그는 그녀의 품으로 젖어 들어갔다.

"하아."

"흐읏."

두 사람의 입에서 거의 동시에 신음이 터져 나왔다. 아픔을 견디지 못한 규리는 고통스러운 듯 얼굴을 찌푸리며 그의 등을 꽉 끌어안았다.

"아파? 아프면 다음에 할까?"

명석이 움직임을 멈추고 물었지만, 규리는 도리질 쳤다. 그가 지금 어떤 마음일지, 오늘을 맞이하기 위해 얼마나 큰 불안과 싸웠는지, 규리는 잘 알고 있었다. 그래서 피하고 싶지 않았다. 여기서 멈추고 싶지 않았다. 그와 하나가 되고 싶었다. 우리 둘 사이를 불안하게 할 장애물 따위는 이제 없다고 확인시켜 주고 싶었다.

"하아…… 멈추지 말아요."

명령과도 같은 그녀의 말투에 명석은 조금씩 몸을 움직였고, 살과 살이 부딪히는 소리가 방안을 가득 메웠다. 영하를 밑도는 강추위였지만, 두 사람에게는 그 어느 때보다 뜨거운 겨울밤이었다.

*

아직 해도 뜨지 않은 이른 새벽. 명석은 곤히 잠들어 있는 규리를 가만히 내려다보았다. 쌔근쌔근 얕은 숨소리를 내며 잠들어 있는 모습이 꼭 아이처럼 귀여웠다. 어제는 그토록 농염했던 그녀인데 말이다. 뜨거웠던 어젯밤을 떠올리자, 명석의 얼굴에 절로 미소가 지어졌다. 하지만 그것도 잠시. 그는 새벽부터 끓어오르는 욕망과 이성 사이에서 꽤 오랫동안 괴로워해야만 했다. 이렇게 예쁜 감귤을 두고 출근을 해야만 하다니.

하루라는 시간이 24시간뿐이라는 게, 그중 밤이 고작 예닐곱 시간밖에 되지 않는 게 너무도 아쉬웠다. 이번 프로그램이 끝나면 다음 시즌까지 푹 쉬어야겠다. 그러면 온종일 감귤을 품에 끌어안고 있어도 되겠지. 아니다. 아예 로밍 없이 해외여행을 떠나자. 지긋지긋한 방송쟁이들 연락 싹 끊어 버리게. 그렇게 생각한 지 1초도 되지 않아 핸드폰이 울렸다. 승후였다. 명석은 혹시 규리가 깰까 봐 조심스럽게 전화를 받은 후, 작게 말했다.

"지금 간다."

어제 잠시 나갔다 온다는 것이, 바로 퇴근해서 규리와 뜨거운 밤을 보내고 말았다. 그러니 회사에서는 그를 찾느라 난리가 났을 것이다. 안다. 일찍 출근 해 편집본을 확인해야 한다는 것을. 그런데.

"하아. 정말 가기 싫다."

어떻게 널 두고 그냥 갈 수가 있겠니? 낮이고 밤이고 시간을 떠나 그냥 규리 옆에 있고 싶었다. 물론 그녀를 꼭 끌어안으면 더할 나위 없이 행복할 거고. 하 지만 가야 한다. 가야 해. 물론 방송국에 가서도 널 보겠지만, 방송국에서는 널 안을 수가 없잖아. 방송국에서는 네게 입을 맞출 수도, 널 가질 수도, 또 날 가지라고 널 유혹할 수도 없잖아.

명석은 못내 아쉬운 마음을 입술에 담아, 규리의 이마에 키스했다. 열락의 시간이 달콤했던 만큼 아쉬움도 극도로 심하다는 것을 깨달은 명석은 무슨 수 를 써서든 오늘 일을 일찍 마치겠다고 마음먹었다. 그리고 몸을 일으키려는 순 간, 규리가 그의 손을 붙잡았다.

"어디 가요?"

달빛을 간직한 그녀의 얼굴도 퍽 요염했는데, 새벽의 어스름을 품은 그녀는 미친 듯이 미염했다.

새벽부터…… 이래도 되나?

침대에서 일어나던 명석의 몸이 그녀의 자태에 단번에 단단해져 버렸다. 그 사이 규리는 명석이 샤워를 마치고 출근 준비를 마쳤다는 사실을 알아 버렸다.

"아, 회사에 가야 하는구나? 어서 가요."

규리가 몸을 일으키며 말하자, 명석은 갈등했다. 그의 머릿속에 오늘 해야 할 일과 시간이 빠르게 스쳐 지나갔다. 서두르지 않으면 촉박하고 바쁘고 정신 없는 하루가 될 것이 뻔했다. 하지만.

"조금만."

그는 그녀의 손을 잡고 침대 위에 눕혔다.

"바쁜 거 아니에요?"

"네가 날 유혹했잖아."

"내가 뭘 어쨌길래?"

규리가 두 눈을 동그랗게 뜨며 묻자, 명석이 속삭였다.

"네 자체가 유혹이야."

아직 해는 뜨지 않았고, 밤새 서로 부딪쳤던 두 사람의 몸 또한 식지 않았다.

"그러니 책임져."

명석은 규리의 손을 이불 아래로 잡아끌며 부드럽게 그녀의 입에 입을 맞췄다. 시끄럽게 울어대는 승후의 전화는 가볍게 거절하며 말이다.

＊

아침까지 이어진 격정적인 사랑이 몹시도 피곤했던 모양인지, 명석은 다시금 잠들어 버렸다. 규리는 쌔근쌔근 자는 그를 사랑스러운 눈빛으로 바라보았다. 작디작은 싱글 침대 위에 성인 남녀가 나란히 누워 있으려니 둘 사이에 간격이 없었다. 침대 밑으로 떨어지지 않으려면 필사적으로 착 달라붙어야 한다. 어쩔 수 없이. 규리는 명석의 곁에 찰싹 달라붙어 그의 얼굴을 유심히 살펴보았다. 그러자 배시시 웃음이 난다. 보고만 있는데도 웃음이 계속해서 입술 사이로 새어 나왔다. 보고만 있는 건데 뭐가 이렇게도 좋은 건지.

손끝을 가져다 대면 베일 것 같은 턱선도 좋고, 높은 콧날도 좋고, 수염을 밀어 버려 깨끗해진 인중도 좋고. 단단한 그의 팔뚝도 넓은 그의 가슴도. 다 좋다. 다. 규리는 오른쪽 검지로 그의 이마에서 시작해 콧등 그리고 그의 어깨까지 쓸어내려 보았다. 손끝에 느껴지는 감촉이 너무도 짜릿해 웃음이 계속 나왔다. 그녀의 손장난은 어깨에서 가슴으로 이어졌다. 그리고 슬쩍 명석의 얼굴을 힐끔 쳐다보더니 장난기 가득한 얼굴로 입술을 열었다.

"자기야."

아직은 입에 붙지 않고 민망하기만 한 호칭이었지만, 강력한 라이벌인 해연을 한 방에 물리쳐 준 소중한 호칭이기도 했다.

"자기야."

'팀장님'이라는 말이 너무도 익숙했기에 애칭 같은 건 꿈도 꾸지 못했는데, 자기라니. 규리는 애정 그득한 목소리로 다시금 그를 불렀다.

"자기야. 일어나요. 네?"

하지만 명석은 꿈쩍도 하지 않았다.

"자기야. 출근해야죠."

하긴. 어젯밤부터 오늘 새벽까지 참으로 격정적이었으니 피곤할 만해.

"일어나세요, 자기야."

규리가 장난스럽게 그를 부르며 킥킥대고 있을 때, 거센 힘이 그녀의 손을 끌어당겼다.

"어어?"

어느새 명석의 몸 위로 올라가게 된 규리가 놀란 눈으로 그를 쳐다보았다.

"누가 아침부터 자극하래?"

"안 잤어요?"

"깼어."

"언제요?"

설마 아까부터 내가 한 말을 듣고 있었나?

"조금 전에 네가 내 소중한 곳을 만질 때."

"소, 소중한 곳이요? 내가 어딜 만졌다고?"

규리가 얼굴이 새빨개져 묻자, 명석이 자신의 신체 한 곳을 응시하며 말했다.

"이두박근. 내게 얼마나 소중한 곳인데."

"이두박근?"

"남자의 상징이랄까?"

"이씨! 아침부터 왜 놀려요!"

규리가 그를 향해 주먹을 날리려고 했지만, 그에게 두 손이 잡혀 있어 발버둥만 치는 모양새가 되어 버렸다.

"그러게 왜 아침부터 사람을 유혹해?"

"제가 언제요?"

그의 넓은 가슴 위에서 장난을 좀 치긴 했지만, 지금 유혹하고 있는 사람은 규리가 아닌 명석이었다. 멀쩡하게 옆에 누워 있던 사람을 끌어다 포갠 것만으로도 온몸이 짜릿하건만! 그가 숨을 쉴 때마다 단단한 가슴이 자꾸만 아래위로 움직여 그녀의 몸을 자극했고, 뜨거운 입김은 자꾸만 그녀의 귀를 간지럽혔다. 누가 할 소리를 저렇게 아무렇지도 않게 하다니.

"남자는 아침에 더 위험해."

정말 그의 말마따나 그는 굉장히 위험해 보였다. 그의 눈빛은 먹이를 바로 눈앞에 둔 맹수처럼 번뜩였고, 규리의 여린 손목을 잡은 그의 손에는 힘이 잔뜩 들어가 있었다.

"알았으니까 손 좀 놔줘요."

규리가 애처롭게 말했지만, 명석은 그녀를 놓아주는 대신 입술을 내밀었다.

"응? 뭐예요?"

"뭐긴. 모닝 키스지."

그의 눈에는 키스를 해 주지 않으면 손을 놓지 않겠다는 결연한 의지가 활활 타오르고 있었다. 아, 이 남자가. 규리는 고집스럽게 입을 내밀고 있는 명석을 이기지 못하고 입술을 날렸다. 쪽─ 두 사람의 입술 사이에서 달달한 소리가 울려 퍼졌다.

"응? 이게 다야?"

하지만 키스가 아닌 뽀뽀. 명석이 불만 섞인 목소리로 묻자, 규리가 새초롬하게 대답했다.

"키스는 안 돼요."

양치도 안 하고 아침부터 무슨 키스? 그건 절대 안 되지! 침대에서 입맞춤은 여기까지.

"눈 감아요."

"눈은 왜?"

"저 샤워하러 갈 거란 말이에요."

"그런데?"

명석이 정말 모르겠다는 듯 눈을 동그랗게 뜨고 물었다.

아, 정말 이 남자가 눈치가 없는 건지!

"부끄럽단 말이에요!"

꼭 이런 말까지 해야 하나? 척척 알아서 눈 좀 감아 주면 얼마나 좋아? 하지만 명석은 말을 해줘도 모르는 듯 다시 물었다.

"뭐가 부끄러워? 이미 다 봤는데?"

이 양반이!

이미 다 봤다고 해도 또 보여 주는 건 부끄러웠다. 게다가 어제는 밤이어서 꽤 어두웠지만, 지금은 해가 중천에 뜨질 않았는가! 그런데 뭐가 부끄럽냐니? 아마 부끄러운 마음은 꽤 오랫동안 계속될 것 같은데, 저렇게 눈치 없이 묻다니! 일은 그렇게 센스 있게 잘하면서 여자 마음은 잘 모르는 모양이다.

"정말 눈 안 감을 거예요?"

"응. 안 감아. 내 여자 내가 보겠다는데, 누가 뭐라고 그래?"

"제가 뭐라고 합니다!"

명석이 끝까지 고집을 부리자, 규리가 그의 품에서 일어나 꼬물꼬물 움직이기 시작했다.

"뭐 해?"

그녀는 명석의 질문에 대답도 하지 않고 이불을 몸에 돌돌 만 뒤 침대에서 일어났다. 규리는 이불로 온몸을 두르고 있는 반면, 명석이 누워 있는 침대 위는 살구색 향연이 펼쳐졌다.

워후! 좋다, 좋아. 눈이 정화된다, 정화돼!

하지만 눈 호강도 잠시. 민망해진 규리가 고개를 돌리며 어색하게 말했다.

"저 씻고 올게요."

"씻겨줄까?"

"어머! 미쳤나 봐!"

저 남자가 하룻밤 사이에 부끄러움을 상실했어.

"시간도 없는데 같이 씻자!"

부끄러움을 상실한 남자가 떡 벌어진 어깨를 일으켜 그녀에게 다가오며 말했다.

"꺄악! 싫어요!"

순간 규리의 눈앞이 온통 살구색으로 변해 버렸다. 치명적인 살구색이 야릇하게 웃으며 점점 더 가까이 다가오자 규리는 오류 난 로봇처럼 몸을 움찔거렸다. 그때, 덜컥! 뒷걸음치던 규리의 손에 화장실 문고리가 잡혔다. 그리고 쏘옥, 규리의 몸이 화장실 안으로 들어가 버렸다.

"정말 혼자 씻을 거야?"

이번엔 명석이 화장실 문에 매달려 애처롭게 물었다. 그러자 잠시 후. 화장실 문이 열렸다.

'그럼 그렇지.'

그가 씨익 미소를 지으며 안으로 들어가려는 찰나, 규리가 허물처럼 벗어 낸 이불이 문밖으로 툭 떨어졌다. 그리고 명석이 문고리를 당길 틈도 없이 재빨리 화장실 문이 닫혀 버렸다.

*

명석이 차려 놓은 간단한 식사를 마친 두 사람은 출근하기 위해 밖으로 나왔다. 벌써 한 달 넘게 같은 집에서 살았지만, 함께 출근하는 건 처음이었다.

"추운데 그러고 가?"

"안에 엄청나게 껴입었어요."

명석의 손이 규리의 어깨로 향했다. 바쁘다며 목도리를 대충 둘러매고 나왔는데, 명석의 매의 눈에 딱 걸린 것이었다.

"감기 걸려. 추위도 잘 타면서."

투박하지만 규리를 생각하는 마음만큼은 가득 담긴 그의 손이 이리저리 움직였다. 예전엔 차마 할 수 없었던 사소한 일들. 그와 함께 출근하고, 엉성한 목도리를 새로 매주며, 서로의 손을 잡고 나란히 걷는 것. 연애를 시작하고 달라진, 새로운 생활이었다.

*

엘리베이터에서 내린 두 사람은 서로의 자리로 갈라졌다. 명석을 본 피디들은 득달같이 달려와 그를 달달 볶기 시작했다.

"왜 이렇게 전화를 안 받으세요? 제가 얼마나 기다렸는데요."

"팀장님, 제 편집본 먼저 봐주세요."

피디들은 애가 타는데, 명석의 행동은 태평하기만 했다. 그는 느긋하게 자리에 가서 코트와 재킷을 벗어 걸어 두고, 노트북을 켰다. 그러자 피디들의 눈이 세모로 변했다. 아주 치명적인 무언가를 발견했다는 듯, 매서운 눈으로 명석의 몸을 스캔하더니 동시에 물었다.

"팀장님, 뭐 좋은 일 있으세요?"

"왜 어제랑 의상이 동일하시죠?"

"그러게, 밤샘도 안 하신 분이 왜 어제랑 옷이 똑같을까."

각기 다른 질문이었지만, 뜻은 통했다. 날카로운 그들의 질문에 명석은 자리에서 일어나 편집실로 발걸음을 옮겼다.

"대답해 보세요. 좋은 일 있으신 거죠?"

김 피디는 꼭 대화의 물꼬를 트고 말겠다는 의지로 가장 무난한 질문을 던졌다.

"그래."

순순히 인정하는 명석의 대답에 피디들이 서로 눈빛을 나눴다.

"혹시 연애하세요?"

"와우. 누구요? 언제부터요?"

"설마 방송국 사람은 아니죠?"

"특히 작가는 더더욱 아니죠?"

이미 방송국 내에서 피디와 작가의 연애는 빈번한 축이었기에 피디들의 질문은 자연스러웠다.

"사귄 지 얼마 안 됐고, 방송국 사람, 특히 작가 맞아."

그의 대답에 피디들의 입에서 감탄사가 끊이지 않았다. 대박이라는 둥, 어쩔이라는 둥, 허얼이라는 둥. 지들이 무슨 10대 청소년도 아니고.

"누군데요?"

"설마 신해연 작가?"

"차 작가님 아니에요?"

나름 유추하며 묻자, 명석이 잘 가던 발걸음을 멈추고 뒤를 돌아보았다. 순간 너무 나갔나 싶은 피디들이 입을 다물자, 명석이 서늘한 눈빛으로 물었다.

"누구 편집본부터 볼까?"

누가 잘 나가는 피디 아니랄까 봐, 말 끊는 것도 아침 드라마 급이다. 결국 피디들은 명석의 여자친구가 누군지 밝혀내지 못한 채, 편집실로 끌려가야만 했다.

＊

김 피디와 함께 편집본을 살펴보던 명석의 눈이 날카롭게 번뜩였고, 그의 손이 스페이스 바를 눌렀다.

"왜요? 편집이 이상해요?"

김 피디가 잔뜩 긴장해서 물었다.

"아니. 이거 언제 찍은 거야?"

"아. 서울 올라오던 날, 선착장에서요."

선착장이면 기자들이 몰려온 그때였다.

"그땐 촬영 따로 안 했잖아?"

"서준 선배 인터뷰 딸 게 있어서 주차장에서 따로 촬영하고 있었어요."

"으음."

"그때 기자들 몰려오고 난리 났었다면서요?"

난리도 아니었다. 지금도 그때를 떠올리면 머리가 아플 지경이었으니까.

"그래도 다행이에요. 일이 그쯤에서 마무리돼서."

레오가 고백의 결과를 밝히겠다고 밝히고 나서 아직 별다른 일은 벌어지지 않고 있었다. 의외로 신 기자도 잠잠했고 말이다.

"전 한바탕 난리 나고 기자들 방송국 앞에 진 치고 있을 줄 알았는데."

김 피디는 다행이라고 말했지만 명석의 생각은 달랐다.

"저거 촬영 원본 어딨어?"

평온한 일상에, 불안함이 그를 급습했다.

＊

편집본을 모두 살펴본 명석은 팀 회의를 소집했다. 방송 편집분과 추가 촬영 등 일정을 조율할 일이 산더미처럼 남아 있었다. 평소와 같이 그는 규리 옆에 앉았다. 하지만 명석도 규리도 서로에게 단 한 번의 눈길도 주지 않은 채, 회의 에만 집중했다.

"박 피디랑 장 피디 편집은 그렇게 수정하고, 차 선배는 자막에 신경 써주세요."

"왜? 재미없을까 봐 걱정돼?"

지연이 자신만만한 표정으로 묻자, 명석이 피식 웃으며 대답했다.

"아뇨. 저번 편에 눈높이를 너무 높여 놓으셔서 국장님 기대가 장난 아니십니다."

"이래서 내가 대충하려고 했는데, 대충이 안 돼요, 대충이."

그녀의 장난스러운 말에 잔뜩 얼어붙어 있던 회의실 분위기가 조금 유연해졌다.

"추가 촬영은 출연자들과도 일정 조율해야 하니까 다음 회의 때 얘기하지. 그때까지 각 담당자들은 출연자들 스케줄 파악해 두고."

"예."

담당 작가들이 대답하자 명석이 노트를 덮었다.

"더 궁금한 거나, 할 말 있는 사람?"

명석이 묻자, 피디 한 명이 손을 들고 물었다.

"그런데 오은설 작가는 왜 안 나와요?"

그의 말에 명석과 지연이 눈을 마주쳤고, 잘못한 것도 없는 규리는 괜히 뜨끔했다.

"그러게. 오 작가 안 나온 지 꽤 되지 않았나?"

은설은 그 사건이 있고 난 뒤 〈오늘 밤만 재워줘〉 팀을 그만뒀다. 자의이기도 했지만, 팀을 책임지는 지연과 명석의 입장에서도 그녀를 계속 팀에 둘 수는 없었다. 어쨌든 그녀는 위험한 거짓말을 했다. 그것도 같은 팀원이 하지 않은 짓을 했다는 아주 무시무시한 거짓말을. 규리 때문은 아니었다. 중요한 건, 누가 누명을 썼느냐가 아니었다. 누가 누명을 씌웠느냐가 중요한 거였지.

"오은설 작가는 개인적인 사정 때문에 그만뒀어요."

지연이 차분하게 설명했다. 그만두겠다고 말한 날, 은설은 인사도 없이 짐을 싸서 방송국을 나갔다. 다시는 안 볼 사람처럼.

"그랬구나. 아쉽네."

"인사도 못 했는데."

스태프들은 더 묻지 않았다. 개인 사정이라는 말은 이토록 좋은 핑곗거리가 되기도 했다. 대강 회의가 마무리되자, 명석이 입을 열었다.

"촬영 후 선착장에서 있던 일은 모두들 입단속하길 바랍니다."

아주 사소한 것일지라도 누가 말하느냐에 따라 말의 무게가 달라진다. 특히 방송을 직접 만드는 스태프가 한 말이라고 하면 사람들은 일단 믿고 본다. 그들이 틀린 정보를 줄 수도 있는데 말이다. 그래서 명석은 조심스러웠다. 그날 이후, 오레오의 첫사랑에 관한 관심은 급증했다. 기자들이 터뜨린 기사도 기사였지만, 레오가 누군가를 구하고 병원 신세를 지고 있다는 소식에 팬들은 오열했고 사람들의 궁금증은 극에 달했다.

"레오 쪽에서 발표하기 전까지 괜한 추측성 발언은 삼가길."

레오의 첫사랑이 누구인지 뻔히 아는 명석이었지만, 그는 레오가 지혜롭게 잘 해결해 줄 것이라고 믿고 있었다. 아직 병원에 입원해 있느라 별다른 입장을 내놓고 있지는 않지만, 조만간 소속사와 정리해서 보도 자료를 뿌릴 것이다. 명석이 바라는 건 하나뿐이었다. 규리의 존재가 밖으로 알려지지 않는 것. 그녀만 지킬 수 있다면 명석은 뭐든 할 작정이었다. 하지만 레오가 그걸 굳이 밝힐 리는 없을 테고, 그럼 크게 염려할 건 없을 거다.

"근데 오 배우 첫사랑은 도대체 누구야?"

그런데 그때, 누군가 불쑥 질문을 던졌다. 그리고 잠시 후, 사람들의 시선이 일제히 규리를 향했다. 회의록을 정리하던 규리는 싸해진 분위기에 고개를 들었고, 명석은 놀랐으며, 지연은 다들 알고 있었구나 하며 고개를 끄덕였다.

"감귤. 너지?"

"예?"

"오 배우랑 동갑이면 몇 명 없잖아?"

"그렇지. 근데 해연 작가랑 다른 스태프들은 아니라고 했고."

규리는 그들이 생각하는 마지막 후보자였기에 질문조차 던진 적이 없었다. 하지만 이제 유일하게 남은 후보자였고, 또 몇몇은 규리와 레오 단둘이 바닷가를 거닐고 있는 걸 목격하기도 했다. 이쯤 되면 질문을 안 할 수가 없었다.

"대답해 봐. 너 맞지?"

순간 규리의 동공이 크게 흔들렸다. 이제야 관계가 잘 정리됐는데, 그래서 명석과 사이가 이렇게도 좋은데. 이런 순간에 괜히 긁어 부스럼을 만들고 싶지 않았다. 게다가 그걸 꼭 밝혀야 할 필요성을 느끼지도 못했다. 레오가 워낙 유명 연예인이기에 궁금증이 클 수는 있지만, 규리는 연예인이 아니었다. 그저 평범한 사람일 뿐.

"왜 대답을 못 해?"

사람들이 규리를 추궁하기 시작했다. 그때, 쾅! 명석의 손이 테이블을 내려쳤다.

"내가 방금 말하지 않았나? 괜한 추측성 발언은 삼가라고."

"에이. 그래도 저희끼리 있는데 뭐 어때요? 안 그래?"

"그래. 뭐 어때."

장 피디의 말에 모두 고개를 끄덕였고, 다시 규리에게 시선이 모였다. 시선 하나하나가 모여 그녀를 주시했고, 입을 모아 어서 대답하라고 재촉했다. 사실대로 말을 해야 하나 말아야 하나 고민하며 아랫입술을 깨물고 있을 때, 명석의 커다란 손이 그녀의 손을 잡았다.

"내 여자친구한테 그만들 했으면 좋겠는데?"

예상치 못한 충격 발언에 스태프들이 수군거렸고, 해연은 부럽다는 듯 규리를 바라보았으며, 지연은 흐뭇하게 미소를 지었다.

"팀장님, 그게 무슨…… 설마 아까 말씀하신 여자친구가!"

아침부터 명석을 보자마자 연애하냐고 물었던 김 피디의 눈이 튀어나올 정도로 커졌다.

"사귄 지 얼마 안 됐고, 방송국 사람, 특히 작가 맞아."

그가 사귄다는 작가가……!

"그래. 감귤이 내 여자친구다."

순간 레오의 첫사랑이냐며 규리를 추궁했던 사람들이 동시에 입을 다물어 버렸다.

"이제 알았으면 괜히 남의 여자친구 앞에서 다른 남자 언급하지 않기를!"

일순 회의실이 조용해졌다. 눈동자를 굴리는 피디, 눈썹을 올렸다 내리는 작가, 입술을 삐죽거리는 사람까지. 겉으로는 정적만 흐르고 있었지만, 팀원들의 머릿속에는 수많은 생각이 시끄럽게 지나치고 있었다. 워낙 같이 일한 지 오래된 놈들이라 그들이 머릿속에 어떤 생각을 떠올리고 있을지, 명석은 녀석들의 눈빛만 봐도 알 것 같았다. 명석과 규리의 연애 사실을 못 믿는 사람이 있는가 하면, 일하면서 불편해지는 건 아닌가 걱정하는 사람도 있었다. 다른 건 몰라도 그건 한번 짚고 넘어가야 했다. 나의 여자친구의 평화로운 직장 생활을 위해.

"우리가 사귄다고 해서 변하는 건 하나도 없다."

그건 규리는 물론 팀원들도 염려하고 있던 부분이었다. 팀장과 막내가 사귀면 괜히 눈치 보고 고생할 사람들은 중간에 낀 사람들이니까. 어쨌든 두 사람의 관계로 인해 팀 분위기가 와해되는 걸 원하는 사람은 아무도 없었다. 그리고 규리는 은설 때문에 마음고생을 하면서 사회생활 하는 데에 사람 관계가 얼마나 중요한지 충분히 깨달았다. 그렇기에 명석과의 관계 때문에 팀원들과 사이가 어색해지는 건 생각하고 싶지도 않았다.

"난 여전히 이 팀의 팀장이고, 감귤은 팀의 막내 작가다. 그러니 평소에 하던 그대로 하도록 해."

규리는 저렇게 말해 주는 명석이 고마울 따름이었다.

"더 할 말 있는 사람?"

명석의 말이 끝나기 무섭게 규리가 자리에서 벌떡 일어났다. 선배들을 향해 고개를 숙였다.

"앞으로 더 열심히 하겠습니다! 잘 부탁드립니다!"

규리는 몸을 반으로 접으며 선배들을 향해 인사했다.

"감귤. 드디어 연애하는구나. 잘해봐."

"그래. 일도 더 열심히 하고! 팀장님 믿고 농땡이 피웠다간 가만 안 둘 줄 알아?"

"너 팀장님 여친이라고 안 봐준다!"

말은 험하게 했어도 그들은 힘내라는 듯 주먹을 쥐며 규리를 응원해 주었다. 눈물이 핑 돌 정도로 고맙고 또 고마웠다. 그동안 은설과 가을에게 당한 것만 생각했지, 이렇게 잘해 주는 사람들이 있다는 건 생각지도 못했다. 규리는 앞으로 더 열심히 하겠다는 의미로 두 주먹을 불끈 쥐고는 자리에 앉았다.

"자, 그럼 회의는 여기서……."

"잠깐."

명석이 회의를 마치려는데, 지연이 손을 들었다.

"나도 할 말 있어."

"네. 말씀하세요."

그녀의 표정이 심상치 않자, 규리는 살짝 겁을 먹었다. 어쨌든 제일 후배인 규리가 연애를 하니 마니 하며 회의 분위기를 어지럽혔으니, 메인 작가인 지연의 눈에 거슬렸을 수도 있다는 생각이 들었다. 꿀꺽. 규리는 마른침을 삼키며 지연의 입술을 주시했다. 서서히 지연의 입이 벌어지며 말이 톡 튀어나왔다.

"나도 연애해."

순간 규리의 눈이 커다래졌고, 주섬주섬 짐을 챙기던 스태프들은 뭔 소린가 싶어 그녀를 바라보았다.

"우리 팀, 박승후랑."

대수롭지 않게 그녀의 말을 듣고 있던 사람들 입이 쩍 벌어졌고, 김 피디는 마시던 커피를 뱉었으며, 조은 작가는 들고 있던 핸드폰을 떨어뜨렸다. 명석과 규리의 연애는 비교도 되지 않는 충격 사건이었다. 메인 작가와 조연출의 열애는 다들 상상도 못 해봤다. 그것도 무려 12살 차이라니!

"어, 언니! 정말이에요? 정말 저 박승후랑 사귀어요?"

"말도 안 돼! 정말 저 띠동갑 핏덩이랑 사귄다고요?"

선영과 조은 작가가 흥분해서 물었다. 핏덩이라니. 쯧. 지연이 후배들을 노려보자, 그녀들이 조용히 입을 다물었다.

"난 다른 말은 안 할게. 그냥 알아서들 해줬으면 좋겠네."

12살 연상연하 커플의 공개 연애로 인해, 뜨거운 감자였던 규리와 명석의 연애는 한순간에 묻혀 버리고 말았다.

*

다행히 선배들은 규리를 평소처럼 대해 주었다.

"감귤. 자막 오타 체크했어?"

"예. 틀린 부분 빨간색으로 표시했습니다."

"규리야. 정보 자막 검수했어?"

"아, 아까 말씀하신 해양청 건은 확인해 보고 연락 주신다고 했습니다."

"감규리. 보도 자료 작성했니?"

"예. 여기 있습니다."

"규리야. 이거 복사 좀!"

"예! 몇 장 해올까요?"

선배들은 정말 평소와 똑같이, 쉴 틈도 없이, 알차게 그녀에게 일을 시켰다.

"와. 물도 한 번 못 마셨네."

일을 대충 정리한 규리는 숨을 돌리며 탕비실로 향했다. 일이 많아 몸은 힘들었지만, 마음만큼은 편했다. 명석과의 관계를 밝혔음에도 전과 다름없이 그녀를 대해 주는 선배들이 고마웠고, 앞으로도 이렇게 지낼 수 있다는 것에 감사했다. 물을 한 잔 마시고 있을 때, 누군가 다가와 그녀의 어깨를 두드렸다.

"감 작가님. 너무 열심히 일하는 거 아닙니까?"

"팀장님!"

"한잔할까?"

그는 손에 들려 있는 커피를 흔들며 말했다. 옥상으로 향한 두 사람은 차가운 바람을 맞으며 뜨거운 커피를 들이켰다.

"안에서 마시자니까. 안 추워?"

명석이 제 옷을 벗어 규리의 어깨에 덮어 주며 물었다.

"오랜만에 공기가 좋아서요. 요즘은 삼한사온이 아니라 삼한사미잖아요."

"삼한사미?"

"삼 일 한파에 사 일 미세먼지요."

그녀의 말에 명석이 쿡 웃었다.

"이렇게 쾌청한 날은 정말 오랜만인 것 같아요. 으음."

규리는 크게 숨을 들이마시며 맑은 공기를 즐겼다. 그녀의 말마따나 하늘은 몹시도 맑았다. 요 며칠 동안 미세먼지가 자욱하게 껴서 숨 쉬는 것도 불편했는데, 지금은 공기가 아주 깨끗했다. 마치 규리의 마음처럼. 하지만 명석에게 하늘 따위가 눈에 들어올 리가 없었다. 그는 추워서 코끝이 빨개진 규리를 한동안 바라보더니, 조심스럽게 그녀를 안았다.

"회사에서 뭐 하는 거예요?"

규리가 두리번거리며 그를 밀어냈지만, 명석은 그녀를 놔주지 않았다.

"나 어쩜 좋지?"

푹 꺼진 목소리에 규리가 놀란 눈으로 그를 올려다보며 물었다.

"왜요? 무슨 일 있어요?"

프로그램에 무슨 큰 문제가 생겼나? 아까 국장님 만나러 간다더니 많이 깨졌나? 그게 아니라면……. 이리저리 눈동자를 굴리며 명석을 걱정하고 있자, 그가 천천히 입을 열었다.

"온종일 너랑 이러고만 있고 싶다."

"무슨 일 있는 줄 알고 놀랐잖아요."

규리가 가슴을 쓸어내리며 눈을 흘겼지만, 명석은 그녀를 더욱 꼬옥 끌어안았다. 그녀와의 하룻밤은 그를 몹시도 참을성 없는 사람으로 만들어 버렸다. 보고 있어도 보고 싶었고, 옆에 있으면 만지고 싶고, 만지고 있으면 그녀를 집어삼키고 싶었다. 꿈틀대는 욕구가 이렇게도 큰지 그동안은 미처 몰랐다.

"오늘 저녁에 뭐 해?"

"별일 없어요. 팀장님은 밤샘해야 하죠?"

어제는 그녀와 함께하느라 일을 제대로 하지 못했다. 그 덕분에 오늘은 꼼짝 없이 야근이다. 그것도 밤샘 야근.

"저녁에 같이 어디 좀 갔다 오자."

"어디요?"

명석이 막, 말을 꺼내려는 순간, 누군가 그들을 방해했다.

"오. 분위기 좋은데?"

좋은 분위기를 깬 건 다름 아닌 지연과 승후였다. 그녀를 발견한 규리는 두 손으로 명석을 밀쳐 냈고, 명석은 못마땅한 눈으로 지연을 바라보았다.

"그냥 좀 모른 척 지나쳐 주면 어디가 덧나나?"

명석의 눈빛이 원망으로 이글거렸지만, 지연은 그의 눈길을 피하며 계속 그들을 놀려 댔다.

"회사에서 막 이래도 되나?"

"뭐가요?"

"스킨십이 너무 찐한 거 아니야? 신성한 방송국에서 막 이렇게 껴안고 있고."

그녀의 놀림에 규리의 얼굴이 빨개졌다.

"선배야말로 회사에서 그래도 되나 모르겠습니다?"

"무슨 소리야?"

"아까 저쪽에서 쪽쪽거리는 소리가 들리던데, 승후랑 뭐 하셨습니까?"

명석의 반격에 이번엔 지연이 얼굴을 붉혔고, 승후는 머리를 긁적였다.

"그걸 왜 들어?"

"들리니까 들었죠! 저도 듣고 싶지 않았거든요!"

"앞으로 이 시간에 옥상 올라오지 마!"

"왜요? 이 시간마다 승후랑 뭐 하시게요?"

"우리가 먼저 찜했거든!"

"저도 이 옥상에 지분이 좀 있거든요!"

팀장과 메인 작가가 유치하게 핏대를 세우며 싸웠고, 팀의 막내들은 난감한 표정으로 그들을 말렸다. 그리고 옥상 저편에서 그들을 지켜보고 있던 팀원들은 고개를 저으며 혀를 내둘렀다.

"다들 일들은 안 하시고, 연애하느라 정신이 없으시네."

"옆구리 시려. 다음부턴 옥상에 올라오지 말자. 눈꼴 시려서. 나 원 참."

"다들 크리스마스 때 뭐 해? 솔로들끼리 술이나 한잔하자."

"그러자. 커플들은 꺼지라고 해!"

솔로들이 아무리 뭐라 해도 사랑이 꽃피는 방송국이었다.

*

"규리야, 나 단추 좀 잠가줘."

샤워를 마치고 나온 레오가 스웨터를 내밀며 말하자, 규리가 스웨터를 건네받았다.

"아직도 팔 많이 불편해?"

"많이 좋아졌어. 섬세하게 움직이는 것만 빼고 다 해."

레오는 자신만만하게 말했지만, 병실 안은 엉망진창이었다. 음료수 캔과 컵은 여기저기 널브러져 있었고, 입다 벗은 양말과 환자복은 소파 위에 나뒹굴고 있었으며, 스웨터를 내미는 레오는 정작 환자복도 제대로 입지 못하고 있었다. 규리는 잘못 잠긴 환자복의 단추를 풀어 다시 잠그며 물었다.

"매니저님은?"

"회사에 볼일이 있어서 갔어."

매니저가 아무리 레오의 전담이라고 해도 24시간 붙어 있는 건 힘든 일이었다. 회사에 볼일도 있을 테고, 퇴근해서 집에도 가야 하고, 본인 사생활도 있을 테니까.

"내내 혼자 있었던 거야?"

"아냐. 방금 나갔어, 방금."

레오는 특유의 해맑은 미소를 지으며 대답했다.

"이럴 거면 내가 옆에 있을 걸 그랬다. 미안해, 나 때문에."

휴게소에서 그런 사고만 없었어도 레오가 병원 신세를 지는 일은 없었을 텐데. 규리가 잔뜩 시무룩한 얼굴로 미안해하자, 레오가 수건을 내밀며 말했다.

"그만 미안해하고, 나 머리 좀 말려줘. 팔이 이래서."

레오가 그녀를 향해 머리를 내밀자, 향긋한 샴푸 향이 풍겨 왔다. 규리는 뽀송뽀송한 수건으로 그의 머리카락의 물기를 닦아 주었다. 좋다. 규리에게 머리를 맡긴 레오의 얼굴에 행복한 미소가 피어올랐다. 레오는 그녀가 병문안 온다는 말에 허둥지둥 샤워를 시작했다. 그는 어제와 오늘 샤워를 하지 못한 상태였다. 팔과 다리에 깁스를 하고 있으니 씻는 게 제일 불편했다. 그렇다고 그의 직업적 특성상 섣불리 간병인을 부를 수도 없었고.

그래서 매니저에게만 도움을 받고 있었는데, 매니저는 볼일이 있어 오늘따라 일찍 회사에 들어갔다. 꾀죄죄한 모습으로 대본을 보고 있을 때, 규리가 온다는 연락을 받은 것이었다. 레오는 낑낑거리며 깁스에 방수 덮개를 씌우고 겨우 샤워를 시작했다. 마음은 급하고, 한 손으로 모든 것을 하려니 제 뜻대로 움직이는 게 없었다. 샴푸 하나 짜는 것도, 겨우 짜낸 샴푸를 머리에 묻히는 것도, 거품을 헹구어 내는 것도. 하나부터 열까지 쉬운 일이 없었다. 마치 과거 규리의 마음을 얻으려고 애를 쓸 때처럼.

"요즘 어떻게 지내?"

"매일 똑같지, 뭐."

"어떤데?"

"피디들은 편집하고, 작가들은 자막 뽑고. 전쟁터가 따로 없어. 이쪽 팔 좀 들어봐."

머리카락을 다 말린 규리는 침대 위에 놓인 스웨터를 들어 그에게 입히기 시작했다. 한쪽 팔을 넣고, 또 다른 팔을 넣었다. 파란색 스웨터는 레오와 아주 잘 어울렸다. 하긴 뭘 입어도 잘 어울리겠지. 패션의 완성은 얼굴이니까. 규리는 고개를 숙여 단추를 잠갔다. 그녀가 고개를 숙이니 침대에 앉아 있는 레오와 눈높이가 비슷해졌다. 그녀의 얼굴은 전과 달리 아주 편안해 보였다. 두 남자의 사랑을 받을 때보다, 한 남자의 사랑을 받을 때가 더 행복하다는 건가? 아니면 이토록 얼굴이 좋아질 만큼 명석이 잘해준다는 건가?

레오의 마음속에 슬며시 질투가 피어올랐다.

"요즘 좋은가 봐?"

"응? 뭐가?"

"감독님이랑."

커튼 사이로 햇살이 들어와 두 사람을 비추었다. 반짝이는 레오의 눈동자 가득히, 그를 바라보고 있는 규리의 얼굴이 담겨 있었다.

"규리야……."

레오가 그녀의 뺨을 향해 손을 뻗는 순간.

"동작 그만!"

굵직한 남자의 목소리가 레오의 손을 주춤거리게 했다. 명석이었다.

"오레오. 임자 있는 여자한테 뭐 하는 짓이지?"

명석과 레오의 날카로운 눈빛이 공중에서 서로 맞닿았다. 참으로 오랜만에 벌이는 둘의 신경전이었다. 규리가 '이걸 또 어떻게 말려야 하나?' 하고 걱정하고 있을 때, 명석이 검은 봉지 안에서 무언가를 꺼내 레오에게 던졌다. 퍽— 동그란 무언가가 공중에서 휘 날더니, 레오의 손에 안착했다.

"오레오. 네가 가질 수 있는 감귤은 그것뿐이야."

자신의 손에 들린 것을 확인한 레오의 미간이 심하게 일그러졌다.

"병문안 오면서 겨우 귤 한 봉지 달랑 사 오신 겁니까?"

레오의 손에는 먹음직한 귤이 놓여 있었다.

"그거 먹고 정신 좀 차리라고 사 왔다. 이것도 감사한 줄 알아."

공격적인 명석의 말에 두 사람의 눈빛은 더욱 살벌해졌고, 그들을 바라보는 규리는 조마조마해졌다. 명석이 레오의 병문안을 가자고 하기에 이젠 둘 사이가 괜찮아졌나 하고 안심했던 규리였다. 그런데 만나자마자 저렇게 스파크가 튀다니.

"두 분은 언제까지 으르렁거릴 거예요…… 어라?"

규리가 두 사람을 향해 잔소리를 막 퍼부으려는 그때.

"잘 지내셨어요?"

레오가 명석을 향해 두 팔을 벌렸고, 명석은 그에게 다가와 어깨를 두드렸다.

"그럼, 잘 지냈지. 몸은 좀 어때?"

"많이 좋아졌어요, 형."

조금 전까지 서로 못 잡아먹어서 안달 난 사람들처럼 으르렁대던 두 사람이 저렇게 웃으며 반가워하다니. 게다가 형? 감독님이 아니라 형이라고?

"두 분! 사이가 언제부터 이렇게 좋아진 거예요?"

너무 놀란 규리가 묻자, 두 남자가 빙긋이 웃으며 대답했다.

"예전부터 우리가 친하긴 했지."

"둘이 동시에 너 좋아하게 되면서 조금 멀어지긴 했지만."

조금 멀어지긴! 촬영장에서 치고받고 싸우는 바람에 스태프들이 얼마나 발을 동동 굴렀는데!

"깁스 너무 오래 하는 거 아냐? 불편하지 않아?"

"와서 간호 좀 해주세요."

"나 엄청 바쁘거든?"

"형 여자친구 구해주다가 다친 거잖아요. 나 같으면 미안해서라도 해주겠다."

"오냐. 내가 아주 격정적으로 간호해 주마."

두 남자가 장난을 치며 호탕하게 웃음을 터뜨렸다. 이 상황이 어색한 건 규리뿐이었다. 그들이 형, 동생 하는 사이라는 것만으로도 놀랄 지경인데, 레오가 방금 자신을 '형 여자친구'라고 표현했다. 그 말은 즉 레오가 완전히 자신을 포기했다는 뜻이었다. 그제야 그들을 바라보는 규리의 마음이 편안해졌다. 사실 레오가 자신을 향한 마음을 접었다고는 하나, 규리의 마음 한구석에는 찝찝함이 남아 있었다. 예전처럼 셋이 잘 지내는 건 욕심이라고 해도 레오와 명석의 사이가 좀 나아졌으면 하는 바람은 있었다. 그런데 레오가 저렇게 훌훌 털어낸 모습을 보니, 몇 개월간 계속됐던 삼각관계가 드디어 잘 마무리된 것 같았다. 규리는 두 남자를 바라보며 홀가분하게 미소를 지었다.

*

병원에서 나온 명석은 기다렸다는 듯 규리의 손을 꼭 붙잡았다. 그들의 손은 자연스럽게 명석의 주머니 속으로 들어갔고, 맞잡은 두 손은 꼼지락거리며 서로의 온기를 느꼈다.

"아까 저 없을 때 무슨 얘기 나눴어요?"

명석은 레오와 할 말이 있다며 규리에게 잠시 자리를 피해달라고 말했다. 사이좋은 두 남자를 보고 기분 좋아진 규리는 흔쾌히 자리를 피해 주었다.

"비밀."

"치. 이젠 둘이 저 따돌리는 거예요?"

규리는 삐친 척 툴툴거렸지만, 사실 둘이 사이좋게 지내는 게 좋았다.

"감귤."

명석이 걸음을 멈추고 규리를 바라보며 말했다.

"나 며칠간 바쁠 거야."

방송이 며칠 안 남았으니 바쁠 수밖에 없다.

"집에 못 들어가는 날도 많을 거고."

규리야 출퇴근을 하겠지만, 그는 숙직실 신세를 져야 하는 모양이다.

"문단속 잘하고 자."

"걱정하지 마세요."

"대신 크리스마스 때 재미있게 놀자."

행복은 멀리 있는 게 아니었다. 남자친구의 데이트 신청이, 회사 사람들과의 좋은 관계가, 그리고 다시금 만난 오랜 친구가 그녀에게 작은 행복을 선사했다. 규리는 이렇게 행복해도 되나 싶은 생각이 들었다. 그리고 잠시 후 결론을 내렸다. 이렇게 행복해도 돼. 더 행복해도 돼! 빙긋이 웃으며 명석을 올려다보고 있을 때, 차가운 것이 그녀의 코끝에 떨어졌다.

"와! 눈이에요!"

"그러네? 첫눈인가?"

"서방. 그거 알아요?"

"뭐?"

"첫눈 올 때 애인이랑 같이 있으면 그 사랑이 영원하대요."

그리고 와락. 규리는 명석의 옷깃을 잡고 그를 잡아당겨 그대로 입을 맞췄다. 이 사랑이 영원하길 바라며!

15. 함정

밤이 되니 조금씩 내리던 눈이 함박눈으로 변했고, 카페 밖은 온통 새하얀 눈으로 뒤덮였다. 딸랑거리는 소리와 함께 문이 열리더니 검은색 롱코트를 입은 남자가 카페 안으로 들어왔다. 남자는 어깨 위에 쌓여 있는 눈을 털어 내고 카페를 둘러보았다. 꽤 늦은 시각이라 그런지 사람은 별로 없었다. 남자는 코트를 벗고 구석진 자리에 가서 앉았다. 시곗바늘은 9시 30분을 가리켰다. 약속 시각까지는 아직 시간이 좀 남아 있었다. 그는 태블릿을 꺼내 폴더 하나를 열었다. 그러자 수천 장의 사진이 좌르르 떠올랐고, 남자는 사진을 보며 아주 흡족한 미소를 지었다.

그때, 전화벨이 울렸다. 남자는 핸드폰 액정에 뜨는 발신인의 이름을 보더니 쯧, 하고 혀를 찼다. 받을까 말까. 잠시 고민하던 그의 손가락이 초록색 버튼을 눌렀다.

"예. 신동우입니다."

[저예요, 오은설 작가.]

쉿소리 가득한 은설의 목소리를 들은 신 기자는 얼굴을 찌푸리며 귀에서 핸드폰을 멀리 떨어뜨렸다. 선착장에서 그와 접촉한 후, 은설은 신 기자에게 집착에 가까울 정도로 연락을 해댔다. 결정적인 사진은 찍었느냐, 언제쯤 기사를 낼 생각이냐, 왜 아직도 기사를 안 내냐! 신 기자는 쉴 틈도 없이 전화해 대는 그녀에게 지쳐 있는 상태였다.

[내가 제보한 지가 언젠데 왜 아직도 감감무소식인 거죠? 난 그 제보 때문에 회사에서 쫓겨나기까지 했다고요!]

은설이 회사에서 쫓겨난 이유를 자신의 탓으로 돌리자, 그는 실소를 터뜨렸다. 그간 집착에 가까운 그녀의 행동을 통해 신 기자는 그녀가 왜 회사에서 쫓겨났을지 대충 짐작할 수 있었다. 그런데 그 핑계를 자신에게 돌리다니.

신 기자는 시계를 힐끔 보고 은설에게 대꾸했다. 약속 시간이 가까워지고 있으니 슬슬 통화를 정리해야 할 것 같았다.

"이봐요, 오은설 작가님. 제가 말했죠?"

[……?]

"일에는 순서와 때가 있는 거라고."

모든 준비는 끝났고, 그는 기다리고 있는 중이었다. 언제 터뜨려야 가장 효과적일까. 또 어떻게 터뜨려야 자신에게 이득이 있을까를 저울질하며.

[그러니까 그게 언제냐고요!]

누가 봐도 그녀는 안달이 나 있었다. 옆구리만 쿡 찔러도 그가 원하는 모든 걸 들어줄 만큼.

"기다려요. 곧 때가 올 테니."

[그년이 당하는 꼴을 언제 볼 수 있느냐고! 도대체 언제까지 기다리게만 할 거냐고!]

핸드폰을 통해 그녀의 고함이 들려왔다. 그녀와 더 말씨름하고 싶지 않았지만, 여기서 그냥 끊으면 밤새도록 전화를 해댈 게 뻔했다. 신 기자는 카페 안으로 들어오는 남자에게 시선을 옮기며 통화를 정리했다.

"그렇게 원하면 내가 부를 때 한 번 나와주든가."

신 기자는 그 말을 끝으로 핸드폰 전원 버튼을 눌러 버렸다. 때마침 카페 안으로 들어왔던 남자가 신 기자에게 다가와 손을 내밀었다.

"오랜만입니다. 기자님."

"그간 안녕하셨습니까. 보좌관님."

신 기자는 남자의 손을 잡으며 허리를 굽혀 인사했다. 손을 맞잡은 두 사람 사이에 묘한 긴장감이 흘렀다.

"앉으시죠."

신 기자가 의자를 가리켰고, 잠시 후 주문한 차가 나왔다. 그의 앞에 앉아 있는 남자는 현재 집권당의 대표인 김 의원의 보좌관이자, 신 기자의 저울질을 끝내줄 사람이었다.

"의원님께서는 요즘 선거 준비로 바쁘시죠?"

"매일 똑같으십니다. 선거철이든 평소든. 언제나 국민을 위해 애쓰고 계시니까요."

신 기자는 가볍게 김 의원의 안부를 물으며 대화의 물꼬를 텄지만, 보좌관은 속내를 좀처럼 드러내지 않았다.

"예예. 의원님이시라면 그러실 것 같습니다."

들어도 그만 안 들어도 그만인 뻔한 안부였지만, 신 기자는 고개를 끄덕이며 그의 말에 맞장구를 쳐주었다.

"그런데 어쩐 일로 저를……?"

신 기자가 말끝을 흐리며 보좌관을 재촉하자, 그가 드디어 입을 열었다.

"하아. 그게 참 민망한 소문이 돌고 있어서 말이죠."

보좌관이 멋쩍은 표정을 짓자, 신 기자는 슬며시 한쪽 입꼬리를 올렸다. 그는 보좌관이 말하고 있는 '민망한 소문'이 뭔지 잘 알고 있었다. 아직 언론을 통해 완전히 공개되진 않았지만, 밖으로 새어 나가는 건 시간문제다. 그리고 선거를 코앞에 두고 정신없이 바쁠 지금, 굳이 자신을 만나러 온 결정적인 이유였을 테고. 신 기자는 그가 먼저 입을 열기 전까지 아는 척을 하지 않기로 했다. 대신 처음 듣는 말이라는 듯 눈을 동그랗게 뜨고 그를 쳐다볼 뿐.

"그게 사실 요즘 증권가 찌라시에 말도 안 되는 소문이 돌고 있습니다."

"무슨 소문이……?"

"그러니까……."

보좌관은 주위를 둘러보더니 소리를 낮춰 말했다.

"의원님께 사생아가 있다는 소문입니다."

"예? 아니, 무슨 그런 소문이……!"

그가 놀란 척 연기를 하니 보좌관이 돌고 있는 소문에 대해 자세히 털어놓았다.

"그러게 말입니다. 미국에 숨겨 놓은 장성한 아들이 있다는 둥, 그 아이뿐만 아니라 몇 명이 더 있다는 둥. 차마 입에 담지 못할 소문이 돌고 있어 의원님께서 아주 난감해하십니다."

'김 의원은 예전부터 아이들의 존재를 알고 있었지만, 아이들 엄마에게 위자료는커녕 양육비조차 지급하지 않았다.' 신 기자가 알고 있는 사실은 여기까지였다. 하지만 그는 아는 척하지 않고 보좌관의 말에 추임새를 넣었다.

"저런, 저런. 어떻게 그런 말도 안 되는 소문이!"

"그렇죠. 정말 안타까운 일입니다."

"저도 기자지만 요즘 터무니없는 정보가 너무 많이 돌고 있어요."

"의원님께서 고민이 많으십니다."

"그러시겠군요."

신 기자는 고개를 끄덕이며 차를 마셨다. 한동안 그가 아무 말도 없이 차만 마시자, 안달이 난 보좌관이 먼저 입을 열었다.

"신 기자님은 요즘 어떠신가요?"

"저야 늘 똑같죠. 언제나 특종을 찾아 헤매고 있죠."

그러자 보좌관의 입에 미소가 그려졌다.

"특종은 찾으셨나요? 국민이 별로 궁금해하지 않는 우리 의원님 기사 같은 거 말고, 많이들 궁금해하는 연예인 기사 말이죠."

김 의원의 스캔들을 덮을 만큼 자극적인 기사가 있냐는 질문이었다. 그러자 신 기자는 조심스럽게 태블릿을 꺼내어 그의 앞에 내밀었다.

"음. 어떨지 모르겠는데, 의원님께 도움이 좀 되셨으면 좋겠습니다."

신 기자가 써놓은 기사를 훑어본 보좌관의 눈이 커졌다. 그리고 그는 곧 만족스럽다는 듯 말했다.

"곧 그린벨트가 풀릴 땅이 있는데, 명의 변경을 해야겠습니다."

*

어느덧 크리스마스이브가 되었다. 〈오늘 밤만 재워줘〉 제작진은 나머지 촬영과 편집을 모두 마쳤고, 얼마간의 시간 동안 재정비를 마친 뒤, 시즌 2를 준비하기로 했다. 레오를 대신할 출연자를 섭외해야 하고, 새로운 내용과 새로운 촬영 장소를 섭외해야 하는 등 앞으로 할 일이 잔뜩 쌓여 있었지만 규리는 기분이 좋았다. 다음 시즌에는 '막내' 작가가 아닌, 정식 작가로 입봉을 하기 때문이었다. 입봉하는 것까지는 좋은데…… 요즘 규리의 고민은 따로 있었다.

"오늘도 늦어요?"

명석이 오늘도 또 늦는단다. 오늘은 다들 일을 일찍 마치고 연말까지 휴가를 받았다. 어떤 선배는 여자친구와 해외여행을 가고, 어떤 선배는 남자친구와 호캉스를 즐긴다고도 했다. 그런데 명석은 아직 퇴근도 하지 못한 채 일에 시달리고 있었다. 아니 사실 그는 몇 주째 집에 거의 들어오지도 않았다. 방송국에 가야지만 그의 얼굴을 겨우 볼 수 있었는데 그나마도 아주 잠깐뿐이었다. 그는 대화할 시간도 없이 바쁘게 움직였고, 몰골은 피곤에 절어 말이 아니었다.

규리는 밥 한 끼라도 단둘이 하고 싶었지만, 명석은 식사조차 거르고 일에 매달렸다. 해외여행과 호캉스까지는 바라지도 않았다. 그저 크리스마스만큼은 그와 함께 보내고 싶었을 뿐. 그런데 오늘도 늦는다는 연락이 온 것이었다.

"남자는 잡은 물고기에게 먹이를 주지 않는 법이거든."

"팀장님은 그런 사람 아니거든?"

그렇게 호언장담했는데, 왜 하필 지금 강희의 말이 떠오르는지. 망할 기집애. 카트를 밀던 규리의 손에 힘이 쭉 빠져 버렸다.

"누가 보면 방송국 일 혼자 다 하는 줄 알겠어요. 종편도 다 끝났는데, 뭐가 그렇게 바빠요?"

[원래 방송은 정산이 끝나야 완전히 다 끝나는 거야.]

"치. 정산은 박 군이 다 하던데. 그래서 얼마나 늦어요? 8시? 9시? 설마 10시 넘어서 끝나요?"

규리가 카트에 스테이크용 소고기를 넣으며 물었지만, 대답이 없다.

[어. 배 피디!]

핸드폰 저편에서 명석이 누군가와 인사하는 소리가 들려왔다.

'배 피디님은 시사 팀 피디님 아닌가?'

정산 때문에 바쁘다면서 상관도 없는 사람이랑 무슨 대화를 그렇게 길게 나누는지. 한참이나 핸드폰에 귀를 대고 있었지만, 명석은 배 피디와 대화를 나눌 뿐이었다. 아마도 자신은 그에게 잊힌 것 같았다. 크리스마스이브라서 그런지 마트 안은 장 보는 사람으로 미어터졌다. 서로 팔짱을 낀 연인들은 하하 호호 웃으며 시식을 하고 물건을 골랐다. 그들을 보고 있으니 규리의 기분이 더 처지고 쓸쓸해졌다.

"여보세요?"

[······.]

"팀장님!"

[감귤. 미안. 내가 바빠서 그런데 나중에 통화하자.]

그리고 핸드폰을 끊어 버리는 게 아닌가!

"허어!"

이럴 거면 크리스마스에 뭐 하고 싶은지 왜 묻냐고! 이번엔 〈나 홀로 집에〉와 안녕할 수 있다며 그렇게 좋아했는데. 올해도 그녀의 크리스마스 친구는 맥컬린 컬킨인가 보다.

"하아."

길게 한숨을 내쉰 규리는 카트 안에 넣어둔 소고기를 집어 다시 제자리에 놓았다.

"혼자 무슨 스테이크냐. 밥이나 비벼 먹자."

축 처진 어깨로 몇 발자국 걸은 규리가 걸음을 멈췄다. 그리고 뒤돌아 와 다시 정육 코너 앞에 섰다.

"치. 나 혼자 먹을 거다!"

혼자서 맛있는 거 다 해 먹어야지. 스테이크에 킹크랩도 해 먹을 거야. 계명석은 하나도 안 주고 나만 다 먹어 버릴 거야! 규리는 해산물 코너로 힘차게 걸음을 옮겼다.

*

소고기에 킹크랩. 와인에 치즈까지. 집으로 향하는 규리의 두 손은 무척이나 무거웠다.

"흥. 크리스마스는 원래 혼자 보내는 거야. 원래 그런 거야."

그렇게 중얼거리며 자신을 위로했지만, 골목마다 흐르는 캐럴에 반짝이는 크리스마스트리의 꼬마전구는 그녀의 마음을 휑하게 만들었다.

"됐거든? 나도 크리스마스 때 누가 옆에 있는 거 불편하거든?"

애써 스스로를 위로하며 집으로 향하는데, 빌라 앞에 웬 사람들이 모여 있는 게 아닌가?

"뭐야. 우리 빌라 앞에 왜들 모여 있지?"

그때, 규리의 머릿속에 빈혈 때문에 쓰러졌던 강희의 모습이 스쳐 지나갔다.

"설마?"

규리는 빠르게 달려 사람들 사이를 헤집어 안으로 들어가며 외쳤다.

"무슨 일이에요?"

그런데 아무리 주위를 둘러봐도 강희는 물론 규현이도 없었고, 구급차 또한 보이지 않았다. 다행히 강희가 쓰러지거나 아픈 건 아닌 모양이었다. 안도의 한숨을 내쉬며 안으로 들어가려는 찰나, 누군가 그녀를 향해 물었다.

"혹시 감규리 씨?"

"예. 그런데 누구세요?"

그녀의 말이 끝나기도 전에 눈앞에 무언가가 번쩍 터졌다. 그리고 들리는 셔터 누르는 소리.

"……!"

규리는 그제야 그 사람들이 누군지 알아챌 수 있었다.

"오레오 씨 첫사랑 맞으시죠?"

"언제부터 본인이 오레오 씨의 첫사랑이라는 걸 아셨습니까?"

"두 분 교제하고 있다는 게 사실입니까?"

"교제한 지는 얼마나 되셨습니까?"

결국엔 알려진 건가……? 자신이 레오의 첫사랑이라는 사실은 언젠가 어떻게든 알려질 거라고 예상하기는 했다. 하지만 이렇게 갑작스럽게 알려질 거라고는 생각하지 못했다.

"한 말씀 해주시죠."

"레오 씨의 고백에 어떻게 답하신 겁니까?"

머리가 아찔하고, 등골이 서늘해졌다. 사지가 벌벌 떨렸다. 자신을 둘러싼 수십 명의 사람을 향해, 녹음기를 들이대는 저들을 향해 무슨 말을 해야 할지 알 수 없었다. 괜한 말 한마디에 레오나 제작 팀에게 해를 끼칠 수도 있다는 생각이 들자, 섣불리 입을 열 수 없었다. 규리는 도망치듯 몸을 돌렸다. 그때 문득 이런 생각이 들었다.

'근데 이대로 집에 간다고 해결이 될까?'

저들 중 몇몇은 선착장까지 찾아온 기자였다. 그런데 또 온 걸 보면 원하는 걸 얻을 때까지 그녀를 괴롭힐 것 같았다.

'그래. 언제까지 피하기만 할 순 없어!'

지금 이 자리만 피한다고 한들 저들이 멈출 리는 없었다. 규리는 두 주먹을 불끈 쥐고 그들을 향해 몸을 돌렸다. 그러자 여기저기서 플래시가 터졌다. 규리는 눈도 끔쩍하지 않고 그들을 향해 외쳤다.

"아시다시피 저는 연예인이 아닙니다."

질문과 상관없는 대답에 기자들이 의아하다는 눈으로 그녀를 쳐다봤다.

"많은 분이 오레오 배우님에 대한 사생활을 궁금해하시는 건 이해합니다. 하지만 비연예인인 저희 집 앞에 이렇게 불쑥 찾아와 인터뷰를 요구하는 건, 매우 불쾌합니다."

다행히 말을 이어나갈수록 떨림이 잦아들었다. 규리는 기자들을 향해 딱 부러지게 말했다.

"저희 집을 어떻게 알고 오셨는지 모르겠지만, 제 개인 정보를 기자님들끼리 공유하고 여기까지 오셨겠죠?"

사실이었다. 누군가 기자들에게 그녀의 집 주소를 흘렸고, 그들은 앞뒤 가리지 않고 달려와 뻗치기를 시도한 것이었다.

"제 사생활을 침해할 경우 침묵하지 않겠습니다."

단호한 그녀의 말에 기자들이 웅성거렸다. 사진을 찍고는 있었지만, 일반인 사진을 함부로 찍어 공개하는 건 엄연한 불법이었다. 기자들이 어물쩍거리고 있을 때, 날카로운 목소리가 규리의 귀를 찢을 듯 날아왔다.

"오레오 배우와 계명석 피디, 두 사람을 동시에 사귀고 있다는 건 사실입니까?"

순간 규리의 눈이 움찔거렸고, 카메라 기자들은 그것을 놓치지 않고 셔터를 눌렀다.

"대답해 주시죠! 두 사람을 동시에 사귀고 있다는 게 정말입니까?"

질문이 반복되었다. 규리는 목소리를 향해 고개를 돌렸다.

'신동우 기자! 너였구나!'

규리와 신 기자의 눈빛이 공중에서 부딪혔다. 날카로운 그의 눈과 마주치자 온몸에 소름이 돋는 것 같았다.

'얼마나 알고 있는 거지?'

멈추었던 떨림이 다시 시작됐다.

"오레오와 계명석 스캔들이 터졌던 장소가 바로 이 집 옥상이었던 것 아십니까?"

신 기자가 비열한 웃음을 지으며 계속 말을 이었다.

"그런데 조사해 보니 이 집의 계약자는 감규리 씨더군요."

그의 말에 규리의 눈동자가 잘게 떨렸다.

"그리고 이 집에 두 남자가 동시에 드나들었고, 셋이 동거를 했다……."

순간 눈앞이 핑 돌았다. 아찔했던 규리는 겨우 벽을 짚으며 중심을 잡았고, 그 모습을 지켜본 신 기자는 미소를 지었다.

"……두 남자에게 양다리를 걸친 채, 셋이 동거한 게 사실입니까?"

신 기자의 말이 끝나자 기자들의 질문이 쏟아졌다. 사생활 침해에 대한 그녀의 경고는 완전히 묵살되었다. 그들에게는 특종만 필요했고, 개인의 사생활 따위는 관심 없었다. 기자들은 하이에나처럼 달려들었다. 일그러지는 규리의 표정 하나라도 더 담겠다며 그들은 점점 그녀에게 다가왔고, 규리의 몸은 점점 밀려 버렸다. 발이 밟혔고, 몸의 중심을 잡을 수 없었으며, 날카로운 것이 얼굴을 스쳤다. 뺨 위를 타고 내려가는 것이 피인지 눈물인지 알 수가 없었다.

기자들의 질문이 제대로 들리지 않았고, 머리는 어지러울 정도로 멍했다. 사람들에게 밀려 규리의 몸이 휘청거리고 있을 때, 누군가가 그녀의 어깨를 잡아 끌었다. 그리고 툭. 청량한 향기가 풍기는 남자 코트가 그녀의 머리 위로 떨어졌고, 기대고 싶게 만드는 묵직한 음성이 그녀의 귓가에 닿았다.

"미안. 내가 너무 늦었지?"

*

HBS 방송국 3층. 명석은 통화로나마 규리의 목소리를 듣자, 며칠 동안 쌓였던 피로가 싹 사라지는 것을 느꼈다. 재잘대는 그녀의 수다가, 아무것도 아닌 사소한 이야기가, 언제 들어오냐는 자질구레한 질문들이 그에게 깊은 행복을 안겨다 주었다.

[누가 보면 방송국 일 혼자 다 하는 줄 알겠어요. 종편도 다 끝났는데, 뭐가 그렇게 바빠요?]

왜 이렇게 바쁘냐고 채근하는 그녀의 질문은 보고 싶다는 말을 에둘러 하는 거겠지. 명석은 말의 속뜻을 유추하며 피식 웃었다. 보고 싶다, 감귤. 하지만 오가는 사람들의 눈치를 보며 튀어나온 말은.

"원래 방송은 정산이 끝나야 완전히 다 끝나는 거야."

너무도 무뚝뚝한 대답이었다. 그러자 규리의 입에서 김빠진 목소리가 들려왔다.

[치. 정산은 박 군이 다 하던데. 그래서 얼마나 늦어요?]

명석이 손목시계를 보며 언제쯤 갈 수 있을까 헤아리고 있을 때, 누군가 시사교양국 복도를 급히 뛰는 소리가 들려왔다. 시계를 보던 명석은 고개를 들었다. 배 피디였다. 그는 뭐가 그렇게 급한지 땀까지 뻘뻘 흘리며 숨도 제대로 쉬지 못하고 있었다.

"얘기할 시간 있어?"

"어. 배 피디."

심각한 그의 표정을 보자, 명석의 심장이 쿵쾅거렸다. 말하지 않아도 그가 무슨 말을 할지 대충 추측할 수 있었다. 아직은 때가 아닌데. 조금 더 시간이 필요한데. 하지만 그의 바람과 달리 배 피디의 입에서 나오지 않았으면 하는 말이 튀어나왔다.

"기사 떴어."

"제기랄."

명석이 손을 내밀자, 배 피디가 들고 있던 핸드폰을 그에게 내밀었다.

"그런데 우리가 예상한 기사가 아니야."

그들이 예상했던 기사의 타이틀은 '오레오의 첫사랑 드디어 밝혀지다! 〈오늘 밤만 재워줘〉의 막내 작가!'였다. 그런데!

"감귤. 미안. 내가 바빠서 그런데 나중에 통화하자."

핸드폰 속 기사 타이틀을 확인한 명석은 규리와 전화를 끊었다.

–오레오의 첫사랑은 계명석의 그녀? 두 남자 사이에 양다리를 걸친 일반인!

기사 타이틀을 본 명석의 미간에 주름이 잡혔다.

'양다리라니?'

규리가 두 사람 사이에서 고민하긴 했어도, 두 사람과 동시에 사귄 적은 없었다. 그리고 이 모든 일을 자초한 건 레오와 명석, 두 남자였고. 그런데 왜 이런 기사가? 어떻게 이런 세세한 내용이 밖으로 새어 나갈 수 있었던 걸까?

명석은 정신을 차리고 기사에 집중했다. 기사는 규리가 깁스를 차고 있는 레오를 부축하는 모습과 그에게 라면을 먹여 주는 모습이 찍힌 사진으로 시작되었다. 그리고 그 밑에는 소설에 가까운 사진 설명이 쓰여 있었다.

–레오가 자신의 몸을 날려 구해준 사람은 다름 아닌, 첫사랑 그녀! 레오는 시속 170km로 달려오는 차 앞에 뛰어들어 그녀를 구했다! 이 사고로 레오는 전치 10주에 달하는 부상을 입었다. 한마디로 그녀는 레오에게 목숨을 빚진 상황!

사고 차량이 시속 170km로 달렸다는 것도 전치 10주라는 것도 모두 오보였다. 병원에 확인만 해도 틀린 정보라는 것이 쉽게 들통나겠지만, 사람들은 그런 건 신경 쓰지 않을 것이다. 그저 더 자극적인 것을 원할 뿐.

–그런 레오를 지극정성으로 간호한 것은 바로 첫사랑! 두 사람의 눈에서 꿀이 뚝뚝 떨어지는데. 하지만 그것도 잠시…….

소설로 흐르던 기사는 막장 드라마를 향해 달리기 시작했다. 레오의 사진 뒤로 바로 명석과 규리의 사진이 붙었다. 어둑한 밤, 병원 앞에서 명석과 규리가 손을 잡고 정답게 걷고 있는 모습이었다.

－레오의 간호를 끝낸 그녀는 병원에서 나와 한 남자를 만났다. 그는 다름 아닌 HBS 〈오늘 밤만 재워줘〉의 스타 피디, 계명석! 그를 본 그녀는 밝게 웃었고, 두 사람은 곧 손을 맞잡았다. 추운 날씨에 그녀가 염려됐는지, 계명석 피디는 꼭 잡은 그녀의 손을 자신의 주머니에 넣었다.

악마의 편집이었다. 레오가 병원에 입원한 건 모든 상황이 완전히 정리된 이후였다. 규리가 레오에게 이별을 고하고, 레오와 명석의 관계도 깔끔하게 정리된 후! 게다가 자신이 입고 있는 옷을 보니, 이 사진은 얼마 전에 둘이 같이 레오의 문병 간 날 찍힌 사진이었다. 그런데 레오와 명석을 동시에 만나고 있다는 뉘앙스에 같은 날의 일처럼 꾸미니, 기사만 본 사람들은 규리가 두 남자를 동시에 사귀고 있다고 믿을 수밖에 없었다.

－국민 남자친구 오레오와 스타 피디 계명석을 동시에 만나고 있는 일반인 그녀는 누구?

거기에 기사는 마치 네티즌들에게 그녀를 찾아보라는 듯한 문장으로 마무리를 하고 있었다.

"신동우, 이 개자식!"

신 기자는 이미 수많은 기사를 써왔고, 네티즌들이 어떻게 반응할지 알고 있는 놈이었다. 약간의 힌트만 있으면 이름, 나이, 사진은 말할 것도 없고 연락처까지 오픈되는 것이 이 바닥이었다. 대중의 심리를 잘 알고 있는 신 기자는 교묘하게 기사를 내보내 그들을 움직이고 있었다.

"댓글이 벌써 장난 아니야. 직접 보면 상처받을 텐데……."

악플을 확인한 배 피디의 표정이 심하게 일그러졌다. 어떤 악플이 달렸을지 안 봐도 뻔했다. 잘 모르면서, 자기 일 아니라고 날카로운 칼을 들고 남의 가슴에 난도질해 놨겠지. 명석은 바로 규리에게 전화를 걸었다. 머릿속엔 한 가지 생각뿐이었다.

'보면 안 돼. 기사든 댓글이든 절대 봐서는 안 돼!'

하지만 뭘 하고 있는지, 규리는 전화를 받지 않았다.

"나 잠깐 갔다 올게."

"그래. 다녀와."

"늦을지도…… 아니, 못 올지도 몰라."

명석은 그 길로 곧장 집으로 향했다. 방송국에서 집까지. 고작해야 20분이면 갈 수 있는 거리였다. 하지만 크리스마스이브라면 말이 달라진다. 길은 속절없이 막혔고, 가는 내내 전화를 걸었지만 규리는 받지 않았다.

[오늘도 늦어요?]

아쉬움 가득한 목소리로 물었던 마지막 통화가 그의 가슴을 죄어오는 듯했다. 벌써 사방에 어둠이 자욱하게 깔렸다. 명석의 마음은 어둠처럼 새까맣게 타들어 가고 있었다.

＊

집 앞은 이미 아수라장이었다. 황급히 차에서 내린 명석은 규리부터 찾았다. 까마귀 떼처럼 새까맣게 몰린 기자들에게 에워싸인 규리는 작고 여린 아기 새 같았다. 그녀는 원치도 않는 사진이 찍히고 있는 건 물론, 수십 명의 사람들에게 밀리며 밟히고 있었다. 그것만으로도 눈에서 불이 날 지경인데, 규리의 얼굴에서 피가 흐르고 있는 게 아닌가!

당장에라도 왈칵 눈물을 흘릴 것만 같은 그녀의 표정을 보자, 명석의 발걸음이 점점 더 빨라졌다. 그는 입고 있던 코트를 벗었다. 그리고 있는 힘껏 기자들 사이를 비집고 들어갔다. 철벽처럼 버티고 있는 기자들을 겨우 헤집고 들어간 명석이 가장 먼저 한 일은 휘청거리는 규리의 몸을 붙잡는 것이었다. 그리고 툭, 벗어서 들고 있던 코트로 규리의 얼굴을 가렸다. 명석은 규리의 어깨를 감싸며 사과했다.

"미안. 내가 너무 늦었지?"

그의 목소리가 귓가에 닿자, 규리가 고개를 들었다. 커다란 코트 사이로 빼꼼히 내민 그녀의 얼굴을 보자 가슴이 저렸다.

"괜찮아?"

"네에…… 괜찮아요."

규리는 울먹이는 눈으로 괜찮다고 말했지만, 그의 옷자락을 잡은 손은 잘게 떨리고 있었다. 하긴, 웬만한 강심장이라 해도 사람들이 이렇게 떼로 몰려와 몰아붙이면 놀랄 수밖에 없을 거다. 그런데 벌써 몇 번째 기자들한테 몰리는 것이니 더욱 당황했을 테지.

"계명석 피디다!"

그때 그의 얼굴을 확인한 기자 한 명이 외쳤다. 그러자 카메라 기자들이 여기저기서 플래시를 터뜨리며 셔터를 눌러 댔다.

"오레오 씨와 셋이 삼각관계라는데, 인정하십니까?"

"세 분의 관계가 정확히 어떻게 되는지 설명해 주십시오!"

"오레오 씨와 감규리 씨의 관계에 대해 알고 있었습니까?"

"이 집에서 살고 있다는데, 그래서 지금 여기에 오신 겁니까?"

기자들은 굶주린 맹수처럼 달려들었다. 하지만 명석은 침착했다. 그들의 질문에 눈도 깜빡하지 않았다. 그리고 마치 규리에게도 그러라는 듯, 그녀를 붙잡고 있는 손에 힘을 주었다. 그의 손길을 느낀 규리는 그를 올려다봤다. 그가 와 준 것만으로도 충분히 위안이 되는데, 힘내라고 무너지지 말라고 응원까지 해 주니 더욱 힘이 나는 것 같았다.

'그래! 내가 뭘 잘못했다고 바보처럼 울먹여?'

하늘을 우러러 잘못한 건 없었다. 다만 사람들이 떼로 몰려와 몰아붙이니

겁이 나고 무서웠을 뿐. 하지만 명석이 있으니 이제 더 이상 무섭지 않았다. 든든했다. 규리의 몸에 다시금 힘이 들어갔고, 휘청거리던 두 다리는 꼿꼿해졌다. 아까와 달리 규리의 눈빛이 또렷해졌다.

"한 말씀 해주시죠!"

기자의 외침에 명석이 천천히 입을 열었다.

"사실이 아닌 이야기로 기사를 쓴 기자와 신문사를 정식으로 고소할 예정입니다."

명석은 정확히 신 기자를 노려보며 말했고, 두 사람의 싸늘한 시선이 공중에서 맞닿았다. 명석은 지금이라도 달려가 이 사달을 일으킨 신 기자의 얼굴에 주먹을 날리고 싶은 심정이었다. 하지만 쓸데없는 상황을 만들 필요도, 불필요한 말을 할 이유도 없었다. 그가 진짜 원하는 건 바로 그런 자극적인 사건일 테니까. 명석은 확신했다. 신 기자가 일을 이렇게 키우는 데에는 다 이유가 있을 거라고. 오레오와 계명석이 한 여자를 두고 싸운다는 것만으로도 충분한 이슈가 되는데, 그 여자를 지키기 위해 계명석이 나섰다? 과연 오레오는 어떤 반응을 보일까?

신 기자는 꼬리에 꼬리를 무는 기사를 써서 계속해서 이슈를 만들 것이다. 대중들의 신경이 온통 이 사건에만 집중되는 것, 그게 바로 신 기자가 원하는 일이었다.

"전 제 입장을 명확히 말씀드렸습니다."

명석은 기자들을 모두 훑어보며 말했다.

"차별 없이 모두 한 분 한 분 대응해 드릴 테니, 미리미리 변호사 선임하고 기다리시기 바랍니다. 그럼."

그렇게 말한 후, 규리와 함께 건물 안으로 들어가려는 순간.

"사랑하는 여자에게 숨겨둔 남자가 있는 기분은 어떻습니까?"

신 기자의 목소리를 듣는 순간 명석의 눈동자에 핏발이 섰고, 주먹에 힘이 들어갔다. 하지만 신 기자는 말을 멈추지 않았다. 아니, 오히려 그를 자극하고 있었다. 이 자리에서 기삿거리 하나를 더 만들겠다는 듯.

"사귀는 여자가 다른 남자를 만나고 있다니. 생각만 해도 끔찍하셨겠군. 그 자존심에."

신 기자가 목소리를 낮추며 더욱 명석을 도발했다. 그가 왜 이런 말을 하는지, 그의 의도가 무엇인지 잘 알고 있는 명석이었지만 참을 수 없을 정도로 화가 났다. 자신과 레오를 욕하는 거라면 참을 수 있다. 하지만 규리가 타깃이 되는 건 견딜 수 없었다. 싫다는 규리에게 같이 살자고 요구하고, 저울질해 달라고 매달린 건 명석과 레오였다.

게다가 레오와 명석은 대중을 상대로 일하는 사람들이었다. 레오는 유명 연예인이었고, 명석은 방송에 대놓고 얼굴을 내비치는 피디다. 규리와는 엄연히 입장이 달랐다. 그런데 일반인인 규리를 이딴 식으로 이용하다니. 속에서 불덩이가 끓어오르는 것 같았다. 명석이 두 주먹을 불끈 쥐며 겨우 화를 참고 있을 때.

"어디서 저렇게 천박한 여자를 만나서, 고상한 게 피디가 고생이 많네."

신 기자가 결국 시한폭탄을 끌어안고 불 속으로 들어가 버렸다. 참지 못한 명석이 그를 향해 주먹을 날리려는 순간.

"신동우 기자님!"

"……?"

카랑카랑한 규리의 목소리가 울려 퍼졌다. 규리는 명석이 덮어 주었던 코트까지 내리고 매서운 눈빛으로 신 기자를 노려보았다. 신 기자는 걸려들었다는 듯 미소를 지었고, 기자들은 숨을 죽이고 규리를 쳐다보았다.

"영화배우 박수연, 모델 백건호, 아이돌 차예린, 그리고 아나운서 강무연. 기억하시나요?"

신 기자는 무슨 뜬금없는 소리냐는 듯 규리를 쳐다봤다. 그건 기자들도 다르지 않았다. 지금 규리가 나열한 사람들은 대한민국 방송계를 주름잡고 있는 연예인들이긴 했지만, 지금과는 전혀 상관이 없는 사람들이었다.

"그게 지금 무슨 상관이죠?"

신 기자가 어이없다는 듯 묻자, 규리가 씩 미소를 지으며 대답했다.

"그 사람들이 지금 신동우 기자님 고소한 거 압니까?"

"뭐?"

"허위 보도에 명예 훼손 그리고 악의적인 왜곡 보도까지. 참을성 대단하신 그분들이 나란히 손잡고 법원에 다녀오셨다는데, 아직 몰랐나 보네요?"

규리의 말에 신 기자의 낯빛이 어두워졌다. 그녀가 언급한 연예인들은 신 기자가 쓴 '거짓' 기사로 인해 피해를 본 사람들이었다. 잠잠하게 있기에 그냥 넘어가는 줄 알았는데, 고소했다니.

"그러니까 취재를 좀 하고 기사를 쓰세요."

신 기자는 뭐든 부풀려서 기사를 쓰는 경향이 있었다. 틀린 정보로 인해 뭇매를 맞았는데도 뭐든 과장하고 부풀리는 버릇은 쉽게 고쳐지지 않았다. 아니, 일부러 고치지 않은 것일지도.

"시속 170km로 달린 차에 부딪혀서 오 배우가 전치 10주가 나왔다고? 병원에 취재 전화도 안 해봤나 보군요. 기사는 상상력으로 쓰는 겁니까, 신동우 기. 자. 님?"

자신을 깔보는 그녀의 눈빛에 신 기자의 얼굴이 붉으락푸르락해졌다. 규리는 말하고 있었다. 그런 사소한 정보조차도 틀리는데, 자기가 양다리를 걸쳤다는 말은 어떻게 믿을 수 있겠냐고. 신 기자가 매서운 눈으로 규리를 노려보았지만, 그녀는 그의 시선을 피하지 않고 오히려 더 날카로운 눈빛으로 맞섰다.

"그런 삼류 소설은 기자님 일기장에나 쓰세요. 지면 아깝게 신문에 싣지 마시고."

피식. 옆에서 듣고 있던 명석의 입에서 웃음이 터졌다. 겁에 질려 오들오들 떨고 있는 아기 새인 줄 알았는데, 이제 보니 독수리다. 강물 흐리는 얄미운 미꾸라지를 거침없이 낚아채서 쪼아 대는 걸 보니. 규리의 말은 여기서 멈추지 않았다. 이번엔 기자들 모두를 향해 말했다.

"기사 하나 나오면 확인도 안 하고 베끼는 기레기는 여기 없으시죠?"

기레기라는 말에 기자들의 눈에 황당함이 가득 들어찼다.

"특히 신 기자님 기사 베끼시는 분들은 팩트 체크 좀 하셔야 할 것 같네요. 워낙 틀린 정보가 많아서."

하지만 규리가 너무 당당하게 말하는 바람에 기자들은 아무 말도 못 하고 서로 눈치만 살필 뿐이었다.

"아, 아까 제 사진 많이 찍으시던데. 일반인 사진은 동의 없이 사용하면 안 된다는 것쯤은 다들 아시죠?"

규리는 끝까지 다부지게 말한 후, 바닥에 떨어져 있던 짐을 챙겼다.

"그럼 전 이만 들어가겠습니다. 아시다시피 오늘 크리스마스이브라서 제가 좀 바쁘거든요. 모두 즐거운 크리스마스 보내세요."

그녀는 기자들을 향해 크리스마스 인사까지 던진 후, 건물 안으로 들어갔다. 양다리 의혹을 처음 던졌을 때와는 백팔십도로 태도가 바뀌어 당당하게 구는 그녀의 행동에 기자들은 어리둥절했고, 명석은 피식피식 웃음을 흘렸다. 결정 장애를 겪으며 소심하게 굴 땐 마냥 귀엽다가도 이럴 땐 은근히 섹시한 그녀였다.

'아, 이중적인 내 여자친구. 정말 매력이 철철 넘친다. 이러니 내가 반해, 안 반해?'

명석은 신 기자에게 다가갔다.

"이번엔 신 기자가 졌네. 1 대 0."

명석은 콧노래를 부르며 건물 안으로 들어갔고, 톡톡히 망신을 당한 신 기자는 매서운 눈으로 규리의 집을 노려보았다.

*

집으로 들어온 규리는 코트를 벗지도 않은 채 식탁 앞에 멍하니 앉아 있었다. 조금 전 수많은 기자들에게 기세에서 밀리지 않고 한마디 한 사람이 맞나 싶을 만큼 그녀는 풀이 죽어 있었다. 명석이 그녀에게 다가가 손을 내밀자, 규리가 흠칫 놀라며 그를 올려다봤다.

"……."

규리는 금방이라도 울음을 터뜨릴 것처럼 눈시울이 붉어져 있었다.

"감귤, 왜 그래?"

당황한 명석이 묻자, 규리가 겨우 대답했다.

"나…… 무서웠어요. 너무 무서워서 손도 떨리고, 말도 제대로 안 나오고……."

규리는 기자들 앞에서 꾹 참았던 눈물을 흘렸다. 사람들에게 원치 않은 관심을 받는다는 게 이렇게 끔찍한 일인 줄 몰랐다. 기자들이 자신의 집까지 찾아올 줄은 꿈에도 생각하지 못했다. 그들이 궁금해하는 건 레오나 명석일 거라고만 생각했다. 그런데 집 앞에 카메라를 든 사람들이 있는 걸 보자 심장이 턱 내려앉았다.

'우리 집은 어떻게 알고 온 거지? 설마 그동안 날 따라다녔나? 일거수일투족을 카메라에 담으면서?'

그런 생각이 들자 온몸에 소름이 끼쳤다. 개태민에게 스토킹을 당한 적이 있기에 한동안 집 앞에 낯선 사람만 있어도 경기를 일으킬 정도였는데, 쫓아다니면서 사진을 찍었다니. 등골이 서늘했다. 부들부들 떨며 울고 있을 때, 그녀의 등에 따뜻한 감촉이 와 닿았다. 명석이 그녀를 부드럽게 끌어안은 것이었다. 그리고 토닥토닥. 명석의 커다란 손이 그녀의 등을 두드려 주었다. 간헐적으로 느껴지는 그의 투박한 손길이 왜 이렇게 포근하게 느껴지는지. 규리는 언제 그랬냐는 듯 눈물을 멈췄다.

"그렇게 무서웠으면서 신 기자한테는 어떻게 쏘아붙였어?"

명석의 목소리에 안쓰러움이 가득 담겨 있었다. 전사처럼 용감하게 몰아붙이기에 그녀의 마음도 단단한 줄 알았다. 아무렇지도 않은 줄 알았다. 그런데 이렇게 여렸다니.

"무서운데, 참고 있자니 너무 억울해서……."

규리는 그때를 생각하면 지금도 억울한지 아랫입술을 꾹 깨물며 말했다.

"내가 그 자식을 그냥 두면 두고두고 화가 나서 미칠 것 같았어요. 아, 생각하니까 또 화나네."

"괜찮아. 괜찮아."

울분이 치솟은 규리가 다시 울먹거리자, 명석이 그녀의 귀에 잘했다는 말을 속삭이며 등을 슬며시 쓸어 주었다. 부드러운 그의 손길이 닿자, 규리의 떨림이 차츰 잦아들었다.

"오늘 있었던 일, 기사로 나오겠죠?"

걱정 가득한 그녀를 위해 아니라고 말하고 싶었지만, 거짓말을 하고 싶지는 않았다. 그리고 어차피 기사가 나오면 규리도 보게 될 테고.

"아마도?"

"나 괜한 짓 한 거죠? 레오랑 팀장님한테 도움도 안 되고 괜히 민폐만……."

"감귤."

명석은 규리의 어깨를 붙잡으며 단호하게 말했다.

"너 잘못한 거 없어. 민폐도 아니고."

규리가 말간 눈을 들어 그를 올려다보았다.

"그러니까 움츠러들지 마. 개인 정보를 공유하고, 허락하지 않은 사진을 찍고, 사생활 침해하는 저 사람들이 잘못한 거지, 네 잘못이 아니야."

명석이 응원의 말을 해줬지만, 규리는 고개를 떨구었다.

"하지만 내가 두 사람을 두고 고민만 하지 않았어도 이런 일은 없었을 텐데…… 자꾸 그런 생각이 들어요."

그녀가 무슨 생각을 하는지, 왜 이렇게 힘들어하는지 명석은 그제야 알 수 있었다. 하지만 고민 없는 선택이 어디 있으며, 시간을 들이지 않는 고민은 얼마나 하찮은 것일까?

"난 네가 시간을 들여 고민해 줘서 오히려 더 고마웠는걸?"

"예?"

3개월이라는 긴 시간 동안 두 남자 사이에서 고민하는 바람에 모두를 힘들게 만들었는데, 되레 그게 고마웠다니?

"섣부른 선택이 아니어서 고마웠어. 날 건성으로 본 게 아니라는 거잖아."

건성으로 보긴. 아주 꼼꼼하고 세세하게 다 살폈지. 괜찮은 남자인가, 성격이 모나지는 않나, 그리고 나와 미래를 함께할 수 있는 사람인가까지. 정말 하나부터 열까지 살펴보았다. 그리고 마지막에야 그녀의 마음이 움직였고.

"물론 초조했어. 기다리는 시간 동안 답답하기도 했고. 하지만 네가 충분히 고민했으니 후회도 없을 거라고 믿어. 세상에 못 믿을 사람이 얼마나 많은데, 평생 같이 살 사람인데 당연히 고민해야지."

명석은 제 말에 제가 공감하며 고개를 끄덕였다. 규리는 그 모습을 보자 꽉 막혔던 가슴이 뻥 뚫리는 기분이었다.

"그러니까 이제 그런 생각 하지 마. 나도 레오도 모두 괜찮으니까."

"고마워요."

명석이 두 팔을 벌리자, 규리가 그의 넓은 품 안에 폭 안겼다. 듬직했다. 믿고 기댈 수 있는 사람이 있다는 게 이렇게 마음 든든한 것인 줄은 몰랐다. 세상 모든 사람이 내게 손가락질해도 날 품어줄, 하나뿐인 내 편이 생긴 기분이 들었다.

"이젠 다 내가 감당할게. 네 옆에서 떨어지지 않을게."

다정한 그의 말에 심장까지 달달해지는 것 같았다. 미소를 지으며 그를 더 꽉 끌어안고 있을 때, 바닥에 널브러져 있는 장바구니가 눈에 들어왔다. 아까 그가 전화를 확 끊는 바람에 홧김에 산 소고기와 킹크랩이었다.

하나뿐인 내 편이긴 한데…… 듬직하고 다정한 남자친구이긴 한데…… 아까 일을 떠올리니 스멀스멀 화가 치밀어 올랐다. 안 되겠다! 짚고 넘어갈 건, 짚고 넘어가야지!

규리는 두 손으로 그의 가슴을 밀쳐낸 뒤, 눈을 흘기며 물었다.

"근데 요즘 왜 집에 안 들어왔어요?"

아무리 생각해도 바쁘다는 말은 핑계에 불과했다. 시즌 1이 종료된 마당에 바쁠 일이 뭐가 있느냐 말이다. 게다가 그는 요즘 매일같이 다른 팀에 가 있었다. 예능 피디가 도대체 시사 팀에 가서 할 일이 뭐가 있다고! 씩씩거리며 그를 노려보고 있을 때, 그가 손을 들어 규리의 뺨을 매만졌다.

"어머? 뭐 하는 거예요? 은근슬쩍 넘어가려는 거면 꿈 깨세요!"

알아듣게끔 톡 쏘아붙였지만, 명석의 움직임은 멈추지 않았다. 부드럽게 그녀의 얼굴을 어루만지는 건 물론, 안타까워 죽겠다는 표정까지 짓는 게 아닌가?

"이러면 내가 봐줄 줄 알아요? 어서 말해요!"

"있어 봐."

어라라? 이 남자가? 어이없다는 듯 콧방귀를 뀌고 있을 때, 명석이 구급상자를 가져왔다.

"갑자기 그건 왜요?"

"가만 있어."

명석은 연고를 꺼내 조심스럽게 규리의 얼굴에 약을 발라 주었다.

"아야. 왜 아프지?"

"긁혔나 봐. 피 나."

기자들한테 하도 시달리는 바람에 다친 것도 몰랐는데, 언제 그걸 봤는지. 약을 발라 주는 명석의 눈빛에 온갖 감정이 다 일렁거렸다. 속상하고, 안쓰럽고. 그러면서도 규리를 이렇게 만든 기자들에게 화가 나고, 지금이라도 달려 나가 한 대 치고 싶고. 또 늦게 온 자신이 원망스럽고, 밉고. 명석은 스스로가 감정을 잘 드러내지 않는 사람이라고 생각했는데, 이제 보니 그 전엔 드러낼 감정이 별로 없었던 모양이다. 아니, 그 전엔 감정 흔들릴 일이 별로 없었던 건가?

"걱정돼요?"

"그럼, 걱정되지. 어떤 놈인지 걸리기만 해. 가만 안 둘 테니까."

할 수만 있다면 주머니 속에 고이 넣고 다니고 싶었다. 저딴 기자들한테 시달리지도 않고, 이렇게 다치지도 않게. 명석은 선홍빛 피와 연고가 엉겨 붙는 장면을 보며 제가 아픈 것처럼 얼굴을 찌푸렸다. 아픈 와중에도 그 모습이 어찌나 귀여운지. 규리는 저도 모르게 품, 웃음을 터뜨렸다.

"왜?"

"그거 알아요?"

"뭐?"

"내 남친 되게 귀여운 거."

"웬 뜬금없는 소리야?"

명석은 별 쓸데없는 소리를 다 한다고 중얼거리며 상처 위에 밴드를 붙였다. 긁힌 상처에 밴드 하나 붙이는 것뿐인데, 이번에도 명석은 오만상을 찌푸렸다. 아아, 안 본 사람은 모를 거다. 내 남자가 얼마나 귀여운지. 내 남자 찌푸린 얼굴 너무 귀여워서 계속 보고 싶어요. 심장에 해로워요.

"함부로 다치지 마. 네 몸은 이제 너만의 몸이 아니라고."

어쩜 말하는 것도 이렇게 멋있는지.

"에잇, 못 참겠다!"

넋을 놓고 명석을 바라보던 규리는 고개를 들어 그의 입술에 입을 맞췄다. 갑작스러운 그녀의 행동에 놀란 명석의 눈이 커졌다. 하지만 그것도 잠시. 그의 눈이 서서히 감기더니 커다란 두 손이 규리의 얼굴을 감쌌다. 두 입술이 서로 맞닿으며 끈적한 소리가 집 안에 울려 퍼졌다. 명석이 톡톡 혀끝으로 그녀의 입술을 두드리자, 규리의 입이 작게 벌어졌다. 거침없는 그의 숨결이 그녀의 여린 속살을 헤집었고, 두 사람의 숨결은 금세 하나가 되어 뒤엉켰다.

오늘 일은 시작에 불과했다. 집 앞에 몰려든 기자들은 아마 며칠 동안 진을 치며 자신들을 주시할 거다. 규리에게 한 방 먹은 신 기자는 그녀를 더 물고 늘어질 테고, 대중들의 관심이 쏟아지겠지. 그나마 다행인 건, 오늘 일로 인해 규리가 한층 더 강해졌다는 거다. 명석은 그거면 됐다고 생각했다. 무엇보다 이 일로 인해 규리가 상처받지 않기를 바랐으니까. 두 사람의 키스는 길었다. 하지만 서로의 입술이 멀어지자 아쉬운 눈으로 서로를 바라보았다.

"메리 크리스마스."

규리가 붉게 상기된 얼굴로 크리스마스 인사를 전했다.

"메리 크리스마스. 늦었지만, 우리 크리스마스 파티 할까?"

명석이 묻자, 규리가 밝게 웃으며 고개를 끄덕였다.

*

온종일 대본을 들여다보던 레오는 눈에 피로함을 느끼고 침대에서 일어나 창문 앞에 섰다. 창문을 열자 차가운 공기가 안으로 훅 들어왔다. 며칠째 외출도 못 하고 병실에만 있으려니 좀이 쑤셔 미칠 지경이었다.

"내일은 퇴원한다고 말해야겠다."

오늘 낮에는 다리 깁스를 풀었다. 팔은 아직 며칠 더 하고 있어야 했지만, 다리만이라도 풀고 나니 살 것 같았다. 그동안은 걷지 못하니 병원 신세를 졌지만, 이젠 통원 치료만으로도 충분할 듯했다. 어디선가 크리스마스 캐럴이 들려왔다. 바깥바람은 살이 에일 정도로 차가웠지만, 캐럴을 부르는 여가수의 목소리는 참 포근했다.

"오늘이 크리스마스인가?"

병실 안에만 있어서 그런지 시간 가는 줄도 몰랐다. 레오는 날짜를 확인하기 위해 핸드폰을 켰다. 대본에 집중한다며 핸드폰을 꺼놨더니, 문자 수신음이 연달아 울렸다. 12월 25일. 레오는 오늘 날짜를 확인하고 다시 창밖을 내다보았다.

"메리 크리스마스."

……넌 뭘 하고 있을까?

병원 앞 광장 중앙에 서 있는 커다란 크리스마스트리가 아름답게 반짝거렸다. 그의 맑은 눈동자 위로 어지럽게 움직이는 꼬마전구가 비쳤다. 너의 선택을 받는다면 크리스마스 때 함께 여행을 가려고 했는데. 너와 함께 크리스마스 여행을 즐기려고 했는데…….

"하아."

생각해 봐야 부질없는 짓이다. 이젠 다른 남자의 여자가 되었으니. 머리는 아는데, 왜 이렇게 가슴이 말을 듣질 않는지. 대본을 보다가도 문득, 연기 연습을 하다가도 또 문득. 문득문득 그녀가 떠올라 그의 머리를 어지럽혔다. 그렇다고 예전처럼 치사하게 굴고 싶은 마음이 드는 건 아니었다. 그저 시간이 필요할 뿐. 사랑하는 사람을 잊기 위해서는 사랑한 만큼의 시간이 걸린다는데. 20년을 사랑했으니, 잊기 위해서는 20년이 필요한 건가?

"그럼 내가 몇 살이야?"

……나쁘지 않겠다. 흰 머리가 성성할 때까지 그녀를 마음에 품고 있는 것도. 레오는 바보 같은 생각에 피식 웃으며 핸드폰을 들었다. 부재중 전화와 문자를 뒤로하고 포털 사이트에 접속했다. 오늘 날씨가 궁금해서였다.

'화이트 크리스마스가 되었으면 좋겠다.'

날씨를 검색하려던 레오의 눈에 실시간 검색어가 들어왔다. 1위는 오레오 자신이었고, 2위는 계명석 피디였다. 3위 검색어를 보지 못한 레오는 〈오늘 밤만 재워줘〉 때문에 실검에 올랐나 싶었다.

"이번에 편집 잘됐다더니 재미있었나 보네?"

피식 웃으며 시선을 돌리는데, 3위 검색어가 눈에 띄었다.

-오레오 계명석 삼각관계!

"이게 뭐지?"

핸드폰을 꺼놓은 사이에 무슨 일이 있었던 건가! 놀란 레오는 검색어를 클릭했다. 그러자 수많은 기사가 쏟아졌다.

-오레오의 첫사랑 그녀, 알고 보니 계명석의 여자?

-오레오와 계명석을 가지고 논 그녀는 누구?

-18.9%, 삼각관계 스캔들로 시청률 대박 친 〈오늘 밤만 재워줘〉

-양다리는 물론 남자 둘과 동거까지!

기사 타이틀만으로도 기가 차는데, 밑에 달린 악플은 더 가관이었다. 악플러들이 저격한 건 자신이나 명석이 아닌 규리였다. 레오는 서둘러 통화 목록에서 규리를 검색했다. 그리고 통화 버튼을 누르려는 순간, 병실 문이 열렸다. 장 대표였다.

"대표님! 이게 어떻게 된 거죠? 보도 자료는 배포하셨어요? 지금 당장 포털 사이트에 연락해서……."

"침착해."

흥분한 레오를 다독이는 장 대표의 행동은 무척이나 차분해 보였다. 순간 레오는 이상한 기분이 들었다.

"대표님, 설마…… 알고 계셨어요?"

레오가 흔들리는 눈으로 장 대표를 바라보았고, 그는 고개를 끄덕였다.

"대표님! 아셨으면 막으셨어야죠! 어떻게든 밖으로 새어 나가지 못하게 막으셨어야죠!"

장 대표는 그의 사정을 잘 알고 있는 사람이었다. 레오가 왜 한국에 왔고, 무엇 때문에 배우를 하려고 하는지. 그리고 그가 얼마 전에 첫사랑을 만났지만, 잘되지 않은 것까지. 그런데 왜 이런 기사가 나갈 때까지 아무런 손을 쓰지 않은 것일까?

"얼마 전에 신동우가 날 찾아왔어."

장 대표의 입에서 신 기자의 이름이 나오자, 레오가 입을 다물고 그의 말에 귀를 기울였다.

"네 사진이 있다며 딜을 하고 싶다고 했어."

보나 마나 뻔하다. 돈을 요구했겠지.

"사진이 공개되면 네 연예계 생활은 끝이라며 엄청나게 겁을 주더군."

"얼마나 요구했는데요?"

"큰 거 10장."

남의 뒤꽁무니 쫓아다니다가 찍은 사진으로 그렇게 큰돈을 요구하다니. 칼만 안 들었지 강도가 따로 없었다.

"그래서요?"

"시간 좀 달라고 연락을 했는데, 갑자기 필요 없다며 연락을 안 받더군."

"필요 없다고요?"

이상했다. 돈이 목적이었으면 장 대표 연락을 피할 리가 없었다.

'내 사진을 찍고 돈을 요구하던 사람이 왜 갑자기 마음이 바뀌었을까? 돈이 필요 없어져서? 아니면……?'

뭔가 생각난 레오는 핸드폰을 들어 어디론가 전화를 걸었다.

✳

커튼 사이로 기자들이 보였다. 어째 어제보다 사람들이 더 늘어난 것 같았다.

"어쭈? 저건 또 뭐야?"

기자들 사이로 플래카드를 든 팬들의 모습이 보였다.

"뭔데요?"

규리가 다가오자 명석은 커튼을 확 쳐버렸다.

그녀가 아무리 단단해졌다고 한들 욕설이 난무한 플래카드에 달걀과 밀가루를 들고 있는 저들을 보면 기분이 상할 게 뻔했으니까.

"기자들 아직도 안 갔어요?"

"응. 아직."

"춥지도 않나."

영하의 날씨에도 밤새도록 규리의 집 앞을 지키는 그들의 열정은 대단했다.

"오늘도 못 나가겠죠?"

"아마 며칠 동안은 집에 있어야겠는데?"

"후우."

"왜? 답답해?"

"자기는 안 답답해요?"

규리가 묻자, 명석의 눈이 가늘어졌다. 어쩐지 눈빛이 음흉한 것 같기도 하고.

"난 좋은데? 24시간 붙어 있으니까?"

그가 규리의 허리를 안아 자신의 품으로 끌어당기며 속삭였다.

"아이, 참."

규리가 가볍게 눈을 흘기고 있을 때, 명석의 핸드폰이 울렸다.

"누구예요?"

온종일 전화에 시달리던 규리가 놀라 묻자, 명석이 안심하라는 듯 손짓하며 말했다.

"레오. 여보세요?"

어제 명석은 레오에게 여러 번 연락을 취했지만, 전화할 때마다 그의 핸드폰은 꺼져 있는 상태였다. 병원 앞에도 기자들이 몰려갔겠거니 생각하며 그에게 연락이 오길 기다리고 있었다. 집 안을 서성대며 통화를 하는 명석은 심각한 표정을 짓기도 했고, 고개를 끄덕이기도 했다.

"레오가 뭐래요?"

명석이 통화를 마치자, 규리가 그에게 다가가 물었다.

"슬슬 나갈 때가 된 것 같은데?"

그녀의 질문에 명석이 빙긋이 웃으며 대답했다.

＊

강희의 발걸음이 점점 빨라질수록 뒤따라가던 규현의 마음이 다급해졌다. 화이트 크리스마스는 아니었지만, 며칠 전에 내린 눈 때문에 그늘진 곳은 아직 빙판이었다. 저렇게 빨리 걷다가 삐끗하기라도 하는 날엔 넘어질 텐데. 어깨에는 커다란 백 팩에 양손에는 가방까지 든 규현은 잰걸음으로 강희의 뒤를 따라갔다. 강희가 빙판 위를 걸을 때마다 규현은 살얼음판을 걷는 듯 불안했다.

"강희야. 좀 천천히 가. 그러다가 넘어지면 어쩌려고 그래?"

"지금 천천히 가게 생겼어?"

두 사람은 어제 이른 아침에 국내의 한 스파로 크리스마스 여행을 떠나, 온종일 따뜻한 온천물에 몸을 담그고 푹 쉰 탓에 오늘 아침에야 기사를 접하게 되었다. 오레오와 계명석 그리고 웬 여자의 삼각관계가 연일 포털 사이트의 실시간 검색어로 오르락내리락하고 있었다. 기사를 먼저 접한 규현은 대수롭지 않게 강희에게 물었다.

"오레오랑 계명석이면 규리 누나랑 같이 일하고 있는 사람들 아니야?"

아무것도 모르고 있는 규현과 달리 기사를 본 강희는 그 길로 바로 짐을 쌌고, 오후 스케줄을 모두 취소하고 집으로 향했다.

"왜 천천히 못 간다는 건데? 아니, 왜 이러는지 설명 좀 해주면 안 돼?"

서울로 오는 내내 강희는 꿀 먹은 벙어리처럼 아무 말도 하지 않고 핸드폰만 들여다봤다. 기사를 검색했다가, 댓글을 봤다가 어디론가, 전화를 걸었다가, 문자를 보냈다. 규현이 안절부절못하는 그녀를 걱정하며 설명 좀 해달라고 해도 강희는 말이 없었다. 임신부라 스트레스를 주면 안 된다는 생각에 여태 참았지만, 빙판길을 아슬아슬 걷는 강희를 보자 더는 참을 수가 없었다. 규현은 빠르게 걸어, 앞서 걷는 강희를 붙잡았다.

"도대체 왜 이러는 거냐고! 설명을 해줘야 할 것 아니야!"

자신의 목소리가 컸는지, 강희의 눈동자가 크게 떨렸다. 하지만 규현은 그녀가 놀란 게 자신 때문이 아니라는 걸 금방 깨닫게 되었다.

"뭐야…… 저게?"

코너 뒤로 보이는 자신의 집 앞에 웬 사람들이 떼로 몰려와 있었기 때문이다. 카메라를 든 시커먼 남자들과 교복을 입고 웬 피켓을 든 학생들까지. 그들을 본 강희는 참담했고, 규현은 어리벙벙했다.

"왜 우리 집 앞에 사람들이 몰려 있는 거지?"

규현이 어리둥절해하며 중얼거리자, 강희가 그의 손을 잡았다.

"규현아."

이제는 말해야 할 때가 왔다. 왜 크리스마스 여행을 일찍 끝내고 서둘러 서울에 왔는지를.

"아까 기사 뜬 거……."

"기사?"

오레오와 계명석에 관련된 기사를 보긴 했지만, 너무 먼 나라 이야기라서 규현은 단번에 그 기사를 떠올리지 못했다.

"뜬금없이 웬 기사?"

"아까 오레오랑 계명석 관련 기사 봤잖아."

"아. 근데? 그게 왜?"

정말 몰라서 묻는 말이었다. 규현의 눈에는 순수한 궁금증이 가득했다.

"놀라지 말고 들어."

강희가 침을 꼴깍 삼키며 시간을 끌자, 규현이 피식 웃으며 물었다.

"뭐가 이렇게 심각해? 오레오랑 계명석이 좋아하는 여자가 규리 누나라도 되는 거야?"

농담으로 던진 말이었는데, 강희의 입이 쩍 벌어졌다.

"어, 어떻게 알았어?"

"뭐?"

"알고 있었어? 오레오랑 계명석이 규리 좋아하는 거?"

"무슨 말도 안 되는……."

강희가 하도 심각하기에 기분 좀 풀라고 농담으로 한 말인데, 그게 사실이라니! 오늘은 만우절이 아닌 크리스마스인데, 무슨 농담을 이렇게 심각하게 하는건지. 믿기지 않았지만, 말도 안 되는 상황이라고 치부하기엔 집 앞에 기자들이 너무 많았다. 눈앞에 펼쳐진 장면을 본 규현은 강희의 말을 사실로 받아들일 수밖에 없었다. 하지만 그때. 문득 한 가지 질문이 머리를 스쳐 지나갔다.

"왜?"

"응? 뭐가?"

천만 배우 오레오와 스타 피디 계명석이 왜 우리 누나를 좋아하는 걸까?

"그 남자들 미친 거 아니야? 왜 하필 감규리를 좋아해? 주말에 머리 안 감고 나무늘보처럼 자는 걸 보면 그런 소리 안 나올 텐데."

현실 남매인 규현은 두 남자의 취향을 이해할 수 없었다. 정강희라면 모를까, 감규리라니.

"지금 그게 중요한 게 아니잖아."

"아. 그렇지. 그럼 저 사람들 우리 누나 취재하러 온 거야?"

"그렇겠지. 그리고 안에 계명석 피디도 있어."

"계명석 피디? 그 사람이 왜 누나 집에 있어?"

이 또한 순수한 궁금증. 학교와 아르바이트 때문에 정신없이 바빴던 규현은 그녀들이 숨기고 있는 것에 대해 전혀 몰랐다. 강희는 혹시 규현이 흥분할까 싶어 자신의 배를 매만지며 말했다.

"놀라지 말고 들어."

"놀랄 일이 또 있어?"

"규리, 계명석 피디랑 동거 중이야."

강희의 말을 듣자, 규현의 얼굴이 사색이 되었다. 그럼 그동안 하우스 메이트라고 말한 게 계명석이었단 말인가? 여자가 아닌 남자? 욕을 뱉으려는 순간.

"저거 완전 미친년 아니야? 지가 뭔데 감히 레오 오빠를 건드려? 씨X."

"생긴 것도 더럽게 못생겼던데, 주제에 양다리를 걸쳐? 병신 같은 게."

"그러니까. 신상 탈탈 털어서 못 돌아다니게 만들어야 정신 차리지."

삼삼오오 모여 있는 학생들이 규리를 욕하는 것이 들려왔다. 이야기를 듣던 규현의 눈빛이 싸늘해졌다.

"이봐, 학생들."

규현이 부르자, 학생들이 도끼눈을 뜨고 그를 째려보았다.

"왜요?"

"남의 신상 털어서 인터넷에 막 올리면 감옥 가."

"뭐래?"

"남의 일에 웬 상관?"

학생들은 규현을 아래위로 훑어보더니 핸드폰으로 시선을 돌렸다.

"야, 이 집 주소 좌표 찍자."

학생들이 건물에 쓰여 있는 집 주소를 찍으려고 하자, 규현이 그들을 막았다.

"아씨, 짜증 나게 왜 이래요?"

"우리가 사진을 찍든 말든 아저씨랑 무슨 상관인데요?"

"남 일에 관심 끄고 갈 길이나 가세요!"

그러자 규현이 단호한 목소리로 말했다.

"학생들 그거 알아?"

"뭐요?"

"헌법 제17조. 모든 국민은 사생활의 비밀과 자유를 침해받지 아니한다."

법 이야기가 나오자, 그쪽으로 무지한 학생들은 입을 다물고 인상을 썼다.

"지금 너희들처럼 허락 없이 타인의 주거 실상을 탐색하거나, 거동과 언행을 몰래 촬영해서 인터넷에 올리는 걸 바로 사생활 침해라고 하는 거야."

규현은 부드러운 음성이지만, 눈을 날카롭게 뜨고 또박또박 알아듣기 쉽게 설명했다.

"이런 짓은 범죄 행위로 처벌될 수 있으며 또 명예 훼손죄로 고발당할 수 있지. 상대방에 대한 인격 손상을 가했으니 모욕죄에도 해당할 거고. 육체적 정신적 타격을 받았으니 손해배상청구소송을 당할 수도 있어."

학생들은 서로를 쳐다보며 '손해배상? 그게 뭐야?' '몰라. 소송당한대.' 하며 중얼거렸다. 그가 잠시 말을 끊고 학생들을 쳐다보자, 모두 겁을 먹은 듯 입을 다물었다.

"그러니까 너희들 인터넷에 괜한 거 올릴 생각 하지 마. 너희 용돈으로는 감당도 못 할 돈이 될 테니까."

"치. 우리가 올린 건지 어떻게 알아요?"

한 학생이 호기롭게 묻자, 규현이 씨익 웃으며 대답했다.

"왜 모르겠어. 핸드폰 가입자 정보 찾아내면 다 알지."

"설마 엄마한테 이르는 거 아니죠?"

"미성년자를 처벌하기 위해서 부모님께 연락드리는 건 당연한 거야."

규현이 조목조목 설명해 주자, 학생들은 쭈뼛거리더니 핸드폰을 주머니에 집어넣었다.

"역시 법대생은 법대생이구나."

옆으로 다가온 강희가 중얼거렸지만, 규현의 머리에는 단 한 가지 생각뿐이었다.

'욕해도 내가 하고, 까도 내가 까. 그러니까 너희들은 남의 누나한테 관심 꺼.'

*

이제 어둑어둑 해가 지고 있는데, 어째 아침보다 사람이 더 늘었다. 기자들 머릿수가 늘어난 것은 물론, 지나가는 사람까지 구경하는 바람에 집 앞은 그야말로 인산인해를 이루었다. 기자들은 명석과 규리가 한집에서 크리스마스이브를 함께 보냈다는 것을 기사로 옮겼고, 구경하는 사람들은 이곳 상황을 실시간으로 SNS에 퍼 날랐다. 골목 안이 사람들로 꽉 들어차서 차들도 오도 가도 못하는 상황이 벌어졌다. 명석과 규리의 신세도 다르지 않았다. 어제 일이 터져 고작 하루 갇혀 있었지만, 돌아가는 상황을 보아하니 쉽게 밖으로 나가지 못할 것 같았다.

명석은 애가 탔다. 어서 밖으로 나가 레오를 만나야 하는데, 이런 상황이면 집 밖으로 나가기는커녕 며칠간 꼼짝도 못 할 것이다. 그는 저 사람들을 뚫고 나갈 방법이 딱히 떠오르지 않아 하루 종일 집에 있었다. 그냥 확 규리 손잡고 나가 버려? 그럼 기자들이 쫓아올 테고. 몰래 나갈 구멍을 찾으려고 해도 나갈

문은 하나뿐이고.

"하아. 좋은 방법 없나?"

저놈의 인간들은 남들 연애사가 뭐가 그렇게 궁금한지. 게다가 저들이 지키고 있는 건 연예인인 레오도 아닌 명석과 규리였다. 하긴, 명석의 인기가 레오 못지않으니. 기자들은 최고급 렌즈를 장착한 카메라로 집 앞은 물론 집 건너편 옥상에서도 연신 규리의 집을 찍어 대고 있었다. 커튼으로 가려도 소용없었다. 집 안의 불빛에 명석과 규리의 그림자가 고스란히 비쳤으니 말이다.

"아무래도 불을 꺼야겠다."

바깥 동태를 살피던 명석이 거실 불을 끄자, 규리가 그를 따라 방과 주방의 불을 껐다.

"기자들 아직도 많아요?"

"응. 더 늘었네. 앉아."

명석이 한 손으로 소파를 툭툭 치자, 규리가 그의 옆에 살포시 앉았다. 2인용 핑크색 소파에 나란히 앉자, 명석은 처음 이 집에 왔던 날이 떠올랐다. 무작정 규리의 집에 쳐들어와 하우스 메이트로 들어 달라며 생떼를 썼을 때, 레오와 이 소파에 앉았다. 그때 규리가 아닌 레오와 둘이 딱 달라붙어 앉아 있으면서 어찌나 끔찍했는지. 그런데 이런저런 사건을 겪은 뒤 규리와 단둘이 나란히 앉게 되니 감회가 새로웠다. 명석은 자연스럽게 규리의 어깨에 손을 얹고 그녀를 자신의 품속으로 끌어들였다. 그러자 규리의 얼굴이 그의 품으로 파고들었고, 그와 함께 좋은 향이 그의 코끝을 스쳤다.

"안에만 있으려니 고역이죠?"

규리가 단단한 그의 몸을 쓰다듬으며 물었다.

"아니. 난 여기가 천국인데?"

"으응? 그게 무슨 말이에요?"

밖에 나가지도 못하고 불도 켜지 못해 어둠 속에 꼼짝없이 갇혀 있는 신세인데, 여기가 천국이라니? 무슨 말인가 싶어 묻자, 명석이 그녀의 볼을 살짝 꼬집으며 말했다.

"너랑 같이 있으면 그게 천국이지."

사귀고 나서 바쁘다는 핑계로 데이트 한 번 제대로 하지도 못했다. 기자들이 쳐들어오지 않았으면 크리스마스이브인 어제도 규리를 홀로 둘 뻔했다. 기자들에게 몰리는 이 상황이 싫으면서도, 규리와 함께할 수 있는 시간은 너무도 좋은 아이러니한 상황. 그래도 명석은 자신에게 주어진 이 시간을 즐길 셈이었다. 명석은 규리를 자신의 품으로 끌어당겼다. 그러자 규리의 몸이 힘없이 딸려 왔고, 그녀의 입술이 그의 코끝에 닿았다.

"엄마야……."

놀란 그녀가 감탄사를 채 다 뱉기도 전에 규리의 입술은 그의 입 안으로 사라졌다. 입 안에 부드러운 숨결이 들어오자, 규리는 살포시 눈을 감고 그의 숨결을 느꼈다. 숨결은 때론 강렬하게 또 때론 부드럽게 그녀의 안을 헤집었다. 그리고 한동안 미동도 없이 움직이지 않아 그녀를 안달 나게 만들기도 했다. 따뜻한 그의 손이 잘록한 그녀의 허리를 감쌌다. 그리고 티셔츠 안으로 손이 들어오려는 찰나, 핸드폰이 울렸다. 규리가 전화를 받기 위해 몸을 일으키자, 명석이 그녀의 등을 지그시 눌렀다. 몰캉한 그녀의 몸이 떨어지는 게 싫었다. 더, 더 오랫동안 그녀를 느끼고 싶었다. 규리의 목덜미에 입을 맞추자 그녀의 입에서 뜨거운 열기가 새어 나왔다.

"하아…… 전화 받아야 하는데."

"받지 마."

어차피 쓸데없는 전화일 거다. 어디선가 그녀의 번호를 알아낸 기자들 중 한 명이겠지. 그런 놈들한테 줄 시간이 어딨어. 이 집에서 나가면 또 전쟁일 테니, 우린 이 시간을 즐기자. 감귤. 여기 있는 동안만이라도 우리 둘만 생각하자. 우리 둘만. 응?

뜨거운 그의 키스를 받는 중, 전화는 끊겨 버렸다. 두 사람은 다시금 서로의 몸을 탐했다. 명석의 커다란 손이 그녀에게 닿았고, 아직도 그의 손길이 낯선 규리는 익숙하지 않은 느낌에 몸을 떨었다.

"힘 빼."

귓가에 속삭이는 그의 음성이 왜 이렇게 야릇하게 들리는지. 규리는 저도 모르게 몸에서 힘을 뺀 채 그의 움직임을 따랐다. 티셔츠 안으로 손이 들어왔고, 그의 숨결이 목에서 점점 더 아래로 향했다.

"하아."

뜨거운 열기가 집안을 가득 메우고 있을 때, 다시금 전화가 울렸다. 엄마나 강희에게 온 전화가 아닐까 걱정된 규리는 핸드폰을 향해 손을 뻗었다. 그리고 전화를 받는 순간.

[언니이이이이!]

카랑카랑한 목소리가 핸드폰을 비집고 밖으로 나왔다. 그 소리에 놀란 명석이 움직임을 멈췄고, 규리는 소파에서 일어나 핸드폰 액정을 확인했다.

"누구야?"

"가을인데요?"

"걔가 왜?"

규리도 모르겠다는 듯 고개를 절레절레 저으며 전화를 받자, 저편에서 숨넘어가는 소리가 들려왔다.

[언니! 이게 무슨 일이야? 나 한국에 없는 동안 웬 난리냐고!]

화보 촬영차 외국 어딘가 간다는 얘기는 들었는데, 이제 한국에 온 모양이었다.

[비행기에서 내리자마자 기사 뜬 거 보고 바로 전화한 거야! 언니 괜찮아? 별일 없고? 기자들이 우리 언니 괴롭히는 건 아니지?]

가을은 정말 규리가 걱정된 모양인지 쉬지 않고 물었다.

"어. 난 괜찮아. 집 앞에 기자들이 쫙 깔리긴 했어."

[어떡해? 밖에 나가지도 못하고. 하여튼 기자들은 왜 그러나 몰라. 짱나.]

직업 특성상 기자들에게 자주 몰려 봤던 가을은 자기가 도리어 화를 내며 말했다.

"어쩔 수 없지. 며칠 있다 보면 다들 가지 않을까?"

[아니. 안 그럴 것 같은데?]

"뭐? 왜?"

시간이 지나면 사람들의 관심은 점점 시들해질 테고, 그럼 기자들도 가겠지. 규리는 그렇게 생각했다. 그런데 아니라니?

[보통 그러는 게 맞는데, 왠지 모르게 기사가 더 쏟아지고 있더라고. 우리 회사로도 전화가 계속 오고 있대. 셋의 관계에 대해 아는 거 있냐고. 나 인터뷰하고 싶다고.]

안에만 있어서 몰랐는데, 바깥 상황은 더 심각한 모양이었다.

"하아. 그래?"

규리가 아랫입술을 깨물며 걱정하고 있을 때였다. 명석이 규리의 핸드폰을 빼앗았다.

"서가을."

[누구세요? 헐! 설마 감독님? 둘이 지금 같이 있어요? 대박.]

"너 여기 좀 와야겠다."

[네? 제가요? 왜요?]

느닷없이 명석이 가을을 초대하고 있을 때, 초인종이 울렸다. 인터폰을 통해 누군지 확인한 규리는 문을 열기 위해 현관으로 나갔다.

"기자 아니야?"

"아니에요. 강희예요."

명석은 서둘러 통화를 마무리했고, 규리가 현관문을 열자 강희가 그녀에게 달려왔다.

"규리야! 괜찮아?"

"응. 나 괜찮아. 크리스마스 여행 갔으면서 뭐 하러 와?"

"지금 여행이 중요해? 이 난리가 났는데?"

"규현이는?"

규리의 질문에 강희가 살짝 몸을 틀자, 문 뒤에 서 있던 규현의 얼굴이 보였다. 그의 표정은 무척이나 어두웠다. 화가 난 것 같았다. 미리 말했어야 했다. 레오와 관계가 정리되고 나서 명석과 사귀고 있으며 같은 집에 살고 있다고, 규현이한테는 말했어야 했다. 기사를 통해, 또 집 앞에 몰려온 기자들을 통해 알게 하다니. 얼마나 놀랐을까.

"규현아……."

규현이는 살벌한 눈으로 규리 뒤에 서 있는 명석을 노려보았다.

"내가 다 설명할게……."

"누난 좀 비켜."

"감규현……!"

규리가 말릴 새도 없이 명석에게 다가간 규현은 그를 향해 손을 뻗었다. 차마 보지 못한 규리는 눈을 감았고, 명석은 흔들림 없이 규현을 지켜봤다. 그리고 들려온 규현의 목소리!

"우리 누나, 잘 부탁드립니다!"

예상 밖의 전개에 규리는 물론 명석까지 깜짝 놀랐다. 방금 눈빛 장난 아니던데. 한 대 치는 줄 알았는데. 잘 부탁드린다니?

"우리 누나 제대로 된 연애도 못 하고 처녀 귀신으로 늙어 죽나 걱정했는데, 구제해 주셔서 감사합니다!"

"처녀 귀신으로 늙어 죽어? 구제해 줘? 저게 확 그냥!"

등짝 스매싱을 날리려는 그때, 규현이 다시 입을 열었다.

"사랑 한 번 못 해보면 어쩌나, 사랑 한 번 못 받아보면 어쩌나 걱정 많이 했어요."

누나를 바라보는 규현의 눈동자에는 애정이 그득하게 담겨 있었다.

"우리 누나 좋은 사람이에요. 가장 역할 하면서 힘들었을 텐데, 싫은 소리 한 번 안 한 사람이에요."

동생의 진솔한 말에 규리는 눈물이 찔끔 날 것 같았다.

"성격은 좀 지랄 맞지만, 많이 사랑해 주세요."

으씨! 저게, 잘 나가다가!

"매형!"

이게 무슨 상황인가, 어리둥절했던 명석은 '매형'이라는 말에 규현의 손을 덥석 잡았다.

"나야말로 잘 부탁해. 처남."

명석과 규현은 얼떨결에 서로 인사하게 되었고, 빌라에는 이제 총 4명이 갇혀 있게 되었다.

＊

어느새 밤이 되었다. 어제부터 꼬박 이틀 동안 규리의 집 앞을 지키던 기자들은 이제 슬슬 지쳐갔다. 워낙 뻗치기가 생활화되어 있어 집 앞을 지키는 것 자체는 힘들지 않았지만, 추위는 견딜 수가 없었다. 아무리 내복에 패딩을 껴입고 온몸에 핫팩을 붙이고 있어도 발끝부터 전해져 오는 추위는 이겨낼 수가 없었다.

"으흐. 추워."

신 기자는 몸을 잔뜩 웅크리며 엄살 피우는 후배 기자를 심드렁한 눈으로 쳐다보았다. 아까 웬 임신부와 남자 한 명이 빌라 안으로 들어간 후로 건물은 잠잠했다. 들어가는 사람도 나오는 사람도 없었다. 마치 아무도 없는 것처럼 주위가 조용했다.

"저 안에서 얼마나 버틸까요?"

후배 기자가 묻자, 신 기자가 불 꺼진 규리의 집을 올려다보았다. 더도 말고 덜도 말고 딱 내일까지만 버텨주면 된다. 이틀 뒤 선거를 치르고 나서는 그들의 스캔들 따위는 이제 신 기자에게도 가치가 없어진다. 선거 때까지만 김 의원의 소문이 퍼지지 않도록 사람들의 시선을 잠시 돌리면 그만이다. 선거 후에 소문이 퍼지는 건, 김 의원이 알아서 하겠지. 돈으로든 권력으로든 아니면 언론사 입막음을 해서든. 하지만 그 전까지는 절대로 소문이 퍼져서는 안 된다. 절대로. 신 기자는 포털 사이트를 도배하고 있는 레오와 명석의 스캔들 기사를 보고 흐뭇하게 미소를 지었다.

"먹을 거 떨어지면 슬금슬금 기어 나오겠지."

신 기자의 말에 후배 기자는 어제 규리가 들고 올라간 장바구니를 떠올리며 고개를 끄덕였다.

"그럼 꽤 버티겠네요."

그때 후배 기자의 핸드폰이 울렸다. 문자를 확인한 후배의 눈이 커졌다.

"어? 오레오 퇴원했대요!"

"뭐? 언제?"

"조금 전에 비밀 통로로 병원에서 나갔대요."

"사진은?"

"여기요."

후배 기자가 내민 핸드폰에는 마스크를 끼고 모자를 푹 눌러쓴 레오가 주위를 살피며 밴에 올라타는 모습이 담겨 있었다. 오레오 쪽에도 기자들이 포진하고 있었다. 그리고 다행히 미래 일보 기자가 레오의 사진을 찍고 곧바로 기사를 올린 모양이었다. 단독 보도였다. 신 기자는 만족스러워하며 미소를 지었다. 오레오와 계명석의 스캔들 덕에 신문사에서 그의 입지는 날로 올라가고 있었다. 특종을 펑펑 터뜨려 주니 당연한 일이었다. 거기에 김 의원에게 뒷돈까지 받아내니, 이거야말로 꿩도 먹고 알도 먹는 것 아니겠는가. 이제 슬슬 오레오도 입장을 밝힐 거고, 그러면 하루 이틀 정도 김 의원의 소문을 막는 건 일도 아니었다.

"오늘부터 오레오 소속사랑 집 앞도 지키라고 해."

"예!"

신 기자의 입이 슬그머니 귀에 걸렸다. 그린벨트가 풀린다는 그 땅에 거대 아파트 단지가 들어온다는데, 그럼 얼마를 벌게 되는 건가. 오레오 소속사와 딜을 하지 않길 잘했다. 고작 푼돈 몇 푼과 바꾸기엔 김 의원의 판이 훨씬 컸다.

"선배. 전화 옵니다."

"어? 어."

신 기자는 진동으로 해둔 자신의 핸드폰을 꺼내 발신인을 확인했다. 김 의원의 보좌관이었다.

"전화 좀 받고 올게."

그는 후배 기자의 눈치를 살피고 조심스럽게 골목으로 빠져나왔다. 비밀스럽게 통화하는 모습을 사람들에게 들키고 싶지 않았던 그는 숨을 만한 곳을 찾았다. 골목 구석에 세워져 있는 검은색 SUV 차량이 보였다. 신 기자는 벽과 SUV 차량 사이로 들어가 최대한 목소리를 낮추어 전화를 받았다.

"예. 보좌관님."

[아이고, 신 기자님.]

핸드폰 저편에서 흐뭇해하는 보좌관의 목소리가 들려왔다. 신 기자도 덩달아 기분이 좋아졌다.

[덕분에 의원님께서 아무 걱정 없이 국민을 위해 힘쓰고 계십니다.]

"그거참 다행입니다."

[그런데 이게 얼마나 갈까요? 내일모레까지는 별 탈 없겠죠?]

"그럼요. 선거 때까진 끄떡없을 겁니다."

[HBS 시사팀 움직임이 심상치 않던데……?]

"어떤 아이템을 들고 와도 이번 사건으로 다 무마할 수 있습니다."

[과연 그럴까요?]

고작해야 이틀만 버티면 된다. 신 기자는 오레오와 계명석의 스캔들이면 그정도는 버틸 수 있다고 확신했다. 하지만 저쪽에서는 그렇지 않은 모양이었다. 하긴 조바심이 나겠지. 신 기자는 보좌관을 안심시키기 위해 입을 열었다.

"잘 아시지 않습니까? 대중들의 습성을. 더 자극적인 사진이 아직 남아 있으니 걱정 마십시오."

그의 말에 보좌관이 안심한 모양인지, 핸드폰 너머로 허허허 웃음소리가 들려왔다.

"저…… 그런데."

신 기자는 주위를 둘러보며 아까보다 더 낮은 음성으로 말을 이었다.

"땅은 어떻게 진행되고 있는지…… 하하. 제가 원래 그런 쪽으로 욕심이 없는데, 약속은 약속이니까…… 또 의원님이 당선되시면 바쁘실 것 같아서. 예예. 당연히 당선되시죠. 당연한 결과죠."

김 의원이 당선돼서 입을 싹 닦기 전에 받아야 했다. 고작 술값과 골프 접대 몇 번으로 힘들게 잡은 특종을 넘기고 싶은 마음은 없었다. 그럴 거였으면 오레오 소속사에 사진을 팔았지.

'내가 얼마나 힘들게 잡은 특종인데, 고작 돈 몇백에 퉁칠 수는 없지.'

다행히 보좌관은 말이 잘 통하는 사람이었다.

[그럼 내일 잠시 만나서 정리하는 건 어떻겠습니까?]

"내일요? 좋습니다. 그럼 내일 저녁 7시에 사거리 카페에서 뵙겠습니다."

만족스러운 결과였다. 시간만 좀 더 끌어 주면 꽤 큰 돈이 그의 손에 들어온다. 오늘 밤은 남몰래 병원을 빠져나간 오레오로 사람들의 눈과 귀를 장악할 수 있다. 신 기자는 걸음을 옮기며 어디론가 전화를 걸었다.

"여보세요. 어, 오 작가. 혹시 내일 시간 되나?"

내일은 아마 오레오 쪽에서 무슨 반응이 있을 거다. 강력한 보도 자료를 뿌린다든지, 기자 회견이라든지. 이왕이면 기자 회견 쪽이 더 좋다. 반응이 커야 대중들의 눈과 귀도 더 잘 가릴 수 있을 테니. 신 기자가 떠나고 나자 골목길은 다시금 조용해졌다. 그리고 잠시 후. 골목에 서 있던 SUV 차량의 창문이 열리더니, 안에 타고 있던 사람이 창밖으로 얼굴을 빼꼼 내밀었다. 호기심 가득한 눈빛이 신 기자의 뒷모습을 좇았다.

불이 꺼져 깜깜한 집 안. 어둠 속에서 규현과 명석은 서로에게 '형님', '처남' 하며 사이좋게 대화를 나누고 있었다. 알고 보니 학교 선후배에, 위아래 층에 살고 있으며, 취미며 관심사까지 비슷했다. 규현에게 명석과의 동거 사실을 감출 수 있을 때까지 감추는 것이 규리의 목표였는데, 지금 보니 굳이 그럴 필요가 없었다. 힘들게 동생에게 거짓말한 지난날들이 떠오르자, '진작 말할걸' 하는 후회가 들었다.

"그래서 결혼식은 언제라고?"

"다음 달 말이요."

다음 달이라는 말에 명석은 머릿속으로 스케줄을 헤아려 보았다. 명색이 '매형'이 된 마당에 처남 결혼식에 참석을 안 할 수가 없지. 이참에 미래의 장모님도 뵙고, 일가친척분들께 자연스럽게 인사를 하면······. 어두워서 다행이었다. 그가 히죽히죽 웃는 걸 아무도 눈치채지 못했으니까.

"강희 배가 점점 불러와서 나름 서둘렀는데도 촉박하네요. 결혼, 안 해봐서 몰랐는데 준비할 게 너무 많아요."

결혼에 대해서 무지한 명석은 규현이 하는 말에 고개만 끄덕였다. 친구나 선배들이 하나둘 결혼을 할 때마다 같이 술이나 마시고 신랑 발바닥을 때릴 줄만 알았지, 결혼을 어떻게 준비해야 하는지는 하나도 아는 게 없었다. 명석은 배운다는 마음으로 규현의 말에 집중했다.

"식장 예약에 웨딩 촬영, 스드메 선택에······."

"스드메? 스드메가 뭐야?"

난생처음 듣는 단어에 명석이 눈을 동그랗게 뜨고 물었다.

"저도 이번에 처음 알았는데. 스튜디오, 드레스, 메이크업을 줄여서 스드메라고 한대요."

"아······."

명석은 처음 듣는 단어를 잊지 않기 위해 작은 목소리로 '스드메, 스드메.' 하며 중얼거렸다. 나중에 규리와 결혼을 할 때 아는 척해야지. 멋있게 물어봐야겠다. 명석이 중얼거리는 소리를 들은 강희는 쿡 하고 웃음을 터뜨렸다.

"왜?"

어둠 속에서 조심스럽게 과일을 깎던 규리가 강희를 돌아보며 물었다.

"아무것도 아냐. 근데 내 부케 네가 받을 거지?"

"부케?"

곧 강희의 결혼식이지, 하고 생각은 했지만, 부케 받을 생각은 전혀 하지 못했다.

'받아야 하나, 말아야 하나?'

"네가 남친 없을 때야 나도 줄 생각이 없었지만, 이젠 받아도 되는 거 아니야?"

부케에 대한 속설 때문에 강희도 굳이 규리에게 말하지는 않았다. 안 그래도 부케 받고 싶어 하는 친구들도 꽤 있었고. 하지만 규리에게 남자친구가 생긴 마당에, 게다가 남자친구가 저렇게 결혼을 하고 싶어 하는데, 굳이 다른 친구에게 부케를 던질 필요가 있을까? 이왕이면 가장 친한 친구에게 부케를 던지는 게 좋겠다 싶었다.

"어때?"

강희가 못을 박으려고 하자, 규리가 고개를 갸웃거리며 중얼거렸다.

"글쎄……."

아직 구체적으로 결혼을 생각해 본 적이 없었다. 사귄 지도 고작 몇 주밖에 되지 않았고, 프러포즈를 받은 것도 아니고.

"뭐가 고민이야?"

"솔직히 그렇잖아. 프러포즈를 받은 것도 아닌데, 벌써 설레발치는 건 좀……."

"좀 뭐? 내가 보기엔 조만간 프러포즈할 것 같으시다."

"그건 모르는 일이지."

규리가 피식 웃으며 말했지만, 강희는 똑똑히 보았다. 어둠 속에서도 하얀 치아를 드러내며 결혼 이야기에 열을 올리고 있는 명석을.

"그런데 언제까지 이러고 있어야 해? 저 사람들 진짜 집에 안 가?"

"안 가더라. 춥지도 않은지."

"대단하다, 정말."

강희는 고개를 절레절레 저으며 손뼉을 쳤다.

"난 살면서 사람들이 네 연애사에 저렇게 관심 많은 줄 몰랐다."

"응?"

"그렇잖아? 연애 고자에 제대로 된 연애 한 번 못하던 네가 지금은 사람들의 부러움을 한 몸에 받고 있잖아? 아, 물론 욕도 먹고 있지만."

"이씨. 누구 놀리냐?"

규리가 사납게 노려보며 소리친 순간, 따뜻한 무언가가 그녀의 손을 잡았다. 강희의 손이었다.

"그러니까 행복하라고."

어두워서 잘 보이지 않았지만, 강희의 목소리는 촉촉하게 젖어 있었다.

"솔직히 우리한테 이런 일 벌어질 거라고는 상상도 못 했어. 나 아까 집 앞에 기자들 깔린 거 보고 얼마나 놀랐는지 몰라."

미리 규리와 연락한 터라 집 앞에 기자들이 깔려 있다는 걸 알았지만, 막상 그들을 본 순간 심장이 철렁 내려앉았다. 규리는 괜찮을까, 이 소심한 것이 또 울고 있지는 않을까, 자기 때문에 벌어진 일이라고 자책하는 건 아닐까…… 별별 생각이 다 들었다. 그런데 규리는 의외로 잘 버티고 있었다. 아니, 생각보다 더 단단해 보였다. 강희는 그게 다 명석이 옆에 있기에 가능한 일이라고 생각했다.

사랑은 사람을 변하게 만든다. 좋은 쪽이든 나쁜 쪽이든. 그리고 다행히도 규리에게는 아주 좋은 쪽으로 작용한 것 같았다. 연애 고자에 선택 장애를 앓고 있는 그녀가 이렇게 변한 걸 보면.

"난 네가 행복하면 좋겠어. 이번 일도 잘 이겨내리라 믿고."

강희의 말에 규리가 고개를 끄덕였다. 인터넷만 봐도 자신을 향한 욕이 쏟아지고 있었지만, 규리는 꿋꿋하게 버티리라 결심했다. 그게 자신의 선택에 대한 책임이니까.

"고마워, 강희야."

"고맙긴. 과일 다 깎았어? 내가 갖다줄게."

"응. 조심해."

강희는 과일이 든 접시를 들고 일어섰고, 규리는 뒷정리를 시작했다. 어서 빨리 기자들이 모두 돌아갔으면 좋겠다고 생각하고 있던 그때. 쨍그랑, 그릇 깨지는 소리와 함께 강희의 날카로운 비명이 들려왔다.

"아악!"

"강희야!"

놀란 규리가 먼저 달려갔고 곧 규현과 명석이 뛰어왔다.

"갑자기 왜 그래?"

"규현아. 배가…… 배가 너무 아파."

강희의 말에 명석은 서둘러 핸드폰을 들었다.

＊

"감독님 정말 나한테 너무하는 거 아니야? 나 서가을이라고 서가을. 이래 봬도 지금 가장 핫한 걸 그룹인데, 별걸 다 시켜."

가을은 오늘 스케줄을 모두 마치자마자 명석의 말을 따라 움직였다. 일단 와달라는 그의 말에 황당하기는 했지만, 생명의 은인인 규리를 위해서라면 못 할 일이 없었다.

"내가 규리 언니 일이니까 발 벗고 나서는 거지, 정말."

개인적인 일이기에 매니저 없이 자신의 빨간색 스포츠카를 몰고 온 가을은 멀찍이 몰려 있는 기자들을 보고 혀를 내둘렀다.

"쯧쯧. 드럽게 많이도 왔네."

가을은 골목 한편에 주차하고, 선글라스를 꼈다.

"자기들 사생활을 저렇게 침해하면 난리 칠 거면서 왜 남의 사생활에 감 놔라 배 놔라 말들이 많은지."

화려한 옷에, 징 박힌 검은색 모자, 거기에 한밤에 선글라스까지. 누가 봐도 온몸에 '연예인'이라고 쓰여 있었다. 가을은 빨간색 립스틱을 바르는 것을 마지막으로 단장을 마친 뒤, 차에서 내렸다. 그러자 사람들이 웅성거리기 시작했다.

"뭐야? 연예인인가?"

"글쎄."

고급스러운 자동차의 등장으로도 충분히 사람들의 이목을 끌 만한데, 그 안에서 나온 사람이 보통 비주얼이 아니었다. 규리의 집에 집중되어 있던 사람들의 이목이 가을에게 쏠렸다.

"잠깐! 저거 서가을 아니야?"

"맞네, 서가을! 혹시 계명석 피디 만나러 왔나?"

누군가의 외침에 기자들이 가을에게 몰려왔다. 아무리 이런 일에 익숙한 가을이라지만, 너무 많은 사람들이 다가오자 가을은 살짝 겁을 먹을 수밖에 없었다. 가을의 얼굴을 확인한 신 기자가 후배에게 말했다.

"김 기자. 네가 가을이 취재하고 와."

"선배는요?"

신 기자는 의심적은 표정으로 규리의 집을 올려다보며 말했다.

"난 여기 지킬 테니까, 네가 다녀와."

"예."

의심 많은 신 기자는 빌라의 입구를 지키기로 하고, 후배를 보냈다. HBS 시사국에서 굉장한 아이템을 준비 중이라고 했고, 그곳에 명석이 들락거린다는 소문이 있었다. 뭘 들쑤시고 다니는지는 모르지만, 일단 명석의 발을 묶어 두는 게 중요했다. 괜히 가을에게 신경 쓰느라 그를 놓치느니 후배에게 맡기는 편이 나았다.

"서가을 씨! 여긴 어쩐 일입니까?"

"혹시 오레오와 계명석의 삼각관계에 대해 알고 있는 게 있습니까?"

"섬에서 촬영할 때 이상한 조짐을 발견하진 못했습니까?"

기자들이 질문을 던지는 건 상관없었지만, 너무 몰려오는 바람에 가을의 몸이 휘청거렸다. 그때였다.

"어? 저거 오레오 아니야?"

골목 끝에 주차된 검은색 차량에서 웬 남자가 내렸는데, 실루엣이 꼭 레오와 비슷했다. 훤칠한 키에 조막만 한 얼굴, 거기에 쭉 뻗은 매끈한 다리까지. 물론 검은색 모자에 마스크를 끼고 있어서 정확한 얼굴이 보이지는 않지만, 기자들의 이목을 끌기에는 충분했다.

기자들이 나뉘기 시작했다. 몇몇은 서가을 옆에 남았고, 대부분의 기자들은 오레오로 추정되는 남자에게 몰렸다. 신 기자를 비롯해 촉 좋은 몇 명의 기자들만이 규리의 집 앞을 지켰을 뿐. 순식간에 골목 안이 아수라장이 되었다. 가을에게 질문을 던지는 사람들, 오레오를 향해 달려가는 사람들. 그들은 특종 하나 더 잡겠다며 서로 밟히는 줄도 모르고 사진을 찍고, 소리를 질러 댔다.

그때였다. 구급차 한 대가 요란한 소리를 내며 빌라 쪽으로 다가왔다. 그리고 얼마 있지 않아 빌라에서 임신부 한 명과 한 남자가 그녀를 부축하며 밖으로 나왔다. 무슨 일이 있는지, 여자는 고통스러운 듯 비명을 지르고 있었다.

"아아악."

"조심해. 조심."

여자와 남자가 건물에서 나오자, 신 기자가 그들 앞을 막았다. 목도리로 얼굴을 칭칭 감고 있는 여자와 모자를 푹 눌러쓰고 있는 남자가 몹시 수상했기 때문이다.

"잠시만요. 얼굴 좀 확인할 수 있겠습니까?"

신 기자가 의심 가득한 눈으로 그들을 노려보았다. 남자는 대답하지 못했고,

여자는 떨고 있었다. 신 기자는 확신했다. 이들은 진짜 환자가 아닌 명석과 규리라고!

"못 하겠다면 제가 직접 확인하죠."

신 기자가 남자의 모자를 벗기기 위해 손을 뻗었다. 그리고 모자를 벗기려는 순간!

"아아악!"

여자의 치마 밑으로 뭔가가 왈칵 쏟아졌다. 놀란 신 기자가 주춤거리며 뒤로 물러섰고, 구급차에서 내린 사람이 그에게 소리쳤다.

"비키세요! 지금 길 막고 뭐 하는 겁니까!"

"잠깐 얼굴만 확인을 좀……."

"미쳤어요? 지금 양수 터진 거 안 보입니까? 문제 생기면 책임질 겁니까?"

구급 대원의 외침에 신 기자는 더 이상 아무 대꾸도 할 수 없었다. 여자와 남자는 서둘러 차에 올라탔고, 신 기자는 어떻게든 그들의 얼굴을 확인하려고 했지만 구급차는 곧 출발해 버렸다. 신 기자는 구급차가 시야에서 사라질 때까지 그 뒤를 쏘아보았다. 구급차가 떠났지만, 골목은 여전히 아수라장이었다. 가을과 오레오로 추정되는 남자는 어느새 기자들에게 에워싸여 있었고, 수많은 기자들은 그들에게 끊임없이 질문을 쏟아내고 있었다.

"오레오 씨 맞습니까? 맞다면 여기까지 온 이유가 무엇입니까?"

"계명석 피디와 한 여자를 두고 다툰 것이 정말입니까?"

"감규리 작가를 대신해 교통사고를 당했다고 하는데, 사실인가요?"

"이 집에서 셋이 동거했다는 것 또한 진짜인가요?"

규리를 도와주기 위해 이곳에 온 가을이었지만, 처음엔 자기에게 몰리던 기자들이 오레오를 발견하자마자 흙에 떨어진 감 취급을 하는 것 같아 기분이 상했다. 하지만 가을은 물러서지 않고, 10명이나 되는 그룹에서 카메라 앵글 밖으로 밀려나지 않기 위해 갖은 애를 썼던 것을 떠올리며 악착같이 레오 옆에 섰다.

'흥! 내가 여기까지 왔는데, 신문 1면은 아니더라도 언급은 돼야 하지 않겠어?'

그런 마음으로 가을은 꿋꿋하게 카메라 세례를 받았다. 그런데 어쩐 일인지 레오는 입도 뻥긋하지 않았다. 여기까지 온 거면 무슨 말을 하기 위한 것일 텐데 말이다.

"오레오 씨! 한 말씀만 해주시죠!"

"마스크 좀 벗어주시면 안 되겠습니까!"

기자들이 레오에게 닦달하자, 은근히 샘이 난 가을이 그의 마스크를 확 벗기며 소리쳤다.

"오빠! 말 좀 해봐…… 응?"

레오의 마스크를 벗기자 가을은 물론 기자들의 눈이 커졌다.

"뭐야, 저 사람 누구야?"

"몰라. 오레오가 아니잖아!"

"에이씨. 괜히 난리 쳤네. 누가 내 발 밟았어?"

남자가 오레오가 아님을 알게 된 기자들은 서둘러 규리의 집으로 돌아갔다. 그들에게 가을은 관심 밖이었다.

"뭐야? 짜증 나!"

가을은 자신을 두고도 쿨하게 물러나는 기자들을 향해 꽥 소리를 쳤다. 그럼에도 불구하고 돌아보는 사람이 한 명도 없자, 가을의 화는 옆에 선 남자에게 향했다.

"근데! 조감독님이 여긴 웬일이세요?"

오레오로 의심을 받았던 남자는 다름 아닌 승후였다. 레오와 승후가 닮지는 않았지만, 스캔들이 난 규리의 집 앞에 가을까지 등장했으니 기자들은 의심할 수밖에 없었다. 거기에 검은색 마스크와 모자까지 착용하고, 연예인 밴으로 유명한 축제 차량에서 내렸으니 당연히 오레오로 착각할 수밖에.

"여기 왜 왔냐니까요?"

가을이 다시 묻자, 승후가 웃으며 대답했다.

"집 앞에 난리가 났다기에 우리 집 괜찮나 와봤어요."

"잉? 그게 무슨 소리래? 계 감독님이 오라고 한 거죠? 크리스마스에 사람들 부려 먹어도 유분수지. 내가 규리 언니 때문에 참는다."

명석을 향한 가을의 원망이 계속 이어졌지만, 승후는 말없이 규리의 집을 올려다볼 뿐이었다.

16. 반격

　여전히 규리의 집 앞에서 진을 치고 있는 기자들의 핸드폰에 문자 한 통이 도착했다.

　-오늘 밤 9시. HB 엔터테인먼트에서 오레오 배우와 관련된 소문에 대한 기자회견이 있을 예정입니다. 배우 오레오 씨가 직접 입장을 발표하고 질문을 받을 예정이오니 기자님들의 많은 참석 바랍니다.

　오레오의 소속사에서 보낸 문자였다. 문자 내용을 확인한 신 기자는 자신의 예상대로 흐르는 상황에 만족스러운 듯 미소를 지었다. 어젯밤 느닷없이 레오를 닮은 남자와 가을이 등장하고, 구급차가 출동하는 소동이 있어서 신 기자는 잔뜩 의심하고 있는 상태였다. 구급차를 타고 나간 사람들이 명석과 규리가 아닐까 하는 의심을 지울 수가 없었다. 하지만 규리 집 커튼이 지금까지 살짝씩 움직이는 걸 보면 아직 그들은 집에 있는 게 확실해 보였다. 오늘만 잘 버티면 모든 일은 끝난다. 내일 선거는 예상대로 잘 치러질 거고, 이대로라면 김 의원은 당선될 것이고, 그는 김 의원에게 받을 것만 받아 챙기면 된다. 그럼 그의 역할은 깔끔하게 끝이 난다.

'다 끝나고 나면 지긋지긋한 기자질 그만두고 여행이나 좀 다녀와야겠다.'

신 기자는 주섬주섬 짐을 챙기며 후배에게 말했다.

"나 잠깐 볼일 좀 보고 기자회견장으로 바로 갈게."

"선배. 그럼 전 어떡할까요?"

후배의 물음에 신 기자는 규리의 집을 올려다보았다.

"기자회견 끝날 때까지 여기 지켜."

끝은 확실히 맺는 게 좋다. 의심 많은 그는 명석과 규리를 후배에게 맡기고 자리를 떴다.

✳

근처 사우나에서 피로를 푼 신 기자는 깔끔한 모습으로 약속 장소로 향했다. 한 시간 정도 이야기를 나누고 바로 기자회견장으로 이동해야 했다. 오레오가 무슨 말을 할진 몰라도 최대한 자극적으로, 사람들의 이목을 끌 수 있게 각색하는 게 중요했다. 다른 기자들이야 소속사에서 던져 주는 보도 자료 베끼는 데 바쁘겠지만, 신 기자는 그럴 수 없었다. 받은 만큼 일한다는 게 그의 철칙이었으니까. 김 의원의 보좌관은 늦지 않게 도착했다.

"아이고. 그동안 고생이 많으셨나 봅니다. 며칠 사이 얼굴이 핼쑥해지셨습니다."

"아닙니다. 보좌관님이야말로 선거 준비로 고되셨죠?"

두 사람은 서로 가식적인 인사를 나누고 자리에 앉았다. 선거 준비는 잘 되어 가냐, 꼭 당선되실 거다, 우리나라의 미래는 김 의원님에게 달려 있다 등등. 신 기자는 소파에 엉덩이가 닿자마자 아부성 짙은 말을 마구 쏟아냈다. 그러자 보좌관이 힐끔 시계를 보더니 바로 본론을 꺼냈다.

"어떻게 진행되고 있습니까?"

"잠시 후 오레오 기자회견이 있을 예정입니다."

기자회견이라는 말에 보좌관의 얼굴에 화색이 돌았다. 어디든 시선을 돌릴 만한 곳이 있으면 좋겠다고 생각했는데, 오레오가 직접 움직일 줄이야.

"어쨌든 사람들 관심은 한동안 이쪽에 쏠릴 겁니다."

"내일까지는 문제없겠죠?"

오래도 바라지 않는다. 선거 끝날 때까지만 버텨주면 된다. 보좌관이 입술을 달싹거리며 묻자, 신 기자가 자신만만하게 말했다.

"걱정 마십시오. 오레오가 딱 잡아떼도 제가 진실을 밝힐 테니."

"역시. 기자 정신이 투철하십니다. 신 기자님 같은 분이 많아져야 우리나라가 발전할 텐데 말입니다."

신 기자의 웃음소리가 낮게 번졌다. 잠시 두 사람 사이에 침묵이 내려앉아 있을 때, 보좌관이 테이블 위에 서류 봉투를 내밀었다. 신 기자는 말없이 봉투를 열어 안에 있는 내용물을 확인했다. 아주 만족스러운 딜이었다.

*

저녁 8시가 조금 넘는 시간부터 HB 엔터테인먼트 건물로 사람들이 속속들이 모이기 시작했다. 기자들은 물론 각 방송사의 연예 정보 프로그램 리포터와 오레오의 팬들 등, 다양한 사람들이 몰려왔다. 보좌관과 볼일을 끝낸 신 기자는 일찌감치 기자회견장을 찾았다. 기자들이 어디선가 들은 소문들, 바쁘게 뛰어다니는 소속사 직원들의 속삭임, 오레오 팬들이 떠드는 넷상에서의 이야기까지. 사소한 워딩 하나로 사람들의 마음을 움직여야 하는 그에게는 무엇 하나도 놓칠 수 없는 것들이었다. 지금 그에게 '정확한' 정보는 필요 없다. 오직 '자극적'인 정보만 필요할 뿐.

"곧 기자회견을 시작하겠습니다. 자리에 앉아주십시오."

소속사 직원이 말하자 기자들이 모두 자리에 앉았다. 백여 명이 넘는 사람들이 모여 있었지만, 그 어떤 소음도 들리지 않았다. 기자회견장에는 소름 끼치는 정적과 함께 긴장감이 맴돌았다. 얼마쯤 시간이 흘렀을까. 무대 뒤에 있는 문이 열렸고, 그 안에서 레오가 등장했다. 그와 동시에 사방에서 플래시가 터졌다. 검은색 슈트를 입은 그는 단정한 머리를 하고 있었으며, 한쪽 팔에는 깁스를 한 채였다. 무대 위에 오른 레오가 기자들을 향해 고개를 숙였다. 자리에 앉은 그가 마이크 위치를 잡을 때까지, 기자들은 질문 없이 그를 지켜보았다.

"먼저 바쁘신 와중이 이곳까지 찾아주신 기자님들께 감사의 인사를 전합니다."

레오가 입을 열자, 누군가는 카메라 셔터를 눌렀고 또 누군가는 노트북을 두드렸다. 물론 사고 후 몸이 아픈 것도 있겠지만, 그걸 감안해도 레오의 얼굴은 말이 아니었다. 매일같이 반짝이던 피부는 푸석푸석해졌고, 밥도 제대로 못 먹었는지 얼굴은 퀭했으며, 눈 밑에는 다크서클까지 내려앉아 있었다. 신 기자는 그런 그의 얼굴을 보며 비소를 흘렸다. 잘난 척하며 대들던 모습은 어디 가고 풀이 확 죽어 있는 모습을 보니 속이 다 후련했다.

'그러니 알아서 기었어야지. 대들긴 왜 대들어.'

신 기자가 웃음을 지으며 그를 주시하고 있을 때, 레오가 다시금 입을 열었다.

"저를 둘러싼 소문에 대해 말을 꺼내기 전에 한 분 더 모실 분이 있습니다."

'모실 분이라니 누구지?'

뜬금없는 말에 신 기자의 눈썹이 꿈틀거렸다. 그와 계명석의 스캔들에 대해 이야기할 사람이 있다니. 전혀 짐작도 되지 않았다. 신 기자는 물론 모든 기자들이 웅성거리고 있을 때, 무대 뒤 문이 열렸다.

"저, 저 자식이 어떻게 여기에?"

무대 위로 등장한 사람은 다름 아닌 명석이었다. 신 기자의 얼굴이 종잇장처럼 구겨졌다.

*

어젯밤. 여자와 남자가 구급차에 올라타자 구급 대원이 말했다.

"라마즈 호흡법 아시죠? 숨 쉬세요."

"후우, 하아. 하아."

"천천히 들이마시고. 후우. 내쉬고, 다시 들이마시고, 내쉬고."

그의 말에 따라 여자는 숨을 들이마시고 내쉬기를 반복했다.

"예정일이 언제시죠?"

"내년 5월이요."

여자의 말에 구급 대원이 빙긋 웃으며 말했다.

"산모 닮았으면 아기가 아주 예쁘겠네요. 딸이면 좋을 것 같은데."

"이봐, 구급 대원 양반! 어디서 개수작이야!"

보호자가 모자를 벗으며 구급 대원을 노려보았다. 그 사람은 규현이 아닌 명석이었다!

"우리 규리 닮았으면 예쁜 건 당연한 거 아닙니까?"

구급 대원이 마스크와 모자를 벗으며 말하자 명석이 발끈했다. 긴급한 상황에 어울리지 않는 수려한 외모를 가진, 아니 후광까지 비치는 완벽한 외모의 구급 대원이었다.

"야, 오레오! 너 언제까지 우리 규리, 우리 규리 할 거야?"

"그럼 내 친군데, 우리 규리지 남의 규리입니까?"

"이제 너네 규리가 아니라, 내 감귤이라니까?"

"아우, 쫌팽이. 언제까지 저러나 몰라?"

"뭐? 이 자식이……."

레오의 말에 명석이 다시 입을 열려고 하자, 누워 있던 여자가 목도리를 풀어내며 소리쳤다.

"아, 이 남자들이! 여기서도 싸울 거예요?"

목도리를 풀어낸 여자는 강희가 아닌 규리였다.

"그만들 좀 해요. 만났다 하면 싸우기 바쁘다니까?"

규리가 그들을 향해 눈을 흘기자, 두 남자는 언제 그랬냐는 듯 입을 다물었다.

"근데 차는 어떻게 구했어?"

규리가 묻자, 앞에서 운전하고 있던 레오의 매니저가 룸미러를 보며 대답했다.

"우리 회사의 소중한 자산이죠."

"어머! 매니저님!"

규리가 깜짝 놀라며 인사하자, 매니저도 고개를 끄덕였다.

"우리 회사 드라마 제작도 하는 거 아시죠? 소품 차량 빌려왔습니다."

그러고 보니 하얀색 승합차에 사이렌만 덜렁 달려 있던 것 같기도 하고, 안에도 어설픈 구석이 많아 보였다. 규리는 몰랐지만, 레오의 소속사에서 기자들 눈속임을 위해 가끔씩 사용하곤 했다.

"그런데 두 사람은 어쩜 이렇게 연기를 잘해? 특히 규리 넌 배우 해도 잘하겠더라."

"나? 특별 과외를 좀 받았거든."

레오의 칭찬에 규리가 손가락으로 브이 모양을 만들며 미소를 지었다.

＊

2시간 전, 규리의 집. 가을과 통화를 마친 명석의 머리가 빠르게 돌아갔다. 기자들이 너무 많아 집에서 쉽게 빠져나가지 못하는 건 물론, 무턱대고 나갔다간 다시금 기자들에게 둘러싸일 위험이 있었다. 그런데 가을이 그들의 시선을 한번 끌어주고, 규리가 임신부인 척 연기해 구급차에 실려 간다면 손쉽게 기자들의 눈을 속일 수 있을 것 같았다. 게다가 배부른 강희가 빌라 안으로 들어오는 모습을 기자들이 똑똑히 봤으니 의심도 좀 줄어들 것이었다.

"아니지. 더 리얼하게 소리를 지르라니까?"

명석이 자신의 계획에 대해 말하자, 강희의 연기 교육이 시작되었다. 명석은 보호자 역할을 하며 그저 규리를 부축하기만 하면 그만이었지만, 그녀는 달랐다. 뱃속에 솜뭉치를 넣고 아픈 연기를 해야 했으니 말이다.

"아아. 배야. 아이고, 아파. 이렇게?"

"야, 너 그 발연기로 기자들 속일 수 있겠니? 지나가는 애도 웃겠다."

"그렇게 어설퍼?"

"완전. 내가 하는 거 봐봐."

강희는 자기가 직접 시범을 보여주겠다며 과일 접시를 들더니, 풀썩 쓰러지는 연기를 선보였다. 어찌나 연기에 집중했는지, 들고 있던 접시를 깨기까지 했다.

"아악!"

"강희야!"

얼마나 리얼했는지, 연기라는 것을 알면서도 규리가 먼저 달려갔다. 그 뒤로 규현과 명석이 뛰어와 그녀를 부축했다.

"갑자기 왜 그래?"

규현이 묻자, 강희가 그의 옷깃을 잡으며 말했다.

"규현아, 배가…… 배가 너무…… 아파."

"뭐? 119. 119!"

규현이 소리치자, 옆에 있던 명석이 핸드폰을 들었다. 119를 누르고 통화 버튼을 누르려는 순간, 강희가 그의 핸드폰을 붙잡았다.

"강희 씨?"

"규리 연기 연습시키는 중이었어요."

"예?"

"뭐야. 놀랐잖아."

놀란 규현이 타박했지만, 강희는 말짱한 표정을 지으며 규리에게 말했다.

"봤지? 이 정도는 해야 속지."

"와. 너 아카데미 여우주연상 타도 손색없겠다."

"다시 해봐."

강희의 코치에 따라 규리가 연기를 선보였지만 뜻대로 되지 않았다. 진짜 배가 불러본 적도, 아파본 적도 없었기에 쉽지 않았다.

"규리야. 그냥 내가 대신 나갈까?"

"응? 네가?"

"넌 군이 안 나가도 된다면서? 피디님이야 방송국에 일이 있다지만 넌 여기 있어도 되잖아."

틀린 말은 아니었다. 명석은 회사에 중요한 볼일이 있다고 했지만, 규리는 밖으로 나가야 할 특별한 이유는 없었다. 강희에게 부탁할까, 하고 살짝 마음이 흔들리던 그때.

"아니야. 내가 할게. 내가 하는 게 맞아."

스스로가 이겨내고 싶었다. 어쨌든 이건 명석과 자신의 일이었으니까. 그리고 괜히 임신한 강희가 끼어 만에 하나 그녀의 몸에 무리라도 간다면, 그건 규리가 용납할 수 없을 것 같았다. 굳게 마음먹은 규리는 연습을 거듭했고, 그 결과 신 기자를 속일 수 있었다. 완벽하게 속이기 위해 뱃속에 양수를 가장한 물풍선까지 넣으며 말이다.

＊

차는 어느덧 방송국 앞에 다다랐다. 기자들을 피해 이곳까지 오긴 했지만, 규리는 명석이 왜 굳이 방송국에 온다고 했는지 또 레오는 어떤 계획을 갖고 있는지 알 수 없었다.

"이제 어떻게 할 작정이야?"

규리가 묻자, 레오가 대답했다.

"내일 기자회견을 열 생각이야. 감독님도 참석해 주세요."

＊

무대에 오른 명석은 성큼성큼 걸어가 레오의 옆에 앉았다. 삼각관계라고 알려진 두 남자가 나란히 앉자 기자석은 웅성거리기 시작했다. 예상치 못한 명석의 등장에 신 기자의 눈에 핏줄이 섰고, 눈이 마주친 명석은 여유롭게 그를 내려다보며 입꼬리를 올렸다. 소란스러운 가운데, 레오가 좌중을 향해 입을 열었다.

"지금부터 기자회견을 시작하겠습니다."

*

도심 한복판. 높은 건물 벽에 붙은 전광판에서는 내일 있을 선거에 대한 뉴스가 끊임없이 흘러나왔다. 사전 투표율은 그 어느 때보다 높았고, 여론조사를 통한 지지율은 김 의원이 압도적으로 앞서고 있었다. 관록 있는 정치인인 김 의원은 뛰어난 실력에, 답답한 사안에 사이다 멘트를 날리며 최근 젊은이들 사이에서도 인기를 얻고 있었다. 거기에 사생활까지 깨끗해 많은 국민의 지지를 받고 있는 중이니, 이대로라면 김 의원의 당선은 당연한 결과였다.

퇴근길. 회사원들이 신호등을 기다리다가 전광판을 보며 이야기를 나누고 있었다.

"김태조가 되겠지?"

"당연하지. 김태조가 안 되면 누가 되냐?"

"하긴. 일 잘하지, 사이다 팡팡 터뜨리지, 사생활도 깨끗하지 않나?"

"난 무엇보다 정직해서 좋더라. 앞에서만 착한 척하고, 뒤에서 호박씨 까는 사람은 딱 질색."

이야기를 듣고 있던 한 사람이 그들의 대화에 끼어들었다.

"근데 김태조 찌라시 돌던데."

"응? 정말? 난 못 봤는데. 무슨 내용이야?"

"못 본 사람 의외로 많더라. 잠깐만."

여자가 핸드폰을 꺼내 김 의원의 찌라시를 보여 주려는 찰나.

"어? 뭐야? 오레오 기자회견?"

실시간 검색어가 그녀의 눈에 들어왔다.

"뭐? 오레오 기자회견 한대?"

"대박. 계명석 피디도 같이한대. 유튜브로 생방까지 한다는데?"

"틀어봐. 뭐라고 하는지 한 번 들어보자."

"셋이 사귄 거면 완전 대박."

"셋이 같이 살았다는 거지? 그럼 셋이 갈 데까지 간 거 아니야?"

"설마. 오레오가 그럴 사람은 아니지."

오레오의 팬이 은근히 편을 들자, 다른 사람들이 벌떼처럼 달려들었다.

"설마는? 셋이 동거까지 했으면 할 짓 안 할 짓 다 했다는 거지."

"당연하지. 와! 진짜 그 여자 대단하다. 얼마나 색기가 흐르면 남자 둘을 동시에."

"생긴 거 별로던데?"

"정말? 얼굴 봤어?"

"신상 완전 다 퍼졌어. 검색 몇 번 하니까 집 주소까지 나오더라."

"나 사진 보여줘. 어떻게 생긴 여잔지 진짜 궁금하다."

"조용. 기자회견 벌써 시작했다!"

영상이 재생되자 사람들이 수다를 멈추고 핸드폰을 들여다보았다. 그들의 머릿속에 김 의원은 감쪽같이 사라져 버렸다. 이게 모두 신동우 기자 덕분이었다.

*

그 시각. 기자회견장에서는 레오의 입장 발표가 시작되고 있었다. 소문은 침묵으로 대응하면 묻혀 버리고, 시간이 지나면 사람들의 관심 밖으로 밀려난다. 그것이 바로 이 바닥의 습성이었다. 레오는 침묵해도 됐다. 그래서 소속사도 그의 기자회견을 말렸다. 그럼에도 불구하고 기자회견을 자청한 건, 사실을 바로잡기 위해서였다. 1년 후, 5년 후, 10년 후에라도 규리에 대한 잘못된 정보가 나온다면 참을 수 없을 것 같았다. 양다리라느니, 셋이 사귀었다느니 하는. 차마 규리가 견딜 수 없는 말을 듣기 전에, 미연에 방지를 해야 했다. 소속사에서 입장문을 정리해 준다고 했지만 레오는 거절했다. 자신이 시작한 일이었으니, 자신이 끝내야 했다.

"안녕하십니까. 배우 오레오입니다."

인사를 마친 레오는 기자들을 바라보며 천천히 입을 열었다.

"제가 오늘 이 자리를 마련한 건, 최근 저를 둘러싼 온갖 억측과 루머를 바로잡기 위해서입니다."

루머라는 말에 신 기자는 실소했고, 뒤편에 서 있던 승후는 침을 꿀꺽 삼켰다.

"초등학교 1학년 때 미국으로 이민 갔던 제가 한국에 돌아온 건 첫사랑을 찾기 위해서였습니다."

담담한 그의 고백에 기자석이 웅성거리기 시작했다. 그는 연기에 대한 열정으로, 고국에서 배우 경력을 쌓기 위해 한국에 온 것으로 알려져 있었다. 그런데 첫사랑을 찾기 위해 왔다니. 명석 또한 처음 듣는 말이었다. 규리가 그의 첫사랑이라는 건 익히 알고 있었지만, 애초부터 한국에 온 이유가 규리였다는 건 모르는 이야기였다.

"전 그 친구를 찾기 위해 한국에 왔고, 또 그 친구를 찾기 위해 배우가 됐습니다. 꽤 오랫동안 그 친구를 찾아 헤매다가 몇 개월 전에 만나게 되었죠. 20년 만의 재회였습니다. 〈오늘 밤만 재워줘〉라는 프로그램의 출연자와 작가로 말이죠."

레오는 모든 걸 솔직하게 말하기로 결심했다. 이제 와 거짓을 말해 봐야 대중들이 믿어주지도 않을 게 뻔할뿐더러, 규리의 신상까지 다 뿌려진 마당에 거짓말은 그녀에게 도움이 되지 않을 테니까.

"워낙 어렸을 때 헤어져서인지 그 친구는 저를 알아보지 못했습니다. 하지만 저는 오랫동안 품어왔던 제 마음을 고백했습니다. 갑작스럽고 서툰 고백이었죠."

떡볶이를 오물오물 맛있게도 집어 먹기에 취한 줄도 모르고 고백했다. 돌이켜 생각해 보면 취하지 않았다고 해도 꽤 당황스러웠을 거다. 기억도 못 하는 남자가 첫사랑이라며 고백을 해온다면 말이다.

"하지만 그날, 저 말고 또 다른 남자도 그 친구에게 사랑을 고백했습니다."

셋이 옥상에서 만났던 그날이 떠올랐다. 운명의 장난인지, 신의 질투인지. 타이밍도 짓궂게 두 남자가 같은 날 한 여자에게 고백했다. 그리고 그녀의 대답을 듣겠다며 한날한시에 다시 모였고. 그토록 황당하고 어이없었던 적이 그의 인생에 또 있었을까?

레오는 그날을 떠올리며 입가에 잔잔한 미소를 지었다.

"그리고 그 남자가 바로……."

"……접니다!"

레오와 명석은 마치 연습이라도 하고 나온 듯, 합이 딱딱 맞았다. 레오에 이어 명석이 나서자 조용했던 기자회견장이 카메라 셔터 누르는 소리로 시끌벅적해졌다. 찰칵, 찰칵, 찰칵! 카메라는 두 남자의 표정과 행동을 하나하나 담기 위해 빠르게 움직였고, 기자들은 입장문을 토대로 질문을 뽑아내고 있었다.

"애석하게도 레오와 전 한 여자에게 고백했고, 그녀에겐 시간이 필요했습니다."

그들이 규리에게 고백하는 데에 나름의 시간이 걸렸듯, 그녀도 마음을 결정하기 위해 시간이 필요했다. 그래서 그들은 규리에게 시간을 주었고, 그로 인해 이런 일까지 벌어지게 되었다. 황당하고 어이없는 일이 이제 겨우 마무리되었는데, 규리의 마음이 정해졌는데, 그래서 규리와 함께 알콩달콩 사랑할 일만 남았는데, 난데없이 일이 터져 버렸다. 명석은 어서 빨리 이 모든 일이 지나고 규리에게 평안이 오길 바랄 뿐이었다.

"그리고 얼마 전, 그녀는 마음의 결정을 내렸습니다."

명석이 말을 멈추자, 레오가 말을 이었다.

"그 친구는 현재 계명석 감독님과 좋은 인연을 이어가고 있습니다."

놀란 기자들은 타자 치던 손을 멈추고 레오의 얼굴을 바라보았다. 당사자에게서는 처음 듣는 관계 정리였다. 그동안 삼각관계라는 소문만 무성하게 들려왔다. 두 남자와 각각 찍은 규리의 사진만 돌 뿐 어떤 관계인지 명확하게 알려진 게 없었다. 그런데 레오가 그걸 밝히고 있었다. 그의 첫사랑이 오레오가 아닌 다른 남자를 택했다는 것을, 대한민국 여심을 사로잡은 천만 배우 오레오가 20년간 좋아한 여자에게 차였다는 것을 당당하게 밝히고 있었다.

"저희 셋의 관계는 모두 정리되었는데, 뒤늦게 이런 기사가 터져 안타까울 뿐입니다. 두 사람의 사랑을 축복해 주시고, 괜한 억측과 근거 없는 거짓 기사는 자제해 주시기 바랍니다. 거듭 말씀드리지만, 그 친구는 연예인이 아닙니다."

연예계의 생리를 잘 알고 있는 레오나 명석과는 달리 규리는 이제 막 방송 일에 뛰어든 신입이었다. 사생활 문제로 시달릴 거라고 마음먹고 시작한 레오와는 근본적으로 달랐다. 그들은 규리가 시달리는 것은 참을 수가 없었다.

"그 친구와 저는 친구 이상의 관계가 아님을 밝히며, 더는 이런 기사가 터지지 않기를 간절히 바랍니다."

레오는 저 멀리 앉아 있는 신 기자를 노려보며 말했지만, 신 기자는 보란 듯이 그를 비웃었다.

"가지가지 하는군."

이제 와 셋의 관계를 설명한들 무슨 소용이 있겠는가? 김 의원은 대중의 눈과 귀를 덮을 기사를 원했고, 대중들은 자극적인 소식을 바랐다. 그리고 신 기자는 그들의 니즈를 충족시켜 주었을 뿐이다. 그는 세 사람이 관계를 정리하든 말든, 좋은 인연을 이어가든 말든 하등의 관심도 없었다. 오직 어떻게 해야 대중의 이목을 끌 수 있을까, 어떻게 해야 김 의원이 사생아 소문을 덮고 당선될 수 있을까, 그 고민만 할 뿐. 선거가 무사히 끝나려면 약 하루 정도의 시간이 더 남아 있었다. 그때까지만 사람들의 시선을 잡아주면 된다. 내일 저녁까지만. 신 기자가 비릿한 웃음을 지으며 레오와 명석을 번갈아 보고 있을 때, 핸드폰이 울렸다. 김 의원의 보좌관이었다.

─기자회견 방송 보고 있습니다. 설마 이대로 끝나는 건 아니겠죠? 너무 약합니다. 좀 더 시간을 끌어주세요.

문자를 읽은 신 기자는 실소하며 핸드폰을 주머니에 집어넣었다.

"사람을 어떻게 보고 이딴 문자를 보내?"

착한 결말은 금세 흥미가 떨어진다. 훈훈한 마무리는 더 이상 대중의 이목을 끌 수 없고, 해피 엔딩은 시청률이 뚝뚝 떨어지기 마련이다. 해피 엔딩은 동화 책에서나 나오면 되는 거였다. 사람들의 이목을 끌기 위해선 막장만큼 좋은 스토리도 없었다. 입장 발표가 끝나자 기자들의 질문이 쏟아졌다. 여기저기서 기자들이 손을 들었고, 질문을 던졌고, 소리를 질렀다. 기자회견장은 금세 난장판이 되었다. 결국 소속사 관계자가 나섰다.

"조용히 해주십쇼!"

그가 마이크에 대고 소리치자 겨우 진정되었다. 관계자는 차례로 한 명씩 질문할 기회를 주었다.

"셋이 사귄다는 말이 돌았는데, 그럼 그것도 사실이 아닙니까?"

첫 질문부터 강렬했다. 억측을 자제해 달라는 말은 귓등으로도 안 들은 모양이었다. 명석이 발끈하려고 하자, 레오가 차분한 표정으로 눈짓했다.

"아까도 말씀드렸다시피 저희 둘이 동시에 고백했고, 그 친구는 생각할 시간이 필요했습니다. 이런 말이 어떻게 들리실지 모르겠지만, 저희 셋은 꽤 친하게 지냈습니다. 그래서 그런 사진이 찍혀 오해를 일으킨 모양인데, 셋이 사귄다는 말은 결코 사실이 아닙니다."

레오의 말투는 부드러우면서도 힘이 있었다. 수많은 질문이 쏟아졌고, 레오와 명석은 차분하게 질문에 응했다.

"마지막으로 한 분만 더 질문받겠습니다."

소속사 관계자가 기자회견을 마무리하려고 하자 신 기자가 자리에서 일어났다.

"미래 일보, 신동우 기자입니다."

자신만만한 그의 얼굴을 본 순간, 레오는 물론 명석까지 얼굴이 굳어 버렸다. 거리낄 것 없는 그들이었지만, 신 기자는 거짓을 사실로 만드는 재주가 있는 사람이라 긴장을 늦출 수 없었다. 그들의 눈빛에 경계심이 가득 들어차 있는 걸 본 신 기자는 입가에 미소를 지었다. 조금만 속을 긁어도 흥분할 것 같았다. 그 작가라는 여자에 대해 나쁜 이야기를 던지면 자신을 향해 달려들 것이다. 그것도 나쁘지 않았다. 어차피 그의 목적은 단 하나고, 한 여자를 위해 두 남자가 기자를 폭행했다는 타이틀도 꽤 자극적이었으니까.

"셋이 사귄 게 아니라고 했는데, 그럼 그 여자가 두 분 모르게 두 분 모두를 만난 건 아닙니까?"

양다리는 신 기자의 기사로부터 시작된 이야기였다. 아니라고 그렇게 말했는데도 왜 저런 말을 꺼내는 건지. 레오는 단호하게 말했다.

"아닙니다. 절대."

자신과 명석이 괜찮다며 생각할 시간을 준다고는 했지만, 규리가 동시에 두 남자를 사귄 적은 없었다. 그건 무엇보다 두 남자가 더 잘 알고 있었다.

"왜 자꾸 그 얘기를 꺼내시는지 모르겠습니다."

참다못한 명석이 나섰다.

"왜라뇨? 이 스캔들의 핵심이니까요."

"핵심이라…… 사실 전, 신동우 기자의 말은 신뢰하질 못해서."

명석은 고개를 삐뚜름하게 치켜세워 신 기자를 내려다보며 말했다.

"신뢰하질 못한다?"

"사실 그렇지 않습니까?"

"……?"

"이번 기사가 나오기 전에 말도 안 되는 기사를 써서, 어찌나 어이가 없던지……."

명석이 한쪽 입꼬리를 말아 올리며 조롱하자 신 기자의 얼굴이 붉어졌다. 특종을 잡아야 한다는 조바심에 제보자의 말만 덜컥 믿고 쓴 기사, 바로 명석과 레오의 스캔들이었다. 국민 첫사랑과 천재 피디의 사랑, 게다가 게이 커플이라는 기사에 대한민국이 들썩일 정도였다.

"신동우 기자. 혹시 오레오 안티입니까? 아니면 내가 뭐 그쪽한테 잘못한 거 있나?"

"뭐?"

"자꾸 이상한 관계로 몰아붙이니까 하는 말 아닙니까!"

명석과 동우의 날카로운 눈빛이 허공에서 맞부딪혔다. 팽팽한 두 남자의 기 싸움은 쉬이 멈추지 않을 것만 같았다. 하지만 분위기는 금세 반전됐다.

"하하하하하!"

신 기자의 웃음소리에 명석과 레오가 미간에 주름을 잡았다. 도대체 뭐 때 문에 저러는 건지 알 수 없었다. 두 남자는 물론 회견장에 모여 있는 사람들의 시선이 모두 신 기자를 향했다.

"이걸 보고도 그런 말이 나오는지 궁금하군요."

웃음을 멈춘 신 기자는 준비해 온 사진을 사람들 앞에서 공개했다. 사진을 본 명석과 레오는 흠칫했고, 그들의 반응에 신 기자는 입꼬리를 말아 올렸다. 하나는 명석과 규리가 키스를 나누는 사진이었고, 또 다른 하나는 레오와 규리 가 키스를 나누는 사진이었다!

명석이 떨리는 눈으로 레오를 바라보았다. 그와 눈이 마주친 레오의 눈동자 는 사정없이 떨리고 있었다. 아니라고 절대 그런 일 없었다고, 소리 없이 외쳤지 만 명석의 눈빛은 싸늘했다.

"이 두 장의 사진은 같은 날 찍힌 겁니다."

불붙은 두 남자 사이에 기름이라도 끼얹듯 신 기자가 말했다. 파라도에서 찍 힌 두 장의 사진. 하나는 낮에, 다른 하나는 밤에 찍힌 사진이었다. 사진만 보 면 규리는 낮에는 레오와, 밤에는 명석과 밀회를 즐긴 것으로 보였다.

"저런, 저런. 두 분은 모르셨나 보군요. 쯧쯧쯧."

신 기자가 혀까지 차며 안됐다는 표정으로 두 남자를 쳐다보았다. 레오가 소 리쳤다.

"제 눈에 먼지가 들어가서 불어주는 것뿐입니다! 이상한 각도에서 찍힌 사진 입니다!"

레오가 해명했지만, 아무도 믿지 않았다. 명석조차도…… 외로운 외침이었 다. 레오는 허탈해졌다. 온몸에서 힘이 쭉 빠지는 것 같았다.

"저 사진! 누가 찍은 겁니까?"

절규와 같은 레오의 질문에 신 기자의 얼굴에 비소가 걸렸다. 그 질문을 기다렸다는 듯, 그의 표정에는 여유가 넘쳤다.

"아! 날 못 믿는다고 했지. 그럼 확실히 해볼까요?"

뭐가 더 남았다는 건가? 자신만만한 신 기자의 말에 명석과 레오의 얼굴이 종잇장처럼 구겨졌다.

"들어오시죠!"

그의 외침과 함께 기자회견장의 문이 열렸다. 그리고 또각또각 요란한 구두소리를 내며 한 여자가 들어왔다. 은설이었다. 그녀의 등장에 명석의 표정이 심하게 구겨졌다. 규리를 괴롭히다 못해 살인자로까지 몰았던 그녀였다. 다행히 증거가 있었고, 가을이 사실을 말해준 덕분에 방송국을 그만두는 것으로 그녀와의 인연을 마무리 지었다. 다신 볼 일이 없을 줄 알았던 은설이 여긴 왜 나타난 것일까? 불길함이 명석의 몸을 휘감았다. 그런 자세한 내막을 모르는 레오는 명석과 은설을 번갈아 바라볼 뿐이었다. 낯선 여자의 등장에 기자들이 의아한 눈으로 은설을 쳐다보자, 신 기자가 미소를 지으며 그녀를 소개했다.

"이분은 이 사진을 찍은 장본인이자, 〈오늘 밤만 재워줘〉 팀의 작가였습니다."

그의 말에 기자 한 명이 물었다.

"작가였다뇨? 그럼 지금은 아니라는 뜻입니까?"

"예. 아주 억울하게 팀에서 퇴출당했습니다."

신 기자가 '억울'이라는 말에 힘주어 말하자, 옆에 서 있던 은설이 비련의 여주인공 같은 표정을 지었다. 명석은 '억울'하게 퇴출당했다는 신 기자의 말도 어이없었지만, 억울해하다 못해 슬퍼하는 표정까지 짓는 은설을 보고 진심으로 울컥했다. 규리를 살인자로 몰았던 걸 방송국을 그만두는 것으로 정리해 주었더니, 뭐? 억울? 명석은 화를 참지 못하고 소리쳤다.

"오은설 작가는 억울하게 일을 그만둔 게 아닙니다! 다른 작가를 모함해 그만두게 된 거지!"

그의 말에 신 기자는 기다렸다는 듯이 물었다.

"다른 작가라…… 혹시 감규리 작가를 말하는 겁니까?"

"?!"

비열한 신 기자의 표정을 본 명석은 그제야 그의 의도를 파악할 수 있었다. 일부러 이곳으로 은설을 부르고, 기자들 앞에서 〈오늘 밤만 재워줘〉 팀의 작가'였다고 소개한 의도를 말이다. 신 기자는 아마 모든 내막을 다 알고 있을 것이다. 은설의 모함으로 규리가 살인자로 몰렸고, 그 때문에 은설이 방송국을 그만두었던 것까지도. 하지만 그에게 사실은 중요하지 않았을 거다. 그 사건으로 은설이 '퇴사'했다는 게 더 중요할 뿐.

"여기 있는 오은설 작가가 방송국을 그만둔 이유는 감규리 작가 때문이었습니다."

그는 아주 짧게 핵심만 전했다. 모두의 오해를 살 만한 사실만 콕 집어서.

"억울하게 그만뒀다고 했는데, 정확한 이유가 무엇입니까?"

신 기자의 의도대로 기자들이 달려들었다.

"계명석 피디가 자신의 직위를 이용해 오은설 작가를 퇴사시킨 겁니까?"

그들은 상상의 나래를 펼쳤고.

"혹시 그 이유가 오은설 작가가 그들의 관계를 알았기 때문인가요?"

상상은 곧 사실처럼 굳어져 버렸다. 직접 말하지 않아도 다른 사람들이 알아서 오해하고, 오해를 진실로 포장해 버리는 것. 그게 바로 신 기자가 노린 것이었다. 신 기자가 은설을 향해 눈짓하자, 줄곧 억울한 표정을 지으며 입을 다물고 있던 그녀가 천천히 입을 열었다.

"기자님의 말처럼, 전 세 분의 관계에 대해 알고 있었습니다."

그녀의 말에 명석은 두 주먹을 불끈 쥘 뿐 나서지 않았다. 어차피 지금 그가 나서 봐야 자신의 말을 들어줄 사람도, 믿어줄 사람도 없을 테니까.

"셋의 관계는 어떻게 알게 된 겁니까?"

은설은 레오를 바라보았다. 두 사람의 눈이 마주쳤다. 같이 일하면서 단 한 번도 서로 눈이 마주친 적은 없었다. 그는 은설이 감히 쳐다보지도 못하는 사람이었으니까. 은설이 레오를 좋아하거나 다른 마음을 품은 것은 아니었다. 그저 너무 높이 있는 사람이었다. 같은 프로그램에서 함께 일을 하고는 있었지만, 너무도 딴 세계에 있는 사람이었다. 감히 올려다볼 수도 없는 피라미드 맨 꼭대기 층에 있는 사람. 그런 사람이, 감히 자신이 쳐다보지도 못하는 사람이 규리를 좋아한다고 했다. 화가, 치밀어 올랐다.

"파라도에서 촬영하던 중, 우연히 알게 됐어요."

규리는 바닥에 납작 엎드려 더러운 방이나 청소하는 게 어울렸다. 가을에게 당하고 자신에게 고개를 숙이는 게, 그녀에게 딱이었다. 그런 주제에 레오의 사랑을 받고 있다니.

"오 배우님이 말하더군요. 규리 씨가 자신의 첫사랑이라고."

기가 막혔다. 어이가 없었다. 안 그래도 눈엣가시처럼 여기던 규리였다. 작가 선배들의 사랑을 독차지하는 것만으로도 미워 죽겠는데, 오레오의 첫사랑이라니! 아직도 좋아하고 있다니! 레오의 사랑까지 받는 규리가 꼴도 보기 싫었다. 그녀가 잘되는 꼴은 죽어도 보고 싶지 않았다.

"그러더니 갑자기 규리 씨 손을 잡고 나갔어요."

레오가 왜 그랬는지, 은설은 앞뒤 다 잘라 먹고 자신에게 유리한 말만 했다.

"너무 놀란 전 두 사람을 따라갔어요. 혹시나 섬 주민들이 보면 어쩌나 해서요. 그런데 제 걱정과는 달리 두 사람은 바닷가에서 키스하고 있더군요. 하아."

"그건⋯⋯!"

"너무나!"

키스라는 말에 레오가 말을 바로잡으려고 했지만, 은설이 더 큰 소리로 말했다.

"너무나 충격적이었죠. 보란 듯이 손잡고 나간 것도 모자라 촬영지에서 대담하게 키스를 나누다니. 제 상식으로는 도저히 이해할 수 없었죠."

어쩜 저렇게 눈도 깜짝하지 않고 거짓말을 늘어놓을 수 있는 건지!

레오는 당황스러운 눈으로 그녀를 쳐다봤지만, 그녀는 아랑곳하지 않았다.

더 가관인 건 기자들이 모두 그녀의 말을 곧이곧대로 믿고 있는 것이었다.

"그런데 그 충격이 채 가시기도 전에 더 쇼킹한 장면을 목격했어요."

은설은 이번에 명석과 규리가 키스하는 사진을 바라보았다. 백번 양보해서 레오는 그러려니 했다. 눈에 콩깍지가 씌어 초등학교 때부터 좋아했다고 하니, 과거까지야 어쩌겠는가? 그런데 그 무뚝뚝하던 명석까지 그년을 좋아한다니!

이해할 수가 없었다. 아무리 봐도 규리는 자신보다 나은 게 하나도 없었다. 외모는 물론 성격에, 작가로서의 능력까지. 자신이 더 월등했다. 그런데도 그 잘난 남자들이 규리를 좋아하는 이유를 알 수 없었다. 아니. 이유는 딱 하나뿐이었다.

'이리저리 몸을 굴렸겠지. 더러운 년.'

은설의 머리로는 그렇게 생각할 수밖에 없었다. 안 그러면 그 대단한 남자들이 감규리 따위를 좋아할 이유가 없었으니까.

"낮에는 오 배우와 키스하던 규리 씨가 새벽에는 팀장님과 키스를 나누고 있더군요. 그 장면을 본 순간 온몸에 소름이 끼쳤어요."

회사를 그만둔 후, 은설은 악에 받쳤다. 가을이 자신이 아닌 규리의 편을 드는 것도 화가 나 미칠 지경이었는데, 레오와 명석이 규리를 싸고돌기까지 했다. 누군 저 때문에 회사에서 쫓겨났는데, 남자들과 희희낙락대는 꼴이라니. 꼴도 보기 싫었다. 은설은 자신을 이렇게 만든 규리가 나락으로 떨어지는 걸 보고 싶었다. 사람들에게 손가락질받고, 욕먹고, 자신처럼 회사에서도 잘리길.

그래서 너도 나와 다를 게 없다는 걸, 아니, 넌 나보다 훨씬 못한 인간이라는 걸 처절하게 깨닫길 진심으로 바랐다. 그런데 신 기자만 믿고 손 놓고 있다가는 죽도 밥도 안 될 것 같았다. 제보자의 신원을 보호해 달라던 그녀가 직접 나선 이유였다. 은설은 가녀린 자신의 두 팔을 문지르며 계속 말을 이었다.

"평소에도 규리 씨는 남자만 보면 껄떡거리긴 했거든요."

"오은설!"

도를 지나친 은설의 말에 결국 명석이 소리쳤다.

"언제까지 거짓말을 할 참이지?"

"거짓말이라뇨? 지금 제가 거짓말을 하고 있다는 거예요? 어쩜 끝까지……."

"그럼 거짓말이 아니고 뭐야!"

명석의 반응에 은설의 표정이 묘하게 변했다. 여리여리한 얼굴은 그대로인데, 입가에는 비소가 그려졌고 그를 바라보는 눈동자에는 알 수 없는 싸늘한 기운까지 들어차 있었다.

"그렇다면 저 사진은요? 설마 사진이 거짓말하는 거라고 말하지는 않겠죠?"

은설이 차가운 목소리로 물었다. 명석은 신 기자 옆에 있는 사진을 바라보았다. 자신과 규리가 분명했다. 규리가 자신의 마음을 확인하고 그를 처음으로 받아들여 주었던 그날 찍힌 사진이었다.

'그렇다면 저 사진도……?'

명석의 시선 끝에 레오와 규리가 찍힌 사진이 걸렸다. 서로 묘하게 고개를 비틀고 있는 자세, 레오의 얼굴을 붙잡고 있는 규리의 손. 누가 봐도 키스하는 장면이라고 생각할 만한 사진이었다. 명석은 떨리는 눈으로 레오를 바라보았고, 레오는 겁을 잔뜩 집어삼킨 어린아이 같은 표정으로 명석을 쳐다보았다.

그리고 신 기자는 만족스러웠다. 모든 게 다, 아주 만족스러웠다. 자신이 사진만 들고 와서 떠드는 것보다 목격자가, 그것도 함께 일하던 스태프가 나와서 말하니 신빙성이 있어 보였다. 신 기자는 슬쩍 핸드폰을 꺼내 실시간 검색어를 살폈다. 1위 오레오 기자회견, 2위 오레오 계명석 삼각관계, 3위 감규리 작가 사진, 4위 오레오 감규리……. 김 의원에 관한 내용은 하나도 없었다. 이 정도면 됐나 싶을 때, 보좌관에게 문자가 왔다.

─의원님께서 흡족해하십니다. 나중에 따로 밥 한번 대접하겠다고 하셨습니다.

비로소 신 기자의 입가에 만족의 미소가 번졌다. 이쯤이면 일은 잘 정리된 것 같고. 마지막으로 레오와 명석이 쩔쩔매는 모습을 보고 싶었다. 이건 그의 개인적인 바람이었다.

"두 분, 마지막으로 할 말 있습니까?"

신 기자가 두 남자를 쳐다보며 말했지만, 명석과 레오는 쉽사리 입을 열지 못했다. 통쾌했다.

"저런, 저런. 조금 전까지 내 기사는 믿을 수 없다고 자신만만해하더니, 내 빼는 꼴이란."

조롱하고 능멸하는 말투였지만, 지금 그들이 할 수 있는 건 아무것도 없었다. 그의 기사를 뒤엎고 사실을 밝히고자 기자회견을 시작했는데, 명석과 레오가 얻은 거라고는 둘 사이의 앙금뿐이었다.

"하아."

"저 새끼를……."

레오와 명석의 잇새로 한숨과 욕설이 새어 나왔다. 이를 고소하게 지켜보던 신 기자는 기세등등하게 말했다.

"이제 그럼 기자회견은 끝난 건가?"

사회를 보던 소속사 관계자를 향해 묻자, 그는 어찌할 바를 몰라 하며 발만 동동 굴렀다.

"어떤 기사가 나올지 기대되는군."

신 기자가 비소를 날리며 자리를 마무리하려고 할 때였다. 회견장 문이 벌컥 열리며 누군가가 들어와 외쳤다.

"저 할 말 있습니다! 하아. 하아."

카랑카랑한 목소리의 등장에 모두의 시선이 한 여자에게 꽂혔다. 헝클어진 머리카락, 가쁘게 내쉬는 숨결, 바깥 공기를 그대로 머금은 차가운 기운까지. 여자는 아주 급히 뛰어온 모양이었다.

"감규리?"

사람들 사이에서 그녀를 단번에 알아본 건 다름 아닌 은설이었다.

"오랜만이네요, 선배."

자신을 향해 아무렇지 않게 인사를 건네는 규리를 보자, 은설의 얼굴이 심하게 일그러졌다.

"아차차. 이제 선배가 아니지. 오은설 씨."

이런 상황에서 뭘 믿고 저렇게 까부는 건지. 은설은 자신의 곁을 스쳐 지나가는 규리를 향해 들으라는 듯 중얼거렸다.

"이걸 어째? 왕자님들이 널 구해줄 여력이 없는 것 같은데?"

열받으라고 한 소리였지만, 규리는 웃음으로 화답했다.

"웃어?"

"오은설. 네 눈에는 저 남자들이 날 구해줄 왕자님으로 보이니?"

"······?"

"틀렸어. 내가 저 남자들 구하러 온 거거든."

"······!"

은설을 향해 빙긋 웃던 규리의 표정이 일순 싸늘해졌다. 규리는 은설을 노려본 뒤, 그녀를 지나쳐 신 기자 앞에 섰다. 이미 규리에게 한 방 얻어맞은 이력이 있는 신 기자는 경계하는 눈으로 그녀를 쳐다보았다.

"네가 여길 어떻게······?"

"제 얘길 이렇게 신랄하게 하시는데, 귀가 간지러워서 말이죠."

그녀의 등장에 기자회견장은 다시금 뜨거워졌다. 실시간 검색어는 감규리 이름 석 자로 채워졌고, 유튜브 동시 접속자는 기하급수적으로 늘어났다. 신 기자는 돌아가는 상황을 보며 빠르게 머리를 굴렸다. 이미 다 끝난 일이었다. 이제 와 나타난 그녀가 할 수 있는 일이라고는 고작 사진에 대한 해명뿐, 뾰족한 수는 없을 것이다. 만약 은설이 방송국을 그만둔 진짜 이유에 대해 들먹이면, 그건 몰랐다고 잡아떼면서 자신은 그저 제보자를 백 프로 신뢰한 죄밖에 없다고 둘러대면 그만이었다. 변명까지 생각해둔 신 기자는 침착함을 되찾았다.

"할 말이라는 게 뭐죠?"

"오는 길에 방송 봤어요. 신 기자님이 보여준 사진도 잘 봤고요."

역시. 사진에 대해 변명을 하려는 모양이었다. 신 기자는 차분하게 물었다.

"그래서요?"

그의 질문에 규리는 주변을 둘러보았다. 백여 명의 기자들과 생방송으로 이 상황을 지켜볼 수많은 사람의 눈초리가 눈에 선했다. 평소의 그녀라면 덜컥 겁을 집어삼키고 도망쳤을지도 모른다. 아니, 아예 여기에 나타나지도 않았겠지. 하지만 지금은 도망치지 않을 거다. 나를 믿고 사랑해 주는 내 남자와 나를 응원해 주는 내 남사친을 위해서.

"전 지금 계명석 씨와 교제를 하고 있습니다."

"그건 이미 다 알고 있는 사실⋯⋯."

"그래서 저 사진, 매우 기분 나쁩니다."

규리는 불쑥 끼어든 신 기자의 말을 잘라먹고 말했다.

"아까 레오도 말했듯, 사진 속의 저는 레오 눈에 먼지가 들어갔다고 해서 불어주고 있는 것입니다."

"글쎄요. 그건 아무도 모르는 거죠."

은설이 팔짱을 끼고 자신만만하게 말하자, 규리가 침착하게 대응했다.

"왜 아무도 모른다는 거죠? 진실은 나도 알고, 레오도 알고, 하늘도 알고 있는데. 마치 오은설 씨가 날 살인자로 몰았을 때, 증인과 당사자들이 알았던 것처럼."

규리가 불쑥 파라도에서의 사건을 꺼내자, 은설의 얼굴이 하얗게 질려 버렸다.

"그, 그게 무슨⋯⋯!"

규리는 당황한 은설에게서 눈을 거두고, 웅성거리는 기자들을 향해 말했다.

"기자님들, 기사에 이 사진 싣기 전에, 이 사진을 찍은 사람의 행실을 먼저 알아보시는 게 좋을 겁니다. 오보는 기자한테 너무 치욕적이잖아요? 아, 자세한 건 서가을 씨가 알고 있고요."

거칠 것 없는 규리의 말에 은설은 사시나무처럼 온몸을 떨었다. 그녀를 노려보는 은설의 눈동자에 핏발이 섰지만, 은설에게 볼일이 끝난 규리는 그녀에게서 눈길을 거두었다. 다음으로 규리의 시선이 꽂힌 건 다름 아닌 신 기자였다. 하지만 그는 태연했다. 이 정도는 이미 예상한 일이었고, 그는 켕길 게 없었으니까. 규리는 차분하게 말을 꺼냈다.

"남녀가 만나 사랑하는 게 죄인가요? 솔직히 말해 두 남자 사이에서 좀 재기는 했어요. 보시다시피 둘 다 너무 멋있으니까요. 하지만 그게 죄는 아니잖아요?"

규리는 정공법을 택했다. 모든 걸 사실대로 털어놓기로 말이다. 거짓말을 해 봐야 믿어줄 사람은 없을 거고, 그렇다고 변명을 해봐야 자신을 가엾게 보는 사람도 없을 거다. 그저 솔직한 게 최고라는 생각뿐이었다.

"고민 끝에 전 계명석 씨를 택했고, 우리 셋은 그렇게 관계를 정리했습니다. 그런데 뒤늦게 기사가 뜨더군요. 제가 양다리를 걸쳤다고 말이죠. 사실이 아니라고 말해도 믿지 않았고, 우리 관계를 설명해도 귀를 닫았습니다."

규리는 신 기자를 날카롭게 노려보며 말했다.

"마치 우리의 연애로 무언가를 덮기라도 하려는 듯이, 아등바등 억지로 말이죠."

허를 찌르는 그녀의 말에 신 기자의 눈썹이 꿈틀거렸다. 그의 미세한 표정 변화를 읽은 규리는 계속해서 그를 몰아붙였다.

"크리스마스이브에 기자님들이 저의 집을 찾아오셨더군요. 그 바람에 데이트도 못 하고, SNS에 집 주소까지 오픈됐어요. 그런데 기자님들은 그러더군요. 개인의 사생활보다 알 권리가 중요하다고. 그래서 저도 한번 해봤습니다."

잠시 말을 끊은 규리는 소속자 관계자에게 다가가 핸드폰을 내밀었고, 그는 핸드폰과 노트북을 연결했다. 그녀의 행동에 모두 어리둥절해졌다. 갑자기 사생활이니, 알 권리니 하는 쓸데없는 이야기는 왜 꺼내는 건지.

신 기자는 뜬금없는 규리의 행동에 비소를 날렸다. 이대로 시간만 끌 뿐, 별건 없을 거다. 주제에 뭐 대단한 걸 가지고 온 것 같지도 않고. 고작해야 사진이 가짜라는 증거 정도 가지고 온 거겠지. 신 기자는 여유롭게 팔짱을 끼며 화면을 주시했다.

"제가 오늘 아주 희귀한 장면을 목격했는데, 혼자 보긴 아까워서 찍어왔거든요."

잠시 후. 무대 뒤의 커다란 화면에서 동영상 하나가 재생되었고, 이를 본 신 기자의 얼굴이 사색이 되어 버렸다. 화면은 어두운 조명의 한 카페로 들어가는 것부터 시작됐다. 부스럭거리는 소리와 함께 화면이 크게 움직이더니, 곧 안정을 찾았다. 화면에 보이는 곳은 카페의 구석진 자리였다. 짙은 체리색 테이블, 어딘가 불편해 보이는 의자, 그리고 검은색 정장을 입은 한 남자! 검은색 뿔테 안경을 쓰고 왼손 약지에 결혼반지를 끼고 있는 남자가 누군가를 기다리며 물을 들이켜고 있었다. 카메라가 주시하고 있는 사람은 다름 아닌 신 기자였다!

"어떻게…… 어떻게 저걸……?"

자신의 얼굴과 낯익은 장소를 확인한 신 기자는 크게 소리쳤다.

"꺼! 당장 영상 꺼!"

사람들을 향해 외쳤지만, 그의 말을 듣는 사람은 아무도 없었다. 신 기자의 반응에 기자들은 오히려 동영상의 내용에 더욱 주의를 기울이며 화면을 주시했고, 동영상을 재생시킨 소속사 직원은 노트북을 소중하게 감싸 안을 뿐이었다.

'내 기억이 맞다면 저긴 분명……!'

속이 타들어 간 신 기자는 직접 노트북을 향해 몸을 날렸다. 절대 공개되어서는 안 된다! 어서 저 화면을 꺼야 했다! 동영상이 재생되는 노트북을 향해 뛰어가는데, 누군가 그의 앞길을 막았다.

"너희 뭐야?"

신 기자보다 한 뼘은 더 큰 남자 둘, 레오와 명석이 떡 버티고 서 있었다.

"비켜! 이것들이, 썩 비키지 못해?"

"신 기자님. 우리가 비킬 것 같나요?"

"뭐?"

레오가 빙긋 웃으며 말하자, 신 기자의 표정이 구겨졌다. 천진난만한 미소를 짓고 있는 게 어쩐지 꺼림칙했다. 묘한 촉이 발동했다. 하지만 지금은 그 이유를 따지는 것보다 동영상이 재생되는 것부터 막아야 했다.

"꺼져! 저리 비키라고!"

신 기자는 어깨로 레오와 명석을 밀쳤지만, 그들은 끄떡도 하지 않았다.

"그 앙상한 어깨로 우릴 밀칠 수 있을 것 같아?"

명석의 도발에 울컥했지만, 틀린 말이 아니었다. 도저히 힘으로는 안 되겠는지, 신 기자는 옆에 있는 의자를 들고 그들을 위협했다. 하지만 그것도 잠시. 명석의 커다란 손에 의자 다리가 잡히는 바람에 꼼짝도 못 하게 되었다.

"배울 만큼 배운 양반이 뭐 하는 거야?"

아까 레오의 표정도 거슬렸는데, 명석의 말투를 들으니 확신할 수 있었다.

"니들 설마…… 이걸 노리고 기자회견을 한 거였어?"

신 기자의 말에 두 남자는 서로를 쳐다보며 미소를 지었다.

"에이, 선수끼리 왜 이러실까? 그럼 우리가 아무 준비도 없이 바보처럼 손 놓고 당하기만 할 줄 알았어?"

"신 기자님 너무 순진하시네. 우릴 뭐로 보고."

규리와 찍힌 사진 하나에 서로를 불신의 눈으로 쳐다보던 명석과 레오가 사이좋게 말했다. 다정한 그들의 모습을 보자 신 기자는 뭔가 싸한 기분이 들었다.

"설마…… 아까 그것도 다 연기였어?"

그의 질문에 두 남자가 어깨를 으쓱였다.

'젠장! 이놈들이 짜놓은 각본에 놀아났다니!'

분노가 치밀어 올랐다. 분을 못 이겨 온몸이 부들부들 떨렸다.

"자자. 괜한 데에 힘쓰지 말고 동영상이나 감상합시다."

명석이 큰 소리로 말하자, 저 앞에 서 있던 규리가 그를 향해 한쪽 눈을 찡긋했다. 그들이 소란을 피우는 동안, 동영상은 꽤 진행된 상태였다. 누군가를 기다리던 신 기자 앞에 한 남자가 앉았다. 두 사람은 반갑게 인사를 나누더니 자리에 앉아 차를 홀짝였다. 화면에는 아직까지 신 기자의 얼굴만 보일 뿐, 앞에 앉은 남자의 얼굴은 보이지 않았다. 두 남자의 목소리가 작게 들려왔다.

[어떻게 진행되고 있습니까?]

[오레오 기자회견이 있을 예정입니다. 어쨌든 사람들 관심은 한동안 이쪽에 쏠릴 겁니다.]

자신의 목소리가 새어 나오자 신 기자는 두 눈을 질끈 감았다.

[내일까지는 문제없겠죠?]

의문의 남자의 질문에 기자회견장이 일제히 술렁였다. 기자들은 저들끼리 속삭였다.

"내일? 내일이면 선거 날이잖아?"

"뭐야. 그럼 신동우 기자가 기사 터뜨린 게 선거랑 관련 있다는 거야?"

"그러고 보니! 오레오 스캔들도 신동우 단독으로 뜬 기사잖아!"

"도대체 뭘 덮으려고 그런 거지?"

기자들에게 레오와 명석 그리고 규리의 스캔들은 이미 관심 밖이었다. 당연한 일이었다. 더 큰 물고기가 출현했으니, 잔챙이에 대한 관심이 줄어들 수밖에. 스캔들을 덮는 가장 좋은 방법은 더 큰 스캔들을 터뜨리는 것이다. 신 기자가 김 의원의 소문을 덮기 위해 오레오의 스캔들을 이용했듯, 규리는 신 기자와 김 의원의 스캔들을 이용한 것이었다. 눈에는 눈, 이에는 이. 규리가 신 기자에 맞서는 방법이었다.

"신동우 앞에 앉은 남자는 누구야?"

"그러게. 그걸 알아야 정확한 내용을 파악할 수 있을 텐데."

"누군지 안 찍혔나?"

모두의 관심이 신 기자 앞에 앉은 남자에게 쏠리자, 규리가 의미심장한 미소를 지었다. 그리고 그 순간! 기다렸다는 듯 카메라의 각도가 옆으로 살짝 틀어졌고, 그와 동시에 신 기자 앞에 앉은 남자의 얼굴이 보였다.

"어어? 저 사람은……!"

"맞지? 김태조 의원 보좌관?"

뉴스에서 종종 얼굴을 봤던지라 알아보는 건 어려운 일이 아니었다. 신 기자와 만난 남자가 김 의원의 보좌관이라는 사실과 그들이 은밀히 만나 모종의 거래를 한 것이 알려지자, 기자들은 빠르게 움직였다. 몇몇은 동영상을 보며 즉석에서 기사를 썼고, 몇몇은 빠르게 데스크에 전화를 걸었고, 또 몇은 발 빠르게 인터넷 속보를 올리기 시작했다. 김 의원의 소문에 대해 익히 알고 있는 기자들은 정치부 기자들과 긴밀하게 연락을 취하며 서로 정보를 교환했다.

당선이 유력한 후보의 스캔들이라니, 연예인 스캔들에 비할 이슈가 아니었다. 기자들이 분주하게 움직이는 가운데에도 화면은 계속 재생되었다. 화면 속 보좌관이 가방에서 무언가를 꺼냈다. 서류 봉투였다. 봉투를 신 기자에게 내밀자, 수선스럽게 움직이던 기자들이 약속이라도 한 듯 모든 행동을 멈추었다. 빠르게 타자를 두드리던 것도, 데스크에 전화를 걸던 것도, 화면을 촬영하던 것도 모두 멈추고 화면에만 집중했다.

[전에 말씀드렸던 땅입니다.]

보좌관의 목소리가 새어 나오자, 신 기자는 모든 걸 포기한 듯 자리에 털썩 주저앉아 버렸다.

[기자님 이름으로 명의를 변경했습니다.]

[일 처리 정말 확실하시군요.]

[내일까지만 우리 의원님 소문 꼭 좀 막아주십시오. 당선만 되면 신 기자님 앞길에도 꽃길이 깔리는 것 아니겠습니까?]

꽃길이라는 말에 신 기자와 보좌관이 동시에 껄껄껄 웃었다.

[의원님께서는 뭐라고 하십니까? 제 방법이 마음에 안 드시거나……?]

[아뇨. 아주 만족하고 계십니다. 그래 봐야 개돼지들 눈과 귀를 살짝 가리는 것뿐이니 문제없다고 하셨습니다.]

터졌다! 지금까지는 신 기자와 보좌관의 대화였기에 둘만의 일로 치부할 수도 있었다. 그런데 보좌관의 입에서 김 의원이 직접 한 말이 튀어나오자, 상황은 걷잡을 수 없게 되었다. 신 기자의 핸드폰이 요란하게 울렸다. 보좌관이었다. 전국, 아니, 전 세계적으로 생방송되는 유튜브라서 시청하고 있는 모양이었다.

"하아. 망했군."

정말이지 망했다. 이번에야말로 기사 터뜨리고 크게 한몫 챙길 줄 알았는데, 이딴 식으로 일이 꼬이다니. 이게 다…….

"저년 때문이야."

신 기자는 규리를 노려보며 중얼거렸다. 규리가 나타나기 전만 해도 모든 게 다 순조로웠다. 레오와 명석은 자신에게 꼼짝도 못 했고, 다른 기자들은 특종을 낸 자신을 부럽다는 듯 우러러봤다. 김 의원은 자신의 소문을 덮어준 대가로 노후 대비할 수 있을 만한 땅을 주었고, 또 그가 당선되면 자신도 탄탄대로를 달릴 것이었다.

그런데 저년이 나타나 모든 걸 망쳐 버렸다. 크리스마스이브에도 사람들 앞에서 그렇게 망신을 주더니, 이제는 아예 일을 망쳐 버리다니! 신 기자는 이번 일에 사활을 걸었다. 인생을 걸었단 말이다! 그런데, 그런데……!

"이야아아아아아아악!"

폭주한 신 기자는 자리에서 벌떡 일어나 규리를 향해 달려갔다. 달리는 와중에도 그는 미친 사람처럼 한 가지 말만 되풀이하고 있었다.

"죽여 버릴 거야. 죽여 버릴 거야. 저년을 내 손으로 꼭 죽여 버릴 거야!"

갑자기 뛰어나가는 바람에 앞을 막고 있던 명석과 레오도 손을 쓸 겨를이 없었다.

"감귤!"

"규리야!"

두 남자가 외치자 규리가 뒤를 돌아보았고, 그제야 의자를 들고 자신을 향해 달려오는 신 기자를 발견하게 되었다. 그리고 퍼억-

"꺄아악!"

둔탁한 소리와 함께 기자회견장은 비명으로 물들어 버렸다.

"119 불러! 어서!"

사람들이 규리와 신 기자를 에워싸고 있어 그녀의 상태를 확인할 수 없었던 명석이 외쳤다.

'제발, 제발……!'

가만두지 않을 거다. 규리의 털끝이라도 다치게 했다면…….

"감귤!"

명석이 빠르게 사람들 사이를 헤집으며 규리에게 달려갔다. 그리고 순간 발걸음을 멈췄다. 명석은 자신의 눈앞에서 벌어진 상황을 보고도 믿을 수가 없었다. 믿기지 않았다. 예상 밖이었다. 그가 염려했던 상황과 딱 반대의 상황!

규리는 허공을 향해 다리를 번쩍 들어 하이킥을 날리고 있었고, 규리의 발차기를 정통으로 맞은 신 기자는 바닥에 내동댕이쳐져 있었다. 신 기자의 코에서 선홍빛 피가 흘러내리고 있었다. 그 모습을 본 명석은 저도 모르게 소리 내어 웃어 버리고 말았다.

"역시 내 감귤!"

*

상황은 빠르게 마무리되었다. 레오의 소속사 측에서 경찰을 불렀고, 신 기자는 금품을 받은 혐의로 현장에서 바로 체포되었다. 김 의원은 모르는 일이라고 딱 잡아떼고 있다고 했지만, 내일 그가 당선되는 일은 아마 없을 것이었다.

"규리야, 괜찮아?"

일이 마무리되자 뒤에서 지켜보고 있던 승후가 규리에게 다가왔다.

"응. 괜찮아. 박 군, 고맙다. 다 네 덕분이야."

"내가 뭐 한 게 있다고."

"왜 한 일이 없어? 네가 신 기자 전화 통화 못 들었으면 내가 저런 결정적인 증거를 잡을 수 있었겠어?"

규리가 신 기자와 보좌관이 만날 장소를 미리 알 수 있었던 건 모두 승후 덕분이었다. 우연히 승후가 규리네 집 앞에 골목에 주차하고 있었고, 때마침 신 기자가 승후의 차 주변에서 전화 통화를 하고 있었다. 보좌관과 만날 장소와 시간을 자세히 읊으며 말이다.

"근데 너 시사 프로그램 작가 해도 되겠더라. 몰카를 어쩜 저렇게 잘 찍어?"

승후의 칭찬에 규리가 브이를 그리며 물었다.

"그치? 나 되게 잘 찍지? 이참에 HBS 〈이것이 알고 싶다〉 팀으로 옮길까?"

"안 돼!"

규리의 농담에 태클을 건 사람은 다름 아닌 명석이었다.

"너 시사 프로그램이 얼마나 위험한 줄 알아? 배 피디는 생명 보험을 10개나 들었어. 매일 조폭에, 살인자 등등한테 협박당하는 바람에 핸드폰 번호도 주기적으로 바꾼다고. 알기나 하고 하는 소리야?"

"아니, 농담 한번 한 것 가지고 왜 그렇게 화를 내세요……."

일도 잘 마무리된 마당에 박 군이랑 농담한 걸 왜 저렇게 화를 내나 싶었다.

'혹시 아직도 박 군을……? 아니지.'

이젠 지연과 승후의 사이도 아는데, 이렇게까지 질투할 필요는 없었다. 그런데 왜……?

"감독님, 규리가 다른 팀으로 갈까 봐 무섭구나?"

규리가 명석의 속마음을 읽지 못해 입술을 삐죽이고 있을 때, 레오가 말했다.

"뭐? 무, 무슨 소릴 하는 거야?"

"규리야. 내가 보기에 넌 평생 〈오늘 밤만 재워줘〉에 못을 박아야 할 것 같아."

"응?"

"농담으로라도 네가 다른 팀에 가는 걸 못 보시잖니. 네 남자친구분께서."

"24시간 보고 싶으신가 보네요."

레오에 이어 승후까지 합세해 그들을 놀리자, 규리는 물론 명석의 얼굴까지 빨갛게 익어 버렸다.

"이것들이! 누굴 놀려!"

명석이 양쪽 팔을 들어 승후와 레오에게 헤드록을 걸었다.

"크흡. 안 놀릴게요! 팀장님!"

승후의 애절한 외침에 명석이 그들을 놓아주었다.

"콜록. 근데 팀장님은 신 기자랑 김 의원이랑 연관 있을 거라는 건 어떻게 아신 거예요?"

"아, 그거. 편집하다가."

"예?"

"김 피디 편집한 거 봐주다가 언뜻 봤어."

〈오늘 밤만 재워줘〉 촬영을 마치고 파라도에서 배를 타고 육지에 도착했을 때였다. 자신과 레오의 어처구니없는 스캔들로 기자들이 선착장까지 몰려왔고, 그 바람에 모든 스태프들이 정신없었을 때, 기특하게도 김 피디는 촬영 중이었다.

"파라도에서 서준 선배 인터뷰를 다 못 찍어서 선착장에서 찍었더라고."

평소 같았으면 '넌 정신이 있는 애냐, 화면 튀는 건 어쩔래?'라며 엄청나게 혼냈겠지만, 그날은 달랐다. 영상 속에 신 기자의 모습이 잡혔던 것이다. 그것도 은설과 둘이, 차에서 은밀한 대화를 나누는 모습이!

그때 명석은 직감했다. 곧 신 기자를 통해 레오의 스캔들이 터질 거라는 걸. 그리고 거기엔 은설의 제보가 한몫하겠다는 것까지. 그간 규리를 괴롭혀 온 은설이었다. 게다가 그녀의 거짓말로 방송국을 더 다닐 수도 없게 되었으니, 악에 받쳤겠지. 미리 알았다고 한들 막을 수는 없었다.

"오 작가 대단하다, 정말. 으, 싫어."

승후는 몸을 부들거리며 치를 떨었다. 같이 일하던 사람이 그런 짓을 하다니. 생각만 해도 끔찍했다.

"근데 그건 그거고. 김 의원이랑 신 기자랑 모종의 거래가 있었던 건 어떻게 아신 거예요?"

스캔들이 뜰 거라는 건 미리 알았다고 해도, 신 기자와 김 의원의 관계까지 알 방법은 없었을 거였다. 하지만 명석은 처음부터 김태조 의원과의 관계를 의심했다. 마치 이런 일이 일어날 거라는 걸 알았다는 듯이.

"촉이지. 촉."

다년간의 방송 생활과 주변 정보를 모아보니 큰 그림이 그려졌다.

"사실 시사 팀, 배 피디가 김 의원 비리 관련 아이템을 준비하고 있었거든."

사생아에 대한 소문은 빙산의 일각에 불과했다. 김 의원은 인사 비리, 뇌물 수수, 청탁 등 온갖 불법을 자행했다.

"그리고 그때 마침 레오한테 얘길 들었어. 신 기자가 소속사 대표한테 접근해 왔다가 발을 뺐다는 걸."

그때 촉이 발동했다. 스캔들을 무마해 주겠다는 이유로 그 큰돈을 요구해 놓고 갑자기 발을 뺀 이유가 무엇일까? 바로 답이 나왔다.

"누군가 더 큰 돈을 준다고 제안을 해왔다면?"

연예인 스캔들로 정치 문제를 무마하는 수법은 이미 많은 정치인들이 사용하는 방법이었다. 복잡하고 골치 아픈 정치 문제보다 얼굴 잘 알려진 연예인들의 자극적인 스캔들이 더욱 사람들의 시선을 끄는 법이니까.

"김 의원 쪽에서 신 기자한테 접촉하지 않았을까 추측만 하고 있었는데, 이미 그 둘 사이에 접점이 많이 있었더라고."

이번이 처음이 아니었다. 김 의원의 스캔들이 터지려고 할 때마다 신 기자가 특종을 팡팡 터뜨렸다. 그전에는 우연의 일치라고 생각했지만, 이제 보니 앞뒤가 딱딱 맞아떨어졌다.

"그래서 그렇게 특종 잡으려고 안달이 났던 건가?"

레오가 중얼거렸다. 신 기자는 볼 때마다 특종을 못 잡아 안달 난 사람 같았다. 그런데 이제 보니 다 이유가 있었다.

"그래도 잘 해결돼서 다행이에요."

규리는 홀가분했다. 그동안 그녀를 괴롭히던 신 기자에게 하이킥을 날리고, 은설에게도 한 방 날린 것도 좋았지만, 무엇보다 양다리를 걸쳤다는 오해에서 풀려나니 속이 다 후련했다. 이런 날, 그냥 집에 갈 수는 없었다.

"우리 나가서 시원하게 치맥 한잔 어때요?"

"좋지!"

규리의 제안에 모두 동의하고 밖으로 나가려는데, 아직 남아 있던 기자 한 명이 그들에게 다가왔다.

"저기 궁금한 게 있는데……."

"예. 말씀하시죠."

명석이 말하자, 기자가 정중하게 물었다.

"이해가 되지 않는 게 하나 있어서요. 세 분이 그런 관계가 아니라는 건 알겠는데, 세 분이 함께 동거한 건 사실인가요? 그 빌라에서 자주 봤다는 목격자가 있어서요."

기자의 질문에 세 사람이 난감한 듯 서로를 쳐다보았다. 동거한 건 맞지만 …… 다 끝난 이야기를, 또 아주 개인적인 사생활을 굳이 꺼내고 싶지 않았다. 셋이 동거했다는 말을 이상하게 해석하는 사람들도 있었으니까.

규리를 두고 이미 온갖 더러운 댓글이 끊이질 않는다는 걸 알기에 명석과 레오는 선뜻 대답할 수가 없었다. 그렇다고 거짓말로 둘러대려니 떠오르는 핑곗거리도 없었고. 셋이 꿀 먹은 벙어리처럼 눈만 깜빡이고 있을 때.

"우리 집에 놀러 온 거였어요."

승후가 나섰다. 그의 말에 기자들은 물론 세 사람도 머리 위에 물음표를 그렸다.

'우리 집이라니? 박 군 집이 그 근처였나? 아닌데?'

"우리 집이라뇨? 무슨 말씀이시죠?"

기자가 묻자, 승후가 빙긋 웃으며 대답했다.

"그 건물, 제 거거든요."

그의 충격 발언에 기자는 '아하.'라고 수긍하며 자리를 떴고, 너무 놀란 세 사람은 애니메이션의 주인공처럼 눈이 커져 버렸다.

"그럼 박 군 네가 부동산 사장님이 입이 닳도록 말했던, 키도 크고 잘생기고 귀티가 줄줄 흐르고 성격까지 좋다는 그 주님이었어? 건물주님?"

규리의 눈에 하트가 그려지자, 명석이 그들의 사이에 끼어들며 외쳤다.

"야! 박승후! 네 월급으로 어떻게 그런 건물을 산 거야? 혹시 너희 집 좀 사냐? 응? 조연출님아?"

"그럼 치맥은 막내 감독님이 쏘세요! 아니, 한우 쏴요!"

신 기자 사건보다 건물주의 깜짝 등장이 더 충격적인 세 사람이었다.

17. 널 갖고 싶어

　―캐도 캐도 계속 나오는 김태조 의원의 비리!

　―김태조 의원을 도운 건 다름 아닌 연예부 기자?!

　―그린벨트가 풀릴 땅을 미리 사들여 기사를 써준 연예부 기자에게 제공해.

　―구속 수사하기로 결정!

　―정치에 이용당하는 연예인 사생활, 이대로 괜찮은가?

　―방송 작가 감규리 씨로 인해 밝혀진 김태조 의원과 연예부 기자의 유착 관계!

　기자회견 며칠 후, HBS 〈추적! 이것이 알고 싶다〉에서는 김태조 의원의 비리를 집중 보도했다. 그로 인해 정치면은 물론 연예면까지 김태조 의원과 신동우 기자의 기사가 연일 보도됐다.

　"이야, 우리 팀에서 스타 작가가 탄생했네?"

　지연이 맥주잔을 내밀자, 규리가 수줍은 미소를 지으며 잔을 부딪쳤다.

　"에이, 스타 작가라뇨. 저 민망해요, 작가님."

　"지금 시사 팀에서 너 달라고 난리 났어."

　그녀의 말에 옆에서 묵묵히 맥주만 마시고 있던 명석이 불쑥 끼어들었다.

"감귤이 무슨 물건인가? 달라 말라 하게?"

"왜? 계 팀장은 규리가 다른 팀에 가는 거 싫어?"

지연의 물음에 명석은 선뜻 대답하지 못했다. 당연히 안 갔으면 좋겠다. 집에서 보는 것만으로는 성에 차지 않았다. 일찍 출근하고 늦게 퇴근해야 하는 일의 특성상 집에서 볼 수 있는 시간은 많아 봐야 고작 두어 시간뿐이다. 지금은 같은 팀에 있으니 마음껏 얼굴을 보고 있지만, 만약 다른 팀으로 간다면 ……. 하지만 규리가 원한다면 말릴 수는 없는 일이었다. 여러 분야의 일을 해볼 수 있다는 건 작가로서도 아주 좋은 일이고 말이다.

다만 시사 팀에 가면 위험한 일이 많을 거고, 지금보다 더 바쁠 수도 있다. 시간이 서로 맞지 않을 수도 있고. 그러면 서로 볼 수 있는 시간이 점점 줄어들 테고. 게다가 배 피디의 말에 의하면 시사 팀에서도 규리한테 관심 있는 놈들도 몇 명 있다고 했다. 한마디로 명석은 규리를 보내기 싫다. 당장 이유를 말하라면 수억 개는 말할 수 있을 정도로. 하지만 모두 규리의 뜻이다. 명석은 그녀의 뜻에 반대할 생각은 없었다. 그녀를 존중하고 싶었다.

"저 다른 팀으로 보내시려고요?"

다행히 그의 걱정은 기우였다.

"저 우리 팀에 그냥 있으면 안 돼요? 전 갈 생각 없는데……."

규리가 고개를 들어 걱정 가득한 눈으로 지연과 명석을 쳐다보았다. 이제 곧 본격적으로 〈오늘 밤만 재워줘〉 시즌 2 준비에 들어갈 예정이었다. 그런데 입봉까지 약속받은 마당에 자꾸 다른 팀 이야기를 꺼내니 규리는 불안하기 짝이 없었다. 혹시 내가 싫어서 다른 팀으로 보내려고 하는 걸까, 입봉 안 시켜주려고 저러는 걸까, 하고 말이다.

"보내길 어딜 보내? 안 그래도 메인 작가도 새로 올 예정인데, 기존 작가들이 있어야지."

지연의 말에 규리의 눈이 커다래졌다. 메인 작가가 새로 온다니? 처음 듣는 말이었다. 하지만 명석과 승후는 이미 알고 있었는지 놀라지 않았다.

"작가님. 그만두세요? 왜요?"

규리가 다급하게 묻자, 지연이 웃으며 대답했다.

"나 결혼해."

"예에?"

규리의 시선이 자연스럽게 승후를 향했다. 친구한테 결혼 사실도 말하지 않은 나쁜 놈의 얼굴에 슬그머니 홍조가 올라왔다.

"결혼 때문에 그만두는 건 아니고, 결혼을 핑계로 몇 달 좀 쉬고 싶어서."

대학 졸업하자마자 방송 일을 시작했던 지연은 지금까지 근 20년을 쉬지 않고 달렸다. 지금이 아니면 다시는 이처럼 길게 쉴 수 없을 것 같았다.

"그리고 결혼이라는, 인생의 새로운 출발점 앞에 서니 마음도 남달라지더라고."

지연은 규리를 바라보며 말했다.

"10년 넘게 공부해서 수능 준비하고, 대학 4년 내내 취업 준비했는데, 난 결혼을 위해 뭘 준비했나? 그런 의문이 들더라고. 대학이나 직업만큼 결혼도 중요한데, 너무 등한시한 것 같기도 하고."

지연의 말에 규리는 고개를 끄덕였다. 대학이나 직업만큼. 아니, 어쩌면 결혼은 그것보다 더 큰 일일지도 모른다. 결혼을 안 하면 모르겠지만, 한다고 마음먹었으면 말이다. 반려자와 어디서 어떻게 살아갈 것인지를 결정해야 하고, 내 가족이 아닌 반려자의 가족까지 가족으로 맞이해야 한다. 이런 것들은 결혼과 동시에 완벽하게 세팅되는 게 아니라, 두 사람이 함께 준비해야 하는 것이었다.

"준비가 부족하면 나중에 후회할 것 같아. 쉬면서 결혼 준비하려고."

그래서 지연은 승후와의 결혼을 위해 잠시 일을 쉬기로 했다. 자신의 남은 미래를 위해서.

"그럼 박 군, 너도?"

"난 길게는 못 쉬고 휴가 내기로 했어. 최대한 길게."

"이게 프리랜서와 직원의 차이 아니겠어?"

지연이 빙긋 웃으며 맞은편에 앉은 승후의 손을 잡았다. 규리는 어쩐지 기분이 이상했다. 이유는 알 수 없었다. 결혼에 대해 깊게 생각해 보지 않아서인지, 지연이 갑자기 일을 그만둔다고 해서인지, 왜인지 마음이 답답했다. 추측건대, 자신의 워너비였던 지연이 결혼을 위해 일을 그만두는 걸 이해하지 못하는 것 같았다.

"제가 좀 늦었죠? 죄송합니다."

그때였다. 그들의 테이블을 향해 누군가 다가왔다. 레오였다.

"오 배우! 왜 이렇게 늦게 왔어? 기다리다가 우리 먼저 맥주 한 잔씩 하고 있었어요."

"잘하셨어요."

레오가 빙긋 웃으며 규리 옆에 앉으려고 하자, 누군가가 둘 사이에 끼어들었다.

"어머! 이 오빠, 임자 있는 여자 옆에 왜 앉아?"

"서가을? 네가 어떻게 여길 왔어?"

"잔말 말고 레오 오빠는 감독님 옆으로 가요. 규리 언니 옆은 내 자리니까."

"넌 여기 왜 온 거야? 아니, 어떻게 알고 온 거야?"

오늘 모임은 레오가 초대한 자리였다. 명석과 규리, 지연과 승후를 불러 저녁 식사를 하려고 했다. 그런데 초대하지도 않은 가을이 와 있으니 놀랄 수밖에.

"내가 불렀어. 레오야."

범인은 다름 아닌 규리였다. 연말에 뭐 하냐고, 꼭 자기와 함께 새해를 맞이해야 한다고 칭얼거리는 바람에 실토할 수밖에 없었다. 연말에 모임이 있다는 말에 가을은 자기만 빼놨다고 펄쩍 뛰더니 기어코 여기까지 쫓아온 것이었다. 지금이라도 친해져서 다행이지, 적으로 두기에는 무서운 전투력을 가진 가을이었다. 결국 레오는 가을에게 밀려 명석의 옆자리에 앉을 수밖에 없었다. 마지막까지 레오 뜻대로 되는 게 없었다. 와인과 맥주를 곁들인 식사가 시작되었다. 새해의 복을 비는 인사를 마친 후, 레오가 입을 열었다.

"사실 오늘 여러분을 모신 이유는 인사를 드리기 위해서였어요."

"인사?"

"저 내일 미국으로 떠납니다."

"미국? 웬 미국?"

레오가 할리우드에 간다는 사실을 알고 있던 명석과 규리는 놀라지 않았지만, 지연과 승후는 많이 놀란 눈치였다.

"미국은 갑자기 왜요?"

"영화 촬영 들어가요."

"영화? 설마 할리우드에서?"

"예."

레오가 할리우드에 간다는 소식에 지연과 승후는 기쁨 반 아쉬움 반의 마음이 들었다. 이제 정 붙이고 더 친해질 날만 남았다고 생각했는데, 이렇게 이별이라니. 하지만 지연과 승후는 더 아쉬워할 수 없었다. 배우에게 할리우드 진출이 어떤 의미인지 누구보다 잘 알고 있는 그들이었다. 자신들이 결혼이라는 출발선 앞에 서 있는 것처럼, 레오도 할리우드라는 출발선 앞에 선 것이었다. 선택은 각자의 몫이었다. 옆에서 해 줄 수 있는 건 응원뿐.

"어머! 레오 오빠 축하해!"

아쉬움이 없는 건 가을뿐인 것 같았다. 그녀에게는 이미 규리가 있으니 말이다.

"할리우드 간다고 설마 나 모른 척하는 건 아니지?"

레오는 들은 척도 하지 않았지만, 가을은 괘념치 않고 계속 말을 이었다.

"참, 그런데 나 얼마 전에 오은설 작가 봤어요."

갑작스러운 은설의 안부에 모두의 시선이 가을을 향했다.

"YMS에서 일하고 있더라고. 나 참 어이가 없어서."

"YMS 방송국에서 일을 하고 있다고?"

규리는 자신이 잘못 들었나 싶어서 되물었다. 그런 일을 저질러 놓고 아직 방송 일을 하는 은설이나, 그런 은설을 받아준 곳이나 이해가 되지 않았다.

"그렇다니까? 속에서 어찌나 열불이 나는지."

"그래서? 서가을 성격에 가만있지는 않았을 거고?"

지연이 묻자, 가을이 사악한 미소를 지었다.

"마이크 테스트할 때 마이크에 대고 확 말해 버렸어요. 오은설 작가랑 일하다가 자칫 살인자로 몰릴 수도 있으니까 조심하라고요. 물론 마이크 켜져 있는 거 몰랐다는 듯이 하긴 했지만."

"와, 역시. 서가을. 시원시원하군."

"피디랑 작가들은 말할 것도 없고, 카메라, 무대, 부조·감독님들까지 다 들었을걸요?"

아마도 은설의 행적을 몰랐던 팀에서 그녀를 뽑은 모양이었지만, 소문이 더 퍼지면 방송 쪽에는 발도 못 붙이게 될 것이었다. 가을의 사이다 발언에 화기애애하게 대화가 이어졌다.

*

식사를 마친 후, 레오는 따로 명석을 불렀다. 그리고 아주 간결한 부탁을 해 왔다.

"행복하게 해줘요, 우리 규리."

명석은 그가 어떤 마음으로 그런 말을 하고 있는지 알고 있었다. 아마도 레오의 마음에서 규리는 깨끗하게 지워지지 않았을 거다. 20년이나 마음에 품어 온 여자를 한순간에 지울 수는 없었을 테니까. 하지만 그런 부탁을 받고 좋아할 남자는 없었다.

"네가 신경 쓸 일이 아니야."

"만약 규리가 불행하면, 나 가만 안 있을 거예요."

"가만 안 있으면?"

"다시 대시할 거예요."

"뭐? 이 자식이 끝까지!"

명석이 매섭게 노려보자, 레오가 그의 눈빛을 받아내며 대답했다.

"그러니까 빨리 해요."

"하긴 뭘 해."

"결혼이요."

결혼이라는 말에 명석의 표정이 누그러졌다.

"내가 이런 마음 못 품게 완전히 감독님 여자로 도장 찍으라고요."

"아아, 난 또 그것도 모르고……."

미워할 뻔했어, 오레오. 기특한 녀석.

"다음에 봤을 때도 이 상태면 가만 안 돼요!"

"오냐. 알았다."

이제 레오의 경고가 반갑기만 한 명석이었다.

"어? 여기 있었네?"

두 사람의 대화가 어느 정도 마무리되고 있을 때, 규리가 그들에게 다가왔다.

"레오야, 내일 몇 시 출국이야?"

"그건 왜?"

"언제 또 볼지 모르는데, 인사라도 해야지."

"안 와도 돼."

"왜? 인사하고 싶은데."

규리가 아쉬움 가득한 목소리로 말하자, 레오가 그녀를 물끄러미 바라보았다.

"인사는 여기서 하자."

"그래도……."

네가 오면 나 미국에 못 갈지도 몰라. 그래도 같은 하늘 아래 있는 게 더 낫지 않을까 싶어 안 가려고 할 거라고. 기자들이며 팬들이 다 몰려올 텐데, 다들 보는 앞에서 너를 와락 껴안기라도 하면 어쩌라고. 규리야. 내 첫사랑이자, 내 꿈이었던 감규리. 20년 동안 내 마음속에서 원더우먼 하느라 힘들었지? 난 너한테 기대고 의지했던 내 마음을 거두고 스스로 서보려고 해. 이젠 네가 없

어도 잘 견디겠지. 너 없이도 잘 걷고, 뛰고, 날 수도 있을 것 같아. 규리야, 너
도 이제 네가 선택한 남자와 행복하길 바랄게. 그러니까 우리 여기서, 마지막
인사 나누자.

레오는 규리가 기분 나쁘지 않게 부드러운 음성으로 말했다.

"내일 내 팬클럽에서 나오기로 했어. 팬들과 인사하는 게 도리인 것 같아."

"아……."

규리는 더 고집부릴 수 없었다. 팬들과의 인사도 그에게 아주 소중할 테니
말이다. 규리가 아쉬워하고 있을 때, 따뜻한 기운이 그녀를 감싸 안았다. 레오
였다. 레오는 몸을 반으로 숙여 규리를 안았다. 놀란 규리가 명석의 눈치를 살
피자, 그는 괜찮다고 고개를 끄덕여 주었다. 자신은 신경 쓰지 말고 마지막 인
사를 나누라는 듯. 명석의 허락을 받은 규리는 레오를 안아 주었다.

"잘 있어. 아프지 말고, 행복하고."

"너도. 잘 가. 영화 잘 찍고. 개봉하면 한국에 꼭 오기다?"

레오와 규리는 서로에게 마지막 인사를 전했다.

＊

집에 도착한 규리는 방으로 들어가 외투를 벗고 속옷과 잠옷을 챙겨 들고
밖으로 나왔다. 곧장 욕실로 향하려던 규리의 발걸음이 멈췄다. 명석이 그녀의
길을 막아섰기 때문이다. 남성미를 폴폴 풍기는 그의 눈빛에 규리는 뒷걸음질
을 치며 물었다.

"왜, 왜요?"

"씻으려고?"

"예. 씻고 자야죠."

"그거 알아?"

"뭐, 뭐요?"

겁먹은 규리가 들고 있던 잠옷을 꼬옥 움켜잡았다.

"요즘 우리 계속 바빴다는 거?"

바쁘긴 했다. 크리스마스 이후로 기자회견이 있었고, 그 후로 수습할 일들이 산더미였다. 규리는 여기저기서 인터뷰가 쏟아졌고, 명석은 〈이것이 알고 싶다〉 편집과 감수를 도왔다. 기자회견 이후로 제대로 얼굴을 본 건 실로 오랜만이었다.

"바쁘긴 했죠."

"특히 밤에."

"예에?"

어쩜 남자가 저렇게 섹시한 눈빛으로 말할 수 있는 건지! 규리는 저도 모르게 침을 꼴깍 삼켰다.

"그래서 말인데, 우리 같이…… 씻을까?"

파격적인 그의 질문에 규리의 눈동자가 커졌다. 아무리 서로 사랑을 나눈 사이라고 해도, 환한 불이 켜져 있는 상태로 같이 씻는 건 좀 그랬다. 한마디로 부끄럽단 말이다! 규리는 눈동자를 좌우로 돌리며 노선을 확인한 후, 재빠르게 움직였다. 욕실 안으로 쏙 들어가 문을 닫으려는 찰나, 명석의 손에 문이 걸리고 말았다.

"내가 또 놓칠까 봐?"

이미 그녀를 놓쳤던 경험이 있는 명석은 작정한 듯 욕실 문을 잡고 있었다.

"저 혼자 씻을 수 있어요!"

"그럼 네가 날 씻겨주면 되겠네. 난 혼자 못 씻겠거든."

명석의 몸은 이미 욕실 안으로 들어오고 있었다. 그것도 입고 있던 옷을 하나씩 벗어 던지면서 말이다. 바닥에 외투가 툭 하고 떨어졌다. 셔츠 첫 번째 단추를 풀자 날렵한 목선 밑으로 쇄골이 드러났고, 두 번째 단추를 풀자 단단한 가슴이 모습을 드러냈다. 그리고 셔츠를 벗어 던지자, 단단한 팔뚝과 섬세하게 갈라진 복근이 모습을 드러냈다. 뒷걸음질 치던 규리의 몸이 벽에 부딪혔다. 이제 더 도망칠 곳도 없었다. 그녀가 고를 수 있는 선택지는 두 가지뿐. 같이 씻거나, 그를 씻겨 주거나. 상체를 모두 벗은 명석의 손이 그의 허리춤으로 향했다. 벨트 버클을 풀고, 바지를 잡는 순간!

딩동! 초인종이 울렸다. 도망칠 곳이 생긴 규리의 눈은 반짝였고, 굿 타이밍을 놓친 명석의 눈에는 아쉬움이 스쳐 지나갔다.

"규현이가 왔나?"

규리는 어느 때보다 동생의 방문이 반가웠다. 명석과 함께 씻는 게 싫은 것은 아니었다. 다만 부끄러웠다! 그리고 그건 어쩔 수 없는 일이었다. 저 남자는 조각에 가까운 몸매를 가지고 있는데, 자신은 온몸에 올록볼록한 엠보싱이 잔뜩 들어가 있었으니까.

게다가 아까 송년회 하면서 잔뜩 먹는 바람에 배가 유독 볼록 튀어나와 있었다. 같이 샤워하고 싶었으면 미리 언질이라도 좀 해주든가. 그럼 덜 먹었을 텐데 말이다. 어쨌든 오늘은 패스! 규리는 커플 샤워는 다음을 기약하며 인터폰 화면을 들여다보았다.

"헉!"

방문자의 얼굴을 본 규리는 두 손으로 입을 가렸다. 깜짝 놀란 규리의 얼굴을 확인한 명석은 걱정스러운 얼굴로 다가왔다.

"왜? 누군데 그렇게 놀라?"

규리가 대답이 없자, 명석이 직접 인터폰을 보았다. 웬 중년의 여성이 보였다. 처음 보는 얼굴이었다.

"누구……셔?"

규리는 여전히 대답이 없었다. 대신 밖에서 들려오는 소리로 그녀가 누군지 알 수 있었다.

[규리야! 엄마 왔다! 문 열어!]

"어, 엄마? 그럼 저분께서……?"

"예. 우리 엄마예요."

좀처럼 당황하는 법이 없는 명석의 눈이 커졌고, 규리의 얼굴은 울상이 되어 버렸다.

"이 밤에 여긴 왜 오신 거지?"

벌써 밤 10시가 넘는 시각이었다. 그리고 엄마는 방문 전에 꼭 연락하고 오셨다. 그런데 연락도 없이 이렇게 불쑥 오시다니, 어쩐 일인지.

"일단 문부터 열어드려. 어서."

"아뇨! 안 돼요!"

"안 된다니? 언제까지 밖에 계시게 할 순 없잖아. 빨리 문부터 열어."

명석이 문을 열려고 하자, 규리가 그의 앞을 가로막았다.

"너 왜 이래? 설마 집에 없는 척하려는 거야? 그것도 아니면 전처럼 나 숨기려는 거야?"

예전에 규리의 방에 숨었던 경험이 있는 명석이 불안한 눈으로 그녀를 바라보았다. 그때는 레오와 함께였고 규리와 확실한 관계도 아니었으니 어쩔 수 없이 그녀의 뜻대로 했지만, 지금은 경우가 달랐다. 이미 사귀는 사이가 아닌가? 먼저 찾아뵙고 인사는 못 드릴망정, 비겁하게 숨어 있는 건 명석의 성격과 맞지 않았다. 명석은 단호하게 말했다.

"나 이번엔 절대 안 숨어. 그러니까 어서 문 열……."

"문 열 테니까 제발 옷 좀 입으세요."

"어?"

"설마 그 복근, 우리 엄마한테 보여주고 싶어서 그러고 있는 건 아니죠?"

규리의 시선을 따라 아래를 내려다보자, 촘촘하게 갈라진 초콜릿 복근이 눈에 들어왔다.

"이런!"

그제야 명석은 자신이 시원하게 탈의하고 있는 상태라는 걸 깨달았다. 명석은 바닥에 떨어진 셔츠를 집어 허겁지겁 입기 시작했다. 뭔 놈의 셔츠에 단추가 왜 이렇게 많이 달려 있는지. 단추를 잠가도 잠가도 끝이 보이지 않았다. 만약 규리가 자신의 유혹에 넘어와 함께 샤워라도 하고 있었으면……! 으, 생각만 해도 아찔했다.

[규리야! 감규리! 안에 없어? 불은 켜져 있는데, 이상하네.]

밖에서 규리의 엄마인 박 여사의 외침이 들려왔고, 그 소리를 들은 명석의 손은 수전증이라도 걸린 듯 떨렸다.

"다 입었어요?"

"어, 열어. 열어도 돼."

명석은 흐트러진 머리카락과 옷을 정돈하고 자세를 바로 했다. 규리가 문을 열자, 차가운 바깥 공기와 함께 박 여사가 들어왔다.

"어, 엄마. 연락도 없이 어쩐 일이야?"

"넌 안에 있으면서 왜 이렇게 문을 늦게 열어? 뭘 하고 있었기에……."

박 여사는 현관문 앞에 놓여 있는 커다란 남자의 신발을 보고 말끝을 흐렸다.

"처음 뵙겠습니다."

"……?"

"규리와 교제하고 있는 계명석이라고 합니다."

명석이 허리를 굽혀 인사했지만, 박 여사는 대답이 없었다. 그저 그를 위아래로 훑어볼 뿐. 밤 10시가 넘는 시각에, 여자 혼자 사는 집에 남자가 있다. 게다가 셔츠 단추는 제대로 끼지도 못해 삐뚤빼뚤인 채로 말이다. 명석을 쳐다보는 박 여사의 눈초리에 날이 서 있었다. 당연한 일이었다. 전국적으로 딸의 얼굴이 방송을 탔다. 그것도 '양다리녀'로 이름을 떨치며 말이다.

다행히 오해는 풀렸고 양다리는 사실이 아니라는 게 밝혀졌지만, 박 여사의 입장은 그렇지 않았다. 듣고 싶은 것만 듣고 보고 싶은 것만 보는 못난 사람들은 박 여사만 지나가면 손가락질하며 속닥거리기 바빴다. 아니 땐 굴뚝에 연기 날 리가 없다는 둥, 애비 없이 자란 애가 그럼 그렇다는 둥, 혼자 사는 여자라서 몸을 함부로 굴린다는 둥. 차마 입에 담을 수 없는 말들이 들려왔다. 소녀 감성 충만한 박 여사가 동네 쌈닭이 된 건, 다 규리 때문이었다.

"이리 와 앉아요."

박 여사가 소파에 앉으며 말하자, 명석이 바닥에 무릎을 꿇고 앉았다. 규리가 다가와 명석 옆에 앉으려고 하자, 박 여사가 팔을 휘휘 저었다.

"넌 강희네 좀 내려가 있어."

"왜? 나도 여기……."

"엄마 말 안 들어?"

박 여사가 소리치는 바람에 규리는 깜짝 놀랐다. 박 여사는 언제나 다정하고, 딸의 고민에 귀를 기울이는 자상한 엄마였다. 엄한 엄마보다는 귀여운 엄마, 친구 같은 엄마에 더 가까운 스타일이었다. 저렇게 무서운 엄마의 얼굴은 처음 보는 것 같았다. 하긴 그 난리가 있고 나서 전화 한 통을 안 했으니, 엄마가 화난 건 당연한 일일지도. 규리는 어쩔 수 없이 자리에서 일어나 밖으로 나왔다. 도대체 명석에게 무슨 이야기를 하려고 그러는지 불안했지만, 그녀가 할 수 있는 건 아무것도 없었다. 그저 명석을 믿을 수밖에.

*

"무슨 일이야 있겠어?"

강희가 컵을 내밀며 말하자, 규리가 받으며 대답했다.

"엄마 표정이 심상치 않았다니까."

"설마하니 어머님 성격에 뭐라고 하시겠어?"

"연락 좀 자주 할걸 그랬어."

바쁘다는 핑계로 엄마한테 연락 한 통 하지 않은 자신을 탓할 수밖에 없었다. 얼마나 걱정을 하셨으면 밤 운전 싫어하는 엄마가 이 밤에 찾아오셨을까.

"별일 없겠지?"

"내 딸 눈에 눈물 나게 하면 네놈 눈에 흙을 뿌리겠어! 같은 귀여운 협박 하고 계시겠지."

박 여사 성격을 잘 알고 있는 강희가 농담하자, 규리는 그제야 마음이 조금

놓이는 것 같았다.

"그러고 보니까 규현이가 안 보이네?"

"내가 족발 먹고 싶다고 그랬거든."

"이 밤에?"

"밤이면 어떻고 새벽이면 어떠냐. 우리 아기가 먹고 싶다는데."

대화의 주제는 자연스럽게 강희의 결혼으로 옮겨졌다.

"그러고 보니 결혼식 얼마 안 남았네? 나 한복 안 입어도 되지?"

"결혼도 안 한 누나가 한복은 무슨."

"그런가? 회사 다니는 건 어때? 안 힘들어?"

"안 그래도 말하려고 했는데. 나 다른 팀으로 발령 났어."

발령이라는 말에 규리의 눈이 커졌다. 입사 후 줄곧 비서 업무를 해왔던 강희였다. 그쪽으로 커리어가 꽤 쌓여 다음 인사이동 때 회장님 비서실에 들어갈지도 모른다고 했다. 그런데 발령이라니?

"갑자기 웬 발령?"

"곧 결혼하잖아."

"결혼이랑 발령이랑 무슨 상관인데? 유부녀는 비서 하면 안 된다는 법이라도 있어? 뭐 그딴 회사가 다 있어?"

흥분한 규리가 버럭 소리를 질렀다. 비서 업무가 체질에 딱 맞는다며 좋아하던 강희의 얼굴이 떠올랐다. 일은 힘들어도 보람은 있다면서 본인의 일을 사랑한 강희였다. 그런데 결혼한다고 다른 팀으로 발령을 보내다니!

"야야. 릴렉스."

"내가 지금 릴렉스하게 생겼어?"

앞뒤 상황을 듣지도 않고 화부터 내는 규리를 보니 강희는 어쩐지 기분이 좋아졌다. 무조건 자신의 편이 되어 주는 규리가 이젠 친구를 넘어 가족이 된 것 같은 느낌이 들었다.

"비서가 그렇잖아. 상사보다 한 시간 일찍 출근해야 하는데 우리 상무님 7시에 출근하지, 조찬 회의까지 있는 날에는. 으. 생각만 해도 끔찍해."

9시에 출근하는 회사원들과 달리 강희는 아침 6시에 출근하곤 했다. 임신 전에도 매일 잠이 부족해서 힘들다고 했는데, 임신하고는 잠이 늘어 더 피곤해했다.

"그리고 우리 상무님 애인 있다?"

"애인? 유부남 아니었어?"

"아들이 대학생에 사모님도 되게 미인이야. 근데도 애인은 따로 있더라. 나한테 종종 애인 선물 심부름시키고 그랬어."

"와, 진짜 대박이다."

"예전에는 눈 딱 감고 사다 주고 그랬는데, 이젠 못 하겠더라고. 우리 아기가 보고 있는 것 같아서."

강희가 부드럽게 배를 쓰다듬으며 말했다.

"엄마가 돼서 그런 심부름을 하고 있는 게 부끄럽더라고."

그래서 강희는 고민 끝에 다른 팀으로 이동을 결심했다. 아이를 낳고, 어느 정도 클 때까지 여유롭게 일할 수 있는 팀으로 말이다. 어쩌면 다시는 비서 업무를 하지 못할 수도 있다. 여태까지 힘들게 쌓아온 커리어를 날릴 수도 있고, 다른 팀에 적응하는 게 힘들 수도 있다. 하지만 강희는 그 길을 선택했다. 아이와 가족을 위해.

"비서 정강희도 좋지만, 금동이 엄마가 더 좋거든."

규리는 강희를 물끄러미 바라보았다. 예전에는 누군가의 아내가 되고 또 누군가의 엄마가 되는 건, 거저 되는 거라고 생각했다. 여자가 결혼만 하면 누구나 얻는 타이틀. 아내 그리고 엄마. 그래서 하찮게 생각했다. 아무 노력 없이 저절로 되어 있는 것이라고 생각했으니까. 누군가의 아내도, 누군가의 엄마도 되어본 적 없는 규리는 이제야 깨달았다. 누군가의 '무엇'이 된다는 건, 남모를 노력과 희생이 필요하다는 것을.

"넌?"

"응? 뭐가?"

"넌 팀장님이랑 결혼 언제 할 거야?"

"결혼? 웬 결혼?"

뜬금없는 질문에 규리는 눈을 동그랗게 떴다.

"웬 결혼은? 너희 사귀는 거 세상 사람이 다 알고, 둘 다 나이도 있고, 동거까지 하는데, 결혼 안 하려고?"

강희의 말에 규리는 생각에 잠겼다.

*

규리가 나가고 난 후, 집 안에는 무거운 침묵이 가라앉았다. 박 여사는 선뜻 입을 열지 않고 찬찬히 명석을 관찰했다. 얼굴 생김새는 물론, 눈빛에, 앉아 있는 자세까지. 박 여사는 명석의 구석구석을 살펴본 뒤 어렵게 입을 열었다.

"세상에 귀하지 않은 사람은 없겠지만, 규리는 나한테 아주 귀한 딸이에요."

결혼 후 어렵게 가진 아이가 바로 규리였다. 눈에 넣어도 아프지 않았다. 시집보내기 전까지는 손에 물도 묻히지 말고 애지중지 예쁘게 키워야지, 생각했다. 그런데 남편이 죽었다.

"남편이 죽고 규리가 실질적인 가장이 되었어요. 어렸을 때부터 꿈이었던 방송 작가도 포기하고 각종 아르바이트를 하느라 손이 멀쩡한 날이 없었죠."

박 여사는 빨갛게 부르튼 손을 감싸고 끙끙거리며 잠들던 규리가 떠올라 말을 잇지 못했다. 금이야 옥이야 키운 딸이 이른 새벽부터 늦은 새벽까지 잠도 못 자고 일하는 걸 보니 가슴이 찢어지게 아팠다. 이제야 좀 삶에 안정을 찾고 잘 살아가나 싶었다. 본인이 원하는 곳에 취직도 했으니, 언젠가 제 짝 찾아 결혼도 하겠지 했다. 그런데 그 난리가 터진 것이었다.

스마트폰이 없는 박 여사는 그런 소란이 있었던 것도 몰랐다. 동네에서 사람들이 수군거리는 바람에 알게 된 거였지. 박 여사는 그냥 집에 앉아 있을 수 없었다. 금지옥엽 키운 딸이 만나는 남자가 어떤 놈인지 두 눈으로 직접 봐야 잠이 올 것 같았다.

"둘이 동거 중인가요?"

돌직구 질문에 명석은 곧바로 대답할 수 없었다. 어느 엄마가 딸이 결혼 전에 동거하는 걸 좋아하겠냔 말이다. 하지만 거짓말을 할 수도 없었다.

"예. 같이 살고 있습니다. 석 달 정도 됐습니다."

"흐음."

박 여사의 입에서 긴 한숨이 새어 나왔다. 얼굴빛이 어두워지고 표정도 좋지 않은 것을 보자, 명석은 초조해졌다. 하지만 박 여사는 대답하기 더 어려운 질문을 던졌다.

"가족은 어떻게 되나요?"

되도록 가장 마지막에 말하고 싶은 이야기였지만, 명석은 되도록 차분하게 말했다. 부디 박 여사가 놀라지 않길 바라며.

"부모님께서 조부모님 두 분을 모시고 살고 계십니다. 제 밑으로 아직 결혼 안 한 남동생이 두 명 있고요."

"조부모님을 부모님께서요?"

사실을 말할 때가 왔다.

"제가 종갓집 종손입니다."

"어머!"

박 여사는 꽤 놀랐는지, 한동안 아무 말도 하지 못했다. 하긴, 귀한 딸을 일 년 열두 달 매달 제사 지내는 집에 보낸다면 선뜻 좋아할 엄마는 없을 테니까.

'아…… 반대하시겠구나.'

박 여사의 표정을 본 명석은 낙심했다. 32년간 쌓아온 촉이 말했다. 그와 규리의 연애에 새로운 장애물이 생겼다고.

"규리는 알고 있나요?"

"예. 알고 있습니다."

"그렇군요."

박 여사는 고개를 끄덕이고는 잠시 침묵했다. 뭔가 생각하는 것 같은데, 무슨 생각을 하고 있는지 도통 알 수 없었다. 명석은 애가 탔다. 오레오라는 커다란 장애물을 겨우 넘고, 이제 막 신 기자라는 장애물을 넘었다. 앞으로 행복만 남았다고 생각했는데, 또 다른 장애물이 등장하다니.

"앞으로 어쩔 생각인가요?"

"예? 뭘……?"

"설마 결혼 생각도 없이 내 딸이랑 동거부터 한 건 아니죠?"

사위 면접에서 탈락한 줄 알았는데, 아닌 모양이었다. 낙담하고 있던 명석의 얼굴에 조금씩 희망의 빛이 번졌다.

"요즘 젊은 사람들은 어떻게 생각할지 모르겠지만, 딸 가진 부모 마음은 다 똑같아요. 둘이 비밀로 꽁꽁 싸매고 있었으면 모를까, 동거하는 게 세상에 다 알려진 마당에. 에휴."

박 여사는 속에 담아 두었던 말을 꺼내 놓기 시작했다.

"인터넷에 '양다리녀' 검색하면 우리 규리 사진부터 떠요. 그런데 그쪽이 우리 규리 책임 못 진다고 하면, 나 가만 안 있을 거예요."

그러니까 박 여사는 명석을 다그치고 혼내려고 서울에 온 게 아니었다. 확답을 받기 위해 온 것이었다. 결혼하겠다는 확답을.

"할 거죠? 우리 딸이랑, 결혼?"

"당연하죠! 장모님!"

"장모……님?"

"예, 장모님! 당연히 결혼해야죠. 결혼해서 규리 닮은 예쁜 딸도 낳고 행복하게 살아야죠!"

명석은 진심으로 기뻤다. 지연과 승후 커플에 강희와 규현 커플까지. 눈만 돌렸다 하면 온통 제 짝과 결혼 준비에 정신없는 커플들만 보였다. 눈꼴 시리게. 그도 결혼하고 싶은 마음은 굴뚝같았지만 지금까지 그런 말을 꺼낼 여유가 없었다. 이제 어느 정도 여유도 되찾았으니, 때가 온 것이었다. 같이 살고는 있었지만, 동거와 결혼은 엄연히 달랐다. 온전한 가족이 되는 거니까. 명석은 완벽하게 규리의 남자가 되고 싶었다. 몸과 마음은 물론 서류상으로도 말이다.

"근데 제가 종갓집 종손이라서 반대하려고 했던 것 아니신가요?"

마음에 걸렸던 것을 묻자, 박 여사가 한숨을 푹 내쉬며 대답했다.

"어쩌겠어요. 규리도 알고 만나는 거라는데."

박 여사는 딸의 선택을 반대하고 싶지 않았다. 누가 봐도 반대할 만한 결정적인 결점이 있는 게 아닌 이상, 규리의 뜻을 존중하고 싶었다. 물론 고생길이 훤한 게 속상하긴 했지만, 이 또한 딸의 결정이 아닌가?

"대신 우리 딸 잘 챙겨줘요. 집안일도 같이 하고. 규리는 부엌일 시켜놓고 소파에 누워 TV 보지 말고."

"걱정하지 마십시오! 장모님! 규리 행복하게 해줄 자신 있습니다! 제가 잘하겠습니다!"

박 여사는 명석이 마음에 들었다. 눈빛과 말투에서 진심으로 규리를 사랑하는 게 느껴졌으니까. 남편이 살아 있었다면 아마 지금쯤 명석과 둘이 술 한잔 기울였을 거다. 딸바보의 면모를 드러내며 밤새도록 규리에 대한 칭찬을 늘어놓았을지도 모른다. 오늘따라 규리 아빠 생각이 절실한 박 여사였다.

"욕심 같아서는 규현이랑 합동 결혼이라도 했으면 좋겠네요."

"예? 합동 결혼이요?"

"그렇잖아요. 둘이 사귀는 게 전국적으로 소문난 마당에 시간 끌면 여자만 손해지. 지금도 댓글 보면 규리 욕만 차고 넘치던데."

박 여사는 두 사람이 어서 빨리 결혼했으면 했다. 그녀로서는 사실 딸이 결혼 전에 동거하는 것도 못마땅했고, 사람들이 규리를 욕하는 것도 듣기 싫었다. 지들이나 잘살 것이지, 왜 남의 딸을 욕하는지.

"합동 결혼은 무리겠지만, 어쨌든 서두르는 게 좋겠어요."

'합동 결혼이라……'

박 여사는 무심코 던진 말이었지만, 명석은 아니었다. 한번 결심하면 멈추지 않는 그의 추진력에 불붙는 소리가 들렸다. 그것도 절대 꺼지지 않는 화력 좋은 불이 붙는 소리.

*

"엄마! 이 밤에 어딜 간다고. 주무시고 가."

명석과 대화를 마친 박 여사가 집에 갈 준비를 하자, 연락을 받고 집에 돌아온 규리가 그녀를 막아섰다. 벌써 밤 12시가 다 되어간다. 고작 몇 분만 지나면 새해다. 아래위로 아들과 딸이 살고 있는데, 이 밤에 양평으로 돌아간다고 하니 규리의 마음이 편치 않았다.

"됐어. 난 내 집 가서 잘 거야."

"엄마 이렇게 가버리면 내가 잠이 오겠어?"

"왜 못 자? 네 남친 꼭 끌어안고 자면 되겠구만."

"엄마!"

도대체 둘이 무슨 대화를 나눴기에 조금 전까지 엄했던 엄마가 이렇게 쿨해지셨을까. 규리는 처음 보는 엄마 모습에 마음 졸이고 있었는데, 어느새 예전처럼 농담을 하신다.

"오늘은 여기서 주무시고 가세요. 제가 집에 가서 자겠습니다."

명석까지 나서서 박 여사를 말렸지만, 그녀는 고집을 꺾지 않았다.

"아니에요. 둘이 처음 맞이하는 새해일 텐데, 도란도란 보내요."

"엄마아. 가지 마. 내일 떡국 끓여 드릴게."

결국 규리가 박 여사의 손을 붙잡고 생떼를 부렸지만, 박 여사는 자고 가겠다는 말 대신 규리를 꼬옥 껴안았다.

"규리야, 사랑하는 내 딸."

"응. 엄마."

포근한 엄마의 품에 들어가자 어느새 규리는 아이가 된 기분이 들었다. 이제 스물아홉 살이 되는데, 엄마 앞에서는 철부지 아이에 불과했다.

"우리 딸, 새해 복 많이 받아."

언제 켜두었는지 TV에서 새해를 알리는 보신각 종소리가 들려왔다.

"엄마도 새해 복 많이 받아요. 건강하시고."

"그래. 그리고 이제 올해부터는 엄마 생활비 보내지 마. 엄마 일 시작했잖아."

"그거 생활비 아닌데? 용돈 드리는 건데."

"용돈도 됐어. 너도 이제 저금하고 그래야지."

"그건 내가 알아서 해요."

박 여사는 딸에게 짐이 되고 싶지 않았다. 근 5년. 남편이 죽고 규리가 가족들을 위해 희생한 시간. 그녀의 딸은 가장 예쁘고 제일 빛나야 했던 20대 초반을 가족들에게 헌신했다. 그거면 충분했다. 박 여사는 이제 규리가 누군가를 위해서가 아니라 자신을 위해 살았으면 했다. 그 누군가가 가족일지라도. 딸에게 바라는 것도 없었다. 그저 좋은 짝 만나 행복하게 잘 살기만 바랄 뿐.

"어쨌든 엄마 내일 가셔. 내일 떡국 맛있게 끓여 드릴게. 그거 드시고 가. 응?"

규리가 다시 칭얼거리자, 박 여사가 규리를 꼭 끌어안고 말했다.

"그거 말고 엄마 소원 하나 있는데, 그거 들어주면 안 돼?"

"소원? 뭐든지 말씀하셔. 내가 꼭 들어드릴게."

규리가 무슨 소원이든 다 들어드리겠다는 듯 눈을 반짝이며 말하자, 박 여사가 딸의 귀에 속삭였다. 명석에게는 들리지 않게 소곤소곤 말이다.

"……알았지, 딸?"

무슨 이야기를 했는지, 귓속말을 마친 박 여사는 싱글벙글인 반면 규리는 멍한 얼굴이었다.

"약속했다?"

"……"

"그럼 새해 복 많이 받고, 곧 좋은 소식 기대할게요."

박 여사는 규리가 멍해 있는 사이 명석에게 눈을 찡긋하고는 서둘러 밖으로 나가 버렸다. 규리는 아직도 멍한 상태였고, 명석이 박 여사 뒤를 따라나섰다.

"추운데 뭐 하러 나와요."

"밤길 위험한데, 주무시고 가세요. 장모님."

장모님이라는 말에 차에 타려는 박 여사가 행동을 멈췄다.

"장모님이라…… 듣기 좋네요. 사실 요즘 내가 기분이 아주 좋아요. 새로운 가족이 생겼잖아요. 강희랑 뱃속의 아기랑."

예상치 못한 사이였지만, 사실 박 여사는 규현이 결혼한다는 사실에 마음이 놓였다. 평생 함께 살아갈 누군가가 있다는 건 꽹장히 든든한 일이었다. 삶의 활력이 되기도 하고 원동력이 되기도 하니까. 규현에게 강희가 있듯, 규리에게도 누군가가 있길 바랐다.

"우리 규리도 옆에 든든한 가족이 있었으면 좋겠어요."

"제가 있겠습니다. 걱정 마세요."

"고마워요."

"말씀 놓으세요."

"난 진짜 내 사위가 되면 그때 놓을게요. 그때 '계 서방'이라고도 부르고."

"예. 알겠습니다."

"그럼 나 갈게요."

"그래도 이렇게 가시면……."

명석이 그녀를 말리려고 하자, 박 여사가 그의 손을 꼭 붙잡고 말했다.

"우리 규리 잘 부탁해요. 파이팅!"

온화한 미소와 함께 그의 손을 톡톡 두드리는 부드러운 손길에 명석은 더는 그녀를 말리지 않았다. 그저 길을 떠나는 그녀를 향해 허리 굽혀 인사할 뿐. 차가 완전히 사라진 후, 명석은 집으로 올라왔다. 규리는 여전히 멍한 상태로 서 있었다.

"감귤?"

명석이 어깨를 흔들자, 규리는 마치 최면에서 풀린 사람처럼 깜짝 놀라며 정신을 차렸다.

"어? 엄마는요?"

"벌써 가셨어."

"아이참. 고집도."

"도대체 무슨 말씀을 하셨기에 그렇게 멍해진 거야?"

얼마나 심각한 이야기를 하셨기에 규리가 이렇게까지 정신을 놓은 건지. 명석이 묻자, 규리는 얼굴을 붉히며 그냥 넘어가려고 했다.

"별말 아니에요."

"별말 아닌 게 아닌데? 뭔데? 나한테 하면 안 되는 말이야?"

규리가 머뭇거리자, 명석이 그녀의 손을 잡았다.

"아, 그게……."

"말해."

"그게, 외손주도 보고 싶으시대요……."

"뭐?"

그제야 명석의 얼굴에 미소가 번졌다. 아까 파이팅을 외치기에 왜 그러시나 했더니, 이런 깊은 뜻을 감춰 놓으셨다니. 그렇다면 장모님의 뜻을 거스를 수가 없지! 규리가 얼굴을 붉히며 부끄러워하고 있을 때, 명석이 그녀를 번쩍 안아 들었다.

"어머! 뭐 하는 거예요?"

"장모님 소원 들어 드려야지."

"예?"

"아까 약속했잖아. 소원 꼭 들어 드린다고. 혼자는 힘들 것 같아서 도와주려고."

"내려줘요!"

발버둥 쳐봐야 소용없었다. 이미 발동은 걸렸고, 식었던 몸은 다시 뜨거워졌으니까. 지금 봐도 이 집은 참 좁다. 그래서 침대로 가는 길은 금방이었다. 마음에 든다. 명석은 규리를 침대에 앉혔다. 그리고 아까 어렵게 잠갔던 단추들을 하나씩 풀기 시작했다.

"왜, 왜 갑자기 옷을 벗고 그래요?"

명석이 치명적인 섹시함을 풍기며 점점 다가오자, 규리가 조금씩 뒤로 물러섰다. 하지만 침대 또한 참 좁았다. 엉덩이 몇 번 움직였을 뿐인데, 더 이상 도망칠 곳이 없었으니까. 이 또한 아주 마음에 들었다.

"갑자기는 무슨. 아까부터 내 몸은 널 원하고 있었는데."

어머! 저 남자가 못 하는 말이 없어! 옷 벗으면서 그런 말을 하면……

명석은 회사에서는 안 그러는데, 집에만 들어오면 내뱉는 말과 말투 그리고 눈빛까지 모두 19금으로 변해 버린다. 단추를 풀던 명석의 손이 규리의 머리카락을 부드럽게 쓸어 넘기더니, 그녀의 원피스 지퍼로 향했다. 투드득. 지퍼 내려가는 소리가 방 안을 가득 메웠다. 등 뒤로 길게 이어져 있던 지퍼가 양쪽으로 벌어지자, 하얀 속살이 드러났다.

"널…… 갖고 싶어."

그의 촉촉한 입술이 그녀의 목덜미에 내려앉았다.

"하아……"

가슴께 어딘가에서 그의 손길이 느껴졌다. 따뜻하고 포근한, 그러면서도 묘하게 야릇한 느낌. 규리는 그의 넓은 가슴에 안겨 속삭였다.

"날…… 가져요."

새해를 아주 뜨겁게 맞이하는 두 사람이었다.

18. 5월의 신부

〈오늘 밤만 재워줘〉 시즌 2 준비가 시작되자 다시금 정신없이 바쁜 나날이 이어졌다. 은설이 빠진 자리는 규리가 채웠고, 규리 밑으로 후배가 들어왔다. 사회생활을 하면서 처음으로 맞이하는 후배였다. 다음 달에 대학 졸업을 한다는 후배는 아주 열정적이었고, 규리를 잘 따랐다. 규리 또한 처음 생긴 작가 후배에게 지극정성이었다. 인수인계를 확실하게 하는 건 물론, 섭외하는 방법, 보도 자료 쓰는 법 등 그녀가 아는 모든 노하우를 전수해 주었다. 선배들은 그렇게까지 해 줄 필요 없다고 했지만, 규리는 다른 생각은 하지 않았다. 오직 하나. 오은설 같은 선배는 되지 말자, 그 생각뿐이었다.

"자, 마셔."

"감사합니다. 작가님."

점심 식사를 마치고 지연이 규리를 옥상으로 따로 불렀다. 1월의 바람은 차가웠고, 차가운 바람은 맑은 공기를 가져다주었다.

"내일, 새로운 메인 작가 올 거야."

"예? 이렇게 갑자기요?"

놀라 벌어진 규리의 입에서 하얀 입김이 새어 나왔다.

"갑자기는 무슨. 나 그만두는 거 알고 있었잖아."

알고 있긴 했다. 다만 이렇게 빨리 그만둘 줄은 몰랐을 뿐.

"새로 오는 작가님 잘 챙겨 드리고. 다른 애들보다 네가 속속들이 알고 있으니까 뭐 물어보면 잘 알려 드리고."

"예."

프로그램 기획부터 함께한 규리였다. 그만큼 규리가 많은 정보를 알고 있어 따로 불러 이야기를 한 것이었다.

"근데 작가님. 저 질문 하나 해도 돼요?"

"말해."

규리는 잠시 뜸을 들이더니 어렵게 질문을 꺼냈다.

"결혼 결심은 어떻게 하게 되셨어요?"

누구보다 자기 일을 사랑하는 지연이었다. 매사에 열정적이었고, 프로그램에 대한 애착도 남달랐다. 그런데 결혼 준비를 이유로 일을 그만두는 게, 규리는 잘 이해가 되지 않았다. 솔직히 결혼 준비야 일하면서 해도 되는 거였다. 물론 힘들겠지만. 그리고 승후와 만난 지 얼마 되지도 않았는데, 무엇이 그녀로 하여금 결혼을 결심하게 했는지 궁금했다.

"음……."

지연은 잠시 생각하더니 입을 열었다.

"다신 그런 남자 못 만날 것 같더라. 놓치기 싫어서 평생 옆에 두려고. 그래서 결혼 결심하게 됐어."

지연의 말에 규리는 고개를 끄덕였다. 결혼한 친구들이 말하는 이유와 비슷했다.

'다들 그런 이유로 결혼하는구나.'

그렇게 생각하고 있을 때, 지연이 다시 입을 열었다.

"이런 뻔한 대답을 원한 건 아닐 테고."

"······?"

"사실 좀 지쳤어."

생각에 잠긴 지연이 커피를 홀짝였다.

"쉬지 않고 달렸거든. 일도 사랑도. 그동안 연애는 안 했지만, 쉼 없이 갈구하고 있었더라고. 사랑하고 싶어서 어딘가를 기웃거리기도 하고, 결혼한 친구들과 비교하면서 이대로도 괜찮다고 자위하기도 하고."

규리는 턱을 괴고 지연의 말에 집중했다.

"근데 이제 잠시 쉬고 싶더라. 일도 사랑도."

"사랑······도요?"

일을 쉰다는 거야 그렇다 쳐도 사랑을 쉰다니? 그럼 사랑을 쉬는 동안은 승후를 사랑하지 않겠다는 말인가? 그게 어떻게 결혼 결심의 이유가 되는지 규리는 선뜻 이해가 되지 않았다.

"생각해 보면 사랑할 때 제일 힘들었어. 상대방 눈치 보면서 머리 굴리고, 싸우고, 질투하고, 주변 사람 신경 쓰고. 그런데 승후는 그러지 않아도 되더라고."

바람결에 지연의 머리카락이 흔들렸다.

"내가 아무것도 하지 않아도 나를 사랑하는 게 느껴졌고, 내가 사랑하는 걸 느껴주고. 그게 좋더라고."

완벽하게는 아니어도 어렴풋하게는 이해할 것 같았다. 치열하게 살아온 만큼 편안한 관계에 끌린 것이다. 온몸에 힘을 빼고 기대도 절대 쓰러지지 않을 거라는 믿음을 주는 그에게.

"근데 일 쉬면 다시 돌아올 수 있나요?"

규리는 경단녀라는 말을 떠올리며 걱정스럽게 물었다.

"그게 프리랜서의 매력 아니겠어? 물론 감 떨어지지 않도록 공부는 계속해야겠지만."

"아······."

"근데 이것도 경력 있어야 가능한 거 알지? 어중간한 상태로는 아무것도 안 돼. 특히 너처럼 이제 막 입봉한 작가는 더더욱."

"네. 알고 있어요."

"작가 생활 그만둘 거 아니면 경력 잘 쌓아봐."

"예. 근데 막상 헤어진다니까 아쉬워요."

"서운해할 거 없어. 우리 일이 원래 만나고 헤어지는 게 잦잖아."

직업 특성상 만나고 헤어지는 게 일상이었다. 거의 20년 가까이 방송 작가 일을 해온 지연에게는 늘상 있던 일이라 크게 아쉽거나 서운하지는 않았다. 하지만 규리는 달랐다. 지연은 그녀의 워너비였다. 10년 후를 상상할 때면 '꼭 이 사람처럼 되어 있어야지.' 하고 결심하게 되는 그런 사람. 규리는 종종 그런 상상을 해왔다. 방송 작가라는 길의 도착 지점에 지연이 서 있고, 전속력을 다해 달려온 자신을 그녀가 맞아주는 상상을 말이다. 그런데 이렇게 금방 헤어지다니.

"헤어짐이 있어야 만남도 있는 거라잖아."

"종종 만나주실 거죠?"

"내 연락 씹지나 마."

"제가요? 에이, 그럴 리가요."

작은 농담을 주고받는 두 사람의 입가에 미소가 번졌다. 만남과 헤어짐. 그건 동전의 양면 같은 것이었다. 만남이 있으면 헤어짐이 있듯, 헤어짐이 있으면 다시 만남도 있겠지. 만남이 있으면 필히 헤어짐도 있는 것. 뻔하디 뻔한 그 말을 규리는 새삼 깨달았다.

*

평소와 달리 포마드로 쓸어 넘긴 말끔한 헤어스타일에 무척이나 멋스러운 슈트까지 차려입은 명석은 작은 상자 하나를 내밀었다.

"아무리 생각해도 나한텐 너뿐이야. 나랑 결혼해 줄래?"

꽤 긴장한 모양인지 그의 눈동자가 잘게 떨렸다.

"너 없는 세상은 상상할 수도 없어. 감귤, 평생 나랑 같이 살자. 아이 씨. 이게 아닌가?"

거울 앞에 선 명석은 머리카락을 마구 흐트러뜨리다가 다시 매무새를 다듬었다. 평소 같았으면 '이 정도면 차고 넘쳐.'라며 자뻑 넘치는 말로 넘겼을 테지만, 오늘은 안 된다. 오늘은 무슨 일이 있어도 멋있어야 한다. 계명석 인생 중 가장 잘생겨야 하고, 매력이 철철 흘러넘쳐야 한다. 거절 따윈 입 밖으로 나오지 못하도록 규리를 홀려야 한다.

명석은 반지를 바라보았다. 다이아몬드가 박혀 있는 심플한 모양의 반지였다. 태어나서 처음으로 여자 반지를 사 봤다. 세상에 모르는 문제가 없을 정도로 똑똑한 그인데, 고3 때 모의고사 전국 10등 안에 들었던 그인데, 결정 장애는 왜 걸리는지 이해 못 하는 그인데. 어제 온종일 주얼리 숍 직원을 귀찮게 했다. 규리에게 뭐가 잘 어울릴지 몰라서, 그녀가 어떤 스타일을 좋아하는지 몰라서. 묻고, 또 묻고, 교환하기를 반복한 끝에 결국 주얼리 숍 직원이 그에게 짜증을 내고 말았다. 하지만 상관없었다. 지금 이렇게 예쁜 반지가 자신의 손에 있으니까.

명석은 반지 케이스를 주머니에 넣고 시계를 확인했다. 이제 곧 규리가 들어올 시간이었다. 프러포즈를 어떻게 할까 고민도 많이 했다. 이벤트를 할까, 노래를 부를까, 분위기 좋은 레스토랑을 통째로 빌릴까…… 그는 별별 고민 끝에 가장 계명석다운 방법을 택했다. 심플하게 진심을 전하기로. 입이 바짝바짝 말랐다. 시계 초침이 움직일 때마다 심장이 열 번씩은 뛰는 것 같았다. 손이 덜덜 떨렸다. 살면서 이렇게 긴장한 적은 없었는데. 준비한 말을 중얼거리며 긴장을 풀고 있을 때, 비밀번호 누르는 소리가 들려왔다. 그리고 철컹 문이 열리고 규리가 들어왔다.

"어? 볼일 있다더니 일찍 왔네요?"

집 안으로 들어온 규리는 심상치 않은 명석의 의상을 보더니 말했다.

"일찍 온 게 아니라, 이제 나가는 거예요?"

누굴 만나려고 저렇게 빼입었을까? 궁금해하는 찰나. 명석이 그녀 앞에 무릎을 꿇고, 어렵게 준비한 반지를 내밀었다. 어찌나 떨리는지 머릿속이 하얗게 변하며 준비했던 멘트가 하나도 떠오르지 않았다.

"감귤, 사랑해. 나랑 결혼해 줄래?"

결국, 너무도 소박하고 수수한 그의 진심이 입 밖으로 새어 나왔다. 명석은 떨리는 마음으로 규리의 대답을 기다렸다.

그리고 잠시 후, 규리의 입이 작게 열렸다.

"죄송해요."

규리의 대답에 명석은 그녀의 말뜻을 이해하지 못해 한참 동안 아무 말도 하지 못했다. 죄송하다는 건 무슨 의미인 걸까? 결혼이 싫다는 건가? 아니면 내가 싫다는 걸까?

명석은 혼란스러웠다. 머리가 백지처럼 하얘지더니 곧 얼굴이 뜨겁게 달아올랐다. 차였다. 오늘 아침에 달콤한 모닝 키스로 자신을 깨워준 여자에게 거절당했다. 그녀에게 잘 보이려고 차려입은 자신의 모습이 우습게 느껴졌고, 반지를 사려고 미친놈처럼 주얼리 숍을 들락거렸던 자신의 행동이 초라하게 느껴졌다. 갈 곳 잃은 그의 시선이 허공을 휘젓고 있자, 규리가 소리쳤다.

"오해하지 말아요!"

"……?"

"결혼을 안 하겠다는 건 아니니까!"

"뭐?"

명석의 눈동자에 작은 희망의 불꽃이 피어올랐다.

"결혼해요. 당연히 해야죠."

규리의 말에 명석의 입꼬리가 잠시 씰룩였다. 하지만 그것도 잠시.

"근데 지금은 말고 나중에 해요."

"나중? 나중 언제?"

"한 7년쯤 후에 어때요?"

순간 명석의 얼굴이 찌푸려졌다. 7년이라니! 그럼 그동안은 어떻게 지낸단 말인가? 지금도 잠시만 안 봐도 보고 싶어 미칠 것 같고, 다른 놈들이 규리를 쳐다보기만 해도 속에서 막 질투가 들끓었다. 그런데 7년이나 기다리라니!

"그건 안 돼!"

"왜요?"

단호한 명석의 대답에 규리의 표정이 일그러졌다.

"그때까지 못 참아. 난 당장이라도 너랑 결혼하고 떳떳하게 같이 살고 싶다고."

"지금도 떳떳하게 같이 살고 있잖아요. 달라질 건 없어요."

규리는 명석을 이해할 수 없었다. 그가 원하는 걸 지금도 하고 있는데, 굳이 지금 당장 결혼을 해야만 하는 걸까?

"내 여자라고 도장 꽝 찍어놓고 싶다고. 니들이 아무리 넘봐도 이 여자는 내 여자라고 결혼반지 딱 끼워놓고 싶다고!"

명석은 불안했다. 규리를 못 믿는 건 아니었다. 하지만 처음부터 불안하게 시작해서 그런지, 조급증이 그를 짓눌렀다. 이젠 다 괜찮아졌다고 생각했지만, 레오와 자신 사이에서 고민하는 규리를 봐서 그런지 언젠가 그녀를 놓칠 수도 있다는 불안함이 아직 그의 가슴 깊은 곳에 남아 있었다.

"지금도 충분해요. 우리나라 사람들, 아니, 전 세계 사람들이 우리 연애하는 거 다 알고 있다고요."

"그래. 그렇다 쳐. 그럼 넌? 넌 지금 결혼 못 하겠다는 이유가 뭔데?"

명석은 울컥거리는 감정을 최대한 절제하며 물었다. 이럴 때 화를 내면 걷잡을 수 없을 것 같았다. 대화로 풀자, 대화로.

"저 이제 막 입봉했어요. 막내 딱지 떼고 이제 정식 작가가 되어서 대본 한 줄 써보려는데, 결혼이라뇨."

그런 이유 때문이었나? 그건 문제가 되지 않았다. 명석은 규리가 일하는 걸 반대하지 않을 거니까. 그는 집에서는 물론 회사에서도 그녀를 볼 수 있는 요즘이 행복했다. 그리고 그녀의 꿈을 응원하고 지지하고 있고.

"결혼한다고 일 못 하는 거 아니야. 너 일하는 거 막지 않을게. 아니, 도와줄게."

합의점을 찾았다고 생각한 명석은 대수롭지 않게 말했다. 그런데 피식, 규리가 코웃음 쳤다. 그녀의 반응에 명석의 미간에 주름이 잡혔다. 명백히 자신을 무시하는 행동이었다.

"차 작가님도 결혼 준비한다고 일 그만두셨어요."

"그만둔 게 아니라 잠깐 쉬는 거지."

"강희는 아이가 생겨서 다른 팀으로 발령 났고요. 결혼 준비 잘해서 결혼했다 쳐요. 그럼 그 후는요?"

규리의 비소에 화가 났지만, 명석은 최대한 화를 억누르며 대답했다.

"그 후는 잘 살면 되지. 같이 회사 다니면서."

"팀장님 종갓집 종손이시라면서요."

"……!"

"한 달에 한 번씩 제사 지낸다면서요."

명석은 뒤통수를 얻어맞은 기분이었다. 일과 꿈은 핑계였고 결국 그것 때문이었나 싶었다. 종갓집 종손과는 결혼하기 싫어서……? 아까 청혼을 거절당했을 때보다 더 비참한 기분이 들었다. 다른 이유도 아닌 그의 출생과 가족에 관한 문제였다. 그건 그가 바꿀 수 있는 성질의 것이 아니었다.

"그래서…… 나랑 결혼하기 싫다는 건가?"

조금 전과 달리 명석의 말투가 차분해졌다. 무서우리만치. 아니, 아예 남 일을 말하는 듯.

"아뇨! 누가 결혼하기 싫다고 했어요? 제 일이 안정적으로 자리 잡으면, 그래서 회사 일도 집안일도 다 잘할 수 있으면, 그때 해요."

명석이 날 선 눈으로 그녀를 바라보았지만, 규리는 설득을 멈추지 않았다. 방송 작가가 되는 건 어렸을 때부터 규리가 품어온 꿈이었다. 집안 사정으로 돌고 돌아 스물여덟 살이라는 나이에 막내로 시작했고, 스물아홉이 되어 이제 겨우 입봉할 수 있었다. 그런데 여기서 꿈을 포기할 수는 없었다. 그렇다고 아내와 며느리의 역할도 포기하고 싶지 않았다. 둘 다 잘하고 싶었다. 그러려면 시간이 필요했다. 그래서 결혼을 미루려는 것이었다. 작가 일이 손에 익고 경력이 쌓이면, 시간도 어느 정도는 자유롭게 쓸 수 있을 테니까. 규리는 답답했다. 누구보다 방송 일에 대해 잘 아는 명석이 이렇게 말하는 걸 이해할 수 없었다.

"제사 준비하려면 그때마다 회사 결근해야 할 텐데, 이제 고작 1년 차 작가가 빠지면 선배들이 그걸 이해해 주겠어요?"

"어머니가 준비하실 거야. 넌 그런 건 안 해도 돼!"

"그게 말이 돼요?"

"왜 말이 안 돼!"

"며느리가 일한답시고 집안일 안 하면 어느 시부모님이 좋아하겠느냐고요!"

"감귤! 너 정말⋯⋯!"

명석이 버럭 소리쳤다. 그러자 규리가 놀란 눈으로 그를 쳐다보았다. 처음이었다. 두 사람의 언성이 높아진 건. 항상 서로를 이해하며 양보했던 그들이었다. 그런데 결혼이라는 화두 앞에서 감정의 골이 생기기 시작한 것이었다. 한 치의 양보도 없었다. 그 누구도 굽히거나 물러설 기미가 보이지 않았다. 규리는 그제야 깨달았다. 연애가 달콤한 꿈이었다면 결혼은 쓰디쓴 현실이라는 것을.

*

찬바람은 방송국까지 이어졌다. 회의 시간 내내 두 사람은 대화는커녕 눈도 마주치지 않았다. 점심 식사도 각자 따로 해결했다. 불편한 건 당사자들이 아닌 같이 일하는 팀원들이었다. 고래 싸움에 새우 등 터진다고, 팀장님 사랑싸움에 눈치 보느라 팀원들은 제대로 숨도 쉬지 못했다. 보다 못한 승후가 나섰다.

"팀장님이랑 싸웠어?"

"눈치 빠삭한 놈."

규리가 대답하자, 승후가 찻잔을 건네며 말했다.

"지금 너랑 팀장님 보면 눈치 제로여도 알겠다. 왜? 무슨 일인데?"

규리는 한숨을 푹 내쉬고는 차를 한 모금 마셨다. 말을 할까 말까 망설이던 규리는 어렵게 입을 열었다. 답답한 마음을 누군가에게 풀어놓고 싶었다. 그리고 가능하다면, 자신의 생각이 틀리지 않았음을 확인하고 싶기도 했고.

"사실 나 청혼받았어."

"와! 축하……!"

축하하려던 승후가 급히 입을 닫았다. 청혼했는데 두 사람의 분위기가 이렇게까지 냉랭한 것을 보면 답은 뻔했으니까.

"너 설마…… 거절했어?"

"거절은 아니야."

"아니면?"

"그냥 좀 나중에 하자고 했지."

"얼마나?"

"한 7년 후쯤?"

승후의 입에서 긴 한숨이 새어 나왔다.

"그 한숨 뭐냐?"

규리가 도끼눈을 뜨고 노려보자, 승후가 어깨를 으쓱였다. 규리는 바람 빠진 풍선처럼 축 늘어져 중얼거렸다.

"솔직히 사귄 지 얼마 되지도 않았는데 청혼하는 것도 좀 그렇고."

"그래도 7년은 좀 심했다."

"심하긴."

"7년 후면 팀장님이 몇 살이지?"

규리는 명석의 나이를 헤아려 보았다. 지금이 서른두 살, 아니지. 새해가 됐으니까 서른세 살에, 7년 후면 마흔.

"마아흔?"

규리는 제 입장만 생각하느라 그의 입장을 고려하지 못했다. 일단 자신과 자신의 꿈이 먼저였으니까.

"나이도 나이지만, 사실 네가 좀 그랬잖아."

"뭐가?"

승후는 규리의 눈치를 살피며 조심스럽게 입을 열었다.

"어쨌든 네가 팀장님이랑 오 배우 사이에서 고민한 건 사실이잖아."

두 사람의 고백을 받았을 땐, 꿈처럼 행복했다. 커다란 초콜릿 풀장에 풍덩 빠진 것처럼 정신을 차릴 수가 없었다. 처음엔 너무도 당황스러워서 이곳에서 벗어나야 한다고 생각했지만, 어느새 그 달콤함이 익숙해져 빠져나오기 싫어졌다. 빠져나오기는커녕 점점 더 깊은 달콤함 속으로 빠져들었다. 마치 그들에게 중독된 사람처럼. 어쩌면 선택할 시간을 달라는 핑계로 그 달콤함을 즐겼는지도 모른다. 너무도 이기적이게.

"팀장님한테 불안함이 남아 있을 거야. 그래서 결혼을 서두르는 게 아닐까 싶어."

그때의 일이 아직도 그에게 상처로 남아 있다니, 마음이 아팠다. 그렇다고 꿈을 버리고 지금 당장 결혼하고 싶지는 않았다. 규리는 지연처럼 쉴 겨를이 없었다. 남보다 늦게 시작한 일이었다. 전속력으로 달려도 모자랄 때다. 일을 계속하느냐, 결혼을 하느냐. 또다시 갈림길에 선 규리는 머리가 미친 듯이 복잡했다.

*

담배 생각이 간절했다. 후배 녀석의 담배와 라이터를 빌려 옥상에 올라온 명석은 고민 끝에 담배를 입에 물었다. 담배를 끊은 지 두 달이나 됐지만, 도저히 참을 수가 없었다. 괴로운 마음을 담배 연기에 날려 버리고 싶었으니까. 담배에 막 불을 붙이려는 순간, 핸드폰이 울렸다. 명석은 액정에 뜬 이름을 보고 후우, 하고 한숨을 내쉬었다.

"예. 어머니."

[잘 있니? 요즘 통 연락이 없어서 전화했다. 새해인데 집에는 안 와?]

"바빠서요."

부모님은 지방에 살고 계셨기에, 명석은 제사나 명절 때나 찾아뵙곤 했다.

[바빠도 주말에 한번 내려와.]

"무슨 일 있으세요?"

[선 자리 하나 들어왔다. 아버지 친구분 중에 대학교 교수님 계시잖니. 그분 딸인데⋯⋯.]

서른 살이 넘어서부터였던가? 부모님은 명석에게 쉬는 날마다 맞선을 보라고 하셨다. 처음에 몇 번 거절했더니, 조부모님까지 거드셨다. 할머니는 죽기 전에 증손주 한번 안아보고 싶다고 하셨고, 할아버지는 거동이 가능할 때 장손의 결혼식에 가는 게 마지막 소원이라고 하셨다. 그 바람에 명석은 어머니의 말씀에 따라 몇 번 맞선을 보곤 했다. 하지만 지금은 그때와 다르다. 그에게는 여자친구가 있다. 규리가 있으니 당연히 맞선 따위는 볼 필요가 없었다.

"어머니. 저 선 안 봐요."

[왜? 너 혹시 여자친구 생겼니?]

인터넷과 거리가 먼 어머니는 아직 소문을 듣지 못하신 모양이었다. 하지만 명석은 선뜻 대답할 수 없었다. 어머니가 어떻게 반응하실지 뻔했으니까. 명석이 따로 대답하지는 않았지만, 어머니는 무뚝뚝한 아들의 침묵의 의미를 바로 알아챘다.

[어머! 그럼 어서 집에 한번 데리고 와. 아이고, 이게 웬일이야. 너한테 여자친구가 생기다니!]

어머니의 목소리는 날아갈 듯했지만, 명석의 마음은 그렇지 않았다.

"어머니는 종갓집에 시집온 거⋯⋯ 후회한 적 있으세요?"

살면서 이런 질문을 한 건 처음이었다. 그게 당황스러웠는지, 아니면 아들이 그런 질문한 이유를 예상했는지, 어머니는 쉽사리 입을 열지 못하셨다. 말없이 핸드폰을 들고 있는 모자 사이에 알 수 없는 공감대가 형성되었다. 아들과 어머니는 어느새 침묵의 의미를 알아챘다.

[명석이야?]

그때 수화기 저편에서 아버지 목소리가 들려왔다. 명석은 골치 아프다는 듯 머리를 헝클어뜨렸다. 어머니의 핸드폰을 뺏으셨는지, 어느새 아버지가 소리치고 계셨다.

[네가 올해로 서른셋이다, 서른셋! 옛날 같았으면 애 두셋은 낳았을 나이라고.]

"예."

[할아버지 할머니께서 네 걱정에 밤잠을 못 주무셔!]

"예."

명석은 듣는 둥 마는 둥, 설렁설렁 대답했다.

[네 밑으로 줄줄이 있는 동생들도 생각해야지. 걔들이 너 때문에 아직 결혼도 못 하고 있어. 알아?]

"먼저 하라고 하세요."

[어디 동생이 형보다 먼저 결혼이야! 내 눈에 흙이 들어와도 그건 안 돼!]

아버지의 고집 때문에 약혼까지 한 둘째는 아직도 결혼을 미루는 중이었다.

[이번에 내려와서 선봐!]

[여보, 명석이 여자친구 생겼대요.]

[뭐? 진즉에 말할 것이지. 이번 달 안으로 색시 데리고 와!]

"아버지 그건⋯⋯."

명석이 뭐라 둘러대기도 전에 어머니의 목소리가 들려왔다.

[당신은 좀 나가 있어요. 내 아들이랑 할 얘기 있으니까.]

옆에서 아버지의 구시렁거리는 소리가 들렸지만 이내 사라졌다. 아마 어머니 혼자 계신 모양이었다. 곧 어머니의 부드러운 음성이 들려왔다.

[종갓집에 시집와서 힘드냐고 물었지? 힘들어. 옛날에도 힘들었고, 지금도 힘들고.]

힘들지 않다고 말하면 그건 거짓말일 거다. 아무도 없는 부엌 한편에서 남몰래 눈물을 훔치는 모습을 명석도 종종 보았으니까.

[근데 아들. 내 나이 환갑이 넘도록 시부모님 모시고 사는 것도, 내 마음 몰라주는 남편이랑 사는 것도 힘들지만, 엄만 행복하단다. 너희들이 있잖아.]

어머니의 목소리에는 진심이 서려 있었다. 하지만 명석의 마음은 더 착잡해졌다.

[요즘 아버지 내 말이라면 껌뻑 죽으셔. 그러니까 너무 마음 쓰지 마. 엄마는 네가 결혼 안 해도 돼. 그저 네가 사랑하는 사람이 생겼다면 그걸로 족해.]

어렸을 땐 어머니의 손이 참 곱다고 생각했는데, 어느 순간부터 쪼글쪼글 할머니가 되어 버렸다. 정작 손주 한 명도 없으시면서. 어머니의 말씀을 들어보니, 명석은 그제야 규리가 무슨 걱정 때문에 그런 말을 했는지 이해할 수 있었다. 어머니는 결혼과 동시에 종갓집 살림을 배우기 위해 밤낮으로 집안일에만 매달리셨다고 했다. 일이 어느 정도 손에 익자 아이를 갖게 되었고 아이 키우는 일에 매달렸다고.

규리도 자신과 결혼하면 어른들은 살림을 배워야 한다며 그녀를 가만두지 않을 거다. 할아버지 할머니께서는 증손주 보고 싶다고 성화이실 테고. 그럼 규리의 말처럼 그녀는 일을 포기해야 한다. 며칠씩 집을 비우며 촬영하는 것도, 야근하며 대본 쓰는 것도 힘들 테니, 자연스럽게 일을 못 하게 될 거다. 명석은 머릿속이 복잡해졌다. 자신과의 결혼으로 그녀의 꿈을 포기하게 하고 싶지는 않았다. 그렇다고 규리와의 결혼을 7년씩이나 미루고 싶지도 않았고.

"어쨌든 맞선은 어머니께서 해결해 주세요. 그리고 앞으로도 맞선은…… 아시죠?"

명석은 힘없이 전화를 끊었다. 어떻게 해야 할지 규리와 대화가 필요했다. '우리'의 미래다. 다른 누구를 위해서가 아닌 그녀와 나의 미래. 가장 중요한 건 두 사람이라는 걸 뒤늦게 깨달은 명석은 들고 있던 담배를 꺾어 쓰레기통에 버렸다. 그리고 사무실로 내려가기 위해 몸을 돌리는 순간, 해연과 딱 마주쳤다.

"헐. 오빠 선봐?"

너무 놀란 해연은 라이터를 채 켜지도 못하고 있었다.

＊

　오후에는 오전보다 일이 더 몰렸다. 명석과 새로운 메인 작가는 부장과 릴레이 회의를 이어갔고, 나머지 사람들은 장소와 출연자 섭외에 열을 올렸다. 규리는 가능한 섭외지 몇 곳을 추려 정리한 뒤, 잠시 쉬기 위해 탕비실로 향했다. 아침부터 정신이 없었다. 일도 바빴고, 무엇보다 명석과 싸운 게 마음에 계속 걸렸으니까. 승후의 말을 들어보니 그의 마음도 이해가 되었다. 오늘 집에 들어가면 얘기를 잘해볼 참이었다. 어쨌든 어제는 둘 다 너무 흥분 상태여서 서로 하고 싶은 말만 떠든 것 같았다.

　진하게 커피를 내리고 다시 작가 방으로 가려는데, 해연이 들어왔다. 그녀는 무슨 할 말이라도 있는지, 규리의 손을 이끌고 와 조용히 물었다.

　"규리 씨. 오늘 하루 종일 표정 안 좋더니, 그거 때문에 그런 거였구나?"

　"네? 그거라뇨?"

　규리는 혹시 승후가 말을 전했나 싶었지만, 이내 고개를 저었다. 승후가 그런 말을 떠들고 다닐 스타일은 아니었으니까.

　"명석 오빠, 선본다면서요?"

　순간 규리의 얼굴이 하얗게 질려 버렸다.

＊

　먼저 퇴근한 규리는 침대 위에 앉아 멍하니 생각에 잠겼다. 그녀의 머릿속은 온통 해연의 말로 가득 차 있었다.

　"아는지 모르겠지만, 명석 오빠 선보는 게 월중 행사였거든요. 난 또 규리 씨 사귀면서 더 이상 선 안 볼 줄 알았는데, 둘이 아직 그런 사이는 아닌가 봐요?"

몰랐다. 명석이 월중 행사처럼 맞선을 보는 것도, 그의 집에서 결혼을 재촉하는 것도, 또 곧 맞선을 본다는 사실도. 그가 종갓집 종손이라는 것은 알고 있었다. 하지만 그것도 명석이 얘길 해줘서 안 것이 아니었다. 명석과 레오가 얘기하는 걸 옆에서 들어서 알게 된 것이었지. 어쨌든 그의 나이가 올해로 서른셋이다. 혼기 꽉 찬 나이는 아니었지만, 집안 분위기가 그렇다면 결혼을 재촉받을 수도 있겠구나 싶었다.

"우린 아직 서로에 대해 모르는 게 많구나……."

그를 만난 후 많은 일들이 있었다. 예상치 못한 삼각관계, 연애 고자의 솔로 탈출, 사랑 고백, 그리고 뜨거운 첫날밤까지. 그와 함께 살면서 그와 더없이 가깝다고 생각했다. 7년 후지만 결혼까지 생각할 정도로. 하지만 정작 중요한 사실은 남의 입을 통해 들었다. 그것도 그를 짝사랑했던 해연에게. 그녀에게 명석이 맞선 본다는 사실을 들었을 때, 규리는 그런 생각이 들었다.

'내가 왜 이 이야기를 해연 선배한테 들어야 하는 걸까?'

머리로는 이해가 됐다. 집안의 강요 때문에 맞선을 봐야 한다는 것을 차마 여자친구에게 말할 수 없었겠지. 그렇다고 지금 당장 결혼하지 않겠다는 여자친구를 부모님께 소개할 수도 없었을 테고. 머리로는 백 번이고 천 번이고 이해할 수 있었다. 하지만 서운한 것도 사실이었다. 자신과 결혼까지 생각했으면 그런 이야기는 해 줄 수 있는 게 아닐까?

'우리 집 상황이 이러하니 결혼 날짜는 조율하는 게 어떨까?' 이 말을 꺼내는 게 그렇게 어렵느냔 말이다. 그의 입장에 대해 자세히 말해 주었더라면, 결혼을 앞당기면 앞당겼지 7년 후에 하자는 말은 하지 않았을 거다. 다른 사람도 아니고 애인에게 본인의 상황을 말하는 게 뭐 그렇게 어렵다고. 과거 자신을 짝사랑했던 여자의 입을 통해 맞선 본다는 얘기를 듣게 하는 건지.

규리는 머리로는 명석을 100퍼센트 이해했지만, 가슴은 단 1퍼센트도 이해할 수 없었다. 결혼까지 생각한 여자에게 왜 그런 이야기를 할 수 없었을까?

"혹시 내가 못 미더워서……?"

섭섭함이 왈칵 밀려왔다. 생각에 잠겨 있을 때, 현관문 열리는 소리가 들려왔다. 규리는 침대 위에 놓여 있는 종이를 내려다보다가 뭔가를 결심하고, 종이를 들고 거실로 나갔다.

"왔어요?"

"응. 아직 저녁 안 먹었지? 너 좋아하는……."

"우리 얘기 좀 해요."

명석이 상자를 내밀며 말했지만, 규리는 냉랭하게 그의 말을 잘라 버렸다. 박스를 들고 있던 명석의 손이 잠시 허공에서 주춤거렸다. 규리가 의자에 앉자, 명석은 식탁 위에 박스를 내려놓고 그녀 앞에 앉았다. 마주 보고 앉은 두 사람 사이에 알 수 없는 냉기가 머물렀다. 악독한 팀장과 어리바리 막내 작가로 만났을 때도 이 정도 분위기는 아니었다. 몸은 이렇게 가까이 앉아 있었지만, 마음은 끝도 없이 멀리 있는 것 같았다. 규리는 손에 들고 있던 종이를 명석에게 내밀었다.

"이게 뭐야?"

"계약서예요."

그녀가 내민 건 레오와 명석이 이곳에 살기 시작하면서 쓴 계약서였다. 자질구레한 집안일을 나누고, 상의 탈의를 하지 않겠다는 등 소소한 내용을 깨알처럼 적었던 계약서.

"갑자기 이건 왜?"

명석이 모르겠다는 표정으로 규리를 바라보자, 규리가 손가락으로 계약서 한 구석을 가리켰다. 그의 시선이 규리의 손끝에서 계약서의 글귀로 옮겨갔다.

－3개월 후, 집수리가 끝나면 각자 집으로 돌아간다.

규리가 가리킨 글을 읽은 명석은 뒤통수를 맞은 듯 머리가 띵했다. 이 시점에 군이 이걸 보여 주는 이유는 무엇인지, 그녀의 마음을 도통 알 수가 없었다.

그동안 둘 사이를 방해하는 건 외부적인 것들이었다. 레오가 그랬고, 해연이 그랬으며, 또 신 기자가 그랬다. 그래서 두 사람은 더 똘똘 뭉칠 수 있었고, 사랑은 더 단단해졌다. 적어도 명석은 그렇게 믿었다. 온전히 내부적인 요인 때문에 감정이 이렇게 격해진 건, 이번이 처음이었다.

"이 계약서를 보여주는 의도가 뭐지?"

명석이 매섭게 물었지만, 규리는 그의 기분이 상했다는 걸 눈치채지 못했다. 그의 감정보다, 그로 인해 상처받은 자신의 마음을 달래는 데에 더 급급했으니까. 규리는 짐짓 그의 질문을 못 들은 것처럼 대꾸했다.

"원래는 12월에 계약이 끝나는 거였는데, 그땐 너무 정신없어서 깜빡했어요."

"그래서?"

"아무리 생각해도 지금 당장 결혼은 무리예요."

단호한 규리의 목소리가 가시가 되어 그의 가슴에 박혔다. 명석은 오늘 하루 많은 생각을 했다. 어머니와 통화하며 결혼의 무게를 새삼 깨달은 그였다. 내 고집만으로 결혼을 서두를 수는 없겠구나. 아무런 준비 없이 결혼하면 결국 힘든 건 규리겠구나……

그래서 그녀와 대화를 하려고 했다. 당장 결혼이 힘들면 시간을 갖자고 말하려고 했다. 최선을 다해 방송 일을 알려줄 테니, 열심히 배우라고. 그래서 빨리 새로운 일에 적응하라고 할 작정이었다. 대신 7년은 너무 기니 3년 정도로 당겨주면 안 되겠냐고 졸라볼 생각이었다. 그런데 계약서를 꺼내오다니. 사귀는 사이에, 서로 사랑을 확인한 마당에, 계약서를 왜 꺼내는지, 명석은 이해할 수 없었다.

"결정하세요. 계약을 연장하든지, 아니면……"

"아니면 뭐?"

규리는 그가 계약을 연장하겠다고 말하길 바랐다. 오늘 밤만 재워달라며 떼를 쓴 그날처럼, 언제까지나 재워달라고 말하길 바라고 또 바랐다.

"계약서 다시 쓰고……"

……우리 서로를 좀 더 알아가요. 당신의 가족과 나의 가족에 대해, 당신이 좋아하는 것과 내가 좋아하는 것을, 당신이 싫어하는 것과 내가 싫어하는 것에 대해. 우리 조금 더 알아가요. 결혼하기에 우린 아직 서로에 대해 모르는 게 많아요. 그러니까 같이 살면서 우리 조금만 더 서로를 배워요…….

 하지만 규리가 속엣말을 꺼내기도 전에 명석은 자리에서 벌떡 일어나 버렸다.

 "어디 가요?"

 "이 집에서 나가라면서?"

 "그런 뜻이 아니잖아요!"

 규리가 소리치자, 명석이 식탁 위에 놓인 계약서를 집어 들어 그녀 앞에 흔들어 보였다.

 "이게 나가라는 뜻이 아니면 뭔데!"

 "그건……!"

 "애초에 나랑 결혼할 생각이 없었던 거지? 그러니까 이런 말도 안 되는 계약서 들먹이는 거고!"

 "무슨 그런 말도 안 되는……."

 "결혼하기 싫으면 싫다고 해. 괜히 말 빙빙 돌려서 사람 비참하게 만들지 말고."

 명석이 무섭게 규리를 노려보았다. 그런 의미로 한 말이 아니었다. 흥분 좀 가라앉히고 내 말 좀 들어봐 달라고 말해 주길 바랐다. 하지만 규리는 처음 보는 명석의 차가운 눈빛에 차마 아무런 말도 할 수 없었다. 결국, 한참 동안 규리를 쏘아보던 명석은 그녀에게서 시선을 거두었다. 그리고 쾅! 명석은 그대로 집을 나가 버렸다. 그도, 그녀도 원하지 않은 상황이었다. 그저 서로와 대화를 하고 싶었던 것뿐이다. 하지만 대화가 서툰 두 사람은 걷잡을 수 없이 틀어져 버렸고, 규리는 홀로 남겨졌다.

 어디선가 달콤한 향기가 풍겨왔다. 규리의 손이 식탁 위에 놓인 상자 위로 향했다. 상자 안에는 맛있어 보이는 초코 케이크가 들어 있었다. 케이크를 보니, 얼마 전 그와 나눈 대화가 떠올랐다.

"자기야. 우리 첫 데이트 때 먹었던 그 레스토랑 초코케이크가 먹고 싶어요."

"거기 파티시에 그만뒀다던데."

"정말요? 진짜 맛있었는데."

"따로 개업했다고 들었는데, 알아볼까?"

"아니에요. 바쁜데요, 뭘."

그냥 지나가는 말로 한 얘기인데, 그걸 사 왔을 줄이야. 규리는 케이크를 한 입 베어 물었다. 그러자 입안 가득 달콤함이 번져 나갔다. 역시 맛있는 케이크다. 그때 먹었던 그 맛 그대로. 맛은 그대로인데, 왜 그 사람은 내 옆에 없는 걸까. 후두둑. 저도 모르게 눈물이 떨어졌다. 조금 전까지 달기만 하던 케이크가 쓰게 느껴지기 시작했다.

＊

결국, 명석은 돌아오지 않았다. 밤새도록 그가 돌아오기를 기다린 규리는 한숨도 자지 못한 채 피곤한 얼굴로 출근했다. 사무실에 도착하자마자 명석의 자리부터 살폈지만, 아직 출근하지 않았는지 그의 자리는 텅 비어 있었다. 규리는 시선을 거두고 그에게 신경 쓰지 않으려고 애썼다. 빠르게 시간이 흘렀다. 정신없이 일하던 규리는 문득 고개를 들어 명석의 자리를 바라보았다. 명석은 언제나 환한 햇빛이 쏟아지는 창가 자리에 앉아 있었다. 날씨가 쨍할 때에는 그의 얼굴 뒤로 후광이 비치는 듯해서 볼 때마다 미소를 짓곤 했는데. 오늘은 어쩐 일로 출근이 늦다. 슬슬 걱정되기 시작했다.

'혹시 무슨 일이 있는 건 아니겠지? 전화라도 걸어볼까?'

잠시 고민하던 규리는 곧 고개를 가로저었다. 걱정은 됐지만, 자존심을 굽히고 싶지는 않았다.

"밥 먹고 합시다."

금세 점심시간이 되었다. 먹는 둥 마는 둥. 규리는 음식을 입 안에 대충 욱여넣고 빠르게 사무실로 달려왔다. 웬만하면 팀원들과 함께 점심 식사하는 명석이었는데, 오늘은 식사까지 걸렀다. 그에게 무슨 일이 있다고 판단한 규리는 승후를 찾았다. 다른 사람들에게 명석에 대해 물었다가는 괜히 이상한 소문이 돌 것 같았기 때문이다.

"박 군!"

"어. 왜?"

"팀장님 못 봤어?"

규리가 묻자, 승후의 머리 위로 물음표가 떴다.

"그걸 왜 나한테 물어?"

"어? 오늘 아침 먼저 출근한다고 나갔는데, 안 보여서……."

규리가 대충 둘러대자, 승후가 걱정스러운 얼굴로 그녀를 바라보았다.

"왜?"

"둘이 아직 화해 안 했구나?"

뭔가 알고 있다는 승후의 표정에 규리는 차마 대답하지 못했다. 미주알고주알 말할 기분도 아니었다.

"팀장님 답사 가셨어."

"뭐?"

"어젯밤에 갑자기 연락하셔서는 답사 본인이 가겠다고 하시더라고."

'그래서 박 군이 그런 표정을 지은 거였구나.'

원래 김 피디가 가야 하는데 명석이 대신 간 것이었다. 꽤 긴 일정의 답사였다. 3박 4일이었던가. 아니, 4박 5일이었던 것 같은데. 온다 간다 말도 없이 가 버린 그에게 화가 났다. 열이 뻗쳤다. 성이 났다. 하지만 그 와중에……

"잘 도착하셨대?"

……걱정됐다. 운전하다 별 탈은 없었는지, 섬으로 가는 배는 잘 떴는지, 오

늘부터 강추위가 계속된다는데 옷은 잘 챙겨 입고 갔는지. 누구보다 그의 안부를 제일 잘 알고 있던 자신이, 다른 이에게 그의 안부를 묻는다.

"어. 잘 도착하셨대."

그와 헤어진다면 앞으로도 그의 안부는 다른 사람에게 듣게 될 텐데……. 그건 자신 없는 일이었다.

*

그가 없는 시간은 무척이나 길었다. 그에 대한 그리움은 점점 짙어져만 갔고, 시간이 흐를수록 그가 보고 싶어 미칠 것만 같았다. 바람에 흔들리는 현관문 소리에 혹시 명석이 돌아온 건 아닌가 벌떡벌떡 일어나 문을 열어젖혔고, 그가 두고 간 물건을 끌어안고 몇 날 며칠을 엉엉 울었다. 울리지 않는 핸드폰을 1분마다 들여다봤고, 남의 핸드폰이 울리면 혹시나 명석이 아닐까 귀를 기울였다. 참다못한 규리는 그에게 전화를 걸었지만, 통화권 이탈이라는 기계음 소리만 들었을 뿐이다. 그를 잃은 규리의 삶은 완전히 엉망이 되어 버렸다.

"사무실이 왜 이렇게 추워?"

"어제 건물 난방 시설 고장 나서 지금 수리 중이래요. 점심 전에는 고친대요."

"미리 좀 얘기해 주지. 그것도 모르고 얇게 입고 왔는데. 아우, 얼어 죽겠다."

선영 작가와 조은 작가의 말에 규리가 자리에서 일어났다.

"지원팀에 가서 전기난로 좀 가져올게요."

"응. 그래. 근데 규리 요즘 다이어트해? 며칠 사이 살이 쏙 빠졌네?"

규리는 대답 대신 미소를 짓고는 작가방에서 나와 버렸다. 조금이라도 움직여야 그에 대한 생각을 떨칠 수 있을 것 같았다. 벌써 일주일째 그가 돌아오지 않고 있었다. 4박 5일로 예정되어 있던 답사는 이틀이나 더 연장되었다.

"선배님. 같이 가요."

후배가 그녀를 따라오고 있었다.

"혼자 가도 되는데."

"선영 선배님이 난로 하나 갖고 안 될 것 같다 하셔서요."

"그래."

평소 같으면 도란도란 이런저런 이야기로 꽃을 피웠겠지만, 지금은 그럴 힘이 없었다. 하고 싶은 말도, 떠오르는 말도 없었고. 규리의 머릿속에는 오로지 명석 생각뿐이었다. 온통 그의 얼굴만 떠올랐고, 그에 대한 소식을 듣고 싶을 뿐이었다.

"선배님은 안 추우세요?"

후배가 두 손으로 팔을 비비적거리며 물었다.

"아니. 난 괜찮아."

"전 내복에 스웨터까지 껴입었는데도 추운데."

"그래? 난 별로 안 춥네."

그때, 벨이 울렸다. 후배의 핸드폰이었다.

"선배님 잠시만요."

"응."

별생각 없이 앞을 보며 걷고 있는데, 후배의 카랑카랑한 목소리가 들려왔다.

"네, 팀장님!"

순간 규리의 걸음이 우뚝 멈춰 버렸다. 그녀의 귀는 물론 모든 감각이 후배의 통화에 집중되었다.

"어머! 그러셨어요? 오늘은 배 뜬대요?"

오늘은? 그럼 어제는 배가 못 떴다는 건가? 왜?

"출연자 섭외만 하면 다 오케이래요. 이번 주에 백건호 배우 미팅 잡혔어요."

오늘 배가 뜨면 서울에 올라오는 건가? 아니면 또 다른 곳으로 가나? 규리는 후배의 전화 통화를 통해 명석의 상황을 유추하고 있었다.

"아뇨. 백건호 배우님은 규리 선배님이 미팅하시기로 했어요."

후배의 입에서 자신의 이름이 나오자, 규리는 놀라 그녀를 쳐다보았다.

"그럼요. 잘 지내고 있어요. 네, 조심히…… 어? 끊겼네?"

전화를 끊은 후배가 규리의 팔짱을 끼더니 조잘조잘 말을 걸어왔다.

"팀장님이신데요, 글쎄 비바람이 너무 불어서 이틀째 섬에 갇혀 계셨다지 뭐예요."

아아, 그래서 전화를 못 받았구나. 그래서……. 자신의 전화를 피한 게 아니라는 생각이 들자 알 수 없는 안도감이 밀려왔다. 그런데 그때.

"선배님 잘 있냐고 물으시던데요? 밥 잘 먹냐고."

숨이 멎을 것 같았다.

"역시 선배님이 제일 보고 싶으신가 봐요."

날…… 걱정하고 있어? 날?

"배터리 없어서 알림음이 삐삑 울리는데, 선배님 안부만 물으시네요. 근데 정말 안 추우세요? 전 엄청 추운데……."

후배의 말이 계속 이어졌지만, 규리의 귀에는 그녀의 말이 들리지 않았다. 가을에도 내복을 껴입을 정도로 추위를 타는 규리였다. 하지만 지금은 전혀 춥지 않았다. 아니, 오히려 속이 후끈후끈했다. 규리는 무심결에 주머니에 손을 넣었다. 무언가가 그녀의 손끝에 닿았다. 손난로였다. 찬 바람만 불면 입술이 파랗게 변하는 그녀를 위해 명석이 주었던 손난로.

"너 또 얇게 입고 왔지? 바들바들 떠는 게 저 끝에서도 다 보인다."
"이건 한 번 쓰고 버리는 거 아니야. 기름 충전하면 계속 쓸 수 있어."
"식으면 찾아와. 다시 따뜻하게 데워줄 테니까."

눈앞이 뿌옇게 흐려졌다. 이제야 추위 잘 타는 자신이 왜 춥지 않았는지 깨달았다. 손난로가 매일같이 그녀의 주머니 속에 있어서 인지하지 못하고 있었다. 매일같이 곁에 있어 소중함을 몰랐던 그처럼……. 규리는 쓰러지듯 복도에 주저앉아 버렸다.

*

　몸이 너무 좋지 않아 조퇴했던 규리는 어둠 속에서 눈을 떴다. 핸드폰을 켜 시간을 확인하니 이제 막 밤 10시가 넘어가고 있었다. 너무 많이 울어서인지 기운이 없었고, 목도 말랐다. 힘없이 일어난 규리는 물을 마시기 위해 냉장고 문을 열었다. 그런데 냉장고에는 물은 물론 그 어떤 음식물도 없었다. 생각해 보니 지난 일주일간 거의 아무것도 먹지 않았다. 미친 듯한 갈증이 일었다. 물을 마시지 않고서는 못 견딜 것 같았다. 편의점을 가기 위해 점퍼를 입고 현관으로 나온 그때, 현관 비밀번호 누르는 소리가 들려왔다. 이 집의 비밀번호를 아는 사람은 규리 자신 외에 단 한 명뿐이었다. 규리는 얼어붙은 듯 문 앞에 섰다. 가슴이 두근거렸다. 그를 마주하면 무슨 말을 해야 할까? 일주일 동안 그녀의 머릿속을 점령했던 수백 가지 말들이 입 안에서 뒤엉켰다.

　'왜 여태 연락 안 했어요?', 아니면 '이제 내가 싫어졌어요?', 그것도 아니면 '우리 이제 그만 끝내요.' 그가 없는 동안 수많은 망상이 그녀를 괴롭혔다.

　이제 날 사랑하지 않는 게 아닐까? 그는 사랑하는 여자가 아닌 결혼할 여자가 필요한 게 아니었을까? 우리에게 미래는 없는 게 아닐까? 난 다시 혼자가 되는 걸까? 난 아직 그가 필요한데, 난 아직 그를 사랑하는데…….

　무슨 말을 해야 할지, 어떤 표정을 지어야 할지 고민하는 사이, 문이 열렸다. 문 앞에는 명석이 서 있었다. 수염이 덥수룩한 턱, 비쩍 마른 얼굴, 거칠어진 피부, 벌겋게 충혈된 눈까지. 규리는 묻지 않아도 알 수 있었다. 지난 일주일간, 그도 지옥에서 살았다는 것을. 그의 얼굴을 보는 순간 머릿속을 점령했던 암울한 말들이 싹 사라져 버렸다. 그리고 저도 모르게 반갑게 그를 불렀다.

　"자기야……."

　그러자 명석은 그녀를 향해 팔을 벌렸고, 규리는 망설임 없이 그에게 안겼다.

"어이, 피디 양반!"

이장님이 투박한 손을 흔들며 다가오자, 배를 기다리던 명석이 그를 향해 고개 숙여 인사했다.

"섬구석에 처박혀 있느라 고생 많았지? 뭔 놈의 바람이 이렇게 난리인지."

"바다 날씨가 원래 그렇죠, 뭐."

명석은 대수롭지 않게 대답했지만, 속은 그렇지 못했다. 배가 뜨지 않는 바람에 전파도 잘 안 터지는 이 섬에서만 벌써 사흘을 그냥 보냈다. 예상치 못한 시간 동안, 외부와의 모든 연락은 차단됐다. 다른 곳에서는 간간이 승후에게 전화 걸어 규리의 안부를 묻기라도 했는데, 여기선 그것마저 불가능했다. 취재를 하고 있어도, 촬영을 하고 있어도, 머리에는 자꾸 딴생각이 들었다. 밤하늘에 반짝이는 별을 봐도, 허연 물거품을 뿜어내는 바다를 봐도 규리가 떠올랐다.

미칠 듯이 그녀가 보고 싶었지만, 고집을 굽히고 싶지는 않았다. 다른 건 몰라도 결혼만큼은 최대한 빠른 시일 안에 하고 싶었으니까. 그녀와 온전한 가족이 되고 싶었다. 부모님께 떳떳하게 보여드리고, 아이도 낳고, 남들처럼 알콩달콩 살고 싶었다. 머리를 비우기 위해 답사를 왔는데, 그의 속은 더욱 복잡해졌다.

"아이고, 저 할망구. 추운데 왜 나와서 저래?"

이장님이 먼발치에 있는 할머니를 향해 어서 들어가라고 손을 내저었다. 하지만 할머니는 말뜻을 못 알아들으셨는지, 뒷짐을 지고 이장님만을 지켜보고 있었다.

"답답하게 왜 이렇게 말귀를 못 알아들어?"

결국, 이장님의 입에서 불만 섞인 목소리가 튀어나왔다.

"에이. 저놈의 할망구. 피디 양반, 미안하게 됐어. 가는 거 보고 가려고 했는데, 안 되겠네."

무뚝뚝한 척 굴었지만, 이장님의 눈에는 할머니밖에 보이지 않는 모양이었다. 잠깐도 할머니에게서 눈을 떼지 않는 걸 보면.

"전 신경 쓰지 마시고, 어서 들어가세요."

명석이 허리 굽혀 인사했지만, 이장님은 인사를 받는 둥 마는 둥 허둥지둥 할머니를 향해 달려가고 있었다.

"서울 가서 연락 드리겠습니다!"

"어어, 그래. 조심히 가고. 밥 좀 잘 먹어. 어째 갈수록 말라가네. 여봐! 이놈의 할망구야! 그렇게 입고 나오면 감기 걸려! 추위도 잘 타는 양반이……."

이장님의 잔소리가 정겹게 들려왔다. 말투는 저래도 그의 눈빛에는 할머니에 대한 사랑과 걱정이 그득 담겨 있었다. 이장님이 떠나니 다시 규리가 떠올랐다. 마치 그의 뇌에 그녀가 각인이라도 되어 있는 듯, 아주 자연스럽게.

'감귤도 추위 잘 타는데…….'

바다 내음을 가득 머금은 차가운 바람이 명석의 코끝을 스쳤다. 오늘은 날씨가 참 춥다. 이렇게 추운 날에는 규리가 유독 걱정되곤 했다. 조금만 추워도 온몸을 벌벌 떨며 입술이 파랗게 질리는 그녀였다. 손난로는 잘 챙겨갔겠지? 기름 넣을 때 됐을 텐데, 괜찮은지 모르겠다. 지워내고 또 지워내도 다시금 차곡차곡 그리움이 쌓였다. 그리고 자신에 대한 원망 역시. 명석은 배 위로 발걸음을 옮겼다.

*

"팀장님, 오셨어요!"

"섬에 갇혀 계셨다면서요? 핸드폰도 안 터지고. 고생 많으셨습니다."

"근데 무슨 일 있으셨어요? 왜 이렇게 살이 빠지셨어요?"

명석이 사무실에 도착하자, 후배 녀석들이 인사를 건넸다. 하지만 명석은 인사를 받을 사이도 없이 곧장 작가 방으로 향했다. 견딜 수가 없었다. 더는 참을 수가 없었다. 지금 당장 규리를 보지 않고서는 숨도 제대로 쉴 수 없을 것만 같았다. 문을 벌컥 열고 안으로 들어갔다. 규리를 찾는 그의 눈동자가 잘게 떨렸다.

"어머! 팀장님 오셨네?"

"이게 며칠만이에요. 보고 싶었어요."

"답사 다녀온 건 어떠셨어요?"

작가들이 저마다 인사를 던졌지만, 대답할 정신이 없었다. 그의 눈에 규리가 들어오지 않았다. 없다, 규리가.

"감귤은?"

명석의 질문에 막내 작가가 대답했다.

"아, 선배님 몸이 안 좋아서 조퇴하셨어요."

"뭐? 어디가, 얼마나 아픈데?"

"모르겠어요. 요즘 며칠 통 먹지도 못하더니 아까 쓰러져서 얼마나 놀랐는지 ……."

막내 작가가 말을 다 잇기도 전에 명석은 몸을 돌렸다. 얼마나 몸이 안 좋았기에 쓰러지기까지 한단 말인가!

'이게 다 나 때문이야. 나 때문에 감귤이…….'

그날 그렇게 소리치는 게 아니었다. 그때 그냥 그렇게 나오는 게 아니었다. 좀 더 그녀의 말에 귀를 기울이고, 서로 대화를 했어야 했다. 화가 난다고 그렇게 자리를 박차고 나오는 것이 아니었다. 후회가 밀려왔다. 그녀의 말을 따랐어야 했다. 결혼하자고 무작정 몰아붙이는 게 아니었다. 눈물을 가득 머금고 있던 규리의 슬픈 표정이 자꾸만 떠올랐다. 미칠 듯이 규리가 보고 싶었다. 미칠 듯이 그녀를 안고 싶었다. 명석은 뒤늦게 깨달았다. 자신이 원하는 건, 결혼이 아니라 규리 그 자체라는 것을.

*

현관문을 열자, 규리의 얼굴이 보였다. 생기가 사라지고 핏기 하나 없는 그녀의 얼굴을 보자, 명석의 심장이 뻐근하게 아파 왔다. 내가 널 아프게 했구나. 내 고집 때문에, 내 욕심 때문에, 내가 널⋯⋯. 명석은 그녀를 향해 두 팔을 벌렸다. 날 용서한다면 안아 달라는 의미였다. 그러자 규리가 망설임 없이 그에게 안겨 왔다.

"서방⋯⋯!"

"미안해, 감귤. 내가 잘못했어, 내가."

"아니에요. 내가 미안해요. 해연 선배 말만 믿고 서방을 의심했어요."

"아냐. 내 고집만 밀어붙였어. 미안해."

서로가 없었던 일주일. 그들에게 지옥과도 같은 시간이었다. 두 사람은 다시는 헤어지지 않겠다는 듯, 서로를 꽉 끌어안았다. 그녀를 품에 안은 명석은 그제야 숨이 터졌다. 꽉 막혀 갑갑했던 가슴이 뻥 뚫리며 살아 있는 게 느껴졌다. 이거면 되는데, 같이 있는 것만으로도 이렇게 좋은데, 무슨 영화를 보겠다고 고집을 피웠는지.

명석은 규리의 얼굴이 보고 싶었다. 일주일이나 못 본 내 여자친구, 보고 싶어 미칠 것만 같았던 내 애인, 내 심장보다 귀한 내 사랑. 명석은 규리를 내려놓고, 그녀의 얼굴을 꼼꼼하게 살폈다. 그렁그렁 눈물이 맺힌 눈가며, 빨개진 콧등, 촉촉한 입술은 그대로인데.

"못 본 사이, 왜 이렇게 말랐어?"

몸에는 살이 없어도 볼은 통통한 편이었는데, 얼굴이 아주 홀쭉해졌다.

"나 없는 사이 안 먹었어? 오늘 쓰러졌다며?"

"쓰러지긴. 그냥 힘없어서 주저앉은 거지."

"그거나 그거나. 병원은? 다녀왔어? 안 갔지? 지금 가자. 영양제 하나 맞고 오자. 옷 입어. 아니다. 기운 없지? 내가 입혀줄게."

명석은 자기 혼자 질문하고 대답하더니, 규리를 번쩍 들어 안고 그녀의 방으로 향했다.

"엄마야! 나 괜찮아요."

규리가 두 팔로 명석의 목을 끌어안으며 말했다. 하지만 명석은 고집을 꺾지 않았다.

"내가 안 괜찮아. 몸도 엄청 말랐네."

"남 말을 할 게 아닌데요?"

"뭐가?"

"난 어깨 넓은 남자가 좋은데, 왜 이렇게 어줍이가 돼서 돌아왔지?"

"어줍이?"

명석은 무슨 말도 안 되는 말이냐는 듯 눈썹을 꿈틀거리자, 규리가 그의 몸을 만지며 대답했다.

"뭐야? 남자의 상징이라던 이두박근은 어디 갔어? 가슴 근육은?"

규리가 애써 진지한 표정을 지으며 장난을 치자, 명석이 그녀를 안은 채로 스쿼트를 하기 시작했다.

"걱정 마. 금방 원상복구 해놓을 테니까."

"꺅. 그만 해요. 이러다 다쳐요."

"나 그렇게 약한 남자 아니야."

"이러다 허리 다치면 난 어쩌라고?"

야릇한 농담에 명석은 스쿼트를 멈추고 그녀를 내려다보았다.

"다른 데 다 다쳐도 허리는 안 다칠 테니까 걱정 마."

야한 농담에 야하게 받아치는 그를 보자 규리의 입에서 웃음이 터져 버렸다. 실로 오랜만에 웃는 웃음이었다.

"웃으니까 보기 좋아."

"서방도요. 근데……."

규리가 말끝을 흐리더니 다음 말을 잇지 못했다.

"왜? 말해."

"음, 그동안 못 씻었나 봐요?"

"응? 아……."

일주일 출장 동안 제대로 된 숙소에서 묵지 못했다. 게다가 마지막 섬에서는 비바람이 몰아쳐 먹을 물도 부족할 지경이었다. 그런 곳에서 샤워는 사치였다.

"냄새…… 나?"

명석은 자신의 몸을 킁킁거리며 물었다.

"네, 좀."

너무 솔직한 규리의 답변에 명석은 슬쩍 창피해졌다. 이런 분위기에 웬만하면 저렇게까지 말하진 않았을 텐데, 냄새가 많이 나는 모양이었다. 회사에서 좀 씻고 올 걸 그랬다. 보고 싶은 마음에 한달음에 달려왔는데. 그녀에게 은근히 섭섭한 마음이 들었다. 하지만 명석은 그런 마음을 훌훌 털어 내고 규리를 품에서 내려놓으며 말했다.

"그럼 나 좀 씻고 나올게……."

명석이 욕실로 향하려고 하자, 규리가 그의 앞길을 막아서며 물었다.

"씻겨……줄까요?"

부끄러운 표정을 짓고 있었지만, 단단히 결심한 말투였다. 묘하게 야릇한 그녀의 몸짓에 명석의 눈빛이 일렁거렸다.

*

욕실 안이 온통 뿌연 김으로 가득 차올랐다. 아롱거리는 김 사이로 명석의 어깨 근육이 언뜻 보였고, 꼿꼿하게 선 척추를 중심으로 양쪽으로 갈라진 단단한 등 근육이 눈에 들어왔다. 그리고 곧 탄력적인 엉덩이가 잠시 보였다가 곧 욕조 안으로 사라져 버렸다. 욕실 밖에서 그를 바라보던 규리는 '후우!' 하고 크게 숨을 내쉬었다. 언젠가는 이런 날이 오겠거니 했는데, 자신이 직접 말하게 될 줄은 꿈에도 상상하지 못했다.

규리는 자신의 몸을 감싸고 있던 잠옷을 벗었다. 잠옷이 그녀의 몸에서 떨어지자, 얇은 슬립이 드러났다. 이미 그와 여러 번 사랑을 나눴지만, 그 앞에만 서면 부끄러워지는 건 여전했다. 욕조 안에서 자신을 바라보는 그의 눈길이 피부에 알알이 박혀 온몸을 뜨겁게 달구었다. 긴장한 채로 머뭇거리고 있을 때, 명석의 목소리가 들려왔다.

"들어와."

욕실 안의 눅눅한 습기와 만난 그의 목소리는 몹시도 관능적이었고, 자신을 향해 느리게 손짓하는 움직임은 마치 유혹의 몸짓 같았다. 뚫어지게 바라보는 그의 눈빛이 어찌나 섹시한지, 몸이 녹아내릴 것만 같았다. 규리는 그를 향해 천천히 걸어가 욕조 안에 발을 담갔다.

"앗!"

조금 뜨겁게 느껴지는 물의 온도는 그녀의 몸을 바짝 조이게 만들었다. 욕조 안으로 완전히 들어가자 물이 조금 넘쳤다.

"앉아."

규리는 그의 이끌림에 따라 그의 무릎 위에 앉았다. 그러자 그가 단단한 두 팔을 벌려 그녀의 상체를 감싸 안았다. 그녀의 등이 그의 가슴과 맞닿았다. 따뜻하고도 아늑했다. 이토록 편안한 기분이 얼마 만인지, 이제야 그가 돌아왔다는 것이 실감 났다. 등 뒤로 그의 숨소리와 함께 입맞춤이 느껴졌다. 그의 입술이 등 곳곳을 스쳐 지나갔고, 그럴 때마다 규리의 몸에 오소소 소름이 돋아났다.

"널 보니까 살 것 같아."

데일 듯 뜨거운 키스를 피부에 퍼부으면서도 명석은 속삭임을 멈추지 않았다.

"이제야 숨이 쉬어져."

그 말이 진심이라는 것을 증명하기라도 하듯, 등에 닿아 있는 그의 심장이 크게 뛰고 있는 게 느껴졌다.

"네가 옆에 있으니까 내가 살아 있다는 게 느껴져."

고작 일주일이었다. 하지만 규리가 없는 그 시간 동안 명석은 사는 게 사는 것 같지 않았다. 그는 이제 앞으로 규리의 말을 절대적으로 따를 것을 다짐했다. 그녀 없는 세상을 사는 것만큼 힘든 일이 없다는 것을 절실하게 깨달았으니까.

"네 말대로 결혼은 7년 후에 하자."

명석은 규리의 부드러운 피부를 쓰다듬으며 말했다.

"아니, 네가 원할 때 아무 때나 해도 상관없어. 하기 싫으면 안 해도 돼."

결혼을 안 해도 된다는 말에 규리가 뒤를 돌아 그를 흘겨보았다. 배려해 주는 것도 좋지만, 결혼에 대한 의지가 아예 없는 건 싫었으니까.

"나랑 결혼하기 싫어요?"

"그럴 리가."

그럴 리가 없다. 지금 당장 결혼하고 싶은 그의 마음은 지금도 여전했다. 다만 규리의 뜻에 따라 시기를 조절하기로 마음먹었다. 그녀를 잃는 쪽을 택하느니, 기다리는 쪽을 선택한 것이었다.

"난 지금이라도 당장 하고 싶어. 하지만 이번 일 겪으면서 많은 생각을 했어. 지금 결혼을 하게 되면 네 말처럼 넌 일을 그만둬야 할 거야."

어머니야 그렇다 치더라도 아버지를 설득하는 데에는 많은 시간이 걸릴 것 같았다. 아버지는 그가 결혼하면 집안 살림을 배우라며 첫째 며느리를 한동안 본가에 내려오라고 하실 예정이라고 했다. 그녀와 결혼하고 싶다는 욕심에 모든 상황을 객관적으로 판단하지 못했다. 아버지와 조부모님의 고집은 생각보다 더 강했고, 결혼 후 규리는 많은 걸 포기해야 할지도 몰랐다. 그녀의 꿈마저도.

말로는 규리를 응원한다고 했지만, 막상 현실로 다가오면 어떻게 할지 구체적인 방안은 없었다. 자신과의 결혼 때문에 오랫동안 꿈꾸었던 그녀의 꿈을 좌절시키고 싶지 않았다.

"판단을 잘못했어. 네 말처럼 상황을 봐가면서 충분히 준비한 후에, 그때 해도 늦지 않을 것 같아."

그의 진심이 온몸으로 느껴졌다. 규리는 고마웠다. 어쨌든 그가 한발 양보해 준 것이었으니까.

"고마워요. 우리 결혼 준비 천천히 하면서 부모님께 인사드려요."

"그래. 아 참, 우리 네 말처럼 계약서 다시 쓸까?"

명석이 규리의 머리를 쓰다듬으며 말하자, 규리가 의외라는 듯 그를 쳐다봤다.

"정말요?"

"응."

명석은 커다란 손으로 규리의 가슴께를 만지작거리며 계속 말을 이었다. 물속에서 만지는 그녀의 살결은 평소보다 더 보드라웠다.

"네가 왜 계약서를 쓰자고 했는지, 나중엔 알겠더라."

연애 시작한 지 고작 3개월밖에 되지 않았다. 그것도 온전히 연애에 집중한 것이 아니었다. 계속해서 큰일이 터졌고, 이제야 안정이 되어 서로에게 집중하게 되었다. 그런데 불쑥 결혼하자는 얘기를 꺼내니 규리가 놀랄 만도 했다.

"내가 급했어. 다들 결혼 준비하는 거 보고 부러웠거든."

지금은 결혼이 아니라 서로를 더 알아가야 할 때다. 아는 것보다 모르는 게 더 많은 연애 초반. 다른 연인들처럼 뜨겁게 연애하고, 미친 듯이 다투기도 할 때인데, 무턱대고 결혼부터 서둘렀다. 유치원 건너뛰고 형 따라 초등학교 가겠다는 아이처럼, 규리가 너무 좋아 앞뒤 안 가리고 결혼하자고 조른 것이었다.

명석은 살면서 처음으로 자신이 철이 덜 들었다는 생각을 했다. 그는 언제나 자신의 생각은 깊고 완벽하다고 자신했다. 그런데 이번 일을 겪고 나서 규리가 자신보다 훨씬 더 어른스럽다는 느낌이 들었다. 몸은 이토록 여리고 작은데, 그녀가 훨씬 더 든든하게 느껴지기까지 했다. 이래서 남자는 다 애라고 하는 건가? 명석은 의외로 철없는 자신과 어른스러운 규리를 천생연분이라고 생각하며 피식 웃었다.

"무슨 계약서를 쓰고 싶은데요?"

규리가 묻자, 명석이 그녀의 목덜미에 얼굴을 묻으며 대답했다.

"동거 계약서?"

"동거 계약서라. 그거 좋네요."

"좋아?"

"네. 좋아요."

두 사람의 모습은 방송국에서와는 완전히 정반대였다. 회사에서는 규리가 명석에게 컨펌받는 게 일상이었는데, 지금은 명석이 그러고 있으니 말이다. 규리의 반응이 긍정적이자, 명석이 신나서 떠들기 시작했다.

"그럼 서로 계약 조항 하나씩 말해볼까? 각자 원하는 걸로."

"좋아요. 자기 먼저."

"아냐. 감귤 먼저."

명석이 양보하자, 규리가 사양 않고 대답했다.

"음. 난 서방에 대해서 내가 가장 먼저 알고 싶어요."

그가 맞선 본다는 말은 사실이 아니었지만, 어쨌든 다른 사람의 입을 통해 그의 소식을 들었을 땐 기분이 썩 좋지 않았다. 뭐가 됐든 그에 대한 소식은 자신이 가장 먼저 듣고 싶었다.

"하물며 잠깐 화장실 간 것도 내가 먼저 알고 싶다고요."

뾰로통한 얼굴이 어찌나 귀여운지, 명석은 그녀의 붉은 입술에 쪽 하고 입술을 포갰다.

"자기는요? 계약서에 넣고 싶은 거 없어요?"

"음…… 난 너만 있으면 돼."

"에이. 그게 뭐예요. 구체적인 거."

"음…… 네가 항상 내 옆에 있는 거?"

"구체적으로 말하라니까. 말 안 하면 내가 할 거예요?"

규리가 신나서 묻자, 명석이 말하라는 듯 고개를 끄덕였다.

"나 5월의 신부 만들어줘요."

"5월의 신부?"

"7년이든 3년이든 1년이든. 나 회사에서 자리 잡으면 우리 결혼할 거잖아요."

"그렇겠지?"

어느새 규리의 눈에 반짝반짝 생기가 돌았고, 그녀의 목소리에 활력이 넘쳤다. 명석은 자신의 품에서 예쁘게 종알거리는 규리를 사랑스러운 눈으로 지켜 봤다.

"그럼 그때 꼭 5월의 신부 만들어줘요."

"5월에 결혼하고 싶어?"

"이왕이면 야외 결혼도 좋고. 부케는 작약꽃으로 할래요."

그녀의 말에 명석은 드레스 입은 규리를 떠올려 보았다. 새하얀 드레스에 꽃 내음 가득한 작약 부케를 수줍게 들고 있는 그녀를 상상하니 절로 미소가 지어 졌다.

"신혼여행은?"

"신혼여행은 파란 바다가 있는 곳이었으면 좋겠어요. 하늘도 파랗고 바다도 파랗고. 그래서 어디가 하늘인지 바다인지 구분도 안 되는 곳. 거기서 자기랑 물장구도 치고, 하루 종일 놀다가 풀 빌라에 가는 거죠."

"풀 빌라에 가서는?"

"가서는?"

무슨 상상을 하는지 규리의 볼이 붉게 달아오르더니 다음 말을 잇지 못했다.

"무슨 엉큼한 생각을 하는 거야?"

명석이 그녀를 와락 껴안자, 규리가 꺅 소리를 지르며 웃음을 터뜨렸다. 동 거 계약서는 어느새 '결혼 준비 계약서'로 바뀌었고, 그들의 웃음은 습기 가득 한 농염한 소리로 변해 갔다. 찰방찰방 소리를 내던 물은 어느덧 욕조 밖으로 넘쳐흐르고 있었다.

*

완연한 봄이다. 온 사방에 벚꽃이 흐드러지게 피었고, 따뜻한 봄 내음을 맡 은 푸른 새싹들이 기지개를 켰다. 햇빛은 적당히 따뜻했고, 두 뺨을 스치는 바 람은 기분 좋게 살랑거렸다. 새하얀 드레스를 입은 규리는 약간 긴장한 걸 감추지 못하고 얼굴에 홍조를 띠며 거울을 바라보았다. 볼 터치를 마지막으로 메이크업을 마치자, 가을이 소리쳤다.

"언니! 정말 예쁘다!"

"진짜? 화장 너무 진한 것 같은데."

"아냐, 적당해. 근데 연예인보다 예쁜 건 반칙 아니야?"

"너무 비행기 태워주는 거 아니야?"

규리가 빙긋 웃으며 눈을 흘기자, 가을이 규리 뒤로 와 그녀의 머리카락을 매만지며 말했다.

"감독님 보면 또 반하는 거 아닌가 몰라?"

"반하긴."

말은 그렇게 했지만, 규리 자신이 봐도 예뻤다. 살면서 이렇게 예쁜 감규리는 처음 보는 것 같았다.

"언니 오늘 밤 조심해."

"뭘?"

무슨 뜬금없는 소리인가 싶어 고개를 들어 묻자, 가을이 음흉한 표정을 지으며 말했다.

"내가 보기엔 언니 오늘 못 잘 것 같아."

"응?"

"감독님이 가만 안 둘 것 같거든. 밤새도록."

그제야 가을의 말뜻을 알아들은 규리가 그녀의 배를 간지럽혔다.

"너 자꾸 언니 놀릴래?"

"꺄악! 잘못했어, 언니! 드레스! 드레스 조심!"

드레스 조심하라는 말에 겨우 정신을 차리고 장난을 멈추고 있을 때, 노크 소리와 함께 사진사가 들어왔다.

"10분 후에 촬영 시작할게요. 신부 대기실로 옮겨주세요."

"예."

떨리는 목소리로 대답한 규리는 거울 속 가을을 바라보며 물었다.

"넌 어떻게 매일 사람들 앞에 서? 난 벌써 떨려 죽겠는데."

"시간 금방 가. 언니는 그냥 예쁘게 웃기만 하면 돼."

"응. 알았어."

가을의 응원에 힘입은 규리는 떨리는 마음을 겨우 가라앉히고, 드레스 자락을 꼬옥 움켜잡았다. 같은 시각. 밖에서도 누군가가 가슴을 졸이며 떨리는 마음을 애써 진정시키고 있었다. 훤칠한 키에 핏이 딱 떨어지는 블랙 슈트에 파란색 나비넥타이를 매고 있는 한 남자. 바로 명석이었다. 그는 무슨 생각을 그리도 깊게 하는지, 하의 주머니에 손을 넣고 대리석 바닥을 어지럽게 왔다 갔다 했다. 세 발자국 앞으로 갔다가 휙 돌아서서 다시 세 발자국 앞으로 가기를 수십 번.

명석은 웨딩 도우미가 준 흰 장갑을 벗어 버렸다. 손에서 자꾸 땀이 나 더 이상 장갑을 끼고 있을 수가 없었다. 이대로 있다가는 규리의 얼굴을 보기도 전에 심장마비로 쓰러질 것만 같았다. 발걸음을 멈춘 명석은 우두커니 서서 대기실 문을 빤히 바라보았다. 저 문 뒤의 규리는 얼마나 아름다운 모습을 하고 있을까. 이렇게까지 설레는 내 마음을 너는 알까?

"하아."

크게 숨을 내쉬며 들뜬 마음을 가라앉히려고 할 때, 누군가의 목소리가 들려왔다.

"그러다 눈에서 레이저 나오겠어요."

비아냥대는 익숙한 말투에 명석의 미간에 절로 주름이 잡혔다. 뒤돌아보지 않아도 자신에게 시비 거는 이가 누군지 알 수 있었다. 명석은 입바람을 불어 앞머리를 뒤로 넘기며 툴툴댔다.

"바쁘면 굳이 오지 말라니까."

뒤돌아서자, 그레이색 상의와 블랙 하의 슈트를 쫙 빼입은 레오가 눈에 들어왔다.

'망할 자식. 남의 결혼식까지 저렇게 빼입고 오면 어쩌라는 건지. 저거 완전 하객 민폐 패션 아닌가?'

명석이 불만 가득한 얼굴로 레오를 향해 걸어갔다.

"네가 장가가? 왜 이렇게 차려입고 왔어?"

그의 도발에 레오 또한 물러서지 않고 발걸음을 옮겼다.

"왜요? 나한테 밀릴까 봐 걱정되세요?"

성큼성큼!

저벅저벅!

두 남자는 긴 다리를 움직여 전투적으로 서로에게 다가갔다. 맞닿을 만큼 가까워지자, 명석과 레오는 상대방을 잡아먹을 듯 노려보았다.

"할리우드 물이 좋긴 좋은가 봐? 신수가 훤하네."

"그러는 감독님은 규리가 잘해주나 봐요? 얼굴이 활짝 피셨네요?"

눈동자를 이글거리며 으르렁대던 두 남자가 서로를 향해 팔을 뻗었다. 그리고 와락! 누가 먼저라고 할 것도 없이 두 남자는 아주 친한 친구를 오랜만에 만났다는 듯, 서로를 끌어안았다. 그리고 단단한 어깨를 툭툭 두드렸다.

"이게 얼마 만이야!"

"잘 계셨어요? 축하드려요."

"축하는 무슨. 고마워. 여기까지 와주고."

"당연히 와야죠. 근데 규리는요?"

"아, 저기."

명석이 꽉 닫혀 있는 대기실 문을 가리킬 때였다. 문이 양쪽으로 열리며 환한 빛과 함께 규리가 대기실 밖으로 나왔다. 양손으로 새하얀 드레스를 살짝 잡고 사뿐사뿐 걸어 나오는 그녀의 모습은 세상 그 무엇보다도 더 아름다웠다. 한 줄기 빛 같기도 했고, 그녀의 손에 들린 작약꽃 같기도 했고, 왼손에 끼고 있는 다이아 반지 같기도 했다. 명석은 물론 레오도 너무나 예쁜 규리를 넋 놓고 바라보았다. 그러다 문득 정신을 차린 명석은 입을 헤 벌리고 정신없이 규리를 바라보는 레오를 발견하고는 그의 어깨를 툭 쳤다.

"그 눈빛 뭐냐?"

"예?"

"정신 차려. 내 여자야. 너 설마 아직도?"

"아, 아니에요."

아니라고 하면서도 규리에게 눈길이 가는 건 무슨 이유인지. 명석은 레오를 경계하며 규리에게 다가갔다.

"예쁘다. 정말 예뻐."

"서방도 멋있어요."

두 사람이 서로를 바라보며 주거니 받거니 하고 있을 때, 레오의 뚱한 목소리가 들려왔다.

"섭섭하다 감규리. 이젠 난 보이지도 않나 봐?"

"어? 레오야! 언제 왔어? 못 온다더니?"

"이런 날 내가 빠질 순 없잖아."

레오가 규리에게 다가오자, 그녀가 두 팔을 벌려 그를 안았다. 실로 오랜만의 만남이었다. 떨떠름한 표정으로 레오를 노려보던 명석의 얼굴도 조금씩 풀렸다. '오랜만이니까. 그리고 오늘은 좋은 날이니까. 그러니까 용서해 주자.'라고 속으로 중얼거리며.

"한국에는 언제까지 있어? 바로 가진 않을 거지?"

"응. 며칠 있다 가려고."

"며칠 있긴. 빨리 돌아가. 네 집으로 가라고."

"오랜만에 규리도 만났는데, 실컷 놀다 갈 거예요. 규리야, 결혼식 끝나고 뒤풀이 갈 거야?"

"당연히 가야지. 내가 빠지면 쓰나."

얼씨구, 절씨구. 오랜만에 만나더니 레오와 규리가 아주 잘도 논다.

"가긴 어딜 가? 결혼식 끝나고 할 일이 얼마나 많은데?"

"바빠도 잠깐 들렀다 가요. 레오 오랜만에 봤는데."

"오랜만에 보면 뭐? 안 돼. 절대 안 돼."

명석이 고개까지 흔들며 단호하게 대답하자, 레오가 장난스럽게 말했다.

"규리야, 지금이라도 늦지 않았어. 지금이 마지막 기회야. 감독님 버리고 나한테 와."

레오가 손을 내밀자, 명석이 그 사이를 끼어들며 외쳤다.

"이제 와서 이러는 건 페어플레이가 아니지?"

"우리 사이에 페어플레이가 어딨나요?"

화르륵. 다시금 두 남자의 눈에 불꽃이 피어올랐고, 규리는 못 말리겠다는 듯 고개를 저었다.

"어머! 레오 오빠 왔네?"

"어, 서가을 오랜만이다? 근데 연예인이 일반인한테 밀리기도 쉽지 않은데. 그쵸, 감독님?"

"그러게. 감귤이 너무 예쁜 거냐, 아니면 서가을이 요즘 관리를 안 하는 거냐?"

"뭐라고요? 감독님! 레오 오빠!"

나이스 타이밍에 등장한 가을이 덕분에 활활 타올랐던 분위기가 폭우라도 쏟아진 듯 차갑게 식어 버렸다.

"촬영 시작하겠습니다!"

그때 사진사가 외치며 그들에게 다가와 물었다.

"누가 들러리시죠?"

"아, 저요."

레오가 대답하자, 사진사가 꿀꺽 침을 삼켰다. 웨딩 촬영 십수 년 만에 이런 들러리는 처음 본다. 세상에 내가 오레오를 촬영하다니, 영광입니다. 영광. 다른 사람들은 사진사가 말하지 않아도 그의 마음을 알 것만 같았다.

"그럼 안으로 들어가시죠."

"잠깐!"

사진사가 레오를 데리고 신부 대기실로 들어가려고 하자, 명석이 그들의 앞길을 막았다. 레오를 노려보는 눈빛에는 아직도 타다 남은 장작이 활활 이글거리고 있었다.

"왜 그러시죠?"

사진사가 묻자, 명석이 단호하게 대답했다.

"저도 들러리입니다만."

뒤이어 규리도 말했다.

"저도요! 저도 들러리예요."

"예……?"

사진사가 어리둥절해하고 있을 때, 신부 대기실 문이 열렸다. 그러자 문 뒤로 쏟아지는 햇살을 가르며 오늘의 신부, 지연의 모습이 보였다. 진주알을 촘촘히 이어 단 수공예 웨딩드레스에 허리까지 내려온 웨딩 베일을 쓴 지연은 평소보다 더 기품 있어 보였다.

"작가님! 너무 예뻐요!"

"어머머! 왕 작가님! 대박!"

규리와 가을이 지연을 향해 다가가며 외쳤다.

"와, 진짜 예쁘다."

"고마워. 너도 예쁜데?"

"들러리 옷까지 준비해 주시고, 감사해요."

"무슨 소리야, 내가 고맙지."

지연은 규리에게 인사를 한 뒤, 레오를 향해 말했다.

"오 배우, 고마워요. 바쁜데 한국까지 와주고."

"고맙긴요. 결혼 축하드려요."

지연이 레오를 향해 빙긋 웃다가, 명석을 쳐다보며 물었다.

"넌 왜 말이 없어? 나 어때?"

"뭐 봐줄 만은 하네요. 우리 감귤보다 한참 떨어지지만."

팔불출도 저런 팔불출이 없다. 남의 결혼식에서 들러리가 더 예쁘다니. 민망해진 규리가 그의 옆구리를 툭 치며 어색한 미소를 지었다.

"와. 민폐 하객들 아닌가요? 신랑인 제가 너무 밀리는데요?"

승후가 뒤늦게 나타나 우스갯소리를 하자, 명석과 레오가 악수를 청하며 결혼을 축하했다. 축하 인사를 마치자, 본격적인 웨딩 촬영이 시작됐다. 오늘의 주인공인 지연과 승후가 가운데에 섰고, 신부 들러리인 규리는 지연의 옆에, 신랑 들러리인 명석과 레오는 승후 옆에 섰다.

"자, 웃으세요!"

번쩍! 플래시가 터지며 다섯 사람의 모습이 카메라에 담겼다.

"자, 다시 한번 찍습니다!"

한 번만 더 찍겠다는 촬영은 삼십여 분 동안, 얼굴에 쥐가 날 때까지 이어졌다.

"어쩜 사진 찍는 게 결혼하는 것보다 더 힘드니?"

"그러게요. 엄청 힘드네요."

"근데 자기 진짜 예쁘다. 이대로 가긴 좀 아쉬운데?"

"예?"

잠시 촬영을 쉬는 사이, 지연은 규리를 보며 중얼거렸다. 들러리로 부려 먹었으면, 그만한 대가를 치르는 게 당연한 일. 지연은 반대편 의자에 나란히 앉아 이야기꽃을 피우고 있는 남자들을 보며 머리를 굴렸다.

"규리야, 이리 와봐."

"예? 왜요?"

지연은 덥석 규리의 손을 잡고 그녀를 이끌어 세 남자 앞에 섰다.

"신사 여러분. 오늘 우리 규리 예쁘게 차려입었는데, 기념 촬영에 동참 좀 해주시겠어요?"

"예? 기념 촬영요? 아니에요! 웨딩 촬영만으로도 기념이 되는데. 괜찮아요!"

규리가 놀란 눈으로 지연을 쳐다보며 손사래를 쳤지만, 남자들은 모두 찬성의 눈짓을 보냈다. 지연의 주도하에 기념 촬영 포즈가 정해졌다.

"와. 내가 잡은 구도지만 정말 멋있다!"

지연은 세 남자와 규리를 보며 흡족한 듯 미소를 지었다. 명석, 레오, 승후 순서로 세 남자는 소파에 앉아 있고, 규리는 그들 무릎 위에 누워 있는 포즈였다. 규리는 너무도 어색했지만, '에라, 모르겠다'라는 심정으로 한쪽 팔로 얼굴을 받치고 밝게 미소를 지었다. 어서 빨리 사진만 찍으면 되는데.

"오레오, 너 규리한테 손 못 떼? 어딜 만지는 거야?"

명석이 레오에게 시비를 걸었고.

"만진 적 없거든요? 자꾸 그러시면 지금이라도 우리 규리 확 낚아채요?"

레오가 반격에 나섰으며.

"둘 다 그만 좀 해요. 여기 누워 있는 거 엄청 힘들거든요?"

규리가 힘겹게 누워 둘을 타박했다.

"자자, 그만하고 어서 사진 찍어요. 제 신부 혼자 기다립니다."

마지막으로 승후가 한마디 하자, 모두 조용해졌다. 그리고 번쩍! 플래시가 터지며, 들러리들의 기념사진이 완성되었다.

*

주례 없는 결혼식이 시작됐다. 지연과 승후가 혼인서약문을 낭독한 후, 신랑이 신부에게 그리고 신부가 신랑에게 쓴 편지를 읽었다. 뒤에서 이를 지켜보던 규리가 명석에게 속삭였다.

"주례 없는 결혼식도 좋은 것 같아요. 우리도 그렇게 할까요?"

"난 네가 원하는 건 뭐든 좋아."

"결혼식에 집중 좀 하시죠?"

레오가 둘 사이에 불쑥 끼어들어 한마디 하자, 명석이 못마땅하다는 듯 그를 쏘아보았다. 그러거나 말거나. 레오는 규리에게 물었다.

"규리야. 이따 뒤풀이 갈 거지?"

"응. 가야지. 넌?"

"너 가면 가고, 안 가면 그냥 빠지려고."

"그럼 그냥 빠져."

명석이 다시 끼어들자, 레오가 그를 노려보았다. 두 남자의 기 싸움이 계속 되자, 결국 규리가 그들을 말리고 나섰다.

"그만들 좀 싸우죠? 오랜만에 만나서 싸우기는! 게다가 남의 결혼식장에서 뭐 하는 거예요?"

규리의 말에 명석이 깨갱 하자, 레오가 고소하다는 듯 웃었다. 그러자 규리가 이번엔 레오를 향해 말했다.

"레오 너도 장난 그만 쳐. 난 이제 계명석, 이 남자밖에 없거든? 임자 있는 여자한테 그만 들이대시지?"

규리가 왼손에 끼고 있는 반지를 보여 주며 말했다.

"규리 너, 많이 변했다."

레오가 서운하다는 듯 중얼거리자, 규리가 달래기라도 하듯 그의 귀에 속삭였다.

"그래서 말인데, 소개팅 어때?"

소개팅이라는 말에 기뻐한 건, 레오가 아닌 명석이었다. 저 자식 할리우드까지 가서도 스캔들 한 번 안 나는 게 몹시도 마음에 안 들었는데, 규리가 발 벗고 소개팅을 해준다니. 소개팅해서 잘 돼라. 잘 돼서 결혼까지 해라. 명석은 속으로 레오의 연애를 응원했다.

"난 싫은데."

레오가 고개까지 저으며 대답하자, 명석이 나섰다.

"싫긴 왜 싫어. 너도 좋은 짝 만나서 연애도 하고, 결혼도 해야지."

"그러는 감독님은 왜 결혼 안 하세요?"

"나……? 그러니까 우리는 시간을 좀 더 갖기로 했어. 연애를 좀 더 즐기고 ……."

더듬더듬. 제대로 말을 잇지 못하는 명석을 보자, 레오는 촉이 왔다.

"설마 프러포즈 거절당하셨어요?"

"거절당하긴! 그저 좀 더 연애를 길게 하자고 서로 합의를 본 거지!"

명석이 땀을 뻘뻘 흘리며 대답하자, 레오가 피식 웃었다.

"차였구만. 안 봐도 훤하네."

"차인 거 아니라고!"

신성한 남의 결혼식장에서 소리를 꽥 지르자, 사람들이 명석을 노려봤다. 그러자 명석이 쩔쩔매며 사람들을 향해 고개를 숙였다. 규리는 알고 있다. 레오가 저렇게 짓궂은 소리를 하는 건, 자신에 대한 미련이 남아 있어서가 아니라는 것을. 그저 명석을 놀리는 재미에 푹 빠져 있어서라는 것을.

아, 우리 팀장님은 왜 저렇게 순진한 걸까. 사회적 지위는 물론 덕망까지 훌륭한 내 남자는 왜 나와 관련된 일에서는 저렇게 앞뒤 안 가리고 불끈거리는지. 두 남자가 투닥거리는 동안 결혼식은 막바지를 향해 흘렀고, 부케 던지는 순서만 남아 있었다.

"부케 받으실 분 앞으로 나오세요."

사회자의 말에 규리가 앞으로 나갔다. 부케를 받고 6개월 안에 결혼 안 하면 3년간 결혼 못 한다는 속설이 있었지만, 규리는 상관없었다. 어차피 3년 안에 결혼할 계획이 없었으니까.

"잘 받아."

지연이 두 손에 부케를 쥐고 규리를 향해 외쳤다.

"네. 걱정 말고 던지세요!"

규리가 부케 받을 준비를 하고 있을 때, 두 남자는 아직도 으르렁대고 있었다.

"프러포즈했는데, 나중에 하자는 말은 결혼을 안 하겠다는 뜻 아닌가요?"

"입 다물어라."

"이참에 다시 대시해 볼까?"

"대시해 봐라, 내 감귤이 널 거들떠보나."

"내기 할까요, 우리?"

내기라는 말에 명석의 승부욕에 발동이 걸렸다.

"좋아. 해."

"그럼 저 부케 받는 사람이 오늘 뒤풀이에 규리 파트너로 가기!"

"뭐?"

"싫으면 빠지시든가요."

"오케이, 콜!"

어느새 두 남자가 규리 옆으로 다가왔다.

"뭐 하는 거예요?"

규리가 묻자, 명석이 눈에 불을 켜고 대답했다.

"감귤, 뒤로 물러나. 부케는 내가 받는다."

"흥. 제가 받을 거거든요. 규리야, 잠시 피해 있어."

이 남자들이 또 무슨 짓을 하는지, 규리가 불안한 눈으로 그들을 쳐다봤다.

"부케 받는 남자랑 오늘 뒤풀이 파트너로 가는 거 어때?"

레오가 묻자, 규리가 피식 웃으며 대답했다.

"좋을 대로 하세요."

어차피 파트너라고 해봤자, 뒤풀이하는 내내 명석과 레오가 붙어 앉아 아웅다웅할 게 뻔했다.

"그럴 거면 그냥 둘이 파트너 하지."

"저 남자들 왜 저러나 모르겠어요. 유치하게."

"그러게나 말이다."

규리와 가을이 두 사람을 보며 혀를 차는 사이 지연이 부케를 던졌고, 명석과 레오가 부케를 향해 뛰어들었다.

"내가 잡을 거야!"

"내가 먼저!"

누가 먼저랄 것도 없이 두 남자가 부케를 향해 손을 뻗었고, 하객들은 누구의 손에 부케가 들어갈지 시선을 집중했다. 모두 마음을 졸이며 부케를 바라보았다. 지연의 손을 벗어나 포물선으로 날아오던 부케가 공중에서 빙글빙글 돌았다. 그러더니 꽃다발을 묶고 있던 끈이 떨어지고 부케가 둘로 갈라져 버렸다. 그리고 한 묶음은 명석의 손에 또 다른 한 묶음은 레오의 손에 안착한 것이 아닌가? 그 모습을 본 하객과 신랑 신부는 웃음을 터뜨렸고, 명석과 레오는 부케와 서로의 얼굴을 번갈아 쳐다보며 이를 아득 갈았다.

*

결혼식이 끝난 후, 세 사람은 옷을 갈아입고 뒤풀이 장소로 향했다.

"그럼 가실까요? 파트너?"

명석이 팔을 내밀자, 규리가 그의 팔에 팔짱을 끼며 빙긋 웃었다. 그러자 레오가 다가와 불만을 제기했다.

"부케는 나도 받았는데요?"

"그래서 뭐 어쩌라고?"

명석이 도끼눈을 뜨며 묻자, 레오가 기다렸다는 듯 규리를 향해 팔을 내밀었다. 규리가 눈을 동그랗게 뜨고 쳐다보자 레오가 말했다.

"나도 네 파트너야."

"아무튼 못 말린다니까."

결국 규리는 오른쪽에는 명석의, 왼쪽에는 레오의 팔짱을 끼고 걷기 시작했다.

"훼방꾼 같으니라고."

"감독님은 됐고! 규리야, 나 한국에서 아직 숙소 못 정했는데."

"그래서 뭐, 어쩌라고?"

"오늘 밤만 재워주면 안 될까? 응? 오늘 밤만 재워줘."

"저게, 미쳤나? 야! 오레오! 너 봐줬더니 안 되겠다!"

명석이 레오를 향해 달려들자, 레오가 도망쳤다. 오랜만에 다시 보는 광경에 규리의 얼굴에 미소가 번졌다.

"규리야, 나 오늘 밤만 재워줘!"

"절대 안 돼! 어디 남의 신혼집에 쳐들어오려고 그래?"

"신혼집은 무슨. 결혼도 안 했으면서."

"결혼이랑 마찬가지 상태거든? 사실혼 상태라고."

쫓고 쫓는 명석과 레오의 얼굴에도 서서히 웃음이 피어올랐다. 스물여덟, 연애 고자, 선택 장애 감규리를 사랑꾼으로 만들어준 두 남자. 나의 첫사랑들이자, 내 사랑의 스승들. 그들 덕분에 사랑이 뭔지를 절실히 깨달았다. 규리는 두 남자를 보며 행복에 겨운 숨을 내쉬었다. 사랑으로 빚어진 행복이 온 사방에 나풀거리는 순간이었다.

외전

　유도복을 입은 사람들의 기합 소리가 체육관을 쩌렁쩌렁하게 울렸다. 덩치 큰 남자들이 짝이 되어 서로 유도 시합을 벌이고 있었다. 수많은 남자 사이에서 긴 머리카락을 하나로 묶은 여자 한 명이 한 남자와 경합을 벌이고 있었다. 두 사람의 키는 비슷했지만, 덩치 차이는 두 배 가까이 나 보였다.

　"하아압!"

　기 싸움을 벌이던 남자가 여자에게 돌진하자, 여자가 남자의 멱살을 잡고 넘어뜨렸다. 순식간에 바닥에 넘어진 남자 위에서 굳히기 기술에 들어가자, 그녀에게 깔린 남자가 죽을 듯 인상을 쓰며 손바닥으로 매트를 두드렸다.

　"컥! 박하연. 졌다, 졌어. 그만 놔줘라."

　남자의 항복 선언에 하연은 자리에서 일어나 그에게 고개를 숙였다.

　"수고하셨습니다. 선배님."

　"넌 어째 실력이 점점 느냐?"

　"꾸준한 자기 관리와 노력 덕분 아니겠습니까."

　"그런 노력을 연애에 좀 쓰지 그래? 그 나이에 모솔은 좀 그렇지 않냐?"

"한 번 더 꽂히고 싶으십니까?"

"아니. 사양한다. 사양할게!"

하연의 살벌한 농담에 선배는 손을 휘휘 내저었다. 그 모습을 보며 하연은 피식 웃으며 샤워실로 향했다. 샤워를 마치고 나온 하연은 긴 머리카락을 단정하게 묶고 검은색 정장으로 갈아입고는 사무실로 향했다.

"안녕하십니까. 팀장님."

"휴가를 줬으면 좀 쉬어."

"회사 나오는 게 쉬는 겁니다."

"이게 쉬는 거냐? 일하는 거지. 남들처럼 클럽도 좀 다니고, 미팅도 좀 하고."

박 팀장의 말에 하연은 피식 웃으며 자리에 앉았다. 170cm가 넘는 훤칠한 키에 날렵하면서도 운동으로 다져진 단단한 근육을 가진 하연은 경호원이었다. 대통령을 비롯해 유명 인사들을 경호했던 경험이 있던 그녀는 전직 유도 국가 대표 선수이기도 했다.

"이것 좀 봐봐."

박 팀장이 탁자 위에 자료를 던지자, 하연의 눈이 초롱초롱하게 빛났다. 드디어 의뢰인이 배정된 모양이었다. 들뜬 마음으로 파일을 열자, 화려한 무대 위에서 노래를 부르는 여자의 사진이 보였다. 보아하니 걸 그룹 중 한 명인 것 같고, 콘서트나 해외 공연 등에서 경호를 맡을 모양이었다.

"전 언제부터 투입하면 됩니까?"

하연이 묻자, 박 팀장이 미간을 좁히며 대답했다.

"뭔 소리야?"

"이 의뢰인 경호, 언제부터 투입하냐고요."

"너 설마 우리 가을이 몰라?"

"우리…… 가을이요?"

"야! 얼굴은 물론 노래와 춤까지 완벽한 우리 가을이를 모른단 말이야?"

"아……."

그제야 하연은 이 사진 속 여자가 자신의 의뢰인이 아닌, 박 팀장이 좋아하는 걸 그룹임을 깨달았다.

"내가 서가을 팬인 거 우리 회사 전 직원이 다 알아."

시커먼 남자들과 일하는 박 팀장의 유일한 낙은 아이돌인 가을의 팬질. 그는 노래는 물론 각종 TV 출연하는 것까지 모두 챙겨보는 열렬한 팬이었다. 전 세계적으로 인기를 얻고 있는 가을이었지만, 아이돌은 물론 평소에 TV조차 보지 않는 하연에게 서가을은 그저 '여자 사람'일 뿐이었다.

"야, TV 좀 보고 살아라."

"관심 없습니다."

"으, 심심한 놈."

하연이 회사에 입사했을 때, 회사는 발칵 뒤집혔었다. 시커먼 남자들만 있는 곳에 드디어 여자 직원이 온다는 기쁨 때문이었다. 게다가 하연은 예쁘기까지 했다. 까무잡잡한 피부에 선이 또렷한 얼굴, 촘촘히 박힌 까만 눈썹에 초롱초롱한 눈동자. 그리고 날카로운 콧대에 시원시원한 입까지. 아주 매력적인 상이었다. 170cm의 늘씬한 키에 팔다리가 길어 뭘 입어도 절로 패피로 만들어주는 몸매까지.

남자 직원들은 하연을 본 순간 환호를 질렀고, '우리 중 누군가는 하연과 결혼해서 아들딸 낳고 살지 않을까'라며 미래를 꿈꾸기도 했다. 하지만 하연이 회사에 입사한 지 몇 년이 지났음에도 그녀와 연애는커녕 썸조차 타본 직원은 단한 명도 없었다. 하연은 사상 최고의 철벽녀였다. 선배들이 아무리 작업을 걸고 대시를 해도 하연은 눈도 끔쩍하지 않았다. 그녀의 관심은 오로지 '의뢰인' 뿐이었으니까.

"잠시 나갔다 오겠습니다."

"어디 가려고?"

"요 앞 공원에서 바람 좀 쐬고 오겠습니다."

"그래. 그래라."

하연은 얼마 전까지 스토커에게 시달리는 유명 BJ의 경호를 무사히 마치고 포상 휴가를 받았다. 거의 1년 동안 단 하루도 쉬지 않고 의뢰인을 경호한 덕에 스토커가 붙잡혀 철창행을 지게 되었다. 그래서 회사에서 특별히 휴가를 줬지만, 하연은 집에 있는 게 답답하다며 회사에 출근했다. 그렇게 새로운 의뢰인을 기다린 지 벌써 한 달째였다.

"정말 독하다니까. 여자가 애교도 좀 부리고 말랑말랑한 맛이 있어야지. 저렇게 무뚝뚝해서 어떤 남자가 좋아하겠어. 박하연 연애하기는 글렀다니까."

박 팀장은 고개를 절레절레 저으며 서가을 동영상을 감상했다.

＊

회사 앞 공원에 나온 하연은 항상 앉는 벤치에 앉아 하늘을 올려다보았다. 파란 하늘이 오늘따라 예뻤다. 봄바람에 벚꽃 잎이 우수수 떨어졌고, 따뜻한 날씨에 봄꽃들이 수줍게 얼굴을 내밀고 있었다. 예쁜 꽃을 보자 긴장이 풀리며 딱딱하게 굳었던 심장이 말랑해지는 것 같았다. 다정하게 걷는 연인들을 보자, 하연은 쓴 미소를 지었다.

"나도 연애하고 싶다."

하연은 인기도 꽤 많았고 또 많은 남자에게 고백을 받기도 했지만, 그녀의 마음을 움직이는 남자는 없었다. 그저 예쁘장한 자신의 얼굴과 경호원이라는 직업을 보고 흥미로워 접근하는 남자들 뿐이지, 진심으로 다가오는 남자는 없었다.

"올해도 쓸쓸하게 보내는 건가? 망해라, 커플들."

쓸쓸한 미소를 짓고 있을 때, 옆 벤치를 향해 걸어오는 남자가 보였다.

'어? 또 그 남자네.'

벌써 한 달째였다. 무료함을 달래기 위해 공원에 나올 때마다 같은 시각 하연의 옆 벤치에 앉는 남자가 있었다. 남자는 항상 마스크와 모자로 얼굴을 가

린 채 지나가는 사람을 구경하기도 했고, 알아들을 수 없는 말을 중얼거리기도
했다.

'백수인가?'

아무리 봐도 백수가 확실했다. 직장인이라면 평일 이 시각에 공원에서 두어
시간을 죽치다 갈 여유는 없을 테니까.

'허우대는 멀쩡한데……'

아무리 모자와 마스크로 얼굴을 가려도 뿜어져 나오는 아우라를 가릴 수는
없었다. 일단 180cm는 우습게 넘길 것 같은 큰 키, 아동용 마스크를 써도 무
방할 것 같은 작은 얼굴, 살짝살짝 보이는 뽀얀 피부. 그리고 무엇보다 모자챙
사이로 보이는 눈빛이 여간 예사롭지 않았다.

'저 정도면 모델 같은 걸 해도 될 텐데.'

그렇게 생각하며 남자에게서 관심을 끊으려는 그때.

"감히 네가 날 거부해?"

남자가 뭔가 중얼거리는 소리가 들렸다. 놀란 하연은 고개를 돌려 남자를 쳐
다보았다.

'설마 저 남자가 한 말인가?'

나쁜 사람 같지는 않았지만, 겉만 보고 판단할 수는 없었다. 게다가 남자의
시선이 공원을 산책하는 한 여자에게 꽂혀 있었고, 검은 모자 밑으로 형형하게
빛나는 눈빛은 소름 끼치도록 무서웠다.

'설마 스토커?'

얼마 전까지 스토커에게 시달리던 의뢰인을 경호했던 하연은 그냥 지나칠
수 없었다. 스토커들이 얼마나 집요하고 위험하게 사람을 괴롭히는지 누구보다
잘 알고 있었으니까. 여차하면 남자를 결박시키기 위해 준비하고 있을 때.

"죽여 버릴 거야. 날 안 받아주면 죽여 버릴 거라고."

무섭게 중얼거리던 남자는 자리에서 벌떡 일어나 산책하던 여자를 향했다.
대기하고 있던 하연은 재빨리 남자를 향해 돌진해, 남자의 손을 낚아채고는 그

를 제압해 버렸다.

"꺄악!"

하연은 바닥에 쓰러진 남자를 움직이지 못하게 짓눌렀고, 산책하던 여자는 놀라 비명을 질렀다.

"너 뭐야? 스토커야?"

"스토커라뇨. 그게 무슨……. 일단 이것 좀 놔주시죠."

남자는 정중하게 말했지만, 하연은 손을 놓는 대신 남자의 모자와 마스크를 벗기며 여자에게 물었다.

"혹시 이 남자 아십니까?"

모자와 마스크로 가려졌던 남자의 얼굴이 드러나자, 여자의 눈이 두 배로 커졌다.

"저, 저, 저, 저 사람은……!"

게다가 말을 심하게 더듬으며 두 손을 부들부들 떨기까지. 아주 지독한 스토커인 모양이었다.

"이래도 네가 스토커가 아니라고? 일어나. 경찰서에 가자!"

하연은 남자를 일으켜 세웠다. 그리고 경찰서를 향해 걸어가려고 할 때였다.

"꺄악! 오레오다!"

부들부들 떨고 있던 여자가 갑자기 소리를 지르는 게 아닌가! 그 소리에 공원을 걷던 사람들이 미어캣처럼 고개를 쭉 내밀며 이쪽으로 다가오기까지.

"어디? 오레오가 어디에 있어?"

"저기다! 저기에 오레오가 있어!"

"꺅! 레오 오빠!"

"레오다. 오레오가 나타났다!"

이게 무슨 상황인지 알 수 없었던 하연은 눈을 동그랗게 뜨고 자신을 향해 몰려드는 사람들을 쳐다봤고, 레오는 난감한 표정을 지었다.

"오빠! 사진 좀 찍어줘요!"

"사인 좀 해주세요!"

"오빠! 더 잘 생겨지셨어요!"

"저 형님 영화 다 챙겨봤습니다! 진짜 멋있었어요!"

사람들은 어느새 더 불어났고, 저 뒤로 더욱더 많은 사람이 몰려드는 게 보였다. 매니저도 없는 상황에서 이런 일이 일어난 게 당혹스러웠지만, 처음 있는 일도 아니었다. 레오는 꽤 침착한 목소리로 하연에게 속삭였다.

"뛰어요."

"예?"

"뛰라고요!"

레오가 달리기 시작하자, 그의 손을 결박하고 있던 하연은 덩달아 함께 뛰게 되었다.

"간다!"

"따라가자!"

그들이 뛰자, 사람들까지 달리기 시작했다. 대충 봐도 백여 명은 훌쩍 넘는 사람들이었다. 얼마쯤 달렸을까. 공원에서 벗어나 큰길을 따라 달리던 레오는 한 건물 뒤에 몸을 감췄다.

"하아. 하아."

숨을 몰아쉬고는 주위를 살피자, 여전히 그를 찾는 사람들이 보였다. 저 많은 사람을 피해 달리는 건 무리가 있었다. 어떻게든 따돌려야 하는데. 레오가 사람들을 어떻게 따돌릴까 고민하는 사이, 하연은 이게 무슨 상황인지 머리를 굴리고 있었다. 스토커인 줄 알고 제압했더니 사람들이 모두 이 남자를 아는 듯했다. 게다가 함께 사진을 찍자고 하기까지. 사람들의 반응을 보아하니 이 남자는 스토커가 아니었다.

'연예인인가?'

하긴 모자와 마스크를 뒤집어쓰고 있을 때도 아우라가 뿜어져 나왔는데, 저 비주얼로 연예인을 안 한다면 그건 재능 낭비였다. 묘하게 매력적인 남자였다.

마스크와 모자 속에 감춰둔 얼굴은 말할 것도 없었고, 목소리에서는 청량함마저 느껴졌다. 유달리 하얀 피부에 가느다란 목선은 아름다워 보였고, 꿀렁거리는 목울대는 남성적인 매력을 내뿜고 있었다. 한줄기 땀이 흐르는 옆얼굴은 색정적이기까지 했다. 거기에 촘촘히 박혀 있는 진한 눈썹과 맑은 눈빛, 오똑하게 솟은 콧대와 붉은 입술 그리고 날렵한 턱선까지.

'잘 생기긴 잘 생겼네.'

레오의 얼굴을 바라보고 있을 때, 갑자기 그가 그녀를 벽에 밀어붙이는 게 아닌가. 게다가 몸을 밀착시키기까지.

"지금 뭐 하시는 겁니까?"

하연은 훅 들어오는 그의 행동이 당혹스러웠지만, 최대한 침착하게 물었다.

"잠시만 이러고 있죠."

"내가 왜요?"

"알다시피 그쪽 때문에 벌어진 일이니까요."

은근하게 날리는 팩트에 하연은 입을 다물었다. 선의로 나선 일이었지만, 이 남자를 곤란하게 만든 건 사실이었으니까.

"저쪽으로 가보자!"

"어? 저 사람인가?"

그때였다. 공원에서부터 끈질기게 그들을 쫓던 무리가 이쪽을 향해 다가오는 게 아닌가. 사람들이 다가오자 레오가 난감한 표정을 지었다. 저 많은 사람을 상대하다 보면 오늘 하루가 다 지나가고 말 거였다. 이미 골목 끝에 몰린 상황이었고, 사람들은 점점 더 가까이 다가오고 있었다. 그때였다. 제 앞에 서 있는 여자의 얼굴이 가까이 다가온 것은.

"뭐, 뭐 하시는 겁니까?"

"저 때문에 일어난 일 책임지고 있습니다."

"흡!"

하연은 손을 뻗어 레오의 뒷덜미를 잡고는 그대로 끌어당겼다. 그 바람에 레오의 입술은 하연의 것에 닿아 버렸다. 부드러운 두 입술은 어찌해야 할지 모르는 채, 그저 닿아있는 채로 그대로 멈춰 버렸다. 키스가 처음인 하연도, 이 상황이 당혹스러운 레오도.

"헐. 야, 키스한다."

"레오 아닌가 보다."

"그러게. 레오가 여기서 키스하고 있지는 않겠지."

"야, 남 키스하는 거 그만 보고 가자."

우르르 몰려왔던 사람들은 저마다 한마디씩 내뱉고는 발길을 돌렸다. 사람들 발걸음 소리가 점점 멀어지자, 하연이 물었다.

"다 갔죠?"

"네. 다 간 것 같네요."

"하. 다행이다."

"저기……."

"네?"

"이제 놔주시죠."

"어머! 죄송해요."

하연은 레오의 목덜미에 두르고 있던 손을 내리며 민망한 듯 얼굴을 붉혔다. 그 모습을 보고 있던 레오는 희미하게 미소를 지으며 말했다.

"그럼 전 이만."

"저기요."

"?"

"진짜 스토커 아닙니까?"

하연의 질문에 레오는 미간을 좁혔다. 그 이슈에 대해서는 사람들의 반응만 봐도 알 텐데 굳이 왜 저런 질문을 하는 건지. 하연도 그가 스토커가 아니라는 건 대충 짐작할 수 있었다. 산책하던 여자가 이 남자의 얼굴을 보며 소리친 건 비명이 아니라 환호였다는 정도는 하연도 알고 있었다. 하지만 아직 풀리지 않는 의문이 있었다.

"지금 이 상황을 보고도 그런 질문이 나옵니까?"

"하지만 저도 똑똑히 들었거든요."

"뭘 말입니까?"

"그쪽이 '죽여 버리겠다'라고 중얼거리는 것을요."

하연은 그 소리를 듣고 가만히 있을 수가 없었다. 소름 끼치도록 무서웠고 오싹할 정도로 섬뜩했으니까. 그래서 꼭 확인해야 했다. 이 남자가 스토커가 아닌 건 알겠는데, 왜 그런 말을 중얼거렸는지.

"말씀해주시죠."

하연이 매섭게 쏘아붙이자, 미간을 찌푸리던 레오의 얼굴이 점점 펴지기 시작했다.

"설마 그 말 때문에 그런 거예요?"

"네!"

하연이 대답하자, 그가 갑자기 웃기 시작했다.

"하하하하."

뭐가 그렇게 재미있는지 배까지 부여잡으며 웃었다. 하연은 그가 왜 웃는지 알 수 없어 황당한 표정으로 바라보면서도 생각했다.

'웃으니까 더 예쁘네.'

묘하게 아름답고, 묘하게 남자답고 또 묘하게 색정적인 남자의 웃는 얼굴은 무척이나 예뻤다. 마치 순수한 아이 같은 웃음이 천사같이 보일 정도였다.

"하하. 죄송해요. 너무 웃겨서."

"뭐가 웃기죠?"

남은 이렇게 진지한데.

"사실 제가 대본 연습 중이었거든요."

대본 연습? 대본 연습을 하는 사람이라면.

"혹시 배우예요?"

"네. 배우 오레오라고 합니다."

순간 하연의 심장에 '오레오'라는 남자가 콕 박혀 버렸다.

*

다음 날. 아침 일찍 출근한 하연은 책상 앞에 앉아 창밖을 바라보며 입술을 매만져 보았다. 입술에는 어제의 그 감촉이 그대로 남아 있는 것 같았다. 부드러운 살갗, 청량한 체취 그리고 뜨겁게 내려앉은 그의 눈길까지. 숨결이 오가는 격정적인 입맞춤은 아니었지만, 하연에게는 그 어떤 것보다 인상적이었다. 심장이 간질간질하고, 열이 올랐다가 훅 내려가는 것 같고, 숨을 쉴 수 없을 정도로 가슴이 벅차올랐다. 어제 그 남자 생각에 밤잠을 이루지 못해 눈 밑에는 다크서클이 짙게 내려앉아 있었다. 아무리 다른 생각을 하려고 애를 썼지만 소용없었다. 책을 읽어도, 산책을 해도, 하물며 강도 높은 운동을 해도 그 남자가 자꾸만 아른거렸다.

"정신 차려. 박하연. 정신 차리라고!"

두 뺨을 세차게 때리고 있을 때, 박 팀장이 사무실로 들어왔다.

"어이. 박하연! 드디어 네가 기다리던 의뢰 들어왔다."

"정말입니까?"

의뢰가 들어왔다는 말에 하연은 반색했다. 일에 정신없이 파묻히면 오레오라는 그 남자 생각도 덜 날 테니까.

"누굽니까? 제 의뢰인."

"여기 프로필."

박 팀장이 내민 자료를 훑어보던 하연의 눈이 커다래졌다.

"이, 이 사람은……!"

의뢰인은 다름 아닌, 그녀의 심장을 송두리째 흔들어 놓은 그 남자였다.

"왜? 누군지 알아?"

"오레오 배우 아닙니까?"

"와. 오레오가 유명하긴 유명한 모양이다. 연예인한테는 1도 관심 없는 네가 아는 걸 보면."

몰랐다. 정확히 어제까지만 해도.

"다음 주부터 영화 홍보하러 다닐 건데, 한 달 동안 경호하면 돼."

운명의 장난인가. 살면서 처음으로 마음이 흔들린 남자였는데, 그를 경호하게 되다니.

"의뢰인에 대해서는 거기 자료 넣어뒀으니까 자료조사 철저히 하고."

"네!"

＊

그날 밤. 하연은 인터넷에 '오레오'라는 이름 세 글자를 검색했다. 그러자 그의 프로필과 함께 사진이 뜨기 시작했다. 혜성처럼 등장했다는 그는 각종 영화와 드라마에서 활동하며 다양한 색깔의 연기를 펼치고 있었다. 얼마 전에는 세계의 내로라하는 배우들과 할리우드에서 영화를 함께 찍기도 했다고.

"되게 유명한 사람이었구나."

매일 공원에 앉아서 뭔가 중얼거리기에 살짝 어떻게 된 사람인 줄 알았는데, 그게 다 연기 연습을 위한 것이었다니.

"이름 오레오. 직업 배우. 나이는 나보다 2살 많고, 키는 나보다 17cm 크고. 나이 차이도 딱이고, 키 차이도 나쁘지 않네."

혼자 중얼거리던 하연은 깜짝 놀라 두 손으로 제 뺨을 때렸다.

"미쳤어. 박하연! 이 사람은 의뢰인이야. 의뢰인! 남자가 아니라고!"

경호원 제1원칙. 의뢰인에게는 절대 사적인 감정이 없어야 한다. 그걸 마치 제 목숨인 양 지켰던 하연이었다. 아니, 그동안 사적인 감정이 느껴지는 의뢰인은 없었다. 경호 업무가 끝나고 나서 제게 대시하는 사람도 있었지만, 하연은 아주 깔끔하게 거절하곤 했다. 그런데 이 의뢰인은…….

"……왜 자꾸 남자로 보여."

첫 만남부터 그랬다. 한마디로 오레오한테 첫눈에 반해 버린 것이다. '첫눈에 반했다'라는 말은 '너랑 침대에서 뒹굴고 싶어.'라는 저속한 속뜻을 에둘러 말하는 거라고 여겨왔던 하연은 제 감정이 무척이나 당혹스러웠다. 하지만.

"좋다."

모니터 속 레오의 얼굴을 보자 하연은 마치 구름 위에 놓여 있는 듯 마음이 설렜다. 당장 내일부터 경호를 시작해야 하는데, 이런 마음은 너무도 위험했다.

"제1원칙. 경호원은 의뢰인에게 절대 사적인 감정이 없어야 한다. 경호원은 의뢰인에게 절대 사적인 감정이 없어야 한다…….”

하연은 주기도문을 외우기라도 하듯 경호원 원칙을 읊으며 침대에 누웠다.

＊

강남에 있는 한 복합 쇼핑몰. 오늘은 쇼핑몰 내에 있는 영화관에서 홍보 행사가 있을 예정이었다. 일찌감치 도착한 하연은 레오의 대기실 앞에 섰다. 그가 도착하려면 아직 30분은 족히 기다려야 했지만, 하연의 가슴은 벌써 설레었다. 두근거리는 마음으로 그가 오기를 기다리고 있을 때, 복도 저 끝에서 한 줄기 빛과 함께 레오가 모습을 드러냈다. 그는 며칠 전 공원에서 봤을 때와는 비교도 할 수 없을 정도로 멋진 모습이었다. 근사한 슈트에 잘 정돈된 머리, 고급스러운 시계와 구두까지. 스토커로 몰렸던 백수남이 아닌 전 세계를 설레게 하는 배우 오레오의 모습이었다. 하연은 두근거리는 심장을 애써 짓누르며 그를 향해 인사했다.

"안녕하십니까. 오늘부터 경호를 맡게 된 박하연이라고 합니다."

그와 눈이 마주친 순간 하연은 온몸이 짜릿하고 전기가 오르는 것 같았다.

'날 알아보겠지? 엊그제 만났으니까 당연히 알아보겠지. 반가워할까? 아는

체하면 뭐라고 대답할까? 다시 만나서 반갑다고? 아니면 그때 오해해서 미안하다고?'

짧은 시간 동안 수많은 생각이 머릿속을 스쳐 지나가는 사이, 레오는 그녀를 향해 살짝 고개만 숙인 채 대기실 안으로 들어가 버렸다. 순간 멍해진 하연은 뒤늦게 얼굴이 빨갛게 달아올라 버렸다. 아무래도.

"날 못 알아보나 봐."

꽤 인상에 남는 첫 만남이라고 생각했다. 그래서 당연히 자신을 알아볼 거라고 예상했다. 일부러 나를 콕 집어 경호 의뢰를 맡긴 건 아닐까 하는 말도 안 되는 상상도 했다. 그런데 그의 표정을 보아하니 콕 집기는커녕 날 아예 기억도 못 한다. 레오를 볼 생각에 한껏 부풀었던 그녀의 기분은 바람 빠진 풍선처럼 시들어 버렸다.

*

벌써 레오를 경호한 지 한 달이 지났다. 한 달 동안 레오는 하연에게 눈길 한 번 주지 않았고, 하연도 그에게 마음을 접고, 아니, 접으려고 노력하며 사무적으로 지냈다. 오늘은 그를 경호하는 마지막 날이었다. 부산에서 열리는 영화제를 끝으로 레오는 대외 활동을 접고 영화 촬영에 들어갈 예정이라고 했다. 촬영 중에는 외부인과의 접촉이 많지 않아 경호원이 따로 필요하지 않다고 했다. 하연은 아쉬웠지만, 어쩔 수 없었다. 레오는 자신을 알아보지도 못했고, 그렇다고 그에게 고백할 만큼 용기도 없었으니까. 그저 한 때 레오를 경호했던 성공한 덕후로 만족하기로 마음먹었다. 마지막 경호를 마친 하연은 레오에게 인사했다.

"그동안 고생 많으셨습니다. 혹시 또 경호가 필요하시다면 연락해주십시오."

이게 마지막 인사가 되겠지. 다시 볼 일은 없을 테니까. 그렇게 생각하며 쓸쓸하게 몸을 돌리려는데.

"박하연 씨."

"네."

"저랑 저녁 식사 함께하시겠어요?"

순간 하연의 눈썹이 꿈틀댔다. 한 달 동안 제게 말 한마디 걸지 않던 그가 왜 이렇게 부드러운 말투로 저녁 식사를 제안하는 걸까? 잠시 망설이던 하연은 마음을 다잡았다. 괜한 기대는 자신을 더 힘들게 할 테니까.

"경호원은 의뢰인과 사적인 만남을 가질 수 없습니다."

딱딱한 말투로 그의 제의를 물리치고 몸을 돌리자, 다시금 레오의 부드러운 음성이 들려왔다.

"이제 내 경호원 아니지 않나?"

"예?"

하연은 뭘 잘못 들었나 싶어 눈을 동그랗게 뜨고 레오를 바라보았다. 그러자 그가 싱그럽게 웃으며 말했다.

"박하연 씨랑 밥 먹고 싶은 거 한 달이나 참았는데, 같이 먹어주면 안 돼요?"

나랑 같이 밥을 먹고 싶어서 한 달이나 참았다고? 왜?

"그거 모르죠?"

"……뭘 말입니까?"

"내가 박하연 씨, 경호원으로 지목한 거."

순간 하연의 눈이 커졌다. 처음 듣는 말이었다. 그저 사무 업무만 보는 자신이 너무 답답해하니 박 팀장이 배려해서 배치해 준 줄로만 알았다. 그런데 오레오가 직접 자신을 지목했다니.

"왜요? 왜 날 지목했습니까?"

레오는 분명 자신한테 관심이 없다. 그를 경호한 첫날부터 지금까지 자신에게 인사는커녕 눈도 마주치지 않았다. 그런데 왜 자신을 지목했을까? 왜 갑자기 밥을 먹자는 걸까?

"박하연 씨에 대해 궁금해서요."

"제가요?"

"네."

"뭐가 궁금했다는 겁니까?"

"음. 어떤 성격인지, 무슨 음식을 좋아하는지, 주로 어떤 운동을 하는지, 어떤 여자인지. 그리고 또……."

또?

"어떤 남자를 좋아하는지."

하연은 커다란 눈을 깜빡거렸다. 분명 레오가 무슨 말을 하고 있는데, 그 말이 제 귀에 들리기는 하는데, 무슨 말을 하는 건지 도통 이해할 수가 없었다. 그러니까 저 남자가 나에 대해 알고 싶어서 한 달 동안 고용했다는 건데. 왜지?

"아직도 모르겠어요?"

"네. 모르겠습니다."

하연이 모르겠다는 표정을 짓자, 레오가 그녀를 향해 얼굴을 쑥 내밀며 말했다. 그가 너무 가까이 다가오자 하연은 당황했지만, 몸을 뒤로 빼거나 피하지는 않았다.

"내가 박하연 씨한테 반했다는 말이잖아요."

순간 하연은 제 귀를 의심했다. 오레오도, 이 남자도 내게 관심이 있었다니. 믿을 수 없었다. 믿기지 않았다. 왜 나한테 반해? 언제? 어디서? 뭘 보고? 하연이 이 상황을 믿을 수 없다는 표정으로 멍하니 있자, 레오가 긴 손가락으로 자신의 입술을 두드리며 말했다.

"음. 이렇게 말하면 이해하려나. 한 달 전에 하연 씨하고 한 키스가 잊히지 않아서요."

하연은 너무 놀라 두 손으로 입을 가렸다. 그도 자신과의 키스를 잊지 못하고 있었다니! 그의 말에 놀라 기절할 뻔했다.

"그래서 말인데, 저와 만나보지 않을래요?"

레오의 말에 하연은 바로 대답하지 못하고 멍하니 그만 바라보았다. 이게 꿈인지 생시인지 구별이 안 되어서. 그러자 레오가 반듯한 미간에 주름을 잡으며 불안한 목소리로 물었다.

"거절인…… 가요?"

"아뇨! 아뇨! 좋아요! 만날래요! 만날 거예요!"

세차게 고개를 끄덕이는 하연과 그녀를 보며 미소 짓는 레오의 머리 위로 벚꽃 잎이 떨어졌다. 마치 그들의 사랑을 축복한다는 듯.

*

"탐촌! 탐촌!"

20개월쯤 됐을까. 기저귀를 찬 여자아이가 말랑말랑한 손가락으로 TV 속 레오를 가리키며 종알거렸다. 그러자 커다란 남자의 손이 아이를 번쩍 안아 들었다.

"아이고. 우리 예린이 TV 보고 있었어요?"

명석이 딸바보 미소를 짓자, 아이가 아빠의 얼굴을 만지작거리며 중얼거렸다.

"탐촌. 탐촌. 겨혼. 탐촌 겨혼해."

아이가 문장 하나를 완성하자, 명석의 눈이 휘둥그레졌다.

"여보! 여보! 나와봐!"

명석이 소리를 지르자, 방에서 원고를 쓰고 있던 규리가 놀라서 뛰쳐나왔다.

"왜? 무슨 일 있어요? 우리 예린이 다쳤어요?"

"아니. 우리 예린이가 문장을 만들었어. 완전 천재야!"

"정말? 뭐라고 그랬는데요?"

"삼촌이 결혼한대."

"꺅. 우리 예린이 진짜 천재인가 봐. 근데 결혼이라는 말은 어디서 배웠지?"

"그러게. 그리고 삼촌은 누구야?"

예린이가 가리키는 삼촌이 누군가 싶어 명석과 규리는 TV를 향해 동시에 고개를 돌렸다.

"헐. 대박!"

"오레오 전격 결혼 발표?"

얼마 전 레오는 두 사람에게 하연을 소개해 주었다. 사랑하는 여자이며 미래를 함께하고 싶다는 말과 함께 어떻게 프러포즈하면 좋겠냐고 조언까지 얻었던 그였다. 그런데.

"우리 몰래 결혼 발표를 해?"

TV를 보던 명석의 얼굴이 붉으락푸르락해졌다. 마치 우리 일처럼 밤새도록 조언을 해줬는데, 결과는 말도 안 해주고 결혼 소식을 TV를 통해 알게 하다니. 배신감이 밀려왔다.

"저거 생방 아니지?"

명석이 예린이를 넘기며 묻자, 규리가 두 눈을 부릅뜨며 대답했다.

"녹화 방송이에요."

생방송이 아님을 확인한 명석은 곧장 레오에게 전화를 걸었다. 그러자 긴 통화음 끝에 레오의 목소리가 들려왔다.

"야, 이 배신자야!"

[앗, 놀래라!]

"우리한테 말도 안 하고 결혼 발표를 해?"

[방송 보셨구나. 그렇게 됐어요.]

"뭐? 그렇게 됐어요? 우리가 그때 해외 촬영 앞두고 잠도 안 자면서 프러포즈 아이디어를 그렇게 줬는데, 이런 식으로 알게 하는 게 말이 돼?"

웬만하면 규리도 명석을 말렸겠지만, 이번에는 규리도 좀 화가 났다. 최소한 결혼 사실은 미리 말해줬으면 좋을 텐데 말이다.

[내가 얼마나 전화한 줄 알아요?]

"뭐? 전화? 네가 언제?"

[지난주에 귀국한다더니 왜 이렇게 늦게 왔어요? 한국에는 언제 온 거예요?]

"어?"

사실 얼마 전, 명석과 규리는 프로그램 촬영차 히말라야에 다녀왔다. 기상 악화로 일정보다 늦게 오는 바람에 가족들은 물론 방송국에서도 걱정했던 차였다. 그들이 히말라야에서 돌아오지 않고 있을 때, 레오는 하연과의 결혼을 그들에게 알리려고 무진 애를 썼다. 하지만 웨딩홀 예약하는 장면을 '디스 이즈 패치'에 딱 걸린 것이었다. 그 바람에 예상보다 빠르게 공개하게 되었고 말이다. 그걸 뒤늦게 본 명석이 이제 와서 오해한 것이었다.

"아, 그랬구나. 일정이 딜레이 돼서 예정보다 늦게 귀국했거든."

[내가 얼마나 걱정했는데. 암튼 조만간 집으로 초대할 테니까, 그때 자세히 얘기해요.]

"응. 그래."

명석은 머쓱한 표정으로 전화를 끊었다.

"뭐래요?"

규리가 눈을 동그랗게 뜨고 묻자, 명석이 예린이를 받아 안으며 말했다.

"우리 히말라야 갔을 때, 전화 엄청 했나 봐."

"아……. 그때 기상 악화 때문에 비행기 못 떴을 때?"

섣불리 오해한 게 괜히 미안해진 부부는 배시시 웃었다.

"결혼 선물부터 준비해야겠네."

"그러게요. 무슨 선물을 해줘야 좋아할까."

두 사람이 레오에게 줄 결혼 선물을 고민하고 있을 때, 예린이가 두 사람을 향해 뭔가 중얼거렸다.

"도탱. 도탱."

"응? 우리 예린이 동태 먹고 싶어?"

"얘가 동태를 먹은 적이 있나?"

"글쎄요. 먹어도 그게 동태인 줄 아나?"

왜 뜬금없이 동태를 말하나 싶어 계속 지켜보자, 예린이가 소파에 있는 인형을 가리켰다. 규리가 인형을 가져다주자, 예린이 인형을 꼭 껴안으며 다시 말했다.

"동탱. 동탱."

"동태가 아니라…… 동생?"

예린이 말하는 게 동태가 아닌 동생이라는 걸 깨달은 명석은 음흉한 표정을 지었고, 규리는 민망하게 웃으며 남편을 흘겨보았다.

"왜? 우리 예린이가 동생 갖고 싶다는데, 만들어줘야지. 그렇지 예린아?"

"동탱! 동탱!"

예린이는 마치 아빠의 말이 맞는다는 듯 손뼉을 치며 웃었다.

"당신이 바라는 게 아니고?"

"레오도 예린이 동생 보고 싶다고 했잖아?"

명석은 기다렸다는 듯 예린이를 꼭 끌어안고 토닥토닥 등을 두드렸다.

"뭐해요?"

"우리 예린이 재워야지 동생 만들지."

"이 사람이 애 앞에서 못 하는 소리가 없어."

"아이고, 우리 예린이 착하기도 하지. 동생 갖고 싶어서 벌써 자네?"

정말로 예린이는 아빠의 큰 어깨에 얼굴을 폭 파묻은 채 새근새근 잠이 들어 버렸다. 명석은 아이가 깨지 않도록 발소리는 물론 숨소리까지 낮춘 채 아이를 침대에 눕혔다. 그리고 예린이의 가슴을 토닥토닥 두드려준 뒤 잠든 걸 확인하고는 밖으로 나왔다.

"자자. 우리 딸이 도와주는데, 동생 좀 만들어보자고."

"지금 시간이 몇 신데 이래요."

"예린이 동생 만드는데 시간이 무슨 상관이야."

명석은 예린이가 어질러 놓은 거실을 치우는 규리를 번쩍 안고는 그녀의 목덜미에 입을 맞췄다. 그녀는 물론 명석의 몸에서도 아기 냄새가 풍겼지만, 두 사람은 그 체향이 너무도 사랑스러웠다.

이제 두 사람이 아닌 세 사람. 그리고 세 사람이 아닌 네 사람을 꿈꾸는 그들. 그들에게 새로운 선물이 내려오기를 간절히 기도하고 또 염원했다.